Anna Konelli

bee my HUMBLE LOVE

Drachenmond Verlag

Drachenmond Verlag GmbH
Auf der Weide 6
50354 Hürth
https://www.drachenmond.de
E-Mail: info@drachenmond.de

Lektorat: Nina Bellem
Korrektorat: Michaela Retetzki
Satz & Layout: Astrid Behrendt

Umschlagdesign: Christin Thomas – Giessel Design
Bildmaterial: Shutterstock

Druck: Booksfactory

ISBN 978-3-95991-494-9

Für alle Julies, die fallenfliegen lernen.

Für alle Oscars, die für andere ein Aufwind sind.

Für alle, die ihre eigenen Farben mischen.

Für alle, die am Himmel suchen.

CCD bedeutet colony collapse disorder,
also das Bienensterben.
Auch in Schweden herrschen Schwankungen,
die jedoch selten etwas mit Pestiziden zutun haben,
da bienengefährdende Landwirtschaftsmethoden
dort illegal sind.

O.M.

Kapitel 1

Gefeuert

Julie

Du bist gefeuert.«

Gefeuert! Wie ein Brandsiegel drückte mir dieses Wort pochend gegen die Schläfen. Mein Körper war wie gelähmt. Ich wollte, dass die Zeit stoppte, doch das Ticken der riesigen Industrieuhr an der Wand bewies, dass sie nicht daran dachte, mir diesen Gefallen zu tun.

Mein Chef Maurice saß mir in seinem großen Schreibtischstuhl gegenüber, dessen Ledergeruch mir in die Nase kroch. Die Panoramascheibe hinter ihm bot einen der wunderbarsten Blicke auf Hamburg. Vor ein paar Sekunden hatte ich einem Mann entgegengesehen, der meine Anerkennung besaß; einem, der mich in der Vergangenheit dazu gebracht hatte, Grenzen zu überschreiten und Luftschlösser zu bauen. Jetzt starrte ich einem Mann ins Gesicht, der keinerlei Gnade zeigte. Keine Reue, keine Skrupel. Da war nur Ablehnung. Nach all den Jahren war ich wie eine Fliege, die er zerquetschte, damit er das lästige Summen nicht mehr ertragen musste.

Er ließ mich fallen.

Gefeuert. Nie in meinem Leben hatte ich erwartet, dieses Wort jemals zu hören.

»Julie, hast du mich verstanden?« Maurice' samtige Stimme drang zu mir durch, so trügerisch freundlich, die Härte in seinem Ausdruck jedoch blieb.

Ob ich ihn verstanden hatte? Nein, ich verstand nichts mehr. Ich stand in einer grauen Wolke, in der ich Rettungsleinen aus Nebel sah und nicht greifen konnte. Mein Leben glich einem Albtraum, aus dem ich hoffte, gleich zu erwachen. Leider war mir bewusst, dass das hier real war. Und vollends falsch.

»Ich bin … gefeuert?« Meine Lippen bewegten sich ohne mein Zutun, weil ich nicht anders konnte, als auf seine Frage zu reagieren. Ich hörte mich selbst kaum, so sehr rauschte mir das Blut in den Ohren. Als mir klar wurde, wie geschlagen ich vor Maurice saß, straffte ich die Schultern. »Wieso?«

Maurice förderte seine Angestellten, doch das minderte keineswegs seine einschüchternde Art. Das Motto, das ihn am besten bezeichnete, war: *Du sollst neben mir keine anderen Götter haben.* Ein Kollege hatte sogar die zehn Maurice-Gebote aufgestellt, und eins davon lautete, ihm niemals zu widersprechen.

Maurice beugte sich vor und faltete die Hände auf dem Tisch, ohne mich aus den Augen zu lassen. Darin entdeckte ich eine einzige Emotion, und sie war schlimmer als alles, was ich mir hätte ausmalen können: Enttäuschung.

»Julie, du hast ein Fünfhunderttausendeuro-Projekt freigegeben. Mit einer völlig utopischen Budgetverteilung.« Er glich einem Vater, der sein Kind belehrte und dabei nur schwer an sich halten konnte.

»Aber –«, setzte ich an.

Seine Stimme wurde lauter. »Du kannst froh sein, dass ich mit dem Kunden per Du bin und es irgendwie geradebiegen konnte. Das war ein Fehltritt, der nicht zu entschuldigen ist. Abgesehen davon bist du letztens zu spät zum Pitch gekommen und schlafend an deinem Platz gesehen worden.«

Weil ich bis vier Uhr morgens für dich durchgearbeitet habe, hätte ich am liebsten gebrüllt. *Für das Unternehmen, in das ich jeden Funken meiner Energie reinstecke!*

Der Kloß in meinem Hals drohte mich zu ersticken, wenn ich die Tränen der Wut nicht losließ, die sich in mir anstauten. Aber nein. Ich weinte nicht, und er würde mich auch nicht dazu bringen. Ob ich ihm eine Erklärung lieferte oder nicht – nichts würde sich ändern, denn mir war klar, für Rechtfertigungen gab es hier keinen

Platz, obwohl es unerträglich war, nicht für mich einzustehen. Das, was ich zu Beginn bei *Love Brand* gelernt hatte, war, den Konzern an erster Stelle zu sehen. Maurice' Urgroßmutter hatte das Geschäft ins Leben gerufen, indem sie DIY Beautyprodukte hergestellt und an Freunde sowie Familie verkauft hatte. Heute agierte *Love Brand* international, hatte sich zur Dachmarke von Konsumgütermarken etabliert und besaß weltweit Firmensitze. Die Nachfrage war so gewachsen, dass schon lange keine nachhaltigen Zutaten mehr aus dem Garten und dem Shop um die Ecke genutzt wurden. Zum Unmut von Maurice' Urgroßmutter, die der Natur sehr verbunden gewesen war. Eine Geschichte, die sich obendrein gut verkaufte. Allerdings hatten ihre Kinder sie ins Altersheim abgeschoben und sich beim Eintritt ihrer Demenz alle Rechte unter den Nagel gerissen, um frei agieren zu können.

Ich hatte mich zügig mit den Unternehmensstrategien abgefunden. Die Stelle als Salesmanagerin brachte mir seit drei Jahren ein enormes Gehalt und Verantwortung, die ich liebte. Doch so wie es aussah, hatte ich genau das vermasselt. Ja, ich war am Arbeitsplatz eingeschlafen. Ja, ich war zu spät gekommen. Ein einziges Mal. Aber ich hatte keinen so gravierenden Fehler begangen, ein falsch formuliertes Budget freizugeben. Bis jetzt.

Wegen eines Moments der Unachtsamkeit wurde mein komplettes Dasein einfach so dem Erdboden gleichgemacht …

Äußerlich blieb ich ruhig. Ich war stets besonnen, sprach nur, wenn ich etwas beizutragen hatte, und war keine Freundin von emotionalem Kontrollverlust. Doch der wahre Grund, wieso ich dem Gewitter in mir keine Chance gab, war, um ihm keine Genugtuung zu geben. Maurice war ein Mann mit zu viel Macht, und er liebte es, sie zu demonstrieren. Als er meine beste Freundin Tamsin – Head of Finance bei *Love Brand* – bat, für einen wichtigen Termin einen kürzeren Rock anzuziehen, konnte man ihre Stimme über den gesamten Flur hören, und sie meldete es der HR-Abteilung. Maurice war allerdings Maurice, und außer der Einführung einer Sensibilisierungsschulung für seine Angestellten gab es keine weiteren Konsequenzen für ihn. Geschweige denn, dass er diese Schulung durchführte.

Wenn es um Maurice ging, schaltete mein Kopf in den Gib-mir-Anerkennung-Modus, für den ich sowohl Abscheu empfand als auch eine ungesunde Sucht entwickelt hatte.

»Tut mir leid, was passiert ist. Aber eine Kündigung ist –«

»Julie«, unterbrach er mich und überging meinen Versuch, meine Lage zu retten. Seine grauen Augen glichen Granit, und ich konnte förmlich hören, wie sein spröder Geduldsfaden riss. Das Lächeln auf seinen Lippen war süffisant. »Du weißt, ich diskutiere nicht. Hier ist kein Platz für emotionale Instabilität.«

Emotionale Instabilität? »Ich bin nicht –«

»Du bist umgehend freigestellt. Ich muss dich bitten, deinen Platz heute zu räumen. Tu mir den Gefallen.« Als wäre es eine Qual, meine Anwesenheit länger zu ertragen.

»Heute noch?« Vollkommen fassungslos brach die Frage über meine Lippen. Das war nicht sein Ernst. »Was ist mit meinen Partnern? Wer wird sie übernehmen?« Wer würde das bekommen, was ich mir so hart erarbeitet hatte? Wie sollten sie mich so schnell nachbesetzen? Wir hatten ein Dutzend Kampagnen auf dem Tisch, und unsere Abteilung brauchte jeden einzelnen Kopf des Teams.

»Heute noch. Es beschäftigt sich schon seit vorgestern jemand mit deinen Cases und ist daher im Loop. Es ist eine Schande, denn du warst eine gute Mitarbeiterin«, ließ er mich wissen, bohrte damit in der Wunde.

Gut? Ich war nicht *gut*. Ich war bekannt als *Hustle-Julie*. Ich arbeitete Tag und Nacht, und gäbe es eine weitere Zeit des Tages, würde ich auch während dieser arbeiten. Ich machte Überstunden, weil das hier als außerordentliche Leistung galt. Ich war nicht nur gut, sondern perfekt – zumindest hatte ich das immer sein wollen. Dennoch, ich befand mich nun in einer Situation, die mich das hinterfragen ließ. Die Fingerspitzen, die ich in meine Handflächen krallte, konnte Maurice über den Tisch hinweg nicht ausmachen.

Das war ein Albtraum. Und ich wusste, wovon ich sprach. Ich hatte so einige dieser Momente im Leben gehabt, aus denen ich hatte aufwachen wollen, um in dem Dickicht aus Nebel wieder einen Weg zu sehen. Seit Monaten irrte ich umher, nur um jetzt endgültig in einer Sackgasse zu landen.

Ich malte mir aus, wie ich aufsprang, ihn herausforderte, seine Entscheidung infrage stellte. Meine lauten, klaren Worte würde man bis zum Ende des Flurs hören können wie damals bei Tamsin. Ich würde ihn dazu bringen, es zu bereuen, weil ich ihm in Erinnerung rief, was er an mir hatte. In dieser Vorstellung stand ich für mich ein.

In der Realität starrte ich ihn bloß an, bemerkte, wie sich seine Lippen bewegten, und hasste die Hilflosigkeit, in die ich mich sinken ließ. Die mich runterdrückte.

Ich wollte schreien. Ihm die Meinung geigen. Doch ich konnte mich nicht rühren, weil mein Körper mir den Dienst versagte. Aus dem Nichts tauchte die Stimme meines Bruders in meinem Kopf auf. *Was ist los mit dir? Sag was!*

Ohne es verhindern zu können, befand ich mich in nächster Sekunde auf den Beinen.

Nur kam es anders als geplant. »Ich tue alles. Alles, Maurice, um dir zu beweisen, dass ich diesen Job verdiene.«

Seine Braue hob sich, und mit einem berechnenden Blick begutachtete er mich, tippte ein paarmal mit seinem Montblanc Füller auf den Tisch. Es schien, als grübelte er, das zufriedene Funkeln seiner Augen verriet ihn jedoch. Ich hatte es schon oft gesehen. Immer wenn er Leute in die Ecke trieb, in der er sie von Beginn an hatte haben wollen. Ich war ihm in die Falle getappt.

Sein Bild von mir war das einer gewissenhaften Arbeiterin, die für ihren König lebte. Selbst jetzt, wo er mich demütigte.

Ein tiefes Seufzen erfüllte den Raum, bevor er mich anwies, mich zu setzen. Ich gehorchte.

»Ich habe deine Treue immer geschätzt, Julie«, setzte er an. Sein Ton war freundlicher, aber der Schneid darin noch immer da. »Die Freistellung gilt, allerdings gibt es eine Sache, mit der du dich retten kannst.« Eine bewusst gesetzte Pause folgte, die mich in den Wahnsinn trieb. Maurice schenkte mir ein kaltes Lächeln. »Ich will Oscar Morrison und alles, was er besitzt. Du wirst mir das beschaffen.«

»Morrison ist ein harter Hund. Wir haben es zigfach probiert.«

»Als *Love Brand*. Du wirst als Julie Hassel nach Schweden reisen, dich bei ihm einzecken und mir Infos beschaffen«, erklärte er, und sein Ton verriet, dass meine Verzweiflung sein Druckmittel war.

Ich schluckte den bitteren Geschmack hinunter. Wieso Morrison? Das war meine Strafe für alle Schuld, die ich mir in diesem Leben aufgeladen hatte, gerade ihn ausspionieren zu müssen. Weder verdiente er das noch gab es Aussicht auf Erfolg. Aber *müssen* traf es. Das, oder ich verlor meinen Job. »In Ordnung.«

Ich hasste mich dafür.

»Gut«, meinte er nur, und ich bemerkte, wie er einen Blick mit Fio tauschte, die im benachbarten Glasbüro saß und uns beobachtete. Als HR-Mitarbeiterin hätte sie anwesend sein müssen, doch je weniger Mitwissende, desto besser.

»Natürlich kommen wir für den Zeitraum auf. Buch deinen Aufenthalt noch heute«, befahl er. »Ich will wöchentlich ein Update. Per Mail bekommst du noch ein paar Informationen. Viel Glück.«

Glück, nicht Erfolg. Er wusste, ich würde es brauchen.

»Danke.« Ja, ich bedankte mich. Und ich hasste mich dafür.

»Und nur dass wir uns nicht missverstehen«, hielt er mich auf, weil ich aufstand. »Wenn du es versaust, dann bist du raus.«

Er musterte mich wie ein Raubtier seine Beute, die es ziehen ließ, weil es zu faul zum Jagen war. Und weil er etwas noch Besseres in Aussicht hatte. *Glück gehabt,* hörte ich ihn schnurren. *Du auch*, schnurrte der Teil in mir zurück, der ihn gern in der Luft zerfetzen wollte, jedoch in Fesseln lag. Zusammen mit meiner Würde.

»Du hörst von mir.« Nur zögerlich brachte ich diese Worte hervor.

Hastig drehte ich mich um und schritt auf die Tür zu. In meiner Brust stieg ein erdrückendes Gefühl auf, stieg meinen Hals hoch und schnürte mir die Kehle zu. *Contenance*, sagte ich mir. Die Blicke, denen ich auf dem Gang begegnete, bewiesen wieder die Zuverlässigkeit unseres Flurfunks, und nun wusste ich, wie es sich anfühlte, auf der anderen Seite zu stehen. Unzählige Male hatte ich Kolleginnen und Kollegen ziehen sehen, doch niemals war mir in den Sinn gekommen, dass ich in ihre Fußstapfen treten könnte.

»Ich würde behaupten, du hast Besseres zu tun, als blöd zu glotzen, Steffen.« Tamsins samtige Stimme schallte durch das Großraumbüro, das ich durchquerte, um zu meiner Abteilung zu gelangen.

Meine beste Freundin trat an meine Seite und brachte Steffen und den Rest mit einem einzigen Blick dazu, wieder an die Arbeit zu gehen. Ihre katzengrünen Augen bewirkten Wunder. Gute und angsteinflößende, je nachdem, was sie beabsichtigte. Ihr Minzgeruch erreichte meine Nase, weil sie mich mit Schwung weiterzog. Sie liebte Minze. In ihrem Parfüm, ihrem Drink, ihrem Essen.

Selbst Tamsins manikürte Fingernägel waren dunkelgrün, was einen herrlichen Kontrast zu ihrem roten Haar ergab. Ich wünschte, schon mein jugendliches Ich hätte Tamsin ihre beste Freundin nennen können, denn ihr Selbstbewusstsein hätte mir mehr als gutgetan. Als ich hier anfing, hatte ich einen Topf Minze an meinem Arbeitsplatz vorgefunden. Mit einem Zettelchen, auf dem geschrieben stand: *Gegen die Kopfschmerzen. Du wirst es brauchen.*

Sie hatte recht behalten.

»Geier«, hörte ich Tamsin sagen, während sie die Glastür meiner Teamzone schloss, die verdächtig ruhig dalag. Dann drehte sie sich zu mir um. »Bitte sag mir, dass er das nicht getan hat«, flehte sie, doch ich war bereits dabei, meine Sachen in die Tasche zu schmeißen, was Antwort genug sein sollte.

Mit gerunzelter Stirn beobachtete sie meine fahrigen Bewegungen und mein wutentbranntes Gesicht. »Implodierst du gerade?« Ihr Ton war zögerlich, als würde jeder Laut eine Bombe hochgehen lassen.

Ich riss meinen Kopf so ruckartig hoch, dass mir ein heißes Kribbeln die Wirbelsäule hinablief. »Er hat es getan«, brach es aus mir heraus. »Er hat mich freigestellt.« Ich starrte die gepackte Tasche an.

»Julie … Es tut mir so leid, aber vielleicht ist es besser –«

»Er gibt mir eine zweite Chance.« Ich ignorierte, wie Tamsin die Lippen zusammenpresste. »Ich soll ihm Oscar Morrison besorgen.«

»Das ist ein beschissener Plan, Girl, das weißt du.«

Das war das Letzte, was ich hören wollte.

Weg hier, erklang eine Stimme in meinem Kopf. Wie immer, wenn ich in Stresssituationen geriet, in denen ich mich nicht mit Arbeit ablenken konnte.

Nach der Beerdigung meiner Eltern wollte ich weglaufen; nach der Krebsdiagnose meiner Schwägerin wollte ich weglaufen. Doch hatte ich es nicht getan. Jedes Mal sperrte ich mich in einen Käfig, damit ich blieb, den Schmerz aussaß und darauf hoffte, er würde vergehen. Vielleicht wollte ich ihn auch spüren, denn dann war da zumindest etwas in mir. Weil ich die Ohnmacht fürchtete. Ich zerknitterte die Unterlagen zu potenziellen Partnerlieferanten in meinem Griff. Dutzende Marken, in die wir investieren wollten, und *ich* hatte sie ausfindig gemacht. Maurice war mir vorhin ständig ins Wort gefallen; an seinem Entschluss war nicht zu rütteln gewesen, aber jetzt war da wieder Hoffnung.

Ich starrte den Stapel an, fokussierte die Post-its, die unter anderem aus einem Businessmagazin herauslugten, und zog es heraus. Tamsin war mittlerweile verstummt. Ich spürte nur ihren Blick auf mir, während ich das Titelbild der Ausgabe von vor einem halben Jahr anstarrte.

Oscar Morrison, einer der gefragtesten Meinungsführer in Sachen Umweltschutz, zierte das Cover. Braune Haare wellten sich auf seinem Kopf und waren sicher nur für das Shooting zurückgegelt, denn sonst ließ er sie meines Wissens unberührt – ich hatte ihn gescannt wie eine FBI-Agentin eine Fallakte. Er stand inmitten prächtiger Bäume, deren Braun- und Grüntöne mit der Jacke harmonierten, die er mit seinen Schultern ausfüllte. Er sah mich aus braungrünen Augen an, und in mir tat sich etwas, selbst wenn sie nur aus Papierfasern bestanden. Nicht weil er lächerlich attraktiv war – wirklich lächerlich –, sondern weil er meine einzige Lösung war. Der Ausweg aus dieser miserablen Situation, den ich so verzweifelt suchte.

Weg hier. Weg hier. Weg hier. Dieses Mal hörte ich auf diese Stimme in mir.

»Julie, sprich mit mir.« Tamsins Worte hallten in meinem Verstand wider. Sie war ohne jede Frage besorgt, doch ihre Hand schwebte zwischen uns, ohne mich zu berühren. Als würde sie befürchten, damit etwas zum Explodieren zu bringen, dabei war das längst geschehen.

»Ich muss los«, schoss es aus mir heraus.

Im nächsten Moment schulterte ich meine Tasche, presste das Magazin gegen meine Brust und stürmte damit zurück auf den Flur.

»Girl! Lass mich dich runterbringen«, rief sie mir hinterher.

»Ich schreibe dir nachher!«

»Pass auf dich auf«, erwiderte sie, wie immer, wenn wir uns verabschiedeten.

Ich rannte, ohne nachzudenken. Da war nur dieses unkontrollierbare Gefühl, dieser Situation entfliehen zu müssen, um sie wieder geradezubiegen. Vorher jedoch brauchte ich einen Rat.

Erleichterung durchströmte mich, als ich durch die Drehtür an die frische Luft sprang. Ich konnte wieder atmen, auch wenn meine Brust immer noch schmerzte.

Wenn du es versaust, dann bist du raus.

»Scheiße«, brach es aus mir heraus, dabei gab es kein Wort, das diese Misere beschreiben konnte. Stattdessen kramte ich in meiner Tasche, hetzte zu meinem Hollandrad und fluchte leise, weil mir der Schlüssel aus den Fingern rutschte. Als ich es schaffte, das Rad aufzuschließen, schmiss ich das Schloss inklusive meiner Tasche in den Korb und schwang mich auf den Sattel.

Obwohl ich ein Auto besaß, ergab es aufgrund der kurzen Strecken wenig Sinn, und so bekam mein Körper zumindest etwas Bewegung. Laut meines Bruders ging es bei dem Rad nicht um Pragmatismus, sondern um das schlechte Gewissen, das ich wegen meiner Arbeit bei *Love Brand* beruhigen wollte. Aber ich hatte kein schlechtes Gewissen. Ganz sicher nicht.

Ich fuhr zügig los, der Fahrtwind zupfte an meinem langen blonden Haar. Jede rote Ampel war eine Herausforderung für meine Ungeduld, allerdings war ich zu vorbildlich, um meine Prinzipien über Bord zu werfen. Ich überquerte rote Ampeln selbst dann nicht, wenn weit und breit kein Auto zu sehen war. #Alman, würde meine Nichte jetzt sagen.

Die Möwen kreischten, während ich parallel zur Elbe Richtung Altona Altstadt fuhr. Das war der wahre Grund, wieso ich das Fahrradfahren liebte. Es waren die wenigen Minuten am Tag, in denen ich mich frei fühlte. Ich hatte mir immer gewünscht, durch mein Leben zu fliegen. Als Kind bin ich von der Schaukel gesprungen, wenn sie ihren höchsten Punkt erreicht hatte. Als Jugendliche hatte ich mich vom höchsten Sprungbrett des Freibads gewagt. Als Studentin war ich mit einem Gleitschirmflieger durch die Lüfte Neuseelands gesegelt.

Doch am allerliebsten war ich mit meinem Bruder Levi geflogen. Wenn auch nur in Gedanken, aber seit er mich das erste Mal vor Jahren hinter sich auf seine Harley gepackt hatte und losgefahren war, glich es dem Gefühl zu fliegen. Das Röhren des Motors war Musik in unseren Ohren. Bei jeder Fahrt hatte ich die Arme ausgebreitet. Mit dem Blick gen Himmel hatte ich die Hände zu den Seiten ausgestreckt, hatte meine Finger wie ein Schiff auf See über den Wind tanzen lassen. Und in meinem Kopf sind wir über den Boulevards, Bergketten und Küsten dieser Welt entlanggeschwebt. Nur wir zwei. Wir waren frei. Frei von Sorgen, Plänen und Fehlern. Frei von Schuld. Nichts und niemand würde mich je aufhalten können, da war ich sicher gewesen.

Aufhalten durfte mich auch heute nichts. Ich musste funktionieren. Also erreichte ich fünfzehn Minuten später das weiße Haus im viktorianischen Stil. Ich schob mein Rad in einen freien Platz des Ständers, schloss ab, fischte meine Tasche aus dem Korb und raste die Treppe hoch. Wie eine Wilde klingelte ich. Der Öffner der mächtigen schwarzen Tür summte, und ich stürzte in das Empfangszimmer.

Der Assistent meiner Therapeutin lächelte mich an – ich war alle zwei Wochen alibimäßig hier, damit mein Bruder Ruhe gab.

»Ich muss dringend mit ihr reden. Bitte«, sagte ich ohne große Umschweife. Wieder bewunderte ich sein Gespür für Mode, denn auch heute steckte er in einem Outfit aus Hemd und Weste, das nach bester Handarbeit aussah.

»Es ist eigentlich keine Sprechzeit, aber nehmen Sie bitte kurz Platz«, meinte er mit sanfter Stimme und verschwand ins Sprechzimmer.

Ruhig zu bleiben glich einer Unmöglichkeit. Ich umklammerte den Riemen meiner Tasche und starrte die Tür an, hinter der meine Therapeutin saß.

Es blühte mir ein Krisengespräch, das mir ganz und gar nicht gefallen würde. In all den Sitzungen hatten wir nie *wirklich* gesprochen; nicht über die Schatten in meinem Kopf und Herzen. So hartnäckig sie blieb, es war mir gelungen, nicht zu tief zu graben, nun könnte es jedoch an der Zeit sein, zur Schaufel greifen zu müssen. Obwohl es in mir aufschrie.

Weg hier, weg hier, weg hier.

Ich blieb.

Dann tauchte der Assistent wieder auf und hielt mir lächelnd die Tür auf.

»Kommen Sie rein, Frau Hassel«, erklang eine rauchige Stimme, und ich eilte ihr entgegen, verharrte dann auf der Schwelle.

Mit Augen, die Seelen zu scannen vermochten, erwartete sie mich. »Was ist passiert?«

»Sie müssen mit mir reden«, brachte ich hervor und schluckte, um den herrischen Ton in den Griff zu bekommen. »Bitte. Ich … *ich* muss reden.«

Bei der sogenannten Apitherapie
werden Bienenprodukte verwendet,
um das Wohlbefinden zu verbessern.
Dies schließt Honig, Bienenwachs, Propolis,
Pollen und Gelée Royale mit ein.

O.M.

Kapitel 2

Mit Bienen fliegen

Julie

Machen Sie eine Pause.

Das war das Fazit unseres Gespräches gewesen. Und es hätte nicht nutzloser sein können. Ich hasste Pausen und wusste nichts mit ihnen anzufangen. Wenn ich welche machte, zerbrach ich mir einzig und allein den Kopf darüber, was ich danach aufholen musste. Meiner Therapeutin war das klar. Trotzdem hatte sie es mir empfohlen, wobei ihre Stimme eindeutig autoritär geklungen hatte. Durfte sie das überhaupt? Durfte sie mir Dinge befehlen? Musste ich tun, was sie sagte, um dieses Problem zu lösen?

Die Nachricht von Tamsin hatte ich bisher noch nicht beantwortet, stattdessen hatte es mich zu meinem Bruder verschlagen. Kraftlos stand ich in dessen bunt bepflanzten Garten und starrte seit Minuten in die offene Garage, in der die Harley stand. Die grüne Fat Boy war eine wahre Augenweide und löste Gefühle in mir aus, die eine wilde Mischung aus Freude und Wehmut waren.

Aus dem Augenwinkel bemerkte ich eine Bewegung.

»Wieso haben wir damit aufgehört?«, begrüßte ich meinen Bruder.

»Womit aufgehört?«, erwiderte er verwirrt.

Zu fliegen. »Damit zu fahren«, sagte ich stattdessen.

Einige Sekunden schwieg er. »Wenn ich dich nicht kennen würde, würde ich mir Sorgen machen.«

Ich blinzelte mehrmals und riss den Blick von dem Motorrad. Levi stützte sich mit einer Hand an dem Stützbalken seiner Veranda ab und musterte mich amüsiert. Sobald ich ihn jedoch ansah, stiegen mir Tränen in die Augen, und er richtete sich auf, das Schmunzeln verschwand aus seinem Gesicht.

Schon kam er zu mir und fasste mich an den Schultern. »Was ist los?«

Meine Unterlippe zitterte, aber vor ihm brauchte ich mich nicht dafür zu schämen. »Ich wurde gefeuert.«

Und hier, an dem Ort, an dem ich mich einigermaßen in Ordnung fühlte, brach es aus mir raus. Ich wusste nicht mehr, wann ich zuletzt geweint hatte. Seit dem Tod unserer Eltern nur selten, und ich hatte geglaubt, meine Tränen waren aufgebraucht. *Schon wieder getäuscht*, dachte ich. In Levis Augen blickte ich dem Gefühl entgegen, das seit heute Morgen auch in mir Heimat suchte: Erleichterung.

»Komm her, Stinker«, murmelte er und zog mich in seine tätowierten Arme. Wenn Levi einen umarmte, könnte man meinen, er sei kein Mensch, sondern ein riesiger Teddybär. Niemand gab so heilende Umarmungen wie er. Doch heute half es nicht.

Er legte einen Arm um meine Schultern und schob mich in das Haus, in dem er mit seiner neunjährigen Tochter lebte. Zwei Jahre lang war hier auch die Trauer um Dana zu Hause gewesen. Die Frau meines Bruders war immer noch da, wenn man das liebevoll eingerichtete Heim betrat, das einen mit hellen Farben, Graffiti-Gemälden und Pflanzen begrüßte. Dazwischen mein Bruder, der seit einigen Monaten ebenfalls wieder heller wirkte.

»Setz dich. Ich mache uns Tee«, verkündete er, nachdem er mich im Wohnzimmer auf das Sofa an der Panoramascheibe zum Garten gedrückt hatte. Fünf Sekunden später stellte er eine Taschentuch-Box neben mich, um dann in die Küche zu verschwinden.

Dass sich Unruhe in mir breitmachte, weil ich ihn mit Tassen hantieren hörte, während ich untätig blieb, konnte ich nicht verhindern. Nebenbei bemerkte ich, wie mein Bruder von der Chart-Playlist zu ruhigerer Musik wechselte. Levi war Musikproduzent. Und zwar ein unfassbar guter. Er hatte ein Gespür dafür, die Leute aufzugabeln, die weitab vom Mainstream Songs machen wollten. Lieder, die einen mitten ins Herz trafen.

»Du sollst das auch benutzen«, erklang seine tiefe Stimme, und ich hob den Blick von dem Taschentuch, das ich aus der Box gerupft hatte, zu seinem Gesicht.

Er machte sich Sorgen. Etwas, das ich immer hatte vermeiden wollen. Der Verlust unserer Eltern hatte uns zusammengeschweißt, obwohl er jedes Recht hatte, mich deswegen zu hassen. Wir waren eine Einheit, die sich gegenseitig den Rücken stärkte. Als Dana vor drei Jahren die Diagnose bekam, war ich kurz davor gewesen, für *Love Brand* in England anzufangen, hatte es aber nicht über mich gebracht, sie zurückzulassen, dabei war mein Traum immer gewesen, ins Ausland zu gehen. Die Schuld am Tod unserer Eltern lastete auf meinen Schultern, seine Frau lag im Sterben, also war ich es ihm schuldig gewesen zu bleiben. Ich akzeptierte die Stelle in Hamburg, und es folgte ein Jahr aus schmerzhaften Augenblicken für uns alle. Aus Krankenhausbesuchen. Hoffnung. Rückschlägen. Und einem letzten Moment voller Tränen.

Ich wollte, dass mein Bruder glücklich war und sich nicht mit meinen Problemen herumschlagen musste, wenn er selbst Wunden trug, die gerade erst vernarbten.

Levi setzte sich zu mir und stellte das Tablett zwischen uns, reichte mir den Jasmintee. Der Duft hüllte uns ein. »Willst du darüber reden, was passiert ist?« Die Frage war nicht drängend, stattdessen überließ er es mir, ob ich dazu bereit war.

Mein Blick heftete sich an den aufsteigenden Dampf des Tees. »Ich wurde freigestellt.«

»Das hast du bereits erwähnt«, erwiderte er mit seinem Großer-Bruder-Ton. Er wusste, ich hielt ihn hin.

Die nächsten Sekunden verbrachten wir schweigend.

»Es war schwierig die letzten Monate …«, begann ich und musste die Tasse abstellen, weil ich nicht ertragen konnte zu sehen, wie meine Hände zitterten. Stattdessen legte ich sie auf meinen Knien ab. »Ich habe Schlafprobleme. Länger schon. Ich bin ständig müde, selbst wenn ich schlafe, und mein Kopf gibt keine Ruhe. Gleichzeitig ist er wie leer gefegt. Ich war … unkonzentriert. Und ich habe das Budget für einen Case falsch formuliert.«

»Wie viel?«, fragte er nur.

»Fünfhunderttausend.« Es war nur ein Murmeln.

»Doch so wenig.«

Mit zusammengekniffenen Augen riss ich den Kopf hoch und sah es in seinen funkeln, weil ich eine Reaktion zeigte, die mir eher glich. Wenn er mich in Maurice' Gegenwart erleben würde, dann würde er seine kleine Schwester nicht wiedererkennen.

»Das ist nicht lustig!«

»Hey«, meinte er und griff nach meiner Hand, die in seiner unterging. Der Blick seiner braunen Augen wurde ernst. »Das hab ich auch nicht gesagt. Das ist scheiße viel Geld, aber du kannst mir nicht erzählen, dass es nicht geklärt werden könnte. Niemand hat darunter gelitten, oder?«

Die Tränen flossen, und ich beschloss, das unberührte Taschentuch zu nutzen. »Maurice konnte alles geradebiegen. Arbeitslos bin ich vorerst trotzdem«, meinte ich, während ich mir die Nase putzte.

Levis sanfte Züge verhärteten sich, sobald ich meinen Chef erwähnte, und das war auch der Grund, wieso ich den Deal umschiffte. Zu sagen, dass er ihn hasste, war die Untertreibung des Jahrhunderts. Er musterte mich, beobachtete meine Bewegungen, und etwas Düsteres stieg in seine Miene, bevor er den Mund öffnete. Doch er behielt die Worte für sich. Wahrscheinlich, weil er ahnte, wie unerwünscht seine Predigt war.

Er hielt nichts von Maurice.

Er hielt nichts von *Love Brand*.

Er hielt nichts davon, wie mich die Arbeit ausbrannte.

All das hatte er mir Dutzende Male zu verstehen gegeben.

»Ich war bei meiner Therapeutin«, fuhr ich fort und lenkte seine Gedanken um. Seine Neugierde war geweckt, und ich fuhr fort, während er einen Schluck vom Tee nahm. »Sie hat gesagt, ich brauche …«

Als ich innehielt, legte er den Kopf schief. Sein Dutt fiel dabei leicht zur Seite. »Was brauchst du?«

»Eine Pause.« Da. Ich hatte es ausgesprochen.

Ich brauchte eine Pause. Angeblich.

Für Levi war diese Erkenntnis offenbar nicht so revolutionär, wie es mir vorkam, rieb es mir jedoch nicht unter die Nase.

»Das hört sich gut an.« Er nahm einen weiteren Schluck und drückte mir meine Tasse in die Hand. »Trink, der beruhigt. Und hast du dir schon überlegt, was du in deiner Pause machen willst?«

Ich runzelte die Stirn, weil er schon einen Schritt weiterging, statt sich mit mir darüber zu wundern, wie man so etwas von mir verlangen konnte. Das Lächeln, das sich bei meiner Miene auf seine Lippen schlich, konnte er nur schwer verstecken.

»Was meinst du damit? Ich kann keine Pause machen. Hast du mir zugehört: Ich bin arbeitslos. Ohne Arbeit gibt es kein Geld und noch dazu eine fette Lücke im Lebenslauf.« Meine Stimme überschlug sich beinahe, und das alles kam mir noch abwegiger vor als zuvor.

Levi zog eine breite Braue hoch. »Julie. Du hast genug Geld, um dir ein paar Monate zu gönnen, und im Notfall helfe ich dir aus.«

»Ich nehme kein Geld von dir an«, wehrte ich ab, doch er ignorierte es.

»Heutzutage ist ein Sabbatjahr gang und gäbe. Die Einzige, die aus einer Pause ein Problem macht, bist du.«

Und so ziemlich die Hälfte aller Arbeitgeber dieser Welt. Ein Schauder durchfuhr meinen Körper. Mein Bruder schien es zu bemerken und beugte sich mit schalkhafter Miene vor. Ich lehnte mich zurück, und er sagte das Wort so, als wollte er mich damit erschrecken.

»Pause!«

»Lass das sein«, beschwerte ich mich halbherzig mit zuckenden Mundwinkeln, bis ich grinsend den Kopf schüttelte.

Er lächelte ebenfalls. »Na, da haben wir sie ja.«

Seufzend hob ich den Tee an meine Lippen und versuchte, einen klaren Gedanken zu fassen. Es gelang mir nicht zu realisieren, was heute geschehen war, und ich seufzte erneut.

»Darf ich dir einen Vorschlag machen?«, erkundigte sich mein Bruder und lehnte sich gegen die Masse an Kissen, die er seiner Tochter, mir und unserer gemeinsamen Schwäche für Kissenlandschaften zu verdanken hatte.

»Wenn er gut ist.«

Er hob scherzhaft die Hand zur Brust, als fühlte er sich ernsthaft angegriffen. »Na hör mal! Ich habe ausschließlich wundervolle Vorschläge.«

»Mhm, sicher. Aber zuerst kommen wir zu *meinem* Plan.«

Levi sah nicht, wie ich in meine Tasche langte, weil er mit einem Seufzen den Kopf in den Nacken fallen ließ. Am liebsten hätte er sich wahrscheinlich die Haare gerauft, wenn er nicht so viel Wert auf eine gut gestylte Frisur legen würde und nicht mit Tee bewaffnet wäre.

Triumphierend klatschte ich das Magazin zwischen uns und ließ den Anblick der Titelseite wirken.

»Das ist doch dieser Morrison.«

»Korrekt.«

Levi hob den Blick und zog eine Braue hoch. »Der dich hat abblitzen lassen, als du ihn nach einer Produktion abgefangen hast?«

Die Erinnerung hatte ich tief vergraben. »Korrekt«, wiederholte ich. Vor zwei Jahren hatte ich meinen ganzen Mut zusammengenommen und Oscar angesprochen, der zuerst mit einem ehrlich warmen Lächeln reagiert hatte, bis *Love Brand* zur Sprache gekommen war. Ein Wunder, dass ich nicht auf der Stelle in Flammen aufgegangen war. Selten hatte ich so eine Abneigung in jemandes Augen brennen sehen. Kurz darauf hatte sich Oscar immer mehr aus dem offiziellen Leben zurückgezogen und blieb hinter den Kulissen.

»An dessen Initiative du regelmäßig spendest?«, fragte er weiter, und ich wollte schon die Augen verdrehen, stutzte jedoch.

»Woher weißt du das?«

»Weil ein Spendenzertifikat auf Recyclingpapier, inklusive hübschem Bild von einer Biene, feierlich drapiert in deinem Flur hängt. Wir können aber auch einfach so tun, als wäre ich ungewöhnlich aufmerksam.« Was auch immer in seinem Unterton mitschwang, es gefiel mir ganz und gar nicht.

»Können wir vielleicht zum Plan kommen?«

Levi stellte die Tasse auf den Tisch und verschränkte die Arme, was ich als ungünstig wahrnahm, da er jetzt schon nichts von meiner Idee zu halten schien.

Ich packte das Magazin und hielt es vor mich, womit nicht nur ich, sondern auch Morrison meinen Bruder ansah. »Maurice ist besessen von ihm –«

»Ich hatte bisher angenommen, dass du einen Exorzisten brauchst«, unterbrach er mich, wovon ich mich nicht beirren ließ.

»Wenn ich es schaffe, Morrisons Unternehmen an Land zu ziehen, gibt Maurice mir den Job zurück.«

Levi musterte mich und machte kein Geheimnis aus seinen Zweifeln, aber er ließ sich Zeit, um zu antworten, als wollte er besonders behutsam mit mir umgehen. Er beugte sich nach vorn und nahm mir das Magazin aus der Hand. »Julie. Dieser Mann«, er wies auf Morrison, »lebt für die Umwelt. Ich habe sein Interview gelesen und jedes Youtube-Video angesehen, das du mir geschickt hast. Er würde sich eher die Augen auskratzen, als *Love Brand* irgendwas einzuräumen. Und er ist nicht der Einzige, der viel zu gut für diesen Schuppen ist.«

»Ich kann überzeugend sein. Maurice gibt mir diese Chance, also muss ich es versuchen.«

»Das ist gar nicht dein Plan, sondern seiner«, realisierte er.

Mein Versuch, das zu verhindern, war sowieso zum Scheitern verurteilt gewesen, also nickte ich. Sorge huschte durch seinen Blick und seine Züge wirkten müde, als hätte er für wenige Sekunden die Geduld mit mir verloren. Doch er fing sich. Als er die Zeitschrift zur Seite und damit außer Reichweite legte, spannte ich mich an, doch seine Stimme lenkte meine Aufmerksamkeit zurück auf ihn.

»Was verlangt er von dir?« Er sprach wie mit einem Tier, das sich in die Ecke gedrängt fühlte und bei jedem lauten Geräusch flüchten könnte.

»Ich soll auf Morrisons Farm gehen und sein Vertrauen gewinnen.«

»Eine recht schlechte Basis für Vertrauen, findest du nicht?«, warf er ein, und ich sah ihm an, dass er versuchte ruhig zu bleiben. »Diese Farm wolltest du schon immer besuchen. Seit sie endlich Übernachtungen anbieten, erzählst du ständig davon. Das, was Maurice von dir verlangt, willst du eigentlich gar nicht.« Weil ich schwieg, versuchte er etwas anderes. »Ich hab eine bessere Idee, was nicht sonderlich verwunderlich ist. Die Farm bringt deine Augen zum Strahlen. Fahr hin, red dir von mir aus noch ein paar Tage ein, dass du eine herzlose *Love Brand*-Spionin sein kannst, aber dann musst du anfangen, du zu sein.«

Das Öffnen der Haustür unterbrach uns, und kurz darauf ertönte Lottas Stimme. »Hallo, Papa!«

Im nächsten Moment kam meine Nichte in das Wohnzimmer gestürmt. Levi hatte seine Tasse bereits auf das Tablett gestellt und passte sie auf halbem Weg ab, um sie hochzuheben.

»Deine Haare sind ja kurz«, rief ich schockiert aus, und sie grinste mir stolz entgegen. Ihre sonst langen braunen Haare reichten ihr nicht weiter als bis über die Ohren.

Die beiden schmissen sich zu mir aufs Sofa, weshalb ich nach den Tassen griff, deren Inhalt gefährlich hin und her schwappte.

»Ich hab sie für Krebskranke gespendet«, teilte sie mir mit, was mein Herz stechen und gleichzeitig aufblühen ließ.

Die Frisur ließ ihre kugelrunden blauen Augen – die sie von ihrer Mutter geerbt hatte – noch größer wirken. Ich verkniff mir einen Blick in die Richtung meines Bruders, hörte ihn jedoch leise lachen.

»Du siehst obercool aus, Spatz«, bemerkte er und wuschelte ihr durch die Haare, wobei ich mich anschloss, weshalb Lotta protestierend in die Kissen fiel und sich darin vergrub. Das Strahlen im Gesicht von Levi tat mir gut, und ich merkte, wie ich mich endlich entspannte.

»Ich überrede deine Tante gerade dazu, Urlaub auf der schwedischen Farm zu machen, mit der sie uns ständig in den Ohren liegt«, teilte er der Kleinen mit. „Hol doch den Laptop, dann können wir sie uns noch mal ansehen.«

Er übertrieb maßlos. Ich hatte ihnen ein einziges Mal – mindestens – von *Humble Bees & Teas* erzählt. Das Herzensprojekt, Lebenswerk und bestgehütete Unternehmung von Oscar Morrison, die er schon vor seinem Rückzug aus den Medien schützte wie ein Löwe.

Sofort kämpfte sich Lotta vom Sofa hoch, um wie ein Wirbelwind loszurennen.

»Scheiß auf den Deal mit ihm. Fahr für *dich* hin! Das wird dir guttun«, kam mein Bruder mir zuvor und ich seufzte. Zum hundertsten Mal an diesem Tag.

»Woher willst du das wissen, Levi?«

Wie vorhin wurden seine Züge steinern. »Weil jede Situation besser ist als die, in die du dich jeden Tag zwängst.«

Ich machte sofort dicht und wandte mich ab. »Fang nicht wieder damit an. Ich habe keine Lust, mir deine Vorwürfe anzuhören.« Es war ein schwieriges Thema, das ich zu vermeiden versuchte. *Love Brand* hatte das Image eines Konzerns, der über Leichen ging. Und viele Freunde und Familienmitglieder sparten nicht an Kommentaren, die mich genau daran erinnerten, bevor sie im Drogeriemarkt nach unseren Produkten griffen.

»Himmel, Julie. Es geht nicht um die Korruption in diesem Schuppen, dem du dich verschrieben hast, sondern darum, wie ausgelaugt du deswegen bist. Und ich will dir nicht länger dabei zusehen, wie du dich kaputtmachst.«

Seine Worte trafen etwas in mir, was die Tränen wieder heraufbeschwor, und er hielt inne. Kaum rückte er neben mich, drehte ich den Kopf weg.

»Tut mir leid … Du weißt, ich bin immer für dich da, aber ich möchte, dass es dir gut geht.« Sein Ton glich einem Flehen. Am Ende war das, was wir füreinander wollten, nie weit voneinander entfernt.

»Gib dich nicht für andere auf. Es ist an der Zeit, dass du dich um dich kümmerst. Nicht immer um alle anderen.«

»Ich überlege es mir«, gab ich nach, und sein Lächeln steckte mich ungewollt an.

»Ich hoffe, das Arschloch bezahlt dir diesen *Urlaub*.«

Insgeheim gefiel mir das Teuflische in seinen Augen. »Auf nach Schweden.«

»Schweden!«, wiederholte Lotta feierlich, die gerade mit dem Laptop angerast kam und zwischen uns hüpfte. Ihr Vater beäugte mich, während sie auf der Tastatur herumdrückte.

»Komm her«, wandte er sich an Lotta und hob sie auf seinen Schoß. Sie hatte sich wahrscheinlich vertippt, und er half ihr dabei, den Namen richtig zu schreiben und die Website aufzurufen.

»Das sieht aus wie ein astreiner Disneyfilm«, meinte Levi.

Humble Bees & Teas. Es war ein Traum. Die reinste Idylle in den Tiefen Schwedens. Wir sahen uns die Farmtiere sowie den Hofladen an, obwohl ich alles längst kannte. Die Bienen. Das zu vermietende Cottage raubte mir erneut den Atem.

Weg hier. Die Stimme war lauter als jemals zuvor, sobald ich das Häuschen zum Verlieben entdeckte.

Ohne es zu merken, rückte der Deal mit Maurice in meinen Hinterkopf. Womöglich war es eine gute Idee, etwas für mich zu tun. Es fühlte sich zumindest mehr als richtig an. Nur schwer riss ich mich von dem Screen los und schaute meine kleine Familie an. Wieder seufzte ich, dieses Mal mit einem Lächeln auf den Lippen.

Levi streckte eine Faust in die Luft und Lotta klatschte in die Hände. »Du wirst mit Bienen fliegen!«, jubelte sie, und ich legte einen Arm um ihren Körper, als sie sich an mich schmiegte.

»Ja, Kleine. Das werde ich wohl.«

Etwas blühte im Blick meines Bruders auf. Und ich spürte, wie es auch mein Herz erreichte.

Am nächsten Morgen bestätigte man mir meine Buchung telefonisch, denn das Internet in dem kleinen Dorf hatte den Geist aufgegeben. Der Ansprechpartner für die Cottagevermietung war ein mies gelaunter Typ, der seinem Tonfall nach nur bedingt Lust auf Menschen hatte. Das war mir recht, solange ich dort Oscar antraf.

Worauf ich mich einzig und allein konzentrieren wollte, waren die drei Sommermonate, die ich in Schweden verbringen würde. Mit aller Macht ignorierte ich die Panik, die in mir aufstieg, und ließ mir stündlich von Levi bestätigen, dass ich das Richtige tat, solange ich dabei auch an mich dachte. Das sah Tamsin ganz ähnlich. Ich hatte bei meinem Bruder mit ihr gefacetimed, der sich während ihrer Rede mit anerkennender Miene hinter mich gestellt und ein wenig zu lang gestarrt hatte. Die beiden waren sich trotz unserer innigen Freundschaft nur selten begegnet, hatten in ihrem Maurice-Hass allerdings eine große Gemeinsamkeit gefunden.

Es wird Zeit, dass du dich um dich kümmerst, hallten ihrer beider Worte in meinem Kopf wider. Das Problem war nur, dass mir das genauso schwerfiel wie Pausen zu machen. Sosehr ich mich auf Schweden freute, die Entlassung lag wie ein Stein in meinem Magen, und ich hatte schlichtweg Angst vor dieser Reise. Das Gefühl, alles würde aus den Fugen geraten, beschlich mich die folgenden Tage fortlaufend. Während ich meine Taschen packte, während ich Tamsin meinen Zweitschlüssel gab und während ich meinen Zielort recherchierte. An meinem letzten Abend fuhr ich mit dem Rad durch die Stadt, sog den Anblick des Flusses auf, den der Sterne über mir und lauschte den Leuten, die über die Promenade schlenderten. Der Drang, die Arme auszubreiten, stieg in mir auf, stattdessen umgriff ich den Lenker fester. Auch wenn ich mich hier manchmal wie gefangen fühlte, würde ich Hamburg vermissen.

Der Abschied von Lotta, Levi und Tamsin war jedoch das Schlimmste. Zumindest für mich. Eine Woche nach der Freistellung konnten sie sich das Lächeln gar nicht mehr aus dem Gesicht schlagen, während sie beim Beladen des Autos halfen.

»Man könnte meinen, ihr wollt mich loswerden«, kommentierte ich mit hochgezogener Braue und stemmte eine Hand in die Hüfte.

Levi öffnete demonstrativ die Fahrertür. »Wie kommst du drauf?«, neckte er mich, ehe er zu mir kam und mich in eine Umarmung hob.

»Du erdrückst mich«, beschwerte ich mich zuerst, umschlang dann aber seine festen Schultern.

Nachdem er mich runtergelassen hatte, war es an mir, Lotta hochzuheben, während sich ihr Papa nachdenklich über den Bart fuhr.

»Pass auf den Straßen auf«, bat er mich ernst, und ich nickte stumm, bevor ich Lotta einen Kuss auf die Wange gab.

»Seid schön lieb zueinander«, flüsterte ich ihr zu.

Sie stemmte die Hände in die Hüften wie ich vorhin und reckte das Kinn. »*Ich* bin immer lieb.« Eine schamlose Lüge.

Ich drückte Tamsin so fest wie möglich, bevor ich in mein Auto stieg und die Adresse in das Navi eingab. Schließlich schaute ich auf und begegnete dem Blick meines Bruders.

Er schloss die Tür erst, nachdem ich die Scheibe runtergelassen hatte, und beugte sich dann vor. »Ich meinte es ernst, was ich gesagt habe. Kümmer dich dort um *dich*. Sei gut zu dir und tu nichts, was du bereuen wirst.«

Seine Worte lösten mehr in mir aus, als ich gerade verkraften konnte, also nickte ich nur. »Ich hab euch lieb.«

»Wir dich auch«, erwiderten sie im Chor.

»Denk dran, mir einen Screenshot von der Absage an Maurice zu schicken«, erinnerte mich Tamsin.

Mehrmals hatte sie mich dazu angehalten, doch meine Antwort hatte sich bis jetzt nicht geändert: Ich muss darüber nachdenken.

Ich setzte rückwärts auf die Straße und streckte eine Hand aus dem Fenster, um zu winken. Kaum war ich losgefahren, in die Richtung, in die mich der blaue Pfeil auf dem Screen wies, schnürte sich mir die Kehle zu. Der Blick in den Rückspiegel half nicht, denn meine Familie stand auf dem Bürgersteig und winkte unaufhörlich.

Sei gut zu dir.

Das war der Plan. Womöglich war diese Farm meine Chance. Etwas, das mich aus dieser Lage rettete. Etwas, das mich nicht entwurzelte.

Oder aber – und der Gedanke fühlte sich viel leichter an – sie ließ mich fliegen.

In ihrem kurzen Leben
produziert eine Biene
zwei Teelöffel Honig.

O.M.

Kapitel 3

Honigsüßes Lächeln

Julie

Ich fuhr an dem Staketenzaun vorbei, hinter dem Lupinen wuchsen und sich weite Wiesenflächen erstreckten. So weit, dass ich ihr Ende nicht erahnen konnte.

Eins stand fest: Das hier war das Paradies.

Die Bilder auf der Website wurden der Realität nicht annähernd gerecht. Sie konnten nicht das auslösen, was der Duft von Erde und Frische in mir auslöste, der durch das heruntergelassene Fenster zu mir wehte. Ich konnte es kaum abwarten, endlich aus dem Auto zu steigen. Etliche Kilometer war ich an dichten Wäldern und saftigen Grashügeln vorbeigefahren, auf denen wilde Blumen wuchsen, bis ich schließlich die Farm erreichte. In der Ferne hatte ich sogar eine Schafherde ausgemacht und mir deswegen den Kopf verrenkt. Wir hatten zwar auch in Deutschland Schafe, aber das waren eben deutsche Schafe und keine schwedischen. Hier hatten sie einen ich-bin-ein-exotisches-Schaf-Flair.

Den breiten Pfad, der von Weiden und einer Baumallee flankiert war, fuhr ich im Schritttempo hoch. Hinter den bunten Hütten stiegen Berge empor, und ich fragte mich, wie mir hatte entgehen können, wie schön Schwedens Natur war. Ein entzücktes Geräusch schlüpfte über meine Lippen, kaum entdeckte ich zwei Esel, die aus einem bunt angestrichenen Stall auf die Weide zu meiner Linken trabten. Dahinter erhoben sich zwei weitere riesige rote Scheunen und eine im Miniformat stand ein Stück versetzt; das Ende des Pfades mündete auf der rechten Seite in einem kleinen Parkplatz einer Scheune, deren weiße Flügeltüren offen standen.

Überall standen Apfelbäume, und so weit das Auge reichte, wuchsen Blumen; ob in Form von wilden Wiesen, Beeten oder in Töpfen, sie nahmen jeden kleinen Winkel auf dieser Farm in ihren Besitz. Ich vermutete, auch jeden Winkel im Herzen der Besucher, die diesen Boden betraten – zumindest ging es mir so. Es brauchte nur einen Blick und das Gewicht auf meinen Schultern löste sich ein wenig. Ich hatte die dunkleren Gedanken vorn an der Straße abgeladen, und obwohl ich befürchtete, dass sie es früher oder später diese Allee hochschaffen würden, so wollte ich sie noch etwas länger auf Abstand halten.

Ich hielt vor dem Gebäude mit den Flügeltüren, über denen ein Holzschild baumelte, auf dem *Humble Bees & Teas* geschrieben stand. Es war einem Etikett nachempfunden und um den Schriftzug verlief ein Kranz aus Schnörkeln, auf denen eine Biene thronte. Ein Lächeln schlich sich auf meine Lippen. Nachdem ich den Wagen abgestellt hatte, sprang ich ins Freie und drehte mich im Kreis. Aus den Augenwinkeln nahm ich eine Bewegung wahr, worauf mein Blick zur Seite schweifte.

Nur um einem verdammt riesigen Pfau entgegenzublicken.

Mit schief gelegtem Kopf taxierte er mich, und ich kniff die Augen zusammen. Der Enthusiasmus in mir verebbte, die Bienchen und Blümchen waren vergessen. Hätte ich auf der Website nicht schon die hiesigen Tiere begutachtet, wäre ich mehr als verwundert; allerdings begegnete ich nicht jeden Tag einem ein Meter großen und streitlustig aussehenden Vogel, der frei rumlief.

Das Tier streckte seinen Hals und seine Federkrone zuckte. Mit lauernden Schritten kam er näher, und seine schillernde Schleppe aus Federn raschelte, während er mich misstrauisch beäugte. So wie ich ihn, denn alles an ihm sagte, dass er nichts Gutes im Schilde führte.

»Bleib schön weg, Freundchen«, murmelte ich.

Als wollte er mich provozieren, näherte er sich mir weiter. Ob wegen seines irren Blickes oder der aggressiven Haltung, ich wich instinktiv einen Schritt zurück. Den gewonnenen Abstand machte er ad hoc zunichte.

»Geh weg, Hühnervogel!«, warnte ich und hob den Finger, stolperte rückwärts. »Sei schön brav.«

Das Blau seiner Brust glänzte in der Sonne. Er öffnete den Schnabel – und ließ dann einen Kampfschrei los, mit dem er wie von der Tarantel gestochen auf mich zuschoss.

Ohne nachzudenken, wirbelte ich herum und rannte los, hielt auf die kleine, offene Scheune zu, die das Einzige war, was Schutz versprach.

Wieder erklang ein Schrei. Etwas Spitzes streifte meine Wade.

»Scheiße!«, fluchte ich und legte einen Zahn zu. Panisch wollte ich mich wehren, wagte jedoch nicht stehen zu bleiben. »Lass mich in Ruhe!«

Ein Schmerz fuhr durch mein Bein. Noch mal. Und noch mal.

Ich hätte wohl gelacht, hätte ich mich selbst gesehen. Eine erschöpfte Reisende, die von einem aggressiven Pfau über einen Hof gejagt wurde, auf dem es nach Tee und Blumen duftete und die Idylle um sie herum durch ihren lang gezogenen, schrillen Hilferuf zerstörte.

Oscar

»Hilfe!«

Bei dem mehr als verzweifelten Ruf riss Oscar seinen Kopf herum, den er von dem Imkerhut hatte befreien wollen. Fluchend lief er los, der Hut raschelte bei jedem großen Schritt, mit dem er seine Farm überquerte, die friedlich dalag. Die Ziegen und Esel hoben die Köpfe, als er in der Montur an ihrer Weide vorbeiraste, geradewegs auf den Hofladen zu, aus dem ein erneuter Schrei ertönte.

Der Wagen, der mit offener Beifahrertür in der Auffahrt stand, verwunderte ihn nur, weil er ein deutsches Kennzeichen hatte. Für gewöhnlich fanden hier nur selten Touristen hin. Stolt war kein Städtchen, das man schnell auf der Karte fand.

»Ich warne dich!« Die hohe Stimme klang panisch.

Er ahnte, was das Problem war. Was sich bestätigte, sobald er in den Laden schlitterte und Brutus' wippenden, federbedeckten Hintern entdeckte. Das Rad des Pfaus war aufgeschlagen und wellte sich einschüchternd.

»Was zum …«, entfuhr es Oscar, da der Pfau zwar nicht freundlich war, dennoch niemanden anging wie ein Wahnsinniger.

Obwohl der Frau durch das bunte Rad die Sicht versperrt wurde, hatte sie Oscar wohl gehört. »Er will mich töten!«, behauptete sie in einwandfreiem Englisch und forderte damit sein Einschreiten.

Oscar verkniff sich ein Schmunzeln und trat um das Tier herum, wehrte mit der Hand die Federn ab, als sie gegen seinen Hut stießen. Vielleicht war es Schicksal, dass er ihn heute trug, weil er Sauron besucht hatte – nicht die freundlichste Regentin unter seinen Bienenköniginnen. Mit ausgebreiteten Armen trieb er den Vogel zurück. »Brutus! Hau ab«, herrschte er ihn an und der Pfau hielt inne.

Einen weiteren Schritt in seine Richtung, und Brutus machte – als königlicher Wachhund, der er glaubte zu sein – eine letzte trotzige Bewegung seines Rads und fuhr es dann gnädig ein. Nicht ohne ein gurrendes Geräusch von sich zu geben, drehte er sich um und stolzierte schwungvollen Ganges davon.

Ein tiefes Durchatmen erklang. »Was zum Henker war das?« Dieses Mal auf Deutsch.

»Ein Pfau«, erwiderte Oscar und überraschte sie sicherlich mit seinen Sprachkenntnissen. Womöglich war sie ein Stadtkind; die hielten Tiger meist für Löwen. Er begann, an seinem Imkerhut rumzuwerkeln, und schaffte es endlich, ihn abzusetzen, während er sich zu der Stimme umdrehte.

Eine, die aufgekratzt und kess klang. »Weiß er das? Ich glaube, er denkt, er sei ein Wachhund.« So überrascht schien sie wohl doch nicht über seine Sprachkenntnisse zu sein, denn sie fuhr unbeirrt in ihrer Muttersprache fort.

Das brachte ihn zum Lächeln. Er machte sich ein Bild von der Szene. Mit einer Miene, die sich anspannte, saß die junge Frau in dem zusammengestürzten Regal, das er letztens neu gestrichen hatte. Ihre Haare hatten vor dem Unfall sicher perfekt gelegen, aber der Honig und die Blüten darin ließen sie noch hinreißender aussehen, als es ein guter Haarschnitt vermocht hätte. Innerlich machte er ein Foto von diesem Moment. Dass er den Ausdruck in diesen braunen Augen jemals vergaß, war zu bezweifeln. Es riss ihn beinahe selbst von den Füßen.

Etwas ging durch ihre weichen Züge, und sobald er realisierte, dass er sie anstarrte, räusperte er sich. Er verhielt sich unmöglich.

»Gut erkannt«, brachte er hervor und hielt ihr die Hand hin. »Hast du dich verletzt? Darf ich dir aufhelfen?«

Zu spät. Die junge Frau raffte sich mit rosigen Wangen auf und wischte sich ihre Hände an der Jeans ab, ehe sie auch darauf Honigflecken bemerkte. Mit verzogenem Mund hob sie die Finger vor das Gesicht.

»Du kannst gern probieren. Soll ganz gut schmecken. Geht aufs Haus«, hielt er sie mit zuckendem Mundwinkel an, jedoch erwiderte sie es nicht. Etwas gab ihm das Gefühl, sie wollte den Blickkontakt mit ihm vermeiden. Ihre Schultern waren verkrampft. Fühlte sie sich unwohl in seiner Gegenwart? Vielleicht war er ihr bei dem Versuch, ihr aufzuhelfen, zu nah gekommen. Den Schritt, den er zurücktrat, machte er ausschließlich für sie. Er mochte es selbst nicht, wenn Leute einem auf die Pelle rückten.

Allerdings schien sie sein Zurückweichen gar nicht zu bemerken. Sie starrte weiterhin ihre Hand an, ihr Ausdruck war zögerlich, bis ein Ruck durch sie hindurchging, den er nicht zu deuten wusste. Zu seiner Verwunderung steckte sie sich einen Finger in den Mund und summte kaum merklich auf. Er atmete tief durch. Nun schaute sie doch zu ihm, und zwar mit strahlenden Augen.

»Mehr als ganz gut. Eher fabelhaft«, ging sie auf seine Aussage ein.

Oscar blinzelte und inspizierte den Laden, um einen Vorwand zu haben, sich von ihr loszureißen. Die Regalbretter waren aus den Halterungen gefallen und mit ihnen mehrere offene Honigtöpfe, Blumendeko und zwei Teekästchen.

»Tut mir leid für das Chaos. Ich komme dafür auf«, beeilte sich seine Kundin zu sagen.

Sie schien ernsthaft besorgt, als könnte sie sich vorstellen, wie viel Arbeit ein einzelner Honigtopf bedeutete. Ihm gefiel der Gedanke.

Was die Natur gab, nahmen Menschen oft einfach, ohne es wertzuschätzen. Es war gestern verfügbar, das würde es auch heute und morgen sein. Wie das Morgen der zukünftigen Generationen aussah, war vielen gleichgültig. Wie das Morgen dieser Erde aussah, war vielen gleichgültig. Denn sie alle konnten es sich leisten, diese Welt zu retten, wenn sie es wirklich wollten. Aber womöglich war er nur wieder in seinem Ich-mag-Steine-Modus, denn hier stand jemand, der nicht gleichgültig erschien, und das sollte er wohl genießen. Oscar wollte heute auf das Gute hoffen. Da war dieses Funkeln in ihren Augen, hinter einer dicken Nebelwand, doch es war da.

Er ignorierte das flatterhafte Gefühl in seinem Bauch und schüttelte den Kopf. »Schon in Ordnung.« Er würde sich später darum kümmern. Jetzt musste er erst die Kundschaft bedienen. »Wie kann ich dir helfen?«

Sie blinzelte. Die Finger hielt sie gespreizt an den Seiten ihres Körpers. »Ich habe das Cottage gemietet. Kannst du mir sagen, wo ich Lovis finde? Ich hatte mit ihm telefoniert.«

Seine Laune sank rapide in den Keller. »Wahrscheinlich bei den Eseln«, murmelte er in seinen Dreitagebart.

Sie zog die Augenbrauen zusammen, wobei sich die Innenseiten lustig nach oben bogen. »Wie bitte?«

Oscar seufzte und kämpfte um eine freundlichere Miene. Immerhin konnte sie nichts für den alten, nervigen Griesgram, der beschlossen hatte, ihm das Leben heute zur Hölle zu machen. »Du kannst bei mir einchecken.«

Ihre verstörte Miene machte ihm das Lächeln leichter.

»Okay … Aber du bist nicht Lovis.«

Er war unschlüssig, ob ihr Blick ihn beleidigen sollte. »Nein«, erwiderte er. »Ich bin Oscar, mir gehört die Farm«, erklärte er ihr und beobachtete, wie sich ihr Mund öffnete. Überrascht wirkte sie nicht und noch nie hatte ihn jemand so unter die Lupe genommen. Zumindest war es ihm nie so bewusst gewesen; er hätte schwören können, er spürte es wie Berührungen auf seiner Haut. Seinen Nachnamen hatte er absichtlich weggelassen, aber er fragte sich, ob sie ihn wohl trotzdem erkannte. Hier in Stolt, wo jeder jeden kannte, vergaß er oft, dass seine Person jemandem ein Begriff sein konnte, was nicht hieß, wie abwegig sich das immer noch anfühlte und immer anfühlen würde. Nicht grundlos hatte er sich aus der Öffentlichkeit zurückgezogen. Er wollte weder einen Hype um seine Person noch ein Instrument sein.

Wenn sie etwas sagen wollte, so entschied sie sich dagegen und wich seinem Blick wieder aus. Auf eine Weise, die ihn innerlich aufscheuchte. Er sollte das hier hinter sich bringen und wieder an die Arbeit gehen. »Dann bist du Julie Hassel, richtig?«

Ihre Schultern entspannten sich. »Himmel, tut mir leid. Normalerweise habe ich Manieren. Freut mich.« Sie machte Anstalten, ihm die Hand zu schütteln, hielt jedoch inne und presste die Lippen aufeinander. Sie begutachteten beide ihre klebrigen Finger.

Wieder wollte er grinsen, schritt stattdessen an ihr vorbei. »Du kannst dir hier die Hände waschen, danach zeige ich dir das Haus.«

»Fabelhaft.«

Er legte den Imkerhut ab, drehte das Wasser über dem Steinbecken auf und bemerkte aus den Augenwinkeln, wie sie bei jedem Schritt zusammenzuckte. Sobald sie seine Aufmerksamkeit auf sich spürte, straffte sie die Schultern und erreichte ihn sicheren Ganges.

»Hat Brutus dich verletzt?«, wollte er wissen, und sein Blick heftete sich an ihre Waden. Außer Schmutz konnte er nichts ausmachen.

»Wieso nennt man einen Pfau Brutus?« Wieder runzelte sie die Stirn und ließ das Wasser konzentriert über ihre Finger rinnen.

In den wenigen Minuten, in denen er sie erlebt hatte, ließ ihn der Eindruck nicht los, dass sie gedanklich ständig abdriftete. Ihr Blick war hin und wieder abwesend. So wie jetzt, während sie gebannt an dem Wasserstrahl hing.

»Er ist ein Mörder.« Sein Ton klang unheilvoll.

Wie gewünscht, wachte sie aus ihrem Tagtraum auf und sah mit zusammengekniffenen Augen zu ihm hoch. Ein Lächeln konnte sie nur mühevoll verstecken. »Sehr lustig.«

Er zuckte mit den Schultern. »Mein Patenkind hatte für zwei Tage ein Faible für den römischen Politiker. Wie es der Zufall wollte, ist in diesen zwei Tagen der Pfau auf die Farm gezogen … der Rest ist Geschichte.«

»Wortwörtlich«, stellte sie fest und beobachtete dann, wie er Opfer seines Instinkts wurde, indem er den Hahn zudrehte, weil ihre Hände längst sauber waren.

Er wollte nicht bevormundend sein, nur galten auf seiner Farm seine Regeln, wozu zählte, nicht unnötig Wasser zu verbrauchen. Ihm war, als würde sie damit kein Problem haben, denn sie reagierte entspannt auf sein Tun, und da dieses Wort nicht das erste war, das ihm in den Sinn kam, wenn er sie beobachtete, wertete er das positiv.

»Sag Bescheid, wenn du was für deine Beine brauchst. Lovis sagte, du willst hier runterkommen und wandern. Schmerzen sind da nicht von Vorteil.«

»Danke schön«, murmelte sie, und wieder hatte er das Gefühl, ihr zu nahe getreten zu sein. Nur dass sie dieses Mal ernsthaft verschlossen wirkte.

Er führte sie aus dem Laden und nahm ihr eine der zwei großen Taschen ab, die sie aus dem Wagen holte. »Das Auto kann hier stehen bleiben. Es gibt auch ein Rad, das du nutzen kannst. Steht direkt beim Haus«, erklärte er ihr, während sie den Pfad in den hinteren Teil zu den Wohnhäusern betraten. Die Temperaturen stiegen zwar selten bis 30 Grad, aber dieses Jahr war die Sonne besonders zuverlässig und bot beste Gelegenheiten für Trips. Andererseits sorgte sie für Trockenheit, und das war für Oscars Land kein Anlass zur Freude. Julie jedoch war für ihr Vorhaben zur rechten Zeit am rechten Ort.

Er bemerkte, wie sie Richtung Esel schaute und sich dabei fast den Hals verrenkte; fehlten nur noch die Herzchenemojis in ihrem Gesicht.

»Neben Brutus leben hier zwei Esel, Lilibet und Phil. Und die Ziegen Ett, Två und Tre – also Eins, Zwei und Drei.« Julies Lachen ließ ihn beinah erstarren. Er warf einen Blick über seine Schulter, doch leider hielt sie sich die Hand vor den Mund und schien sich wieder zu beruhigen. Nur ihre Augen funkelten amüsiert.

»Lass mich raten, ein Faible deines Patenkindes?«

»Fast. Seine Schwester hat kürzlich das Zählen für sich entdeckt.«

Er beschleunigte seine Schritte und sie ließen die Weiden und beide großen Scheunen hinter sich. Der Anblick seiner Farm trieb ihm jedes Mal wieder Wärme in die Brust. Zwischen der Anlage und dem Cottage sowie seinem Landhaus lagen eine größere wilde Wiese und der Ausläufer des Baches, der aus dem Wald weiter hinten heranschlich. Er hieß alles willkommen, was sich auf sein Grundstück verirrte, solange es keinen Schaden anrichtete. »Die Esel habe ich benannt«, fügte er schließlich hinzu.

Julie holte auf und war zweifellos angetan von dem Bild, das sich ihr bot, blieb jedoch bei der Sache. »Interessante Wahl.«

»Ich bin in England geboren. Den Patriotismus atmet man mit dem ersten O2 ein.« Eine Erklärung, die zur Hälfte Scherz, zur Hälfte Wahrheit war.

»Gehören die Schafe auch zu der Farm? Ich habe welche auf dem Hinweg gesehen«, erkundigte sich Julie interessiert.

»Nein. Die gehören zum Hof der Svenssons. Ihre Schafe werden für die Beweidung der Region genutzt, um das Mähen zu vermeiden. Meine Tiere haben auch Zugang zur wilden Wiese.« Das machten sich die Ziegen regelmäßig zunutze, um Schabernack zu treiben.

»Das klingt nach einem langwierigen Prozess.«

»Es ist ein nachhaltiger Prozess und fördert die Artenvielfalt wilder Weiden«, erklärte er.

Oscars Heim konnte man in der Ferne zwischen vereinzelten Bäumen erahnen. Die Gebäude stammten alle aus derselben Architektenfeder und blieben dem typischen schwedischen Landhausstil treu. Im Gegensatz zu den roten Scheunen war Oscars Haus cremefarben und das Cottage gelb angestrichen.

Vor Letzterem kamen sie zum Halten. Das Gras war hochgewachsen, und er war nicht dazu gekommen, die Beete frisch zu bepflanzen, dafür blühte die wilde Wiese hinterm Haus phänomenal. Das besagte himmelblaue Hollandrad lehnte an dem Treppenaufgang, zwischen dessen Dielen gerade ein Mäuschen verschwand.

»Während deiner Zeit hier werde ich mir das Cottage vorknöpfen. Ich muss die Beete neu machen und ein oder zwei Dinge reparieren.«

»Alles gut. Es stand ja auf der Website, was nicht intakt ist. Ich habe alles, was ich zum Entspannen brauche.«

Er beäugte sie, weil sie das Wort *Entspannen* mit Vorsicht aussprach. Wie vermutet.

»Oscar!«, dröhnte es über die gesamte Farm.

Zwei Sekunden später stimmte Lilibet mit ihrem ohrenbetäubenden Eselsschrei in Lovis' Gebrüll mit ein. Nicht einen Moment des Friedens konnte er ihm gönnen.

»Dieser verdammte …«, murmelte Oscar auf Schwedisch und wandte sich an Julie, die das Cottage mit einem undeutbaren Ausdruck betrachtete. Was war das in ihren weichen Zügen? Angst? Er bekam jedenfalls fast welche, als er merkte, wie gern er sie entschlüsseln wollte.

Wieder täuschte er sich mit dem Eindruck, dass sie ihre Umgebung nicht wahrnahm, als sie sagte: »Geh ruhig, ich komme zurecht.«

Ihr kleines Lächeln strafte sie Lügen.

»MORRISON!«

Oscar war kurz davor zu implodieren und nickte Julie entschuldigend zu, während er ihr die Schlüssel übergab. »Du bekommst noch eine Führung über die Farm. Falls etwas ist: Meine Nummer steht auf dem Zettel in der Küche. Ansonsten bin ich nie weit entfernt«, beeilte er sich zu sagen und schritt los. Im Gehen drehte er sich um und erwischte sie beim Starren. Dass sich ihre Wangen rot färbten, ignorierte er und schmunzelte. »Du hast eine Mitbewohnerin: Tavi. Solange du bei ihr bleibst, brauchst du dich um Brutus nicht zu sorgen.«

Kaum kam der Vogel zur Sprache, verzog sie ihren Mund. »Wieso das?«

Das Grinsen konnte er nur verstecken, indem er sich wieder in Laufrichtung drehte und weiterging. Er ließ sie ein paar Sekunden rätseln, bevor er über seine Schulter rufend verriet: »Brutus hat Angst vor Katzen.«

Er bemerkte, wie sich ihre Miene bei der Information mit einem honigsüßen Lächeln aufhellte, und leugnete nicht, wie sehr er sich wünschte, dass es blieb.

6000 vor unserer Zeitrechnung begannen die Ägypter, Maja und Griechen mit der Bienenhaltung. Der Honig wurde als Nahrungs- und Medizinmittel genutzt.

O.M.

Kapitel 4

Zum Schnurren schön

Julie

Sobald ich in das Cottage trat, drückte ich mit dem Rücken die Tür zu und verweilte eine Weile so, als könnte ich Oscar und das schlechte Gewissen fernhalten. Vergeblich.

Oscar war ein guter Mensch. Das wusste ich seit einer ganzen Weile. Spätestens seit ich seine Interviews gelesen, seit er mich und *Love Brand* zu Recht hatte abblitzen lassen. Verdammt, seit ich wusste, wer hinter dem Namen Oscar Morrison stand. Nun hier zu sein und ihn in seiner natürlichen Umgebung zu beobachten, war etwas ganz anderes, und ich konnte mit Gewissheit sagen, dass ich dieser unmoralischen Mission nicht gewachsen war. Oscar strahlte mit jeder Pore aus, wie sehr er diese Farm liebte, das hatten sein Ausdruck und die Art, wie er sich bewegte, gezeigt. Der Zustand vollkommenen Wohlbefindens. Etwas, das ich mir verwehrte. Etwas, das ich ihm nehmen wollte, statt es uns beiden zu gönnen. Ich atmete tief durch. Mein Job, erinnerte ich mich, mein Job war meine Priorität.

Langsam registrierte ich meine Umgebung. Es war wie im siebten Himmel. Es roch nach Holz und – natürlich – nach Honig. Was wahrscheinlich auch daran lag, dass mir noch welcher im Haar klebte. Peinlich. Oscar hatte vollkommen verdutzt über mir gestanden und sich sicherlich gefragt, wie tollpatschig ein einzelner Mensch sein konnte. Ich nahm diesen Ausdruck in Kauf, wenn ich an den dachte, den er bei unserer vorletzten Begegnung getragen hatte – an die er sich wohl früher oder später erinnern würde. Mein Magen wurde flau bei der Vorstellung, und ich lenkte meine Aufmerksamkeit wieder auf das Interieur.

Mich verwunderte die Aufmachung nicht, da Oscar seine ganze Hingabe in diese Farm zu stecken schien. Beim Eintreten fiel man in das offene Wohnzimmer, das ein zartgelbes Sofa, Bücherregale und Pflanzen beherbergte. Ich inspizierte die Deckenbalken, an denen kleine Zeichnungen von Bienen prangten, und es schien so, als würden die kleinen Insekten wirklich darunter entlangfliegen. Ich folgte der Bienenkolonne in die Küche, die durch die Ausstattung ebenso hell und einladend wirkte. Ich fühlte mich ... willkommen.

Dennoch klopfte in mir das schlechte Gewissen bei meinem Verstand an, wobei das Klopfen einem Hämmern glich. Statt zu schwärmen, sollte ich lieber zur Tat schreiten. Maurice hatte mich über einen *Love Brand*-Partner informiert, der in Stolt lebte und bei Bedarf für ein Gespräch zur Verfügung stand. Ihm gehörte Land, das direkt an Oscars grenzte, und *Love Brand* führte bereits Verkaufsgespräche mit ihm. Ich musste nicht hellsehen können, um zu wissen, was Oscar davon hielt.

Schnell schrieb ich Levi und Tamsin, dass ich angekommen war, und stand dann hilflos da. Nichts zu tun fiel mir schwer. Wie oft hatten Menschen die Augen verdreht, wenn ich das sagte, weshalb ich es irgendwann vermieden hatte. Sie glaubten, ich sagte es, um zu glänzen. Um zu zeigen, wie fleißig und ehrgeizig ich war. Während sie glaubten, es sei eine Prahlerei, war es in Wirklichkeit ein Ruf.

Ein Ruf nach Hilfe.

Weil ich es nicht ertrug, mich zu entspannen. Weil es mich krank machte. Wenn ich mir eine Auszeit gönnte, war das mit Nervosität verbunden. Nicht am Schreibtisch zu sitzen bedeutete, nichts zu leisten. Und das bedeutete, Zeit zu verlieren. Kostbare Zeit.

Während schlimmeren Phasen hatte ich nervöse Ticks entwickelt; ich konnte kaum schlafen und war abwesend, wenn Freunde mich zwangen, sozialen Beschäftigungen nachzugehen. Wenn jemand etwas für mich tat, fühlte ich mich, als hätte man mir eine Aufgabe vor der Nase weggeschnappt, nur um mir zu zeigen, dass ich zu langsam für dieses rasende Leben war. Eine Freundin hatte eingeführt, mich wöchentlich zu einem langen Spaziergang mit ihrem Hund mitzuzerren. Irgendwann ließ ich mir Ausreden einfallen. Und irgendwann ließ sie mir meinen Willen.

Aber nun war ich hier. In Schweden. Mein Laptop war tief in meiner Reisetasche verstaut, dort, wo ihn niemand hätte entdecken können. Motiviert klatschte ich in die Hände und machte mich daran, ordnungsgerecht anzukommen. Ich schleppte mein Gepäck in das winzige Schlafzimmer und entschied, eine kurze Dusche zu nehmen, um die Fahrt und den Honig abzuwaschen.

Auch im Bad überwogen die hellen Holztöne und pastellfarbenen Akzente, weshalb es noch schöner war, unter dem warmen Wasserstrahl zu stehen. Wenn ich mir eine Auszeit gönnte, dann meist in der Dusche. Was gab es Wundervolleres, als sich von Wärme und Dampf umgeben zu lassen und die Augen zu schließen? Es gab zwar feste Seife, doch ich nutzte meine *Love Brand* Produkte und schob das lästige Gefühl von Sehnsucht fort. Sie auf dem Armaturenbrett der Dusche abzustellen, fühlte sich gänzlich falsch an, als würden sie damit die ganze Farm verschmutzen.

Auch diesen Gedanken versuchte ich beiseitezuschieben; das musste ich, um Oscar in die Augen sehen zu können. Mein Wissen darüber, dass seine Farm in *Love Brands* räuberisches Visier geraten war, gefiel ihm sicherlich nicht, und meist konnte man mir meine Gefühle deutlich ansehen. Auch nach jahrelangem, erfolglosem Bemühen, das zu ändern.

Ich kehrte in die Küche zurück, um zu überprüfen, was ich an Verpflegung brauchte. Die meisten Hängeschränke waren leer, aber das offene – wahrscheinlich selbst gebaute – Regal wies die Basics auf. Müsli, Nudeln und Nüsse. Mehl und Zucker. Alles war in Gläsern mit Holzdeckeln abgefüllt, was den Charme nur noch steigerte.

Mir fiel ein Zettel ins Auge, der auf der Küchenzeile lag, und ich griff danach, um eine fein säuberliche Liste vorzufinden. Auf Deutsch. Mein Herz machte einen Hüpfer.

Liebe Julie,

ich freue mich, dich auf der Humble Bees & Teas Farm begrüßen zu dürfen und hoffe, du findest dich schnell zurecht.

Auf der Farm gelten ein paar »Regeln« im Sinne der Menschen, Tiere und Natur hier:

1. Ganz nach dem Motto »stop the water while ...« versuch bitte so wenig Wasser wie möglich zu verbrauchen.

2. Deinen Biomüll kannst du in den Kompostbehälter schmeißen.

Du findest ihn an der kurzen Seite der hintersten Scheune (Bergseite).

3. Falls du rauchst, achte bitte darauf, deine Zigaretten nur in den dafür vorgesehenen Behältern zu entsorgen. Bitte schmeiß sie nicht irgendwohin – eine Zigarette verschmutzt 40 Liter Wasser.

4. Zur Sicherheit aller gibt es in allen Gebäuden ein Alarmsystem, das im Fall von Notfällen wie dem Auftauchen von Raubtieren oder Brand genutzt werden soll. Dazu kannst du dir per QR-Code die App runterladen und dich mit den unten stehenden Daten anmelden. Es gibt auch manuelle Notfallknöpfe in allen Häusern, die ich dir noch zeige. Im Cottage befindet er sich zwischen der Schlafzimmer- und Badezimmertür.

Ich überflog die Daten und Oscars Angebot, für mich mit einzukaufen, doch es standen auch Adressen von Biohöfen und einem Supermarkt, der internationale Marken führte, auf dem Stück Papier. Dann wendete ich den Zettel.

Außerdem bist du gerade zur richtigen Zeit am richtigen Ort. Diese Locations solltest du dir nicht entgehen lassen:

Stolter Pfauenpark & Orangerie

Snygg Påfågel kafé (übersetzt: Schöner Pfau Café)

Blumenmarkt

Bei Fragen, Problemen oder wenn du einfach ein menschliches Wesen sehen möchtest (hier in der Tat nicht ganz so einfach), kannst du immer bei mir vorbeikommen oder anrufen.

P.S.: Louis meinte, du möchtest hier entspannen. Ich glaube, dazu hast du dir den richtigen Ort ausgesucht. Genieß es.

Dein Oscar

Genieß es.

Mit dem Daumen strich ich über die beiden Worte. Dass er mir das alles aufgeschrieben hatte, war so furchtbar freundlich. Ich war dermaßen in Trance, ich realisierte zu spät, wie sich neben mir etwas rührte. Im nächsten Moment sprang ein Fellball auf die Theke, und ich zuckte so heftig zusammen, dass die Nachricht zu Boden segelte.

Vor mir saß – mit einer unverschämten Gelassenheit – eine Katze auf der Küchenzeile. Interessiert musterte sie mich, als würde sie prüfen, ob ich das Recht besaß, hier sein zu dürfen. Dabei fragte ich mich, ob ich das Recht besaß, sie von der Theke runterzuschmeißen.

»Darfst du das?«, fragte ich sie und wir legten gleichzeitig den Kopf schief.

Ein leises Geräusch drang an meine Ohren. Sie schnurrte. Und zuckte mit dem Schwanz.

»Du bist Tavi, was?«, redete ich weiter und trat wieder an die Arbeitsplatte heran, hob vorsichtig die Hand und wartete ab.

Sofort erhob sie sich und stieß ihren Kopf gegen meine Finger. Das Schnurren wurde lauter, und ich strich durch ihr rotes, weiches Fell, wobei eine Wolke aus Haaren durch die Luft flog. Auf die Theke.

Fabelhaft, dachte ich trocken, und sie setzte sich wieder hin, um sich hinter dem Ohr kraulen zu lassen.

»Wenn du mich vor Brutus beschützt, bekommst du jeden Tag Streicheleinheiten. Deal?«

Ihr Schnurren wurde lauter. Und auch wenn es nur dadurch kam, weil sich mein Kraulen über ihren Rücken erstreckte, bildete ich mir ein, darin ihre Zustimmung zu hören. Ich war nicht wirklich der Katzenmensch, womöglich würde sich das hier ändern. Trotzdem riss ich mich schweren Herzens von Tavi los und prüfte, was ich an Lebensmittel einkaufen musste. Dabei folgte sie mir und strich um meine Beine oder saß einfach nur neben mir, um mich bei meinem Tun zu beobachten. Als ich fertig war, kehrte ich in das Schlafzimmer zurück, um meine Tasche auszupacken.

Auch dorthin folgte mir Tavi. Immer wieder legte sie sich in die offene Tasche, nur um sich von mir rausheben zu lassen. Das wiederholten wir siebenmal, ehe ich sie aus dem Zimmer warf und die Tür schloss. Auf Katzenhaare an der Kleidung konnte ich verzichten, machte mir allerdings keine große Hoffnung auf Erfolg.

Das letzte Stück, das ich ausräumte, offenbarte meinen Laptop und mich durchzuckte der Drang, ihn zu öffnen.

Nein! Was hatte Levi gesagt? *Tu nichts, was du bereuen wirst.* Ich wollte zurück zu *Love Brand*, aber mein schlechtes Gewissen gegenüber Oscar wuchs von einem Samen zu einem Mammutbaum.

Später. Ich würde mich später damit auseinandersetzen. Diese Farm war eine Chance, nur wusste ich noch nicht worauf. Also schob ich den Laptop hinter den Hosenstapel und wurde von einer schnurrenden Katze begrüßt, sowie ich ins Wohnzimmer trat. In dem Moment vibrierte mein Smartphone, das ich bereits mit dem WLAN verbunden hatte. Sobald ich den bekannten Namen erblickte, stöhnte ich genervt.

Gigi Sumala (15:36)
Hallo Julie, ich habe gehört, dass du Love Brand einvernehmlich verlassen hast. Sag mir Bescheid, falls du es dir mit dem Artikel anders überlegst.

Ich (15:36)
Hallo Gigi. Ich bleibe bei meiner Meinung. Such dir eine andere Whistleblowerin und schreib mir deswegen bitte nicht mehr. Liebe Grüße!

Das Ausrufezeichen tippte ich mit besonderer Hingabe. Gigi und ich waren zusammen an einer Hochschule gewesen und hatten rege Kontakt gehalten, doch seitdem sie für ein großes Medienhaus Investigativjournalismus betrieb und sie mich ständig dazu bringen wollte, *Love Brands* böse Machenschaften ans Tageslicht zu bringen, gestaltete sich unser Verhältnis schwierig. Dass sie mir – wahrscheinlich ungewollt – meine Trennung von der Firma unter die Nase rieb, half nicht wirklich, meine Laune zu heben.

Gigi Sumala (15:37)
Viel Spaß in Schweden. Vielleicht findest du da ja eine Erleuchtung. Wenn ja, lass es mich wissen.

Gigi sah sich wohl meine Instagram Stories an, wo ich meine Reise dokumentiert hatte. Seufzend steckte ich das Handy weg und tauschte einen Blick mit Tavi, die gemächlich blinzelte.

Wir schritten auf die Veranda und ich nahm das Fahrrad unter die Lupe. Die Notiz von Oscar hatte ich in meinen Rucksack gesteckt, da er auf die Rückseite eine kleine Karte gezeichnet hatte, die mir den Weg in das Dorfzentrum und zu den angegebenen Adressen wies. Ich strich Tavi über den Kopf, bevor ich das Hollandrad nahm und es über den Pfad schob. Doch die kleinwüchsige Katze trabte mir hinterher, bis sie mit erhobenem Schwanz vor mir ging, als würde sie mir die Richtung zeigen wollen.

Kurz erwägte ich, mich im Hofladen umzusehen. Beim Händewaschen hatte ich durch den Türspalt hinter der Kasse eine Art Büro ausgemacht. Allerdings entdeckte ich davor diesen verfluchten Pfau und verwarf die Idee sofort wieder.

Als ich die Einfahrt runterschritt und über die Eselwiese hinwegsah, machte ich nur eine großgewachsene Gestalt aus, die in meine Richtung blickte. Oscar. Sein Körper versteifte sich, und er hob in einer ungewöhnlichen Geste die Hand. Es sah eigenartig aus, als hätte er sich den Gruß auf halbem Weg anders überlegt. Ehe ich reagieren konnte, wandte er sich ab und verschwand in den Stall. Seine Art machte es mir nicht unbedingt einfacher, aber am Ende musste ich nicht ihm ins Gesicht sehen können, sondern mir.

Tavi sprang auf einen Pfeiler am Eingangstor und plante wohl, dort auf mich zu warten, denn sie machte es sich gemütlich. Ihren Schwanz rollte sie ordentlich um ihre rot getigerte Gestalt und streckte das Gesicht den sanften Sonnenstrahlen entgegen. Ich warf einen letzten Blick auf die Farm zwischen den seichten Hügeln und Wolken, winkte Tavi zu und stieg auf das Fahrrad. Als ich losfuhr und gerade ein paar Tritte gemacht hatte, sah ich eine einzelne Biene vor mir fliegen. Richtung Horizont. Und ich fuhr ihr mit einem Lächeln hinterher.

Es wird geschätzt,
dass die ersten Bienen
vor 90 Millionen Jahren entstanden sind.
Die ersten Honigbienen
wurden in 50 Millionen Jahre
altem Bernstein entdeckt.

O.M.

Kapitel 5

Bei Odins Bart

Julie

Die Überzeugung, im Paradies gelandet zu sein, wurde nicht schwächer. Allein die Fahrt in das Städtchen Stolt war ein Erlebnis. Zu meiner Rechten hatte ich weite Weiden und Wälder, zu meiner Linken in der Ferne die raue Küste ausgemacht.

Kaum hatte ich am Anfang der Einkaufsstraße angehalten und mit den Füßen den Boden berührt, suchte mich wieder das Gefühl heim, zurückzumüssen, um den Laptop doch aufzuklappen. Stattdessen schob ich das Rad über den Bürgersteig und wurde Opfer neugieriger Blicke.

Es war nicht viel los. Stolt war allerdings auch nicht sonderlich groß. Meine Recherche hatte ergeben, dass die Stadt inklusive umliegender Häuser und Farmen circa fünfzehntausend Seelen zählte. Wie auch Oscar bereits in seiner Notiz erwähnt hatte, gab es einige kulturelle Sehenswürdigkeiten, da sich ein wohlhabender Deutscher im 17. Jahrhundert hier niedergelassen und die Stadt verwaltet hatte. Es gab eine Orangerie, die vor zwei Jahren restauriert worden war, ein kleines Schlösschen und einen prächtigen Garten, in dem der Adelige Pfauen gehalten hatte. Womöglich war Brutus ja ein Spross von ihnen. Wenn ja, hatten sie wohl den Charakter ihres Besitzers angenommen, der laut Wikipedia ein unerträglicher Mann gewesen sein musste, bis er seine Frau kennenlernte, deren schwedischen Namen er sogar annahm. Böse Zungen meinten, um seinen Ruf aufzubessern und akzeptiert zu werden. Irgendwo hatte er Frau Stolt sogar eine Statue errichten lassen.

Nur zwei Autos holperten im Schritttempo über die Pflasterstraße, und eine Kinderschar lief an ihnen vorbei, ohne sich von ihrem Spiel, einander zu fangen, ablenken zu lassen. Eins der Mädchen verlor dabei auf meiner Höhe seine Cap, die mit Fuchsohren versehen war, und einen kurzen Moment traf ihr Blick aus blauen Augen auf mich, bevor sie die Cap aufhob und ihren Freunden hinterherjagte.

Es gab alles, was man zum Überleben brauchte. Einen Obst- und Gemüsehändler, eine Apotheke, ansässige Klamottenläden sowie einen Drogeriemarkt. Beim Blumenladen hielt ich ein wenig länger und beschloss, einen Strauß weiß-gelber Trockenblumen zu kaufen. Als mich die Verkäuferin auf Deutsch ansprach, rätselte ich, wieso sie mir meine Herkunft offensichtlich an der Nasenspitze ansah. Wie die Frage selbst.

»Einige hier sprechen Deutsch, noch mehr Englisch«, erklärte sie und strich sich das braune, schulterlange Haar hinter ein Ohr. Sie schien freundlich und hatte ein ehrliches Lächeln. Es verpasste mir einen Stich, ohne zu wissen wieso.

»Ich habe mir vorgenommen, etwas Schwedisch zu lernen«, meinte ich, und war selbst überrascht, denn es war eher ein spontaner Einfall als ein lang geplantes Vorhaben.

Ihre Augen leuchteten auf. »Oh, wie schön! Das werden Sie sicher schnell schaffen.«

»Ist Schwedisch nicht schwer?«

»Schwer ist nur, was man sich schwer macht«, erwiderte sie mit einem Zwinkern und reichte mir dann die Blumen. Während ich meine Karte auf das Zahlgerät legte, dachte ich daran, wie jung und unbeschwert sie war – oder zumindest schien. Wer wusste schon, was sich in ihren Gedanken abspielte? Ob dieses Lächeln, das ich so beneidete, nicht eine perfekt einstudierte Maske war.

Sie nickte jemandem hinter mir zu, wandte sich aber an mich. »Viel Erfolg beim Schwedisch lernen. Wie lange bleiben Sie denn?«

Mein Magen wurde flau. »Drei Monate.« Ich hielt die Blumen hoch. »Ich schaue sicher noch mal vorbei.«

Mein Weg führte mich an einem Schokoladengeschäft vorbei, in dessen Schaufenster wahre Kunstwerke aus Pralinen, Schokofiguren und Torten standen. Ein Blick in den Laden, der höchstens fünf Quadratmeter maß, zeigte hohe Wände voller süßer Köstlichkeiten. Ich blieb an Honiggläsern hängen, auf denen das *Humble Bees & Teas*-Logo prangte. Offenbar hatte Oscar mit den hiesigen Läden Kooperationen, und ich kam nicht umhin, dass er mir dadurch noch sympathischer wurde. Er war clever. Hinsichtlich dessen, was er sich die letzten Jahre aufgebaut hatte und woran er Teilhaber war, wunderte mich das nicht. Ich hatte ihn noch nicht in Aktion in seinem Laden sehen dürfen, und dennoch war die Liebe, die er in seine Sache steckte, auf intensive Weise spürbar.

Als ich einen Supermarkt fand, stopfte ich die Blumen in den Fahrradkorb – davon überzeugt, hier keine Diebstähle befürchten zu müssen. Wahrscheinlich könnte ich sogar mein Auto mit Schlüssel im Zündschloss stehen lassen. Ich schlüpfte in den Laden, in dem helle Holzregale die Reihen bildeten, schnappte mir einen Korb und verließ mich auf meine Intuition. Das meiste, was ich brauchte, fand ich schnell. Allerdings hatte ich eine Weizenallergie. Somit landete ich verloren vor dem Getreideprodukteregal, und auch mein Smartphone war keine Hilfe, da ich keinen Empfang für den Übersetzer hatte. Ich sortierte die Packungen mit Grafiken von Weizen aus und hockte mich hin, um die unteren Reihen zu checken. Hoffnungsvoll stellte ich den Flugmodus meines Handys an und wieder aus. In den Sekunden darauf hatte ich in den meisten Fällen immer guten Empfang.

Ich hätte statt Chinesisch besser Schwedisch im Studium wählen sollen, so wie Levi es mir geraten hatte. Nicht dass mein Chinesisch noch auf irgendeine Art vorzeigbar war; gut klang es nur im Lebenslauf.

»So ein Mist«, fluchte ich, weil mein Smartphone die Seite einfach nicht lud.

Neben mir redete eine Person, und ich erhob mich, um einen Schritt zur Seite zu treten, falls sie ans Regal wollte.

»Hej, kan jag hjälpa dig?«, erklang es neben mir.

Stille.

Ich hob den Kopf und blickte einem charmanten Lächeln entgegen. Der Junge sah aus, als hätte er sich von 1900 in unsere Zeit teleportiert. Mit der Schirmmütze, der Stoffhose inklusive Hosenträger und gestreiftem Hemd fiel er selbst in diesem Dorf auf. Sein Lächeln bröckelte ein wenig, und er zog die Brauen zusammen. Offenbar hatte er mit mir gesprochen, und ich versuchte mich daran zu erinnern, was er gesagt haben könnte.

Er musterte mich. »Deutsch, English, Français?«

»Deutsch oder Englisch«, erwiderte ich mit einem vorsichtigen Lächeln. Der Junge musste um die vierzehn sein, ich wunderte mich jedoch nicht über sein Sprachrepertoire. In Schweden war es nicht unüblich, auch Deutsch und Englisch sprechen zu können, und die Blumendame hatte mich darin bestätigt.

»Ich wollte nur wissen, ob ich dir helfen kann. Du siehst etwas … verloren aus«, wiederholte er mit einem niedlichen Akzent und nickte gen Packung.

»Oh«, machte ich und hielt sie in die Höhe. »Ich habe eine Weizenallergie.«

»Verstehe.« Schon nahm er sie mir ab und stellte sie zurück. »Da ist safe Weizen drin. Mal sehen.« Mit gespitztem Mund suchte er das untere Regalfach ab und warf mir ein kurzes Lächeln zu. »Ich bin übrigens Henry.«

Bevor ich zu einer Erwiderung kam, langte er zu und hielt mir dann eine Brotpackung hin. Gleichzeitig bot er mir die Hand an, die ich ergriff.

»Ich bin Julie«, stellte ich mich vor. »Und danke! Tack«, erinnerte ich mich an das schwedische Wort. Bevor ich hergefahren war, hatte ich mir zumindest die Basics eingetrichtert.

Er freute sich offenbar über mein Schwedisch. »Med glädje. Kann ich dir noch helfen? Ich hab Zeit.«

»Ist heute keine Schule?«

Seine Miene wurde engelsgleich. »Ich hab Zeit.«

Mir entging nicht, dass er die Frage ignorierte und ich entschied, sein Schwänzen nicht unterstützen zu wollen. »Danke, ich komme zurecht.«

»Okay.« Henry machte eine kleine Verbeugung, wohl um sich zu verabschieden, da zuckte er zusammen, als hätte man ihn gekitzelt. »He, wieso bist du denn wach?«, murmelte er und öffnete seine Brusttasche, um hineinzuschielen.

Meine Neugier siegte. »Was hast du da?«

»Odin«, meinte er, als wäre es Erklärung genug. Allerdings bemerkte er meinen fragenden Blick und zog die Brusttasche weiter auf. »Du kannst reingucken. Er hat sich nur neu hingelegt, schläft immer noch wie –«

Ich hatte mich bereits vorgebeugt. »Ein Hamster?!«

Ich hatte einen guten Einblick, weil Henry ein Stückchen kleiner war als ich. Dieser Junge trug einen Hamster mit sich rum. Ein goldbraunes Fellknäuel war zwischen Watte und Heu auszumachen. Dann ein wackelndes Näschen. Und Zähne, weil der Kleine gähnte.

Nur nebenbei hörte ich eilige Schritte. Henry schloss die Tasche wieder und wirbelte herum. Keine Sekunde später erschien eine ältere Dame in Arbeitskleidung in dem Gang. Das Logo des Supermarktes zierte die rechte Seite ihres Kittels. Mit ihrem scharfen Blick fing sie Henry ein wie ein Habicht eine Maus, und dann ertönte ein Schwall an schwedischen Sätzen, bei dem ich nur seinen Namen ausmachte.

»Bei Odins Bart. Tut mir leid«, wandte er sich mit verzogenem Mund an mich und raste keinen Atemzug später los. Auch die Frau setzte sich in Bewegung. »Man sieht sich!«, rief er und ich konnte das Grinsen in seinem Ton ausmachen, während er vor ihr aus dem Laden flüchtete. Er war hier wohl gern gesehen.

Eilig machte ich mich zur Kasse auf, um nicht ins Kreuzfeuer zu geraten. Vielleicht hatte sich die Dame auch gewundert, weil er nicht in der Schule war, und ich wollte nicht in die Bredouille kommen, ihn verpetzen zu müssen. Ich zahlte schnell beim Kassierer, wobei mir auffiel, dass hier trotz der abgelegenen Umgebung viele junge Leute ansässig waren. Die nächstgrößte Stadt war Göteborg. Vielleicht studierte er auch und jobbte hier während der Semesterferien.

Ich für meinen Teil konnte mir nicht vorstellen, hier zu leben. Es war so, ich wollte nicht unbedeutend sagen, klein. Klein und einfach. So wie es hier aussah, wohnten sicherlich wohlhabende Menschen vor Ort. Unternehmer würde ich hier wohl keine antreffen. Es war nicht wie in Hamburg.

Nicht wie bei *Love Brand*. Es war friedlich, und mit Frieden schien ich wohl meine Probleme zu haben. Vielleicht, weil ich mich dann mit mir auseinandersetzen musste.

Ich verstaute den Jutebeutel mit meinen Einkäufen ebenfalls im Korb und musste etwas umräumen, damit die Blumen nicht zerdrückt wurden, ehe ich das Rad losschob. Allerdings ertönte nach wenigen Metern ein heller Pfiff.

Ich sah mich um und entdeckte Henry, der mich angrinste und kurz die Straße prüfte, ehe er von der anderen Seite zu mir rüberhuschte. Er verfiel neben mir in einen gemächlichen Schritt, und auch ich setzte mich wieder in Bewegung.

Kurz sah er über seine Schulter. Dann lächelte er mich an. Diesen Gesichtsausdruck nutzte er bestimmt stündlich bei seinen Eltern, und das mit Erfolg. Etwas in mir blühte auf. Eine Art Sorge. Es erinnerte mich an das Gefühl, das ich bei Levi empfand. Lange Zeit war es übermächtig gewesen, so sehr, dass ich ihn kaum aus den Augen gelassen hatte, dabei war ich das Küken. Jetzt war ich hier und er auf sich gestellt.

»Hast du noch alles gefunden?«, wollte er wissen.

»Ja, ich war so gut wie fertig.« Ich schielte zu ihm herunter, und obwohl es mich nichts anging, fragte ich: »Du bist offenbar Lieblingskunde?«

Er lachte auf, weil er mich wohl lustig fand. »Eine Untertreibung!«, behauptete er und hob dann die Schultern. »Sie weiß von Odin und wertschätzt seine Anwesenheit nicht so wie ich.«

Ich nickte gedehnt und hielt inne, weil Henry jemanden mit einer solchen Welle an Charme begrüßte, dass ich fast schmunzeln musste.

»Ich verstehe«, nahm ich den Faden wieder auf. »Und wie kommt dieser Hamster in deine Brusttasche?«

»Darf ich dir was zeigen?«, fragte er, gerade als wir eine Abzweigung erreichten, und ich zögerte.

Für eine Millisekunde durchströmte mich gesundes Misstrauen. Dann der Gedanke an Tamsin, die nie Gelegenheiten verstreichen ließ und Dinge erlebte, von denen ich träumte, weil ich ein zu großer Kontrollfreak war. Also nickte ich und Henry strahlte, um mich in eine Nebenstraße zu führen, wo es mehr Grünflächen gab. Womöglich waren wir in der Nähe der Anlagen des Adeligen Stolt.

»Um deine Frage zu beantworten: Ich hab Odin gerettet. Irgendwer muss ihn als Baby in einem Feld ausgesetzt haben, denn für einen wilden Hamster ist er viel zu klein. Ich hab bei der Mahd geholfen, bevor sie die Felder gemäht haben, und ihn gefunden. Er war winzig. Hätte Jascha – er ist hier Tierarzt – mir nicht geholfen, hätte er es nicht geschafft.«

Ich betrachtete die ausgebeulte Brusttasche und rechnete dem Jungen sein Herz für Tiere hoch an. Viele andere hätten ihn getötet oder liegen lassen.

»Jascha sagte, das Risiko sei hoch, dass er sich in der Natur nicht zurechtfindet. Also hab ich mit meinen Eltern ein Gehege gebaut. Da kommt er ab dem frühen Abend rein. Hamster sind nachtaktiv, weißt du.«

Das war mir bekannt, ich tat trotzdem überrascht. »Echt?«

Henrys Augen leuchteten. Froh darüber, mir etwas beizubringen.

»Ja, und Einzelgänger. Wobei, Odin verhält sich entgegen seiner Natur. Der ist richtig kuschelig für einen Hamster.«

»Du warst offenbar geduldig mit ihm.«

»Mein Patenonkel hat ein Händchen für Tiere und hat mir assistiert«, führte er weiter aus und zeigte dann nach vorn. »Da sind wir schon.«

Ich drehte den Kopf und entdeckte einen viereckigen Rahmen aus Lupinen, die eine bunte Wiese schützten, in deren Mitte ein Obstbaum stand. Davor war eine Stele mit einem Schild eingelassen, zu dem Henry mich führte. Ich warf einen Blick darauf, um Texte auf Schwedisch, Deutsch sowie Englisch vorzufinden, direkt neben einem Bild von Bienenstöcken.

Henry schwieg, während ich den Text namens *Kleine Heldinnen* las, der erklärte, was für einen Mehrwert Bienen für unsere Welt hatten und was Stolt für den Bienenschutz tat. *Love Brand* würde sich hier niemals Freunde machen. Positiv erwähnt hingegen wurde Oscar, der neben zahlreichen Projekten Schulen besuchte – ohne Bienen natürlich –, um die Kinder über sie aufzuklären.

»Das ist wirklich toll.«

Ich verstand nicht ganz, wieso Henry mich hergeführt hatte. Bis ich zu ihm sah. Sein Ausdruck war voller Stolz. Der Einsatz seiner Stadt in Sachen Bienenerhaltung schien ihm viel zu bedeuten. Es war ihm so wichtig, dass es das Erste war, was er einer fremden Person zeigte. Das schlechte Gewissen nagte an mir, obwohl ich das gar nicht wollte. Ich konnte ihn nicht länger ansehen; als würde mir auf der Stirn geschrieben stehen, dass ich für einen Konzern arbeitete, der die Natur zerstörte und Tierversuche praktizierte, obwohl er es leugnete. Ich hielt inne und korrigierte mich im Stillen: gearbeitet hatte. Ich war arbeitslos. Vorerst.

»Alles okay?«, wollte Henry wissen und ich nahm sein Stirnrunzeln wahr. Er war aufmerksamer, als es ihm guttat.

Im selben Moment entdeckte ich das Logo der Farm. »Dort wohne ich«, lenkte ich ab und schluckte den bitteren Geschmack hinunter. Oscar würde mich von Brutus vom Hof jagen lassen, wüsste er von *Love Brand*.

Es herrschte Schweigen und Henrys Nervosität entging mir nicht. »Echt? Cool.«

Dieses Mal war es an mir, die Stirn zu runzeln und ich holte mein Smartphone raus, um ein Bild von dem kleinen Monument zu machen. Lotta würde sich darüber freuen, denn es sah wirklich hübsch aus.

»Julie«, kam es von Henry.

»Mhm?«, machte ich, während ich einen passenden Filter raussuchte. Zum Glück war der Empfang hier so gut, dass die App ihn lud.

»Bitte erzähl Oscar nicht, dass du mich getroffen hast.«

Ich speicherte das Bild ab und wandte mich ihm zu. »Okay.«

Zwar interessierte mich wieso, doch es ging mich nichts an. Auch wenn Henrys Ausdruck mich neugierig machte. Die beiden kannten sich zumindest so gut, dass Oscar nicht von seinem Schulschwänzen erfahren sollte.

»Ich muss wohl los.«

»In die Schule?«, zog ich ihn schmunzelnd auf.

Da tanzte ein Grinsen über seinen Mund, den Grund seines Aufbruchs behielt er dennoch für sich.

Er verneigte sich wie vorhin und schritt los. »Du bist cool«, teilte er mir mit. »Bis bald!«

Ich winkte und während er weiter die Straße runtereilte, machte ich mich zurück auf den Weg zur Einkaufsstraße, um meine Rückfahrt anzutreten. Eigentlich hatte ich mir die Orangerie ansehen wollen. Die Grünanlagen. Die Statue. Aber seit ich an *Love Brand* und Maurice gedacht hatte, schwirrten die Gedanken an Arbeit in meinem Kopf herum.

Tu was. Tu was. Tu was.

Mein Gesicht kribbelte am Schläfen- und Jochbeinbereich. Für mich typische Stresssymptome. Es fühlte sich falsch an, nichts zu tun.

In dem Moment vibrierte mein Handy. Eine Nachricht von Tamsin, die mich fragte, ob ich brav entspannte.

Nein. Es fühlte sich jedenfalls nicht danach an.

Und ihre Frage löste das genaue Gegenteil aus, wobei ich meine Finger um das Smartphone verkrampfte.

Tamsin saß noch dort. Bei *Love Brand*. In ihrem Büro. Sie tat etwas für den Erfolg der Firma und ihren eigenen. Sie machte ihren Job. Wie bitte sollte ich mich da entspannen?

Ich steckte das Handy weg, schwang mich auf den Fahrradsattel und fuhr los. Nur mit dem Unterschied, dass ich das Lächeln, mit dem ich gekommen war, hier zurückließ und es kaum abwarten konnte, den Laptop hinter dem Stapel Hosen hervorzuholen. Ich wollte ihn nur kurz aufmachen. Mir beweisen, dass ich etwas tun würde, wenn ich könnte. Eine einzige Mail – ein Update an Maurice – wäre ein Anker …

Ich trat schneller in die Pedale, das Kribbeln meiner Haut ließ nicht nach, und ich fragte mich, wie ich das hier durchstehen sollte.

Von wegen Paradies. Es war die Hölle.

Und ich musste eine Lösung finden.

Weltweit gibt es
20.000 Wildbienenarten,
die oft nur aufgrund
ihrer Lieblingsblume
oder liebstem Nistplatz
zu unterscheiden sind.

O.M.

Kapitel 6

Der Mann, der Bienen streicheln konnte

Oscar

Hast du Lilibet ihre Medizin gegeben?«, fragte Lovis in typisch mürrischem Ton und beäugte Oscar kritisch, wie so oft.

»Suchst du wieder Streit?«, wollte er von dem älteren Angestellten wissen, der jedoch in dem Glauben lebte, sein Partner mit denselben Rechten auf der Farm zu sein. Oscar ließ es ihm durchgehen, denn ein verärgerter Lovis war kein charmanter Weggefährte.

»Hab eine einfache Frage gestellt.«

Oscar erhob sich von dem Stuhl hinter seinem Arbeitstisch, wobei ein Stapel Quittungen zu Boden segelte. Er musste hier wirklich aufräumen. Sein winziges Büro, das sich hinter dem Hofladen befand, quoll vor Unterlagen über, aber in der Unordnung hatte er seine eigene Ordnung, weswegen auch niemand hier aufräumen durfte. Genervt drückte er sich an Lovis vorbei, der im Türrahmen stand und sich über den Bart fuhr, während er nicht daran dachte, zur Seite zu treten.

»Ich habe gerade echt keine Nerven für deine Sticheleien.« Lovis liebte es, zu provozieren. Dabei wusste er ganz genau, dass Oscar niemals im Leben seine Tiere und ihre Gesundheit vergessen würde. Lilibet hatte mit ihrem Reizmagen zu schaffen und bekam seit Kurzem ein linderndes Mittel in ihr Futter.

Oscar fragte sich, wieso er sich das antat. Von Lovis hatte er allerdings die Hälfte seines Farmwissens. Noch dazu hatte der Mann ihm an allen Fronten geholfen, denn ohne ihn gäbe es keine Farm, mit der Oscar die Hoffnung seiner Mutter auf eine Rückkehr nach Hause zerschlagen hatte. Rückkehr. Eine ihrer utopischen Wunschvorstellungen. Weil er kein Wort mit seinem Vater wechselte. Der war der festen Überzeugung, Oscar würde mit der Farm und seiner *irrwitzigen Idee, diese Welt besser zu machen*, versagen. Oscars Mutter stammte aus Stolt, hatte die Stadt jedoch für seinen Vater verlassen, den sie während des Studiums in London kennengelernt hatte, und sie hatten Oscar sowie Cara bekommen. Sie kehrte nur für Kurzurlaube in den kleinen Ort zurück. Zu Lovis' Bedauern, denn während sie studierte, hatte er hier auf sie gewartet. Vielleicht hatte Lovis ihm auch deswegen geholfen. Aus Liebe zu seiner Mutter. Aus Rache an seinem Vater. Letzterer war vielleicht auch der Grund für die Hassliebe zwischen dem alten Mann und Oscar. Sie hatten nie wirklich darüber gesprochen und beide hatten auch kein Interesse daran, in der Vergangenheit zu leben. Oscar dachte bloß an die Zukunft und daran, was er tun konnte, um sie besser zu machen. Für seine Patenkinder, Freunde. Für seine eigenen Kinder, sollte er welche bekommen.

»Was ist dir über die Leber gelaufen?«, erkundigte sich Lovis etwas freundlicher und folgte ihm durch den Laden, in dem ein Angestellter gerade einen Kunden bediente.

Sie grüßten sich und die beiden Männer warteten, bis sie den Laden verließen und Richtung Weiden gingen, ehe sie weitersprachen beziehungsweise Lovis anfing zu raten.

»Der Drecksinvestor hat wieder angerufen.«

Volltreffer. »Manchmal überraschst du mich mit deinem scharfen Verstand, alter Mann.«

Lovis nuschelte etwas gleichermaßen Unverschämtes in seinen Bart und hob die buschigen Brauen so weit, dass sie fast unter seinem Panamahut verschwanden. Hätte er es drauf angelegt, hätte er den Bösewicht in einem alten Cowboyfilm spielen können. Oder, als es noch erlaubt war, in einer Zigarettenwerbung mitwirken können. Seine Stimme wies zumindest auf einen Kettenraucher hin, dabei rührte er derartige Konsummittel nicht an.

»Weißt du, Junge, lass dich davon nicht aus der Ruhe bringen. Dein Vater kann ihn noch so oft auf dich ansetzen, wie er möchte. Die

Farm gehört ganz allein dir. Niemand kann das ändern, solange du es nicht willst«, erinnerte Lovis ihn ruhig, als sie an der Eselwiese hielten.

In seltenen Momenten blitzte sein wahrer Charakter durch und es waren die, in denen sich Oscar fragte, wieso seine Mutter diesen Mann für seinen Vater Victor verlassen hatte. Victor hatte keine Sekunde an ihn geglaubt, ihn verbannt und enterbt, weil Oscar nicht in seine Fußstapfen hatte treten wollen. Sobald er Wind davon bekommen hatte, wie gut die Farm lief, hatte er einen befreundeten Investor auf ihn gehetzt. Sicherlich nicht ohne Grund, denn sein Vater hatte seine Finger überall da im Spiel, wo Geld floss. Irgendwie würde er es schaffen, an Oscars zu kommen. Sicherlich bereute es dieses Arschloch, seinen Ältesten verjagt zu haben, jetzt, wo sich herausstellte, wie profitabel er doch sein konnte.

»Ich weiß …«, meinte er nachdenklich und musste lächeln, weil Phil liebevoll an Lilibet herumknabberte. Er kämpfte immer ausdauernd um ihre kostbare Aufmerksamkeit. Sicher bemerkte er auch, dass es seiner Herzensdame nicht gut ging.

»Wieso macht es dich dann so wahnsinnig?«

»Weil Victor ein Mistkerl ist und nicht aufhört, bis er das bekommt, was er will. Dieser Investor hat mich heute fünfmal angerufen und dann eine Mail geschickt, die fast so lang war wie *Lovely Faces*.«

»Was ist *Lovely Faces*?« Lovis zog die Brauen zusammen.

Oscar seufzte. »Ein Buch. Egal. Sie war lang.«

»Du hast Angst. Aber die brauchst du nicht zu haben.« Er hörte sich so überzeugt an, Oscar wünschte sich, ein Stück von dieser Sicherheit abhaben zu können. Lovis riss seinen Blick von den Eseln, um ihn anzusehen. Mit einem sanfteren Ausdruck, als es ihm wahrscheinlich bewusst war. »Deine Mutter lässt das nicht zu.«

Wo er recht hatte, hatte er recht. Sein Vater war ein Arsch. Eins, das seine Frau liebte – auf seine toxische Art und Weise – und wusste, das würde sie endgültig zu geschiedenen Leuten machen. Nichts, was Oscar bedauern würde. Es änderte nichts daran, was geschehen war und dazu geführt hatte, wieso er nicht mehr mit seiner Familie sprach.

Die Einzige, die ihm via Instagram zumindest an seinem Geburtstag schrieb, war seine Schwester Cara. Sie waren bloß Kinder gewesen, Jugendliche, junge Menschen. Sie waren Geschwister. Und doch stand da etwas zwischen ihnen, für das sie nicht die Schuld trugen und ihr Vater zwischen sie getrieben hatte. Die altbekannte Wut stieg siedend heiß in ihm auf und er atmete tief durch, holte sich gedanklich in die Gegenwart, die er so formte, wie es ihn glücklich machte. Weil er diese Farm und sich liebte. Das allein zählte.

Lovis räusperte sich und nahm wieder eine mürrische Miene an, die ihm besser stand. »Wie auch immer. Das nächste Mal lässt du mich drangehen.« Er setzte sich in Bewegung, Richtung Bienenstöcke. »Du kriegst es anscheinend nicht hin, ihm eine ordentliche Ansage zu machen.«

Oscar konnte nicht anders, als zu schmunzeln und stieß sich von dem Zaun ab, um ihm zu folgen. »Dann würdest du dich jedenfalls endlich nützlich machen!«

Er folgte dem alten Griesgram zu ihren fleißigsten Farmarbeiterinnen und kam nicht umhin, anzunehmen, dass auch Lovis ein bisschen grinsen musste. Seine eigenen Mundwinkel sanken allerdings herab, als er auf der Straße vor der Allee einen rostroten Truck erkannte. Nur nebenbei spürte er, wie Lovis neben ihn trat.

»Was will die kleine Ratte hier?«

»Provozieren«, murmelte er und beobachtete den Mann. Dessen Eltern mussten einen hervorragenden Sinn für Ironie gehabt haben, als sie ihm einen Namen gaben. Balder, der Gott der Sonne und des Lichts. Gut und gerecht. Dieser Typ da, der vom Rand der Farm aus in ihre Richtung starrte, war nichts davon. Von dem ersten Moment, in dem er ihm als Junge gegenübergetreten war, hatte Oscar gewusst, dass er Probleme machen wollte. Wenn seine Mutter mit Cara und ihm in den Ferien hergekommen war, war es Balder, der einen Streit provozierte und Oscar der, der die strafenden Blicke erhielt, wenn er nicht an sich halten konnte. Denn Ersterer war der bemitleidenswerte Junge aus schwierigen Verhältnissen und er selbst der Erbe eines Modemoguls. Verwöhnte kleine Jungen kamen nicht aus schwierigen Verhältnissen und wenn sie zuschlugen, dann weil sie taten, was sie wollten. Besonders wenn ihr Vater Victor Morrison hieß.

Das Traurige war, dass da etwas in Balders Augen gestanden hatte, was auch Oscar jeden Tag im Spiegel begegnet war: Müdigkeit. Sie waren beide so jung und doch schon so erschöpft von diesem Leben gewesen. Während er irgendwann einen Schlussstrich gezogen und einen Neustart gewagt hatte – mit sich selbst –, hatte sich Balders Ausdruck in puren Hass gewandelt. Dieser Mann war von Frust und Missgunst zerfressen. Und er wollte auch, dass es Oscar zerfraß. Deswegen versäumte er keine Gelegenheit der Provokation, wenn sie aufeinandertrafen oder Balder wöchentlich herkam, um die Farm zu inspizieren. Wie heute.

»Was willst du tun? Wie lange müssen wir zurückstarren?«, nuschelte Lovis und beugte sich zu ihm, als könnte der unerwünschte Besucher ihn hören und sie müssten einen Plan aushecken.

Gerade wollte er antworten, als Balder die Hand zum Mund hob, offensichtlich rauchte er. Dann streckte er den Arm aus und machte eine schnippende Bewegung.

»Dieser –«

Lovis packte Oscars Arm, weil er vortrat. »Na, na, Junge, gib ihm nicht die Genugtuung.«

Dass er es wagte, seine Zigarette auf sein Gelände zu schmeißen, ganz in der Nähe der Esel, war eine Sache. Dass eine Zigarette vierzig Liter Wasser verschmutzen und Brände verursachen konnte, die andere. Die größte war, dass er Oscar und seine Werte mit Füßen trat. Letztlich erst, indem Balder seine Seele verkauft hatte, weil er nun mit seinem Maisanbau ein Partner von *Love Brand* war.

»Ich weiß, du willst ihn konfrontieren, aber ganz ehrlich … Bis du es an die Straße geschafft hast, ist der Spannungsbogen längst abgeflacht, es hätte eher etwas von Comedy. Bis dahin raucht der noch 'ne Zweite.«

Oscar riss sich aus Lovis' Griff und wirbelte herum. »Keine Angst. Ich werde ihn schon nicht verprügeln.«

Der alte Mann wusste, wann es besser war zu schweigen, und folgte ihm still. Die rote Bienenscheune war ausladend groß und durch eine Trennwand mit dem Heu- und Gerätelager verbunden. Die Kinder hatten vor ein paar Monaten Pappbienen gebastelt und Oscar beauftragt, sie an die fünf Meter hohe Decke zu hängen. In der Mitte hielt eine dicke Holzsäule die Scheune, die von Henrys erwählten Bienennamen verziert war. Damals hinterfragte Lovis die Sinnhaftigkeit seines Tuns, doch der Junge ließ ihn wissen, jede von ihnen habe einen Namen sowie eine Geste der Dankbarkeit verdient und dass er ihm lieber helfen solle, statt rumzumeckern. Lovis hatte eine komische Vorliebe für extraordinäre Namen, wie sich herausgestellt hatte. Auf Babyvornamen-Websites sollten sie in jedem Fall keinen Einzug finden.

Mit angespannten Muskeln stapfte Oscar durch die Scheune, bis er das offene Flügeltor am anderen Ende erreichte, hinter dem sich die eigentliche Pracht der Farm verbarg. Hinter den Eselweiden und Scheunen erstreckte sich sein Land. Hektarweise wilde Wiesen. Er liebte den Moment, in dem er über die Schwelle der Scheune auf das weiche Gras trat. Just fiel der Ärger von ihm ab. Balder war sein eigenes Problem. Wenn Oscar daran dachte, was ihn in den Minuten vor seinem Tod beschäftigen würde, kam dieser Typ nicht darin vor. Er würde an diese Farm denken. An seine Familie. An die, die er sich ausgesucht hatte und für ihn da war. Er würde daran denken, dass diese Welt ein wunderschöner Ort sein konnte, wenn man die Fähigkeit dazu besaß, es zu bemerken. Und hier am Rand der wilden Wiese bemerkte er es mit allem, was er war. Halme kitzelten an seinen Fußknöcheln, der Duft von Blumen und Bergen stieg ihm in die Nase. Das Gefühl von Freiheit und unendlicher Bedeutung durchströmte ihn. Es war, als pulsierte sein Herz im Einklang mit dem der Natur. Mit jedem Flügelschlag der Bienen.

»Wenn du eine Frau mal so angucken würdest wie diesen verfluchten Fleck von Gras«, murmelte Lovis und stapfte an ihm vorbei Richtung Beute. Dann warf er ihm ein fieses Lächeln über die Schulter zu. »Wobei, wenn ich genauer drüber nachdenke, machen die Blicke, die du für unseren Gast übrig hast, dem da alle Ehre.«

Er hatte ihn gestern beim Starren erwischt, als Julie das Rad durch die Allee geschoben hatte. Oscar verzog den Mund. »Klappe.«

Der alte Mann lachte in sich hinein und still schritten sie zu den Bienen. Ihr Summen begrüßte sie, was betriebsam, dennoch friedlich klang. Sooft sich Oscar mit Lovis kabbelte, so waren sie doch ein eingespieltes Team, wenn es um die Farmarbeit ging. Sie verstanden sich ohne Worte und vertrauten einander. Dass Oscar irgendwann auf den Imkerschutz verzichtet hatte, begrüßte Lovis nicht, da sich dessen Machoseele gezwungen sah nachzuziehen, obwohl er die Bienen an ihren mürrischen Tagen den *Killerschwarm* nannte.

Wenn sie damals zu dritt nach Stolt gekommen waren, hatten sie Lovis jedes Mal besucht. Bis zu einem großen Streit zwischen ihm und

Oscars Mum. Danach waren Cara und Oscar immer allein nach Stolt gereist und Lovis hatte kein einziges Mal nach ihrer Mutter gefragt. Jahre später, nach allem, was in London passiert war, war Oscar nach Stolt gezogen, und Lovis hatte ihn, trotz aller Widrigkeiten, aufgenommen und unterstützt. Lovis war damals schon ins Bienenbusiness eingestiegen, wobei ihre Ansichten über Methoden hin und wieder kollidierten. Er hatte ihn beim Aufbau unterstützt, bei den Anfängen mit den Bienen, beim Hofladen. Bei allem. Und dafür war Oscar, trotz ihrer Streitereien, die eher Farce als alles andere waren, mehr als dankbar. Außenstehende würden sagen, sie verhielten sich wie Vater und Sohn, aber ein Vater hatte für Oscar nichts Gutes. Er hatte einen, und der war ein Monster. Lovis war ein guter Mensch und er wäre auch ein guter Vater gewesen, hätte seine Mutter ihn nicht verlassen und ihm das Herz gebrochen. Also waren es der alte Mann und der enterbte Sohn, die in ihrem Hass und ihrer Liebe Einigkeit gefunden hatten. Wenn das nicht ein Happy End der anderen Art war, wusste er auch nicht.

»Darf ich jetzt die Zigarette einsammeln?«, fragte Oscar rhetorisch, als sie die Beuten kontrolliert, alles notiert und wieder weggeräumt hatten. Schon bald würden sie die Honigernte eintreiben können. Mit Glück würden sie, wie letztes Jahr, zwei- oder dreimal ernten, womit Julie zu einer spannenden Zeit hergekommen war.

»Wenn Balder immer noch dort steht, grüß ihn herzlich.«

Oscar unterdrückte ein Lachen, stattdessen schüttelte er bloß den Kopf. Gerade trat er aus der Scheune, da entdeckte er den Kater von den Svenssons, die einen Kilometer weiter Richtung Stadt wohnten. Wie die letzten Monate auch, tänzelte er um Tavi herum. Beziehungsweise um den Pfahl, auf dem Tavi saß und kokett zu ihrem Verehrer herabsah. Doch dann hob sie den Kopf und fand einen Grund, hinunterzuspringen.

Ein Grund namens Julie. Die junge Frau schritt auf die Katzen zu und hockte sich hin, um Tavi streicheln zu können. Die beiden konnten sich wohl gut leiden. Der Kater hielt zwar Abstand, beobachtete Julie jedoch nicht mit Argwohn. Im Gegensatz zu Brutus, der in sicherer Entfernung weiter vor sich hin stolzierte und im selben Moment auch von Julie entdeckt wurde. Sie erhob sich, realisierte dann wohl, dass sich der Pfau aufgrund der Katzen nicht nähern würde. Wie Oscar es ihr versprochen hatte.

Er merkte selbst, dass er sie wieder anstarrte, wusste sich allerdings nicht anders zu helfen. Sie sah unfassbar traurig aus und der unerklärbare Wunsch, sie zum Lächeln zu bringen, blühte in ihm auf. Und wenn er ehrlich zu sich selbst war, beschrieb das Wort Wunsch nicht annähernd das, was in ihm vorging. Und wenn er noch ehrlicher zu sich selbst sein wollte, dann sollte er verdammt noch mal aufhören, eine Frau anzuhimmeln, die er a) kaum kannte und die b) nicht bleiben würde.

»Hej, Julie«, machte er auf sich aufmerksam, weil er sich unmöglich vorkam, sie heimlich zu beobachten. Sie drehte sich zu ihm herum. Und da war es. Ein Lächeln. Zumindest eine Andeutung davon und es steckte sein eigenes an.

»Hej, Oscar.«

Er machte ein paar Schritte auf sie zu und wies auf Tavi. »Deine Mitbewohnerin scheint dich gut leiden zu können.«

Diese Tatsache schien sie zu freuen, weil ihre Augen aufleuchteten. »Ich sie auch. Danke übrigens für den Zettel und die Infos. Ich war schon im Supermarkt in Stolt.«

»Das Angebot mit dem Einkauf steht«, beeilte er sich zu sagen.

»Ich habe ein paar Allergien.«

Oscar runzelte die Stirn. »Muss ich auf irgendwas achten? Falls wir mal Kuchen essen«, sagte er. »Also nicht, dass wir zusammen Kuchen essen müssen«, korrigierte er sich zügig und bemerkte, wie blöd auch das klang. »Nicht dass ich das nicht möchte. Ich …« Er atmete durch und fragte sich, was mit ihm los war. Julies Mundwinkel zuckten amüsiert, was es noch schlimmer machte.

»Was er sagen will«, ertönte Lovis' gebrochenes Deutsch und Oscar betete, dass er nicht die richtigen Worte fand, um ihn jetzt in die Pfanne zu hauen, während er neben ihm zum Stehen kam. »Wir bekommen hier ständig Kuchen von Stammkunden abgeliefert und sind um jede Hilfe dankbar, die zu vertilgen.« Er reichte Julie die Hand. »Lovis mein Name.«

Höflich erwiderte sie die Begrüßung. »Ich bin Julie. Dann haben wir beide wohl telefoniert.«

Lovis brummte bestätigend. »Ich erinnere mich. Dein Mann und Kind haben im Hintergrund *Pippi Langstrumpf* gesungen.«

Oscar ignorierte die siedende Enttäuschung, die ihn durchströmte und kam nicht umhin, wahrzunehmen, wie Lovis ihm einen Seitenblick zuwarf.

»Bruder und Nichte«, korrigierte Julie.

»Ah ja, stimmt. Du hast erwähnt, die beiden haben dich zu dem Anruf gezwungen«, erlangte Lovis auf wundersame Weise sein Gedächtnis wieder. Oscar funkelte ihn stumm an. Sein gönnerhaftes Schmunzeln konnte er sich sonst wo hinstecken, aber er machte weiter. »Oscar befährt wöchentlich die Höfe in der Nähe, mit denen wir kooperieren. Die Gelegenheit solltest du nicht verpassen, Allergien hin oder her.«

Oscar konnte es nicht fassen. Verkuppelte dieser Griesgram sie gerade? Ständig stritten sie sich, waren nicht einer Meinung und wollten sich gegenseitig übertrumpfen, und gerade jetzt unterstützte Lovis seine naiven Schuljungenschwärmereien für eine Fremde? Er war selten genervter gewesen.

»Das hört sich gut an. Wenn es keine Umstände macht.« Neugier huschte über Julies Züge und hellte sie auf.

Er würde sie definitiv mitnehmen. »Gar keine.«

Tavi strich an ihrer aller Beine entlang und schnurrte laut. Julie nahm die Scheune hinter ihnen unter die Lupe und er beobachtete ihre Reaktion. Eine Sekunde später landete Lovis' Ellenbogen in seiner Seite und er unterdrückte ein Ächzen. Dieser …

»Hat Oscar dir schon die Bienen gezeigt? Unsere ehrgeizigsten Kolleginnen hier.«

Das Lächeln, das dieses Mal auf ihren Lippen auftauchte, war unecht. »Nein, noch nicht. Ihr seid alle sehr fleißig. Ich hab dich heute Morgen schon um 5:30 Uhr gesehen«, meinte sie an Oscar gewandt.

Er nickte. Hatte sie ihn beobachtet? Hoffentlich, dann würde er sich nicht mehr so blöd vorkommen. »Das Farmleben beginnt im Dunkeln, aber es gibt nichts Besseres, als zu den ersten Sonnenstrahlen aufzuwachen. Also kann ich empfehlen lieber ein, zwei Stündchen länger zu schlafen«, meinte er behutsam, weil er sich daran erinnerte, wie sie bei ihrem ersten Aufeinandertreffen das Wort Entspannung ausgesprochen hatte. Als wäre es eine Herausforderung. Eine Unmöglichkeit. Eine Schande.

»Ich bin eine verzweifelte Frühaufsteherin«, scherzte sie und sah ihm dabei nicht in die Augen, woraufhin kurz Stille herrschte. Julie räusperte sich. »Ich störe euch nicht länger.«

»Tust du nicht«, beeilte sich Oscar zu sagen.

»Soll unser Profiimker dir nicht die Bienen zeigen?«, versuchte es auch Lovis noch mal.

»Sehr lieb, aber ich habe noch zu tun«, meinte sie und hob die Hand, bevor sie sich umdrehte und zu ihrem Cottage schritt. Tavi hängte sich mit aufgestelltem Schwanz sofort an ihre Fersen und ließ den Svensson-Kater sitzen.

»Na, das ist mal ein Bild. Wie ein Schluck Wasser in der Kurve«, lachte sich Lovis ins Fäustchen und meinte die beiden anderen anwesenden männlichen Wesen.

Es ging Oscar absolut nichts an, dennoch fragte er sich, was sie in einem Entspannungsurlaub, circa achtundfünfzig schwedische Meilen von zu Hause weg, zu tun haben könnte. Er brauchte einige Sekunden, ehe er sich von ihr losriss und traf auf Lovis' wissende Miene. Ein schalkhaftes Lächeln umspielte dessen Mund, weshalb Oscar die Augen zusammenkniff und losstapfte. Der alte Mann hängte sich an ihn dran.

»Sie ist nett«, fing er an.

»Ist sie.«

Lovis nickte. »Und sie scheint sehr clever zu sein.«

»Wahrscheinlich. Ja.«

Er konnte es nicht lassen und machte weiter. »Du magst schlaue Menschen. Und du siehst sie an wie ein Welpe, der mit ins Bett will.«

Oscar blieb ruckartig stehen und sah düster zu ihm herunter. »Ich will nicht mit ihr ins Bett!«

»Lügner«, erwiderte Lovis deutlich, während eine Stimme in Oscars Kopf dasselbe sagte.

Für ihn war Julie unfassbar anziehend, sonst könnte er sich wohl einfacher von ihrem Anblick lösen. Aber er dachte nicht sofort an Sex. Vielleicht als Fünftes. Oder Viertes. Was nichts daran änderte, dass er sie kaum kannte, sie diese Farm verlassen würde und er nichts für lockere Bettgeschichten übrighatte. Nicht in diesem Fall. Das Risiko war zu hoch.

»Keine Sorge. Ihr geht's ähnlich«, behauptete Lovis felsenfest überzeugt und ließ ihn stehen.

»Seit wann bist du eigentlich so ein Experte, was Frauen angeht?«, erkundigte sich Oscar, als er zu ihm aufholte. Sicher war Lovis früher ein gefragter Mann gewesen, wahrscheinlich war er es immer noch, das tangierte ihn nur ehrlicherweise nicht.

»Seit jeher, Bürschchen.«

Oscar gluckste. »Verstehe. Findest du ...« Für einen Moment zögerte er, weil er sich unsicher war, ob er es nicht dabei belassen sollte. »Findest du auch, dass sie traurig aussah?«

»Definitiv.«

Die Antwort kam so aus der Pistole geschossen, dass Oscar ihn überrascht musterte. Nun konnte er sicher sein, dass er sich nichts einbildete.

»Deswegen solltest du ihr die Farm zeigen. Die macht doch alle glücklicher.«

»Stimmt schon, aber wenn sie nicht möchte, werde ich sie nicht zwingen.« Er schluckte. »Mir kommt es vor, als würde sie gar nicht merken, wie traurig sie aussieht.«

Lovis verdrehte die Augen. »Manchmal muss man Menschen zu ihrem Glück zwingen. Jedenfalls wird ihr deine Softie-Gesellschaft gefallen. Musst du nicht noch ein paar Dinge am Cottage reparieren? Vielleicht kann sie dir dabei helfen.«

Oscar war gedanklich bei *Softie-Gesellschaft* stehen geblieben. »Darf ich dich daran erinnern, dass du beim letzten *Bachelor*-Finale geheult hast?«

Lovis' Kopf zuckte so sehr zurück, ihm fiel fast der Panamahut runter. »Ich gucke so was nicht!«

»Du hast neben mir gesessen!«

»Ach! Unsinn! Reparier das Cottage«, blaffte er.

Die Reaktion war mehr als Genugtuung und Oscar fuhr sich durch den Dreitagebart. »Wird es eine Zeit geben, in der du mir keine Befehle gibst?«

Die Gegenfrage kam prompt. »Wird es eine Zeit geben, in der du sie ausführst, ohne Rückfragen zu stellen?«

»Ja, sobald du einsiehst, dass es nicht schlimm ist, *soft* zu sein.« Also nie.

Wie zu erwarten, grummelte Lovis bloß und zog von dannen. Als Brutus ihm folgte, ergaben die beiden ein herrliches Bild zweier aufgeblasener, schlecht gelaunter Macker. Oscar grinste breit und machte sich auf den Weg nach vorn an die Straße, um Balders Kippe aufzusammeln.

Auf dem Rückweg kamen eine Fahrradgruppe und zwei Autos auf den Hof gefahren, darunter ein Lieferwagen, und er schritt gen Hofladen, um sich um Dinge zu kümmern, die ihn etwas angingen. Und Julies Schatten gehörten nicht dazu. Er durfte sie nicht zu seiner Angelegenheit machen. Wieso ihn das störte, konnte er nicht sagen.

Jeden Tag verließ er um Punkt fünf Uhr dreißig das Haus. Eins, das er ganz nach seiner Traumvorstellung erbaut hatte: Landhausstil, eierschalenweiß, inklusive Loggia, die den oberen Stock umrundete. Mit Anfang zwanzig, also vor acht Jahren, hatte er noch keinen Plan gehabt, ob er Familie, ob er Kinder wollte. Er wusste, er war nicht sein Vater. Er könnte seine Kinder lieben, doch bedeutete das Wort Familie mehr als das für ihn. Dennoch beruhigten ihn Situationen, die auf alles vorbereitet waren und somit umfasste sein Cottage genügend Platz für vier Personen. Einen Raum benutzte er als Gästezimmer, einen als Abstellkammer – die kurz davor stand überzuquellen – und einen als Auffangstation für Henrys Acrylbilder, die er ihm monatlich schenkte. Er liebte sein Haus, und er liebte, es für sich allein zu haben. Manche Menschen gingen davon aus, dass ein Leben allein Einsamkeit mit sich brachte und jeder die Norm von einer Partnerschaft brauchte, um glücklich zu sein; dabei kannte er Leute in Beziehungen, die waren nicht mal mit sich selbst glücklich.

Wenn Oscar eins hassen gelernt hatte, dann die Abhängigkeit von einer anderen Person; einer Person, die ihn einschränken wollte und ihn zu einem schlechten Menschen machen konnte. Seine Beziehungen hatten bisher immer ein Ablaufdatum gehabt, wie er rückblickend festgestellt hatte, und weil er nicht an ein Ende denken wollte, wenn er sich verliebte, konzentrierte er sich auf seine Bienen. Da musste er zwar auch an ein Ende denken – das ihnen drohte, wenn die Menschheit so weitermachte –, aber das wollte er abwenden. Änderung erforderte Verzicht und Ungewohntes. Das gefiel Menschen nicht, denn am liebsten mochten sie nur eins: sich selbst.

Er schloss die Haustür hinter sich und sah zu Lovis' kleinem Cottage, das weiter südlich hinterm Hofladen stand. Es war noch stockduster und Oscar war froh darum. Dieses Gefühl, allein auf dieser Welt zu sein, nur mit ihr, sich selbst und einer Gedankenlosigkeit, die eine unbeschreibliche Freiheit innehatte … er liebte das. Der Nebel hing noch zwischen dem Gras und verzog sich nur langsam zwischen den Stämmen des angrenzenden Waldes. Dahinter erschien der Berg in dem Licht für manche bedrohlich, Oscar hingegen betrachtete ihn als beruhigende Konstante. Rau. Standhaft.

Ein Blick gen Westen zeigte die Verfärbungen des Himmels, die die Sonne ankündigten. Er riss sich nur davon los, weil er an Julies Cottage vorbeiging. Und tatsächlich, da saß sie wieder, in eine dünne Decke eingewickelt, im Schaukelstuhl auf der Veranda. Eine Tasse Kaffee und Tavi auf ihrem Schoß.

»Guten Morgen«, begrüßte er sie mit noch rauer Stimme.

»Guten Morgen«, erwiderte sie lächelnd.

So war das die letzten Tage immer gelaufen. Abgesehen von dem Alarmsystem der Farm, das er ihr nähergebracht hatte, blieb es bei einem Gruß, bevor er zu seinen Tieren ging und sie sich in ihren vier Wänden verbarrikadierte. Sie saß hier mitten im Paradies und mied es. Oscar fragte sich wieso. Wieso erlaubte sie sich nicht einen Moment, sondern verpasste einen nach dem anderen?

Heute blieb er stehen und machte die Überraschung in ihrem Ausdruck aus. Aber da war noch etwas. Als würde sie auf etwas hoffen. Als würde sie etwas befürchten.

»Ich kann heute zu dir kommen. Die zwei Reparaturen durchführen. Es ist auch nichts Großes, ich muss nur die Fenster nachziehen und den Wasserdruck checken.«

»Sehr gern, das ist lieb«, meinte sie und biss sich dann auf die Unterlippe.

Seine Aufmerksamkeit stürzte sich auf ihren Mund. Er war hypnotisierend. Einladend. Am liebsten hätte er es ihr gleichgetan und ihre Unterlippe … O nein. Er drehte sich schnell um, damit seine Gedanken gesittet blieben.

»Geht's eigentlich noch?«, murmelte er sich selbst zu, da erklang ihre Stimme erneut. Sanft … vorsichtig.

»Darf ich dir dabei helfen?«

Er wandte sich ihr wieder halb zu. »Natürlich, wenn du willst.«

»Ja, ich …« Sie schluckte. »Ja«, wiederholte sie, als hätte sie etwas sagen wollen und sich dann umentschieden.

Oscar nickte und legte alle Vorfreude, die in ihm aufkam, in seinen Blick. Er verspürte den ständigen Drang, diese Frau mit einem Berg an positiven Gefühlen zu überschütten, bis sie nicht anders konnte als aufzustehen, um ihn zu erklimmen, statt am Boden zu kauern. Denn genau so kam sie ihm vor. Dabei sah er in ihr alles andere als jemand Hilflosen, nur jemanden, der etwas verloren war, und Verlorene verdienten eine kleine Wegweisung. Auch er hatte das damals gebraucht und es war seine Mutter gewesen, die ihm geholfen hatte. Zumindest dieses einzige Mal.

»Ich komme gegen Mittag.«

Ein Schatten huschte über ihr Gesicht und er fragte sich, was ihr durch den Kopf ging.

»Fabelhaft.«

Das unehrlichste *Fabelhaft*, das seine Ohren je erreicht hatte, trotzdem setzte er sich in Bewegung. *Es sind nicht deine Schatten*, erinnerte er sich. Es ging ihn nichts an. Sollte ihn nicht interessieren. Julie war in einigen Wochen wieder weg und würde alles mitnehmen. Auch ihre Sorgen. Und das war gut so, denn eine böse Vorahnung sagte ihm, dass sie die hierlassen würde, wenn er nicht aufpasste. Blöd nur, dass er nicht der Typ war, der einfach nur zusah.

Weil er den Mittag kaum hatte erwarten können, schritt Oscar überpünktlich auf das Cottage zu. Und entdeckte Julie direkt neben dem Haus. Offensichtlich suchte sie etwas und er kam nicht umhin, stehen zu bleiben, um sie ohne ihr übliches aufgesetztes Lächeln zu erleben. Auf die Entfernung meinte er Trotz in ihren Augen aufblitzen zu sehen und sie stapfte entschlossen zur Ecke des Cottage, schaute an der Außenwand entlang, als versteckte sich dort etwas. Suchte sie Tavi?

Ein jämmerlicher Schrei, der wohl einer Ziege ähneln sollte, gellte durch die Luft, was ihn dazu brachte, nach oben zu gucken. Mit einem tiefen Seufzen suchte er die Baumkrone ab.

»Was zum …«, fluchte Julie.

Sie hielt unter dem Baum an ihrem Cottage und sah hoch in die saftig grünen Blätter, die herrlich mit ihrem Shirt zusammenpassten. Die Hände stemmte sie in ihre Hüfte.

Oscar nahm sich ein Herz und entschied sich, zu ihr zu gehen. »Hej, Julie.«

Sie wirbelte herum und ihm entging nicht, wie ihr Blick an ihm hinabfuhr, bevor sie lächelte. »Hallo, Oscar.«

»Hast du Bekanntschaft mit Get gemacht?«

»Wenn du den da meinst?«

Er lachte leise in sich hinein und stoppte neben ihr, dann hoben sie die Köpfe und sahen Get entgegen. Lovis' grüner Wellensittich, der glaubte, genau das hervorragend imitieren zu können: eine Ziege.

»Den meine ich«, bestätigte er.

Julie seufzte nur. »Ihr habt echt abenteuerliche Namen für eure Tiere. Ich habe gesucht wie eine Blöde, weil ich dachte, dass Ett, Två oder Tre ausgebüxt sind. Und dann hat sich das auch noch ziemlich krank angehört.«

Jetzt konnte er ein Lachen nicht zurückhalten und traf kurz ihren Blick, bevor er wieder zu dem Vogel schaute. »Ja, er denkt, er sei ein wahrer Künstler, nicht nur was das Imitieren von Ziegenrufen angeht, sondern auch was das Singen betrifft. Get heißt Ziege«, klärte er sie auf. »Dabei hört es sich eher an wie ein sterbendes …«

Er sucht nach einem passenden Vergleich.

»Wie ein sterbender Schwan.«

»Hast du schon mal einen sterbenden Schwan gehört?«, fragte er, empfand den Vergleich allerdings als ziemlich angebracht.

»Nein, aber ich hab auch noch nie einen Wellensittich getroffen, der denkt, er sei Montserrat Caballé.«

»Touché. Er kommt leider nur zu Lovis.« Und den wollte er gerade wirklich nicht herrufen, da er sich seine Amor-Kommentare ersparen wollte. Bei Julies besorgter Miene fügte er hinzu: »Get findet immer nach Hause zurück.«

»Na gut«, gab sie nach und wandte sich ihm dann zu, musterte ihn eingehend.

Er konnte nicht anders, als seine Schultern zu straffen. Bis er realisierte, dass sie den Werkzeugkoffer betrachtete, den er mit einem Lächeln anhob. »Wenn ich ins Cottage darf?«

»Klar, es ist deins.« Sie drehte sich um und schritt voran, wobei er die Haustür anstarrte, als hinge sein Leben davon ab, denn würde er sie jetzt ansehen, würde er mit großer Wahrscheinlichkeit die Verandatreppe hochstolpern. Es war ihm ein absolutes Rätsel, wieso er so auf diese Frau reagierte.

»Darf ich immer noch helfen?«, erkundigte sie sich und schlang die Arme um sich, als sie im Wohnzimmer zum Halten kamen.

»Klar. Willst du die Fenster nachziehen?«

»Hab ich noch nie gemacht«, beichtete sie mit einem Ton, als wäre das etwas, wofür sie sich schämen müsste.

Also schenkte er ihr ein Lächeln. »Komm, wir machen eins zusammen und während ich das Wasser checke, probierst du dich an dem nächsten aus.«

Kaum hatte er den Vorschlag ausgesprochen, schlich sich ein Strahlen in ihre Augen und sie nickte, löste die Arme und sah ihn so auffordernd an, er hatte Mühe, nicht zu lachen. Ihr Wissensdurst erinnerte ihn an Henrys – zumindest außerhalb der gesetzten Schulzeiten. Erst letztens hatte der geschwänzt, was er damit entschuldigte, dass er ablieferte, wenn es drauf ankam. Eine untragbare Rechtfertigung, seine Leistung und Beliebtheit bei den Lehrern konnten jedoch weder Oscar noch seine Eltern verleugnen.

»Müssen alle nachgezogen werden?«, riss Julie ihn aus den Gedanken und er stellte den Kasten auf den Boden, während sie das Fenster öffnete und wieder schloss. »Das schleift in jedem Fall.«

»Du kannst auch die Diagonalen prüfen. Wenn die Diagonale an Rahmen und Fensterflügel nicht übereinstimmen, hängt das Fenster durch.«

Sie beugte sich nach vorn und die Haare ihres langen Zopfes rutschten zur Seite, entblößten die Haut ihres Nackens.

»Sieht nicht gut aus.«

»Es sieht sehr gut aus«, platzte es gedankenverloren aus ihm raus und sie schaute fragend über ihre Schulter.

»Echt? Die Linie stimmt nicht exakt überein.«

Um sein unmögliches Verhalten zu überspielen, wies er auf seine Augen und trat dichter neben sie, wobei sein Arm ihre Schulter streifte. »Sorry, das Alter.«

Sie gab einen belustigten Laut von sich. »Ist klar. Wie alt bist du? Neunundzwanzig?«

»Volltreffer.« Er schloss das Fenster wieder und klebte die Stellen, an denen das Fenster auf den Rahmen traf, mit Klebeband ab, um einen Strich mit dem Bleistift nachzuziehen, was Julie aufmerksam beobachtete. »Und du?«

»Siebenundzwanzig. Und ich bin weit davon entfernt, zu erreichen, was du erreicht hast«, bemerkte sie. Allerdings war da keine Spur von Neid, sondern von Wehmut und Anerkennung. Das war jedoch nicht das, was ihn stutzen ließ, als er gerade mit dem Zollstock die Entfernung von Rahmenkante zu Bleistiftstrichen abmessen wollte.

»Was habe ich deiner Meinung nach erreicht?«, erkundigte er sich unverbindlich und Misstrauen stieg aus einer tiefen Ecke seines Unterbewusstseins auf, weil sich ihre Schultern versteiften.

»Du hast diese Farm. Tust Gutes. Ich kenne zumindest keinen Neunundzwanzigjährigen, der sich mit so einer Muße und Professionalität seinen Traum erfüllt hat«, erklärte sie und sofort hatte er ein schlechtes Gewissen, weil seine Frage nicht auf ein Kompliment abgezielt hatte, sondern darauf, ob sie ihn nicht doch aus den Medien kannte. Vor einer Weile erst hatte ihn eine vermeintliche Touristin zu einem Date eingeladen und war schnell auf das Thema Schulden gekommen. Der Typ auf Social Media, der sich als sein verschollener Großvater ausgegeben hatte, war bisher das unangefochtene Highlight gewesen.

Er gab ein unverbindliches Geräusch von sich und erklärte Julie stattdessen, in welche Richtung sie mit dem Inbusschlüssel drehen musste, um das Fenster an- oder abzuheben.

»Du kannst das Fenster zwischendurch auch schließen, um die Diagonale zu checken.«

Sie salutierte mit dem Werkzeug in der Hand. »Alles klar, Chef.«

Nach ein paar Schritten gen Küche hielt er inne und drehte sich um, sah ihr dabei zu, wie sie mit Klebeband, Stift und Schlüssel zum nächsten Fenster schritt. Ihre Miene war entspannt und er konnte es gut nachvollziehen. Arbeit mit den Händen entschleunigte ihn und zu sehen, dass es ihr guttat? Das machte was mit ihm.

»Was ist dein Traum?«, stellte er die Frage, die ihn die letzten Minuten beschäftigt hatte.

Julie wandte sich ihm überrascht zu und zog die Brauen zusammen, als verstünde sie nicht recht, was er hören wollte. »Mein Traum?«

Trotz der Befürchtung, ihr zu nahe zu treten, nickte er nachdrücklich. »Ich sehe dir an der Nasenspitze an, dass du einen hast.«

Die Falten auf ihrer Stirn glätteten sich nach seinen Worten, sogar ihre Mundwinkel zuckten. »Mein Traum ist es zu fliegen.«

So eine Art von Antwort hatte er nicht erwartet und sein Bauchgefühl sagte ihm, sie wäre anders ausgefallen, wären sie nicht allein in der Sicherheit des Cottage. »Meinst du in Pilotin-fliegen oder Gefühl-fliegen?«

»In Seele-fliegen«, führte sie aus, womit sie ihn noch weiter überraschte. »Ich möchte das tun, was mir dieses Gefühl gibt und meine Seele baumeln lässt.« Es sah nicht danach aus, dass diese Worte für die Öffentlichkeit bestimmt gewesen waren, denn sie presste die Lippen zusammen.

»Und hast du schon gefunden, was dich das fühlen lässt?«, wollte er voller Ernst wissen.

Sofort wollte er die Frage zurücknehmen, weil ein Schatten durch das Braun ihrer Augen huschte und zu seinem Bedauern dort eine Heimat fand.

»Nicht wirklich, nein.«

Er setzte seine zuversichtlichste Miene auf. »Hab Vertrauen in das Schicksal«, schlug er mit einem Zwinkern vor und verzog sich in Richtung Küche.

Im Stillen gingen sie ihren Aufgaben nach und er ignorierte den Wunsch, diese Stille mit Worten zu füllen, sie auszufragen, sie kennenzulernen.

Schluss damit, wies er sich innerlich zurecht, während er die Fassung wieder anzog. Er benahm sich lächerlich und trotz der Faszination, die Julie auf ihn ausübte, schrie sein Instinkt in ihm, dass er sich fernhalten sollte.

Ein orangefarbener Schatten huschte neben ihm entlang, der sich als Tavi herausstellte, die sich an ihn schmiegte und seine Aufmerksamkeit forderte. Kurz tat er ihr den Gefallen, ehe er sich wieder auf die Arbeit konzentrierte.

Bis ihn ein Murmeln ablenkte.

Er hob den Kopf und lauschte genauer. Da Tavi neben ihm saß, führte Julie wohl Selbstgespräche. Als er sie fluchen hörte, erhob er sich und schritt Richtung Wohnzimmer.

»So ein Mist, Mist, Mist. Du kannst da echt nicht bleiben.« Ein Seufzen. »Ich muss doch die Diagonale prüfen …«

Oscar hielt im Durchgang und beobachtete, wie Julie mit dem Stift behutsam in den Rillen des Fensterrahmens entlangfuhr. Gefolgt von einem erneuten Seufzen.

»Husch! Hier gibt es nichts Interessantes für dich.«

»Kann ich dir irgendwie helfen?«, machte er auf sich aufmerksam, was sie herumwirbeln ließ.

»Ich brauche ein Glas«, redete sie nicht lange drum herum und er konnte das Lächeln nicht länger unterdrücken, da er schon ahnte, was sich da in dem Fensterrahmen verirrt hatte.

Mit drei Schritten überbrückte er die Entfernung zwischen ihnen und sie machte ihm Platz, damit er sich in den Rahmen beugen konnte. Eine verirrte Biene saß seelenruhig da und machte keine Anstalten, sich fortzubewegen.

Julie schielte an ihm vorbei, während er zwei Finger in die Nähe des Insekts hielt und wartete, bis sie sich dazu bequemte, draufzukrabbeln. Vorsichtig hob er seine Hand zwischen Julie und ihn, die mit angehaltenem Atem und einer Miene, die einem Kind alle Ehre machte, das Tier auf seiner bloßen Haut betrachtete.

»Du nimmst sie einfach auf die Hand«, flüsterte sie, als könnte sie die Biene sonst aufschrecken.

»Ja«, flüsterte er scherzhaft zurück und schmunzelte, als sie ihn anfunkelte. Mit zuckenden Mundwinkeln beobachtete sie wieder die Biene und er ließ ihr den Moment.

»Wieso kannst du das?« Immer noch sprach sie leise und er drehte seine Hand, weil die Biene anfing zu wandern.

»Wenn sie und ich gut drauf sind, kann ich sie sogar streicheln.«

Ihre Augen strahlten. »Nicht dein Ernst?«

»Mein voller Ernst«, versicherte er ihr und hielt die Hand raus, weil die kleine Arbeiterin unruhig wurde. Gemeinsam sahen sie dabei zu, wie sie noch kurz zögerte und sich dann in die Lüfte erhob, um fleißig zu sein.

»Der Mann, der Bienen streicheln konnte«, meinte Julie, während sie nach draußen schaute. Dann riss sie sich aus ihren Gedanken und schloss mit einem Lächeln das Fenster, bevor sie darauf zeigte. »Tada!«

»Wie ein Profi«, stellte Oscar fest, was sie mit einem Schulterzucken kommentierte und zum letzten Fenster marschierte.

Nach einer Viertelstunde waren sie durch und Julie begleitete ihn zur Eingangstür. »Danke schön«, meinte sie und er schüttelte den Kopf.

»Du bezahlst immerhin für ein funktionierendes Heim«, erinnerte er sie.

Dann standen sie sich gegenüber. Starrten sich an.

Seine Fingerspitzen kribbelten, als würden sie von ihr angezogen werden. Oscar atmete tief durch, ahnungslos, wie er diese Reaktion einordnen sollte. Beinahe gleichzeitig wichen sie dem Blick des anderen aus und das brachte ihn dazu, wieder zu ihr zurückzusehen. Was passierte hier?

»Kann ich dir noch einen Kaffee anbieten?«, fügte sie nervös lächelnd hinzu.

»Ich bin leider schon verabredet.« Noch nie hatte er sich darüber geärgert, zu dem Spieleabend mit den Lindgrens, Jascha und Lovis zu müssen. Wobei Letzterer mit viel Glück heute mit seinen Freunden in seiner Stammkneipe war.

»Ach so. Dann ganz viel Spaß«, meinte sie unberührt und das ärgerte ihn noch mehr als die Tatsache, ihr Angebot nicht annehmen zu können. Er war schon spät dran, wenn er vorher seine Aufgaben schaffen wollte.

»Gern ein anderes Mal.«

Sie lächelte, aber es erreichte ihre Augen nicht. »Weihe ich das Cottage eigentlich ein?«

»Allerdings. Es steht erst seit Kurzem für Übernachtungen zur Verfügung«, erklärte er und sie schaute mit einem Lächeln in das Häuschen zurück.

Ihre Züge wurden sanft. Der Gedanke schien ihr sehr gut zu gefallen. Oscar hob die Hand an den oberen Türrahmen, wobei er froh war, dass er mit der anderen den Werkzeugkasten festhalten musste. Um diesen Ausdruck abzuspeichern, beugte er sich etwas vor, als sie gerade wieder zu ihm hochsah. Er würde dieses Cottage an niemand anderen mehr vermieten, wenn sie dann nur weiter so schaute. Unangenehm wurde er aus seiner Trance gerissen, nur um wieder reinzufallen, weil ihr Gesicht plötzlich so nah war. Und ihre Augen. Es stimmte, was man sagte. Sie waren das Fenster zur Seele und die, die er darin ausmachte, zog ihn an, hüllte ihn ein und eröffnete ihm Wege, die er nicht erahnt hatte.

Fuck. Was. Passierte. Hier?

Während er über Seelenfenster philosophierte, schien Julie erst überfordert und dann nervös. Aber nicht abgeneigt. Wo er anfänglich noch Unwohlsein vermutet hatte, sah er nun Unsicherheit. Er erdreistete sich zu vermuten, dass sie diese Nähe so wenig störte wie ihn, trotzdem löste sie etwas in ihr aus, was ihn vorsichtig werden ließ. Als wollte sie die Nähe, hatte aber gleichzeitig Angst davor. Da wären sie schon zu zweit.

»Würdest du mir bei etwas anderem behilflich sein?«, brach es aus ihr heraus, ohne einen Deut zurückzuweichen. Ihr Duft kroch in seine Nase. Sie roch blumig. Nach Jasmin. Was sie wohl gerade dachte?

Er würde ihr jedenfalls bei allem behilflich sein. Allem. »Was kann ich tun?«, fragte er und konnte nichts dagegen unternehmen, dass er heiser klang. Seine Finger um den Rahmen verkrampften sich, was auch Julie wahrnahm. Ihr Blick hing kurz an seinem Arm, ehe sie zurück zum Thema fand, wofür sie sich so lange Zeit lassen konnte, wie sie wollte, wenn es nach ihm ging. Dieser Moment hier schoss ihm in jede Faser. Und er konnte nicht anders. Er konnte nicht anders, als Julie anzusehen. Ihre Brauen, die sie so lustig zusammenziehen konnte, ihre Nasenspitze, ihre Lippen, ihre Wangen und die blassen Sommersprossen darauf, die sich bestimmt nur in der heißen Jahreszeit zeigten.

Julie blickte zu ihm hoch und er fragte sich, ob seine Wangen so rosig anliefen wie ihre. Auch sie sah nicht fort. »Ich …«, sie schluckte, überlegte. »Ich möchte Schwedisch lernen und ich hab mich gefragt, ob ich zu dir kommen kann, falls mir etwas nicht klar ist.«

Er konnte gar nicht schnell genug antworten. »Wir können uns jeden Tag eine Stunde zusammensetzen, wenn das in deinen Plan passt.«

Da. Sie machte es wieder. Ihre Brauen schossen so verspielt in die Höhe, als hätten sie ein Eigenleben und gaben dem herzlichen, ungläubigen Lächeln noch mehr Ausdruck.

»Du bist derjenige, dem das passen muss.«

»Tut es«, meinte er unbeirrt. Egal was er dafür verschieben oder in Bewegung setzen musste, er wusste, dass er diese Zeit mit ihr nicht verstreichen lassen durfte. Sollte man ihn für verrückt erklären, er konnte mit absoluter Gewissheit sagen, das hier war nichts, was man abwinkte oder als normal einstufte. So eine Reaktion zwischen zwei Menschen galt es zu ergründen und er sollte verflucht sein, wenn er es nicht tat. Julies Schatten oder ihr Heimatland waren ihm gerade herzlich egal, obwohl seine Vernunftstimme da anderer Meinung war.

Sie schien gar nicht glauben zu wollen, dass er so schnell zusagte. »Das ist … unfassbar lieb, Oscar. Ich möchte mich gern revanchieren. Vielleicht kann ich ja irgendwo behilflich sein.«

Noch mehr Zeit mit ihr. Doch er hielt sich zurück, denn sie sollte Dinge für sich tun und für niemand anderen.

»Sehen wir erst mal, wie ich mich als Lehrer mache«, erwiderte er mit einem schiefen Lächeln, ehe er sich von dem Rahmen wegstieß und gefühlt das erste Mal seit einer Ewigkeit durchatmete. »Ich bringe dir Bücher von meinem Patenkind mit. Der hat bestimmt noch Schulunterlagen.«

»Fabelhaft.«

»Hallo«, kündigte er sich an, sobald er ins Haus seines besten Freundes und dessen Frau trat. Stimmen, Kinderquengeln und das Rauschen vom Wellengang wehten ihm entgegen. Wie er sie kannte, würden sie in der Küche rumlungern, die über eine Flügeltür gen Küste verfügte und ab dem Frühling stets geöffnet war.

Auf dem Weg tapste ihm Andri entgegen. Ihre beiden hellen Zöpfe zeigten gen Decke und ihr Outfit war kunterbunt – wahrscheinlich von ihr selbst zusammengestellt. Sie fiel gerade vornüber, da fing Oscar sie auf und hob sie mit Schwung in seine Arme. Die Kleine gluckste und machte Geräusche, bei denen er sich oft fragte, wie ihre Eltern irgendwas darin verstehen konnten. Sie sprach ungern, aber es wurde immer besser. Weil es sie zum Lachen brachte, machte er weite Schritte und ließ sie dabei nach rechts und links schwingen. Da erschien Fynn im Rahmen und auch Lovis steckte den Kopf raus, um aus der Küche in den Flur zu sehen. Beziehungsweise ihn mit einer Miene zu quittieren, als wäre Oscar irre.

»Geht's noch?«, erkundigte er sich.

Oscar verfiel in einen normalen Schritt und drückte Andri gegen Fynns Brust.

»Ich habe ein Kind gefunden.« Dann wandte er sich an Lovis, der ihm das Küstenpanorama versaute. »Bist ja doch hier.«

»Wenn du dich zum Affen machst, immer.«

»Kinder!«, schritt Kina ein und drückte Oscar zur Begrüßung einen Kuss auf die Wange. »Streitet euch nicht.« Dann drückte sie Fynn einen Kuss auf den Mund – der den mit einem warmen Lächeln willkommen hieß – und Andri einen auf den Kopf, ehe sie mit den Kuchentellern im anschließenden Wohnzimmer verschwand.

Während Fynn Fratzen für seine Tochter schnitt, machte sich Oscar daran, Kaffee zu kochen. Er kannte dieses Haus wie seine Westentasche. Und die Leute darin ebenfalls. Fynn und er waren beste Freunde, seit er denken konnte. Denn obwohl Oscar in London aufwuchs, fand sein Leben in den Ferien hier statt. Fynn war es gewesen, der ihm beigestanden hatte, wenn Balder ihn angegangen war; er hatte ihn vor seiner Mutter verteidigt; er hatte mit ihm geredet und vor allem zugehört. Wenn Oscar zurückgemusst hatte, dann hatten sie fast jeden Tag geskypt. Und so erinnerte er sich noch genau daran, als Fynn von Kina erzählt hatte, die als Jugendliche nach Stolt gezogen war. Sein bester Freund war von Sekunde eins verloren gewesen, nur viel zu schüchtern, das zu äußern. Wie auch Kina. Ein gefundenes Fressen für Jascha Gao, der es liebte, Menschen aus ihren Schneckenhäusern zu locken. Dass er und Kina beste Freunde geworden waren, hatte Fynn Bauchschmerzen bereitet. Es fühlte sich wie gestern an, als Oscar ihm nach einem Besuch in den Hintern getreten hatte, weil es offensichtlich gewesen war, dass sie nicht ihren besten Freund wollte, sondern hoffnungslos in Fynn verliebt war.

Mit einem Seufzen dachte er an diese Zeiten zurück. Jugendliche, ihr Stolz und ihre Missverständnisse. Aber was zusammengehörte, kam zusammen. Und das waren Kina und Fynn seit fünfzehn Jahren. Mit Höhen und Tiefen. Schicksalsschlägen, durch die sie noch enger zusammengewachsen waren.

Seit Oscar vor acht Jahren zurückgekommen war, war es einfacher für die Gruppe. Er galt als wertvoller Puffer zwischen dem Paar und Jascha und irgendwie hatten sich alle damit arrangiert, weil sie sich zu sehr liebten, um getrennte Wege zu gehen.

Als Kina sie zum Tisch zitierte, wanderten sie im Gänsemarsch ins Wohnzimmer und ließen sich auf ihre gewohnten Plätze fallen.

Aus dem Nichts erschien Julie in seinem Kopf. Wie sie mit leuchtenden Augen die Biene auf seiner Hand beobachtet hatte. Er merkte erst, wie er in sich hineingrinste, als Lovis' wissender Blick ihn erdolchte, sah dann in Kinas zusammengekniffene stahlblauen Augen.

»Was ist los?«, wollte sie in einem Ton wissen, als hätte er jemanden umgebracht.

Er wollte gerade den Mund aufmachen, da kam ihm Lovis zuvor. »Oscar ist verknallt.«

»Hattest du heute nicht was anderes geplant?«, erkundigte er sich mit zusammengebissenen Zähnen bei dem alten Mann.

»Verknallt?« Fynn steckte den Kopf zur Tür rein. Offensichtlich hatte er gerade den Kuchen anschneiden wollen, denn das Messer in seiner Hand war voller Mohn.

Kina wies darauf. »Bring das mit. Ich brauche ein Druckmittel für deinen besten Freund.«

Immerhin erwies sich Fynn als solcher, weil er zurück in die Küche schlich und das Messer außer Reichweite beförderte.

»Du bist mir ja eine Polizistin!«

Bei der bekannten, wohltuenden Stimme wandten sie ihre Köpfe, um Jascha zu entdecken, der sich neugierig grinsend in den Türrahmen zum Flur lehnte und alle in Augenschein nahm. Oscar machte drei Kreuze, denn mit seinem Auftauchen würde das Thema Liebe nicht lange eins sein.

»Soso, Oscar Morrison ist verliebt, was?«

»Spann sie ihm nicht aus«, drohte Kina ihrem besten Freund und er legte sich eine Hand an die Brust, als hätte sie ihn verletzt.

»Wie kannst du bloß so von mir denken!«

Wie üblich steckte er in weißem Hemd und Designerhose, seine rabenschwarzen Haare waren penibel frisiert. Er liebte Mode und stach zwischen Fynn sowie Oscar heraus, die mit ihren Bärten und Holzfällerhemden eher den lässigen Style bevorzugten.

Fynn stürmte in den Raum und sah danach aus, als hätte er so viele Kuchenteller gepackt, wie es ihm mit zwei Händen und zehn Fingern möglich war. Wackelig stellte er sie auf dem Tisch ab und erwiderte Jaschas schmales Lächeln mit eiserner Entschlossenheit. »Du wirst hier niemandem irgendwen ausspannen.«

»Nicht doch«, gab Jascha in einem Ton zurück, der haarscharf an der Grenze zum Fick-Dich kratzte. Heute war wohl nicht ihr harmonischster Tag.

Kina klatschte in die Hände. »Los geht's!«

»Ich zieh euch heute ab«, machte sich Oscar behilflich, und in der nächsten Sekunde saßen alle am Tisch. »Kannst du mich nachher dran erinnern, Henrys alte Schwedisch-Schulbücher mitzunehmen? Falls das okay ist?«, wandte er sich an Kina.

»Na klar.« Fragend musterte sie ihn. »Wofür brauchst du die?«

Jascha holte schon zu einem Kommentar aus, da verpasste Fynn ihm einen leichten Klaps auf den Rücken, weswegen der Gepeinigte leidig eine Miene zog.

»Julie, die Mieterin des Cottage, würde gern Schwedisch lernen. Ich helfe ihr ein bisschen.«

»Aha!«, kam es von allen, außer Lovis, der mit Genugtuung einen großen Bissen vom Kuchen nahm.

»Reißt euch zusammen«, meinte er, musste aber selbst schmunzeln bei ihren neugierigen Gesichtern.

Die Wahl fiel auf *Tabu* und sie packten Jascha mit Fynn in ein Team, das sich eine halbe Stunde später mit einem High Five bejubelte. Oscars Blick schweifte zu der Frau seines besten Freundes, die ihm ein kleines Lächeln schenkte, ehe es in ihren Augen funkelte.

Es war noch nicht gegessen. Also tat Oscar gut daran, heute nicht allein mit ihr in einem Raum zu landen. Oder mit Fynn. Oder mit Jascha. Oder Fynn allein mit Jascha. Und Jascha erst recht nicht allein mit Kina. Am besten blieben alle einfach brav in einem Raum.

Blumen und Bienen
stehen in einer gesunden Abhängigkeit
zueinander und haben sich
im Laufe der Jahrhunderte
aneinander angepasst.

O.M.

Kapitel 7

Flammen in der Nacht

Julie

Peu à peu entdeckte ich kleine recycelte Zettelchen von Oscar, auf denen er mir Nachrichten mit Bitten, Geheimtipps und Bienenwissen hinterließ. Mit jeder weiteren staunte ich über seine akkurate Schrift, besonders, wenn ich an die Sauklaue von Levi dachte. Mit meinem Bruder hatte ich heute Morgen beim Frühstück telefoniert, damit er sich keine Sorgen machte.

Und um ehrlich zu sein, vor allem, damit *ich* mir keine Sorgen machte. Seit Danas Tod war ich immer in seiner Nähe gewesen. Egal wie sehr er sich sträubte, ich übernahm Aufgaben; ob ich für die beiden einkaufte, Lotta zu Freunden fuhr oder kochte – wobei Levi das sehr viel besser beherrschte.

Das schlechte Gewissen, ihn zurückgelassen zu haben, konnte ich nur stillen, indem ich in seiner Stimme hörte, dass es ihm gut ging. Tatsächlich hatte er sich sogar sehr fröhlich angehört.

So stand ich also nun vor der Regenwalddusche, in der sich Grün über die Decke rankte. Tavi beobachtete mich von der Türschwelle aus, während ich den Zettel vorlas: »Tipp: Beim Duschen geht eine Menge Wasser verloren. Solange du auf warmes Wasser wartest, stell doch den Eimer (steht neben der Dusche in der Ecke) unter den Strahl und fang das Wasser auf. Du kannst damit gern die Pflanzen gießen. Ich kann allerdings auch eine kalte Dusche empfehlen.«

Dahinter hatte er einen grinsenden Schneemann gemalt und ich musste lächeln. »Vergiss es.«

Ich packte den Eimer und stellte ihn in die Dusche, bevor ich das Wasser anstellte. Erstaunt stellte ich fest, dass er sich fast gänzlich füllte, bis die Temperatur lauwarm war und ich schnell unter den Strahl huschte. Duschen war sonst mein Safe Place zum Abschalten, aber Oscar brachte mich zum Nachdenken. Wasser war wertvoll. Sehr wertvoll. Da ich es zu jeder Zeit, an fast jedem Ort bekam, ohne Mühe aufbringen zu müssen, war mir das selten bewusst.

Ich wusch Körper und Haare mit *Love Brand*-Produkten, wonach ich mich nur schmutziger fühlte, und trocknete mich zügig ab, ehe ich sie wieder verstaute, damit sie nicht fürs bloße Auge ersichtlich waren. Falls Oscar noch mal hier im Cottage vorbeisah, durfte er sie unter keinen Umständen entdecken. Immerhin hatte ich ihn gefragt, ob er mir Schwedisch beibrachte. Und ich hatte ihn zum Kaffee eingeladen.

Während ich vor dem beschlagenen Spiegel stand, dachte ich an den Moment im Türrahmen zurück. Ich hatte immer eine ausgeprägte Fantasie gehabt, aber mir einzubilden, dass Oscar mich auf eine Weise betrachtete, auf die man nicht jeden Menschen ansah, war der Gipfel meines Wahnsinns. Wie sollte *er* jemanden wie *mich* mögen? Ich war vollkommen unzulänglich. Kaum auszudenken, was er von mir dachte, wenn er herausfand, wer mich hergeschickt hatte, und vor allem wieso.

Seit mich Tamsin erneut an den Screenshot von meiner Absage an Maurice erinnert hatte, war ich völlig verloren. Wie zehn Tonnen lastete diese Schwere ohne Namen oder Herkunft auf meinen Schultern, die mich regelmäßig heimsuchte. Am liebsten hätte ich mich auf das Sofa geworfen und an die Decke gestarrt. Diese Leere kam oft so plötzlich und unkontrollierbar, dass ich mich gerade noch lächeln spürte, bis sie an mir vorbeirannte und es mit sich riss.

In der Luft zerfetzte.

Ich hatte keine Ahnung, was noch richtig war. Meinen Traum aufzugeben war falsch, oder? Es bestand Hoffnung, mein Leben nicht aufgeben zu müssen.

Was hatte ich bloß getan?

Nichts lag mir ferner, als Oscar so ans Messer zu liefern. Aber für diesen Job hatte ich so hart gearbeitet. Das konnte ich nicht einfach für einen Fremden wegwerfen. Was also blieb mir übrig? Oscar nach einem Kaffee zu fragen, war Teil des Plans, ihn an den Haken zu bekommen. Zumindest in erster Sekunde. Der Wunsch, ihn wirklich besser kennenzulernen, war viel größer. Und er wuchs immerfort.

Mit einem Seufzen wischte ich mit den Fingern über den beschlagenen Spiegel, wodurch ich mich etwas klarer erkennen konnte. Doch immer noch trübten mir Schlieren die Sicht. So konnte ich es mir ersparen, mich ansehen zu müssen. Genau deswegen hatte ich es heute vermieden, rauszugehen. Ich hatte so viel Tee getrunken wie in fünf Jahren nicht und ein ganzes Buch verschlungen, was auf eine anstrengende Art gutgetan hatte.

Mit nassen Füßen tapste ich über den Holzboden und wurde von Kerzenlicht umflutet, das ich im Cottage entfacht hatte. Es war, als lebte ich in einem Pinterest-Bild, aus dem ich nie wieder ausradiert werden wollte. Es war so herrlich gemütlich.

Erschrocken stellte ich fest, dass fast Mitternacht war und machte mich bettfertig, ehe ich alle Kerzen auspustete und die Tür abschloss. Im Schlafzimmer angekommen, sah ich Tavi entgegen, die bereits auf dem Bett lag und döste. Es hatte nicht viel gebraucht, mich breitzuschlagen und ehrlicherweise brachte mich ihr Schnurren zur Ruhe.

Kaum schlüpfte ich unter die Decke, überkam mich eine Seligkeit, die mich mit diesem Cottage verband. Es waren erst ein paar Tage, dennoch fühlte ich mich hier so wohl wie an keinem anderen Ort. Mit einem seltenen – ehrlichen – Lächeln schaltete ich das Licht aus und strich Tavi ein letztes Mal über den Rücken. Draußen schrie einer der Esel und ich beschloss, sie morgen endlich kennenzulernen, gleich vor der Schwedischstunde mit Oscar.

Morgen sollte ein guter Tag werden.

Und ich selbst würde dafür sorgen.

Das Erste, was ich wahrnahm, war Tavis aufgeregtes Miauen.

Dann den Rauchgeruch in meiner Nase.

Mein Instinkt riss mich aus dem Halbschlaf und ich setzte mich auf, lauschte. Tavi war so laut und panisch, dass ich kaum etwas anderes hörte. Und das war Alarm genug. Ein Knistern mischte sich in die Geräuschkulisse. Mein Gehirn brauchte Sekunden, um eins und eins zusammenzuzählen.

»Fuck. Fuck fuck fuck.«

Es brannte. Das Cottage brannte. Und es fühlte sich nicht nach einem Traum an. Nein, dafür war es zu warm. Mein Herz pochte voller Furcht. Ich hatte keine Ahnung, wie es im Wohnzimmer aussah, aber in nächster Sekunde stürzte ich schon gen Tür und prüfte die Temperatur der Klinke. Nicht auffällig heiß. Die Flucht durch die Haustür könnte noch gelingen. Ohne zu zögern, schnappte ich mir eine Decke, warf sie über die Katze und packte sie. Selbst durch den Stoff spürte ich ihre Krallen und ich wollte nicht wissen, wie meine Arme aussähen, wäre da keine schützende Schicht. Sowie ich die Tür aufriss, ging der Feueralarm los, der via App auf die Smartphones der Bewohner weitergeleitet wurde. Es konnte noch nicht lange brennen, da die Flammen sich gerade erst durch die Decke des Wohnzimmers vorgearbeitet hatten, aber der Hitze und dem Knacken über mir zu urteilen, stand das Dach in Brand.

Ich sah Rauch. Rot. Orange. Die Luft über mir flirrte.

Meine Kehle brannte, meine Augen tränten. Ich hörte das Knistern des Feuers. Konnte mich keinen Zentimeter rühren, denn es stieß mich in die Vergangenheit zurück.

In eine Zeit, die ich ausradiert hatte.

Rief Erinnerung an das Brüllen meines Vaters hervor.

An Blaulicht. Rauch. Tod.

Reiß dich zusammen, Julie. Der scharfe Befehl von dem Teil meines Ichs, der Kontrolle bewahrte, fiel wie eine Schranke zwischen meine Panik und meinen Verstand, katapultierte mich in die Gegenwart.

Tavi wehrte sich wie wild, also rannte ich los, sah nur, dass der Weg zur Haustür frei war. Alles andere war egal. Die Angst, sie fallen zu lassen und an ihre Panik zu verlieren, verschluckte mich fast. Ihr durfte nichts passieren. Sonst könnte ich mir das niemals verzeihen. Ich biss die Zähne zusammen, nutzte einen Zipfel der Decke, schloss damit auf und drückte die Klinke runter, stürzte ins Freie.

Das Feuer erhellte die Nacht und die Lichtschatten tanzten bedrohlich über das Gras; in dem Tavi keine Sekunde später landete, weil sie in der Decke völlig ausrastete. Schwer atmend sog ich frische Luft ein und bemerkte zwei Gestalten auf mich zurennen.

Ich sah über die Schulter zu dem brennenden Dach. War ich daran schuld? Hatte ich eine Kerze vergessen? Nein, das durfte nicht sein.

Der Gedanke wurde schlagartig von einer anderen Erkenntnis ersetzt. Meine Brust verkrampfte sich. In diesem Haus befand sich alles, was mir noch blieb. Das Feuer hatte mir schon einmal so viel genommen. Nicht wieder. Ich konnte es nicht zulassen. Das hier konnte ich noch retten.

Ohne nachzudenken, rannte ich los.

Das Cottage stand zur Hälfte in Flammen und sie züngelten gierig am Holz. Rauch stieg in die Nacht. Panik kroch in meine Glieder. Aus Hunderten Gründen. Nichts war machtvoller als der Zwang, geradewegs auf das Feuer zuzurennen. Mitten hinein in die tödliche Hitze.

»Julie!« Oscars Brüllen schallte über die gesamte Wiese und ich fragte mich, ob ich das jemals zuvor gehört hatte.

Panik um mich.

Als wäre ich etwas wert.

Aber auch das war nicht von Bedeutung. Das Einzige, was zählte, war, den letzten Faden Hoffnung nicht reißen zu lassen.

Oscar erinnerte sich nicht, wann er zuletzt solche Angst gehabt hatte wie in dem Moment, als Julie in das brennende Haus zurückrannte. *Verdammte Scheiße.*

Lovis fluchte neben ihm.

»Fang an zu löschen. Ich hole sie raus.«

Sie waren auf dem Pfad aufeinandergetroffen und hergerast. Die Feuerwehr musste bereits unterwegs sein, aber wer wusste, wie schnell sich die Flammen ausbreiteten und wohin der Wind sie trug. Oscar hielt nicht an, keine Sekunde, sondern rannte in das Cottage. Nur kurz geriet er ins Straucheln, als links von ihm etwas krachte und der

Balken im Wohnzimmer zu Boden stürzte. Die Flammen leckten an den gemalten Bienen darauf, löschten sie aus. Der Rauch kroch in seinen Rachen, in seine Nase, und Hitze riss an seiner Haut.

»Julie!« Instinktiv eilte er ins Schlafzimmer und blickte in schreckgeweitete Augen. Sie stand vor ihrem Schrank und drückte sich ihren Laptop an die Brust, eine Tasche hing über ihrer Schulter.

»Ich kann mich nicht bewegen«, brachte sie schwer atmend hervor.

Sofort stand er neben ihr und fasste ihre Arme. Es blieb keine Zeit, doch sie stand wie zu Eis erstarrt da, daran änderten auch die Flammen nichts. Oscar schaute sich um. Der Weg durch das Haus war zu riskant, er konnte den Eingang zwar von hier ausmachen, aber jeden Moment könnte etwas über ihnen einstürzen. Also blieb nur ein Ausweg.

Er eilte zum Fenster und zog den Ärmel seines Sweatshirts runter, um den Griff rumzudrehen. Da Julie nicht reagierte, zog er die Tasche von ihrer Schulter und packte den Laptop, doch sie presste ihn an sich. Was nicht verhinderte, dass er merkte, was für eine Hitze das Gerät aussandte.

»Ich … ich kann mich nicht … Ich bekomme keine Luft. Ich …«, brachte sie hervor.

»Julie. Vertrau mir und lass los.«

Und aus irgendeinem Grund gehorchte sie. Er brauchte keine drei Sekunden, da hatte er den Laptop in die Tasche geschmissen, die unfassbar schwer war, und warf sie durch das Fenster. Der Rest musste Opfer der Flammen werden. Ohne zu zögern, fasste er ihre Arme und schob sie zum Rahmen. Ihr gesamter Körper zitterte.

So wie seiner, doch er riss sich zusammen. Lovis' Brüllen weckte Oscars Alarmglocken.

»Kletter raus. Sofort.« Das Gefühl, dass sie nur auf klare Befehle reagieren würde, bestätigte sich, als sie erst das eine, dann das andere Bein ins Freie schwang.

Hinter ihm explodierte etwas und Glas platzte.

Er vergeudete keine Zeit und drückte Julie nach vorn, umfasste den Rahmen und sprang hinterher. Innerlich ächzte er, kaum spürte er Gras unter den Sohlen. Erst jetzt realisierte er, wie sehr seine Haut brannte. Nein, sie schrie. Es war keine Zeit gewesen, sich Schuhe anzuziehen, denn wenn dieses Feuer sich ausbreitete und das zerstörte, was ihm alles bedeutete, hatte er größere Sorgen als Verbrennungen. Julie kniete da und beobachtete vollkommen atemlos das Feuer. Hier konnten sie nicht bleiben.

Wortlos zog er sie auf die Beine und hob sie kurzerhand auf die Arme, um sie hinter Lovis abzusetzen. Der alte Mann hielt den Wasserschlauch auf das Cottage, nicht um es zu retten, sondern um aufzuhalten, dass sich das Feuer ausbreitete. In der Ferne erklangen Sirenen. Gemeinsam mit den aufgeregten Rufen der Esel.

Besorgt starrte er in die Flammen. Wenn auch nur ein Funke gen Tiere fliegen würde, noch schlimmer, wenn es die Bienen traf … Oscar wollte gar nicht daran denken, denn zu verlieren, was ihm alles bedeutete, war nichts, was er ertragen konnte. Zumindest ein bisschen Glück war auf ihrer Seite, weil es windstill war. Hinter ihnen erklangen die Geräusche sich nähernder Fahrzeuge, bis sie auf dem Pfad sowie der Wiese hielten und mehrere Personen aus den beiden Wagen sprangen, die Schläuche ausholten. Ein Mann rannte zu Lovis. Das Blaulicht jagte über Bäume sowie Scheunenwände. Oscar erkannte auch einen Polizei- und einen Krankenwagen. Bei dem Anblick wirbelte er zu Julie herum, die völlig neben sich stand und die Knie angezogen hatte.

Er hockte sich vor sie. »Bist du verletzt?« Seine Kehle kratzte.

Sie schüttelte den Kopf, ohne ihn anzusehen.

»Oscar.« Das war Maditas Stimme, Mitglied der Feuerwehr und Brandmeisterin. Ihr blonder Zopf lugte unter ihrem Helm hervor.

»Sind alle draußen?«, wollte sie wissen.

»Ja. Julie ist die Einzige, die dort wohnt.« Er gab den Blick auf die junge Frau frei, die auf dem Boden saß und tiefe Atemzüge nahm. »Sie war noch im Haus, als es schon brannte.«

Madita näherte sich Julie, weshalb er schwer an sich hielt, sie nicht davon abzuhalten. Er wollte nicht, dass sich irgendjemand unnötig näherte, doch sie war vom Fach und hielt Abstand. »Okay, Julie. Bekommst du Luft?«

Oscar wollte Julie am liebsten an sich ziehen, so hilflos wirkte sie, hielt sich jedoch zurück, weil er Angst hatte, alles schlimmer zu machen. Seine Schwester hatte in solchen Momenten keine Nähe ertragen. »Kannst du atmen?«, übersetzte er für sie.

»Nur schwer. Ich … mein Brustkorb ist zu eng. Es …« Sie starrte in die Flammen. Mit einer Leere im Blick, die ihn das Fürchten lehrte.

Madita sah sich um und hob die Hand, um auf sie aufmerksam zu machen. Die Rettungskräfte eilten bereits auf sie zu.

»Sie hat eine Panikattacke und befand sich im brennenden Haus«, teilte sie ihnen mit, ehe sie zu ihrer Truppe stieß, die die Flammen eindämmen konnte.

So schwer es ihm fiel, er trat etwas zurück, um sie ihre Arbeit machen zu lassen, wobei er übersetzte und Julie keine Sekunde aus den Augen ließ.

»Warst du im Haus?« Oscar merkte erst gar nicht, dass man mit ihm sprach, doch die Rettungskraft beäugte ihn, dann seine Füße.

»Kurz. Ich hab sie rausgeholt.«

Das genügte, damit er untersucht werden musste, wobei er die Zähne zusammenbiss, kaum widmete sich der Mann seinen Sohlen. In wenigen Tagen würde er schmerzfrei sein. Glücklicherweise dauerte es nicht lange, denn Julie weigerte sich strikt dagegen, zur Überwachung ins Krankenhaus mitzukommen, wobei erneut Panik in ihr aufstieg und ihn in einen Zwiespalt brachte. Weder wollte er sie gefährden noch weiter aufbringen.

Die Rettungskraft tauschte einen Blick mit ihm. »Das Risiko, dass etwas Ernstes vorliegt, ist sehr gering. Ich für meinen Teil würde einfach gern sichergehen wollen, kann sie nur nicht zwingen. Aber ich möchte zumindest eine Sauerstoffgabe im Wagen durchführen.«

»Ich werde kein Krankenhaus betreten«, wiederholte Julie nun deutlicher, als vermutete sie ein Komplott und Oscar nickte ihr zu, da ihre Züge deutliche Abwehr zeigten.

»Ist okay. Sie wollen dir nur etwas Sauerstoff verabreichen.«

Dagegen hatte Julie nichts einzuwenden und Oscar begleitete sie, setzte sich mit Blick zum Cottage auf die Trittfläche des Wagens, während Julie hinter ihm an den Sauerstoff angeschlossen wurde. Immer wieder prüfte er ihren Ausdruck, doch an der Leere darin änderte sich nichts. Auch nicht an seiner, die er beim Anblick des Cottage verspürte. Sobald er mitbekam, dass sie Julie entließen, holte er ihre Tasche, die eine Feuerwehrkraft außer Reichweite geschmissen hatte, und kehrte dann zurück zum Wagen, vor dem Julie stand.

»Ich bringe dich in mein Haus«, beschloss er, um sie aus der Situation zu holen. Irgendwie musste er ihr das Gefühl von Sicherheit geben. Zaghaft strich er über ihre Schulter.

»Wo ist Tavi?« Julie schaute zu ihm hoch, stand ihrem Ausdruck zufolge immer noch neben sich.

»Die hat sich in Sicherheit gebracht. Mach dir keine Sorgen. Bestimmt wartet sie schon bei mir auf dich. Kannst du gehen?« Er wollte sie tragen, wollte ihr aber auch eine Wahl lassen. Dass seine Füße schmerzten wie die Hölle, ließ er unausgesprochen, obwohl die Brandsalbe es schon linderte.

»Ja«, flüsterte sie und drehte sich herum, wartete, dass er den Weg anwies.

Er schulterte die Tasche und legte eine Hand an ihren Rücken, während sie ihre Arme um sich schlang und dicht neben ihm schritt.

Kaum hatten sie sein Haus betreten, führte er sie zum Sofa und öffnete ein Fenster, das vom Feuer wegzeigte. Vollkommen elend machte sich Julie klein, und so wie sie nach Luft schnappte, fragte er sich, ob sie nicht doch ins Krankenhaus sollte. Behutsam ging er vor ihr in die Hocke und strich über ihre Knie. »Okay, Julie. Ich möchte, dass du jetzt tust, was ich dir sage.«

Sie hörte ihm gar nicht richtig zu. In ihren Augen stand Panik.

»Ich hab das Gefühl, als würde ich fallen.«

»Soll ich dich halten?«

Ein Nicken.

»Darf ich mich hinter dich setzen?«

Wieder nickte sie. »Ja.«

Oscar rutschte so auf das Sofa, dass er Julie zwischen seine Beine an die Brust ziehen konnte, womit er ihr Herzklopfen spürte. Sein Brustkorb weitete sich mit dem nächsten Atemzug. Sie nahm ihre viel zu hektisch. Sachte schob er von oben eine Hand auf die Stelle unter ihrem Schlüsselbein und versuchte nicht in Bereiche zu kommen, wo seine Finger nichts zu suchen hatten. Sie lehnte sich gegen ihn, was er als gutes Zeichen nahm.

»Wir atmen jetzt gemeinsam«, sagte er an ihrem Ohr und spürte die Hitze ihrer Haut unter seiner Handfläche. Ihr ganzer Brustkorb bebte unter dem Pochen ihres Herzens. Er spürte ihre Weichheit zwischen seinen Beinen. Roch Rauch und verbranntes Holz.

Sein Cottage. In Flammen.

Schnell verdrängte er den schmerzhaften Gedanken sowie alle, die darauf folgen wollten, und konzentrierte sich auf die Frau, die gerade eine helfende Hand gebrauchen konnte.

»Okay. Atme ruhig ein. So tief du kannst.« Er machte es vor und sie tat es ihm nach.

»Augen zu.« Aus irgendeinem Grund ahnte er, dass sie vor sich hin starrte.

»Ich hab sie zu«, erwiderte sie.

»Ehrlich?«, forderte er sie heraus.

»Ehrlich.« Schlagartig wurde sie ruhiger.

»Okay, also einatmen.« Sie atmeten ein, so tief, dass sich seine Brust gegen ihren Rücken drängte. Ihre Lunge breitete sich weit unter seiner Berührung aus. »Ausatmen.«

Ihr Atmen war das einzige Geräusch, das den Raum erfüllte. Es war nur das Knistern des Feuers, das er durch das offene Fenster ausmachte. Rufe.

»Einatmen«, sagte er wieder, damit Julie nicht wie er darauf kam, die Außenwelt wahrzunehmen. »Achte einzig und allein auf die Luft. Du kannst das. Ausatmen.«

Sie atmete schon freier, ihre Finger krallte sie aber noch immer in seine Jogginghose.

»Konzentrier dich auf das Gefühl, das du beim Einatmen hast. Wie die Luft in dich hineinströmt, wie sich dein Brustkorb ausbreitet. Entspann deine Muskeln.« Sachte legte er die andere Hand auf ihre hochgezogene Schulter. »Beim Ausatmen lässt du los. Lass dich fallen. Stell dir vor, wie du auf der wilden Wiese liegst und Tavi es sich auf dir gemütlich macht.«

Sie atmete aus und ihre Glieder wurden schlaff. »Tavi haart«, bemerkte sie trocken, was er als Entwarnung notierte, dennoch drehte er noch zwei Runden mit ihr.

»Immer noch besser als Brutus' Gesellschaft.«

Sie schnaubte. »Wohl wahr.«

Ihre Finger lösten sich vom Stoff seiner Hose und sie rutschte vor. Der Verlust ihres Körpers an seinem setzte ihm mehr zu, als er sollte. Er beruhigte sich damit, dass sie entspannter schien, also rückte er von ihr ab, damit er seine Füße auf den Boden setzen konnte. Julie drehte sich ebenfalls, womit sie nebeneinandersaßen. Er beäugte sie aus dem Augenwinkel und sie reckte das Kinn.

»Danke, Oscar.«

»Dafür nicht. Ich hol dir Wasser.« Er stand bereits, denn ihre Kehle musste sich so staubtrocken anfühlen wie die seine. Ihr Nicken bestätigte das, also eilte er in die Küche, ohne gehetzt zu wirken. Das Gefühl, dass Julie sehr genau wahrnahm, was in anderen vor sich ging, brachte ihn dazu, so ruhig wie möglich zu erscheinen.

Nachdem er in die offene, helle Küche geschritten war, goss er zwei Gläser Wasser ein und bemerkte, wie das Licht der aufgehenden Sonne den dunklen Himmel rot färbte. Bis gerade war es stockduster gewesen und er hatte nicht realisiert, wie der Morgen aufgeblüht war. Beinahe hätte er den Anblick genießen können, würden sich nicht die Rauchsäulen davor abzeichnen.

Er trank sein Glas in einem Zug aus und stellte Julies vor ihr auf dem Sofatisch ab. Sie hatte sich keinen Zentimeter bewegt, wirkte angestrengt gefasst. Nur die Finger, die sie ineinander verwob, verrieten ihren eigentlichen Zustand.

»Ich sehe kurz nach den anderen und komme dann wieder. Du kannst mich anrufen, wenn ich zurückkommen soll.«

Sie strich sich eine Strähne ihrer langen Haare hinters Ohr und er stellte fest, dass er sie noch nie offen gesehen hatte.

»Danke«, erwiderte sie und griff nach dem Glas.

»Dafür nicht«, wiederholte er und ließ seinen Blick prüfend über ihre Gestalt wandern, ehe er sich umdrehte und zur Haustür ging. Gerade wollte er sie hinter sich zuziehen, da hielt sie ihn auf.

»Oscar.« Julie hatte sich erhoben und der Mut, den sie aufbrachte, um ihm entgegenzusehen, stand klar in ihren Augen. Die Worte, die folgten, kamen von Herzen. »Es tut mir leid.«

Er runzelte die Stirn und war versucht, wieder zu ihr zu gehen, um sie zu umarmen. Stattdessen packte er die Klinke fester. »Weshalb?«

»Wegen des Cottage.« Sie klang, als wäre das offensichtlich.

Was es ganz und gar nicht war, weshalb er einige Sekunden brauchte, um zu verstehen, dass sie sich ernsthaft die Schuld gab.

»Julie. Du bist die Letzte, die sich entschuldigen muss. Nicht mal die Letzte. Okay?«

Sie antwortete nicht. Weder verbal noch nonverbal. Ihre Präsenz machte deutlich, sie zwischen Tür und Angel zu überzeugen hatte keinen Sinn, also atmete er tief ein und schenkte ihr ein Lächeln, ehe er nach draußen trat. Zumindest ein kleines, denn mehr bekam er gerade nicht zustande.

Kaum hatte er die Tür hinter sich zugezogen, eilte er los.

Von seinem Haus bis zum Cottage war es nicht weit. Neben ihm ragten die grau-grünen Berge empor. Die Sonne brachte die untersten Wipfel der Bäume zum Glänzen. Umso mehr schmerzte sein Herz, weil von dem Häuschen, das sie mit eigenen Händen gebaut hatten, nur noch verkohlte Wände und ein halbes Dach übrig waren. Es lag im wahrsten Sinne in Schutt und Asche. Ihm wollten die Tränen kommen, aber er riss sich zusammen. Sie würden ein neues bauen.

Drei Personen kamen ihm entgegen.

Die Mienen von Madita und Lovis gefielen ihm ganz und gar nicht. Nur die Miene des Polizisten Arvid war nüchtern.

Er wappnete sich, ehe er vor ihnen hielt. »Was ist los?«

»Wir haben etwas gefunden.« Arvids tiefe Stimme war sachlich.

Oscar spannte sich an. Julie hatte ihre Sorge geäußert, dass es ihre Schuld sei und er hoffte, ihr gleich eine Botschaft überbringen zu können, die diese Last von ihren Schultern nahm.

»Eine Zigarettenschachtel. Raucht hier jemand von euch?«, erkundigte er sich und hielt eine Zigarettenmarke hoch, die eine Person dieser Stadt besonders gern rauchte.

Das Rauchen hatte er wie vieles andere in England zurückgelassen und vermisste es auch nicht.

»Nicht mehr, und erst recht nicht am Cottage eines Gastes«, erwiderte er und spürte Wut in sich aufkochen.

Lovis begegnete seinem Blick und er sah in den Augen des Mannes, dass er genau dieselbe Vermutung hatte. Dieser verdammte Balder.

»Mein Kollege geht gerade das Gelände ab. Vielleicht finden wir noch mehr. Ob der Brand nun von einer Zigarette ausgelöst wurde, ist kaum feststellbar. Zigaretten als Brandursache sind eine schwierige Angelegenheit.«

Madita musterte die beiden Männer. »Habt ihr einen Verdacht?«

Bevor Oscar nur Luft holen konnte, kam Lovis ihm zuvor. »Man sollte nicht voreilig urteilen.«

Auch wenn die Feuerwehrfrau vertrauenswürdig war; das hier war ein Dorf, und dass sie Balder beschuldigten, würde irgendwie die Runde machen. Madita beäugte sie noch ein paar Sekunden, nickte dann jedoch und machte sich weiter an die Aufräumarbeiten, während er mit Lovis und Arvid zurückblieb, der der Frau hinterherschielte, es aber mit einer Frage kaschierte. Die beiden hatten eine bittersüße Fast-Scheidung hinter sich und verhielten sich wie frisch Verliebte, seit sie wieder zusammen waren.

»Es ist wichtig, mir jede Kleinigkeit zu schildern. Also, Oscar, du hast einen Verdacht?«

Dem Polizisten erzählten sie, Balder rauchend an der Straße gesichtet zu haben, wo er seine Zigarette hingeworfen hatte. Eine von derselben Marke der gefundenen Schachtel.

»Können wir mit der Frau sprechen, die hier gewohnt hat?«, wollte Arvid wissen.

Oscar zögerte, denn am liebsten wollte er Julie komplett raushalten. Andererseits könnte sie etwas bemerkt haben, was den Ermittlungen half.

»Ja, aber nur kurz«, entschied er und ignorierte Lovis' Räuspern.

Arvid entschuldigte sich, als sein Kollege zurückkehrte.

»Habt ihr die Bienen gecheckt?«, wollte Oscar wissen und der alte Mann neigte den Kopf.

»Kein Funkenflug. Den Kleinen geht's gut und sie haben sich zurückgezogen.«

Nicht verwunderlich. Der Grund, wieso einige Imker mit Rauch arbeiteten, wenn sie an die Beuten gingen, war, weil sie so Feuer simulierten. Ein Grund, wieso er nicht damit arbeitete. Die Instinkte der Bienen brachten sie dazu, sich ins Heim zurückzuziehen.

Mit dem Wissen, dass alle wohlauf waren, konnte er mit einem leichteren Herzen zurück zu Julie gehen, wobei ihm die Polizisten wortlos folgten. Als er ins Wohnzimmer trat, stellte er abermals fest, dass Julie sich nicht gerührt hatte und gedankenverloren auf ihre Hände starrte.

Sie registrierte ihn erst, als er sich vor sie hockte. »Julie.«

Das Braun ihrer Augen, in denen gerade noch Wellen getost hatten, wurde starr. Ihre helle Haut wurde blass, als sie die anderen beiden Männer über Oscars Kopf hinweg ausmachte.

»Die Polizei will mit dir reden«, erklärte er ihr behutsam. Arvids Kollege konnte gebrochen Deutsch, wie er wusste, was von Vorteil war.

Erschrocken sah sie zurück in sein Gesicht. »Bin ich schuld? Willst du mich anzeigen?«

Zwar saß sie da wie gelähmt, in ihren Zügen erhob sich trotzdem etwas Rastloses, weshalb er seine Hand sachte auf ihr Knie legte, um sie bei sich zu halten. Ihre Gedanken fuhren wahrscheinlich schon Achterbahn.

»Natürlich nicht. Sie wollen wissen, ob du was bemerkt hast. Sie haben eine Zigarettenschachtel auf der Farm gefunden. Dich trifft keine Schuld.«

»Ehrlich?« Sie hielt die Luft an.

»Ehrlich«, erwiderte er und spürte, wie sie sich unter seinen Fingern entspannte.

Tränen traten ihr in die Augen und sein Herz wurde warm, solch eine Erleichterung stand darin. Nur schwer widerstand er dem Drang, sie zu umarmen, gab nur so weit nach, indem er sich neben sie setzte. Bewusst oder unbewusst rückte sie dicht an ihn, um den Körperkontakt wiederherzustellen, den sie bis eben gehabt hatten.

Dann blickten sie den Polizisten entgegen, die sich in den Sesseln gegenüber niederließen. Der eine von ihnen fragte sie das, was er auf Deutsch ausdrücken konnte. Oscar sprang hier und da ein, um zu übersetzen. Es war offensichtlich, wie unangenehm sich Julie fühlte, weil es keine fließende Konversation geben konnte, also blieb er ruhig und schenkte ihr Blicke, die hoffentlich aufbauend wirkten. Sie war offenbar ein Mensch, der sich wegen der kleinsten Dinge schuldig fühlte. Oscar konnte nicht in Worte fassen, wie gut er es verstand und wie sehr er hasste, dass sie das zuließ.

Er würde mit ihr Schwedisch lernen. Sofern sie bleiben wollte. Das Heim, in dem sie die nächsten Monate hätte verbringen sollen, lag in

Trümmern und Oscar hatte nicht sehr viel mehr zu bieten. In Stolt würde sie wahrscheinlich keins der guten Zimmer abbekommen, weil Hochsaison war.

Der Gedanke, sie könnte Schweden verlassen, ließ Sehnsucht in ihm aufsteigen. Sehnsucht nach einem Menschen, den er kaum kannte und der immer noch neben ihm saß. Innerlich schüttelte er den Kopf über sich.

»Einer der Esel hat geschrien«, erzählte sie gerade.

»Wann war das?«, wollte der Polizist wissen. Arvid hob bei seinem Ton den Kopf.

»Kurz nach Mitternacht.«

Oscar runzelte die Stirn und wechselte einen Blick mit den Beamten, übersetzte für Arvid. Er musste ihnen nicht sagen, dass Esel eine perfekte Alarmanlage waren.

»Hast du Kameras auf der Farm?«, wollte sein Bekannter wissen.

Oscar schüttelte den Kopf. Er würde definitiv welche installieren.

Arvid lehnte die Ellenbogen auf die Knie, lächelte Julie voller Mitgefühl an und es verließ seine Züge nicht, als er Oscar ansah. »Wir haben eine leere Wodkaflasche gefunden und ich vermute, du verstreust keinen Müll auf deiner Farm. Du weißt, ich kann keine subjektiven Vermutungen äußern. Es gibt jedoch zweifellos Indizien für eine fahrlässige oder vorsätzliche Brandstiftung.«

Das halbe Dorf wusste um Balders Alkoholprobleme. »Was werdet ihr jetzt tun?«, erkundigte er sich und merkte, wie Julie aufmerksam zuhörte, in der Hoffnung, irgendetwas zu verstehen.

»Wir werden den Verdächtigen aufsuchen und sein Alibi prüfen.«

Balder würde sicherlich eins haben. Dieser Mann war vieles, aber nicht dumm und seine Skrupellosigkeit machte ihn nur gefährlicher.

»Seit er für *Love Brand* arbeitet, schnüffelt er ständig hier rum«, warf Oscar ein.

»Ein mögliches Motiv, meinst du?« Es war keine wirkliche Frage, denn Arvid wusste genau, wie sehr der Konzern Oscar im Visier hatte. Ein vielsagender Blick reichte und der Polizist nickte. Viele andere wären allein vor dem Namen des Unternehmens zurückgeschreckt, nicht so Arvid. Der ließ sich von nichts abschrecken, wenn er erst mal die Fährte aufgenommen hatte.

Arvids Kollege nahm Julies Personalien auf und riet ihr, sich gut auszuruhen, ehe sich die beiden erhoben. Oscar brachte sie zur Tür, da sprang Madita die Verandatreppe hoch, wobei sie zwischen den Stufen hängen blieb. Was nichts Neues war, da sie über ihre eigenen Füße stolperte, wann immer sich ihr die Gelegenheit bot. Arvid schien einen Sinn dafür entwickelt zu haben. Blitzschnell griff er nach ihr.

»Huch«, meinte sie schmunzelnd, weil er nur tief seufzte. Es hatte zig Gerüchte zu ihrer Trennung gegeben, doch seine fehlende Fürsorge war kein Teil davon gewesen.

Der Polizist strich ihr so unauffällig wie möglich über die Arme und trat zu den Stufen. »Du hörst von uns, Oscar«, sagte er, ehe er seinem Kollegen hinterhereilte – nicht ohne noch mal über die Schulter zu seiner Frau zu schielen.

Madita kaschierte ihr Lächeln mit einem Räuspern. »Wir brauchen noch eine Stunde, dann sind wir durch. Wir stellen Leute für die Brandwache ab, um eventuelle Brandherde zu bemerken. Wenn du Fragen hast, was die Versicherung angeht, meld dich.«

»Danke«, meinte er.

»Selbstverständlich. Alles wird gut«, verabschiedete sie sich mit einem tröstenden Blick.

Wie oft hatte man das ihr wohl letztes Jahr gesagt? Trotz des heutigen Ereignisses spürte er, es ging ihr besser. Sie und Arvid waren die Hauptrollen einer Tragödie gewesen, und es war gleichermaßen unerträglich gewesen, ihnen dabei zuzusehen, in dem Wissen, dass sie sich liebten. Womöglich stellte Oscar es sich zu einfach vor. Vielleicht hatten die beiden ihre Liebe füreinander mehr als alles andere gespürt, aber etwas hatte zwischen ihnen gestanden, für das selbst das kurz nicht gereicht hatte.

Einfach. So stellte sich Oscar seine Liebe vor.

Mit einem Seufzen drehte er sich um und runzelte die Stirn, weil er Julie vor ihrer Tasche knien sah. Ihr Smartphone in den Fingern. Die Hände in der Jogginghose vergraben, trat er zu ihr und ahnte nichts Gutes.

»Ich schreibe meinem Bruder, dass ich zurückkomme.«

Der Satz traf ihn mitten in die Brust. So viele Emotionen steckten darin, dass er sie kaum einordnen konnte, eine stach jedoch ganz laut daraus hervor: Verzweiflung. Wieso auch immer, sie wollte nicht gehen. Sie wollte bleiben, das sah er ihr an. Er hörte es in ihren Worten.

Und er spürte verflucht noch mal in seinem Herzen, dass er es ebenso wollte. Während er diese Frau auf dem Boden hocken sah, kam ihm vieles in den Sinn, außer das Wort *einfach*. An ihr haftete eine Schwere, die ihm Unruhe bescherte.

Weil er den Jungen darin wiedererkannte, der er gewesen war.

Einfach. Das würde es nicht sein. Aber die wahre Kunst war es, eine Schwierigkeit zu einer simplen Sache zu machen.

Ehe er es aufhalten konnte, brachen die Worte ins Freie. »Zieh bei mir ein.«

Schwärmende Bienen
stechen in der Regel nicht,
da sie vorher so viel gegessen haben,
dass sie guter Laune sind.

O.M.

Kapitel 8

Baby Steps

Julie

Zieh bei mir ein.

In diesem Moment hatten sich die Pforten zum Himmel und zur Hölle geöffnet. Und es war klar, wie das hier ablaufen würde. Erst Himmel, dann Hölle. Dann das, was noch schlimmer war als die Hölle.

Kein Grund, sein Angebot abzulehnen.

Nun wohnte ich also mit Oscar Morrison unter einem Dach.

Der Gedanke, diese Farm verlassen zu müssen, hatte mir so eine Angst gemacht, ich hatte kaum atmen können. Eine Rückkehr nach Hamburg hieß, mich meinem Scheitern stellen zu müssen, denn ich war arbeitslos und mein Deal mit Maurice wäre vom Tisch. Ich hatte ihm gesagt, dass ich ihm Infos beschaffe sowie Oscar zu einer Zusammenarbeit bringe. Was es auch koste. Und wenn ich ihn dazu zwingen müsse. So Maurice' Worte. Kaum vorstellbar, wer mich mehr hasste. Ich selbst oder Oscar, wenn er das herausfand. Nie mehr würde ich in den Spiegel sehen können.

Dann lass es einfach, flüsterte es in mir. *Einfach* war daran nichts. Zu meiner eigenen Überraschung war die Angst, diese Farm nie wiederzusehen, jedoch am größten. Ich wollte nicht weg. Ich wollte hier sein. An dem Ort, wo ich ein Mensch werden konnte, den man vielleicht irgendwann ertrug. Den ich selbst ertrug.

»Was hast du bloß getan?«, wisperte ich und vergrub das Gesicht in den Händen.

Die Schuld und die Verzweiflung füllten mein ganzes Herz aus und flossen weiter durch meine Adern, bis ich sie überall in mir spürte. Oscar hatte den Hilferuf gehört, den ich selbst kaum wahrgenommen hatte und mir die Hand gereicht. Und ich dankte es ihm damit, ihn zu hintergehen. Ich wollte weinen, aber es kam keine Träne. Stattdessen fühlte ich mich leer und voll zugleich. Voll mit Leere. Mit Schlechtem.

Etwas Weiches strich an meinem Arm vorbei und ich riss meinen Blick von der Wand, um in Tavis Gesicht zu blicken. Die Katze war vor zwei Stunden vor Oscars Haus aufgetaucht und war hineinspaziert, als wäre nichts gewesen. Beneidenswert.

Während Oscar mit Lovis den Farmarbeiten nachging und die Versicherung benachrichtigte, hatte ich mein Zimmer bezogen. Sein Haus hatte ich kaum wahrgenommen. Ich hatte die Tasche mit dem Laptop sowie den übrig gebliebenen Klamotten neben das Bett geschmissen und mich dann davor auf den Boden gesetzt. Seitdem hatte ich mich nicht bewegt. Tavi musterte mich fast vorwurfsvoll, als könnte sie nicht fassen, dass ich mich so hängen ließ.

»Du hast recht.« Tief atmete ich durch und erhob mich, drehte mich um und inspizierte das Zimmer. Es war wunderschön. Die alten Holzdielen waren von einem hellen Eichenbraun, passend zu der hellen Decke und den weißen Balken. Lächelnd registrierte ich die Bienen, die auch hier draufgemalt waren und fragte mich, was nun Oscars Plan war. Ob er das Cottage wieder aufbauen wollte?

Die Möbel waren mit ihren dunkleren Holztönen eine Augenweide und mit großer Freude stellte ich fest, dass ich bis gerade eben an einem riesigen Bett voller Kissen gelehnt hatte. Ein rustikaler Schrank sowie ein Schreibtisch mit Stuhl waren ebenfalls vorhanden. Dann drehte ich mich um und es verschlug mir den Atem.

Aus dem Zimmer sah ich geradewegs auf die Berge. Trotz der Geschehnisse umrahmte sie einer der schönsten Himmel, den ich je gesehen hatte. Ein Spiel aus Blau, Rosa und Grau. Ein Bildnis von so purer Schönheit, ich konnte nicht wegsehen. Wie in Trance trat ich auf die Balkontür zu und riss sie auf, setzte den ersten Fuß auf die

Loggia, die das Haus umrundete; dann den zweiten, und plötzlich fühlte sich die Luft zum Atmen anders an. Seltsam freier. Mein Brustkorb entspannte sich und erst jetzt merkte ich, wie verkrampft er war. In diesem Augenblick fühlte ich mich klein und doch so groß. Als wäre ich mehr als meine Sorgen, mehr als dieser Körper. Die Kunst der Natur trieb mir Gänsehaut über den Körper, ließ mich beinahe reumütig zurück und doch schien sie mein Kinn anzuheben, um mir zu zeigen, was dort draußen auf mich wartete.

Ohne den Blick abzuwenden, schritt ich über den Holzboden, um die Ecke gen andere Hausseite und …

Bevor ich noch einen Schritt weitermachte, prallte ich gegen etwas Hartes. Etwas seltsam weiches Hartes.

Dann sah ich sonnengeküsste Haut. Noch mehr Haut. Muskeln. Und noch mehr Haut. Ein leichtes Schmunzeln. Braungrüne Augen. Feuchtes Haar, das von der Nässe dunkler schimmerte. Lediglich mit einem Handtuch um die Hüften stand Oscar vor mir und ich musste feststellen, dass manche Menschen schöne Füße hatten.

Ich hasste Füße. Aber selbst Oscars blöden Füße waren schön.

Offenbar war er gerade aus seinem Zimmer auf den Balkon getreten, um wie ich die Aussicht zu genießen.

»Tut mir leid«, brachte ich hervor und wusste nicht, wo ich hinsehen sollte.

Es sollte nichts dabei sein, doch das war es. Oscar ließ mich selbst den Himmel vergessen. Verzweifelt versuchte ich, nicht die Wassertropfen zu verfolgen, die aus seinem Haar über sein Schlüsselbein, seine Brust und …

Ich blinzelte und drehte mich um. Mit hoher Wahrscheinlichkeit war mir die Hitze geradewegs ins Gesicht geschossen.

»Wie geht es deinen Sachen?«, hielt er mich mit tiefer Stimme auf und ich packte das Holzgeländer, bevor ich mich ihm zuwandte.

Ins Gesicht sehen, hielt ich mich an und war erfolgreich. Nicht dass es das einfacher machte. Oscars Lächeln war … es kam von Herzen. Und ich wollte es küssen, wollte es stehlen und nicht hergeben. Das machte dieses Lächeln mit mir. Es schuf eine Diebin.

Als ich nicht sofort antwortete, konkretisierte er seine Frage: »Dein Laptop. Hat er die Hitze überstanden?«

»Fuck!« Die Panik schoss durch meine Glieder. Ich raste in mein Zimmer zurück, fiel vor der Tasche auf die Knie und klappte meinen Mac auf. Mein Herz blieb stehen und ein siedend heißes Stechen durchfuhr mich.

Schwarz. Der Bildschirm blieb schwarz.

»Nein nein nein nein«, wisperte ich und hätte am liebsten auf etwas eingeschlagen. Am liebsten auf mich selbst. Sofort versuchte ich diverse Tastenkombinationen. Es tat sich nichts. Ich kramte das Kabel hervor, eilte zur nächsten Steckdose und schloss ihn an. Fast hätte ich vor Glück geweint, als der bekannte Signalton erklang.

Gefolgt von einem Klopfen. Oscar stand im Türrahmen und hatte sich eine Hose und ein Langarmshirt, das an der einen oder anderen Stelle an seinem Körper klebte, angezogen.

»Kann ich dir helfen?«

»Mein Mac geht nicht an, aber er lädt noch.«

Oscar nickte wissend. »Ich kann mir das angucken. Ich hatte jahrelang einen der alten Generation, den ich mit allen Mitteln und Tricks am Leben erhalten habe.« Sein Lächeln war hoffnungsvoll. »Man könnte sagen, ich bin Spezialist, was störrische Laptops angeht.«

Ich drückte besagten an meiner Brust. »Ich will dir keine Umstände machen.« Kommentarlos streckte er mir die Hand entgegen, also zog ich das Gerät vom Strom und übergab ihn samt Ladekabel.

»Danke, Oscar. Ich habe das Gefühl, ich bin dir mehr Last als irgendwas anderes.«

Sein Lächeln verlor sich etwas, während er zu mir herabsah. »Du hast keine Ahnung, wie sehr du dich da täuschst. Aber du kannst mir auch einen Gefallen tun.«

Ich nickte, ohne nachzudenken. Oscar machte einen Schritt auf mich zu, was den Geruch frisch geduschter Haare zu mir wehte. Ingwer und Rosmarin.

»Schwing dich aufs Fahrrad und tu etwas für dich.«

»Etwas für mich?« Wie sollte ihm das einen Gefallen tun? Wollte er mich vielleicht loswerden? Immerhin hatte ihn mein Einzug überrumpelt, obgleich er es mir angeboten hatte. »In Ordnung«, sprach ich weiter, ehe er noch etwas sagen musste. Ich drehte mich um und suchte meine Tasche und Geldbörse zusammen.

»Wenn du den Kopf dafür hast, können wir heute Abend mit dem Schwedischunterricht beginnen. Ich koche uns davor was. Du kannst mir ja schreiben, gegen was du alles allergisch bist, dann weiß ich Bescheid.«

Dieser Kerl überraschte mich mit jedem Mal, mit dem er eine Freundlichkeit an den Tag legte, die für ihn selbstverständlich zu sein schien. Kaum öffnete ich den Mund, hob er die Hand. »Bedank dich nicht. Ich tue das gern. Und jetzt raus mit dir.«

Das Schmunzeln um seine Mundwinkel ließ mein Herz einen Hüpfer machen. Was der beste Grund war, sofort abzuhauen. Keine fünf Minuten später fuhr ich mit dem Rad, das den Brand überlebt hatte, die Allee hinunter. Gestern hatte ich mir versprochen, heute würde ich für einen besseren Tag sorgen. Also ließ ich die Sorge um meinen Laptop zurück. Er war alles, was ich war. Meine Arbeit. Doch er war auch eine Lüge. Und eine Last, weil er verriet, wie sehr ich Oscar das Messer in den Rücken hatte rammen wollen. Rammen wollte.

Vielleicht konnte Oscar ihn nicht retten.

Und vielleicht war das besser so.

Fest entschlossen hielt ich vor meinem Ziel in Stolt, zu dem ich mich durchgefragt hatte. Auf der Fahrt hatte ich einen Entschluss gefasst.

Ich, Julie Hassel, würde mir die Haare schneiden lassen.

Das, was die ganzen Protagonistinnen in bewegenden, lebensverändernden Momenten taten: Sie schnitten sich die Haare.

Und ich würde bald in ihren Reihen stehen. Als kurzhaarige junge Frau, die ihr verfluchtes Leben in den Griff bekam. Ich schnitt mich ab von meiner Trauer, von der alten Julie. Das hier war ein Neustart. Wenn eine Frisur der symbolische Anfang davon war, so sei es. Ich drückte die Tür auf und stürmte in den Laden.

»Ich brauche einen Haarschnitt. Zwanzig Zentimeter müssen ab!«, verkündete ich feierlich und das Personal sah mich so verdutzt an, dass ich mich kurz fragte, ob ich Deutsch gesprochen hatte statt Englisch. Vielleicht verstanden sie weder noch?

Ein junger Herr musterte mich perplex. Offenbar hatte er noch nie so motivierte Kunden gehabt. »Okay.« Er blickte zur Uhr. »Wir haben allerdings erst in einer Stunde Zeit.«

Ich ließ meine Schultern sinken. »Oh, gut, dann … komme ich in einer Stunde zurück.«

»Ich notier deinen Termin gleich«, erwiderte er freundlich.

Dankend schritt ich wieder auf die Straße und blickte mich um. Was ein Dämpfer. Aber ich erinnerte mich an das *Snygg Påfågel kafé*. Kurz darauf saß ich im Vorhof eines niedlichen Cafés, das von zwei alten efeubewachsenen Fachwerkhäusern eingerahmt war. Es wirkte zunächst fehl am Platz, weil es sehr viel niedriger gebaut war, doch gleichzeitig machte das seinen Charme aus. Über der Tür war ein Buntglasfenster in Pfauenfederoptik eingelassen. Nachdem mir ein Mann meinen Cappuccino gebracht hatte, bemerkte ich, wie sich das Muster überall durchzog. Bereits in der Karte hatte ich es entdeckt und auch Untertasse sowie Tasse waren mit Pfauenrädern verziert. Selbst die Holzstühle waren von einem Königsblau. Offenbar auch ihre Verpackungen bewiesen die Pfauenobsession, denn ein Mann schritt mit einer bunten Kuchenbox aus dem Laden, hielt seiner Tochter, deren Zöpfe senkrecht nach oben standen, die Tür auf und eilte ihr hinterher, kaum lief sie wankend los. Keine Ahnung, wann ich zuletzt Leute beobachtet hatte – mit Tamsin wahrscheinlich –, und ich konnte das erdende Gefühl nicht leugnen. Die Menschen wirkten hier verdächtig gelassen.

So überbrückte ich eine ganze Stunde, bis ich erleichtert zum Friseur zurückrannte, um dem Warten endlich ein Ende zu bereiten.

»Also, es sollen zwanzig Zentimeter ab?«, ging er sicher.

Vielleicht vermutete er eine Sprachbarriere. »Können zwanzig Zentimeter gespendet werden?«

Er hob die Brauen. »Dafür müssten es schon fünf bis zehn Zentimeter mehr sein.«

Ich straffte die Schultern und sah ihm im Spiegel gewappnet entgegen. »Dann schneiden Sie dreißig ab.«

Und das tat er. Den innerlichen Schmerz hatte ich nicht erwartet, doch ich erinnerte mich daran, dass es für einen guten Zweck war und sie nachwuchsen. Nun fielen sie mir nur noch bis zur Schulter und wellten sich sanft. Zugegeben, ich hatte nicht gedacht, dass mir kurze Haare standen. Es sah frisch aus. Souverän. Den Laden verließ ich jedoch nicht halb so enthusiastisch wie bei meiner Ankunft.

Diesen Tag hatte ich mir anders vorgestellt. In meiner Vorstellung war er bunter und glücklicher, abgesehen davon konnte die kurzhaarige Julie in dieser Planung definitiv Berge versetzen. Aber so war das mit diesen unbändigen Gedanken. Sie versetzten manchmal keine Berge, sondern begruben mich darunter, woran keine Frisur dieser Erde etwas änderte. Auch wenn es ein netter Wunsch war, so ein kleiner Schritt könnte Immenses bewirken, sodass mein ganzes Leben umgekrempelt und die Anfragen für motivierende TED Talks zeitnah eintrudelten. Die Realität war, dass ich langsam machen musste. Baby Steps, so hatte Tamsin es genannt. Von Tag zu Tag und nur so weit, wie ich mich tragen konnte, denn am Ende war ich es, die diese Last schulterte. Ich konnte mit anderen reden, ich konnte mich stützen lassen, aber sie waren nicht in mir gefangen. Das Schloss war nach innen gekehrt. Und heute griff ich nicht nach dem Schlüssel. Nicht wie gestern. Doch gestern war gestern, heute war heute und morgen würde morgen sein.

Ich lehnte das Rad gegen die Veranda, schritt die zwei Stufen hoch und sah durch das Fenster in die Küche. Oscars Gestalt zeichnete sich markant in der hellen Umgebung ab. Sein Gesichtsausdruck stand in hartem Kontrast zu der Sanftheit um ihn herum. Darin wütete Kälte, die mich selbst bis hierhin erreichte. Sie richtete sich gegen etwas vor ihm auf dem Tisch und kaum erkannte ich, was dort lag, wusste ich, dass Oscar den Laptop hatte reparieren können. Was ich mir nicht erklären wollte, war die Erleichterung, die sich wie am Tag meiner Entlassung in mir niederließ.

Oscar

Kaum war Julie in die offene Küche getreten, stand ihr die Vorahnung ins Gesicht geschrieben. Ihre gesamte Körperhaltung strahlte Vorsicht aus, als wäre er ein Tier, das sie nicht provozieren wollte. Nur war es dafür zu spät. Er hatte den Laptop retten können. Die Daten auf der Festplatte ebenfalls. Es war nicht seine Intention gewesen, in ihren privaten Dingen rumzukramen, ein Ordnername stach ihm aber ins Auge; das, was er darin fand, mitten in seine Brust. *Love Brand.*

Er hatte sich den Feind in seine vier Wände geholt. Und damit eine Wut, wie er sie schon lange nicht mehr verspürt hatte. Den wütenden Oscar tolerierte er nicht, zu lange hatte er unter ihm gelitten. Dass Julie sein Leben wieder schwerer machte, würde er unter keinen Umständen zulassen. Weil er nicht klar denken konnte, wenn er sie sah, hatte er seine Farm in Gefahr gebracht. Die letzten Stunden hatte er sich immer wieder gesagt, dass sie keine Obhut verdiente; dass er sie rausschmeißen würde, sobald sie zurückkehrte. Eine kleine Weile hatte er dagegen angekämpft, wollte falschliegen, damit er sie bleiben lassen konnte, ohne seine Prinzipien zu missachten.

Und nun stand sie vor ihm. Ihre Haare waren kurz und wellig, ganz anders als vorher. Ohne zu wissen, wer sie eigentlich war, schien sie mehr sie selbst zu sein und er wollte ihr nicht nehmen, was sie hier finden könnte.

Aber sie arbeitete für *Love Brand.*

Viel schlimmer: Sie kannte ihn. Und er sie.

Der Moment war damals so rasant gewesen, die Erinnerung wäre ohne den Fund wahrscheinlich nicht aufgekommen. Julie hatte vor Jahren versucht, ihn nach einer Produktion abzufangen und für *Love Brand* zu gewinnen. Ein verfluchter Konzern, der diese Welt aussaugte, ihr Probleme hinterließ und daraus Profit schlug. Es war eine Beleidigung gewesen, ihn auch nur dafür in Betracht zu ziehen. Er hatte sie stehen lassen, ehe sein Zorn gegenüber dem Konzern aufkam und sich gegen eine junge Frau richtete, die nur ein Instrument war. Eine Frau, die in der Gegenwart vor ihm stand und sichtlich verzweifelt Überlegungen anstellte, wie sie aus dieser Situation entkommen könnte.

Ehe sie sich in Ausreden verlor, machte er seiner Enttäuschung Platz. »Dass du die Dreistigkeit besitzt herzukommen.«

Sie ballte die Finger zu Fäusten. »Ich habe bei *Love Brand* gekündigt.«

Oscar hielt inne und sein Blick bohrte sich in ihre Augen, suchte darin nach einem Funken … Hoffnung? Er wollte nicht verstehen, warum er etwas finden wollte, um sie in ein anderes Licht zu rücken.

»Wieso?«

Das Ticken der Uhr war alles, was zu hören war, wenn man die Emotionen außen vor ließ, die lautstark in seinem Inneren tosten.

Mit zusammengepressten Lippen sog sie Luft durch die Nase.

»Weil ich es hasse«, platzte es aus ihr heraus und sie senkte den Kopf, als könnte sie ihm bei dieser Beichte nicht ins Gesicht schauen. Es klang nach einer Wahrheit, die sie noch nie zuvor ausgesprochen hatte. Ihre Stimme wurde dünner. »Ich hasse es und ich wollte etwas, was mir ein gutes Gefühl gibt. Deswegen bin ich hier. Weil ich schon da gesehen habe, was dir diese Farm gibt und gehofft habe zu finden, was du längst gefunden hast. Ein Stück Freude.«

Ihre Worte trafen etwas in ihm. Nein, er fing sie auf und hielt sie fest.

Ein Stück Freude.

Bei seinen Eltern hatte er nichts als Leid und Leere gefühlt. Indem er nach Schweden gekommen war, hatte er einem Sog in sich nachgegeben, der immer in ihm zu Hause gewesen war. Er war dem Glück hinterhergejagt. Ein Fleckchen Licht im Dunkeln. Nur dass diese Farm sein ganzes Leben erleuchtet hatte. Er wollte sich hassen wegen dem, was er im Begriff war zu tun. Das war jedoch so unmöglich, wie eine herzlose Person zu sein. Das war wohl sein Laster. Sein Herz.

»Setz dich zu mir.« Seine eigene Verwirrung spiegelte sich in Julies Ausdruck, kaum sprach er die Bitte aus.

Nur zögerlich kam sie ihr nach und zog den Stuhl über den Holzboden. Immer noch wich sie seinem Blick aus, also schob er den Mac in ihre Richtung, um ihre Aufmerksamkeit zu erhalten. »Er funktioniert einwandfrei.«

Dieses Mal bedankte sie sich nicht und er fragte sich, ob sie sich das Gegenteil wünschte. Mit aller Kraft versuchte er das Wissen wegzuwischen, dass sie eine *Love Brand*-Mitarbeiterin war. Gewesen war. Sie hatte gekündigt. Sich gegen diese Verbrecher entschieden und das aus freien Stücken.

»Du hast dein Leben riskiert. Dafür.« Er zeigte auf das Gerät. »Wieso?«

Julie hob den Kopf, doch sosehr er sich auch bemühte, er konnte nichts als Erschöpfung in ihrer Miene ausmachen. Nicht verwunderlich, da sie die Fähigkeit hatte, alles andere um sich zu verschlucken.

Abermals wandte sich Julie ab und schloss kurz die Augen, ehe sie antwortete. »Er ist alles, was ich habe. Er ist mein Leben.«

Noch nie hatte er etwas Traurigeres gehört. Nicht weil sie ihm leidtat, sondern weil sie glaubte, was sie da sagte. Das war ihre Wahrheit. Nichts als eine Lüge. Denn diese Frau war mehr als ein paar Dateien auf einem Elektrogerät. Er wünschte, er könnte sie das sehen lassen, das war nur nicht seine Aufgabe. Sondern ihre. Allerdings … neben ihr zu stehen und sie zu ermutigen, das ginge.

Zügig bremste er sich aus, spielte mit dem Gedanken, um festzustellen, dass er es wirklich tun wollte. Er würde es tun. Wenn er sich entscheiden musste, sie gehen oder lächeln zu sehen, so wählte er Letzteres. In ihr Gesicht sehen und einem Menschen entgegenzublicken, der sich selbst gefunden hatte, war das, was er wollte. Denn Julie irrte. Sie irrte umher, und er verstand das zu gut, denn auch er hatte sich durchs Dunkel getastet; sich jemanden gewünscht, der an ihn glaubte, ihn schubste und Verständnis zeigte. Er war heute der Mensch, den er als Jugendlicher gebraucht hatte.

Niemand hatte ihn gesehen, obwohl er sich so groß gemacht hatte wie nur möglich. Niemand hatte ihn gehört, obwohl ihm sein Brüllen durch Mark und Bein gegangen war. Es hatte ihn ausgezehrt, so zerstörerisch und rastlos, bis es sich nach außen kehrte, um dort weiterzutoben, weil in ihm kaum noch etwas übrig war. Er hatte es damals verdient, auch wenn ihm Fehler unterlaufen waren. So wie Julie es verdiente. Selbst wenn er sie kaum kannte, es war eine Gewissheit, an der er stur festhielt.

Ein Stück Freude. Auf der Suche danach war sie hergekommen.

Wer war er, ihr das vorzuenthalten? Sie verdiente es, an die beste Version von sich selbst zu glauben. Vielleicht gelang ihr das hier. Dennoch musste er sich zurückhalten. Seine Priorität musste diese Farm sein. Und das ging nicht damit überein, sich den Kopf über eine Frau zu zerbrechen, die für einen Konzern gearbeitet hatte, der es auf sein Image abgesehen hatte.

»Wenn du willst, kannst du bleiben.«

Julies Kopf ruckte so schnell hoch, dass ihr wahrscheinlich ein heißes Ziehen die Wirbelsäule hinablief. »Ehrlich?«

Er nickte. »Ich mache dir nichts vor. *Love Brand* geht gegen alles, wofür ich stehe. Aber du hast hier ein Cottage gemietet und das sollst du bekommen. Mein Heim ist für die nächsten Wochen deins, bis das

Cottage wieder aufgebaut ist.« Seine Stimme war sichtlich unterkühlt und er ignorierte, wie Julies Schultern herabsanken.

»Macht ihr das selbst? Den Bau?«

»Das Grundgerüst nicht. Ansonsten werden Lovis und ich viel übernehmen«, erklärte er und stand auf, mit einer Hand auf dem Tisch abgestützt. »Ich würde vorschlagen, wir machen den restlichen Abend beide unser Ding. Lass uns später wegen der Schwedischstunden reden.« Er wusste nicht, ob er zu viel Zeit mit dieser Frau verbringen sollte.

Oder es wollte.

»Natürlich. Bitte fühl dich nicht gezwungen.« Sie erhob sich ebenfalls und nahm den Laptop an sich. »Ich kann deine Enttäuschung verstehen.«

Er wollte ihr widersprechen, brachte es nur zu einem Seufzen. Dann tippte er auf die Tischplatte und schritt gen Haustür. Er musste hier dringend raus. Auch wenn er äußerlich ruhig blieb, so kam in ihm ein Vorgeschmack der Frustration auf, die er beim Thema *Love Brand* empfand. »Schönen Abend noch. Bedien dich an allem und fühl dich wie zu Hause.«

»Oscar?«, hielt sie ihn auf, aber aus irgendeinem Grund wollte er sich nicht zu ihr drehen, blieb bloß stehen. »Es tut mir leid.«

»Muss es nicht. Ich hoffe, du findest hier dein Stück Freude«, erwiderte er und sein Körper funktionierte eigenständig, als er doch über seine Schulter zu ihr sah.

Julie stand wie ein Häufchen Elend da. Die Worte, die folgten, klangen in seinen Ohren wie eine Lüge.

»Ja, ich auch.«

Sein Weg führte ihn zu dem kleinen Schuppen neben dem Haus. Das Holzschild *Zutritt verboten* war mehr als eindeutig und bis heute hatte es niemand gewagt, seine Bitte zu missachten. Niemand außer ihm betrat diesen Raum, in dem mehr hauste, als für das bloße Auge zu erkennen war. Ein Teil von ihm, dem nur er allein gegenübertreten konnte. Er zog die Holztür entschieden hinter sich zu und ballte die Hände zu Fäusten, als sein Blick auf das einzige Objekt fiel, das hier vorzufinden war.

Das Einzige, was seine Wut zu spüren bekam.

Das Volk der Honigbienen
besteht aus Königin,
Arbeiterinnen und Drohnen.

O.M.

Kapitel 9

Ein Bienenlexikon

Julie

Diese Woche musste ich Maurice ein Update schicken, ob ich wollte oder nicht. Mit dem Gedanken wachte ich unterm Dach meines Opfers auf und war ewige Minuten lang wie gelähmt.

Bevor mich mein Gehirn davon überzeugen konnte, den ganzen Tag liegen zu bleiben, eilte ich die Treppe hinunter, goss mir Kaffee ein und schritt, mit einer Decke unterm Arm, auf die Veranda. Nebel hing zwischen dem hohen Gras und die Luft war herrlich frisch und feucht. Nichts Böses hatte hier Platz. Und doch war ich hier. Seufzend ließ ich mich in den Schaukelstuhl sinken, breitete mit einer Hand die Decke über mir aus und zog die Beine an, wärmte meine Finger an der Tasse.

»Scheiße«, flüsterte ich, als ich vor mich hin starrte. Ich konnte mich nicht daran erinnern, jemals so im Zwiespalt mit mir selbst gewesen zu sein. Dabei wusste ich nicht mal, wieso ich zurückwollte. Dahin, wo ich zerdrückt wurde. Dahin, wo ich meinen Traum erfüllte. War es das wirklich?

Mein Traum?

Ich wusste es nicht länger; was ich wusste, war, dass ich es herausfinden würde, insofern ich den Mut dazu aufbrachte.

Hinter mir schritt jemand aus der Tür.

»Guten Morgen.«

Überrascht sah ich in braungrüne warme Augen. »Guten Morgen«, murmelte ich und schob die Gedanken beiseite, als könnte Oscar sie mir von der Nasenspitze ablesen.

Er sprach mit mir und das machte mich glücklicher, als vernünftig war. Dass Oscar eine Lerche war, hatte mich schon nicht gewundert, als wir uns das erste Mal so früh begegnet waren. Immerhin hatte er Haus und Hof, um die sich zu kümmern war, inklusive dieses gemeingefährlichen Wachhund-Pfaus Brutus. Das Landhaus lag näher an dessen Territorium, doch immerhin trennten uns Lovis' Cottage sowie der Hofladen. Schutz, den ich vor dieser Kreatur nötig hatte.

Oscar machte keine Anstalten, anzuhalten, schenkte mir kein liebes Oscar-Lächeln. Stattdessen führte er seinen Weg unbeirrt fort, als wäre ich eben nur … ein Gast. Zu meinem Missfallen musste ich feststellen, dass genau dies zutraf. Er hatte weder einen Grund, mir besonders viel Aufmerksamkeit zu schenken, noch überfreundlich zu sein. Das Problem war, dass ich den Geschmack von Oscars großem Herz hatte kosten dürfen. Wie er mich nach dem Feuer gehalten hatte, als mir die Kontrolle zwischen den Fingern zerronnen war, weil das Brüllen meines Vaters in meiner Erinnerung widerhallte. Oscar hatte mich in einem schwachen Moment erlebt – so wie kaum jemand vor ihm – und war geblieben.

Neugierig beobachtete ich ihn, wie er sich immer weiter entfernte. Leider stand ihm dieses Holzfällerhemd viel zu gut. Zu wissen, wie es darunter aussah, war keine Hilfe. Ganz zu schweigen von seiner generellen Präsenz. Voller Tatendrang und Hingabe marschierte er mit langen Schritten über seine Farm. Er passte in dieses Bild von einem Märchenbuch. Obwohl sein Körper vor Kraft strotzte und er oft einen viel zu ernsten Ausdruck innehatte, schien er sanft.

Lächerlich hinreißend. Trotz meines plötzlichen Unmuts gegen mich selbst, erlaubte ich mir, ihm hinterherzusehen, und mich zu fragen, wie es sein musste, etwas lieben zu dürfen, ohne dafür bezahlen zu müssen.

»Oscar!«, rief ich. Es war mir sofort unangenehm, weil er innehielt und eine Miene aus Vorsicht trug. Trotz seiner Nüchternheit konnte er die Sorge nicht verstecken, während er zusah, wie ich mich aus der Decke kämpfte und aus dem Schaukelstuhl sprang – wobei es wohl eher einem Hieven gleichkam. Beinahe schwappte der Kaffee über und ich stellte die Tasse auf der obersten Stufe ab, ehe ich die Treppe runtersprang.

»Oje.« Schon bereute ich es, während ich schnell zu ihm aufholte. Nun musste ich da durch. Seine Miene machte es nicht einfacher. Die letzten Abende hatte ich beobachtet, wie er in dem kleinen Schuppen nahe dem Haus verschwand. Nachdem ich mich im Internet schlaugemacht hatte, wusste ich nun, dass auf dem Schild *Zutritt verboten* stand, was meine Neugier befeuerte.

Oscar zog die Brauen zusammen, weil ich nicht sofort sprach. »Alles okay?«

»Darf ich dir helfen? Auf der Farm. Ich habe keine Ahnung davon, aber ich lerne schnell und freue mich über etwas Arbeit.«

Sein Zögern hätte nicht eindeutiger sein können. Der Drang, etwas gutzumachen, war immens. Doch Oscar schwieg.

»Wir können immer helfende Hände gebrauchen«, ertönte eine akzentreiche raue Stimme und ich blickte Lovis entgegen. Der musterte allerdings Oscar – und zwar nicht freundlich. »Richtig, Junge?«

»Ja, alter Mann«, kam es zurück und die beiden funkelten sich an, ehe er weiterging.

Lovis drückte mich an der Schulter voran und blieb an meiner Seite. Wieder trug er den Panamahut, weshalb ich rätselte, ob er wohl damit schlief.

»Danke«, meinte ich nur leise und er zwinkerte.

Wenn ich meinen Bruder schon in Deutschland zurückließ, dann war ich es ihm schuldig, es wenigstens zu versuchen. Das hier zu genießen. Und das war möglich. Ich könnte hier für mich sein. Für mein Herz. Meine Seele. Ich wollte zumindest den Geschmack davon kosten, etwas zu tun, weil ich – allein ich – es wollte und davon überzeugt war. In diesem Moment antwortete ich nicht für Maurice. Nicht für *Love Brand*. Nicht mal für Levi. Sondern allein für mich. »Ich möchte helfen, wo es geht.«

»Wir werden dir die Bienen vorstellen. Hast ja keine … Angst?«, suchte er nach dem Wort.

»Nein. Ich weiß nur nicht viel darüber. Ich möchte sie nicht verschrecken.«

Oscar schritt wenige Meter vor uns und schien zu lauschen. »Wirst du nicht. Du musst nur behutsam und wachsam sein.« Er klang nicht begeistert von der Tatsache, dass ich mich ihnen anschloss.

»Danach zeig ich dir den Rest und wir können schauen, was du magst. Zu tun gibt es immer was«, warf Lovis ein.

Das hörte sich nach einem Plan an. Ich merkte, wie sich mein Inneres gerade beruhigte, da kam das verbrannte Cottage in Sichtweite. »Wann gehen die Arbeiten los?«

»Ende der Woche.«

Wir schritten auf die größte der Scheunen zu und ich hielt mich vornehm zurück, während ich den Männern in den Innenraum folgte.

Die Scheune war auch von innen rot und weiß gestrichen. Es gab eine mit Wörtern bemalte Säule. Regale voller leerer Gläser und Utensilien, zwei riesige kesselartige Maschinen, die ich nicht einordnen konnte, sowie eine Tischfront an der linken Wand. In der Luft schwebten an Bindfäden befestigte Papierbienen.

Oscar langte nach einem Imkeranzug, der wohl für mich gedacht war, da er sich mir zuwandte und mich heranwinkte.

»Zieh den an.«

»Schlafen Bienen eigentlich?«, wollte ich wissen, weil ich merkte, wie die Müdigkeit noch in meinen Knochen steckte, während ich in die Hosenbeine stieg.

Oscars Blick schoss zu mir und ich wusste nicht, was es war, aber etwas huschte durch seine Augen, was er nicht an die Oberfläche ließ. Wenn ich mich nicht täuschte, war es Verwunderung oder sogar Freude über mein Interesse.

»Jungbienen brauchen den meisten Schlaf, weil sie am meisten arbeiten. Sie schlafen nicht wie wir, sondern haben mehrere Phasen, die eher einem Dösen gleichkommen.«

»Also machen sie nur Nap-Times.«

Oscar zog die Brauen zusammen, doch er konnte sich anstrengen, wie er wollte, das Zucken seiner Mundwinkel entging mir nicht. Lovis lachte freiheraus, was den Jüngeren der beiden noch länger die Stirn runzeln ließ, als hätte er dieses Geräusch noch nie von ihm gehört. »Kann man so sagen«, fuhr er irritiert fort und schenkte mir dann wieder seine Aufmerksamkeit, weil mein Reißverschluss klemmte.

»Komm her.«

Ich tat, wie mir geheißen, während er sich genötigt fühlte, mir zu helfen und dabei weitererzählte. »Sie machen die Zellen sauber, bauen neue Waben und nehmen die Lieferungen der Sammelbienen an.«

»Wie entscheidet sich, wer eine Sammelbiene ist?«

»Das ist abhängig von Alter und Erfahrung. Die Nahrungssuche ist die gefährlichste Aufgabe und deswegen übernehmen dies die Erfahrensten. Dann schlafen sie auch anders, nämlich noch weniger.«

»Was ein Leben«, murmelte ich und fühlte mich mit diesen Tierchen verbunden. Sie schliefen wenig und arbeiteten hauptsächlich. Ob sie ihren Job wohl wenigstens liebten?

»Dafür schlummern sie deutlich tiefer«, beruhigte er mich, ohne mich anzusehen. »Vielleicht kann ich dir irgendwann schlafende Bienen zeigen.«

Ich nahm den Imkerhut entgegen, beschloss, ihn erst aufzusetzen, wenn wir bei den Beuten waren. Aus den Augenwinkeln bemerkte ich etwas auf dem Steinboden schillern und entdeckte eine Pfauenfeder, kniff die Augen zusammen und prüfte weiter meine Umgebung. Brutus hatte durchaus Chancen, in die Scheune zu kommen, denn auf der anderen Seite, hinter den Maschinen, standen die Flügeltüren weit offen. Just in dem Moment machte ich mir keinen Kopf mehr um diesen aggressiven Vogel.

Wie eine Biene vom Nektar angelockt, bewegte ich mich auf den Durchgang zu. Mir bot sich ein Anblick, der mir Gänsehaut über meinen gesamten Körper sandte. Die Sonne stand so hoch, dass das Grau der Nacht sich zurückzog und nur noch wie ein sanfter Schleier über dem Lila und Pink lag. Geradewegs blickte ich auf Hügel voller Wildblumen, die zwischen saftig grünem Gras emporwuchsen. Am Horizont tastete sich das Tageslicht über den Rand der Erde und sein Strahlen warf die Wiesen in ein Farbspiel aus Gelb, Blau und Rosa. Noch nie hatte ich so etwas gesehen. Und die Schönheit, diese Reinheit, sie trieb mir Tränen in die Augen. Als würde ich erst in diesem Moment realisieren, wie wundervoll diese Welt sein konnte. Es erfüllte mich beinahe mit Demut. Wie sehr die bloßen Farben eines Himmels berührten – mein Herz erreichten –, sodass es mich in Staunen versetzte. Und wie klein ich dazwischen war. Grau.

Ich erinnerte mich nur daran, dass ich nicht allein war, weil Oscar neben mich trat und meinem Blick folgte. Jeden Morgen sah er das hier, und doch rührte sich etwas in seinen Zügen. Er nahm nichts für selbstverständlich, sondern konnte sich wieder und wieder an etwas erfreuen, was ihm nicht neu war. Wenn ich es nicht besser wüsste, meinte ich etwas wie Vertrautheit in seinem Ausdruck auszumachen.

»Das ist wunderschön«, sagte ich und wandte mich nach vorn. »Und du hast das jeden Tag …«

»Der heutige Morgen meint es besonders gut mit uns. Wollte wohl vor dir angeben«, nahm er an und ich musste über den Gedanken lächeln, auch wenn ich damit allein blieb. Oscar sah mich nicht an, als er sagte: »Kommt.«

Eine kleine Stimme in mir wollte empört aufschreien, weil die beiden Männer einfach losstapften und sich in das Panoramabild vor uns einmischten. Ich appellierte an meine Vernunft und eilte ihnen hinterher, wobei der Anzug bei jedem Schritt raschelte. Lovis und Oscar unterhielten sich gedämpft auf Schwedisch, weshalb ich darauf konzentriert war, nach unserem Ziel Ausschau zu halten. Auf dem nächsten Hügel wurde ich von einem mächtigen Raubvogel abgelenkt, der mit einem Kreischen über uns hinwegflog. Ich blieb stehen und legte den Kopf in den Nacken. Ruhig segelte er durch die Lüfte, als könnte man ihm nichts anhaben, sehr wohl in dem Wissen, die Nahrungskette anzuführen. Seine Gestalt zeichnete sich mystisch am Himmel ab und ich fragte mich, was er wohl sah.

»Julie.«

Ich riss mich aus der Trance und suchte nach Oscar, der nach mir gerufen hatte, nur um festzustellen, dass er mit Lovis zwanzig Meter weiter vor einer Reihe von Holzkisten stand, die sich im Schatten einer Gruppe Bäume befanden. Statt in den Himmel zu starren, wollte ich ihnen beweisen, helfen zu können, also holte ich eilig auf. Lovis' Mundwinkel zuckten bei meiner entschuldigenden Miene, wobei Oscar erneut mürrisch dreinsah. Ich straffte mich und zeigte durch meine Körperhaltung, dass ich bereit zur Wissensaufnahme war.

»Das sind die Beuten. Sobald man Bienen in diese Kiste steckt, trägt man die Verantwortung für sie und der sollte man sich bewusst sein. Im Winter müssen sie alle paar Wochen kontrolliert werden, im

Sommer öfter. Das ist abhängig vom Zustand des Volkes«, sagte er. »Du kannst den Hut jetzt aufsetzen«, hielt Oscar mich an und ich tat, wie mir geheißen.

Lovis winkte mich näher zu ihnen heran, weil ich respektvollen Abstand hielt, war froh, meiner Neugier nachgeben zu dürfen. Er schob mich neben Oscar, der sich einem der hohen Holzkästen zuwandte, in denen es summte.

»Haben die Beuten aus einem Grund diese Form?«, wollte ich wissen, als ich die Rundungen bemerkte. Selbst in die Beuten hatte Oscar sein ganzes Herz gesteckt. Das zylinderförmige Gefäß war so hoch, dass ich gerade noch draufsehen konnte. Ein bisschen erinnerte es mich an ein kleines Dörfchen, so wie die Behälter nebeneinanderstanden.

Oscar nickte. »Bienen lieben meist Baumhöhlen. Damit es so artgerecht wie möglich ist, haben wir Baumstämme nachgebaut. Aus Schilfrohr.«

»Weil …«, setzte ich an, ohne zu wissen, wie ich den Satz beenden sollte und Oscar erlöste mich.

»Es hat Vorteile, was die Wärmedämmung angeht. Unter anderem.« Erst wollte er es dabei belassen, aber anscheinend liebte er es zu sehr, Wissen zu teilen. »Wir haben auch Stöcke in echten Baumstämmen, die kann ich dir beizeiten zeigen. Man nennt sie Klotzbeuten.«

»Wie darf ich mir das vorstellen?«, wollte ich wissen und beobachtete das Flugloch der Beute, vor dem Betrieb herrschte.

»Es kommt der ursprünglichen Zeidlerei nahe, so wie man es im Mittelalter gemacht hat. Zeidler waren Imker, sie haben sich jedoch der Biene angepasst, nicht andersrum, und haben Honig wilder Bienen in Wäldern gesucht. Die Klotzbeuten sind ein Trend, der das wiederbelebt hat. Im Prinzip schlägst du den Bienen ein Loch in einen Baumstumpf. Mein bester Freund und ich arbeiten gerade an einer Kooperation, um es in Schweden zu verbreiten.«

Er hielt abrupt inne, allerdings brauchte ich ein paar Sekunden, um zu verstehen warum. Er hatte Angst, dass ich ihn ausquetschte. Obwohl mich interessierte, was sein Freund tat, stellte ich eine andere Frage.

»Wieso ist das die bessere Methode?«

»Es ist natürlicher. Das konventionelle Imkern treibt die Biene in eine Abhängigkeit. Und toxische Abhängigkeit tut einer Beziehung auf Dauer nicht besonders gut. Leider gibt es kaum eine andere Ausbildung als die konventionelle, dabei gibt es Raum für Neugestaltungen.«

Er winkte mich näher zur Beute und wies zum Flugloch. »Das ist vermutlich eine junge Sammlerin.«

Ich musterte die Bienchen, hatte nur keine Ahnung, von welcher er überhaupt sprach, was er mir offenbar ansah.

»Siehst du die mit den Pollenhöschen an den Beinen? Sie sucht nach dem Eingang, was bei einer erfahrenen eher unwahrscheinlich ist. Zwischen dem Honigvorrat und Flugloch sitzen meist fächelnde Bienen.«

Er berührte mich für eine Sekunde an der Schulter und ich hockte mich mit ihm hin, um die besagten Bienen in dem schlitzförmigen Eingang besser zu erkennen. Gerade wollte ich fragen, woran ich sie erkennen konnte, da entdeckte ich welche, die wild mit ihren Flügeln schlugen. »Wieso machen sie das?«

»Das ist die Heimkehrhilfe. Sie geben durch die Bewegung einen Duft ab, der den Sammlerbienen den Weg weist. Sieh mal, da ist unsere verlorene.« Er wies auf die Jungbiene mit den Pollenhöschen, was meiner bescheidenen Meinung der niedlichste Begriff war, den ich seit Langem gehört hatte.

»Einfach Wahnsinn«, murmelte ich, und seit einer viel zu langen Zeit musterte mich Oscar, weshalb ich lauter sprach: »Du bist ein Bienenlexikon.«

Ich hörte mich an wie ein schwärmender Teenie. Mein Gesicht wurde passend dazu heiß wie Feuer und es musste bemerkbar sein, denn Oscar schien etwas überfordert.

»Danke«, murmelte er und erhob sich, drehte sich sogar weg.

Wenn Lovis nicht neben mir gestanden hätte, wäre ich hier und jetzt im Erdboden versunken, doch ich wahrte die Fassung. Im Gegensatz zu dem Mann, der uns mit Argusaugen beobachtete. Unterbrochen wurde er von Oscar, der etwas auf Schwedisch sagte und sie einen Kasten am Ende der Reihe inspizierten.

Reiß dich zusammen, Julie, sagte ich mir und biss auf meine Unterlippe, hielt die Frage zurück. Aber sie war schon in voller Fahrt. »Was macht ihr da?«, fragte ich laut, damit sie mich hörten. Ob sie mich wegen nerviger Fragen verbannten?

»Wir hatten Verdacht auf Varroamilben«, erklärte mir Lovis gutmütig und verkniff sich ein kleines Schmunzeln, was bei ihm vermutlich einem Grinsen nahekam. »Die Milbe wurde durch östliche Honigbienen nach Europa gebracht. Unsere Sensibelchen hatten keine Chance. Wenn die Milbe nicht in Schach gehalten wird, tötet das die Bienen.«

Daraufhin ließ ich sie bedächtig ihre Arbeit machen.

»Entwarnung«, teilte mir Oscar mit, als sie sich mir näherten, und er läutete das Ende der Tour ein, weshalb ich den Hut absetzte und wir uns auf den Rückweg machten. »Wenn du willst, kannst du nächste Woche wieder mit«, sagte er in die Stille hinein.

Ein Zögern machte sich in mir breit, denn es klang danach, als würde er sich zu diesem Angebot zwingen. Der Gedanke, die Bienen besuchen zu dürfen, verursachte so eine Freude, dass ich nicht widerstehen konnte. »Fabelhaft.«

»Das magst du gern, dieses Wort«, stellte er fest und krempelte seine Ärmel hoch.

»Fabelhaft?«, ging ich sicher und er nickte. Ich versuchte mich daran zu erinnern, seit wann ich es inflationär nutzte. »Meine Nichte hatte eine Fabelhaft-Zeit, das hab ich wohl adaptiert. Jetzt spricht sie ständig von *cringen* Dingen«, erzählte ich ihm und verdrängte das Heimweh. Levi und Lotta ging es gut.

»Da kann sie sich mit dem Sohn meines besten Freundes zusammentun.«

»*Fabelhaft* war auch Jugendsprache. Um 1900 rum … Vielleicht ist *Cringe* ja in hundertdreißig Jahren auch gehobener Jargon.«

Oscars Mundwinkel zuckten und er ließ mir den Vortritt in die Scheune, wobei er zu mir heruntersah. Ich konnte nicht anders, als zurückzustarren und zwang mich weiterzugehen. Schweren Herzens. Jedes Mal tat sich etwas in seinen Augen und ich hielt daran fest wie an einem Silberstreif am Horizont. Sein unterkühltes Verhalten war nicht wegzureden. Ich vermisste den Oscar, den ich kennengelernt hatte. Womöglich hatte ich kein Recht mehr auf ihn. Plötzlich fühlte ich mich unwohl in meiner Haut und stieg aus dem Anzug, um ihn zu den anderen zurück an den Haken zu hängen. Währenddessen unterhielten sich die Männer und Lovis konnte Oscar sogar ein Lachen entlocken, was mich innehalten ließ.

Im selben Moment erklang ein röchelndes Geräusch. Alarmiert wirbelte ich herum und entdeckte Tavi, durch deren Körper Wellen gingen, weil sie sich erbrach.

»Kleines«, meinte ich behutsam und näherte mich ihr, rührte sie nicht an. Oscar fluchte hinter mir, und kaum trat er neben mich, beruhigte sich die Katze und schaute zu ihm herauf.

»Das ist die letzten Tage zu oft passiert. Ich muss mit ihr zum Tierarzt.« Die Sorge stand ihm ins Gesicht geschrieben.

»Ich kann das machen«, bot ich an und er zögerte. Ziemlich sicher hatte er genug zu tun, überlegte dennoch, ob er ein schlechtes Gewissen haben musste, wenn er Tavi mit mir allein gehen ließ.

Lovis sagte etwas auf Schwedisch und es klang nach einem Zuspruch.

Also nickte ich beruhigend. »Kein Problem, wirklich. Sag mir einfach, wo ich hinmuss. Tavi wird es dir nicht ankreiden, dass du deine Arbeit machst.«

Ein tiefes Seufzen verließ ihn, doch er gab nach. »Okay. Ich hol dir kurz ihren Pass. Ihr Arzt kann auch Deutsch«, informierte er mich.

»So wie gefühlt alle«, meinte ich lachend. »Ich hab keine Ahnung, wie ich so Schwedisch lernen soll.«

»Das wirst du noch früh genug«, erwiderte er abwesend, und es war bestimmt auch nicht seine Absicht, dass mein Inneres ganz warm dabei wurde. Unwissend, was er für einen Eindruck bei mir hinterließ, eilte er los. »Bin sofort wieder da!«

Das wirst du noch früh genug. Natürlich bildete ich mir das ein, aber für einen kleinen Augenblick hatte es sich so angehört, als plante er mich hier länger ein als drei Monate. Was er sicher nicht wollte. Ich bemerkte, wie Lovis mich unter die Lupe nahm und schob die Gedanken beiseite, indem ich Tavi hochhob, um sie unter dem Kinn zu kraulen. Schnurrend schmiegte sie ihren kleinen Körper an mich und ich musste daran denken, dass *Love Brand* sich an ebensolchen kleinen Körpern verging. Meine Brust verkrampfte sich und ich war froh, mir nicht selbst ins Gesicht sehen zu müssen. Dabei wäre gerade das womöglich eine Erleichterung gewesen. Mich anzugucken und meinem Lächeln zu glauben, das ich mir für den Teufel aufgemalt hatte, als ich ihm vor Jahren meine Seele verkauft hatte.

Mit angespannten Zügen kehrte Oscar zurück, sah vor sich in die Luft und wirkte eher, als würde er in den Kampf ziehen. Sein Blick traf auf meinen. Irgendwas war anders und nun fiel mir auf weshalb. Meine Brust zog sich zusammen, als ich realisierte, was fehlte. Oscars Lächeln. Er lächelte mich nicht mehr an. Und ich musste feststellen, dass das ein Verlust war, den ich nicht bereit war zu akzeptieren.

Das Imkern ist kein Hobby,
sondern eine Verantwortung.

O.M.

Kapitel 10

Sechzig Tage

Julie

Ruf bitte an, wenn es etwas Ernstes ist«, meinte Oscar, während er die Transportbox mit Tavi in den Fußraum des Wagens stellte.

Ich nickte bloß und saß bereits hinter dem Lenkrad, um mich zu orientieren. Keine Ahnung, was ich von Oscar erwartet hatte. Sicherlich keinen alten Pick-up, der Benzin fraß wie ich Katjes Wunderland – die pinke Edition –, ebenso wenig hatte ich mir ihn gänzlich ohne Auto vorgestellt. Nicht bei dieser Arbeit und geografischen Lage. Das Letzte, womit ich jedoch gerechnet hatte, war der schlammgrüne Rivian R1T Elektro-Pick-up. Ich kannte die Zielgruppe der Marke und kam nicht umhin, zu Oscar zu schielen. Nein, er hatte sich nicht plötzlich in einen Mann verwandelt, der mit seinem Kontostand prahlte. Obwohl mir das nicht neu war, machte es ihn noch sympathischer.

Meine früheren Recherchen zu seiner Person ließen nicht viel auf seine Familie schließen, denn den Medien blühten Klagen, wenn sie darüber berichteten, dafür hatten Oscars Anwälte gesorgt. Was er jedoch nicht vertuschen konnte, war seine Zugehörigkeit zu einer Familie aus der englischen High Society. Wer es genau war, blieb sein Geheimnis.

Zu spät registrierte ich, wie er mich von der anderen Seite beobachtete, als wartete er auf eine Reaktion. »Startklar?«

Ich wandte mich wieder gen Screen. »Lass mich kurz alles checken.«

Während ich mich zurechtfand, schloss er die Tür auf Tavis Seite und schlenderte um den Wagen zu mir herum, wo er den Rahmen ergriff und wartete, bis ich nickte.

»Ich saß schon mal in einem Elektro. Der hier ist offensichtlich auch keine Raketenwissenschaft.«

»Dann hast du mir einiges voraus. Bei mir hat er anfangs ständig rumgenörgelt … beziehungsweise ich«, meinte er mit einem leidenden Unterton, als stünden die beiden auf Kriegsfuß. »Fahrt vorsichtig.«

Die beiden Worte versetzten mich in eine Starre. Der Brand hatte offensichtlich alte Wunden aufgerissen und das gefiel mir ganz und gar nicht. Tief atmete ich durch und Oscar schloss die Tür.

»Dann wollen wir mal, Tavi«, sagte ich und manövrierte den Wagen vom Hof, wobei ich im Rückspiegel feststellte, dass Oscar uns nachsah. Als hinter ihm Brutus' Gefieder auftauchte, liebäugelte ich mit dem Rückwärtsgang.

Der Weg in das Städtchen war nach wie vor ein Gänsehautmoment und ich ließ das Fenster etwas runter, um den Fahrtwind auf meiner Haut zu spüren. In mir stieg ein Druck auf, ein Drang, in den Himmel hinauszuschreien, alles loszutreten, was in mir erstarrt war. Wie ein Stein, der den Flusslauf aufhielt.

»Bescheuert«, murmelte ich über meine Gedanken und schloss das Fenster mit einem Knopfdruck. »Melodramatischer geht's nicht, was?«

Tavi rührte sich im Fußraum und stimmte mir offenbar zu. Die restliche Fahrt konzentrierte ich mich auf den Weg, ohne zu träumen, und parkte fünfzehn Minuten später auf einem der Parkplätze vor einem Häuschen im Kolonialstil. Ich schnappte mir die Transportbox sowie Tavis Pass und schritt zur weiß gestrichenen Eingangstür, in die riesige Glasscheiben eingelassen waren, weswegen ich schon von hier das helle fliederfarbene Interieur ausmachen konnte. Eine Glocke bimmelte über mir und machte mein Auftauchen bekannt. Was mich wunderte, da gerade Supertramp durch die Praxis tönte.

»Ett ögonblick tack.« Die Quelle des Rufs befand sich hinter dem Empfangstresen, der wohl einst eine Kommode gewesen sein musste und zweckentfremdet worden war. Gemächlich näherte ich mich und vernahm über das Pianosolo hinweg ein Schnaufen und Fluchen.

Neugierig beugte ich mich vor, da sprang jemand vor mir auf und ich zuckte überrascht zurück.

Der junge Mann strich sich die blonden Strähnen nach hinten und grinste mich breit an. Stolz hielt er einen Kugelschreiber in die Höhe. »Min favoritpenna. Jag kan inte förlora det.« Er lehnte sich über die Kommode aka Tresen und streckte seinen Hals, um in die Transportbox zu gucken, wobei er ein entzücktes Geräusch von sich gab. »Tavi!« Plötzlich ruckte sein Blick zu mir hoch, ehe er sich zurücklehnte und sein Kinn auf eine Hand stützte, um mich mit dem Schalk im Nacken zu mustern. »Är du Oscars flickvän?«

Bei *seinem* Namen machte mein Herz einen Satz und es war, als hätte der junge Mann das gehört, denn sein Lächeln wurde breiter.

»Ich verstehe kein Schwedisch«, sprudelte es auf Englisch aus mir heraus und er blinzelte.

»Du bist also die geheimnisvolle Deutsche von Oscar«, wechselte er mit einem Unterton, den ich nicht ganz einordnen konnte, in dieselbe Sprache. Er zog einen Teller mit Keksen heran.

»Offenbar nicht so geheimnisvoll, um unbekannt zu bleiben.«

»Wenn ein attraktiver Kerl eine Dame aus den Flammen rettet, macht das hier schnell die Runde. Nimm dir einen Keks. Ich hab ein paar Fragen an dich, wenn du erlaubst?«

Was er wissen wollte, musste ich glücklicherweise nicht herausfinden, denn jemand tauchte neben uns auf.

»Mattes. Hörst du auf, unsere Patientin auszuquetschen?«

Die Stimme klang sanft und ebenso sanft waren die braunen Augen, in die ich Sekunden später sah. Ganz zu schweigen von dem schiefen Lächeln, das dafür geschaffen war, Herzen zu gewinnen – und zu brechen.

»Julie, korrekt? Verzeihen Sie mein Deutsch, ich werde mein Bestes geben.« Tatsächlich hatte er einen sehr starken Akzent. »Ich bin Jascha Gao.«

»Den Pass kannst du mir geben«, verkündete Mattes und ich überreichte ihn gerade so, ehe der Arzt mich mit sich winkte. Langsam grenzte es an einer tragischen Komödie, dass hier mehr Leute meine Muttersprache beherrschten als ich ihre, wieso ich mich an die Historie des Dorfes erinnerte.

Jascha Gao. Henry hatte von ihm erzählt. Selbst von hinten sah der Tierarzt gut aus. Seine Haare lagen penibel genau und er zog einen sanften Duft nach sich, der einem alle Sinne benebelte. Auch wenn der Bachelor-Typ mich nicht ansprach, seine Attraktivität war unverkennbar. Ich hoffte, seine Expertise konnte dasselbe von sich behaupten.

»Stellen Sie die Box hier ab«, sagte er und wies auf den Tisch zwischen uns.

»Sie hat sich gestern und vorhin übergeben. Allgemein scheint sie etwas träge.« Ich öffnete das Türchen und Jascha trommelte mit den Fingern auf die Platte.

»Kom hit, Tavi.«

Die Katze schlich geduckt ins Freie und entspannte sich sichtlich, da sie ihn zu erkennen schien. Begeistert war sie jedoch nicht. Mit konzentrierter Miene begutachtete er das Tier, tastete es ab und checkte seine Körpertemperatur. Besorgt schaute ich ihm dabei zu, wobei mein Blick entweder an Tavis empörtem Blick oder Jaschas Gesichtszügen hängen blieb.

»Wir müssen wohl einen Ultraschall machen«, erklärte er, während er ein Gerät heranzog und Tavi dafür vorbereitete.

»Könnte es was Ernstes sein?«

»Schauen wir erst mal.«

Gut. Er machte keine unnötigen Spekulationen.

Jascha führte den Schallkopf über Tavis Bauch, die ich festhielt, was sie offensichtlich als Vertrauensbruch abspeicherte.

Fünf Sekunden vergingen. Zehn. Fünfzehn.

Jaschas breite Brauen trafen sich, ehe sein Blick aufleuchtete. »Da haben wir die Erklärung ... Tavi ist trächtig.«

Ich sah zum Screen. »Wirklich?« Ich wusste nicht, wieso es mich so freute, aber bei der Vorstellung von süßen Katzenbabys ging mir das Herz auf. Ich konnte es kaum erwarten, Oscars Ausdruck zu sehen.

Jascha fixierte das angezeigte Bild. »Und wie. Rund sechs Stück.«

Neugierig folgte ich seinem Finger, der die kleinen Knubbel umkreiste. »Wie soll sie das denn schaffen? Sie ist doch so winzig.«

»Der Körper weiblicher Wesen ist ein Wunder. Sie schafft das.« Sein Lächeln beruhigte mich und er wies auf die nächste Fläche. »Da liegt eins. Und dort noch eins.«

Gemeinsam gingen wir die auszumachenden Kätzchen durch, dann befreiten wir Tavi von den Strapazen und sie zog sich in die Box zurück.

»Ich muss Tavi wieder in zwei Wochen sehen. Übelkeit ist nicht dramatisch. Sie freut sich bestimmt, wenn sie besonders viel Aufmerksamkeit bekommt. Oder Ruhe, wenn sie die verlangt.«

Ich nickte. »Natürlich.«

»Darf ich Sie zum Kaffee einladen?«

Die Frage kam so plötzlich, dass mir kurz die Sprache wegblieb. Ich blickte seinem Lächeln entgegen und fragte mich, ob er das verlieren würde, wenn er von *Love Brand* wüsste – wie Oscar. Die beiden glichen sich in nichts. Der Arzt war eine Augenweide, ein Charmeur, wahrscheinlich der Entertainer, egal wo er war. Er war so präsent wie Oscar, nur viel lauter. Während Oscar leiser und doch ebenso laut war – zumindest für mich.

»Leider nein«, erwiderte ich. »Aber wir können uns duzen.«

Für wenige Sekunden bereute ich die impulsive Entscheidung, so herzlich lachte er. »Eine der nettesten Abfuhren, die ich je bekommen habe. Dann sehen wir uns in zwei Wochen. Ich würde Tavi gern regelmäßig kontrollieren.«

»Das ist sicher in Oscars Sinne.«

»Darauf wette ich. Mach dir keine Umstände. Ich werde einfach zur Farm kommen.« Er lugte in die Box. »Hej då, Tavi.«

»Prima, danke, Jascha.« Ich nahm den Griff und wurde Opfer eines Lächelns, das anderen die Knie weich werden lassen würde.

»Tschüss, Julie. Grüß Oscar von mir.« Ein Funkeln stand in seinen Augen, das mir das Gefühl gab, in eine Falle getappt zu sein.

Und im Eingangsbereich wartete direkt die nächste in Form von Mattes, der mich mit Keksen zum Bleiben bewegen wollte. Ich entschuldigte mich, nahm Tavis Pass und eilte dann zum Auto. Die Worte von Mattes schwirrten in meinen Gedanken herum. *Wenn ein attraktiver Kerl eine Dame aus den Flammen rettet, macht das hier schnell die Runde.* Mit beiden Händen umklammerte ich das Lenkrad und lehnte mich gegen die Kopfstütze. Schöne Scheiße. Ich konnte darauf verzichten, dass unsere Geschichte romantisiert wurde und ein Gerücht das nächste jagte. *Das* war sicherlich nicht in Oscars Sinne. Ganz im Gegenteil. Ich hatte herzlich wenig Lust dazu, zur verliebten Touristin auserkoren zu werden, die von ihrem Helden keine Aufmerksamkeit bekam.

»Vergiss es, Stolt«, drohte ich und startete den Motor. Wenn sie eine Geschichte wollten, gern, ich würde weder der Bösewicht noch die Dame in Nöten sein. Vielleicht, ganz vielleicht konnte ich es stattdessen eines Tages zur Heldin schaffen. Und ganz vielleicht glaubte ich mir das. Zumindest ein wenig.

Es gibt etwa
30.000 Bienenarten
und noch viele weitere
zu entdecken.

O.M.

KAPITEL 11

Ein guter Ort zum Suchen

Julie

Tavis Trächtigkeit war am Abend – mit der Katze in unserer Mitte – Grund für einen Schnaps gewesen, den Lovis initiierte.

So wie Lovis die kommenden Tage fast alles initiierte.

Er nahm mich mit zu den Eseln und Ziegen, ließ mich Heu einstreuen, füttern, Wasser nachfüllen. Nach einer Woche durfte ich Lilibet sogar ihre Medizin geben. Selten hatte ich etwas Störrischeres und Niedlicheres gesehen als das Eselspaar. Alles andere als niedlich war Brutus, der es zweifellos auf mich abgesehen hatte und mir auflauerte, wann immer Tavi abwesend war. Einmal musste Oscar mich aus der Vorratskammer in der Scheune befreien, in der ich mich vor dem Pfau versteckt hatte, der vor der Tür ausharrte. Sicher wäre dem Farmer sonst zumindest ein Schmunzeln abzugewinnen, doch dass er mir gegenüber keine Regung zeigte, gestaltete die Situation noch unangenehmer. Das Einzige, was es über meine Lippen schaffte, war ein leises »Danke«.

Maurice versorgte ich derweil mit schwammigen Informationen, die er auch mit einer guten Internetrecherche rausbekommen hätte. Er verlangte zu wissen, wer Oscar nahestand. Ich stellte mich unwissend, versicherte, dass er mir mehr und mehr vertraute. Einzig und allein die Verzweiflung ließ mich ihm versprechen, dass ich versuchen würde, unbemerkt in Oscars Büro zu kommen, um Ausschau nach Druckmitteln zu halten.

Sobald die Bauarbeiten für das neue Cottage gestartet hatten, nahm Lovis mich mit sich. Dabei verstand ich nichts, sondern verfolgte nur, wie die Experten mit Oscar sprachen und ihm Baupläne zeigten. Auch das junge Ehepaar, das die Baufirma leitete, war anwesend und wechselte ein paar Worte auf Englisch mit mir. Beide waren Schreiner und sie eine Nachfahrin eines bekannten Stolter Baumeisters, der damals für die royale Familie gearbeitet hatte. So professionell sie blieben, so sehr merkte man die tiefe Zuneigung zwischen ihnen und er konnte es nicht lassen, ihr regelmäßig ein schiefes Lächeln zu schenken. Besonders, wenn die kleine Frau mit dem arroganten Architekten sprach, schien er in Alarmbereitschaft zu sein. Ich wusste, wie es war, in einer Männerdomäne zu arbeiten. Man musste auffallen, ohne aufzufallen. Man musste diszipliniert sein, ernst, nicht jedoch emotional. Männer durften diskutieren, Frauen konnten nur rumzicken. Bewundernd beobachtete ich, wie sie ihrem Gegenüber die Stirn bot, da es offenbar einen Streitpunkt gab. Mit den Händen in den breiten Hüften redete sie ihn in Grund und Boden. Ihr Mann, der einem Schrank glich, platzte schier vor Stolz, hielt sich gleichzeitig im Hintergrund.

Zwischendurch fasste sich Lovis ein Herz und zeigte mir auf einem Tablet das geplante Endprodukt. Ein charmantes pastellgrünes Schwedenhaus.

Der Besitzer der Farm hingegen ließ mich links liegen. Während die Bauarbeiten besprochen wurden, würdigte er mich keines Blickes. Was nichts Neues war. Es grenzte an Perfektion, wie er es anstellte, dass wir uns in seinem Haus kaum begegneten und wenn wir es taten, beschränkten wir uns auf Small Talk zwischen zwei Fremden. Jedes Mal fragte ich mich, ob ihn das ebenso störte wie mich. Der Tiefpunkt war erreicht, als er mich nicht, wie versprochen, zu den Bienen mitnahm. Lovis wagte nicht, mich zu fragen, was vermuten ließ, dass Oscar ihm eine deutliche Ansage gemacht haben musste. Stattdessen fand ich morgens einen Zettel neben der Kaffeemaschine.

Du warst bisher noch nicht
in der Umgebung unterwegs.
Ich hab deinen Blick gesehen,
als wir morgens vor den Wiesen standen.
So was gibt es hier überall zu sehen.
Du musst nur losgehen.

Oscar

Unvermittelt stieg Wut in mir auf. Trotz all meiner Taten blieb er freundlich. Wenn ich daran dachte, dass ich die Wahrheit verdreht hatte und er längst nicht das Schlimmste wusste, wurde mir schlecht. Wieso konnte er mich nicht einfach hassen so wie ich mich selbst? Wieso verdammt war er so umsichtig? Wieso war ich so egoistisch und hatte gelogen, in der Hoffnung, dass ich bleiben durfte?

Ich schloss die Augen und atmete tief durch, sah mich in einer Höhle stehen, in der ein einziges Echo aus Hass herrschte. Ich stellte mir vor, wie es auf mich zuraste, als schwarze dunkle Wolke. In meinem Kopf hob ich die Hand. Und es stoppte. Die niederschmetternden Stimmen, die Wolke. In mir war es plötzlich ganz still, denn *ich* hatte die Kontrolle. Erneut atmete ich tief ein. Wieder aus.

Dann hob ich die Lider und fasste einen Entschluss.

Ich würde Oscar die Wahrheit sagen. Er hatte es verdient und ich würde den Mut sammeln und mit den Konsequenzen leben. Mein Glück auf dieser Farm war ohnehin temporär und das war gut so, denn immer zog ich alle in meinen Schlamassel mit rein, dieses Mal nicht.

Nur noch ein paar Tage. Ein paar Tage Stolt und ein bisschen mehr Mut brauchte ich noch, doch dann würde ich die Karten offen auf den Tisch legen. Mein Blick senkte sich auf Oscars Notiz.

Du musst nur losgehen. Es klang so simpel. Aber etwas hielt mich hier auf der Farm. Fast als befürchtete ich, damit eine Blase zu verlassen, die mich gerade aufrechterhielt. Dabei war Oscar im Recht. Hier gab es so viel zu sehen und womöglich würde ich noch mehr Orte und Momente sammeln, die mir ein Antrieb waren, nach vorn zu schauen. Entweder konnte ich die Pause nutzen und einsehen, dass ich sie brauchte; oder ich verbrachte sie damit, mich gegen sie zu wehren, was mehr Kraft forderte, als ich zurzeit aufbringen konnte.

Da die Zettel, die mir Oscar bei meiner Ankunft geschrieben hatte, dem Feuer zum Opfer gefallen waren, blieb mir nichts anderes übrig, als ihn aufzusuchen.

Natürlich könnte ich einfach losfahren, doch ich brauchte einen Plan, und die Ausrede, eher einen Ortskundigen als eine Suchmaschine zu fragen, ließ ich gelten. Also packte ich einen Rucksack mit dem Notwendigsten zusammen und schlüpfte in festes Schuhwerk, bevor ich mich zum Hofladen aufmachte.

Hier musste ich besonders aufmerksam sein, da es das Territorium des Pfaus war. Allerdings war mir das Schicksal heute gut gesonnen und ich trat unversehrt in den Laden, der einer Pinterest-Pinnwand glich. Die Mischung aus altem Bauernflair und pastellgrünen Akzenten machte ihn zu einem gemütlichen Ort. Die Wände waren mit Regalen und Produkten vollgestellt, doch es sah nicht überfüllt aus. Ich schlenderte an den Fächern vorbei, machte die Honigartikel aus. Seife, Gesichtsmasken, Shampoo, Propolis. Auch Gemüse, Obst und Eier waren zu kaufen, womit beantwortet war, inwiefern die Farm mit regionalen Höfen kooperierte.

Dann kam der Tee in Sicht und ich fragte mich, woher Oscar ihn bezog. Auf dem Etikett war eine Fusion von Oscars und einem mir fremden Logo, weshalb ich das Tütchen in die Hand nahm, um den Produkttext zu lesen.

»Das ist Tee von einer Familie aus Sri Lanka.«

Ich sah hoch, als Oscar zu mir trat und mir die Packung aus der Hand nahm, nur um ein kleines Glas zu greifen, in das der Tee gefüllt war. Er schraubte es auf und hielt es mir unter die Nase.

Tief sog ich den Duft ein. Süßholz. »Fabelhaft.«

»Wir haben alle Sorten im Haus. Bedien dich ruhig dran«, meinte er und ahnte nicht, was das kleine Wort *wir* mit meinem Herzen anstellte.

»Was hat es mit der Familie aus Sri Lanka auf sich?«, wollte ich wissen.

Ohne mich anzusehen, stellte er das Glas zurück und hielt sich am Regal fest, als würde ihn sonst eine unsichtbare Kraft – seine Abneigung vermutlich – von mir wegstoßen.

»Die Organisation, bei der ich Teilhaber bin, unterstützt Farmer mit besonders nachhaltigem Konzept. Ich kenne die Familie schon einige Jahre, war selbst vor Ort. Als *Love Brand* sie aufkaufen wollten, bin ich ihnen zuvorgekommen und habe auch das Umland gekauft, damit sie nicht auf dumme Ideen kommen.«

Als *Love Brand* zur Sprache kam, zögerte er sichtlich, als wollte er diesen Konfliktpunkt vermeiden. Mir war klar, dass der Konzern für ihn kein seltenes Thema war. Das Unternehmen war einer der Marktführer und Oscar eine Gefahr sowie Chance. Der wiederum war gut vernetzt, um zu wissen, was die Branche gerade bewegte und wer mit wem Deals abschloss. Sein Management- und Juristenteam renommiert und furchtlos.

Es war nicht überraschend, wie aktiv er gegen meinen Arbeitgeber vorging. Es machte nur alles so viel realer. Ein Farmer in einem kleinen Ort namens Stolt sagte einem Weltkonzern den Kampf an. Was jedoch nicht vergessen werden durfte, war die Tatsache, dass Oscar Unternehmer und Teilhaber mehrerer Firmen sowie weltbekannter Initiativen war. Das Letzte, was *Love Brand* tun würde, war, den loyalen Mob eines Sympathieträgers zu verärgern.

Zügig unterdrückte ich das Gefühl von Stolz und Bewunderung. »Ich würde gern fünf Packungen kaufen.«

Endlich blickte Oscar zu mir herab und so wie ich brachte er es nicht über sich, fortzusehen. »Das musst du nicht«, meinte er abgelenkt und die Härte wich aus seinen braunen Augen, kaum lächelte ich ihn an.

»Möchte ich aber. Das unterstützt die Familie dort, oder nicht?«, erwiderte ich und griff den Tee, um damit zur Kasse zu stolzieren.

Ich fühlte mich nur halb so wacker, wie ich tat, während ich Oscars Präsenz im Rücken spürte.

Er kassierte ab, wobei sein Blick immer wieder zu mir huschte. Offenbar suchte er etwas darin, doch es blieb sein Geheimnis, ob er fündig wurde.

»Darf ich die hier liegen lassen? Ich wollte nämlich direkt los in den Wald.«

Oscar verstaute die Packungen wortlos hinter dem Tresen und stützte sich dann darauf ab. Die hochgekrempelten Ärmel gaben seine gebräunte Haut preis, die irre Dinge mit mir anstellte. Sein nackter Oberkörper im Morgenlicht hatte wohl ordentlich Eindruck bei meinem Gehirn hinterlassen – die Libido nicht zu vergessen.

»Du willst wandern«, stellte er fest und betrachtete mich das erste Mal von Kopf bis Fuß.

»Ja. Kannst du mir sagen, welche Route ich nehmen kann?«

Kaum hatte ich gesprochen, suchte er etwas in den vollgestopften Schubladen des Tresens, um eine zerfledderte Landkarte hinauszuziehen und sie zwischen uns auf der Holzplatte auszubreiten. Es war die Farm sowie das Umland abgebildet und in der Tat machte ich Routen aus, die unterschiedliche Längen aufwiesen. Oscar tippte darauf und ich blieb an seinen Fingern hängen. Sie waren von der Arbeit gezeichnet, lang … und schön. An einem Knöchel machte ich eine kleine Narbe aus. Ich konnte mich nicht entscheiden, ob ich lieber darüberstreichen oder ihre Geschichte wissen wollte. Am besten, ich hielt meine Gedanken im Zaum.

»Es gibt drei Routen, denen du folgen kannst«, erklärte er. »Jede hat ihre eigene Farbe.«

»Habt ihr das gemacht?«

»Ja.« Er räusperte sich und konnte mir nicht recht ins Gesicht sehen. »Ich hab, um ehrlich zu sein, keinen besonders guten Orientierungssinn. Als ich mich mal komplett verlaufen hatte, hatte Lovis genug.«

Mir entfuhr ein Lachen und ich schlug mir die Hand vor den Mund, um es zu dämpfen. Oscars Augen fanden meine und ein Funkeln huschte hindurch. Er war nicht beleidigt, nur war es ihm sichtlich unangenehm.

»Mach dich nur lustig«, meinte er scherzhaft.

Ich räusperte mich galant und brachte meine Miene unter Kontrolle, ehe ich einen ernsten Ton anschlug. »Verzeihung.«

Er kaufte es mir zu Recht nicht ab. Als seine Mundwinkel zuckten, verbuchte ich das als Fortschritt.

»Am schönsten ist eigentlich die grüne Route«, fuhr er fort und tippte auf die Markierung. »Da kommst du am See entlang und ein Stück ins Gebirge rein, ist ungefährlich und in vier Stunden machbar.«

»Fabelhaft. Ich hab heute nichts mehr vor.« Kaum hatte ich gesprochen, bildete sich ein Schweregefühl in meiner Brust, aber ich stieß es von mir weg, ehe es mir die Luft nahm. Ich wies auf die Karte. »Darf ich die haben?«

»Klar. Die Wege sind zusätzlich mit farbigen Pfählen abgesteckt.«

Oscar faltete sie zusammen und drückte sie mir in die Hand. Nur ließ er nicht los. Mein Blick schoss hoch und stieß auf Unsicherheit. Der Tresen war das Einzige, was uns trennte und ich war unschlüssig, ob das gut oder schlecht war.

Schließlich löste er den Griff, um sich mit den Fingern durch die Haare zu fahren, ohne mich aus den Augen zu lassen. »Wir machen heute Abend ein Lagerfeuer. Lovis hatte die Idee, dich einzuladen. Ein paar Freunde kommen auch. Jascha kennst du ja schon.«

Ich horchte auf, da das bedeutete, dass ich mich mit Menschen unterhalten konnte, die mich verstanden. Auf Oscars Aufmerksamkeit konnte ich immerhin nicht mit Sicherheit zählen.

Der nahm meine freudige Reaktion mit einem Stirnrunzeln zur Kenntnis. Was hatte er nun wieder? Passte es ihm insgeheim nicht, wenn ich kommen würde? Ich beschloss, es zu provozieren. Was auch immer da zwischen uns herrschte, früher oder später würden die Karten auf den Tisch kommen und ich war kein Fan dieser undefinierbaren Spannung zwischen uns.

»Gern. Sag Lovis Danke.«

Er registrierte sehr wohl, dass mein Dank nicht ihm galt. Die Falte zwischen seinen Brauen wurde tiefer und am liebsten wäre ich darübergefahren.

»Klar«, murmelte er.

Ich seufzte innerlich, überfragt, was ich angestellt hatte. Mit einem Lächeln verabschiedete ich mich und hielt auf den Ausgang zu.

»Julie ...«, erklang es hinter mir und ich blickte über meine Schulter, um zu sehen, dass Oscar mir ein paar Schritte nachgekommen war und mich mit einem weicheren Ausdruck betrachtete. »Pass auf dich auf.«

Ich blinzelte und zwang mich zum Nicken. Immerhin wünschte er sich nicht, dass ich im See ertrank oder zwischen Felsspalten stürzte und stecken blieb. Meine Füße setzten sich in Bewegung und ich hielt auf den Start der Route zu, die mich die Allee herunterführte. Erst jetzt bemerkte ich die farbigen Holzpfähle in der Auffahrt.

Die grüne Route führte mich nach rechts, weiter weg von Stolt und entlang der wilden Wiesen, wo die Bienen hausten. Von der Straße aus konnte ich in der Ferne die Beuten erahnen. Ob Oscar mich je wieder zu ihnen ließ?

Ich trug meinen Körper und meine Gedanken voran, den Pfad entlang, der von der Hauptstraße abging. Zu meinen Seiten befanden sich Zäune, was nur vermuten ließ, wie weit sich das Farmland links noch erstreckte. Auf einmal ärgerte ich mich, dass ich nicht gefragt hatte, wie groß Oscars Land eigentlich war.

Immer weiter näherte ich mich den Bergen. Der Boden wurde unebener, der erdige Pfad steiniger. Auf halber Strecke befand sich eine schmale Grünbrücke, um den Tieren ein einfacheres Überqueren der beiden Landpartien zu ermöglichen. Genau darunter fiel der Weg schlagartig so weit ab, womit klar wurde, wieso der Übergang gerade an dieser Stelle gebaut war. Der Abstieg glich einer Treppe aus Stein, und wild gewachsenes Unkraut griff von den Wänden nach mir, strich an meinem Arm entlang, während ich darauf achtete, nicht zu stolpern.

Mein Körper war in Bewegung, doch mein Kopf befand sich in einer Starre. Die Gedanken drehten sich nur darum, was aus mir würde, wenn ich nach Deutschland zurückreiste. Wie würde mein Leben aussehen? Zu was war ich überhaupt noch fähig?

Mittlerweile war es mir ein Rätsel, wie ich es geschafft hatte, 24/7 produktiv zu sein und dabei noch zu lächeln. Ich sehnte mich so sehr nach der alten Julie, die alles im Griff hatte und eine schier endlose Energie in sich trug. Auf sie hatte ich mich verlassen können, weil sie nie aufgab und seit jenem Tag dafür sorgte, dass ich funktionierte. Jener Tag, der mein ganzes Leben prägte.

Jener Tag, an dem ich zur Mörderin wurde.

Und ich wäre wohl in ein Loch gefallen, hätte ich nicht ihre Hand ergriffen. Julies Hand. Die Julie, die intakt war. Wie eine Fassade hatte ich sie vor mir aufgebaut. All die Jahre war sie vor mir hergegangen, um mich vor der Welt zu beschützen, weil sie wusste, ich war ihr nicht gewachsen. Die Überzeugung, über kleinste Steine zu stolpern und beim Sturz zu zerbrechen, machte sie stärker und standhafter, als ich es je hätte sein können. Und nun war sie weg.

Rückblickend fragte ich mich, wann sie verschwunden war. Wann sie meine Hand losgelassen hatte. Wieso sie das Risiko eingegangen war, dass all die Arbeit zerstört wurde. Seit Monaten existierte nur noch ein graues Abbild ihrer Erscheinung. Allein deswegen hatte ich Fehler begangen und war gefeuert worden. Es war ganz allein ihre Schuld. Es war meine. Diese Last auf mir wurde untragbar und dieses Grau in mir ein blasser Nebel, der mich in eine Sackgasse trieb.

Ich erklomm einen Felsvorsprung, zog mich hoch und blickte hinter mich. Zu sehen war der Pfad, und dort, schon weiter entfernt, die Farm. Seit Monaten war sie das Erste, was den Nebel lichtete. Und nun hatte ich sie gegen mich aufgebracht. Seufzend schob ich den Gedanken fort, stattdessen kehrte ich der Ansicht den Rücken und hielt auf den Waldabschnitt zu, der am Hang des Gebirges lag.

Es roch nach Erde und Holz. Das Laub raschelte unter meinen Schritten. Oscar hatte behauptet, es gebe hier überall solche Views wie die Wiesen bei Sonnenaufgang, die etwas Farbe in meinen Kopf gebracht hatten. Danach sehnte ich mich. Denn es war das eine, Farben zu sehen; und das andere, sie zu fühlen. Dass dieser Ort zu Letzterem fähig war, gab mir etwas, was ich nie gebraucht hatte: Hoffnung. Doch vielleicht war das so ein Trugschluss gewesen wie meine vermeintliche Stärke. Womöglich war Hoffnung das, was mich noch vom Grund retten konnte. Nur worauf sollte ich hoffen? Was würde das schon für einen Unterschied machen?

Ich spürte mich fallen. Völlig verloren. Ohne jegliche Kontrolle.

Ich fiel.

Fiel.

Und fiel.

Wenn Menschen behaupteten, dass man selbst entschied, was einen brach, konnte ich nur müde lächeln. Denn oft kam der Angriff so plötzlich, man hatte nicht mal die Gelegenheit, ein Schild zu heben. Manches brach einen. Ob man wollte oder nicht. Und ich hatte einfach keine Kraft mehr, stark für mich zu sein oder mich zusammenzusetzen. Doch das war der einzige Weg. Stark sein. Unabhängig sein. Keine Hilfe annehmen. Nicht daran denken, was einem wehtat. Ich musste allein wachsen. Das Problem war nur, dass ich unter Grund erstickte. Da war keine Luft, kein Ausweg.

Nur ich. In Stücken.

Worauf also sollte ich hoffen, wenn nicht auf Hilfe?

Oscar

Als Oscar schon damit rechnete, dass sie nicht mehr kam, tauchte Julie wie besprochen abends am Lagerfeuer auf. Mit Jascha. Der seinen Arm um ihre Schulter legte und verkündete: »Seht mal, wen ich in Oscars Wohnzimmer aufgegabelt habe. Meine gute Freundin Julie.«

Sie runzelte die Stirn. »Wir kennen uns zusammengerechnet wenige Stunden.«

Oscar hätte sie küssen können für diese Erwiderung, stattdessen nahm er seinen Freund ins Visier und spürte gleichzeitig Lovis' Aufmerksamkeit auf sich.

»Ich mag dich«, begrüßte Fynn sie auf Englisch, was sie mit einem höflichen Lächeln kommentierte.

Jascha sah unbekümmert grinsend in die Runde, die sich hinter Oscars Haus um die Feuerschale versammelt hatte. »Julie hat mir eine der nettesten Abfuhren jemals gegeben.« Noch nie war er auf so etwas stolz gewesen.

Fynn grinste zufrieden. »Ich mag dich *sehr*.« Dann klopfte er zwischen sie beide.

Oscar nahm ihren zögerlichen Ausdruck sehr wohl wahr, also kämpfte er um eine freundlichere Miene. Erst jetzt bemerkte er, wie angespannt er war. Dass Jascha sich gegenüber von ihnen hinsetzen musste, half offenbar nicht nur Fynn, sondern auch ihm.

»Du hast sie um ein Date gebeten?« Bevor er es verhindern konnte, war die Frage auf Schwedisch raus.

Doch Jascha sprach weiter Deutsch. »Ja, Oscar. Ich wäre blöd, wenn nicht.«

In dem Moment setzte sich Julie neben ihn und ihre Bewegung wehte einen blumigen Duft in seine Richtung, der ihn schaudern ließ.

»Er fragt jede nach einem Date.« Kina schaltete sich ein und bekam dann große Augen, sah zu Julie. »Sorry, so meinte ich das nicht! Es ist nur nicht verwunderlich. Nein, das hört sich auch nicht richtig an.«

»Schon okay«, meinte Julie zwinkernd.

Er starrte ihren lächelnden Mund an. Nur vergaß sein Gehirn offensichtlich, dass alle anderen ihn sahen und er kassierte ein Hüsteln von Lovis, der ihn dreist angrinste, als Oscar ihm einen düsteren Blick zuwarf.

»Ich bin Kina. Die beste Freundin von unserem Charmeur da.« Sie zwinkerte Jascha zu und kuschelte sich dann an Fynns Seite. »Und das ist mein Mann Fynn. Oscars bester Freund.«

Fynn verstand nur teilweise Deutsch. Als er seinen Namen hörte, küsste er Kinas Nase und die beiden schauten sich an wie frisch Verliebte, weshalb Henry seufzte und so die Aufmerksamkeit seiner Eltern auf sich zog.

»Das ist unser Sohn Henry«, stellte Kina ihn vor, doch Henry und Julie lächelten sich wissend an.

»Wir hatten schon die Ehre«, erklärte sein Patenkind und Oscar fragte sich, wann und wo, wandte sich stattdessen erneut an Jascha.

»Wann hast du sie um ein Date gebeten?« Konnte er heute einmal die Klappe halten, statt unbedachte Fragen zu stellen? Plötzlich war nicht mehr nur Lovis der, der ihn interessiert musterte. Selbst Julie sah zu ihm, aber Oscar konzentrierte sich auf Jascha. Dessen schalkhafter Ausdruck konnte nur Böses ahnen lassen.

»Als sie mit Tavi bei mir war.«

»Du lässt echt keine Chance verstreichen«, knurrte er auf Schwedisch. Es war ihm egal, was seine Freunde bemerkten, Julie wollte er es vorenthalten. Was auch immer ihn zu diesen Worten bewegte.

Dieses Mal wechselte auch Jascha in ihre Sprache. Sein wissendes Funkeln blieb. »Eifersüchtig?«

Oscar war selbst überrascht. Ja, verdammt. Ja, er war eifersüchtig und er wollte, dass Jascha sich Julie keinen Zentimeter näherte, denn er wusste nur zu gut, wie schnell sein Freund Frauen austauschte, auch wenn er dabei immer mit offenen Karten spielte.

»Schluss jetzt! Es ist total unhöflich, über sie zu reden, wenn sie es nicht versteht«, tadelte Kina sie beide in einer Sprache, die Julie kannte.

Oscar drehte sich ihr zu und nutzte die Gelegenheit, um zu ihr runterzublicken. Kurz lenkten ihn die Flammen ab, die sich in ihren Augen spiegelten und er fragte sich, ob sie unangenehme Erinnerungen an den Brand bekam. Ihre Reaktion war heftig gewesen.

»Tut mir leid«, meinte er.

Sie hob nur die Schultern. »Alles gut. Bitte macht euch wegen mir keine Umstände.«

Sosehr er es versuchte, er konnte nicht wegsehen. Er musste ihr Gesicht aufsaugen. Ihre Wimpern. Die kurzen Haare. Ihre Nase. Ihre Lippen. Sie war so verdammt wundervoll. Wäre da nicht ihre Vergangenheit mit *Love Brand*.

»Hättest du uns verstanden, hätte Oscar dich zum Erröten gebracht«, drang Jaschas Stimme an seine Ohren.

Sein Kopf fuhr herum. »Was ist dein Auftrag?« Wieder Schwedisch.

Sein Freund kannte ihn gut und provozierte ihn ganz offensichtlich. Mit den Ellenbogen auf den Knien abgestützt, flog sein Blick zwischen ihm und Julie her. »Das ganze Dorf redet über euch zwei. Ich will rausfinden, was dran ist.«

»Du bist grausam«, schaltete sich Fynn ein.

Kina schlug mit der Hand auf ihr Knie. »Leute! Kein Schwedisch.«

Doch Oscar ignorierte sie und verspürte auf einmal den Drang, Jascha ins Feuer zu stoßen. Zumindest in Gedanken. »Nichts ist dran.«

»Was wird geredet?«, erkundigte sich Julie und die züngelnden Flammen waren nicht der Grund für seine heißen Wangen.

»Dass du eine junge Frau aus den Flammen gerettet hast«, schaltete sich überraschenderweise Henry ein, »und sie nun mit dir unter einem Dach lebt. Punkt, Punkt, Punkt. Mit dir und deinem dunklen Geheimnis.« Er wedelte mit den Händen in der Luft rum und setzte eine gespielt schockierte Miene auf. Dann ging er in die Denkerpose. »Was könnte Oscars dunkles Geheimnis sein?«, überlegte er.

»Wie langweilig ist denen eigentlich?«, grummelte Lovis.

»Sein Schuppen.«

Die Stille am Feuer war abrupt. Nur das Knacken des Holzes war zu hören, während sich alle Julie zuwandten, die von jetzt auf gleich mehr Aufmerksamkeit hatte, als ihr offenbar lieb war.

Oscar ballte die Hände zu Fäusten, während Jascha derjenige war, der ihm zu Hilfe kam. Bedeutsam hob er einen Finger. »Erste Regel. Wir reden nicht über den Schuppen.« Dann streckte er einen weiteren aus. »Zweite Regel. Wir reden nicht über den Schuppen.«

Oscar verdrehte die Augen, weil Julie sichtlich unsicher wurde. »Lass dich nicht aufziehen.«

»Ach, würdest du verraten, was du darin versteckst?«

Auf Jaschas rhetorische Frage hin war nun er derjenige, der mehr Aufmerksamkeit hatte, als ihm lieb war. Also schenkte er ihm ein fieses Lächeln. »Nur über deine Leiche.«

»Seid ihr fertig?«, erkundigte sich Kina, die sich offenbar Sorgen um ihrer aller Reputation machte, weil sie zu Julie schielte. »Sie denkt noch, dass sie mit Irren zusammenlebt.«

»Zu spät«, sagte Julie.

Die Antwort kam so trocken über ihre Lippen, Oscar realisierte verzögert, dass es von Julie kam. Jascha lachte, während Kina den Mund verzog. Er konnte nicht anders, als sie zu mustern und dieses Mal gab sie seinem Blick nach – und erstarrte. Ihre Augen waren überrascht auf seinen Mund fixiert. Jetzt erst bemerkte er, dass er sie anlächelte, darüber lächelte, eine humorvolle Seite an ihr zu entdecken, die er nicht kannte. Wobei, was kannte er überhaupt von ihr? Außer den Sorgen, die in ihr lauerten. Auch jetzt nahm er sie wahr, denn obgleich ihre Mundwinkel zuckten und ihre Züge losgelöster schienen, während sie sich ansahen, konnte sie die matte Trauer in ihren Augen nicht verbergen. Sie war da gewesen, bevor sie heute ihre Wanderung gestartet hatte, und entgegen der Hoffnung, sie würde leichter heimkehren, wog sie nun schwerer.

Als ihr Blickkontakt länger hielt als angemessen, wandte er sich dem Feuer zu, verstrickte sich in Unterhaltungen und nippte an seinem Bier. Dabei wollte er sich zu ihr drehen, wollte mit ihr reden, und ja, er wollte von ihren Lippen kosten. Die letzte Woche hatte er sie bestraft. Vermutlich wäre es ihm nicht so schnell aufgefallen, hätte Lovis nicht deswegen einen Streit mit ihm angezettelt, aus dem er als Verlierer rausging. Denn sosehr er sich dagegen sträubte, der alte Mann war im Recht. Oscar bestrafte Julie dafür, *Love Brand* unterstützt zu haben, dabei kannte er sie nicht. Gerade er, der sich vor zu schnellen Schlussfolgerungen hütete, urteilte über diese Frau.

Obgleich seiner strengen Prinzipien wusste er besser als manch anderer, dass man sich änderte; dass man Fehler machte. In seiner Organisation arbeiteten mehrere Ehemalige von zwielichtigen Konzernen, die es mit Menschen- und Umweltrechten nicht allzu ernst nahmen. Er hatte ihnen eine Chance gegeben, weil er damals ebenso darauf zu hoffen gewagt hatte. Wieso also reagierte er bei Julie so extrem? Wieso zwang er sich dazu, Begegnungen mit ihr zu vermeiden, obwohl er sich tief in seinem Herzen danach sehnte?

Hier und jetzt, mit ihr an seiner Seite fühlte sich die Situation viel richtiger an, als wenn er sie wie eine Aussätzige behandelte. Was also verunsicherte ihn so sehr?

»Wie war dein Ausflug?«, traute er sich endlich zu fragen und eröffnete damit ein Gespräch nur zwischen ihnen beiden.

Julie schien so überrascht darüber, sie brauchte eine Sekunde, um zu antworten. »Schön.«

Eine Lüge. »Wieso nicht fabelhaft?«, versuchte er ihr die Wahrheit zu entlocken und nahm wahr, wie ihre Schultern herabfielen, ihre wackere Miene einer wich, die von Müdigkeit erzählte. Kaum merklich drehte sie sich ihm weiter zu, als hätte sie Angst, dass es neben ihm noch jemand anderes mitbekam.

»Ich habe viel nachgedacht. Über Dinge, die ich in der Vergangenheit getan habe.« Mit gesenktem Kopf fixierte sie ihre Hände im Schoß.

»Das ist doch gut, oder? Nachdenken reinigt die Seele.« Es war ein schwacher Versuch, sie aufzumuntern, besonders, weil es nicht ansatzweise funktionierte. Nein, eher erschien sie traurig. Trauriger.

»Oder öffnet Räume, die geschlossen bleiben sollten.« Sie sah nicht auf, als sie die folgenden Worte sagte. »Wie dein Schuppen.«

Das brachte Oscar zum Schweigen. Offenbar war er nicht der Einzige, der tiefer blickte. Vielleicht erkannte sie seine Schatten wie er ihre, weil sie einander verstanden, ohne einander wirklich zu kennen.

Sosehr ihre Worte ins Schwarze trafen, so mutig wollte er für sie sein. Also straffte er die Schultern, sein Knie streifte ihres, weshalb sie endlich wieder zu ihm hochsah. Mit diesen großen, wundervollen, traurigen Augen.

»Ich hab meinen Raum geöffnet, als ich am tiefsten Punkt meines Lebens war«, verriet er ihr leise. »Jeden Tag komme ich wieder raus, mit erhobenem Kopf. Ja, manchmal ist es schwer, ein Herz zu tragen. Mir diesen Raum zu schaffen, ihn zu öffnen … das hat viel mit mir gemacht.« Er schenkte ihr ein ermutigendes Lächeln, weil er das Gefühl hatte, sie ewig nicht mehr angelächelt zu haben und etwas nachholen zu müssen. Als hätte er es für sie gehütet und konnte es nun freilassen. »Vielleicht brauchst du auch einen Raum.«

Sie hob die Augenbrauen. »Einen Schuppen?«

Er musste grinsen. »Nicht unbedingt. Es reicht schon, wenn du dir hier einen schaffst.« Er tippte gegen ihre Schläfe. »Und hier.« Er tippte gegen seine Brust, und auch wenn er ihr Herz meinte, fühlte es sich genau so an, wie es sein sollte.

Julies Blick schweifte ab und sie hob die Finger zu ihrem Brustkorb. »Und dann?«

»Dann triffst du diejenigen, die wissen, was zu tun ist. Deine guten Stimmen.«

Er konnte seinen Punkt nicht weiter ausführen, denn in dem Augenblick störte Jascha sie mit Fragen zu Hamburg. Und auch wenn es ihn interessierte, wie Julies Leben dort aussah, riss die Verbindung, die sich gerade zwischen ihnen aufgebaut hatte, abrupt ab. Statt Jascha ins Feuer zu werfen, hörte er ihr zu. In ihm tat sich mehr, als es das sollte, weil er mitbekam, wie gut sich Julie mit seinen Freunden verstand. Besonders Kina hatte einen Narren an ihr gefressen. Und Henry. Sie redeten und lachten so ausgelassen wie lange nicht mehr. Die Hoffnung, dass Julie das guttat, war immens, und tatsächlich, jedes Mal, wenn er sie aus den Augenwinkeln beobachtete, war da ein Anflug von Heiterkeit in ihrem Gesicht.

Nach zwei Stunden gingen die Ersten, bis schließlich nur sie beide übrig blieben. Einige Minuten starrten sie nur schweigend in die glühenden Holzscheite, während sich über ihnen ein prächtiger Sternenhimmel von seiner besten Seite zeigte.

Dann erklang ihre Stimme. Zögernd. »Du hast gefragt, wieso es nicht fabelhaft war.« Sie schluckte. »Ich hasse es. Meine Nutzlosigkeit.«

»Das bist du nicht. Nutzlos. Du warst keine paar Tage hier und hast ständig deine Hilfe angeboten, statt dich zurückzulehnen. Und selbst wenn du es nicht getan hättest, wäre das kein Indiz dafür, dass du keinen Nutzen hast, Julie.«

»Ich hasse es trotzdem.« Dann schaute sie neugierig zu ihm. »Was hasst du?«

»Lügen«, erwiderte er schlicht und starrte in das kleiner werdende Feuer. »Was liebst du?«, war es an ihm zu fragen. Er wollte dieses Gespräch positiver gestalten.

Als sie nichts erwiderte, schweifte sein Blick zurück zu ihr. Ihre Brauen waren auf diese Julie-Art zusammengezogen. Nie hatte er eine Person mit ausdrucksvolleren Augenbrauen getroffen und wäre ihr Zögern nicht zu besorgniserregend, würde er lächeln. Er erwartete eine Antwort wie »Arbeit« oder »Ordnung«. Umso mehr überraschte sie ihn.

»Meinen Bruder. Ich liebe ihn sehr.«

»Ihr steht euch also nahe«, schloss er, denn das ging nicht immer Hand in Hand.

Endlich leuchtete etwas in ihrem Gesicht auf. »Ziemlich. An manchen Tagen hab ich ein schlechtes Gewissen, ihn in Hamburg zurückgelassen zu haben. Dabei hat er mich förmlich gezwungen herzukommen.« Sie schmunzelte, als erinnerte sie sich an etwas. »Hast du Geschwister?«, erkundigte sie sich.

Obwohl er mit der Frage gerechnet hatte, hinterließ sie einen bitteren Beigeschmack. »Eine jüngere Schwester.«

Sie gab sich mit der knappen Antwort nicht zufrieden. »Und steht ihr euch nahe?«

Er stützte die Arme auf die Knie und verschränkte die Finger. »Standen wir. Wir haben uns nicht mehr gesehen, seit ich England verlassen habe. Es ist kompliziert.«

Sie presste mitfühlend die Lippen aufeinander. »Familie.«

Das entlockte ihm ein humorloses Lachen. »Familie.«

Kurz hüllte die Nacht sie in Schweigen, bevor sie die Gegenfrage stellte. »Was liebst du, Oscar?«

Da musste er nicht lang überlegen. »Diese Farm und mein Leben mit ihr.«

Sie erwiderte sein Lächeln und legte das Kinn auf die angezogenen Knie, begutachtete die Glut zu ihren Füßen. »Das wünsche ich mir auch.«

Er wollte nicht fragen, weil es ihm viel zu privat erschien, nur ließ ihn das Gefühl nicht los, dass sie gefragt werden wollte. »Hast du das noch nie? Dein Leben geliebt?«

»Gelegentlich. Viele Momente. Aber seit einiger Zeit … nicht wirklich«, meinte sie schulterzuckend.

Er sah eine nahende Ausfahrt und trotz der halsbrecherischen Biegung nahm er sie. »Und seit du gekündigt hast?«

Sie wich seinem Blick aus, spannte sich wie zu erwarten an. »Schwer zu sagen. Ich vermisse meine Struktur. Ein Ziel. Ich fühl mich ein wenig verloren, aber manchmal, da glaube ich, dass ich neu starten kann. Mit mehr Bedacht. Einfacher. Im Sinne von leichter.«

»Das klingt fabelhaft«, nutzte er ihre Formulierung.

Daraufhin schenkte sie ihm ein Lächeln, das ihn mitten ins Herz traf. Es war voller Ehrlichkeit und er musste dem Impuls widerstehen, sie zu fragen, ob sie mit ihm ausging.

Mit mehr Bedacht, nahm er sich ein Beispiel an ihr und öffnete den Mund, zögerte nur einen Wimpernschlag. »Komm nächste Woche mit zu den Bienen«, schlug er vor.

Mit einem Mal hob sie den Kopf und starrte ihn an. »Darf ich?«

Und als er nur nickte, ließ sie die Füße zu Boden fallen und fuhr fort.

»Ich dachte nur … wegen allem, dass du das nicht willst. Ich würde mir wahrscheinlich auch misstrauen, wenn ich an deiner Stelle wäre.«

»Ich will dir nicht misstrauen«, hielt er sie entschieden auf. »Ich war ein Arsch, und das möchte ich wiedergutmachen.«

»Wenn das deine Arschloch-Seite ist, dann bin ich beruhigt«, erwiderte sie gedankenverloren, als überlegte sie, ob sie nicht träumte. Er erinnerte sich nicht daran, sie je so ernst erlebt zu haben. »Glaubst du, dass man selbst entscheidet, was einen bricht?«

Damit hatte er nicht gerechnet und runzelte belustigt die Stirn. »Wir haben ja vielleicht einen Deep Talk.«

»Liegt an der Nacht und dem Feuer.« Sie zuckte mit den Schultern und forderte still eine Antwort.

»Wieso fragst du?«

Verdrossen seufzte sie, weil er ihr Gegenfragen stellte, gab jedoch nach. »Alle tun immer so, als wäre das einfach. Glücklich zu sein oder beeinflussen zu können, wie es einem geht.«

Diese Nacht würde ihn Julie sehr viel besser verstehen lassen und bestätigte ihn nur darin, was er von Anfang an in ihren Augen gesehen hatte. »Du hast recht. Einfach ist es nicht. Aber wir haben die Wahl, was wir daraus machen. Es waren die kleinen Dinge, die mir wieder ein Lächeln schenkten. Manchmal liegt das Glück darin. Im Kleinen.

Und vielleicht tun sich manche deshalb so schwer, es zu finden. Weil sie nicht richtig suchen.«

Sie erwiderte sein trauriges Lächeln und versteckte die Zweifel nicht, die gut erkennbar in ihren Zügen standen. »Wo hast du gesucht?«

»Zwischen Bienen.« Seine Mundwinkel hoben sich bei dem Gedanken an sie. »Du?«

Julie sah ihn noch ein paar Sekunden an, bevor sie den Kopf in den Nacken legte. Ihr Profil leuchtete in dem kleinen Schein der Feuerschale so sehr wie die Sterne über ihnen. »Am Himmel.«

»Das ist ein guter Ort zum Suchen.«

»Ja?«, erkundigte sie sich, ohne den Blick zu senken, dafür folgte er ihrem.

Abermillionen Glühwürmchen tanzten über ihnen, so viele, dass er es kaum realisieren konnte. »Ich glaube, am Himmel findet man viel über sich selbst.«

»So widersprüchlich es ist, er bringt einen auf den Boden zurück. Er ist wie eine Konstante, die nicht ständig in Bewegung ist, während alles um mich herum Marathon läuft. Man ist so klein. Fast schon unbedeutend. Auf der anderen Seite gibt er mir den Mut, auch so grenzenlos zu sein.«

Die Sterne funkelten in dem mitternachtsblauen Meer über ihnen und verstohlen beobachtete er sie von der Seite. Plötzlich realisierte er, wieso er sie damals nicht bemerkt hatte. Vor zwei Jahren nach den Aufnahmen in Deutschland. Sie war blass gewesen. Er hatte keinem Menschen entgegengeblickt, sondern einer leeren Hülle. Er hatte sie wahrgenommen, dennoch nicht richtig gesehen.

Und es tat ihm leid. Weil sie mehr verdiente.

Als sie in seinem Hofladen gelegen hatte, mit Honig im Haar, da hatte es ihn getroffen wie eine Farbexplosion. Er konnte einfach nicht. Er konnte nicht zulassen, wie sie verblasste. Was war, wenn sie nicht ahnte, wer sie sein könnte? Sie würde zurückgehen und glauben, sich gefunden zu haben, dabei schlummerte so viel mehr in ihr, als es *Love Brand* jemals hatte herauskitzeln können.

»Wieso hast du gekündigt?«

Sobald seine Frage zwischen ihnen stand, wurde ihm sein Fehler bewusst, denn sie zog sich hinter eine dicke Mauer zurück und ihre

Augen verloren jeden Glanz. »Weil ich nicht mehr konnte. Es ging nicht mehr.«

»Mir ist es ein Rätsel, dass du es überhaupt so lange da ausgehalten hast.« Verdammt. Das war vorwurfsvoller rübergekommen als beabsichtigt. Die Spitze traf ihr Ziel und weckte etwas Raues in Julie.

»Ich habe hart dafür gearbeitet. Das schmeißt man nicht einfach weg«, machte sie klar und er stellte fest, dass sie sich noch nie verteidigt hatte, was das Thema anging.

»Man kann auch für andere Dinge hart arbeiten.« Er sollte wirklich den Mund halten.

Etwas Trotziges trat in ihre braunen Augen, und obwohl ihm das gefiel, er wollte keinen Streit vom Zaun brechen, wo sie gerade Frieden schlossen.

Der Zug war wohl abgefahren, denn Julies Ton war hart.

»Tut mir leid, dass wir nicht alle so perfekt sind wie du. *Love Brand* war mein Traum.«

»Dein Traum? Wem willst du das weismachen?«, stieß er hervor und verstand nicht, was daran ihn so maßlos aufregte. Vielleicht, weil die Tatsache, dass sie ihn anlog, nur halb so schlimm war wie die, dass sie sich anlog. »Es ist zu offensichtlich, um es zu verleugnen.«

Ihre Hände ballten sich zu Fäusten. »Was?«

»Dass diese Arbeit ein Albtraum für dich war. Nichts weiter.«

Er wusste, was sie dachte: Er trat alles, was sie sich hart erarbeitet hatte, mit Füßen. Aber sie war aus einem Grund gegangen. Ohne wirklich loszulassen.

Im nächsten Moment sprang sie auf. »Gute Nacht.«

»Julie …«, begann er, wusste jedoch nichts zu sagen, kam auch nicht dazu, denn sie wirbelte mit Feuer in den Augen zu ihm herum.

»Wenn du mich bleiben lässt, um mir täglich zu zeigen, wie sehr ich es verdient habe, missachtet zu werden, kann ich herzlich auf deine Gastfreundschaft verzichten!«

Mit den Worten zog sie von dannen.

Seufzend fuhr er sich mit den Händen durch die Haare. »Verdammt.«

Das war alles ganz falsch rübergekommen, doch Ausgesprochenes war schwer zurückzuholen. Wie Schläge, die trafen und blaue Flecken hinterließen. Ihm wurde flau bei dem Gedanken. Eine Weile blieb er sitzen, um nachzudenken und um Julie genug Zeit zu geben, sich in Ruhe fertig zu machen, ohne ihm zu begegnen. Dann löschte er das Feuer und prüfte auf dem Weg die Tierställe, ehe er in sein Haus trat. Sein Weg führte ihn in die Küche, wo er Stift und Zettel zur Hand nahm, um die Worte zu Papier zu bringen, die er sich im Kopf zurechtgelegt hatte.

Guten Morgen, Julie.
Es tut mir leid.
Bitte gib mir die Chance, es wiedergutzumachen.
Ich wollte dir kein schlechtes Gefühl geben,
manchmal bin ich stur wie Lilibet.
Um 9.30 Uhr kommen die anderen zum Frühstück
und ich würde mich freuen, wenn du dazukommst.
Ehrlich.

PS: Lass uns über deine Schwedischstunden sprechen.
PPS: Es tut mir wirklich leid.

Der nicht perfekte Oscar

Honigbienen leben in einer Demokratie.
Entscheidungen werden kollektiv
und gleichberechtigt getroffen.

O.M.

Kapitel 12

Die Irren, die meine Familie sind

Julie

Oh, wie schön, dich wiederzusehen!« Kina fiel mir um den Hals und ich erwiderte es, nachdem ich mich aus der Überraschungsstarre gelöst hatte.

»Was willst du trinken?« Sie huschte zum Tisch und wartete auf Anweisungen.

»Kaffee bitte.«

Dank Oscars Zettel vor meiner Tür hatte mich das volle Haus nicht überrascht. Kinderlachen und Jaschas Stimme hatten mich bereits oben an der Treppe begrüßt. Ich musterte Kina. Ob sie wusste, was zwischen Oscar und mir vorgefallen war? Sie war bemüht freundlich. Oder womöglich war sie einfach nur freundlich.

»Die Jungs laufen hier irgendwo im Haus rum. Ist ja auch zu viel erwartet, das zu machen, worum ich bitte.« Sie hob die Stimme und schaute an mir vorbei. »Und zwar, dass sich alle an den Tisch setzen!«

Ihre Miene wurde weicher, als sie wieder zu mir sah.

»Deswegen hab ich auch den da geheiratet.« Sie schielte über ihre Schulter zu Fynn, der ihre Miene beobachtete und sie auf eine Weise anlächelte, die mich fast auch erröten ließ. Kinas Wangen waren jedenfalls rosig und sie strich sich eine blonde Haarsträhne hinters Ohr.

Ich überlegte, wie schön es sein musste, sich nach all den Jahren noch so anzusehen. Voller Hingabe.

Ein Räuspern erklang vom Tischende und wir wandten uns dem Geräusch zu. Lovis hatte ich noch gar nicht bemerkt.

»Ich bin auch da. Mich hast du nicht geheiratet.«

Sie zwinkerte ihm zu. »Du warst vor uns ja auch ein weißer, intoleranter alter Mann.«

Er tippte an seinen Panamahut. »Reizend wie immer, Lindgren.«

»Lindgren?«

»Ja. Lindgren, wie Astrid Lindgren.«

»Wieso wiederholt ihr unseren Namen?«, erkundigte sich Fynn auf Englisch und Kina half ihm schnell weiter. Sie lachte über seine Antwort. Sobald sie meine fragende Miene registrierte, verdrehte sie nur die Augen. »Ach. Er sagt, das sei sein Ticket zu meinem Herzen. Ich war immer ein Astrid-Fan. Und hatte einen wirklich scheiß Nachnamen.«

»Wie lange seid ihr schon zusammen?«, fragte ich.

»Fünfzehn Jahre. Seit acht Jahren verheiratet.«

Dann mussten sie seit ihrer frühen Jugend zusammen sein. »Wow.«

»Ich weiß. Eine wahre Horrorgeschichte.« Ihr Ton erzählte etwas anderes.

Fynn ging hinter ihr lang, schenkte mir ein Lächeln und beugte sich kurz über die Schulter seiner Frau, die ihm einen Kuss auf die Wange setzte, ehe sie sich mir zuwandte. »Könntest du noch Müsli aus der Vorratskammer holen?«

»Na klar.« Froh darüber, mich behilflich machen zu können, trat ich aus der Küche auf den Flur und ging den Gang an der Treppe vorbei, der nach hinten ins Haus führte.

Die Tür zum Haushaltsraum öffnete sich und Oscar erschien im Rahmen. Sobald wir uns entdeckten, hielten wir in unseren Bewegungen inne, unsicher, wie die Situation verlaufen würde.

Oscars Blick tastete über mein Gesicht. Suchend. Er trug eine dunkle Jogginghose und ein grau kariertes Holzfällerhemd, das er – wie sollte es anders sein – natürlich nicht zugeknöpft hatte. Während ich ihn betrachtete, versuchte ich mich zu erinnern, ob ich vorgehabt hatte, noch sauer auf ihn zu sein. Ich glaubte nicht.

»Guten Morgen«, ergriff er das Wort und seine Schultern hoben sich unter einem tiefen Atemzug.

Er machte sich wirklich Gedanken, das sah ich ihm an. Und aus Dutzend weiteren Gründen lächelte ich ihn an. »Guten Morgen.«

Kaum hatte ich gesprochen, stieß er Luft durch die Nase und machte einen Schritt vor. Plötzlich packte er meine Hand und zog mich in den schmalen Flur zur Abstellkammer hinter der Treppe. Mein Rücken stieß gegen die Wand und Oscars Körper türmte sich vor mir auf. Der Geruch von Waschmittel und Wiese stieg in meine Nase. Und überall war seine blöde schöne Haut.

»Du bist halb nackt«, entfuhr es mir, und ich dachte, auf der Stelle im Erdboden versinken zu müssen.

Manche Dinge spricht man nicht aus, Julie Hassel.

»Oh …« Er blickte an sich herunter, als würde es ihm jetzt auch auffallen. Er griff an die Knopfleiste und strich über den Stoff. Konnte man eifersüchtig auf Kleidung sein? »Tavi hat mich angekotzt.«

Fabelhaft, das half, um runterzukommen. Ich hob den Kopf; musste ich sogar, um ihm in die Augen zu sehen, weil er wenige Zentimeter vor mir stand. Keiner von uns beiden hatte wohl beabsichtigt, dass wir uns plötzlich so nah kamen, doch hier waren wir.

Ich spürte seine Hitze auf meiner Haut. Der naive Gedanke, dass er sich meine auf seiner wünschte, wurde von mir im Keim erstickt. Kinas lautes Lachen drang zu uns. Gefolgt von einem Brummen, das nur von Lovis stammen konnte. Wir waren nicht allein in diesem Haus, doch plötzlich fühlte es sich so an.

»Bevor wir den Irren, die meine Familie sind, in meiner Küche Gesellschaft leisten, wollte ich nur mal zehn Sekunden für uns«, füllte Oscar die Stille und ich öffnete den Mund, um mehr Sauerstoff zu bekommen.

Er räusperte sich. »Ich meine … um mich zu entschuldigen. Also … ich hab mich ja schon entschuldigt, nur in Schriftform, und es war wirklich scheiße von mir, so was zu sagen.« Erneut holte er tief Luft und schaute zu Boden, dann wieder zu meinen Augen.

»Sowieso … es war nicht richtig, wie ich mich nach der Sache mit dem Laptop verhalten habe. Ich habe dich verurteilt und war paranoid. Ich hatte Angst, dass du zum Spionieren geschickt wurdest und habe mich verrückt gemacht. Das war nicht okay. Aber ich will, dass es zwischen uns okay ist.«

Das Wort Spionieren war ein Schlag in den Magen, doch es war sein Gefühlsausbruch, der mich überrannte. »Ehrlich?«

»Ehrlich.« Seine Mundwinkel hoben sich und das Braungrün seiner Augen war ganz warm. So warm, ich hätte mich am liebsten hineingestürzt. Stattdessen konzentrierte ich mich auf seine Worte. »Ich würde gern jeden Morgen mit dir frühstücken und das Haus nicht meiden müssen, um mich davon abzuhalten, mit dir zu reden.«

»Du musst dich davon abhalten?« Passierte das hier gerade wirklich? Träumte ich? Dann wollte ich nicht aufwachen.

»Ja.« Ein Wort, doch er sprach es mit einer solchen Intensität aus, dass mir kurz die Sprache wegblieb. Es war untermalt mit … Sehnsucht? Das war das, was ich mir einbildete. Zu gern hätte ich erfahren, was er wirklich fühlte.

Ich leckte mir über die Lippen. »Das würde mich freuen. Mir tut es auch leid. Ein bisschen wollte ich dich wohl missverstehen und die Wahrheit tut manchmal weh«, gestand ich mir laut ein. *Und du bist zum Spionieren hergeschickt worden*, zischte eine Stimme in mir.

Er hob die Hand, wofür kaum Platz war, und seine Fingerspitzen streiften mein Shirt. »Frieden?«

»Frieden.« Ich hob meine eigene.

Sobald sich unsere Finger ineinanderschoben, wusste ich, dass ich ihn nie wieder loslassen wollte. Nie. Wieder. Unsere Blicke fanden sich und die Spannung zwischen uns schien sich durch den Hautkontakt nur weiter aufzuladen. Es hing die Gewissheit in der Luft, dass ein Moment folgte, in dem etwas passierte, was nicht so schnell zu vergessen war. Denn Oscar ließ mich nicht los, weder mit seiner Hand noch mit seinen Augen. Und dann strich er für eine herrliche Sekunde mit dem Daumen über meine Haut.

Nur die plötzliche Präsenz einer dritten Person riss mich aus meiner Trance.

»Na, ihr Süßen? Muss ich euch das noch mal mit den Bienchen und Blümchen erklären?«

Jascha grinste uns breit an und wies dann zwischen uns. »Nur Händchen halten bringt da nichts.«

Wir lösten uns voneinander, als wären wir bei etwas Unanständigem erwischt worden, dabei fiel mir sehr viel Unanständigeres ein, was ich mir von Oscar wünschte.

Meine Handfläche kribbelte und ich sortierte meine Gedanken, während er schon die Sprache wiederfand. Es war erstaunlich, wie vernichtend er Jascha ansehen konnte, obwohl gerade nichts als Zärtlichkeit in seinem Gesicht gestanden hatte.

»Du hast die lästige Angewohnheit, in den unpassendsten Momenten aufzutauchen, Jascha.«

Der wackelte mit den Brauen. »Das liegt wohl im Auge des Betrachters. Außerdem dachte ich, dass sei Lovis' Spezialität.«

»Oscar!« Henrys Stimme gellte durch das ganze Haus. »Hilfe!«

Es klang nicht nach einem dringlichen Hilfeschrei, doch Oscar konnte wohl nicht anders. »Ich komme«, rief er, schenkte mir ein Lächeln und strafte seinen Freund mit einem Entzug selbigen.

Somit blieben Jascha und ich allein zurück, der gemächlich an der Wand lehnte und mich mit einem Funkeln angrinste. Als würde er etwas wissen, was mir vorenthalten blieb.

»Soweit ich weiß, solltest du Müsli holen. Das wurde dann mir aufgetragen.«

»Wir haben wohl beide nicht das gemacht, was erwünscht war.« Mit einem Schmunzeln drehte ich mich um und schloss die Kammer auf, in der ich nach der Packung suchte und Jaschas Blick gekonnt ignorierte.

»Hast du dein Näschen schon in seinen Schuppen gesteckt?«

Ich hielt Sekunden inne. »Wie bitte?«

»Ob er dir seinen Schuppen gezeigt hat?«, erkundigte er sich locker.

»Ich weiß nicht, wie eigenartig ich diese Unterhaltung finden soll.«

Jascha verdrehte die Augen. »Wenn ich von Schuppen spreche, spreche ich von Schuppen.«

Ich drückte das gefundene Müsli an mich und musterte ihn. »Nein, hat er nicht. Lovis hat gesagt, ich soll nicht danach fragen und auch nicht schnüffeln.«

»Schnüffeln?« Mit einem Funkeln in den dunklen Augen fuhr er sich mit einer Hand durch das rabenschwarze Haar. »Nennen wir es doch ergründen.«

»Willst du mich etwa anstiften?«, meinte ich belustigt und auch etwas misstrauisch.

Er musterte mich und das erste Mal sah ich eine Spur von Ernsthaftigkeit in seinen ebenmäßigen Zügen. Doch er zwinkerte nur. »Nein. Hör auf Lovis.« Der Unterton sprach vom Gegenteil und pfeifend verzog er sich in die Küche.

Nachdem ich schnaufend die Luft ausgestoßen hatte, folgte ich ihm. Was war in diesem verdammten Schuppen?

Das angerichtete Frühstück – was, wie Henry mir erklärte, auf Schwedisch *Frukost* hieß – sah herrlich aus und ich fragte mich, ob Fynn und Kina einen gemeinsame Lifestyle-Account pflegten. Akkurat war gar kein Ausdruck für ihr Werk.

Es gab allerlei. Von Brot bis Haferbrei und Filmjölk – Sauermilch. Eier. Pfannkuchen. Marmelade, Apfelmus und natürlich Honig. Tee, O-Saft und Kaffee. Alles war extra in Schüsselchen, Tellern und Karaffen drapiert. Sie hatten sogar meine Allergie berücksichtigt. Mit seiner kleinen Schwester Andri hatte Henry Blumen gepflückt, die die Mitte des Tisches zierten.

»Es gibt eine neue Regel: Wenn Julie anwesend ist, wird Deutsch gesprochen«, verkündete Oscar, während er sich setzte.

Schnell schaltete ich mich ein. »Nur bis ich Schwedisch gelernt habe!«

Fynn murmelte etwas in seiner Muttersprache und schien absolut nicht begeistert, fast schon verlegen zu sein.

Kina griff nach seiner Hand. »Mein Schatz, es hört sich so niedlich an.«

»Und ein bisschen lächerlich«, mischte sich Jascha grinsend ein und kaute genüsslich, doch seine beste Freundin versetzte ihn mit einem Blick in Habachtstellung.

»Englisch ist doch vollkommen okay, Fynn«, meinte ich.

Andri war drei und saß zu unser beider Nachteil zwischen mir und Kina. Sicherlich hätte jemand anderes mehr Freude gehabt, ihr dabei zuzusehen, wie sie versuchte zu essen und ihre Geräusche als niedlich eingestuft. Ich tat mich schwer mit kleinen Kindern. Ich mochte Kinder – manche, aber ihre Hilflosigkeit löste ein unangenehmes Gefühl in mir aus.

Jascha schnitt lustige Grimassen für sein Patenkind. Wenn er mir nicht gerade vielsagende Blicke schenkte, sobald er mitbekam, wie Oscar und ich uns immer wieder ansahen.

Es war eine Herausforderung, meine Augen zu kontrollieren, da Besagter mir gegenübersaß. Ab und an stießen unsere Füße aneinander und seit dem letzten Mal hatten wir uns irgendwie beide nicht die Mühe gemacht, sie zurückzuziehen oder uns ein entschuldigendes Lächeln zu schenken.

Ich mochte Füße nicht einmal. Und hier saß ich, mit wachsigen Eiern, saftigen Pfannkuchen und süßem Brot auf dem Teller, und mein Sein war auf den Punkt konzentriert, wo Oscars Knöchel an meinem lag.

Das war Irrsinn. Ich konnte diesem Mann doch nicht nach ein paar warmen Lächeln, Worten und tiefgehenden Gesprächen verfallen. Wohl oder übel musste ich mich daran erinnern, dass ich Oscar Morrison seit Jahren im Auge hatte. Zwar nur beruflich, die Faszination war dennoch immer da gewesen. Innerlich schüttelte ich den Kopf und lächelte schwach, als Andri mir ihr angesabbertes Brot auf den Teller legte. Kina schnappte es sich und reichte mir im Gegenzug die Kaffeekanne.

»Du verstehst meinen Kaffeedurst.«

»In Schweden wird bis nachts Kaffee getrunken«, warf Lovis ein, als täte man gut daran, diese goldene Regel einzuhalten.

Mir war schon aufgefallen, wie viel stärker das Getränk hier gekocht wurde. »Ein Grund mehr zu bleiben«, scherzte ich.

»Oh, das würde uns alle freuen«, mischte sich Jascha ein, und wieder musterte ich dieses schiefe Lächeln, mit dem er seine Geheimnisse kaschierte.

»Matilda«, wandte sich Kina an ihre Tochter und wollte sie offenbar auf Schwedisch zum Essen motivieren.

»Ich dachte, sie heißt Andri«, wandte ich mich an Henry, der nickte, während er sich Haferbrei reinschaufelte.

»Tut sie«, meinte er kauend, weshalb Lovis ihm einen Seitenblick schenkte, was den Jungen nicht kümmerte. »Sie heißt Matilda Andri Lindgren. Ich durfte den Zweitnamen auswählen.«

Das brachte mich zum Lächeln. »Sehr niedlich.«

»Haben deine Eltern dir einen Zweitnamen gegeben?«, wollte er wissen.

Ich ignorierte das beengende Gefühl in meiner Brust. »Nein. Und deine?«

Henrys Wangen färbten sich rosig. »Ich heiße Henry Thore Pellegrino Lindgren.«

»Wow.«

»Ja, ich weiß.« Er nahm einen Schluck von seinem Tee. »Mein Großvater hieß Pellegrino. Er war Italiener.«

»Oh, wer von euch hat denn italienische Wurzeln?«, fragte ich in die Runde.

Henry antwortete sofort. »Keiner. Ich bin adoptiert. Meine biologischen Eltern sind tot. Mein Großvater hatte mich aufgenommen, aber er verstarb ebenfalls, also kam ich ins Heim. Und dann zu einer Pflegefamilie. Und dann fand ich *meine* Familie.«

Ich hatte keine Ahnung, was ich sagen sollte. Kina und Fynn schenkten ihrem Sohn ein liebevolles Lächeln, das der ebenso erwiderte, ehe er in meine Richtung das Kinn reckte. »Manche lachen deswegen. Ich bin stolz auf den Namen.«

»Das kannst du auch sein«, erwiderte ich und seine Augen leuchteten auf.

Henry lud mir einen kleinen Pfannkuchen auf den Teller, während er fragte: »Was ist mit deinen Eltern? Wohnen sie in Hamburg?«

Ich antwortete ganz nüchtern. »Nein. Sie sind gestorben.«

Wegen mir.

Am Tisch herrschte Stille.

»Tut mir leid«, kam es von Oscar und ich schluckte den Kloß hinunter, konnte ihm nicht in die Augen sehen, weil sie die Eigenart hatten, mir mein Inneres zu entlocken. Und mein Inneres weinte.

Ich griff die Gabel und teilte mir ein Stück vom Pfannkuchen ab. »Es ist, wie es ist. Trotzdem danke.«

Sein Blick blieb auf mir liegen, das fühlte ich, aber ich ging nicht darauf ein, in der Hoffnung, dass jemand das Gespräch übernahm.

»Lovis. Wie ist denn dein ganzer Name?«, tönte Jascha mit einem gehässigen Unterton über den Tisch und zuckte zusammen, weil Kina ihm gegen das Schienbein trat. Er warf ihr einen empörten Blick zu, doch sein Mund formte sich zu einem sanften Lächeln, je länger sie sich duellierten.

»Klappe.«

»Erzähl doch, Lovis!«, jubelte Henry.

»Ja, Lovis«, mischte sich Oscar ein, und nun sah ich doch hoch, um einem schalkhaften Schmunzeln zu begegnen, während er den Mann auffordernd ansah. »Erzähl doch mal«, wiederholte er sein Patenkind und hob seinen Tee zu den Lippen. Bevor er einen Schluck nahm, zwinkerte er mir über den Rand hinweg zu und ich wünschte, ich wäre diese Tasse. Das war unverschämt. Meine Gedanken und die Tatsache, dass er sie auslöste. Ich wünschte auch, Kina würde mich unterm Tisch treten, damit diese Allüren stoppten.

»Ja, Lovis«, stieg ich mit ein und Lovis' Brauen hoben sich, als er meine volle Aufmerksamkeit erhielt. »Erzähl doch mal.« Erwartungsvoll schob ich mir die beladene Gabel in den Mund und kaute gemächlich, während er mich betrachtete, als hätte ich ihn gerade verraten. Ich lächelte ihn engelsgleich an.

Ein tiefes Seufzen brach über seine Lippen. »Lovis Stolt.«

Ich hatte mir mehr erhofft, wobei Henrys Name schwer zu toppen war. »Wie die Stadt.«

»Wie die Stadt.« Er nickte. »Darauf wollen die Rotzblagen hinaus. Ich bin ein direkter Nachkomme von Stolt.«

Das klang nicht nach etwas, worauf er sonderlich stolz war, doch weckte meine Begeisterung.

»Dem deutschen pfauenliebenden Fürst Stolt?«

Er nickte leidig. »Richtig.«

Mir wurde einiges klar. »Ach, deswegen liebt Brutus dich so.«

Oscars Lachen klang durch den Raum und trieb mein eigenes Lächeln an. Viel weniger, weil ich meinen Kommentar lustig fand, sondern weil ich ihn dazu bringen konnte. Seine Augen strahlten und die anderen stimmten mit ein. Nur Fynn schien etwas verloren, also wiederholte ich mich in Englisch.

Nun grinste auch er. »Du bringst Lovis zum Erröten.«

Die Miene von Oscar war immer noch von schamloser Freude gezeichnet, doch fiel schlagartig in sich zusammen, als Lovis zum Angriff ansetzte.

»Nicht so sehr wie unseren Oscar.«

Der Grad zum peinlichen Schweigen war schmal, also grätschte ich schnell dazwischen. »Du bist also adlig. Hast du noch Anspruch auf das Gelände oder so?«

»Ich hab eine Cousine, die kümmert sich um den Kram und wohnt auch dort. Das wüsstest du, wenn dir dein Gastgeber die Stadt zeigen würde, in der du lebst, statt dich auflaufen zu lassen.«

In der ich lebte. Ich wünschte es. »Oscar hat mir eine Liste gemacht«, nahm ich ihn in Schutz, was ihn das erste Mal nach ewigen Sekunden dazu brachte, mich mit einem Ausdruck voller Wärme anzusehen.

»Lovis hat recht«, mischte sich Kina ein. Mit analysierendem Blick musterte sie ihren Freund. »Du solltest ihr ein bisschen was zeigen. Oder, Schatz?«, wandte sie sich an Besagten.

Fynn nickte Oscar zu. »Solltest du.«

Henrys Hände landeten enthusiastisch auf dem Holztisch. Seinem Gesicht zufolge hatte er eine phänomenale Idee. »Der Himmel ist heute lit! Wir können mit dem Pick-up an der Küste entlangfahren.«

»Hervorragende Idee, Kumpel.« Jascha hob anerkennend den Finger.

»Was ist ein lit?«, grummelte Lovis und der Tierarzt verschluckte sich fast an seinem Kaffee. Meine Brust wurde warm, weil der ältere Mann selbst in seiner mürrischen Art niedlich war.

»Willst du?« Oscars Frage stand in paradiesischer Unschuld im Raum, und ich wurde von ihr angezogen. Von ihr und der Unsicherheit sowie Hoffnung, die ich in seinen Zügen fand. Es war gefährlich und falsch, aber hatte ich nicht längst anerkannt, dass mein Wunsch, Zeit mit ihm zu verbringen, egoistisch, jedoch immenser war als alles andere, was in mir vorging?

»Ja, gern.«

»Ich komme mit!«, jubelte Henry und fuhr hoch.

»Immer ruhig. Lass uns zumindest aufessen«, meinte Oscar belustigt.

Henry schien sich an das Frühstück zu erinnern und nickte sich selbst zu. »Hast recht, aber dann fahren wir los. Ich schwöre, um die Zeit ist der Himmel –«

»Lit«, führte Jascha zu Ende.

»Ich versteh eure Jugendsprache nicht mehr«, beschwerte sich der Älteste am Tisch.

»Fabelhaft«, half ich ihm weiter.

Oscar lachte in sich hinein, da wir uns beide an unser Gespräch über Jugendwörter aus vergangener Zeit erinnerten. Lovis fiel unser Blickkontakt sehr wohl auf.

»Macht euch nur lustig«, brummte er, doch er schien nur halb so genervt zu sein, wie er tat, während er uns beobachtete.

»Du bist sehr modern, lass dich nicht aufziehen«, wandte Kina ein. »Wenn wir bedenken, dass wir bei ›Ich lass mich nicht erziehen‹ angefangen haben.«

Jascha nahm eine leidige Miene an. »Die Diskussionen waren schlimmer als … schlimmer als …« Er überlegte angestrengt. »Nein, es gibt nichts Schlimmeres als das.«

»Ihr habt es heute auf mich abgesehen.« Lovis kaute auf seinem Brot herum.

»Nicht doch«, widersprach er versöhnlich. »Für einen alten weißen Mann bist du sehr einsichtig gewesen und bist ein Vorbild deiner Generation. Das ist mein Ernst.«

»Ist es nicht echt abgefuckt, Freundlichkeit als etwas Negatives zu konnotieren?«, sinnierte Henry mit vollem Mund.

Kina legte den Kopf schräg. »Schatz. Nicht mit vollem Mund. Sprache! Und du bist zu schlau für dein Alter.«

»Für manche Menschen schon.«

Ich schaufelte mir das letzte Stück Pfannkuchen rein, um zum Löffel für den Brei zu greifen, denn Henrys Begeisterung steckte mich an und ich musste diesen Himmel an der Küste sehen. »Manche Menschen wollen sich keine Werte leisten. Es ist einfacher, den altbekannten Weg zu gehen.«

»Wie langweilig«, sagte er und überlegte. »Wie traurig!«, betonte er dann, weil er das wohl für das passendere Adjektiv hielt.

»Julie, was machst du eigentlich beruflich?«, wollte Fynn wissen, und ich hielt inne.

Was tun? Was tun? Was tun?

»Ich orientiere mich gerade etwas um«, erklärte ich. »Ich hab Richtung Management studiert.« So vage wie möglich. Es reichte, wenn Oscar von *Love Brand* wusste, und der schwieg für mich mit. Vermutlich wollte er ebenfalls tunlichst vermeiden, dass es jemand von ihnen herausbekam. Wie würden sie reagieren, wenn sie erfuhren, dass er der Weltzerstörerin auf seiner Farm Obhut gewährte?

»Du bist bestimmt erfolgreich. Du siehst erfolgreich aus«, bemerkte Henry und musterte mich, als wäre mir meine Erfolgsquote auf die Stirn geschrieben.

»Wie sieht man denn erfolgreich aus?«, wunderte sich Kina ernsthaft.

»So.« Henry wies mit dem Kopf zu mir, weshalb ihm eine Locke ins Gesicht fiel. »Die Ausstrahlung«, führte er dann aus und strich sie zurück.

»Was ist denn deiner Meinung nach Erfolg, Henry?«, mischte sich Oscar ein, um von mir abzulenken.

»Aus viel Arbeit viel Geld zu machen?«, riet der Junge.

Seine Mutter schüttelte den Kopf. »Was ist mit Immateriellem?«

Dieses Mal hörte sich Henrys Antwort etwas weniger auswendig gelernt an. »Glück und Zufriedenheit.«

»Ich denke, die Antwort lautet immer unterschiedlich. Je nach Lebensphase und Erkenntnis«, meinte Oscar und stand auf, um seinen Teller abzuräumen. »Wir können das an der Küste fortführen.«

»Gute Idee! Können wir jetzt los?« Henry sprang bereits auf und nahm gleich meinen Teller mit, weshalb ich meine Tasse vor ihm in Sicherheit brachte und schnell austrank.

Die anderen blieben noch gemütlich sitzen. Also machten wir uns zu dritt auf, um Henrys Himmel nicht zu verpassen. Oscar führte uns jedoch nicht zu seinem Pick-up, sondern zu einer der Scheunen. Sobald wir den Weg einschlugen, bekam sein Patenkind große Augen und sprintete voran, ließ mich im Dunkeln, worauf wir uns zubewegten.

In der Scheune stand neben verstaubten Geräten ein abgedecktes Etwas. Wie abgesprochen, stellten sich Henry und Oscar jeweils auf eine Seite und guckten zu mir.

»Bereit?«, wollte Letzterer wissen, sein Blick lockend.

Nein. Aber ich wollte mutig sein.

»Ja.«

Mit einem Mal zogen sie die Plane runter und meine Lippen verzogen sich zu einem Grinsen. »So was von bereit«, flüsterte ich.

Über 90% der Bienen
leben solitär und sind somit
glückliche Singles.

O.M.

Kapitel 13

Steh auf

Oscar

Der grüne Land Rover Defender war eins der wenigen Dinge, die er aus England mitgebracht hatte, und auch wenn er ihn liebte, nutzte er ihn aus naheliegenden Gründen nur selten. Henry wurde sehr kreativ, wenn es darum ging, sich welche auszudenken, heute hatte es seine Überzeugungskraft nicht benötigt.

Aufgeregt umklammerte Henry von der Rückbank ihre Sitze, wobei er sich anfangs immer wieder die Locken wegstrich, bis er irgendwann aufgab. Denn der Defender besaß keine Seitenwände, nur die Windschutzscheibe und Verbindungssäule, weshalb der Fahrtwind an ihren Klamotten riss.

Julie saß zu seiner Linken und verrenkte sich dann und wann den Hals, wenn sie irgendetwas entdeckte. Über den Baumkronen färbte sich der Himmel bereits und war ein Abbild eines Aquarellgemäldes.

Kaum stieg Meeresluft in Oscars Nase, beugte er sich zu ihr und streckte die Hand aus, um kurz ihr Bein zu berühren.

»Julie«, sagte er gegen den Wind und sie lehnte sich zu ihm, damit er nicht so laut sprechen musste. »Du willst hier etwas Freude finden? Am Himmel?«, meinte er mit einem Ton, als wollte er sichergehen.

Sie betrachtete seine Züge und nickte dann mehrmals.

Am liebsten hätte er sie unaufhörlich angestarrt, sein Blick huschte zwischen ihr und der Straße hin und her. »Dann frag dich das gleich noch mal, wenn du ihn siehst. Was Erfolg ist.«

»Es geht gleich los!«, jubelte Henry hinter ihnen.

Julie war viel zu fokussiert auf ihn, um auf sein Patenkind einzugehen. »Hast du dich das auch schon gefragt?«

»Klar.«

»Und?«

Oscar musterte sie mit einer Art, die wahrscheinlich unangebracht war, denn er hatte das Gefühl, in ihr Inneres zu stürmen; als wollte er in sie hineinkriechen und alles sehen. Und das wollte er, also ließ er sie auch mehr von sich sehen. »Zu fühlen. Und keine Angst davor zu haben.«

Es war ein Anflug von Vergangenheit und er war nicht sicher, ob der Land Rover daran Schuld trug, weil er mit ihm so viel daraus verband. Doch er hatte keine Angst. Da war eine Akzeptanz und Standhaftigkeit, die er nur fühlte, weil er genau wusste, was er durchgemacht hatte und daran gewachsen war. Er redete nichts schön; auch er wollte noch an manchen Tagen wegrennen, so wie auch Julie wegrannte. Ihrer Miene zufolge genau davor: zu fühlen und sich nicht davor zu fürchten. Denn man musste sich den Schatten stellen, wenn man sich mit ihnen anfreunden wollte, selbst wenn das einen zuerst brach, bevor man sich heilen konnte.

Julie schien etwas in seinen Zügen zu finden, denn in ihren tauchte eine Stärke auf, die neu war. Im selben Moment endete die Baumreihe und gab den Blick auf die Küste frei. Wellen brachen laut dagegen. Möwen schrien.

Und dann schrie auch Henry lachend. »Schneller, Oscar! Schneller!« Mit den Worten stand er auf, drückte sich gegen die Vordersitze, um Halt zu haben und breitete die Arme aus.

Oscar grinste und bemerkte, wie Julie sein Patenkind mit offenem Mund anstarrte, ihre Augen glänzten. »Komm, Julie. Steh auf«, animierte er sie und drückte aufs Gas.

Als er sah, wie weit ihre Augen aufgerissen waren, erwägte er kurz zu verlangsamen, dann tat sich etwas in diesem wundervollen Gesicht. Als wäre es bis gerade nur eine ebene Porzellanfläche gewesen. Und jetzt legten sich alle Farben des Horizonts darüber, malten ihr ein Lächeln auf den Mund; ein Strahlen in die Iriden.

Steh auf.

Henrys Jubelrufe und das Rauschen umgaben sie. Die Wellen zerschellten unrhythmisch an der Klippe, die das Einzige war, was sie von den Tiefen des Meeres trennte. Und dann, dann stand Julie auf, erhob sich aus ihrem Sitz, hielt sich an der Säule über ihnen fest, während sich ihre Schultern unter ihren Atemzügen hoben.

»Flieg, Julie! Flieg!« Henry brüllte es in den Himmel hinaus. Nein, in die ganze Welt.

Mit einem Mal hob sich das Glas, unter dem sie gefangen gewesen war. Der Wind zupfte an ihr, drückte sie nach oben, spornte sie an. Er stellte sich vor, wie sie sich abstieß, wie ein Kribbeln durch ihren ganzen Körper ging, als sie sich fallen ließ. Julie breitete die Arme aus. Und dann flog sie durch ein Bild von Farben, die sie noch nie zuvor erblickt hatte.

Sie schrie all die Sorgen raus. Den Druck und die Müdigkeit. Er stellte sich vor, sie schüttelte sich wach und ließ das Kribbeln zu, das ihren Körper packte.

Oscar sah zwischen der Straße und ihr hin und her. Sog das Bild von dieser Frau ein, die über ihm flog. Mit geschlossenen Augen und dem Gesicht zum Himmel gereckt. Und ihr Strahlen, es war nichts gegen das, was er bisher ein Lächeln genannt hatte, denn in diesem Moment meinte sie es wahrhaftig.

Es war ehrlich. Die ehrliche Julie war die, die sie brauchten, damit sie hier fündig würde. Dass sie hier stand und die Schutzmauern aufgab, war ein gutes Zeichen.

In diesem Moment, in dem sie flog und sich fallen ließ, alles aus sich befreite, da verliebte er sich in sie. Und er war machtlos dagegen.

So ein Mensch wie sie hatte nichts am Grund zu suchen. Nein, er wollte sie hoch hinausfliegen sehen. Ihr Aufwind sein.

Ihr Sicherheitsnetz. Er wollte der sein, den sie sich nie gewünscht und doch erhofft hatte.

In diesem Moment, in dem Julie flog, da flog auch er. Ganz dicht an ihrer Seite. Er wünschte sich, dass sie in den Himmel blickte und dessen Spiegelung in den Wellen entdeckte. Dass sie ihn dort im Wasser sah und realisierte, sie musste gar nicht das Unmögliche möglich machen. Es war nicht nötig, emporzusteigen – höher und höher und höher –, um sich zwischen den Wolken zu finden. Alles, was sie tun musste, war, zu springen und zu fallen. Mitten ins Meer hinein. Zwischen die Strömungen und Irrungen sowie Wege, die klar bestimmt waren. Zwischen Wärme und Kälte. In die Tiefe. Um dort durchzuatmen. Sie sah, was er sah.

Und der Himmel, an dem sie sich suchte … er lag zu ihren Füßen.

Julie

Noch nie im Leben hatte ich mich derartig befreit gefühlt. Henrys und meine Jubelschreie klangen immer noch in meinen Ohren nach, wie wenn man sich eine Muschel daran hielt und das Meer rauschen hörte.

Doch statt Meeresrauschen gellte Tamsins Stimme in meinen Gehörgang, die ich gerade anrief.

»Julie Hassel!«, begann sie drohend. »Wie konntest du mir verheimlichen, dass dein Bruder so verdammt heiß ist?«

Was für ein Eingangsthema. »Du hast ihn doch schon gesehen. Und: ist er nicht!«

»Das sagst du, weil du seine Schwester bist, Süße«, meinte sie off the record, bevor sie sich wieder lautstark beklagte. »Und das kann nicht sein. Wie konnte ich das übersehen?«

»Ich dachte, du stehst eher auf Anzugträger«, formulierte ich es diplomatisch, wenn ich an ihre vergangenen Männer dachte, die sie mit einer Perfektion um den Finger wickelte, die ich mir nur zu erträumen wagte.

»Ich stehe auf Männer mit freundlichen Augen«, verbesserte sie mich.

Meine Brauen hoben sich und ich starrte zur Zimmertür, lauschte dem Duschrauschen im Bad auf der anderen Seite des Flurs. Ein wirklich wundervolles Bad mit einer frei stehenden Wanne und lauter

Grünpflanzen, was den Eindruck erweckte, in einen Dschungel zu treten. »Freundliche Augen?«

»Und schöne Hände. Lange Finger!«, konkretisierte sie heiter.

Ich verzog den Mund und kniff mir in die Nasenwurzel. »Tamsin. Ich werde nicht über die langen Finger meines Bruders reden.«

»What a pity …«, sagte sie schmollend und rief sich dann zur Ordnung. »Wie ist die Pause?«

Ich konnte nicht anders, als zu lächeln. »Voller Momente.«

Sie würgte. »Eww, wie poetisch. Macht das die Natur mit einem?« Dass sie es nicht ernst meinte, verriet ihr darauffolgendes Kichern.

»Du bist grausam«, erwiderte ich grinsend, was sie als Kompliment nahm.

»Dafür liebst du mich schließlich«, seufzte sie selig und fluchte, weil ihr irgendwas runterfiel. »Ich warte«, ächzte sie aus der Ferne. Vielleicht war etwas unter ihr Bett gerollt.

»Es ist gut.« Ich versuchte meinen Ton beiläufig klingen zu lassen und versagte auf ganzer Spur, denn meine beste Freundin hauste in meinem Gehirn, das hatten wir nicht nur einmal festgestellt.

Sie schnaufte und plötzlich war ihre Stimme ganz nah am Hörer. »Du hast den Farmer klargemacht! Redest du zumindest über seine langen Finger?« Ihr Lachen war teuflisch.

»Ich glaube, ich werde müde. Die Zeitverschiebung.« Übertrieben gähnte ich und ich sah ihre genervte Miene vor meinem inneren Auge.

»Girl. Es gibt keine Zeitverschiebung.« Ein Seufzen. »Okay! Kein Gespräch über Glieder, ist verstanden. Dann erzähl mir von den Bienen.«

Und das tat ich. Eigentlich erzählte ich ihr alles, was ich gelernt hatte und war stolz, dass es mir nicht entfallen war. Bis mir die Infos ausgingen.

»Und hast du ihm von der Entlassung erzählt?«

Ich stockte. »Nein.«

Da Tamsin sich gerade die Zähne putzte, kamen ihre Worte nur unklar bei mir an. »Du muscht dasch tun!« Sie spuckte aus. »Julie, ich weiß, du hast Angst, aber das ist wie in einer Soap. Es kommt raus und dann gibt's Stress.«

»Stress wird es sowieso geben«, murmelte ich.

»Das bezweifle ich, wenn du erklärst, wie es ist. Ich weiß, du bist diesem Menschen keine Rechenschaft schuldig und der Deal ist abgeblasen. Du willst es ihm doch sagen?«

Ich schwieg und sah förmlich, wie Tamsin daraufhin die Augen zusammenkniff.

»Du hast den Deal doch abgeblasen?«

»Nicht direkt. Im Prinzip schon. Aber –«, faselte ich.

»Girl!«, rief sie aus. »Wieso zögerst du das hinaus? Es macht alles nur schlimmer.«

Der Zug war abgefahren, denn die Situation war so oder so rettungslos. »Ich brauche noch etwas Zeit.«

»Ruf an, wenn du es tust. Ich will dabei sein«, verlangte sie und wir schwiegen, während sie sich bettfertig machte und den Geräuschen zufolge unter die Decke schlüpfte. »So, ich werde mich nun meinem neuen Freund widmen.«

Der Ton, den sie anstimmte, sagte mir, welchen Freund sie meinte.

»Es gab Prozente. Ich hab kaum was ausgegeben und dieser Vibrator ist ein Traum. Wenn ich länger drüber nachdenke, weiß ich nicht, ob es schlau ist, ihn zu benutzen … man wird verwöhnt.«

»Du wirst es ertragen«, sagte ich lachend. Seit Tamsin redete ich deutlich offener über Dinge wie Sex. Es gab Zeiten, da hätte ich es nicht gewagt. Aber dann hielt mir meine beste Freundin ein Plädoyer über die weibliche Sexualität und dass es unser Recht war, sie auszuleben. Und wer ihr das absprach, der erlebte eine Argumentation gegen das Patriarchat, das sich gewaschen hatte.

Ihr dreckiges Lachen holte mich aus meinen Gedanken. »Vielleicht tust du das auch. Dich verwöhnen lassen. Von deinem Imker.«

»Tamsin!« Wenn Oscar sie hörte, dann würde ich dieses Zimmer nie mehr verlassen.

Doch sie war gnadenlos. »Der schmiert dir den Honig sicher noch um andere Stellen als deinen Mund. Und leckt ihn dir auch gern weg.«

Ich sprang aus dem Bett und hatte urplötzlich einen Energieüberschuss. »Okay! Gute Nacht. Hab dich lieb.«

»Empower the libido, Girl«, rief sie revolutionär und legte auf.

Empower the libido. Wieso eigentlich nicht? Ich ließ mich aufs Bett zurückfallen und meine Gedanken schlichen durch die Tür, rüber zu Oscar. Und dort blieben sie eine ganze Weile.

Am nächsten Morgen stand etwas auf meinem Plan, was ich die letzten Wochen zu oft verweigert hatte. Ich gab mir einen Ruck und nahm den Skype-Call an, der aufpoppte. Zum Vorschein kam meine Therapeutin, die mich mit einem freundlichen Lächeln begrüßte und gleich die Frage stellte, die sie zu Beginn immer stellte.

Keine Bedeutung eines Satzes hatte sich so gewandelt wie diese, seit ich in Therapie war. Im Alltag war es eine Floskel, selten bekam man eine ehrliche Erwiderung, denn die brachte das etablierte, gefestigte Frage-Antwort-Konstrukt völlig ins Wanken. Wer wollte schon etwas zum Einsturz bringen?

In den Sitzungen war diese Frage wirklich ernst gemeint und ich wappnete mich, als sie den Mund öffnete.

»Wie geht es Ihnen?«

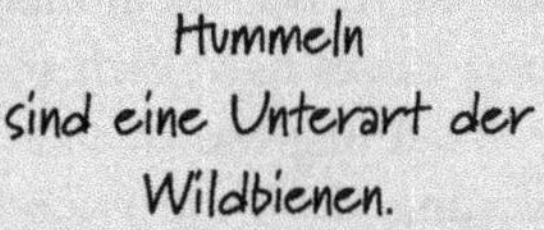
Hummeln
sind eine Unterart der
Wildbienen.

O.M.

Kapitel 14

Die wilden Königinnen

Julie

Seit Wochen fühlte ich mehr als die bloße Andeutung von etwas, sobald ich die Augen aufschlug. Jedes Mal konnte ich es kaum erwarten, den Tag zu starten, so motiviert war ich. Das Wissen, Aufgaben zu erledigen, die mir Freude machten, war herrlich.

Ich hatte Oscar versprochen, meinen täglichen Wecker ab heute später zu stellen, also war das Risiko, ihm nur mit einem Handtuch um die Hüften im Bad zu begegnen, gleich null. Nachdem ich geduscht hatte und in neue Klamotten geschlüpft war, die ich aufgrund des Brands hatte aufstocken müssen, begegnete ich Tavi auf der Treppe. Kurz setzte ich mich zu ihr, um sie zu kraulen und mir einzubilden, dass ihr Bauch anschwoll. Also schrieb ich Jascha eine Nachricht, der mir postwendend antwortete, dass die Kittens in der fünften Woche bis zu fünf Zentimeter groß sein konnten. Winzig klein.

Nachdem ich meinen ersten Kaffee des Tages und Früchtemüsli inhaliert hatte, eilte ich auf die Veranda. Tavi begleitete mich sonst, doch heute war ihr wohl nicht danach, weshalb ich Böses ahnte, immerhin war sie meine Security, um diesen gottverlassenen Pfau abzuwehren.

Als ich einige Dutzend Meter schaffte, ohne zerhackt zu werden, entspannte ich mich und hielt Ausschau nach Oscar, den ich bei den Eselwiesen ausmachte. Vergeblich versuchte ich, meine Mundwinkel nach unten zu zwingen. Es glich einer Notwendigkeit zu lächeln, wenn ich ihn sah.

Seine Körperhaltung war angespannt und sein Blick in eine bestimmte Richtung gewandt. Während ich näher kam, realisierte ich, dass er die Weide mit einem provisorischen Zaun halbiert hatte. In der einen Hälfte entdeckte ich Phil und Lilibet sowie die drei Ziegen, die sich jedoch im Hintergrund hielten. Die andere Hälfte vermutete ich als leer, doch je näher ich kam, desto mehr konnte ich überblicken.

Im selben Moment erreichte ich den Zaun und hielt mich daran fest. »Ist das niedlich.«

Oscar schaute über die Schulter und begrüßte mich mit einem warmen Blick. »Guten Morgen.«

»Guten Morgen.« Ich nickte gen Neuling. »Wer ist das?«

Einige Meter von Oscar entfernt lag ein winziger Esel im Gras und schnaufte verdrossen. Seine Ohren, nein, sein ganzer Körper bestand aus Flausch und Niedlichkeit.

»Der Kleine gehörte in eine Herde von einem Bekannten aus der Region. Seine Mutter hat ihn verstoßen.« Er winkte mich rein und ich kletterte über den Zaun, nahm seine Hand dankend an, die er mir reichte. Ich bildete mir ein, dass er später losließ als nötig, wobei ich nichts dagegen hatte.

»Der Arme. Und jetzt musst du sie zusammenführen? Kann das Probleme geben?«

»Phil und Lilibet sind in der Regel unproblematisch. Wenn sie ein Fohlen hätten, wäre es vielleicht eine andere Sache. Der Kleine wird sich problemlos unterordnen, aber er ist verwirrt. Ich war die ganze Zeit bei ihm.«

»Ich hab gar nicht mitbekommen, dass du weg warst. Kann ich dir helfen?« Ich betrachtete den kleinen Kerl. »Ich kann die Nachtschichten übernehmen, immerhin musst du früher raus als ich.«

Weil Oscar nicht antwortete, riss ich meinen Blick von dem Tier los und begegnete seinem unergründlichen.

»Das ist keine richtige Arbeit«, verteidigte ich mich, weil ich wusste, was er mir im Stillen sagte. »Bitte, ich möchte helfen. Außerdem musst du genügend schlafen.«

Ich fragte mich, ob meine Sorge um ihn zu offensichtlich war, denn er musste schmunzeln. »Na gut. Lovis wird auch helfen. Aber du übernimmst nicht jede Nacht. Zu dritt bekommen wir das so geregelt, dass alle Schlaf bekommen.«

»Gut.« Ich hockte mich ins Gras und Oscar folgte mir, weshalb sich unsere Beine streiften. »Hat er schon einen Namen?«

»Mio.«

Wir lächelten uns wissend an.

»Zu Ehren der Lindgrens?«

»Das werden wir ihnen zumindest erzählen«, weihte er mich ein und sah zurück zu dem kleinen Tier. »Passt doch. Er ist Waise. Hier findet er eine neue Familie und ist willkommen.«

In seinem Ton schwang Verständnis mit und einmal mehr fragte ich mich, was mit seiner Familie passiert war. »Das ist sehr schön. Mio, mein Mio«, zitierte ich und begegnete dem neugierigen Blick des Esels. »Komm her, kleiner Mio.«

Aus den Augenwinkeln bemerkte ich, wie Oscar mich begutachtete, blieb jedoch Mio treu. »Wieso guckst du mich so an?«

Ich hörte ein Lächeln in seiner Antwort. »Nur so.«

In dem Moment erhob sich Mio auf wackeligen Beinen und starrte uns für einige Sekunden an, bevor er auf uns zukam, wobei er eher auf Oscar zuhielt.

»Er kommt zu uns«, flüsterte ich.

»Ich seh's«, zog er mich flüsternd auf, und ich stieß ihn halbherzig in die Seite, verkniff mir ein Schmunzeln.

Der Esel stapfte auf ihn zu und streckte seine Schnauze nach vorn.

»Hast du Hunger, Kleiner? Opa Lovis macht dir gerade eine neue Flasche«, raunte er glucksend.

»Lass ihn das nicht hören«, meinte ich und widerstand dem Wunsch, meine Finger in das weiche Fell zu senken.

»Zu spät«, brummte jemand hinter uns und wir sahen über unsere Schultern Lovis entgegen, der den Arm ausstreckte. »Nimm die Flasche, ehe ich dir damit das Maul stopfe.«

Oscar fuhr sich grinsend mit der Zungenspitze über die Unterlippe. »Liebreizend wie immer.«

»Guten Morgen, Lovis«, lenkte ich ab und seine Miene hellte sich etwas auf, als er es erwiderte.

Mio schien zu wissen, was kam und wartete, bis Oscar mit seiner Mahlzeit zurückkam. Kaum kniete der sich ins Gras, übernahm der Hunger und Mio drängte sich an ihn, suchte den Noppen und saugte fleißig.

»Wollen wir heute Abend eine Schwedischstunde einlegen?«, fragte Oscar unvermittelt und obwohl es eine so unverfängliche Sache war, wurde mir Lovis' Präsenz umso bewusster.

»Gern.« Wieso hörte ich mich so lächerlich atemlos an? Ich verpasste mir innerlich einen Schubs.

Er versuchte es zu verbergen, doch um seine Augen tauchten Lachfalten auf, ehe er weiterfragte: »Wie sind deine Pläne sonst so? Ich muss durch die Region fahren. Produkte abholen und ein paar Höfe abklappern.«

»Fahr mit ihm«, hielt Lovis mich eindringlich dazu an, das unausgesprochene Angebot anzunehmen.

Oscar und ich lächelten uns an. Ich war unsicher und drehte mich mit neckischer Miene zum anderen Mann um. »Schaffst du es hier denn allein, Opa Lovis?«

Der murmelte etwas in seinen Bart und verzog den Mund. »Wenn du nicht so ein Herz wärst … Wir haben Verstärkung im Laden«, beruhigte er mich dann, was mir einen Blick von Oscar einbrachte, der *Wie machst du das?* schrie.

Also sagte ich zu. Lovis konnte es nicht lassen, Oscar wegen seines breiten Strahlens aufzuziehen. Der ältere Mann wurde mit einem Blick niedergestreckt, der ihn mit erhobenen Händen zum Rückzug zwang.

»Willst du auch? Dann gewöhnt er sich direkt an dich.« Oscar hielt mir die Flasche entgegen und erzählte weiter, während ich fast einem Zuckerschock erlag, weil sich Mio mir näherte und sein Fell über meine Haut kitzelte.

»Eigentlich würde ich ihn gern ins Haus holen, aber ich will nicht, dass er von seiner neuen Herde getrennt wird.«

Ich riss den Kopf hoch. »Ins Haus? Willst du mir gerade sagen, dass du mir verwehrst, mit einem Esel zu kuscheln?« Das glich einem Verbrechen.

Unerwartet erklang Lovis' schadenfrohe Stimme. »Wenn du mit einem Esel kuscheln willst, bietet sich Oscar sicher auch gern an.«

Dessen Blick wurde düster und er taxierte ihn mordlüstern.

»Wolltest du nicht gehen?«

Das tat er dann auch. Lachend. Und auch ich hielt nur schwer an mich, konzentrierte mich jedoch auf Mio, dessen kleine Zunge nach mehr Futter suchte, sobald die Flasche leer war.

Oscar nahm mich mit in die Scheune, wo in der Ecke eine kleine Waschbeckenzeile eingelassen und das Futter untergebracht war, bevor wir schweigend zum Haus zurückkehrten, um uns auf die Fahrt vorzubereiten. Oben im Flur wollte ich auf mein Zimmer abdrehen, da hielt mich Oscar auf.

»Lovis hat recht«, meinte er mit sich nähernder Stimme.

»Was meinst du?« Stirnrunzelnd drehte ich mich um und zuckte fast zusammen, so nah war er. Gedankenverloren sah er zu mir herab und … Moment, wieso guckte er so … so … *so*!

»Ich liebe es zu kuscheln.« Sein Lächeln war … es war nicht freundlich. Das war mehr als ein freundliches Lächeln. In seinen Augen zeigte sich ein Kampf mit sich selbst, als hätte er seit Lovis' Kommentar Mut für diese Worte sammeln müssen. Dann hob er die Finger zu meinen Haaren und klemmte mir eine Strähne hinters Ohr, hinterließ eine prickelnde Spur auf meiner Haut, während er mich betrachtete. »Wieso warst du beim Friseur?«

Zum Glück, ein Themenwechsel. Er hatte es wahrscheinlich bisher nicht angesprochen, weil es sich mit unangenehmen Beichten überlappt hatte. »Ich brauchte eine Veränderung.« Er sollte bitte nie wieder damit aufhören, mich anzufassen und er sah danach aus, als hätte er genau das auch nicht vor. Seelenruhig rieb er eine Strähne zwischen den Fingern, wobei seine Knöchel meine Kinnpartie streiften.

Jede Sekunde nutzte er aus, während er nachdachte. »Fühlt es sich verändernd an?«

»Definitiv, wenn ich durchfahre.« Wie er gerade.

Sein Blick fand meinen und ich verlor den Halt. Nie hatte ich angenommen, dass Oscar einen so verboten anschauen konnte.

»Stimmt, fühlt sich verändernd an. Es steht dir gut.«

»Danke.« Hilfe.

Ein letztes Mal strich er durch das seidige Haar und leckte sich über die Lippen, ehe er zurücktrat. »Wir fahren in zehn Minuten.«

So schnell hatte ich noch nie eine Tür geöffnet. Mit großen Augen fiel ich von innen dagegen und starrte in die Luft vor mich. Ich konnte kaum atmen. Oscar Morrison hatte gerade so was von mit mir geflirtet. Und es gefiel mir. Es gefiel mir über alle Maßen.

Beim ersten Hof wartete ich im Auto und beobachtete im Seitenspiegel, wie Oscar zwei große Säcke Kartoffeln auf den Pick-up lud. Beim Zweiten lockten mich Jungkühe aus dem Fahrerraum, die neugierig glotzten, kaum hatte ich vor dem Zaun gehalten. Fast erwischte mich die ellenlange Zunge, weil mich ein Kichern ablenkte.

Oscar stand mit der Bäuerin vor der kleinen Anlage, in der die Geräte summten. Zu seinen Füßen standen zwei Kisten mit Milchflaschen, und seit ich sie beobachtete, unternahm er schon den zweiten Versuch, danach zu greifen. Jedes Mal landete die Hand der Frau, die in Lovis' Alter sein musste, auf seinem Bizeps, und sie verwickelte ihn weiter in ein Gespräch. Doch er fasste sich ein Herz und verabschiedete sich, während er die Kisten hob.

Die Bäuerin stellte die Kuchenbox, die sie in ihrer anderen Hand gehalten hatte, auf die Kisten und nahm dann mich ins Visier, kaum wandte Oscar sich ab. Ob er Augen im Hinterkopf besaß, konnte ich nur vermuten, denn sobald sie sich in Bewegung setzte, sagte er mir mit panischem Ausdruck und unterdrückt deutlicher Kopfbewegung: Steig ein.

Seine Schritte verlängerten sich merklich und ich nahm die Beine in die Hände, rutschte eilig auf den Beifahrersitz. Kaum hatte er die Tür neben sich zugeknallt, tauchte an meiner die Frau auf und lächelte mich sirenenartig an.

»Lächeln und winken«, nuschelte Oscar, während er genau das tat, die Kuchenbox auf meinen Schoß stellte und den Wagen startete.

Die Bäuerin wedelte zum Abschied mit ihrem Lappen, bis wir auf die Straße bogen. Verstohlen schielte ich zu ihm, was ihm seiner Miene zufolge mehr als bewusst war.

Sich wappnend erwiderte er den Blick und kniff die Augen zusammen.

»Kein Wort«, murrte er und klang fast wie Lovis.

Leider löste das meinen Lachanfall erst recht aus.

»Sie war kurz davor, dich zu meinen *Heldentaten* zu befragen, also sei froh, dass ich dich nicht ans Messer geliefert habe«, bemerkte er mit zuckenden Mundwinkeln, was in ein Schmunzeln überging, weil der Gedanke an Oscars Fan einfach zu herrlich war.

»Leitet sie deinen Fanclub?«, erkundigte ich mich schadenfroh.

Er warf mir einen ungläubigen Blick zu, seine Augen jedoch strahlten. »Hätte ich gewusst, dass du einen fiesen Humor hast ...« Er ließ den Satz ins Nichts auslaufen. »Sie hat einen Buchclub, zu dem sie mich ständig einlädt.«

»Ist doch nett«, meinte ich grinsend und er warf mir einen Seitenblick zu.

»Zum einen kann ich drauf verzichten, unter anderem meine Sachbücher zu lesen, zum anderen will ich Lovis nicht seinen Rückzugsort nehmen.«

»Lovis ist im Buchclub?« Ich glaubte mich verhört zu haben.

Dieses Mal war er es, der fies grinste. »Der Hahn im Korb. Ihm gefällt die Aufmerksamkeit.«

»Und offensichtlich deine Bücher. Ist das niedlich«, seufzte ich und hob eine Hand zur Brust.

Oscars Brauen trafen sich fast, denn offenbar hatte er das noch nie bedacht, und es brachte ihn zum Nachdenken. Nach zehn Minuten bogen wir von der dicht bewachsenen Landstraße ab. Seit ich in Schweden angekommen war, kam es mir so vor, als wäre ich in ein Märchenbuch gereist und wartete nur darauf, dass hinter dem nächsten Felsbrocken ein Kobold oder Waldgeist hervorlugte. Der Pfad, den wir nun befuhren, brachte uns noch tiefer ins Grüne. Bis er vor einem Zaun endete und Oscar den Motor abschaltete.

»Muss ich jetzt Angst haben?«, zog ich ihn auf, doch das Grinsen fiel mir schlagartig aus dem Gesicht, als ihm jede Emotion entwich und er mich ausdruckslos musterte.

Vielleicht ließ er mich jetzt für meine Lügen zahlen. Vielleicht war der Schuppen doch das Versteck für seine Gräueltaten und ich landete bald auch darin. Oscar the Beekeeper. Ein guter Titel für eine Serienkillerproduktion. Die Zeit stand still, die Luft wurde dicker. Ganze fünf Sekunden starrte er mich einfach nur an.

Dann verzog sich sein Mund zu einem Grinsen und er lachte.

Ich riss schockiert den Mund auf. »Du. Bist. Unmöglich!«

Dieses Mal bekam er sich nicht ein, auch nicht, als er ausstieg und ich ihm folgte, ohne ihn aus dem Visier zu lassen.

»Du hättest dein Gesicht sehen sollen«, beömmelte er sich.

»Haha«, machte ich und verdrehte die Augen, weil ich drauf reingefallen war. Zumindest für eine Millisekunde. »Das nächste Mal lasse ich dich bei deiner Verehrerin zurück.«

Das linderte seine Schadenfreude und wir trafen uns vor dem Gatter.

»Wo sind wir hier?«

»Einem Naturreservat. Meinem«, fügte er zaghaft dazu.

»Deinem?«, entfuhr es mir überwältigt und sein Kopf ruckte bei meiner Reaktion zurück.

»Ja … nun … Ja.«

Ich blickte durch den Zaun den Bäumen, Büschen und Moosfeldern entgegen. »Er hat ein Naturreservat«, wiederholte ich flüsternd, während er das Gatter aufschloss und eine galante Handbewegung machte, um mir zu sagen, ich solle vorgehen.

Kaum hatte ich den ersten Fuß auf den Boden gesetzt, kam es mir vor, als beträte ich gesegnetes Land.

»Ich habe eine Initiative, die Naturflächen kauft, um sie vor Bebauung zu schützen. Hier leben meine Wildbienen«, erklärte er und ich riss mich von dem mystischen Anblick los, sobald er sich auf einen unbestimmten Weg begab. »Ich hab dir erzählt, damals habe ich mit Honigbienen angefangen. Um ehrlich zu sein, um was Gutes zu tun, und in dem Glauben, was Gutes zu tun. Wir brauchen Honig, denn ansonsten wären unsere Supermärkte halb leer. Die Biohaltung und Wildbienenhaltung ist jedoch nachhaltiger …« Das letzte Wort verebbte, als wir an eine Gabelung gelangten und Oscar sich mit den Fingern über den Bart fuhr, etwas auf Schwedisch grummelte. Sein Blick schweifte in die eine Richtung, dann in die andere.

Ich presste die Lippen aufeinander, aber konnte es mir nicht verkneifen. »Darfst du allein raus, wenn es keine bunten Routen gibt?«, erkundigte ich mich scheinheilig.

»Haha«, ahmte er mich nach und wies dann einen seichten Abhang hinunter. »Ich bin sicher, wir müssen da lang.«

Das mussten wir nicht und drehten eine halbe Minute später um. Ich räusperte mich und er überging seine rosigen Wangen, indem er weiterredete.

»Wildbienen – nicht die Honigbienen – sind stark gefährdet. Honigbienen sind ziemlich konkurrenzfähig, weshalb ich a) genug

Nahrungsquellen und b) genug Abstand zwischen ihnen biete. Es gibt Studien dazu, inwieweit die Honigbienen die Wildbienen verdrängen, aber es gibt auch Thesen, dass sie sich gegenseitig bestärken. Ich gebe einfach beiden genug Platz. Viele denken direkt nur an die Honigbiene und das romantische Dasein als Imkerin oder Imker.«

»Ich auch, um ehrlich zu sein«, gab ich zu.

Er schenkte mir ein verständnisvolles Lächeln. »Da können sich wenige von freisprechen. Ich begegne Imkern, die es nach Jahren ihrer Arbeit nicht wissen. Bei einem Zeidler-Workshop in Polen habe ich sehr erleuchtende Gespräche geführt. Da hatte ich die Bienen und den Laden bereits, und ich wollte sie nicht ihrem Schicksal überlassen, weil ich falsch kalkulierte. Zum anderen«, bemerkte er nachdenklich, »ist es nicht einfach, zu hören zu bekommen, dass der gute Wille keiner war.«

Das konnte er laut sagen. Menschen tendierten dazu, sich angegriffen zu fühlen, wenn sie einen Fehler machten, und nicht selten war die Reaktion Trotz.

»Wir sind seit 2018 bis heute fast komplett zu der natürlicheren Haltung übergegangen. Ich habe dieses Gebiet gekauft und für die Wildbienen hergerichtet.«

»Wildbienen leben unter der Erde, oder?« Ich erhielt den Newsletter seiner Initiative und erinnerte mich an diesen Fakt.

Freudig überrascht erwiderte er meinen Blick. »Richtig.«

»Ich spende seit einigen Jahren an deine Organisation.« Wieso mir das unangenehm war, wusste ich nicht. Vielleicht, weil ich mir gerade vorkam, als könnte *ich* seinen Fanclub leiten.

Seine Miene veränderte sich und seine Augen wurden ganz warm. »Danke.« Die Natur zog unsere Blicke wie magnetisch an, während er sagte: »Jeder Mensch kann etwas tun. Eine Kleinigkeit, die für diese Tiere alles bedeutet. Am Ende auch für uns, das vergisst die Menschheit oft. Es reicht schon, wenn man einfach seinen Stadtbalkon bepflanzt. Wir alle können eine Insel sein.«

Wir alle können eine Insel sein. Was für ein wundervoller Gedanke. Genau das wollte ich ihm sagen, da stockte er und fasste meinen Arm.

»Da ist vielleicht eine.«

Wir hockten uns hin und ich folgte Oscars ausgestrecktem Finger, suchte jeden Zentimeter ab und fand einen winzigen Höhleneingang im Boden vor uns. Offenbar wollte er warten, bis ich eine sehen konnte, denn es vergingen Sekunden, Minuten, bis eine kleine, gelbliche Gestalt herauskrabbelte und ihre Flügel flattern ließ.

»Sie stellen keinen Honig her, sondern verbrauchen den Nektar direkt«, meinte er, sobald sie abhob, um neue Nahrung zu finden.

»Wie kann man die Arten unterscheiden?«, wollte ich wissen und hängte mich wieder an seine Fersen, wobei ich den Boden nicht aus den Augen ließ, aus Angst, irgendwo draufzutreten.

»Schwierig. Honigbienen sind meist braun-schwarz gemustert. Generell sind Wildbienen etwas dichter behaart. Bei Farbe und Größe gibt es Variationen. Manche sind sehr dunkel, manche gelb-schwarz oder rötlich. Es gibt winzige und größere. Die Wildbiene, die du wahrscheinlich sofort erkennen würdest, ist die Hummel.«

»Hummeln sind Bienen?« All die Jahre hatte ich versucht, Lotta vom Gegenteil zu überzeugen.

Dass ihn meine Reaktion nicht verwunderte, ließ darauf schließen, dass ich nicht die erste Unwissende war. »Wildbienen, ja. Wir gehen jetzt zu einem Nistplatz, dann wirst du sehen, was ich meine.«

Ich nickte, ohne aufzusehen. Nur um in ihn hineinzurennen. Doch er war vorbereitet und fasste meinen Arm, blickte bereits stirnrunzelnd, wenn auch belustigt zu mir herunter. »Was tust du?«

»Schauen, wo ich hintrete. Ich weiß nicht, ob ich mich sonst traue, hier nur einen Schritt zu machen«, gab ich zu.

Oscar musterte mich, dann glättete sich seine Stirn langsam, doch das Lächeln blieb. »Bleib einfach auf dem Weg.« Seine Hand hob er zwischen uns. »Du kannst auch meine Hand nehmen, wenn es dir damit besser geht.«

Ich sah von seinen Fingern hoch in sein Gesicht, was sich als Fehler herausstellte, denn der Ausdruck in dem Braungrün seiner Augen ließ mir gar keine andere Wahl. Etwas Freches tanzte darin.

»Dafür, dass ich vorhin so ein Esel war und dir Angst eingejagt habe.«

Ich reckte das Kinn, wich keinen Deut zurück. »Ich hatte keine Angst. Ein Esel bist du dennoch. Einer, der gern kuschelt«, zog ich ihn auf.

Das Lachen, das er sich verkniff, funkelte in seinen Augen. »Und dich sehr gern durch die Wildnis führt.«

Wie von selbst schob sich meine Hand in seine. Es war furchtbar und traumhaft zugleich. Wie eine viel zu hohe Achterbahn, auf die man gar nicht wollte, sich dennoch nach dem Adrenalinschub sehnte, der durch den höchsten Gipfel verursacht wurde. Das Kribbeln eines freien Falls machte sich in meinem Bauch breit und lief bis in meine Fingerspitzen.

Oscar zog mich zu sich heran. Kurz blieb mir das Herz stehen, doch da wandte er sich ab und führte den Weg fort.

Ich achtete penibel darauf, in seine Fußspuren zu treten, und das war eine Metapher für sich, denn das versuchte ich wahrhaftig. Oscar verstand mich auf einer anderen Ebene, weil er an einem Punkt gewesen war, der meinem ähnelte; er hatte es geschafft und es war nicht vergebens gewesen. Das war, was ich wollte. Nicht vergeblich leben – wie bisher.

Kaum verlangsamte er seine Schritte, holte ich mich ins Jetzt zurück und Oscar zog mich kurzerhand vor sich, löste seine Finger von meinen, um sie auf meine Schulter zu legen. Die Wärme seines Körpers strich über meinen Rücken.

Ein Strahlen breitete sich in meinem Gesicht aus. »Ein Bienenhotel.«

Zwischen zwei Bäumen stand ein altes umgebautes Bücherregal, doch die Fächer waren nicht mit Literatur gefüllt, sondern mit Ziegeln und Holzblöcken mit Bohrungen sowie waagerecht liegenden Schilfrollen. Unter dem Regal waren drei Kisten mit einer sandig-lehmigen Erde gefüllt, dazwischen stapelten sich kleine Baumstümpfe.

»Die meisten Arten leben unter der Erde oder zumindest am Boden, aber manche mögen es auch dort drin.« Er wies auf die oberen Fächer.

»Das sieht herrlich aus. Können wir näher dran?« Es kribbelte mir schon im ganzen Körper vor Neugier.

»Klar, komm.«

In dem Moment fragte ich mich, ob er mir jemals etwas abschlagen würde, beschwerte mich jedoch nicht und wieder stellte er sich hinter mich, kaum hatten wir das Regal erreicht, das seitlich das Logo der Farm trug. Vor den Löchern in Stein, Holz und Röhrchen war ein heiteres Treiben. Manche Bienen flogen so eilig heran und wieder weg, so schnell konnte ich kaum gucken. Besonders zwei unterschiedliche

Arten fielen mir auf: die eine eher heller und haarloser, die andere hatte einen dunklen Oberkörper sowie einen flauschigen orangen Hintern. Eine ließ genau den aus ihrem Nistplatz hinaushängen und es sah zum Dahinschmelzen aus, wie er herumwackelte.

»Es sind viel weniger als bei den Beuten … und unterschiedliche«, stellte ich fest.

Ich spürte Oscars Gesicht direkt neben mir. Seine Stimme strich über mein Ohr. »Viele Wildbienen leben solitär. Wenigste Arten formen Staaten«, meinte er gedämpft und es war so offensichtlich, welch großen Respekt er vor der Natur hatte. Selbst mit einem zu lauten Gespräch wollte er nicht unnötig Verwirrung reinbringen. »Sie entfernen sich auch nicht so weit wie Honigbienen. Die fliegen gern drei Kilometer Radius ab, die wilden Königinnen bleiben ihrem Heim treu.«

Ich lächelte, wiederholte mit ebenso gesenkter Stimme: »Die wilden Königinnen.«

Er ließ mich einige Minuten dabei zusehen, wie die Bienen die Löcher verschlossen, und obwohl es eine stupide Arbeit war, hätte ich ihnen ewig zusehen können, weil ihr Anblick meine Brust warm werden ließ. Gerade als Bewunderung, wenn nicht gar Neid aufstieg, weil sie unentwegt arbeiteten, hielt ich mich auf. *The Hustle-Julie*, so hatte man mich genannt. Als ich diese gefährdeten Tierchen beobachtete, war da auch Mitleid, weil sie arbeiteten, um zu sterben, und ich dasselbe von mir erwartete.

»Komm, ich will dir noch was zeigen«, holte mich seine sanfte Stimme aus meinen Gedanken und wieder nahm er mich bei der Hand, bevor wir einige Minuten den Abhang hinabstiegen.

Bisher hatte ich zahlreiche Arten entdecken können: Glockenblumen, Rosmarin und Thymian. Der Baumwuchs wurde lichter, der Boden steiniger. Auch die Blumen änderten sich, wobei die Kräuter zwischen den Felswänden wuchsen und durch ihre lila Blüten einen wundervollen Kontrast zum Grau bildeten.

»Warte hier«, hielt er mich an und ging ein paar Schritte vor.

Ich beobachtete Oscar dabei, wie er den Boden absuchte, bis er nickte und mich heranwinkte. Ohne jegliche Scheu vor Körperkontakt trat ich dicht an seine Seite, während er eine Hand auf meinen Rücken legte und mit der anderen nach unten wies. Die

Löcher im Boden waren nur wahrzunehmen, weil sie mit gelben Blüten versehen waren.

»Das sind Lein-Bienen«, erklärte er, kaum hatte er das Strahlen in meinen Augen bemerkt. »Sie bauen ihr Nest mit Gelber Lein-Blüten aus. Das ist ziemlich beschreibend, denn die meisten Wildbienen sind Spezialisten, also oligolektisch.«

»Sie tapezieren ihr Heim mit Stücken von Blüten«, stellte ich das Offensichtliche fest, denn es war zu faszinierend, um es nicht zu betonen. »Das ist zauberhaft«, meinte ich lächelnd und merkte, wie er mich beobachtete. »Was ist?«

Ertappt wich er meinem Blick aus. »Nichts, ich … Es ist niedlich, wie begeistert du bist.«

»Man merkt, wie sehr du es liebst. Das steckt an«, erklärte ich.

»Ja, ich wünschte nur, ich hätte ein bisschen früher verstanden, dass die Imkerei nicht immer nachhaltig ist. Ich liebe meine Honigbienen, und es ist wichtig, darüber zu sprechen, aber bei dieser Diskussion geht es wieder um uns und nicht um die, die wirklich gefährdet sind. Medien schlachten das Thema Bestäubung aus und verkaufen es als Bienenschutz. Das ist es nicht. Das hier ist es.«

Er wies um uns. »Gebiete, die nur ihnen gehören. Pflanzen, an denen sie sich bedienen können und keine Honigproduktionen zigfacher Hobbyimker, die glauben, sie würden die Welt retten, um nach einem Jahr ihre Völker sterben zu lassen, weil sie ihnen lästig werden.« Wieder wich er mir aus und atmete durch.

»Tut mir leid. Ich meine es nicht böse und natürlich kann man nicht alle über einen Kamm scheren. Wie zu dem Thema *aufgeklärt* wird, ist einfach lückenhaft. Das fängt bei mangelhaften Nisthilfen aus Baumärkten an und hat kaum ein Ende.«

»Wieso wird es dann verkauft?«, wunderte ich mich.

»Weil vermeintlich Wissende unwissend sind. Ich war mal undercover in einem öffentlich geförderten Biosphärenzentrum, in denen unbrauchbare – daher unbesiedelte – Nistplätze standen und noch dazu vollkommen falsche Informationen zu Verhaltensweisen.«

Ich ließ mir seine Worte durch den Kopf gehen und fragte mich, wie unüberlegt manche Menschen mit dem Leben dieser Tiere spielten.

»Hast du auch schon ein Volk verloren?«

»Klar.« Es war ihm anzumerken, dass es eine traurige Erinnerung war. »Ein Bauer aus der Gegend benutzt für seinen Maisanbau Pflanzenschutzmittel, das tödlich für Bienen ist. Zumindest vermute ich das. Ich hatte ein wildes Volk zu nah an seinen Feldern.«

»Das tut mir leid. Lässt er nicht mit sich reden?« Kaum hatte ich ausgesprochen, wurde mir klar, wie emotional das Thema für ihn war.

»Wir haben unsere Differenzen«, erklärte er mit vielsagendem Unterton, und dann wurden seine Züge noch düsterer. »Er ist seit Kurzem Partner von *Love Brand.*«

Ich erstarrte. Das musste der Partner sein, den Maurice erwähnt hatte. Der mir helfen würde, Oscar auszukundschaften, und der kurz davor stand, *Love Brand* sein angrenzendes Land zu überlassen. Schlagartig wurde mir schlecht. Sobald der Konzern seine Krallen in diese Natur schlug, waren die wilden Königinnen Geschichte.

»Ihn vermute ich auch hinter dem Brand.«

Nun riss ich meinen Kopf doch zu ihm hoch. »Ernsthaft?«

Er hob die Schultern, seine Züge wirkten hart. »Es reicht in unsere Kindheit zurück und ist eine lange, traurige Geschichte zweier Jungen, die ein beschissenes Leben hatten. Er geht nur anders damit um als ich. Seine Eltern haben ihn auch nicht zur Therapie gebracht wie meine Mum mich. Was sein Verhalten nicht rechtfertigt.«

»Das tut mir leid. Nicht dass du gehen musstest, sondern wieso«, fügte ich schnell hinzu, doch als er nur liebevoll nickte, kam ich zurück zu diesem Mann. »Das klingt, als hättest du Nachsicht mit ihm«, vermutete ich stirnrunzelnd.

Oscar wurde still und ich fürchtete, etwas Falsches gesagt zu haben. Dann entschied er sich doch zu antworten. Leiser. Vorsichtig. »Mit ihm habe ich kein Stück Nachsicht. Ich mag es bloß nicht, diese Gefühle in deiner Nähe zu empfinden.«

Mit meinem Blick tastete ich jeden Zentimeter seines Gesichtes ab und hatte keine Ahnung, ob ich zu weit ging, wenn ich wissen wollte, warum er so empfand. Denn ich war sicher, Oscar müsste mir eine Antwort geben, die alte Erinnerungen preisgab und neue Erinnerungen verursachen würde, in der wir beide die Hauptrollen spielten.

Ich fasste Mut und dann seine Hand. »Es ist in Ordnung zu fühlen. Das sagtest du doch, oder?«

Zwar zog er mich näher und schenkte mir ein Lächeln, doch es war eins voller Trauer. So voll, ich befürchtete, ich brachte es zum Überlaufen. Die blassen Schatten in seinen Zügen waren die letzten Spuren von Vergangenheit und ich wollte nicht dafür verantwortlich sein, sie wieder hervorzulocken.

Denn wenn ich eins wusste, dann, dass ein Leben in Schatten keins war, wo man einfach nur nichts erkannte, sondern eins, wo man nichts fühlte. Und wie sollte es für einen Mann zu ertragen sein, nichts zu fühlen, wenn sein Herz doch voller Flügelschläge, Farben und Töne war?

Unser Rückweg bestand aus angenehmem Schweigen und sanften Lächeln. Der Ausflug war so wundervoll gewesen und ich hätte noch Stunden mit Oscar in der Natur verbringen können. Doch man sollte aufhören, wenn es am schönsten war. Und das war es, sobald er meine Hand fasste.

Nur schien mir so ein Ende ohne lästige Wendung nicht vergönnt. Gerade fuhren wir an weiten Wiesen vorbei, da stoppte Oscar fluchend den Wagen, den Blick auf den Seitenstreifen geheftet. Zuerst erkannte ich zwei Personen mit Pads in der Hand. Dann tauchte ein weiterer auf. Und alle drei trugen stolz ein *Love Brand*-Logo auf ihren Caps.

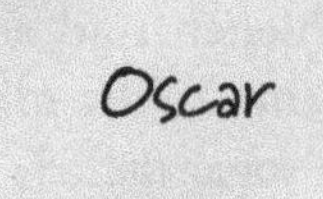

Zuerst verspürte er Schock. Panik, die in Wut umschwenkte. Und schließlich brüllte der Kampfgeist auf. *Love Brand* stand wenige Meter von seinem Land entfernt und das war nichts, was er so einfach zuließ.

Jede einzelne von den Personen, die dort fälschlicherweise in einem Bild von Panorama standen, würde er ausradieren.

Julie bemerkte seine Angespanntheit und er riss sich für sie zusammen. »Das ist Balder. Du kannst im Auto sitzen bleiben.«

Plötzlich bereute er, ihr seine Vermutung zum Brand mitgeteilt zu haben, denn ihre Augen wurden kugelrund. »Ist das klug? Er wird wegen uns verhört.«

Er langte nach dem Türgriff, damit er nicht die Hände nach ihr ausstreckte und wandte den Blick aus demselben Grund ab. »Er kann froh sein, dass ich ihn leben lasse, obwohl er dich in Gefahr gebracht hat.«

Balder war so beschäftigt mit den beiden Männern, dass er das anrollende Auto nicht bemerkt hatte. Erst als Oscar die Tür hinter sich zuschlug, wandte er sich um. Ein panischer Ruck ging durch die hellen Augen, doch er fing sich schnell.

»Morrison.« Es klang nach einer Beleidigung.

Durchatmen. Ein und aus. Er sah in ein Gesicht, das ihn an ein Wiesel erinnerte. Sein blondes Haar wurde von einer Cap versteckt, die das Logo von *Love Brand* zierte.

»Balder.«

»Wie läuft es mit dem Bau?«, fragte der gespielt interessiert, doch Oscar hörte seinen fiktiven Mittelfinger heraus.

»Was machst du mit denen in der Nähe meines Landes?«, wollte er wissen. Seine Stimme war ruhig. Zu ruhig. Die Drohung darin schwang mit wie eine versteckte Klinge, die nur darauf wartete auszufahren.

»Vergiss nicht, dass da hinten auch mein Land liegt. Und das geht dich nichts an.«

Jävel. »Wenn es Einfluss auf mein Land hat, geht es mich etwas an.« Oscar nahm die *Love Brand*-Mitarbeiter ins Visier, die kein Schwedisch zu verstehen schienen und sich unbekümmert besprachen. »Wissen sie, dass du deine Felder mit illegalen Mitteln bewirtschaftest, oder feiern sie dich sogar dafür?«

Love Brand. Love Brand stand hier. Mitten in seinem Zuhause. Eine gewaltige Angst durchströmte ihn. Die Bekanntgabe von Balders Partnerschaft mit dem Unternehmen war ein Schlag in den Magen gewesen. Die Anwesenheit dieser Männer drohte mit sehr viel mehr. Mit viel schmutzigem Geld für noch mehr schmutzige Dinge auf weiter Fläche. Balder öffnete gerade den Mund, da betrat einer von ihnen das Land.

Sein Land.

»Runter!«, warnte Oscar auf Englisch, bewegte sich jedoch keinen Millimeter. Musste er auch nicht. »Sofort runter von meinem Land.«

»Oder was?«, blaffte Balder.

Oscars Ausdruck allein reichte, damit der *Love Brand*-Typ zurückwich und entschuldigend die Hand hob. Erst dann sah er wieder zu dem anderen Farmer, und das mehr als zufrieden. »Nichts ›Oder was‹. Es gibt nur diese Option.« Ganz leicht beugte er sich vor. »Jetzt verschwinde und glaub nicht, dass du, egal was du vorhast, eine Chance gegen mich hast.«

Nichts und niemand würde seinen Bienen etwas anhaben.

»Sieh mal einer an. Der Sohn seines Vaters …«, sinnierte Balder und wollte damit ins Schwarze treffen.

Oscar wurde allein bei dem Gedanken schlecht, mit Victor verglichen zu werden. Er konnte jetzt nicht an den Menschen denken, der sich seinen Erzeuger nannte. Der stand nämlich mit *Love Brand* und Balder auf seiner roten Liste.

Schweigend lieferte er sich mit Letzterem ein Blickduell, bis der an ihm vorbei zum Rivian schaute. Seine Brauen zogen sich zusammen, ein Lächeln schlich sich in seine Züge, das Oscar ganz und gar nicht gefiel. Mit einer fließenden Bewegung brachte er sich zwischen ihn und Julie. Den Geräuschen zufolge entschied sie, aus dem Wagen zu steigen, als wäre es nun egal, da sie entdeckt worden war. Sobald sie neben ihm hielt und ihr Arm seinen streifte, ließ Oscar den anderen Mann aus den Augen. Sie war leichenblass. Das und Balders giftige Aufmerksamkeit, die auf ihr lag, brachten ihn dazu, seine Hand auf ihren Rücken zu legen.

»Und wer ist die süße Maus?«

Plötzlich hatten die *Love Brand*-Typen weniger zu befürchten als Balder, dabei hätte Oscar wissen müssen, dass die Nähe zwischen ihm und Julie als Angriffsfläche wahrgenommen wurde. Seine vermeintliche Ruhe wandelte sich zunehmend zu einem Sturm. »Vorsicht.«

Ein schmieriges Lachen verließ Balders Kehle, und er rückte die Cap zurecht, obwohl sie einwandfrei saß. »Du bist ja ganz gereizt.«

Von wegen. Er wollte ihn provozieren, doch Oscars Stimme blieb gefasst. »Und du hoffentlich bald im Knast.«

Ein Ruck ging durch die hellen Augen, wie vorm Sprung zum Angriff, und es warf ihn zurück in die Zeiten, in denen er sich mit Balder auf dem Boden gewälzt und geprügelt hatte. Ihre Wut war aufeinander losgegangen wie zwei Hunde. Nur hörte dieser Mistkerl bis heute nicht auf, nach ihm zu schnappen.

Julie taxierte Balder warnend und er wollte sie dafür küssen. Am meisten wollte er sie allerdings von diesem Typ fernhalten. Von dem, was er wusste und wozu er fähig war.

»Immer mit der Ruhe. Wir sind so gut wie weg.« In einer verabschiedenden Geste führte er einen Finger vom Cap in die Luft. »Lass nichts anbrennen.«

Sie standen da, bis die drei in den Wagen gestiegen und hinter der nächsten Kurve verschwunden waren. Neben ihm atmete Julie tief durch, doch er wählte schon die Nummer der Anwaltskanzlei und winkte sie zum Rivian. Weg war die vertraute Stimmung. Zurück blieb nur eine unangenehme Spannung und tausend Gedanken. Für wen Julie gearbeitet hatte, stand ohne ihr Zutun plötzlich wieder zwischen ihnen.

»Oscar«, meldete sich seine Anwältin über die Lautsprecher, gerade als sich sein Handy mit dem Auto koppelte.

»*Love Brand* ist hier in Stolt. Sie haben sich gerade mit Balder in der Nähe meines Landes befunden«, erklärte er ohne Umschweife auf Schwedisch.

Die Hälfte der Fahrt verlangte er ein rechtliches Einschreiten und sie versuchte ihn zu beruhigen. Aber dieses Mal lauerte dieser Konzern direkt vor seiner Haustür. Unwillkürlich kam ihm der Gedanke, dass es kurz nach Julies Ankunft passierte … Nein. *Hör auf damit*, tadelte er sich. So skrupellos war sie nicht. Das zwischen ihnen war keine Einbildung.

»Ich hab ein ungutes Gefühl. Wenn er ihnen diesen Teil überlässt …« Er konnte es nicht aussprechen. Wollte es nicht. Die Vorahnung legte Stacheldraht um sein Herz und zog ihn ruckartig zusammen.

»Wir bekommen das hin. Tun wir immer«, sagte sie. »Ich kümmer mich darum und halte dich auf dem Laufenden. Dass er Verdächtiger in Sachen Brandstiftung ist, hilft uns. Wegen *Love Brand* fahren wir heftigere Geschütze auf.«

Und damit legten sie auf, damit sie ihre Arbeit machen konnte. Die schlagartige Stille schien viel zu groß für den Wagen. Julie und er ließen im selben Atemzug die Fenster runter, als würden sie sie rauslassen wollen. Ihre Blicke fanden sich. Julie sah so verunsichert aus, er konnte nicht anders, als beruhigend zu lächeln und seine Hand auf die Konsole zwischen ihnen zu legen. Sein Magen sackte gen Boden, weil sie zögerte. Doch dann griff sie danach und drückte seine Finger in einer tröstenden Geste.

Erst als er den Rivian vor dem Hofladen parkte, brach sie die Stille. »Bist du in Ordnung?«

»Alles halb so wild«, umging er eine klare Antwort.

Mit dem Daumen strich sie über seinen Handrücken. »Ehrlich?«

Oscars Miene erhellte sich bei dieser Frage, und auch ihr fiel wohl auf, dass sie sich das häufiger fragten. »Ehrlich. Danke, dass du heute mit warst«, lenkte er sie ab, löste ihre Finger und umfasste ihre Kopfstütze; spürte ihre lockende Nähe, weshalb sich seine Augen verselbstständigten, indem sie zu ihrem Mund wanderten. »Ich revanchiere mich.«

Obwohl er es nicht beabsichtigt hatte, hörte sie seinen Unterton. »Womit?«

Wie ein Magnet zog sie ihn an. Im Fahrerraum ballte sich eine Hitze, in die er sich hineinstürzen wollte. *Reiß dich zusammen.* Er riss den Blick von ihren Lippen und sah ihr in die Augen, was nicht wirklich hilfreich war. »Schwedisch lernen«, antwortete er lässiger, als er sich fühlte, denn seine Muskeln waren aufs Äußerste gespannt. »Wenn du willst, gleich.«

Julies Brauen zuckten in die Höhe und sie wandte den Blick zur Frontscheibe. »Oh, ja. Gut!«, rief sie nervös-freudig, öffnete schnell die Tür und taumelte fast vom Sitz. »Gute Idee.«

Noch während sie die Autotür schloss, verkniff er sich ein Grinsen und fuhr sich dann kurz übers Gesicht, in der Hoffnung, einen klaren Kopf zu bekommen. Am liebsten hätte er sie an sich gezogen, um diesem schwindelerregenden Drängen in ihm nachzugeben, und allein bei der Vorstellung sang sein Herz. Stattdessen folgte er ihr an die frische Luft und lud die Produkte ab, während sie bei Mio vorbeischaute.

Eine halbe Stunde später trafen sie sich im Wohnzimmer und er legte die Hefte neben den Snacks und Getränken ab, die Julie vorbereitet hatte. Mit einem erleichternden Seufzen schmiss er sich neben sie in das weiche Sitzkissen, froh um ein wenig Ablenkung.

»Das sind Henrys alte Schulbücher«, meinte er, weil sie sie gerade in die Hand nahm. »Schwedisch ist der deutschen Sprache aus naheliegenden Gründen nicht unähnlich. Wie im Englischen gibt es keine Kasusunterschiede.«

»Oh, das gefällt mir. Man duzt sich auch generell, oder?« Ziellos blätterte sie durch das Heft.

Auf ihrem entsperrten Handyscreen machte er ein bekanntes Logo aus. »In der Regel, ja. Du hast dir eine App runtergeladen.«

Sie ließ das Schulbuch in ihren Schoß sinken, um das Smartphone zu greifen. »Ja, ich hab schon angefangen. Ich dachte mir, ich kann jeden Tag eine Lektion machen, besonders, wenn ich auf Mio aufpasse.« Sie stockte und hob dann alarmiert die Brauen. »Ich achte natürlich aufmerksam auf ihn, aber wenn er schläft oder vielleicht kuscheln will …« Sie bemerkte seinen amüsierten Blick, der ihr bedeutete, sich deswegen nicht den Kopf zu zerbrechen. »Und wenn ich Fragen habe, dann kann ich zu dir kommen?«

»Immer. Ich kann dir auch die brauchbarsten Sätze näherbringen.« Es nervte ihn maßlos, dass diese App ihn ersetzte. Das hier war seine Möglichkeit, ihr nah zu sein, und diese Digitalisierung machte ihm einen Strich durch die Rechnung.

Sie zupfte an einer Haarsträhne. »Es ist nur … es ist mir unangenehm, es nicht zu können.«

Seine Brauen trafen sich, obwohl ihn diese Aussage aus ihrem Mund nicht überraschte. »Schwedisch zu sprechen ist nicht die Norm. Allein die Aussprache von Buchstaben ist komplett anders.«

Sie hielt in ihrer Bewegung inne und begutachtete ihn mit einem vielsagenden Blick. »Ihr könnt auch Deutsch.«

Oscar wies mit beiden Händen gen Umfeld. »Wir sind Stolter. Diese Stadt ist komisch.« Dabei hatte er seine Sprachkenntnisse im Internat perfektioniert.

Das Argument ließ sie ausnahmsweise gelten und spitzte dann nachdenklich die Lippen. »Was heißt ›fabelhaft‹?«

»Fantastisk.«

Sie speicherte das Wort ab und fragte dann: »Und ›Danke für diesen fabelhaften Tag‹?«

»Tack för denna fantastiska dag«, erwiderte er mit klopfendem Herzen, weil es ihn mit Freude erfüllte, dass es ihr heute gefallen hatte.

Sie sprach ihm langsam nach, weshalb seine Augen zu ihren vollen Lippen wanderten. Es fehlte nicht viel, das letzte bisschen Scheu zu verlieren und sie mit seinen zu verschlingen. Wie sie wohl schmeckte?

»Du är magisk«, raunte er, weil er es schon seit heute Mittag tun wollte, als sie die Lein-Bienen bewundert hatte.

»Was heißt das?«

Du bist zauberhaft. Das Zauberhafteste, was er seit Langem in seinem Leben gehabt hatte. Kaum vorstellbar, dass sie ihn verlassen würde.

»Es war zauberhaft«, log er und fühlte sich schlecht, wollte sie jedoch beide nicht in unangenehme Situationen bringen. Sein Lächeln war keine Lüge. Sein Blick war keine, und erst recht nicht das, was in ihm aufblühte. Längst aufgeblüht war. »Ich hab den ganzen Tag sehr genossen, Queenie.« Trotz der letzten Begegnung. Der Name rutschte ihm einfach so raus, er passte, denn genau so sah er sie. Wie die wilden Königinnen.

Sie musterte sein Gesicht. »Ich auch.« Dann leuchteten ihre Augen auf. »Der Spitzname gefällt mir.«

Gut, denn er hatte vor, ihn oft zu nutzen. »Fühlst du dich hier wohl? Ich meine, dir wurde ein eigenes Cottage versprochen«, warf er ein.

Ihr weicher Ausdruck war Antwort genug. »Über alle Maßen.«

»Det enda positiva med branden är att du är här med mig under den.« Er fragte sich, wieso er nicht einfach die Schnauze hielt; er täte ihnen beiden einen Gefallen.

»Was heißt das?« Als wüsste sie das ganz genau, leuchteten ihre Augen.

Er konnte sie unmöglich erneut anlügen. »Das einzig Gute am Brand ist, dich deswegen hier bei mir zu haben.«

Rätselhaft, wie er ihrem Blick standhalten konnte, wo er doch am liebsten im Erdboden versunken wäre. Ihre Lippen öffneten sich und sie blinzelte mehrfach, um nach Worten zu suchen. Es sollte ihm nicht so gefallen, sie in Verlegenheit zu bringen, dennoch tat es das. Er erlöste sie beide, obwohl sie gerade erst angefangen hatten.

»Ich hau mich noch eine Runde aufs Ohr, damit ich bei Mio nicht einschlafe. Das nächste Mal machen wir länger«, versprach er ihnen beiden und sie nickte, lehnte sich dann mit einem Durchatmen in die Kissen zurück.

»God natt, Julie.« Mit den Worten stand er auf und sah nur kurz in ihr Gesicht, um standhaft zu bleiben.

»God natt, Oscar«, hörte er sie sagen und der Klang begleitete ihn bis in den Schlaf.

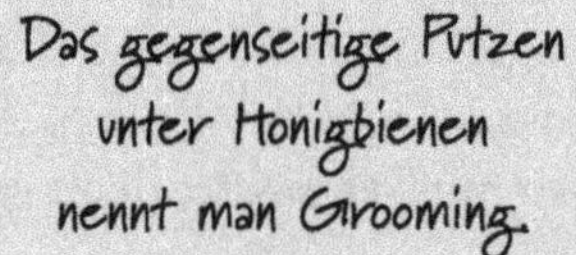

Das gegenseitige Putzen
unter Honigbienen
nennt man Grooming.

O.M.

Kapitel 15

Die Schön-Fühl-Methode

Julie

Mein Knie wippte auf und ab. Meine Schläfen kribbelten. Ein unkontrollierbares Zucken ging durch meinen Nacken, was mir das Gefühl gab, mich wie eine Irre zu verhalten.

Ich war im Begriff, diese Mail abzuschicken.

»Tu es!«, hielt mich Tamsin an, die ich auf Lautsprecher geschaltet hatte. Ich konnte ihren strengen Blick mit meinem inneren Auge sehen. Dass sie so früh schon wach war, hatte ich wahrscheinlich nur den Feiernden zu verdanken, denn sie wohnte direkt über einer Bar und hatte einen leichten Schlaf.

Ich schob den Laptop zum dritten Mal von mir weg. Zog ihn dann wieder heran. Tavi schnurrte in meinem Schoß, und ich war sicher, wüsste sie, warum ich zögerte, würde sie mir eine verpassen. Meine Finger schwebten über dem Touchpad, bis ich darüberglitt und die Maus auf den Senden-Button leitete. Wenn ich das tat, gab es kein Zurück. »Was ist, wenn …«

»Wenn du den Job zurückbekommen solltest? Ich kann dir sagen, was dann ist. Maurice ist immer noch ein Wichser. Und du bist immer noch unglücklich plus schlechtes Gewissen. Das ist dann.«

Ich schielte zum Smartphone. »Ich war nicht unglücklich.«

Tamsin machte sich nicht die Mühe, etwas zu sagen. Ihr Schweigen sagte mehr als tausend Worte.

»Ich drücke jetzt auf Senden.«

Love Brand gestern hier in Stolt gesehen zu haben, verfolgte mich. Balder hatte mich erkannt, hatte mich angesehen, als wären wir Komplizen. Und während ich an Oscars Seite stand, hatte ich das Gefühl, ihm ein Messer in den Rücken zu jagen. Ich würde den Deal mit Maurice abblasen. Ich würde ihm schreiben, dass Oscar niemals darauf eingehen würde und es hoffnungslos sei.

Vor allem *wollte* ich es so. Selbst wenn das nichts daran änderte, wie Oscar zu mir stehen würde, sobald er von meiner wahren Intention Wind bekam. Ich wollte ein guter Mensch sein. Wollte glücklicher sein.

»Ich warte«, erwiderte meine beste Freundin im Singsang.

»Meine Haare sind übrigens schulterkurz.«

Sie stockte hörbar, fiel jedoch nicht darauf rein. »Schick es ab oder ich komme zu dir und mache es selbst.«

Bevor ich noch länger nachdenken konnte, drückte ich die Taste. Was danach in mir vorging, war nicht zu beschreiben. Einerseits fühlte es sich richtig an, andererseits wie eine Niederlage.

»Es war eine harte Entscheidung, aber die, mit der du leben kannst. Vergiss das nicht, Girl«, sickerte Tamsins Stimme zu mir durch.

Dieses Mal war ich diejenige, die schwieg.

Sie seufzte, ehe sie fragte: »Du hast echt deine Haare abgesäbelt?«

»Und sie gespendet«, bestätigte ich gedankenverloren.

Ein anerkennendes Pfeifen ertönte. »Die Farm macht dich ja zu einem richtig sozialen Menschen. Damit kommst du für *Love Brand* ohnehin nicht mehr infrage.«

Ich verdrehte die Augen. »Weil du so ein schlimmer Mensch bist.« Im selben Atemzug kam mir in den Sinn, dass Oscar genau das behaupten würde. Nicht weil er sie kannte, sondern weil sie tat, was sie tat.

»Hast du den Laptop zugeklappt?«

Ich klappte ihn zu. »Ja, schon längst«, munkelte ich, was sie zum Lachen brachte.

»So, beweg deinen hübschen Hintern und mach den Farmer klar.«

»Tamsin!« Schnell stellte ich die Lautstärke leiser und hoffte, dass Oscar sich nicht auf der ersten Etage befand.

»Was er wohl sagen würde, wenn er wüsste, dass du nicht gekündigt hast und ihn für Maurice umgarnen wolltest?«, überlegte sie gähnend und ich kniff die Augen zusammen.

»Danke für den Reminder.«

»Hilf ihm auf der Farm. Dann wird er merken, was für ein wundervoller Mensch du bist, dir verzeihen und sich so derbe in dich verknallen, dass er nicht mehr weiß, wo oben und unten ist. Wobei … er wird wissen, wo *unten* ist.« Vermutlich zwinkerte sie demonstrativ wie immer.

Ich packte das Handy und stellte den Lautsprecher aus, um es mir ans Ohr zu pressen. »Hab noch einen schönen Tag, du Teufel.«

»Awww, du machst mir immer die schönsten Komplimente. Schick mir ein Bild von den Eseln.« Sie liebte Esel fast so sehr wie ich.

»Hab dich lieb.«

»Ich dich auch!«, sang sie und wir legten auf.

Ich hüpfte aus dem Bett, streichelte Tavi auf der Treppe und eilte zur Eselwiese, wo ich Oscar sowie Lovis antraf. Nicht länger für Maurice die Farm auskundschaften zu müssen, löste Erleichterung in mir aus.

Heute war Mio schon viel heiterer und traute sich ein paar Sekunden zu den anderen, nur um dann wie von der Hummel gebissen wieder zurückzuhoppeln. Er war zu goldig.

Während Oscar letzte Nacht auf ihn aufgepasst hatte, hatte ich mich der schwedischen Sprache gewidmet. Ich wollte ihn unbedingt beeindrucken, denn wahrscheinlich dachte er, ich sei zu nichts fähig. Im Wagen hatte er gestern vermutlich mit seiner Anwältin gesprochen, doch ich hatte kein Wort verstanden. Womöglich war das auch in Oscars Sinne. Die Atmosphäre im Auto war zäh gewesen, so als hätte das *Love Brand*-Logo, das die Caps der Männer geziert hatte, ein Warnschild über meine Person projiziert. Zum Glück war es nur ein Augenblick gewesen, gefolgt von sehr viel schöneren … prickelnderen Momenten.

»Guten Morgen. Bereit, den Honig zu checken?«

Ich nickte freudig und ließ es mir nicht nehmen, über den Zaun zu klettern, um mich vor Mio zu hocken. Er nahm mich wahr und störte sich nicht weiter daran, was ich als Fortschritt festhielt, da ich diese Nachtschicht übernahm und er sich nicht vor mir fürchten sollte. Während ich ihm dabei zusah, wie er durch das Gras stürmte, musste ich an Lotta denken, die mit ihm über die Wiese gejagt wäre. Ich schrieb ihr und Levi jeden Tag oder schickte ihnen Bilder. Zuletzt hatte Lotta ein Selfie von ihnen und Tamsin zurückgeschickt, was mich etwas überrascht hatte. Bisher waren sich die drei nicht allzu oft begegnet, nachdem meine beste Freundin und mein Bruder sich wegen *Love Brand* in die Haare bekommen hatten.

Was er zu dem Zeitpunkt nicht wusste, war, wie sehr sie das Unternehmen hasste und am liebsten kündigen würde. Ihre eigentliche Liebe war die Musik und offenbar hatte sie meinen Rat befolgt und meinen Bruder um Unterstützung gebeten. Vielleicht war es gut, dass ich nicht da war. Die beiden stritten sich eigentlich immer nur wegen mir. Levi beschwerte sich, dass ich mich ausbrannte und Tamsin nahm mich in Schutz, obwohl sie es ähnlich sah. Sie verstand dennoch, wieso ich nicht hatte gehen wollen.

Im Gegensatz zu ihr hatte ich keine Träume. *Love Brand* war mein Traum gewesen und mit der Entlassung war ich daraus aufgewacht. Vorher hatte ich in einem Kingsize-Bett mit edlen Laken und einer Matratze gelegen, auf der die Prinzessin auf der Erbse nichts zu bemängeln gehabt hätte. Aufgewacht war ich in einem leeren, farblosen Zimmer.

»Auf geht's«, motivierte mich Lovis, weil mich Oscar in Ruhe den Esel beobachten ließ.

»Henry«, rief Oscar und ich folgte seiner Blickrichtung, in der ich einige Dutzend Meter entfernt den Jungen ausmachte.

Heute trug er wieder Tweethose, Hosenträger und ein helles Hemd. Sobald er mich entdeckte, hob er zum Gruß seine Schirmmütze. Ich winkte zurück. Mein Lächeln verflüchtigte sich jedoch, kaum sah ich, mit wem er dort zusammenstand. Brutus. Der Pfau schien, wie mir aufgefallen war, wirklich und ausschließlich nur gegen mich Einwände zu haben, denn allen anderen präsentierte er sich von seiner schillerndsten Seite. Mittlerweile fühlte ich mich persönlich von diesem Vogel angegriffen.

Henry verstand wohl, was sein Pate von ihm wollte, denn er schüttelte den Kopf und formte seine Hände um seinen Mund zu einem Rohr. »Der ist eh noch nicht reif«, brüllte er.

»Smartass«, murmelte Lovis in seinen Bart, als wir zu dritt aufbrachen.

Ich horchte auf. »Heißt es auf Schwedisch wie im Englischen?«

Oscar nickte, während er dicht an meiner Seite blieb. »Klugscheißer, ja. Das meinte ich mit den vielen Ähnlichkeiten zum Englischen.«

»Vielleicht sollten wir erst mal Beleidigungen durchgehen, die scheinen mir recht simpel«, sinnierte ich scherzhaft. Wobei es ja oft solche waren, die man als Erstes vermittelt bekam.

»Das übernehme ich sehr gern«, verkündete Lovis mit dem Schalk im Nacken. »Merk dir einfach *Jävel*, wen jemand ein richtiger Wichser ist.«

Oscar lachte nur in sich hinein und ich probierte das Wort aus.

Wir statteten dem kleinen Cottage einen Besuch ab, das wieder mehr an Form annahm, zumindest erkannte ich schon den Grundriss.

»Ich hab schon ein paar Designvorschläge erhalten. Wenn du willst, kannst du mit aussuchen«, meinte Oscar, während ich mir vorstellte, wie es im Endstadium aussah.

Überrascht schaute ich zu ihm hoch. »Gern.«

»Ich musste nehmen, was ich bekomme«, beschwerte sich Lovis, da er offensichtlich kein Mitspracherecht gehabt hatte. Der Frust darüber hallte noch immer in seinen Zügen nach.

»Wenn man bedenkt, dass du mich am Vortag mit ganz anderen Beleidigungen als Smartass beworfen hast, kannst du froh sein, nicht in einem giftgrünen Haus zu wohnen«, erinnerte ihn Oscar mit schiefem Blick.

Der ältere Mann verschränkte die Arme. »Das hättest du dir niemals auf dieses Grundstück setzen lassen.«

»So wenig wie dich. Und siehe da, du bist hier.«

Ich liebte seinen Humor. Lovis erwiderte etwas auf Schwedisch, das nicht freundlich klang, doch Oscar lachte nur und ich eilte ihnen ebenfalls grinsend hinterher. Es war offensichtlich, wie wichtig sich die beiden waren, es jedoch einfach nicht lassen konnten, zu provozieren.

»Wieso glaubt Henry, dass der Honig noch nicht reif ist?«, fragte ich, sobald sich in ihrem schwedischen Streitgespräch eine Lücke auftat.

»Es ist vielleicht noch zu früh«, meinte Lovis knapp, was mir nicht weiterhalf.

Also übernahm Oscar. »Am besten ist es eigentlich, wenn es eine kleine Regenepisode gab, weil die Bienen dann keinen neuen Nektar sammeln, sondern sich um den vorhandenen kümmern. Allerdings ist das Glück da nicht immer auf unserer Seite. Nächste Woche soll es aber ein paar Tage regnen.«

»Wie läuft das mit dem Ernten ab?«

Gerade traten wir in die Scheune, in der über die installierten Boxen Musik lief, da winkte mich Oscar zu einem Regal.

»Es gibt verschiedene Möglichkeiten, Honig zu ernten. Zum Beispiel kannst du die Bienen von den Waben abkehren. Das hat meiner Meinung zig Nachteile. Zum einen wird, wenn einzelne Kammern nicht fertig sind, der Besen klebrig, und das ist für die Kleinen unangenehm. Zum anderen ist die Verletzungsgefahr für sie höher. Außerdem kommen die Bienen eh immer wieder zurück. Deswegen«, er zog einen halbrunden Rahmen aus einer Reihe, »arbeiten wir mit der Bienenflucht. Die setzt du unter die Honigkammer. Hier ist ein Loch. Dadurch kommen die Bienen in die Kammer darunter.«

Mit dem Finger strich er über die Holzplatte, die in den Rahmen eingelegt war und in der Mitte ein Loch aufwies, durch das ich auf ein siebähnliches Material blickte. Dann drehte er den Rahmen um. Parallel zum Loch war auf der anderen Seite die Siebkonstruktion in Form eines Aufsatzes angebracht. »Der Aufsatz hier hat zwei Ausgänge für die Bienen. Manche arbeiten mit sternförmigen Mehrausgängen, wir nehmen diese gestreckte Rautenform.«

»Wieso gehen sie runter, statt beim Honig zu bleiben?«

»Gute Frage«, freute er sich. »Mit Bienenfluchten kann man nur arbeiten, wenn man ein Absperrgitter nutzt. Die Königin befindet sich so in der unteren Kammer und die Bienen riechen sie dort. Der Honig ist ihnen wichtig, noch wichtiger ist den Ladys, bei ihrer Königin zu sein.« Er hielt die Flucht so, dass ich erkennen konnte, wie schmal die Ausgänge waren. »Allerdings krabbeln sie nicht mehr durch die Gänge zurück, sondern bleiben unten. Sie verstehen nicht, wo sie langmüssen.«

Er stellte den Rahmen zurück zu den anderen und als ich nach meinem Hut griff, fiel mir erneut auf, dass ich Oscar nur am Tag meiner Anreise mit einem gesehen hatte.

»Wie oft wurdet ihr schon gestochen?« Ich ging davon aus, dass es so normal war, wie beim Reiten mindestens x-mal vom Pferd zu fallen.

Oscar warf seinem Freund einen amüsierten Blick zu, der wiederum verdrossen dreinschaute. »Ein Volk nennen wir nur den Killerschwarm, weil es nicht das umgänglichste ist. Lovis wurde häufig Opfer, wenn die Bienen einen schlechten Tag hatten. Mich hat es an Pfingsten erwischt. Da war hier ein Flug, das haben wir lange nicht gesehen.«

»Wieso?« Ich kam mir vor wie ein Kind, das zu viele Fragen stellte, doch es war einfach fürchterlich interessant, und Oscar schien sich nicht daran zu stören. Ganz im Gegenteil. Jede Antwort fiel voller Geduld und Freundlichkeit aus.

»Wir hatten rapide Temperaturstürze. Von über fünfundzwanzig Grad auf zwölf Grad. Es war stürmisch und klamm. Zwischendurch kam wieder die Sonne raus und das haben die Ladys ausgenutzt. So viel Betrieb hab ich bei einer Tracht noch nie gesehen und wenn du mittendrin stehst, passiert so was.«

Ich nickte gedehnt, motiviert, den Hut aufzusetzen, da fiel mir an dem Werkzeugbrett ein ungewöhnliches Instrument auf. »Wofür ist denn das Stethoskop?«

»Für den Winter.« Oscar zog mir das medizinische Instrument an, rieb mit der Hand über das Bruststück und hielt es dann gegen meine Haut. Ein Glück konnte er meinen raschen Herzschlag nicht hören, doch mein Ausdruck reichte wohl, denn seiner wurde dunkel. Auf die beste Art und Weise. Mit einem Räuspern nahm er den Faden auf. »So kann ich hören, ob in der Beute noch Leben ist.«

»Wie überleben sie denn?«, wollte ich wissen.

»Die Honigbienen ziehen sich zur sogenannten Wintertraube zusammen. Die Königin ist in der Mitte. Sie müssen nur genug Honig haben, um zu überleben, und den lasse ich ihnen. Das ist ihre hart erarbeitete Nahrung. Andere füttern Zuckerwasser zu, damit ihr Honigertrag größer ist, aber es geht mir um sie, nicht um mich. Zuckerwasser zu essen, ist, als würdest du dein Leben lang nur Weißbrot zu dir nehmen. In der Biohaltung ist das sowieso nicht gern gesehen.« Zwar sah er mich an, unsere beider Aufmerksamkeit schien dennoch auf der Stelle zu liegen, an der er mich berührte. »Bienen sind ziemlich kältebeständig, im Winter checke ich trotzdem ihren Puls.«

»Wie hört sich das an?« Ich griff nach dem Hörer des Stethoskops und drückte es auf Herzhöhe an sein Hemd, was er kommentarlos geschehen ließ, mich dabei nicht aus den Augen verlor.

»Wie ein Summen.« Er klang abgelenkt.

»Ein Summen im Herzen.« Seines klopfte zwischen dem Rascheln des Stoffes rhythmisch in meinen Ohren.

Über seine Lippen tanzte ein Lächeln und er neigte den Kopf. »Ein Summen im Herzen.«

»Seid ihr dann mal fertig mit euren summenden Herzen?«, motzte Lovis von der Seite und riss uns damit aus dem Moment.

Oscar kapitulierte kommentarlos und wir machten uns zu den Beuten auf, was mich allerdings keineswegs vom Fragen abhielt. »Was ist während des Winters mit den Wildbienen? Sie sind ja allein und können nicht kuscheln.«

Oscar schmunzelte nur kurz über meine Formulierung, wurde schnell ernst. »Hummeln sterben beispielsweise, bis auf die Jungköniginnen. Die meisten Bienenweibchen haben bloß eine Saison zum Leben, ihr Nachwuchs hingegen wächst in den gemachten Gängen mit dem gesammelten Nektar auf. Der Rest sucht isolierte Unterschlüpfe und muss hoffen, nicht gefressen zu werden. Manche suchen auch Schutz in abgestorbenen Pflanzen. Da kann natürlich auch durch Menschenhand was zerstört werden.«

Sobald wir die Beuten erreichten, hielt ich mich zurück und beobachtete die beiden, lauschte ihren Worten, obwohl ich nichts verstand. Schwedisch glich einem Singsang und war eine wunderschöne Sprache, was mich weiter anstachelte, sie zu beherrschen.

»Was ist denn los?« Die beiden klangen nicht gerade erfreut.

»Der Honig ist noch nicht reif. Schau«, meinte Oscar, und ich folgte seinem Wink, stellte mich vor ihn und folgte seinem Fingerzeig auf die Wabe. »Die Waben müssen verdeckelt sein. Der Honig ist also noch nicht reif. Es ist sicherlich bald so weit.«

Traurig darüber, nicht lang bei den Bienen bleiben zu können, kehrten wir zurück. Lovis kümmerte sich um die Tiere und Oscar brach zum Laden auf. Mir befahlen sie, einen kleinen Spaziergang über die Farm zu machen, was ich halbherzig befolgte.

Gegenüber vom Laden befand sich eine kurze, niedrige Mauer, die offenbar ein Überbleibsel aus älterer Zeit war. Ich verstand, wieso

Oscar sie hatte stehen lassen, denn sie fügte sich perfekt in das idyllische Bild der Farm ein, so wie blaue und weiße Blumen aus den Steinen wuchsen. Und mittendrauf, auf einer Fläche Moos, lag Henry. Nur dass er nicht wirklich lag, sondern von der Mauer herabhing.

Kopfüber.

Er grinste mich an, als ich mich näherte und belustigt eine Braue hochzog. »Geht's dir gut?«

»Hervorragend. Ich mach das ab und an. Und du solltest es auch ausprobieren, komm.« Er klopfte umständlich auf die Mauer.

Vor ein paar Wochen hätte ich abgelehnt, weil ich keinen Sinn darin gesehen hätte, doch Sinn wahr wohl eine individuelle Realität, und in Henrys machte es einen Unterschied, wenn man kopfüber hing. Ich schritt hinter die Mauer, hievte mich rücklings hoch und prüfte meinen Sitz auf der weichen Fläche, ehe ich mich mit dem Oberkörper in die Tiefe sinken ließ.

Henrys und mein Blick trafen sich. »Guten Tag«, meinte er grinsend, was ich erwiderte.

»Guten Tag. Und jetzt?«, wollte ich wissen.

Der Junge wandte seinen Blick nach vorn und runzelte die Stirn, was gar nicht in sein sorgloses Gesicht passen wollte. »Ich mache es, wenn ich über Dinge nachdenke, auf die ich einen neuen Blick brauche.«

»Könntest du nicht einfach die Augen schließen?«, schlug ich vor, presste aber schnell die Lippen aufeinander.

Seinem Ausdruck zufolge war ich keine gute Mitspielerin, trotzdem gab er die Hoffnung nicht auf. »Das wäre nur halb so spaßig, oder nicht?«

Hier hing ich also, kopfüber, in Schweden. Akkurater ging es gar nicht mehr, denn das fasste meine Gefühlslage ganz gut zusammen. Womöglich hatte er ja recht und es war nicht mit Überstürzung oder Verwirrung gleichzusetzen, sondern mit einer neuen Perspektive.

Plötzlich fiel mir ein, wie nah Brutus' Gehege lag und ich mich angreifbar machte, wenn ich so abgelenkt war. Andererseits konnte er mich vielleicht auch nicht richtig erkennen, wenn ich hier so komisch hing.

Sowieso war alles vergessen, kaum ertönte eine tiefe, sanfte Stimme.

»Bist du wieder im Diskurs mit dir?«, kam es von Oscar und wir blickten in sein grinsendes Gesicht.

»Ich lenke mich erfolgreich damit ab, Julie zu beweisen, dass das hier was bringt.« Was ihn offenbar mit Stolz erfüllte.

»Mhm«, machte sein Pate nur und bewegte sich aus meinem Blickfeld. Dann nahm ich neben mir eine Bewegung wahr und in nächster Sekunde gesellte sich Oscar kopfüber zu uns. »Ich helf dir dabei.«

Das war verrückt. Allerdings war verrückt nicht immer schlecht.

»Also? Was sind eure Argumente?« Etwas an ihnen ließ mich lächeln, weil es mich an Levi und Lotta erinnerte, wenn sie mich gemeinschaftlich von etwas überzeugen wollten.

»Willst du oder ich?«, erkundigte sich Henry geheimnistuerisch.

Er überlegte nicht lang. »Ich lasse der Jugend den Vortritt.«

Henry lachte nur. »Schönheit vor Alter, meinst du wohl.« Und schon folgte Argument eins. »Es gibt eine Studie, die besagt, dass wir Gesichter attraktiver wahrnehmen, wenn wir sie kopfüber sehen.«

Ich stutzte, denn auch wenn ich Oscar unfassbar anziehend fand, hatte sein Anblick mir gerade noch mehr Schmetterlinge durch den Bauch gejagt.

»Das Gehirn arbeitet mit bereits gespeicherten Informationen. Gesichter funktionieren wie eine Schablone, aber ein spiegelverkehrtes Gesicht passt nicht auf diese Schablone. Das heißt, wir können auch nicht einstufen, ob wir das Gesicht richtig herum schön finden würden, da es ja keine Vergleiche zu Zügen hat, die wir attraktiv finden. Also ordnen wir es automatisch bei ›schön‹ ein, da wir nichts Negatives finden.« Das eine oder andere Mal bediente er sich einem englischen Wort und ich verstand, was er mir sagen wollte.

»Du glaubst also, kopfüber wird Negatives ausgeblendet?«, schloss ich.

Er machte ein bejahendes Geräusch. »Es mag Unsinn sein. Ich glaube trotzdem gern daran, denn Gedanken sind Macht und beeinflussen uns. Ob wir wollen oder nicht.«

»Ich mag deinen Unsinn«, warf Oscar stolz ein.

Ich musste lächeln und blickte über Grün, Blau und Gelb. Sah Bekanntes, jedoch irgendwie anders, und da wuchs auch etwas in mir selbst, das anders war; das ich sonst niemals wahrgenommen hätte, wenn ich nicht hergekommen wäre. Wenn ich meine Welt nicht auf den Kopf stellen würde. Eine Julie, die diese Schönheit fühlen wollte.

»Die Schön-Fühl-Methode«, kam es aus mir heraus.

»Die Schön-Fühl-Methode«, wiederholte Henry nachdenklich, als würde er den Begriff kosten. Er lachte leise auf. »Sheesh. Das finde ich nice.«

Plötzlich nahm ich Oscar umso intensiver neben mir wahr. Sein Körper berührte meinen an Arm und Bein, allerdings wünschte ich mir so viel mehr von ihm an mir. Auf mir. Ich atmete tief durch, womit ich seinen Duft einatmete, was es nicht unbedingt besser machte. Vorsichtig schielte ich zu ihm, nur um festzustellen, dass er mich beobachtete. Zuerst wollte er den Blick abwenden, als wäre es ihm unangenehm, erwischt worden zu sein, aber dann sah er mir direkt in die Augen.

Mir blieb die Luft weg. Und wie so oft musste ich einfach lächeln, wenn ich ihn anschaute. Sein Blick huschte zu meinem Mund und etwas ging durch das Braungrün, das so tief ging. Faszination? Dann wanderte seine Aufmerksamkeit wieder zu meinen Augen, er musterte mich, als würde er etwas darin suchen, etwas finden. Denn das Lächeln, das auf seinem Mund auftauchte, war so schön, es kippte Sonnenstrahlen über mir aus. Er roch sogar danach. Nach Sonne. Und Wind und Honig. Sein Lächeln war genauso süß. Es war wohl etwas, was ich nicht erst kopfüber sehen musste, um alles andere auszublenden. Denn für wenige Sekunden vergaß ich, dass die Welt eine Kugel war.

Ich zuckte fast zusammen, als er mit den Fingern unerwartet über meine strich und von dort aus Schauder über meine Haut sandte. Vorsicht stand in seinen Zügen, und nicht eine Sekunde wandte er sich von mir ab, analysierte jede meiner Regungen. Ich öffnete meine Handfläche, zeigte ihm still, dass ich das auch wollte.

Diese Nähe.

In dem Moment, als er seine Finger mit meinen verwob, rastete irgendetwas zwischen uns ein, was vorher ohne Sicht herumgelaufen war. Ich wollte nicht so weit gehen, es zu benennen, es zu hinterfragen, es zu zerdenken. Ich wollte einfach nur seine raue Haut an meiner spüren. Seine Wärme. Seine Standhaftigkeit. Mit dem Daumen strich er mir sacht über den Handrücken. Einmal und noch mal. Und obwohl er mich festhielt, fühlte ich mich, als würde ich fliegen.

Eine Stammkundin hatte uns aus dem Moment gerissen, indem sie mit Kuchen vorm Hofladen aufgetaucht war. Henry kochte noch Kaffee im Haus, während ich, wie von ihm beauftragt, die kleine Sitzecke vorm Laden eindeckte – mit pfauenverziertem Porzellan. Von dort beobachtete ich, wie die Kundin Oscar zum sechsten Mal kokett gegen den Arm schlug, als hätte er einen verbotenen Witz gerissen, dabei sah er eher gequält aus. Mit einem beherzten Schnitt halbierte ich den Kuchen.

Just erschien Fynn neben mir und beobachtete mein Tun. »Ist der zum Essen oder Töten da?«

»Kommt drauf an, wie er schmeckt«, erwiderte ich.

Wie es der Zufall wollte, erhielt Oscar einen Anruf, und somit waren es Fynn, Henry und ich, die in der Sonne die kleine Zwischenmahlzeit genossen. Der Junge erzählte uns von dem Theaterstück, das sie in seiner AG probten. *Wie es euch gefällt* – neu adaptiert und mit deutlicherer Herausarbeitung der diversen Aspekte, die Shakespeare schon 1599 in seinem Stück integriert hatte. Henry blühte regelrecht auf, als er von Crossdressing und Gender-Ambiguität sprach, wobei mir ein bisschen peinlich war, dass ich die Bedeutung nicht kannte, weshalb mich Sohn und Vater aufklärten.

Doch seit Fynn angekommen war, wirkte sein Sohn angespannt, und tatsächlich schwang er sich alsbald aufs Rad, weil er zu einem Freund wollte. Als sein Vater ihm nachdenklich nachsah, belud ich seinen Teller nochmals, was er dankend annahm, ehe Lovis beim neuen Cottage nach ihm verlangte.

Als neue Kundschaft kam, fasste ich mir ein Herz und bediente sie, weshalb mir Oscar aus seinem Büro einen dankbaren Blick zuwarf, ehe er die Tür anlehnte und weiter telefonierte. Ich konnte gar nicht anders, als ein paar Sätze aufzuschnappen.

»Was soll das heißen?«

»Wie viel bieten sie dir?«

»Das ist irre.«

»Weil *Love Brand* weiß, wie hoch sie bieten müssen, um dich zu bekommen.«

Kaum hatte ich den Namen der Firma gehört, zuckte ich zusammen.

Wenige Minuten später kam Oscar aus dem Büro gestürmt. Seine Züge waren hart. Seine Gedanken laut.

»Alles in Ordnung?« Natürlich war es das nicht.

Er blieb stehen, obwohl es nur zu deutlich war, dass er gerade allein sein wollte. »Um ehrlich zu sein … nein.«

Es war eigenartig, ihn so zu sehen und nichts zu unternehmen. »Kann ich was tun?«

Er öffnete den Mund, nur um innezuhalten und sich dann in den Nasenrücken zu kneifen. »Nein«, meinte er, ohne sich zu rühren. »Mich hat gerade ein Bekannter angerufen. *Love Brand* versucht seit Monaten an sein Land und seine Wildbienen zu kommen. Sie haben ihn terrorisiert. Ich habe versucht, ihm zu helfen, jetzt ist er eingeknickt.« Er hob den Kopf und atmete tief durch. »Er *musste* einknicken. Es war mental nicht mehr auszuhalten.«

»Das tut mir leid. Für euch beide.« Oscar nahm es offenbar nicht gerade verständnisvoll auf, dass sein Bekannter nachgegeben hatte.

»Ich bin in einer Stunde wieder da«, erwiderte er, ohne darauf einzugehen. Dann entfernte er sich mit langen Schritten und ich folgte ihm bis zur Ecke des Ladens. Er hielt auf den kleinen Schuppen zu.

»Was ist ihm über die Leber gelaufen?« Lovis tauchte wie von Geisterhand auf.

Ich konnte ihm nicht ins Gesicht schauen. »*Love Brand.*«

Lovis seufzte tief. »Jävlar.«

»Was tut er da drin?« Ich wies auf den Schuppen, in den der hochgewachsene Farmer gerade verschwand.

Das erste Mal seit meiner Ankunft nahm Lovis den Panamahut ab und wies damit auf mich, während er mit der freien Hand durch seine welligen kinnlangen Haare fuhr. »Darüber solltest du dir keine Gedanken machen. Geh einfach nie rein, erst recht nicht, wenn er drin ist. Und frag ihn auch nicht danach.«

Mit diesen Worten schnitt er sich ein Stück vom Kuchen ab, schnappte sich was aus dem Wagen und verzog sich wieder zum Cottage. Misstrauisch nahm ich den Schuppen unter die Lupe.

Dummerweise war meine Neugier jetzt erst recht geweckt.

Oscar

Nach dem Schuppen stieß Oscar zu den anderen bei der Baustelle, wo er Fynn beiseite zog.

»Henry hing vorhin kopfüber. Hat er dir was erzählt?«

Die Frage kam für Fynn nicht überraschend. »Nein. Irgendwas beschäftigt ihn. Er hat jetzt mehrfach den Versuch gestartet zu reden, und ich habe ihm gesagt, er kann über alles mit mir sprechen. Nur ist er noch nicht bereit, und ich werde ihn nicht zwingen.«

Oscar lächelte ihn an. »Du bist ein guter Vater.«

Verwundert stellte er fest, dass Fynn ernst blieb und er konnte seine schweren Gedanken förmlich hören. »Ich hab das Gefühl, er entfernt sich von mir.« Angst schwang in seinem Ton mit. »Er wusste, dass ich ihn hier abholen wollte, aber ich war keine zehn Minuten hier, da ist er abgehauen.«

»Komm«, meinte Oscar nur, schnappte sich zwei Bier aus dem Kasten neben dem Werkzeug und ging los, woraufhin sein Freund ihm wortlos folgte.

Zielgerichtet schritten die beiden zu einer der Scheunen, nahmen den Weg innen die Treppen hoch bis zum Heuboden, wo Oscar die Dachluke aufschlug. Nachdem er sich hochgedrückt und auf dem Dach niedergelassen hatte, nahm er die beiden Bierflaschen an, die Fynn hielt, damit der folgen konnte. Wenige Sekunden später saßen sie mit Blick auf die wilden Wiesen und Berge da und schwiegen.

Er war kurz davor gewesen, Julie herzubringen, doch das kam ihm vor wie Verrat, selbst wenn Fynn nichts dagegen gehabt hätte. Hier kamen nur sie beide hoch. Niemand sonst. Das war ihr Ort, und hier tauschten sie Worte, die ausschließlich für sie bestimmt waren.

Vor ihnen färbte sich der Himmel bunter, weil hinter ihnen die Sonne immer weiter am Horizont versank.

»Du bist ein guter Vater«, brach Oscar das Schweigen. »Der beste, den man sich vorstellen kann. Du liebst die beiden und bist für sie da. Du hörst immer zu, wenn Henry dich braucht. Wenn er nicht zur Schule geht, hinterfragst du warum, niemals ihn.«

Fynn schmunzelte. »Zumindest nur selten.«

Henry war ein guter Junge, und sein Schwänzen hing mit einem Lehrer zusammen, der ihm das Leben zur Hölle machte. Hunderte Male waren seine Eltern schon in der Schule gewesen, um das zu klären, und mit Kina legte man sich besser nicht an, weshalb der Direktor Henry in eine andere Klasse versetzt hatte. Das hielt den Lehrer nicht auf, ihn wann immer möglich zu schikanieren. Fynn wollte ihn auf eine andere Schule schicken, doch Henry war dagegen.

»Ich glaube, er hat etwas mitbekommen«, begann er und Oscar horchte auf. Mit den Fingern pulte Fynn am Bieretikett herum. »Kina und ich haben uns gestritten. Wegen Jascha. Sie ist wütend, weil er kaum noch etwas mit ihr macht und hat Angst, dass er Andri links liegen lassen wird.«

»Das klingt nicht nach Jascha.« Er liebte sein Patenkind. Und leider auch seine beste Freundin.

»Nein. Es ist allerdings wahr. Er kreuzt weniger häufig allein auf. Um ehrlich zu sein, nichts, was ich bedaure. Als ich ihn in Schutz genommen habe, weil sie nicht von ihm erwarten kann, diese Freundschaft auf ewig so zu führen, wie sie das will, ist sie etwas ausgerastet.« Bei der Erinnerung schloss er die Augen. Fynn war einer der harmoniebedürftigsten Menschen, die er kannte.

»Das hast du ihr gesagt?« Oscar starrte ihn an, aber sein Freund wandte seinen Blick nicht vom Himmel. Fynn und Kina liebten sich aufrichtig. Kinas und Jaschas Freundschaft funktionierte nur, weil sie sich bedingungslos vertrauten, und Fynn wusste, dass sie ihren besten Freund eben nur platonisch liebte. Was Jascha nicht behaupten konnte. Bereits seit Jahren fragten sie sich, wann der Moment kam, an dem er einen Cut setzte. Setzen musste, wenn er weiterkommen wollte. Seit seiner Jugend starrte er etwas an, das verschlossen hinter einer Glasscheibe stand und ihn nicht so beachtete, wie er es wollte.

»Du weißt, er ist mir wichtig. Er ist mein Freund, auch wenn es schwer ist. Ich kenne ihn so lange wie sie. Und sie verletzt ihn, weil sie ihn nicht loslassen kann.« Fynn nahm einen Schluck, vielleicht auch um den Frust runterzuspülen, dennoch konnte er nicht verhindern, dass er in seiner Stimme mitklang. »Er wird es niemals können, Oscar.« Nach langem Zögern sah er ihm wieder ins Gesicht und seine dunkelgrünen Augen waren hart. »Niemals. Wie lange will sie noch egoistisch sein und darauf hoffen, dass er sich entliebt? Sie hat sich damals für die Liebe entschieden. Für mich. Und zwei Kinder. Sie wusste, diese Freundschaft überlebt das nicht, trotzdem kettet sie ihn an sich.«

Oscar suchte nach den richtigen Worten, denn sein Freund hatte noch nie so über seine Frau gesprochen. »Er ist ein wichtiger Bestandteil ihres Lebens. Und auch unserer Leben. Ihr ist klar, wie kompliziert es wird, wenn sie ihn loslässt. Auch für Henry und Andri.«

»Ich weiß …« Er seufzte, doch schüttelte den Kopf. »Es ist nur hart. Zu sehen, wie er sich quält und sein verschissenes, aufgekleistertes Grinsen zur Schau trägt. Inklusive der Frauen, die er ausnutzt, um über meine hinwegzukommen.«

Wie schwer das alles sein musste, konnte sich Oscar nicht ausmalen und er bezweifelte, dass er so souverän damit umgehen würde wie Fynn. Bei der Vorstellung, Julie zu heiraten und zu wissen, ihr bester Freund begehrte sie … Moment. Wer redete hier von Julie? Wieso dachte er an Julie?

Mit einem Räuspern hob er die Flasche an die Lippen; obgleich Fynn nicht ahnen konnte, woran er gedacht hatte, war es ihm unangenehm.

»Die Konsequenz kann nicht sein, euch deswegen in die Haare zu bekommen.« Oscar war sehr wohl aufgefallen, dass es in letzter Zeit angespannt in ihrer Konstellation war, auch wenn sich Jascha und Fynn bemühten.

»Ich denke, langsam rasten einfach alle aus. Jascha. Ich. Nur Kina tut, als wäre alles in Ordnung, wie es ist.« Er ließ die Flasche zwischen seinen Knien baumeln, dann nahm er einen tiefen Atemzug. »Ich verstehe sie. Und ich möchte nicht, dass sie traurig ist. Gerade kommen wir nach all den Jahren nur an einen Punkt, an dem die Emotionen überkochen. Manchmal glaube ich, deswegen will sie das Ja-Wort erneuern. Weil sie Angst hat, dass ich nicht mehr kann.«

»Und hast du ihren Vorschlag angenommen, weil sie recht hat?«, warf er die Frage in den Raum und erntete einen Blick von seinem Freund, der wusste, dass er sie nur stellte, um ihm etwas klarzumachen.

»Natürlich nicht. Ich liebe sie und würde auf ewig Ja zu ihr sagen.«

Oscar nickte und fasste seine Schulter. »Dann zeig ihr das, statt dich zu streiten. Jascha und Kina müssen selbst wissen, wie sie mit ihrer Freundschaft umgehen. Vielleicht ist es eine Phase.«

Fynn lachte freudlos und legte den Kopf in den Nacken, um die Wolken zu betrachten. »Das hast du auch gesagt, als wir realisiert haben, dass Jascha in sie verliebt ist.«

Er blieb optimistisch. »Manche Phasen dauern eben länger.«

»Glaubst du wirklich, er wird über sie hinwegkommen?« Müdigkeit klang in dieser Frage mit und er kam nicht umhin, sich zu wundern, ob Fynn auch müde für ihren gemeinsamen Freund war.

»Ich glaube es nicht nur. Es ist eine Gewissheit.« Denn Jascha und Kina passten als Freunde zusammen, nicht als Paar, und das wusste der so gut wie alle anderen. »Eines Tages wird er jemanden treffen, den er nicht nur für Sex oder Trost will. Er wird sie sehen – diese Person. Er wird Angst haben, aber nicht so große, es unprobiert zu lassen, denn was Jascha will –«

»Bekommt er«, beendete Fynn.

Oscar verzichtete darauf, jetzt zu erörtern, woher Jaschas Verhalten kam. Er hatte seine eigene Vermutung, wieso sein Kumpel an Kina festhielt, und er war sicher, es war nicht bloß aus Liebe. Er verstand, was ein kompliziertes Elternhaus mit einem machte. Jaschas Mutter hatte seinen Vater und ihn verlassen, da war er gerade mal zwei. Mitten in der Nacht war sie zurück nach Thailand verschwunden, nachdem sie Jahre dort gelebt, Jaschas Vater kennengelernt und dazu überredet hatte, mit in ihre Heimat Schweden zu kommen, als sie schwanger wurde. Das alleinige Sorgerecht hatte sie ohne Streit ihrem Ex-Partner überlassen. Als Jascha alt genug war, entschied er sich, den Nachnamen seines Vaters anzunehmen, da er seine Mutter unbekannterweise hasste. Er wollte nichts mehr von ihr in seinem Leben haben.

Um Jascha würde er sich wann anders kümmern, denn jetzt saß er mit Fynn zusammen. »Und Henry hat euren Streit mitbekommen?«

»Dass es um Jascha geht. Wie du weißt, ist der Junge clever. Er kann eins und eins zusammenzählen. Seitdem besucht er Jascha ständig und zeigt uns die kalte Schulter.« Was ihn deutlich traf.

»Vielleicht hat er Angst, ihn zu verlieren«, mutmaßte Oscar.

»Vielleicht wünscht er sich auch, er wäre sein Vater.«

»Fynn«, tadelte er ihn und seine Miene war warnend, weshalb der andere sich nicht traute, den Blick zu erwidern.

»Sorry.« Er nahm einen Schluck. »Aus mir spricht der Frust.«

»Das will ich hoffen.« Seine Hand landete härter als angebracht auf Fynns Rücken, weshalb er ein Funkeln erntete, das er mit einem Grinsen abtat. »Jetzt fahr nach Hause, nimm deine Frau in den Arm und zeig ihr, wie sehr du dich darauf freust, wieder Ja zu sagen.«

Endlich funkelten die Augen seines Freundes. »Willst du mir wieder Tipps geben, Herr Sexexperte?«

Selbstzufrieden hob er die Brauen. »Ich erinnere mich daran, dass ich der Grund für euren ersten Kuss war.«

»Das hört sich so was von falsch an«, prustete Fynn los und nahm noch einen Schluck.

Schweigend tranken die beiden ihr Bier leer, um dann wieder hinabzusteigen und sich vor der Allee zu trennen.

Fynn stieg auf sein Rad, hielt inne und musterte Oscar. »Was ist das mit Julie?«, fragte er geradeheraus.

Er überlegte, ob er sich einfach eine halbe Wahrheit ausdenken oder ablenken sollte, stattdessen war er ebenso direkt. »Das weiß ich nicht.« Die Hände schob er in die Jeanstaschen. »Ich mag sie sehr gern. Wirklich sehr gern. Mehr, als es gut ist, denke ich.«

»Wieso ist es nicht gut? Sie ist sehr nett«, warf Fynn ein. »Um ehrlich zu sein, ist sie die coolste Person, für die du dich je interessiert hast. Ich kann mich auch nicht daran erinnern, dass du jemanden jemals so angeglotzt hast. Richtig verknallt.« Fynns Lippen formten sich zu einem diabolischen Grinsen.

»Du bist grausam.«

»Beantworte die Frage«, konterte sein Freund unberührt.

Oscar hatte es niemandem erzählt. Nur Lovis. Nicht nur, weil er Angst hatte, dass sie sich darüber wunderten, wieso er sie tolerierte, sondern weil er nicht wollte, dass sie sie danach beurteilten. So wie er.

»Sie hat bei *Love Brand* gearbeitet und wollte es mir verheimlichen. Vor Jahren hat sie versucht, mich als Botschafter anzuwerben.«

Da. Jetzt war es raus.

Fynns Brauen wanderten in die Höhe. »Sie ist also mit dem Wissen hergekommen, wer du bist. Und hat dich im Dunkeln gelassen.«

»Ja«, bestätigte er zerknirscht.

Sein Freund dachte nach, sah die Allee entlang, dann zum Laden und wieder zu Oscar. »Misstraust du ihr?«

»Nein.« Die Antwort kam instinktiv.

»Fühlst du dich wohl?«, wollte Fynn weiter wissen.

Er nickte und versuchte seinem Blick nicht auszuweichen. »Sehr. Und ich denke, sie sich auch. Ich glaube … sie hat es nicht ganz einfach.«

»Na dann. Du bist gern in ihrer Nähe, vertraust ihr und sie dir. Was ist daran nicht gut?« Er zuckte mit den Schultern, als wäre nichts dabei.

Wenn es doch so einfach wäre. Seufzend fuhr er sich durch die Haare. »Ich will nichts Lockeres für ein paar Wochen, Fynn.«

»Davon spreche ich auch nicht, Kumpel«, erwiderte er verwirrt.

Oscar war noch verwirrter, weil er das Offensichtliche vergaß.

»Sie wird nach Hamburg zurückgehen.«

Sein Freund musterte ihn eine Weile, um ihm schließlich nur ein wissendes Lächeln zu schenken.

»Wieso guckst du so?« Er konnte nicht anders, als die Arme zu verschränken.

»Nur so«, sagte er singend und trat in die Pedale. Eine Hand in die Luft gereckt, rief er: »Viel Spaß bei der Eselschicht.«

»Julie ist heute dran«, rief er zurück.

»*Ganz* viel Spaß bei der Eselschicht.« Der leichte Wind trug Fynns Lachen den Weg hoch, und Oscar fragte sich, was verdammt noch mal so lustig daran war.

Bienen kommunizieren
unter anderem mit Pheromonen.
50 unterschiedliche Substanzen
können die Insekten ausstoßen
und damit eine Vielfalt an Nachrichten senden.

O.M.

Kapitel 16

Gedanke für Gedanke

Julie

Lovis hatte mir gezeigt, wie ich die Milch richtig zubereitete, und mit der bewaffnet schlich ich kurz nach Mitternacht in den Stall der Esel und Ziegen.

»Hallo, kleiner Mio«, kündigte ich mich wispernd an, damit er sich nicht erschrak. »Hast du Hunger?«

Lilibet rührte sich kurz, entschied sich dann für den Schlaf und gegen die Neugier, während ich in die Box schlüpfte. Mio lag auf dem Heu und musterte mich wachsam.

Mit gemächlichen Bewegungen ließ ich mich an der Wand nieder und wartete darauf, dass er zu mir kam. Sobald ich die Flasche hervorholte, erhob er sich und trottete verschlafen in meine Richtung, um sich neben meinen Beinen niederzulassen und das Maul nach der Flasche zu recken. Lächelnd hielt ich sie ihm hin und lauschte seinen Sauggeräuschen.

»Du süße Maus«, flüsterte ich und strich ihm über den Rücken, worauf er nicht negativ reagierte.

Die Milch war mir nichts, dir nichts ausgetrunken. Gespannt wartete ich darauf, ob er sich entfernte, doch er blieb bei mir und ich schmolz dahin, als er mit seiner Schnauze an meiner Jogginghose nestelte.

»Das war's erst mal. Sonst bekommst du noch Bauchschmerzen.«

Sicher betrachtete er das anders, aber schließlich stellte er die Suche ein und schloss die Augen. Sachte strich ich über seinen Hals und jubelte innerlich, weil er keine Anstalten machte, der Berührung auszuweichen. Die knarzende Scheunentür riss mich aus der entspannten Atmosphäre. Mein Körper wurde von einer Starre gepackt, weil mir sofort Balder in den Sinn kam. Was, wenn er glaubte, allein zu sein? Schlimmer, was, wenn er beobachtet hatte, wie ich hergekommen war …

In dem Moment beugte sich eine Gestalt über die Boxentür.

Oscar. Seine Haare waren wirr vom Schlaf, das Lächeln müde, der Blick, mit dem er zu mir herabsah, klar. Um Mio nicht zu wecken, wartete ich, bis er eintrat und sich neben mich setzte.

»Du hältst dich nicht an die Schichten«, beschwerte ich mich leise und stupste ihn mit der Schulter an.

»Ich konnte nicht schlafen.« Er fuhr sich übers Gesicht, das vom Gegenteil sprach, denn er konnte den Schlaf sicher gebrauchen.

Also hakte ich nach, wie es bei mir getan hätte. »Wieso?«

Zuerst sah er zur Seite, doch dann zog er die Knie an und räusperte sich. »Gedanke für Gedanke? Ohne Wertung?«

Ich fragte mich, wieso er keine Wertung wollte, aber meine Neugier war zu groß. »In Ordnung.«

Erneut räusperte er sich und schaute zu Mio hinunter, während er antwortete. »Das Wissen, dass du hier allein sitzt, obwohl ich neben dir sitzen könnte, hat mich nicht losgelassen.«

Ich starrte ihn an, während seine Worte in meinen Verstand sickerten und es sich dort wohlig gemütlich machten. Zu sagen hatte ich so viel, doch wir sollten nicht werten, also biss ich mir nur auf die Lippe, um mein blödes Lächeln zu verstecken. »Ich bin froh, dass du hergekommen bist«, äußerte ich meinen Gedanken.

Endlich fanden unsere Blicke zueinander und Oscar schien in diesem Moment beinahe jungenhaft. »Ehrlich?«

»Ehrlich.« Dieses Mal versteckte ich mein Lächeln nicht und versuchte mich daran zu erinnern, wann diese Anziehung zwischen uns so gewaltig geworden war. Von Anfang an war sie da – zumindest von meiner Seite –, und nach dem kleinen Streit am Lagerfeuer war ein Knoten geplatzt. Als hätten wir uns Luft machen müssen. Die Stille, in der wir saßen, war keineswegs unangenehm, denn wir füllten sie damit, Mio zu beobachten, der sein Glück noch mal in den Taschen meiner Jogginghose versuchte. »Er hat ständig Hunger.«

Oscar rutschte den letzten Zentimeter an mich und sein Arm lag warm an meinem. »Essen und Kuscheln sind sein Leben. Klingt gut, wenn du mich fragst.«

Als ich seine Aufmerksamkeit plötzlich intensiver auf mir spürte als die Stellen, wo wir uns berührten, sah ich hoch und bemerkte eine ernste Unternote in seinem Ausdruck.

»Tut mir leid wegen heute. Ich hab dich einfach stehen lassen«, sagte er und setzte zu einer Erklärung an, die nicht nötig war.

»Ich … hab mich verraten gefühlt von meinem Bekannten, gleichzeitig wollte ich Verständnis haben. Er tut mir leid. Und es tut mir leid, nicht länger mit ihm auf einer Seite zu stehen.«

»Was er eigentlich gar nicht will«, warf ich ein.

Nachdenklich nickte er. »Wir beide nicht. Ich konnte ihm unmöglich helfen. Rechtlich und finanziell ein schwieriger Fall.«

Es ging einfach nicht anders. Er saß so niedergeschlagen da, ich musste meine Hand auf sein Bein legen, fuhr tröstend darüber. »Tut mir wirklich leid, Oscar.«

Er starrte meine Finger an, während er den Kopf neigte, starrte immer noch, als er fragte: »Wie geht es dir? Also wirklich.«

Die Frage kam überraschend, und ich stoppte mich, kaum wollte ich zur Floskel-Antwort greifen. Meine Ehrlichkeit hatte ich jedoch nicht erwartet. »Besser. Manchmal. Oft ist alles so sinnlos. Jetzt gerade geht es mir gut.«

Ich zog meine Hand von Oscar, um Mio zu streicheln. »In Deutschland habe ich einen Therapieplatz und habe heute Morgen die Sitzung gemacht, statt sie abzusagen.«

»Das ist klasse«, meinte er sanft. »Ich hoffe, du bist stolz auf dich. Das war sicher nicht einfach.«

Und jetzt, wo er es sagte, realisierte ich, dass ich das sogar ein bisschen war. Stolz. Doch ich hatte keine Ahnung, wie ich von der Situation in Hamburg loskommen sollte, denn jedes Mal, wenn ich das Gefühl hatte, auf der Farm zu entspannen, war da diese Stimme, die mich an meine Arbeitslosigkeit erinnerte.

»Gedanke«, sagte Oscar nur und schmunzelte über meinen Blick. »Ich kann dir an der Nasenspitze ansehen, wenn du dir den Kopf zerbrichst.«

Seltsamerweise machte mir das keine Angst. »Ich lasse mich nicht richtig ankommen. Keine Ahnung wieso. Es ist ein Auf und Ab.«

»Kann ich was tun, was dir dabei hilft?«, wollte er in einem Ton wissen, der verriet, er würde kaum etwas unversucht lassen.

Ich wollte ihm keine Last sein, also schüttelte ich den Kopf. »Du tust schon genug.«

Daraufhin schwieg Oscar ein paar Sekunden, doch ich spürte seine Blicke auf mir. Seine Worte ließen keinen Zweifel, wie ernst es ihm war.

»Ich würde immer mehr von dem tun, von dem du denkst, was du verdient hast.«

Mir blieb die Luft weg, als ich seinen suchenden Blick erwiderte, denn da stand etwas so Lebendiges, so Kämpferisches in dem Braungrün, dass ich mich fragte, ob er nicht doch etwas tun konnte.

Ich zwang mich, ihm nicht auszuweichen, nahm im Kopf seine Hand, die er mir jeden Tag hinhielt. »Kannst du mich in den Arm nehmen?«

Oscar starrte mich an. Dann hob er die Finger zu meiner Wange, strich mit seinem Daumen unter meinem Auge entlang und nickte. »Immer, Queenie.«

Seinen Arm schlang er um meine Schulter und ich lehnte mich gegen ihn, während Mio seinen Kopf in meinen Schoß bettete. Oscar und ich strichen durch sein Fell, unsere Hände berührten sich dann und wann.

»Das hier – die ganze Farm, sie kann dein Wohlfühlort sein, wenn du willst«, flüsterte er in meine Haare.

»Danke.« Ein Wohlfühlort wäre wirklich eine gute Sache. »Du schuldest mir einen Gedanken«, flüsterte ich zurück.

Sein Körper bebte leicht unter einem leisen Lachen. »Ich warte darauf, dass du ins Bad platzt, während ich dusche.«

»Unmöglich«, rief-flüsterte ich, musste trotzdem grinsen und wurde fester von ihm gepackt, damit ich ihm den Ellenbogen nicht in die Seite stoßen konnte.

Doch dann verstummte alles. Selbst mein Herz. Denn mit den Lippen strich er sachte über meine Schläfe, an der er ein einziges Wort flüsterte: »Julie.«

Ich brauchte ein paar Sekunden, um zu realisieren, dass er nichts mehr sagen würde. Dass ich sein Gedanke war. Ich wagte nicht, mich zu bewegen, konnte nichts sagen und nichts tun, außer mich enger an ihn zu schmiegen.

Was verdammt tat ich hier nur?

»Huhu!«, rief Kina und kam winkend auf mich zu. Andri auf der Hüfte und einer Kuchenbox in der freien Hand. »Fika-Zeit.«

»Wie bitte?« Obwohl ich schon ein paar Stunden auf den Beinen war, steckte mir die Nacht in den Knochen. Seit ich gefeuert worden war, konnte mein Körper weniger leisten. So als wüsste er, er konnte sich endlich zurücklehnen und nun all die Jahre aufholen, in denen er keine Ruhe bekommen hatte. Also hatte ich es mir vor dem Hofladen an dem kleinen Tisch gemütlich gemacht.

Ein Seufzen brach über ihre Lippen. »Wozu ist Oscar zu gebrauchen«, nuschelte sie und setzte sich zu mir. Andri wippte sie auf ihren Knien. »Fika ist eine Kaffeepause. Dass der Typ noch keine mit dir gemacht hat, werde ich ihm auf ewig vorhalten. Selbst ist die Frau!«

Mit den Worten zog sie eine Thermoskanne und zwei Tassen aus der Tasche. »Ich wusste nicht, wo du sein würdest, daher war ich auf alle Kulissen vorbereitet. Oscar ist so grausam pingelig mit seinem überbesonderen Porzellan von Hermès dem Götterboten.«

Ich beobachtete sie dabei, wie sie uns Kaffee einschenkte und realisierte schockiert, dass ich noch heute Morgen aus einer bunt verzierten, sehr edlen Tasse getrunken hatte und Oscar mich mit keinem Wort darauf hingewiesen hatte.

Wieso zum Henker hatte er solches Porzellan? Meine Miene verriet mich bei Kina, die eine Braue hochzog und ein Zucken um die Mundwinkel nicht verbergen konnte.

»War ja klar«, murmelte sie, aber lenkte mich ab, indem sie den Deckel von der Kuchenbox hob.

»Käsekuchen«, schwärmte ich und bekam wahrscheinlich Herzchenaugen.

»Nicht nur normaler Käsekuchen. Das ist Ostkaka aus Småland. Der Käsekuchen Schwedens, und das meine ich, wie ich es sage. Der hat sogar einen eigenen Tag«, verkündete sie stolz.

»Wie, einen Feiertag?« Schweden wurde mir immer sympathischer.

»Kann man sagen. Der 14. November. Wir Schweden sind sehr stolz auf unsere Backkünste«, erklärte sie und hob ein Stück auf den Teller, wobei ihr etwas einzufallen schien, denn sie hielt in der Bewegung inne. »Das gilt selten für mich. Hätte Fynn den gebacken, würdest du einen«, sie hielt Andri die Ohren zu und flüstere dann weiter, »Kuchenorgasmus bekommen.« Sie gab Andris Ohren wieder frei und fuhr damit fort, mich zu bedienen.

»Während Fynn in Elternzeit war, hat er komische Hobbys entwickelt. Seine Kuchenliebe ist mir noch das liebste.«

»Seit wann bist du in Elternzeit?«

»Ein halbes Jahr. Fynns Geschäft läuft gut, daher kann ich entspannt sein, auch wenn mir die Arbeit fehlt.« Sie nahm eine Gabel voll vom Kuchen und schaute überrascht drein, da sie wohl nicht damit gerechnet hatte, wie gut er schmeckte.

Ich verkniff mir ein Grinsen und probierte selbst. »Super lecker! Was macht ihr beruflich?«

»Fynn ist Schiffsbauer und ich bin Polizistin. Der ist wirklich gut.« Sie wunderte sich und murmelte etwas davon, dass Fynn ihn sicher mit seinem ausgetauscht habe, ehe sie fortfuhr. »Er hat das Unternehmen von seinem Meister übernommen, weil der ihn fürchterlich geliebt hat. Leider ist er vor drei Jahren verstorben und konnte Andri nicht mehr kennenlernen.« Sie presste die Lippen aufeinander, ehe sie ihrer Tochter einen Kuss auf den Kopf drückte. »Fynn und er haben viel Zeit zusammen verbracht. Sie lebten den Schiffsbau mit ganzer Seele, das hat sie zusammengeschweißt. Wir waren oft da und haben ihn und seine Frau etwas unterstützt, da ihre Kinder alle weggezogen sind.«

»Das ist sehr lieb von euch.«

»Sie waren ebenso für uns da.« Kina musterte mich und überlegte wohl, ob sie weitersprechen sollte. »Oscar meinte, ich soll mich mit dem Thema nicht aufdrängen, um dir keine Angst zu machen, aber ich möchte, dass du dich von Balder fernhältst.«

Die Gabel stockte mitten auf dem Weg zu meinem Mund. »Weißt du was zu den Ermittlungen?«

Etwas Hartes ruckte durch ihre stahlblauen Augen, die bei Verhören sicher Eindruck schindeten. »Sagen wir mal so: Hätte ich ihn verhört, wäre das anders ausgegangen. Sie sind noch dabei, deswegen kann ich nichts sagen. Die Beweislage sieht schlecht aus. Oscar weiß, dass er sich keine Hoffnungen machen kann. Brandstiftung ist kompliziert. Besonders, wenn der Brand wirklich durch die Zigarette zustande kam. Es wäre nicht das erste Mal, dass Balder mit seinem Mist durchkommt. Arvid wird trotzdem alles geben, glaub mir. Ein Security-System zu installieren war überfällig, wenn du mich fragst.«

Das erklärte auch die beiden Personen, die heute an den Scheunen zugange gewesen waren. »Wofür bist du bei der Polizei verantwortlich?«

»Ich bin Kriminaloberkommissarin. Mich so lange rauszuziehen ist eine Gefahr für meine Karriere, aber …« Sie seufzte und wippte Andri so, dass sie kleine Luftsprünge auf ihren Knien machte.

»Wir haben lange versucht, Kinder zu bekommen. Alles probiert. Es war hart. Fynn hielt es nicht mehr aus, also entschieden wir uns für eine Adoption. Andri war vier Jahre später ein pures Wunder.«

Die Kleine lächelte mich an, als wüsste sie, dass wir über sie sprachen. Wie immer standen ihre hellen Zöpfchen senkrecht in die Höhe, und sie trug dazu ein gepunktetes Kleid, eine graue Leggings und zwei nicht zueinanderpassende Socken. Sie hatte Haare und Augen ihrer Mutter, doch die sanften Züge ihres Vaters.

»Das freut mich sehr für euch«, erwiderte ich. »Und tut mir leid, dass ihr das durchmachen musstet.« Ich konnte mir nicht vorstellen, wie hart das gewesen sein musste.

Kina gab ihrer Tochter ein Stück Kuchen und schenkte mir einen warmen Blick. »Danke. Es ist unglaublich, wie viel Macht Gedanken haben.«

Da sagte sie was. »Sie haben den Körper völlig im Griff. Wenn es dem Körper nicht gut geht, geht es dem Geist nicht gut und andersrum.«

Daraufhin übernahm Andri das Gespräch, wobei ich natürlich nichts verstand, trotzdem Spaß daran hatte, ihnen beim Kichern zuzusehen. Als sich die Kleine entschied, herumstreunen zu wollen, ließ Kina sie runter, ohne sie aus dem Blick zu lassen. »Was ist mit dir?«

»Mit mir?«, wunderte ich mich und stellte den Teller weg, um an dem starken Kaffee zu nippen, der noch schön heiß war.

»Mit dir und Oscar«, sagte sie wie selbstverständlich.

»Nichts.«

Sie fixierte mich listig. »*Das* war ein schnelles Nichts.« Ihrem Ausdruck zufolge wollte sie in meine Seele sehen, und das brachte sie zum Schmunzeln. »Ihr lebt unter einem Dach. Du kannst mir nicht weismachen, dass da nichts passiert.«

»Männer und Frauen können befreundet sein«, konterte ich und versuchte meine Züge unter Kontrolle zu bringen.

»Und wie. Die ziehen sich bloß nicht mit Blicken aus. Beim Frühstück letztens hätte ich Henry fast aus dem Raum geschickt. Und Lovis auch.« Sie endete mit einem dreckigen Lachen.

Sie zog mich offensichtlich auf und ich nahm eine Gabel Kuchen, damit ich nicht sprechen konnte.

»Du wirst rot«, teilte sie mir mit, doch wartete vergeblich auf eine Antwort und schnaufte frustriert. »Fein. Schweig! Aber darauf hast du hoffentlich eine Antwort: Fynn und ich erneuern unser Ja-Wort und ich möchte dich gern einladen.«

Ich schluckte schwer. »Mich? Wieso?«

Kina wurde kurz abgelenkt, weil Oscar ihr aus der Ferne zuwinkte, was ihn zu Andris neuem Ziel machte. Die Dreijährige stapfte wacker auf ihn zu.

»Fynn mag dich sehr. Ich mag dich sehr. Oscar mag dich mehr, als du offenbar realisierst. Wir hätten dich gern dabei. Du gehörst doch praktisch zu dieser Farm«, meinte sie dann, als wäre es nichts.

Sie hatte keine Vorstellung, was sie mit diesem Satz auslöste. Ich hätte weinen können. Vor Glück oder Trauer, ich wusste es nicht, doch meine Augen brannten und ich sträubte mich nicht länger. »Ich freue mich. Danke.«

Sie führte einen kleinen Tanz auf ihrem Stuhl auf. »Yay!« Dann zückte sie einen Umschlag mit meinem Namen darauf, als hätte sie ein Nein von mir ohnehin nicht akzeptiert. »Hier, die Einladung. Da steht alles drauf. Du bist zwar im Prinzip Oscars plus eins, aber er hat seine Karte schon abgegeben.«

Ich warf ihr einen schmalen Blick zu. »Weiß er auch, dass ich seine plus eins bin?«

»Mhm-hmm«, machte sie nur kauend und ich kniff die Augen zusammen, denn sie konnte so gut lügen, wie sie schlecht backte.

Ich konnte nichts mehr sagen, denn hinter mir erklang ein Geräusch, das mir einen Schauder über den Rücken jagte. Ein eigenartiges Grummeln. Geraschel. Ich drehte mich um und starrte in Brutus' Gesicht. Bei Gott, ich konnte schwören, dass ich den unbändigen Hass in seinen kleinen, glubschigen Augen ausmachte.

Eine Sekunde blieb die Zeit stehen. Dann raste er urplötzlich los.

Ich hatte noch den Schneid, den Kaffee abzustellen, ehe ich vom Stuhl aufsprang und um mein Leben rannte.

»Alles –« Kinas Frage wurde abgeschnitten, als Brutus wahrscheinlich an ihr vorbeiraste wie ein Wildgewordener. »Brutus. Nein! Aus!«, schrie sie.

»Scheiße scheiße scheiße!«, schrie ich. Langsam fragte ich mich, wann sie verstanden, dass dieser Vogel machte, was er für richtig hielt, und kein Hund war.

Ich rannte, rannte und rannte. Irgendwohin. Dann sah ich Oscar, rannte auf ihn zu. Seine Augen weiteten sich, kaum hatte er realisiert, was los war. Wo war bloß Tavi?

Unsere Blicke trafen sich, und er schien meine Verzweiflung sehr deutlich auszumachen, denn sofort öffnete er die schmale Scheunentür, die seitlich in eine winzige Kammer führte. Doch Brutus war schneller, als er aussah, und ich war wirklich keine gute Sprinterin. Ich spürte seine Präsenz. Näher. Noch näher.

Und näher kam ich auch Oscar, der bereit dazu war, mir den Vogel vom Hals zu schaffen. Ich konnte nicht anders, meine Todesangst trieb mich wortwörtlich in seine Arme. Ohne Vorwarnung sprang ich an ihm hoch.

»Bitte lass nicht zu, dass er mich tötet«, flehte ich.

Oscar schlang seine Arme sofort um mich, trotzdem wankte er ein bisschen und schien sich nicht entscheiden zu können, ob er lachen sollte oder nicht. Wie sehr er sich zusammenriss, hörte ich, als er Brutus anpfiff. »Hör auf mit dem Scheiß.«

Dann wurde es still. Oscar bewegte sich. Rückwärts. Immer weiter. Eine Tür knallte ins Schloss. Und im nächsten Augenblick standen wir in der kleinen Kammer. Meine Arme um seinen Hals, meine Beine um seine Hüfte geschlungen.

»Wieso bist du mit hier drin?«, fragte ich an seinem Shirt. »Solltest du ihn nicht vertreiben? Jetzt wartet er wieder vor der Tür.«

Langsam ließ er mich runter, schwieg. Licht drang nur durch wenige Holzspalten, doch ich konnte seine Miene gut genug erkennen.

»Du hattest selbst Schiss«, flüsterte ich entsetzt.

»Du hast nicht gesehen, wie er geguckt hat«, verteidigte er sich. »So hat er mich noch nie angesehen. Wie …«

»Kerberos.«

Ein Lachen brach über seine Lippen. »Genau so.«

Kurz hielten wir uns beide mit der Horrorvorstellung auf, dass Brutus drei Köpfe haben könnte.

»Und nun?«, fragte ich und schaute mich um. Wir waren wohl im Werkzeugschuppen gelandet, an dessen drei Wänden fein säuberlich befüllte Regale standen. Auf den Holzregalen standen sogar Beschriftungen, die ich versuchte zu entziffern und zwei Worte übersetzen konnte.

Oscar schien nur halb so besorgt zu sein. »Kina hilft uns sicher.«

Ich hob die Brauen. Wir steckten zusammen in einer engen Kammer fest. Es war zu bezweifeln, dass sie etwas Schlechtes in dieser Situation sah, nachdem sie mich gerade noch über uns hatte ausquetschen wollen.

»Wart ihr verabredet?«, fragte er, während er durch einen Spalt schielte. Ich konnte Brutus hören, also war die Hoffnung vergebens.

Ich lehnte mich an ein Regal. »Sie hat mich überrascht.«

Offenbar versuchte er Kina zu erspähen. »Worüber habt ihr geredet?«

»Wieso?«, erkundigte ich mich misstrauisch, weil er etwas zu neugierig wirkte.

»Nur so.«

Er fragte sicherlich nicht nur so. Ich ließ ihm seinen Willen und seufzte tief. »Und jetzt?«

Weil er nicht sofort antwortete, drängelte ich mich vor ihn und schielte durch den Spalt. Kaum starrten mich ein Dutzend Pfauenaugen aus Federn an, stolperte ich zurück, kam jedoch nicht weit, da

Oscar hinter mir stand. Die eine Hand vor mir an der Wand, mit der anderen stützte er mich.

Als er unterdrückt lachte, drehte ich mich um, spürte dabei jeden Zentimeter von ihm, den mein Körper streifte, und ich funkelte zu ihm hoch. In dem seichten Licht konnte ich seine Züge gut genug ausmachen, um mich schlagartig darin zu verlieren. Seine kastanienbraunen Haare saßen heute besonders gut und ich wollte durch die etwas längeren Strähnen fahren, um sie ihm zurückzustreichen. Selbst seine blöde Nase wollte ich nachfahren, weil der Rücken so herrlich gerade war, trotz der kleinen Neigung in der Spitze, als hätte er sie sich irgendwann gebrochen. Ich verstand jetzt auch, wieso er diesen Welpenblick so gut beherrschte, denn seine äußeren Augenwinkel formten sich leicht nach unten, seine Wimpern waren unverschämt lang, es war die Inkarnation von Ungerechtigkeit.

Auf einmal wurde mir seine Nähe noch bewusster und die Hitze fand in dem kleinen Raum, der mit den Regalen und uns ausgefüllt war, kaum einen Ausweg, womit sie mich wohl oder übel verschlingen musste. Oscar dachte nicht im Traum daran, einen Deut abzurücken oder seinen Blick von mir abzuwenden. Im Gegenteil, er fraß mich damit auf.

»Jag skulle verkligen vilja kyssa dig, Queenie.«

Die dunkle, raue Stimme verpasste mir eine Gänsehaut. »Was heißt das?«

Plötzlich schwang die Tür auf. Kina lehnte sich in den Rahmen und betrachtete uns. »Ihr seid ja noch angezogen«, stellte sie enttäuscht fest.

Oscar rührte sich nicht, während er sie mit einem vielsagenden Blick festpinnte. »Du hast recht lang gebraucht.«

Dafür hatte sie einen, ihrer Meinung nach, triftigen Grund. »Ich musste erst mal meinen Kuchen aufessen. Meiner Tochter ein gutes Vorbild sein.«

»Scherzkeks«, murmelte er und pikste ihr in die Seite, während er mit einem Schritt den Schuppen verließ.

»Ich hab dich auch lieb.« Dann wurde ich Opfer ihrer Aufmerksamkeit. »Ich hab Julie als deine Plus eins eingeladen. Das ist, denke ich, in deinem Interesse.«

Ich verharrte immer noch auf der Schwelle, weil ich nach Brutus Ausschau hielt, da füllte Oscar mein Blickfeld aus.

»Fühl dich bitte nicht gezwungen«, meinte er fast schon besorgt.

»Ähm, hallo? Das klingt, als wäre es ein lästiges Event statt einer zweiten Hochzeit«, beschwerte sich Kina.

Er riss sich von mir los, um seine Freundin anzusehen, die Andri gerade auf den Arm nahm. »Ich hab dich auch lieb.«

»Ich freue mich wirklich«, warf ich ein, denn ich hatte das Gefühl, dass Oscar mich in keine Situation bringen wollte, die mir unangenehm war. Immerhin hatte ich ihm gesagt, ich sei hier, um etwas frei zu sein. Ich stockte, denn auf einmal war ich mir nicht mehr sicher, ob ich es wirklich geäußert hatte oder er es einfach wusste. Weil … weil es mit ihm so war. Er wusste, was ich fühlte.

»Brutus ist weg. Tavi ist aufgekreuzt«, beruhigte Kina mich und setzte sich in Bewegung, um zum Hofladen zurückzugehen.

Kaum war ich ins Freie getreten, entdeckte ich die Katze im Gras sitzen. Gemächlich blinzelte sie in die Sonne. Meine Retterin.

Oscar und ich folgten Kina Seite an Seite.

»Weißt du schon, was du anziehen willst?«, riss mich Oscar aus meinen Gedanken.

»Zur Feier?« Ich überlegte. »Nein, wieso?«

Er steckte seine Hände in die Hosentaschen und hob die Schultern, konnte mir nicht so recht ins Gesicht schauen. »Ich dachte nur, wenn wir zusammen gehen, können wir uns farblich abstimmen.«

Ich starrte so lange zu ihm hoch, dass er es erwidern musste. Seine Wangen färbten sich, dann fuhr er sich durch die Haare und ich wünschte, es ihm nachtun zu dürfen.

»Müssen wir natürlich nicht. Ich –«

»Doch«, unterbrach ich und hielt inne, denn an ihm haftete eine rührende Sanftheit, die ich vollends genießen musste. »Sehr gern. Was hältst du von Grün?«

»Fabelhaft.« Seine Mundwinkel zuckten, ehe er sich räusperte und wir uns wieder in Bewegung setzten.

Während wir auf Kina zugingen, die sich wieder gesetzt hatte und ihrer Tochter beim Spielen zusah, realisierte ich eine nicht ganz unbedeutende Tatsache. Ich würde die Begleitung von Oscar sein.

Mein Herz überschlug sich mehrfach.

Jahre hatte ich seine Person überwacht wie eine Obsession. Der Morrison, den ich geglaubt hatte zu kennen, war unnahbar, jedoch engagiert. Nun schritt Oscar hier neben mir, die Wärme seines Armes strich über meinen und die seines Lächelns klang in meiner Brust nach. Er war nah. Ganz, ganz nah. Und zwar nicht bloß neben mir. Ich realisierte, dass sich Oscar in mir eingenistet hatte, und im Gegensatz zu seinen Bienen würde er nicht nur einen Sommer bleiben.

Den restlichen Tag verbrachte ich mit Kina und Andri, bis wir mit den Männern aßen und Oscar und ich uns schließlich zum Schwedischlernen trafen. Verzweifelt versuchte ich mir einzutrichtern, welche Buchstaben wie ausgesprochen wurden, und erklärte das zu meinem Endboss. Die ganze Zeit blieb Oscar geduldig und half mir mit ein paar Eselsbrücken. Als ich mich nach einer Stunde verzweifelt in die Kissen warf, suchte er eine Serie raus, die ich kannte, und stellte deutsche Untertitel ein. Dann machte er mir Kaffee in meiner Lieblingstasse – die mit dem blauen Rand und der Biene drauf –, womit ich wieder friedlich gestimmt war. Schon während der ersten Folge fand sein Arm auf die Rückenlehne, womit seine Fingerspitzen einen Hauch von meiner Schulter entfernt waren und ich nur an die Zentimeter denken konnte, die dazwischen lagen.

Doch ehe ich den Mut aufbrachte, es selbst in die Hand zu nehmen, streckte er sich und rückte an die Sofakante. »Ich muss ins Bett. Das war ein irrer Tag, ich glaube, Brutus hat mir noch nie so Angst gemacht.« Er brachte es zu einem müden Lachen.

»Jetzt weißt du, wie ich mich fühle«, scherzte ich halbwegs.

Wir brachten die Tassen in die Küche und schalteten die Lichter in der Etage aus. An der Treppe trafen wir wieder aufeinander und Oscar ließ mir den Vortritt, womit ich nicht nur ihn im Nacken spürte. Es war, als würde uns etwas nach oben folgen, was sich einen Weg ins Freie bahnte. Unnachgiebig. Verlangend.

Ich fokussierte meine Tür und blieb davor stehen. Dann drehte ich mich um und prallte fast mit ihm zusammen, weil er bereits unmittelbar hinter mir stand.

»Darf ich dich etwas fragen?« Seine Stimme war klar, sein Blick verschleiert, was meine Knie weich werden ließ. »Ich habe Hemmungen, dich auf der Farm Dinge erledigen zu lassen. Du bist wegen einer Pause hergekommen, weißt du, wie man die macht?«

Lange starrte ich ihn einfach nur an. So lange, wir waren wohl beide überrascht, als ich zum Reden ansetzte. Mein Blick senkte sich auf seine Brust. »Ich war wie ein Herd, den ich entweder auf die Stufe neun oder null stellen konnte. Neun. Null. Neun. Null. Immer wieder. Entweder das Wasser darin rührte sich nicht oder es kochte über. Ein Zwischending gab es nicht.«

Seine Schultern entspannten sich, als hätte er gebangt, ob ich mich ihm öffnete. Ob ich mich mir öffnete. »Und eine solide Sechs war keine Option?«

Mein Kopf ruckte hoch. »Eine Sechs?« Auch wenn klar war, er meinte es gut – auch wenn klar war, dass er recht hatte, kam mir diese Sechs wie eine Null vor. Kam ich mir wie eine verdammte Null vor. »Nein, das war keine Option.«

Unentwegt sah er mich an, dabei fühlte es sich nicht drängend an, eher lockend. »Und kann es eine sein?«

»Es sollte wohl eine sein, oder?«, gab ich bitter lächelnd zu.

Er presste die Lippen zusammen, was mehr sagte als tausend Worte. Und das machte was mit mir. Dass er wusste, dass ich es wusste, aber es mir nicht eingestehen wollte. Er glaubte an die Julie, die ich sein wollte, ohne sicher zu sein, ob sie überhaupt existierte. Ich zweifelte nicht an Letzterem, glaubte jedoch nicht an sie. Vielleicht war es das Halbwissen zweier Menschen, das ich nur zusammenschweißen musste, um fündig zu werden.

»Wenn es dir hilft, kann es auch eine sechs Komma neun sein«, schlug Oscar spielerisch nachdenklich vor.

Ich musste lachen und zog dann eine Augenbraue in die Höhe. »Mir ist kein Herd bekannt, der das draufhat.«

Mit ernsteren Zügen klemmte er mir eine Strähne hinter das Ohr. »Dann ist es wohl an der Zeit, mehr zu werden als ein Gerät, das nur für eine Art von Leistung bestimmt ist.«

Diese Aussage traf mich. Auf Dutzend Arten und Weisen. Ich war schockiert, fühlte mich angegriffen, verwirrt. Der Schauer, der durch mich ging, zeugte von der Erkenntnis, wie richtig er lag. Und in diesem Moment wünschte ich, ich wäre früher hier gewesen, hätte früher einen Oscar getroffen, einen Lovis, einen Jascha, die Lindgrens. Die Bienen. Einen Henry, der mich die Welt kopfüber und doch geradegerückt sehen ließ. Ich wünschte, ich wäre schon eher auf diese Farm gekommen. Denn hier hatte ich das Gefühl, mich wiederzufinden. Und wenn ich schon eher hier gewesen wäre, hätte ich mich wohl gar nicht verloren.

»Du sagtest, *Love Brand* war dein Traum, aber da ist noch mehr. Du kannst tausend Träume haben«, erinnerte er mich ohne Zweifel.

Doch ich zweifelte. Ich konnte ihm nicht in die Augen schauen und senkte den Blick. »Träume sind anscheinend sinnlos.«

Oscar umfasste mit Daumen und Zeigefinger mein Kinn und hob es an. Sein Gesicht war voller Entschlossenheit. »Dann wäre dieses Leben sinnlos. Ich möchte, dass du endlich anfängst, dir selbst zuzuhören. Und vielleicht verstehst du dann, was du dir innerlich zuschreist.«

Meine Brauen trafen sich. »Und was wäre das?«

Sosehr ich mich innerlich sträubte, weil ich Panik vor seiner Erwiderung hatte, er ließ mich nicht los. Zu den richtigen Momenten war er gnadenlos. »Erfüllung ist nichts, was dich ankettet, Julie. Sondern das, was dich fliegen lässt.«

Und das erste Mal seit Minuten war mein Kopf leer. Ich hatte keine Antwort darauf. Zumindest nicht mit Worten. In mir sprudelte es vor Gefühlen. Kribbelte es. Weil in Oscars schonungsloser Ehrlichkeit so viel Wahrheit steckte, dass es beinahe schmerzte. Und ich hasste ihn so sehr dafür, wie ich ihn dafür liebte.

»Was ist, wenn ich nicht fliegen kann?« Eine Angst, die ich noch nie zuvor laut ausgesprochen hatte.

Oscar streckte mir seine Hand entgegen, doch es war der Ausdruck seiner Augen, der mich festhielt. »Dann fange ich dich auf. Aber fallen lassen musst du dich selbst.«

Womit hatte ich ihn verdient? Mit Mühe brachte ich hervor: »Ich wünschte mir, schon früher hergekommen zu sein. Das hätte einiges besser gemacht.«

Gedanke für Gedanke. Er verstand es sofort. »Ich glaube, alles passiert aus Gründen, wir es nur manchmal nicht sehen können. Womöglich hättest du diese Farm nie so geliebt, wie du es jetzt tust«, äußerte er.

Ich verdrehte scherzhaft die Augen. »Ich denke, dass du mit deinen Weisheiten auch gut in einen Tempel gepasst hättest.«

Sein Lachen mischte sich mit meinem. Mit dem Daumen fuhr er unter meinem Mund entlang, ehe er sich löste und die Arme verschränkte. »Ich denke, dass du ziemlich untertreibst. Ich bin mindestens eine Gottheit.«

»Ich denke, du träumst ein bisschen zu viel«, konterte ich und es war herrlich, weil er nicht mal überheblich sein konnte, wenn er es versuchte. »Was denkst du? Ohne Wertung«, gab ich einen erneuten Impuls.

Oscar schluckte und die Ernsthaftigkeit in seinen Zügen sagte mir, dass dieses Gespräch gleich beendet war. »Ich wünschte mir, du wärst nicht hergekommen. Weil ich dich dann nie gehen lassen müsste.«

Seine Antwort hing schwer zwischen uns. Ich konnte ihn nur anstarren, obwohl so viel in mir übersprudelte. Die Worte jagten durch mich hindurch, dass ich nicht schaffte, nur eins davon zu fassen, weshalb mir nur ein fassungsloses Schweigen blieb. Er wollte mich nicht gehen lassen.

Am liebsten wäre ich mutig gewesen. Es wäre so simpel. Er war direkt vor mir. Das Einzige, was ich tun musste, war, mich auf die Zehenspitzen zu stellen, ihn zu packen und so zu küssen, wie ich es mir schon oft ausgemalt hatte.

Doch der Moment verstrich, weshalb Oscar nur die Lippen zusammenpresste und die Hand ein letztes Mal zu meiner Wange hob. Er fuhr mit seinen Augen jeden Zentimeter meines Gesichtes ab, als wollte er alles davon aufsaugen, um es niemals zu vergessen. Sein Daumen strich über mein Jochbein.

»Gute Nacht, Julie«, flüsterte er und zog sich in sein Zimmer zurück. Er drehte sich nicht noch mal um.

Ich dagegen stürmte ins Bad und lehnte mich gegen die Tür, atmete tief durch und genoss das Kribbeln, das durch seine Berührung auf meiner Haut nachklang. Mein Blick richtete sich nach draußen auf die Farm. Dann auf den kleinen Schuppen, worin sich etwas befand, was Oscar versteckte.

Alle hatten mich gewarnt. Nur Jascha hatte mich animiert.

Vielleicht fand ich darin etwas, was mir half, Oscar etwas weniger zu mögen. Ein dunkles Geheimnis. Ja, das brauchte diese Geschichte noch. Diese Nacht würde ich herausfinden, wer Oscar Morrison war. Und wenn nicht das, dann zumindest, was dieser verdammte Schuppen verbarg.

Zuerst würde ich mich jedoch beruhigen und noch ein wenig bereuen, dass ich diesen Mann nicht mit Küssen übersät hatte. Denn wenn es jemand verdient hatte, geküsst zu werden, dann Oscar.

Ein Prozent der Bienen
sind nachtaktiv und kaum erforscht.

O.M.

Kapitel 17

Wünsche zwischen Schatten

Oscar

Sein Bauchgefühl trieb ihn zum Fenster.

Die Farm lag im Dunkeln und er konnte kaum etwas ausmachen.

Doch, da. Ein Lichtkegel. Eine Silhouette. Und sie hielt geradewegs auf seinen Schuppen zu.

Er wusste wirklich nicht, ob er schreien oder lachen sollte. Doch sein Körper entschied sich definitiv dazu, einzugreifen. Eilig zog er eine Jogginghose an und sprang die Treppe runter, schritt aus der Tür und über das feuchte Gras. Nicht mal Schuhe hatte er an.

Wovor hatte er solche Angst?

Julie würde keinen Hinweis darauf finden, was er getan hatte. Dass auch ihm Blut an den Händen klebte. Sie würde seine Schatten nicht sehen. Wobei … womöglich täuschte er sich da. Vielleicht lebte genau deswegen Furcht in ihm, weil diese Frau in sein Inneres blickte und die Narben sah – weil sie selbst welche trug. Was ihn am meisten verwirrte, war der Teil von ihm, der wollte, dass sie es erfuhr. Er wollte es ihr erzählen und darauf hoffen, dass sie ihn nicht losließ. Kein Monster in ihm sah, sondern den Jungen, der sich nicht anders zu helfen gewusst hatte. Der ungefilterte Wunsch, von Julie gemocht zu werden, kam unkontrollierbar auf, während er sich dem Schuppen näherte, in dem seine Wut hauste. Und gleichzeitig wollte er sie keine Sekunde mit ihr in einem Raum wissen. Ihr sollte kein Leid geschehen – auch nicht emotional. Diese Farm war für Julie ein Ort des Friedens und keiner der Last. Er erinnerte sich daran, dass sie und er nicht mehr waren als Mitbewohner auf Zeit. Was interessierte sich ihr Herz für ihn? Dumm nur, dass seins schneller schlug, wenn er nur an sie dachte.

Er schlich die letzten Meter und bemerkte das Taschenlampenlicht, das suchend durch die Ritzen des Holzes fiel. Vor der Tür hielt er inne, zog sie sachte auf, damit Julie ihn nicht bemerkte.

In der Schwärze vor ihm machte er ihre Gestalt aus, und gerade als ihr Licht in die Mitte des Raumes fiel, streckte er die Hand nach dem Schalter aus und betätigte ihn.

Der Raum wurde von Helligkeit und Julies Schrei erfüllt. Sie fuhr herum wie von der Wespe gestochen und starrte ihn mit großen Augen an.

Zuerst klang der Schock ab, wurde durch Erleichterung ersetzt und wich schließlich Scham.

»Guten Abend«, meinte er täuschend friedvoll, als würden sie sich nicht an einem Ort begegnen, der verboten war.

Julie schluckte sichtlich und hob dann die Finger, um ihm zu winken. »Hey«, meinte sie mit einem engelsgleichen Grinsen, dem er fast erlegen wäre. Wieso war sie bloß so verdammt niedlich?

Mit viel Mühe widerstand er, sie aus dem Schuppen zu ziehen. Etwas lag zwischen ihnen in der Luft, was er nicht fassen konnte. Womöglich, weil aus Flirterei Ernst wurde. Wie vorhin, als sie sich Gute Nacht gesagt hatten und ihr Blick auf seinen Mund gefallen war, was ihn an die Grenze seiner Kontrolle gebracht hatte.

»Ich hab nicht geahnt, dass du teuflisch neugierig bist.«

Sie schwenkte die Taschenlampe in ihrer Hand und hob die Schultern. »Nun, so lernen wir uns Tag für Tag besser kennen.«

Er unterdrückte ein Schmunzeln und schritt in den Raum hinein, schwieg, was sie zu beunruhigen schien. Es sollte ihn nicht so reizen, aber er konnte nicht anders, als sie aufzuziehen. Mit undurchschaubarer Miene trat er zu ihr und legte die Hand an den Boxsack. Das Einzige, was sich in diesem Raum befand und jeden Tag seine Schläge einsteckte, ohne Schaden zu nehmen.

Julie musterte ihn in der Stille und sah dann zu seiner Hand auf dem Sportgerät. »Ein Boxsack?«, fragte sie und hob mit geheimnisvoller Miene die Brauen. »Ich dachte, du würdest hier eine Leiche verstecken. Oder etwas ähnlich Schlimmes.«

Er blickte ernst zu ihr herunter. »Wer weiß, womit der hier gefüllt ist.« Er klopfte gegen das feste Leder und konnte ein Lachen nicht unterdrücken, weil Julies Brauen noch weiter in die Höhe wanderten. Doch als sie ihn anfunkelte, versuchte er seine Mundwinkel nach unten zu zwingen. Seinen Blick abzuwenden und sich zu erinnern, was der Grund für diesen Raum war, vereinfachte das Ganze. Das Lächeln auf seinen Lippen wurde grimmig. »Mein Filter. Balder kann ich schlecht eine reinhauen.«

»Wieso nicht?« Julie stieß den Boxsack an und runzelte empört die Stirn, weil der sich kaum rührte.

Es lenkte sie ab, und das war gut so, denn Oscar war unsicher, ob er das Dunkle verstecken konnte, das in ihm aufstieg und sich in seinem Ausdruck niederließ. Sie konnte nicht wissen, was diese Frage mit ihm machte. Und das sollte sie auch niemals.

Raus hier, rüttelte ihn eine Stimme aus seiner Starre. Kaum löste er sich daraus, nahm er Julie intensiver wahr. Spürte ihre Nähe; bemerkte, wie ihr weites Shirt ihre Schulter runterrutschte und wurde von der Haut angezogen, die er mit Küssen übersäen wollte. Sicherlich wusste sie darum, aber es war ihr egal, und das füllte ihn mit einer Vertrautheit, in der er baden wollte. Sie fühlte sich wohl. Automatisch schossen Bilder durch seinen Kopf, wie sie genau so bei ihm im Bett lag. Jeden Morgen könnte er aufwachen und ihr einen Kuss auf diese harmlose, doch so intime Stelle drücken.

Zu seiner eigenen Sicherheit streckte er die Finger aus und zog den Saum des Stoffes höher. Die Berührung war so plötzlich, dass Julie mit einem überraschten Ausdruck zu ihm hochsah. Sein Ellenbogen streifte ihren Arm, weil er es nicht schaffte wegzutreten. Er hätte sie nicht berühren sollen. Die Hoffnung, seinem Verlangen nach ihr Zügel anzulegen, indem er sie vor sich versteckte, war dahin. Das einzig Angebrachte war, diesen Raum zu verlassen und sich von ihr fernzuhalten. Er musste ins Bett und diesen Rausch ausschlafen, in dem er wegen Julie war.

»Es ist kalt«, log er. Er machte sich zum Narren.

Nur entdeckte er in diesem Moment etwas in ihren Augen.

Sehnsucht. Das Braun darin glich dunklem flüssigem Honig.

Bildete er sich ein, dass sich ihr Brustkorb schneller hob? Dass die Temperatur um mindestens 20 Grad gestiegen war? Dass sie sich ihm zuwandte, war keine Einbildung.

»Tut mir leid. Ich hätte nicht einfach herkommen sollen«, meinte sie leise in die Stille hinein, doch er konnte sie nur anstarren. Als sie mit der Zunge über ihre Unterlippe fuhr, um dann draufzubeißen, folgte er der Bewegung mit einer hungrigen Miene.

Raus hier, schrie es in ihm.

Küss sie, schrie es noch lauter.

Erst als er sich von ihrem Mund losriss, merkte er, wie ihm das Herz gegen die Rippen schlug; sein Verstand benebelt von dieser Frau. Himmel, Julie brachte seine Welt zum Stillstand und zum Explodieren. Und das alles gleichzeitig. Er wollte sie so sehr.

Nicht nur ihren Körper. Er wollte ihre Gedanken. Ihre Gefühle. Ihr Vertrauen. Ihre Sorgen. Vor allem Letzteres. Als sie angereist war, hatte er sich versprochen, ihre Schatten nicht zu seinen werden zu lassen. Wer sagte, dass sie das mussten? Er war stark genug, ihr zur Seite zu stehen, während sie kämpfte. Und das tat sie, ganz gleich, wie sehr sie es leugnete. Sie kämpfte und er wollte mit ihr kämpfen. Keine Sekunde länger konnte er das bestreiten. Wieso länger Zeit vergeuden, wenn vor ihm ein Mensch stand, zu dem er sich seit der ersten Sekunde so hingezogen fühlte wie nie zu jemandem zuvor. Es war alles an und in ihr, was er begehrte. Was er sogar brauchte. Empfand sie auch so? Konnte er ihr vertrauen? Ihm war klar, dass sie die Macht hatte, sein Herz zu zerquetschen, was ihm eine höllische Angst einjagte. Jedoch nicht so sehr wie die Reue, es nicht zu riskieren und Liebe zu verpassen, die *die Eine* sein könnte.

Er musste nur wissen, ob sie es auch riskieren wollte.

Noch nie war er so unsicher … so aufgeregt gewesen, er musste fast darüber lachen. Doch nichts davon geriet an die Oberfläche, stattdessen musste sein Ausdruck die Wünsche, die er bezüglich Julie hegte, widerspiegeln. Das erkannte er an ihren verschleierten Augen und wie sie die Brauen nervös zusammenzog, weil er zurücktrat. Das

Wissen, diese Sache damit zu beschleunigen, trieb ihn zur Tür. Mit einem leisen Geräusch fiel sie ins Schloss. Sogleich ballte sich die pochende Atmosphäre im Schuppen. Ohne sich umzudrehen, atmete er tief durch, wollte ihr klarmachen, dass sie entschied.

»Wir können so tun, als wären wir nicht hier gewesen.« In einer langsamen Bewegung schaltete er das Licht aus. Er konnte hören, wie Julie Luft einsog. Und abwartete. Erst da drehte er sich um. Sie hatte sich keinen Millimeter gerührt. Als wäre er eine Motte, zog ihn das Licht der Taschenlampe an, und mit jedem Schritt stieg mehr Verlangen in ihm auf, nährte sich zusätzlich an dem von Julie, bis sie in einem unaufhaltsamen Strudel standen.

Oscar zügelte sich, um vor ihr zu halten, statt ihren Nacken zu umfassen und sie an sich zu ziehen. Verdammt, seine Gedanken drehten sich nur um sie. Um sie und ihre Lippen. Ihre Hände. Ihr ganzes Sein. Er wollte sie hier und jetzt unter sich spüren, aber dieser Ort hatte sie nicht verdient. Nichts von ihr. Er durfte sie nicht bemerken, damit er sie nicht verschlang.

Dieses Mal streckte Oscar die Finger mit mehr Bedacht aus, fuhr damit über ihren Unterarm, die empfindliche Haut ihres Gelenks und beobachtete Julies Regungen in dem grellen Lichtstrahl. Ihre Lippen öffneten sich, während sie erwartungsvoll vor ihm stand. Er umfasste ihre Hand und suchte mit dem Daumen den Knopf, schaltete die Taschenlampe aus. Mit einem dumpfen Aufschlag landete sie auf dem Boden.

Von einer Sekunde auf die andere standen sie im Dunklen. In keiner düsteren, sondern in einer, die Sicherheit bot. Für das, was er vorhatte. Für ihn und seine Gefühle. Sein Körper erwachte zum Leben, weil kaum ein Zentimeter zwischen ihnen existierte. Keiner von ihnen machte Anstalten, das zu ändern.

»Was ist, wenn wir so tun, als hätte ich dich nicht erwischt?«, raunte er in die Schatten. Er konnte noch so sehr versuchen, die Sehnsucht nach ihr zum Schweigen zu bringen, es war wahrscheinlich trotzdem so laut, dass sie es hörte. Es flackerte zwischen ihnen wie ein scheuer Vogel. Er gab Julie einen Ausweg, und er redete sich ein, wenn sie ihm gleich keinen Schritt entgegenkam, würde er von dieser Sache zwischen ihnen ablassen. Eine Lüge. Ein Fehler.

Julie eliminierte den letzten Abstand zwischen ihnen. Mit einem erleichterten Klang strömte die angehaltene Luft aus seiner Lunge. Weich auf hart. Sachte. Suchend. Gerade noch hatte er im Bett gelegen und an sie gedacht; nun stand sie in seinen Armen, ihr Körper an seinem. Wie magnetisch angezogen beugte er sich über sie. Seine Hand fuhr an ihrem Arm hinauf, über ihre Schulter. Er sah nichts, spürte sie jedoch überall. Auch in sich. Er musste an ihren Satz über summende Herzen denken und war sicher, dass ihres in seiner Brust widerklang. Gedankenlos schloss er die Augen, stellte sich vor, wie sie es ihm nachtat, um das hier noch intensiver zu spüren. Wo es wohl herkam, dieses Gefühl zwischen ihnen? So leise war es zwischen sie geschlichen, er hatte es zuerst gar nicht realisiert, obgleich das Wissen von Beginn an in ihm Heimat gefunden hatte.

Er legte den Arm um sie, mit der anderen Hand streichelte er über ihr Schlüsselbein, glitt unter die Spitzen ihrer Haare, umschloss ihren Nacken. Julies stockende Atmung drang nur nebenbei an seine Ohren, denn vorsichtig schob sie ihre kühlen Finger über seinen nackten Bauch, hielt sich an seiner Hüfte fest. Nur Zentimeter über seinem Hosenbund. Seine Muskeln spannten sich an.

Im Dunkeln suchte er nach ihr, beugte sich vor, bis seine Stirn an ihrer lehnte. Die Haut ihres Nackens unter seinen Fingerspitzen sandte Wärme durch seinen Körper, brachte alles zum Kribbeln, und er fuhr über die Stelle unter ihrem Ohr. Das schien ihr zu gefallen, denn sie schmiegte sich an ihn. Er wiederholte die Bewegung, während seine Lippen über ihren Nasenrücken strichen. Gefolgt von einem federleichten Kuss auf ihre Wange.

Seine Finger folgten der Berührung. Er nahm sich alle Zeit der Welt, während er mit dem Daumen unter ihrem Auge entlangglitt, als würde er eine Träne wegstreichen. Tränen, die in ihr ruhten. Er wischte sie weg, weil sie da waren. In ihr. Und selbst wenn es niemand sah, so tat er es.

Ihre Hüfte schob sich gegen seine, was ihn an den Rand seines Verstandes trieb. Mit der Nase glitt er ihre Kieferpartie entlang, fasste ihren Hinterkopf und übte leicht Druck aus, damit sie ihn zur Seite lehnte. Lockend schnellte seine Zungenspitze über ihre Halsschlagader. Das Seufzen, das dabei über ihre Lippen schlüpfte, war sein

Gnadenstoß. Mit einem unbändigen Hunger erkundete er ihren Hals, den sie ihm offen darbot, küsste jeden Millimeter. Ersetzte alle Fantasien und Wünsche mit der Realität. Das hier passierte wirklich. In diesem Augenblick war es, als hörte er dieses Summen in ihr, und er wollte mehr davon hören. Mehr. Wollte näher und näher. Sie schmeckte köstlich. Und wie sie sich dem hingab. Wie sie sich ihm entgegenwölbte und ihr Atem seine Haut kitzelte. Er wollte ihn auf seinen Lippen spüren. Wollte ihren Mund.

»Wenn du willst«, raunte er mit heiserer Stimme, hörte nicht auf, ihren Hals zu liebkosen, »können wir auch so tun, als wäre das hier nicht passiert.« Eine Frage klang in seinen Worten mit.

Wie als Antwort darauf krallte sie ihre Hand in seine Haare. Die andere fuhr seinen Bauch hinauf und er sog die Luft scharf durch seine Nase, weil die Berührung direkt in seinen Unterleib schoss.

»Willst *du* das?«, wisperte sie.

Wie konnte sie das noch anzweifeln? Ihre Hand fiel aus seinen Haaren auf seine Schulter, sobald er den Kopf hob und ihre Nasenspitze gegen seine stieß. Er konnte die Sehnsucht nicht verstecken, die in seinen Worten mitschwang. »Ich will *dich*.«

Mit beiden Armen umschlang sie seinen Nacken und er presste sie an sich, wollte sie überall. Der Stoff ihres Shirts rieb über seine Haut, und er wollte es ihr vom Leib reißen, wollte ihre Kurven, die sich darunter gegen ihn drückten, küssen. *Ruhig. Eins nach dem anderen.*

»Ich auch. Ich will, dass es passiert«, brachte sie gegen seine Lippen hervor.

Er glaubte ohnmächtig zu werden bei der Weichheit, die von ihnen ausging. Diese Worte von ihr zu hören … Zu hören, wie sehr sie sich nach ihm sehnte. Das durchtrennte den letzten seidenen Faden, der ihn noch mit seiner Selbstkontrolle verband. Mit einem erleichterten Stöhnen gab er nach, strich mit seinem Mund über ihren, bildete sich ein, schon die Süße zu schmecken und –

Eine dröhnende Stimme riss den Moment in Fetzen. »Wer auch immer da drin ist, ich habe eine Waffe!«

Oscar brach innerlich zusammen und drückte Julies Körper an sich, während seine Stirn auf ihrer Schulter landete. »Verdammte Scheiße«, fluchte er gegen ihre Haut.

Julie war zuerst wie erstarrt, doch dann bebte sie in seiner Umarmung vor unterdrücktem Lachen. Auch wenn ihm nicht zum Grinsen zumute war, setzte er schmunzelnd einen Kuss auf ihren Hals und strich ein letztes Mal über ihren Wangenknochen, verlor sich in ihrer Präsenz.

»Zeigt euch, ihr Rotzblagen!«

»Vielleicht ist es gut so«, meinte Oscar.

Julie erstarrte. »Wieso?«

Er beugte sich zu ihrem Ohr und spürte, wie sie bei seinen Worten in seinem Halt erschauderte. »Ich will dich ansehen, wenn ich dich küsse. Ich will sehen, wie sehr du es willst und wie du mich ansiehst, kurz bevor ich dich –«

Hinter ihnen flog die Tür auf, und mit einem Seufzen trat Oscar von Julie weg.

»Beruhige dich, alter Mann«, erhob er die Stimme, ehe Lovis ihm einen mit dem Baseballschläger, den er unterm Bett versteckt hielt, über die Rübe ziehen konnte.

Im nächsten Moment erhellte Licht die Scheune und er blinzelte dagegen an.

»Junge?« Lovis schaute ziemlich dämlich drein, als er realisierte, dass er nicht allein hier war. »Oh … was macht ihr hier?«

Das war nicht zu fassen. Dieser Mann hatte immer eine große Klappe. Manchmal größer, als ihm guttat, und da stand er, erwischte sie zusammen im Schuppen und lief tatsächlich etwas rot an.

»Schach spielen«, erwiderte Oscar trocken auf Schwedisch. Davon bekam er bekanntlich immer fast eine Erektion.

Julie rührte sich neben ihm und er merkte, wie unangenehm es ihr war. Deswegen wunderte er sich nicht, als sie sich nach der Taschenlampe bückte, um damit an Lovis vorbeizuhuschen.

»Gute Nacht«, rief sie und eilte über die Wiese zum Haus zurück. Oscar musste an sich halten, ihr nicht hinterherzujagen, stattdessen nahm er den alten Mann ins Visier, der sie verschreckt hatte.

»Wolltest du uns nicht verkuppeln? Dann machst du einen beschissenen Job«, ließ er ihn mürrisch wissen.

Lovis' Kopf ruckte zurück. Dann hob er mit grimmiger Miene den Schläger und zeigte drohend auf Oscar. »Kann ich ja nicht wissen, dass du es plötzlich zulässt. Du bist manchmal stur wie ein Esel!«

»Ich? Hast du mal in den Spiegel geguckt?«, konterte er.

Lovis schüttelte den Kopf, machte auf den Absatz kehrt und murmelte etwas Freches in seinen Bart.

Oscar machte das Licht aus und zog die Tür zum Schuppen zu, ehe er ihm folgte. »Ich hab dich nicht verstanden.«

»Hab den Anstand und führ sie aus, bevor du in einem dreckigen Schuppen mit ihr … Bevor ihr … Bevor ihr euch im Heu wälzt!«, schnauzte er und Oscar brach in Lachen aus.

»Wir können uns im Heu wälzen, so viel wie wir wollen, Herr Achtzehntes-Jahrhundert.«

Lovis warf ihm einen Seitenblick zu. »Ach? Und das will sie auch?«

»Himmel, Lovis. Es macht das Ganze nicht wertloser, nur weil wir uns da gerade fast geküsst hätten. Hättest du nicht dazwischengefunkt«, erinnerte er ihn.

Der Mann blieb stehen und drehte sich um, eine Erkenntnis in seiner Miene, zu der er anscheinend erst gerade kam. »Du warst mit ihr im Boxschuppen.«

Oscar schwieg.

Der Mund des Mannes verzog sich teuflisch. »Ich wusste, du magst sie.«

Oscar verdrehte die Augen und beschleunigte seine Schritte. »Das klingt, als wäre das dein Verdienst.«

»Seien wir mal ehrlich, Junge. Wäre ich nicht gewesen, würdet ihr euch immer noch ignorieren und mit heimlichen Blicken ausziehen. Und nun sind wir hier. Wieso war sie überhaupt drin?«, wollte er wissen.

»Sie hat geschnüffelt.«

Lovis' Lachen schallte über den nächtlichen Hof und verfolgte ihn zurück bis ins Haus. Auch Oscar konnte sich ein Grinsen nicht verkneifen. Als er in die erste Etage schlich, war Julies Tür geschlossen, und er hoffte, dass es ihr einfach nur unangenehm gewesen war und sie nicht bereute, was beinahe zwischen ihnen passiert wäre.

Mit wirren Gedanken legte er sich ins Bett. Das, was blieb, war ein Lächeln auf seinen Lippen, weil er wusste, das Erste, was er morgen sah, würde Julie sein.

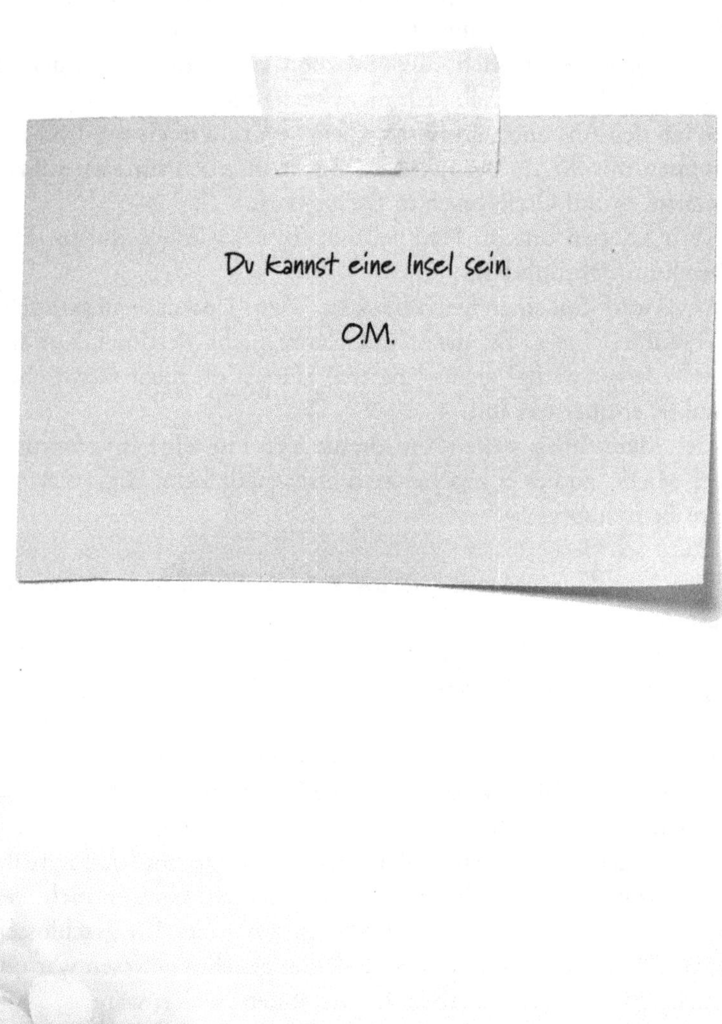
Du kannst eine Insel sein.
O.M.

Kapitel 18

Ein Aufwind in der Stille

Julie

Weil ich dich dann nie gehen lassen müsste. Der Satz schwirrte unaufhörlich in meinem Kopf herum. Ich war mit einem Lächeln aufgewacht. Oscars nächtliche Berührungen schienen immer noch auf meiner Haut zu brennen und ließen mich schaudern. Sein Mund auf meinem Hals. An meinen Lippen.

Alarmiert schritt meine Vernunft ein.

Oscar und ich hätten uns fast geküsst. Ich musste in ein paar Wochen zurück nach Deutschland. Vor allem hatte ich ihn angelogen, und er hasste Lügen. Noch mehr als das hasste er *Love Brand*. Und er würde mich hassen. Gerade für seinen Gegenspieler hatte ich ihn ausspionieren wollen. Ich hatte neben ihm gestanden, als wir auf Balder und die beiden Männer getroffen waren, und während ihn dieser Anblick ernsthaft belastete – bis heute –, war meine einzige Sorge gewesen, dass ich aufflog. Er hatte mehr verdient als das.

Unmöglich durfte ich den Gefühlen in mir noch mehr Raum geben, noch tiefer fallen und damit mein eigenes Grab schaufeln. Ich war selbstzerstörerisch, ich war jedoch auch vernünftig. Oscar durfte nicht verletzt werden, das hatte oberste Priorität.

Mit einem tiefen Seufzen drehte ich mich auf die Seite und blickte Tavi entgegen, die meine Aufmerksamkeit spürte und ihre Lider so weit hob, dass sie mich durch Schlitze anschaute.

»Ich hab mich wohl in deinen Besitzer verknallt.«

Sie schien nicht überrascht. Sie war allerdings eine Katze. Die waren weise.

Nachdem ich Tavi einen Kuss hinters Ohr gedrückt hatte, kämpfte ich mich aus dem Bett und machte mich für die Welt bereit. Die Erkenntnis kam aus dem Nichts: Heute würde kein guter Tag werden.

Schwere lag auf meinen Schultern sowie in meinem Herz. Ein letzter Blick in den Spiegel zeigte mir erschöpfte Augen. Ich gab mir innerlich einen Schubs und reckte das Kinn, zwang mich zu einem Lächeln, bis die Person im Spiegel überzeugend aussah. Eine von uns beiden musste heute die Fassade aufrechterhalten, und sie war die, die andere zu sehen bekamen. Ich musterte die freundliche Miene der Gestalt vor mir und fragte mich, wie sie das wohl schaffte. Dank ihr bemerkten die meisten nicht, wie es mir ging. Wie erledigt und überdrüssig ich mich fühlte. Sie hatte alles unter Kontrolle, während mir alles aus den Fingern glitt.

»Du schaffst das«, sagte ich ihr und sie nickte. Ich drängte die Verzweiflung weg, ehe sie an Luft geriet, denn Oscar würde es so oder so auffallen.

Mit gestrafften Schultern schritt ich die Treppe runter und machte schon von den Stufen Geräusche aus der Küche aus.

Leise schlich ich näher und erlaubte mir, ihn zu beobachten.

Oscar pfiff vor sich hin – krumm und schief –, aber wie alles an ihm war selbst das schön. Furchtbar schön. Beschwingt bereitete er zwei Tassen vor und ich machte die mit der Biene und dem blauen Rand aus, die ich so liebte. Mein Herz wurde warm und ein Lächeln schlich sich von ganz allein auf meine Lippen.

Da drehte sich der Mann meiner Träume zu mir um. Sein schiefes Grinsen machte hundert Dinge auf einmal mit mir, doch eins war am lautesten: Frieden. Oscar brachte mir Ruhe.

Zu schade, dass ich sie mir nehmen musste.

Kaum bemerkte ich seine strahlenden Augen, stach mir die Brust. Meine Knie wurden weich bei dem hungrigen Ausdruck, mit dem er sich näherte.

»Guten Morgen«, raunte er mit noch heiserer Stimme.

»Ich möchte so tun, als wäre gestern nichts passiert«, sprudelte es aus mir heraus und ich holte tief Luft, weil sie mir mit dieser Lüge komplett entwichen war.

Und dann brach mein Herz wirklich ein wenig.

Oscar stockte, als hätte ich ihn geschlagen. Seine fröhliche Miene fiel in sich zusammen, stattdessen trat Verwirrung auf die Bühne. Er zog die Vorhänge zu, bevor ich sehen konnte, was er sich für uns ausgemalt hatte. Sicherlich keine Tragödie, so wie ich.

Mit zusammengezogenen Brauen starrte er mich an, wurde immer ernster. Ich konnte sehen, dass einiges in ihm vorging, doch schließlich brachte er es nur zu einem Wort.

»Wieso?«

Ich wollte weinen. Vor allem wollte ich ihn umarmen und seine Arme um mich spüren, so wie gestern. Denn ihm zu sagen, was das Wieso war, grenzte an einer Unmöglichkeit. »Es …«

Weil ich dich dann nie gehen lassen müsste. Dieser Satz. Der Fast-Kuss. All das stand zwischen uns. Ich wusste, wir werteten unsere Gedanken nicht. Aber wieso zur verfluchten Hölle hatte er gerade das sagen müssen? Das schlechte Gewissen wegen *Love Brand* nagte nicht nur an mir, es zerriss mich. Die Vorstellung zu bleiben wagte ich nicht zuzulassen, aus Angst, mich darin zu verlieben. Doch hatte ich das nicht längst? War der Wunsch zu bleiben nicht längst zu groß?

Oscars Miene war nur ein Vorgeschmack dessen, was mir blühte. Sie würden mich hassen und dann würden sie mich von dieser Farm schmeißen. In hohem Bogen. Wahrscheinlich würden sie es Brutus überlassen – ja, das wäre die gerechte Strafe. Den Machohahn auf die Weltzerstörerin hetzen. Ich würde es nicht anders lösen.

Es tat so weh, dass Oscar schlecht von mir denken könnte. Ergo kein Oscar mehr für mich. Kein Oscar-Schmunzeln. Kein Oscar-Lachen. Kein Oscar-Rat. Keine Oscar-Augen. Oscar-Brustmuskeln. Moment. Was?

»… anwesend?«

Ich blinzelte, weil er plötzlich vor mir stand und mit all seiner Präsenz nach einer Antwort verlangte.

»Ich … es …« Keine weitere Lüge sollte zwischen uns stehen, also fehlten mir die Worte. Ich war sprachlos ohne sie.

Er ließ sich nicht austricksen. Misstrauen ersetzte die Enttäuschung in seinen Augen und er näherte sich, weshalb ich sein Shampoo riechen konnte. Ingwer und Rosmarin. »Du machst dich verrückt wegen dem, was ich gesagt habe.«

»Was hast du gesagt?«

Seine Antwort war eine hochgezogene Braue.

Ich versuchte es erneut. »Das ist nicht korrekt.«

»Was ist passiert?«, verlangte er zu wissen.

Ich wich zurück. Er folgte. Die Luft entwich mir, als ich gegen die Wand stieß. Oscar stützte sich mit den Händen neben meinem Kopf ab und auf einmal war sein Gesicht so nah, dass ich darum kämpfte, es nicht anzufassen. Vor mir stand ein Mann, der alles tun würde, um die Wahrheit zu bekommen, und ob ich wollte oder nicht, ich liebte das.

»Ich hab dich gestern in meinen Armen gehalten und du wolltest es so sehr wie ich. Sag mir, was passiert ist.«

Seine Züge wurden weicher und ich wappnete mich. Ein dominanter Oscar war heiß, der sanfte war zum Dahinschmelzen.

Behutsam hob er die Finger an meine Wange und umrahmte mein Gesicht, glitt mit dem Daumen über meinen Mundwinkel. Seine Augen verfolgten die Berührung, doch dann sah er wieder in meine. »Was macht dir dein Kopf für Lügen weis, Julie? Ich meinte alles so, wie ich es sagte. Dass ich es liebe, dich hierzuhaben. Dass ich dich küssen will. Ich will auch deine Gedanken, wegen denen du dir den Kopf zerbrichst, und ich würde alles tun, um sie zu erfahren. Also sag mir, meinst du das ernst? Dass du so tun willst, als wäre nichts zwischen uns.«

Ich schwieg.

Keinen Ton brachte ich heraus, weil sich meine Kehle zuschnürte. Kaum waren Tränen in meine Augen getreten, geriet ich in Panik. Heute war ein schrecklicher Tag und ich würde ihn nicht katastrophal werden lassen, indem ich vor ihm weinte.

Er hörte nicht auf damit, mir beruhigend über die Haut zu streichen, bis er mit den Fingern die Stelle unter meinem Ohr fand. »Rede mit mir«, bat er und ich zuckte zusammen, als er seine Stirn an meine legte. Die Augen schloss.

Ich wollte ihn küssen dafür, wie sehr er mich verstand. Stattdessen nahm ich sein Angebot an und senkte ebenfalls die Lider, schluckte den Kloß hinunter. »Ich will bleiben«, gab ich leise zu. Obwohl ich an der Wand lehnte, war es Oscars Berührung, die mich in diesem Moment hielt. »Ich wünsche es mir so sehr. Aber ich kann nicht. Ich kann nicht, und das bricht mir das Herz, weil ich alles, was du gesagt hast, auch will. Nur wenn ich das zulasse und diese Farm dann verlasse, werde ich unglücklich sein. Und vielleicht ist es einfacher, manches Glück nicht kennenzulernen, weil ich es dann nicht vermissen muss.«

Plötzlich spürte ich auch Oscars andere Hand, womit er mein Gesicht umrahmte, als wäre es kostbarer als seine Bienen. Ich wusste nicht, ob er mich mittlerweile wieder ansah, doch ich hielt die Augen geschlossen. Das änderte nichts daran, dass ich ihn in der Stille denken hören konnte.

Mit den Daumen wischte er über mein Jochbein, ehe er tief einatmete. »Das fühlt sich nicht richtig an«, flüsterte er, und eine unsichtbare Hand quetschte mein Herz zusammen, weil in diesem Satz Verständnis sowie Trotz mitschwang. »Aber ich verstehe es. Und ich will, dass du glücklich bist.«

Ich schwankte, weil sich Oscar zurücklehnte. Seine Lippen waren eine geisterhafte Berührung an meiner Schläfe. Und dann waren auch seine Finger weg. Gerade als er sich abwandte und zur Theke schritt, schlug ich die Lider auf. Er hatte recht. Es fühlte sich nicht richtig an.

Ich weckte mich aus der Trance, als seine Stimme sanft erklang. »Du kannst hier Urlaub machen, weißt du«, erinnerte er mich tröstend. »Jedes Jahr. Du kannst auch Menschen mitbringen.«

»Menschen?«

»Menschen, die Teil deines Lebens sind.« Ein bitterer Unterton schwang darin mit und er hatte keine Ahnung, was er alles darin zu verstecken versuchte. Egal wie sich mein Leben entwickelte, wen ich kennenlernte, wen ich liebte. Ich war hier willkommen.

Ich stieß mich von der Wand ab. »Nein. Ihr gehört mir allein.«

»Gut.« Mehr sagte er nicht.

»Oscar?« Mit zittrigen Beinen schritt ich zur Kücheninsel und hielt mich daran fest, während er mir Kaffee und sich Tee eingoss. Es war einfacher, ihn das zu fragen, während er mir den Rücken zuwandte.

»Gehört … ihr mir?«

Mitten in der Bewegung erstarrte er. Kurz dachte ich, dass er sich umdrehen würde, doch nach wenigen Sekunden schüttete er den Tee weiter ein. »Mehr, als du wohl ahnst.«

Dann schob er die Kaffeetasse ein Stück von sich. Ich blieb mit dem Blick an den Venen seines Arms hängen. Keine blöden Oscar-Venen mehr, notierte ich innerlich; und nahm seine stille Einladung an. Ich trat neben ihn und so standen wir dicht an dicht, sahen aus dem Fenster auf die Farm.

»Tust du mir einen Gefallen?«, fragte er und ich widersprach nicht, wollte hören, was es war. Er nahm zuerst einen Schluck, ehe er fortfuhr. »Komm mit mir an den See. An meinen Lieblingssee.«

»Wieso?«

Bei meinem Unterton wandte er mir das Gesicht zu. »Ich akzeptiere deine Entscheidung, Julie. Doch uns voneinander fernzuhalten wird umso schwerer sein. Also lass mich dir ein Freund sein. Ich möchte dir diesen Ort gern zeigen, weil er mir oft geholfen hat.«

Ich hielt seinen Blick und fand den Frieden darin, nach dem ich mich so sehnte. »Geholfen wobei?«

»Beim Fliegen.«

Seine Worte klangen ernst, doch an seinen Mundwinkeln zupfte ein liebevolles Lächeln, weshalb ich gar nicht anders konnte, als zu nicken. »In Ordnung.«

Entschlossenheit trat in seine Züge. »Wir brechen in einer Stunde auf.«

Was auch immer mich an diesem See erwartete, ich war nicht bereit dafür. Wann würde ich das je sein? Bereits zwanzig Minuten folgten wir dem Flusslauf, der im Berg entsprang und gen Süden verlief.

Oscar schien die Schwere in mir wahrzunehmen, weshalb er mich zu keinem Gespräch drängte. Er lächelte mich an, bot mir bei steinigen Abhängen die Hand und erzählte mir an besonders faszinierenden Stellen etwas zu Schwedens Natur. Die Flora und Fauna besaß eine unverkennbare Mystik. Mit den Bäumen, die sich so hoch wie nur möglich gen Himmel streckten; den Flechten und Kräutern, die den Boden wie ein Teppich überzogen; dem Findling, der einen Mantel aus Moos trug und seit Tausenden Jahren hier verweilte, in denen er etliches an sich vorüberziehen gesehen hatte. Wie auch wir ihn nun passierten. Dabei hätte ich mich gern hinter ihm versteckt. Ich wusste nicht, was mich antrieb. Es fühlte sich an wie ein Sog, in den ich geraten war, ohne es zu merken, und mich meinem Schicksal stellen musste.

»Halt.« Oscars Stimme war leise und wachsam.

Mein Körper reagierte sofort auf ihn. Mit gespannten Schultern stand er vor mir und starrte auf eine Stelle, die mir wegen seiner Statur verborgen blieb. Wieder konnte ich nur an seinen Worten ausmachen, dass etwas vor sich ging, das ihn in Habachtstellung trieb.

»Komm zu mir und hock dich hin.«

Während der zwei Schritte zu ihm malte sich mein Kopf alle möglichen Horrorszenarien aus, und weil Oscar meinen Arm fasste, während wir uns hinhockten, wurden sie besonders schaurig.

Einige Meter von uns entfernt befand sich ein Abhang, der zu einer Ebene aus niedrigen Büschen führte, über die ich meinen Blick schweifen ließ und nicht direkt verstand, was Oscar in Achtsamkeit versetzt hatte.

Dann entdeckte ich ihn. Zwischen den graubraunen Stämmen war er fast unsichtbar, doch das mächtige Geweih war nichts, was er verstecken konnte. Dort unten, in sicherer Entfernung, graste ein riesiger Elch. Viel gewaltiger, als ich es mir je hätte vorstellen können und er löste eine Mischung aus Faszination und Respekt in mir aus.

»Du hast unfassbar Glück«, meinte Oscar mit gedämpfter Stimme. »Ich kenne Leute, die über Jahre nach Schweden kommen und keinen sehen.«

»Er ist wunderschön.« Die Gemächlichkeit, mit der er fraß, zeigte seine Furchtlosigkeit, ganz darüber bewusst, dass er der Herr dieser Wälder war.

»Gib mir dein Handy«, bat Oscar und hielt mir die Hand hin. Als ich ihn fragend anschaute, machte er eine nachdrückliche Bewegung. »Dann kannst du es genießen und hast es dokumentiert.«

Lächelnd zückte ich mein Smartphone, hielt jedoch inne, als ich eine Nachricht von Gigi bemerkte, die mich hartnäckig nach meiner Meinung zu *Love Brand* fragte. Schnell entsperrte ich das Handy, damit Oscar mein Zögern nicht auffiel. Ich reichte es ihm und lenkte meine Aufmerksamkeit wieder zum stattlichen Tier, das kauend den

Kopf hob und etwas fixierte, um kurz innezuhalten und sich dann an den Sträuchern zu bedienen, wobei er aufgrund des Geweihs den Kopf schräg legen musste.

»Wie groß ist sein Geweih wohl?«, fragte ich.

»Sieht ordentlich aus. Bestimmt fast anderthalb Meter«, erwiderte er, wobei mir auffiel, dass er immer noch aufnahm und ich nun für immer seine Stimme auf Video hatte.

In andächtigem Schweigen warteten wir, bis der Elch wieder im Dickicht verschwand und ich hörte Oscar seufzen.

»Komm trotzdem mit mir zu der Hochzeit«, sagte er aus dem Nichts und reichte mir das Smartphone, nachdem wir uns erhoben hatten. Sein Blick wich meinem aus, als er hinzufügte: »Als Freunde.«

»Als Freunde?«

Er beantwortete meine Frage nicht direkt, sah mich zumindest wieder an. »Ich fordere nur einen einzigen Tanz.«

Das brachte mich zum Schmunzeln. »Dürfen Freunde nur einmal miteinander tanzen?«

Seine Miene blieb ernst und er sah mich so entwaffnend an, dass mir das Lächeln aus dem Gesicht fiel.

»Es wird meine Hoffnung auf einen Kuss vergrößern.« Er machte keinen Hehl daraus, wonach er sich sehnte und sein Ausdruck wurde hungriger, je länger wir uns gegenüberstanden. »Besonders, wenn du mich so ansiehst«, raunte er und jagte mir einen Schauder über die Arme.

»Freunde«, brachte ich atemlos hervor, weniger um ihn, sondern um mich daran zu erinnern.

Er rührte sich nicht weiter. Weder wich er zurück noch beugte er sich zu mir, sondern betrachtete mich einfach nur und überging meine Aussage, als wäre das letzte Wort noch nicht gesprochen. »Kommst du mit?«, fragte er erneut.

»Ja.« Mehr blieb nicht zu sagen.

»Unser Outfit steht. Wehe, du ziehst kein Grün an«, drohte er mit einem Zwinkern. Mit den Worten setzte er sich wieder in Bewegung und erklärte das Gespräch für beendet.

So still wie vorher führten wir unseren Weg über eine lichtere Fläche fort, auf die ein dichter bewachsener Wald folgte, zwischen dessen Stämmen hindurch ich Wasser ausmachte.

Bevor wir durch die Bäume ans Ufer brachen, hielt mich Oscar auf, indem er vor mich trat und mein Blickfeld ausfüllte.

»Mach die Augen zu, und nicht schummeln.« Seine sanften Worte standen im Kontrast zu dem Ernst in seinem Gesicht, der seine kantigen Züge betonte.

»Wieso?«

Er zog herausfordernd eine Braue hoch. »Vertraust du mir?«

Also fing es jetzt schon an … das Fallenlassen. Ich nahm einen tiefen, frustrierten Atemzug und schloss als Antwort meine Lider.

Dann glitten seine warmen Finger in meine. »Halt dich an mir fest. Der Pfad hier ist recht eben, heb deine Füße trotzdem gut an.«

Als ich erneut seufzte, glaubte ich ihn in sich hineinlachen zu hören, aber ich fokussierte mich darauf, nicht zu stolpern, hielt Oscars Hand ganz fest.

Irgendwann stoppte er mich an den Schultern und drehte uns, womit ich nun mit Blickrichtung zum Wald stand. Ich roch Schilf und Algen. Nasse Kiesel. Hörte meinen Puls und Oscars Atmung. Und dazwischen war diese Ungewissheit darüber, was auf mich zukam, wenn ich die Augen öffnete, um in mich hineinzusehen; dorthin, wo es dunkel war und Gedanken versteckt lagen, die ich nicht mal mir selbst zutraute.

»Heute ist kein guter Tag.«

Ich riss die Lider auf, starrte zu Oscar hoch. »Was?«

»Ich seh es dir an. Du bist hier, und bist es nicht. Jeden Tag verdrängst du, was dich zu Hause erwartet. Eine Julie, in die du nicht reinpasst. Weil ihre Hülle viel zu klein für dich ist.« Er fasste meine Schultern fester und sah mich eindringlich an. »Du willst dich gar nicht reinzwängen, oder? Aber du realisierst auch gar nicht, wer du sein kannst. Du bist nicht hier, obwohl du das sein solltest. Für dich. Tu es für dich.«

»Warum?« Mehr blieb nicht zu sagen.

Oscar zog die Brauen zusammen, denn er hörte alles dazwischen, und es machte ihn wütend und traurig zugleich. Ganz leicht schüttelte er mich. »Weil du es verdient hast.«

Mein Blick fuhr nach unten, ich sah die Kiesel, die ich bisher nur unter meinen Sohlen gespürt hatte und merkte Bitterkeit in mir aufsteigen. »Das kannst du nicht wissen. Du kennst nicht alle Seiten von mir.«

Seine Hände glitten nach innen, an die Stelle zwischen Schulter und Hals. Er machte sich kleiner, damit er mir ins Gesicht sehen konnte. »Ich kenne dich so gut, dass ich weiß, wie groß dein Herz ist. Wie groß dein Gewissen und dein Tatendrang. Ich kenne Tausende Arten deines Lächelns, und jedes ist schöner als das andere. Ich sehe deine Sorgen, auch wenn ich nicht weiß, wie sie klingen.«

»Sie klingen schlimm«, verriet ich müde und zum dritten Mal atmete ich tief durch, weil mich der Druck seiner Finger dazu brachte, das Kinn zu heben. Etwas in seinem stoischen Ausdruck ließ mich weiterreden. »Ich möchte hier sein.«

Er nickte, als wüsste er das bereits, malte mit dem Daumen Kreise über meine Halsschlagader. »Und wenn du auch reden möchtest, dann kannst du es tun. Denn so viel es zweifellos noch von dir gibt, was ich entdecken könnte … ich wollte noch nie so sehr für einen Menschen da sein. Wohin auch immer dich das alles führt, ich komme mit dir.«

»Warum?«, fragte ich wieder und traute mich, ihn anzusehen. Wieso verflucht wollte er an diesen Grund gelangen und machte sich die Mühe? Er hatte hier ein gutes Leben. Ein friedliches Leben. Alles, was ich ihm brachte, waren halbe Wahrheiten, Unruhe und eine Last, für die er keine Verantwortung trug.

»Weil ich weiß, wie es ist, verloren zu sein, und weil niemand es verdient hat, dabei allein zu sein«, sprach er mir mit einem sanften Lächeln zu, das ich innerlich erwiderte. Äußerlich drückte mich zu viel nach unten, so sehr, dass nichts nach oben zeigen konnte.

Meine Nase kribbelte. Sobald er von mir trat, drehte ich mich von ihm weg, gen See. Als ich dieses Mal Luft holte, war es weder aus Frust noch aus Überforderung. Es schmeckte nach ein bisschen mehr Freiheit. Das, was vor mir lag, wollte ich auf allen Sinnesebenen abspeichern.

Der See war so lang, ich musste meinen Kopf drehen, um die seitlichen Ufer auszumachen. Noch stand die Sonne nicht hoch am Himmel, weshalb ihre Strahlen einen Weg durch die Fichten fanden und das Wasser wie flüssiges Silber wirkte. Die Bäume standen darin kopfüber, doch was mir ein warmes Prickeln durch den Körper sandte, war der mächtige Berg am Horizont, der sich darin spiegelte.

»Form mit deinen Händen einen Kreis«, kam es von Oscar.

Ohne zu wissen wieso, folgte ich seinem Rat, legte Ballen und Spitzen jeweils aneinander, bevor er von hinten meine Arme hochdrückte, bis ich mit einem Auge hindurchsah.

»Mach ein Auge zu«, raunte er ganz nah, ohne mich loszulassen.

Auch das tat ich, ohne jeden Zweifel oder ein Zögern.

Kurz hielt ich die Luft an.

Er hatte mir gesagt, wobei dieser Ort ihm geholfen hatte: *beim Fliegen.* Nun verstand ich auch warum. Dadurch, dass ich alles drum herum weghielt und nur den Berg und die Bäume sowie die Reflexion davon im Wasser ausmachte, schien es, als schwebte dort eine gespiegelte Insel. Eine Insel, umrahmt von Wolken. Die Fläche, die nach oben ragte, lag gestochen scharf da. Die untere war verschwommen und unstet, dazu geboren, um gen Boden zu blicken. Doch sie flog, diese Insel. Trotz all der versteckten Last dieser Berge, die ich Zentimeter für Zentimeter abtastete, um ihre Details zu erkennen. Und plötzlich fragte ich mich, ob sie nicht einfach nur kopfüber hingen, weil sie Henrys Seele kannten und wussten, dass es so manchmal viel leichter ging. Dass diese Seite vielleicht gar nicht die Schwere war, sondern auch nach oben zeigte, nur andersherum.

Der Anblick erreichte meinen Kopf, vor allem mein Herz, und ich ließ die Gänsehaut zu, die sich auf meiner Haut ausbreitete, obwohl Oscar sie spürte. Denn plötzlich sah ich etwas auf dieser Insel lauern, aus dem Unterholz hervortreten und über den Rand springen. Es glitt ins Wasser, und so ruhig die Oberfläche dalag, unter Wasser raste es direkt auf mich zu. Meine Arme wurden schlaff und Oscar ließ mich sofort los, als ich die Hände fallen ließ, um mein Auge zu öffnen.

Es erreichte unsere Uferseite. Erhob sich. Konfrontierte mich.

Weg. Weg. Weg.

Ich schrie innerlich, aber heute nicht. Heute würde ich nicht weglaufen. Meine Brust verkrampfte sich und ich glaubte keinen Ton hervorzubekommen, weil meine Kehle wie zugeschnürt war. Es wunderte mich selbst, wie fest meine Stimme klang.

»Ich habe meine Eltern umgebracht.«

Stille. Kurz hielten wir beide die Luft an. Der Satz hing schwer zwischen uns. Keiner von uns beiden rührte sich, während ich auf das Wasser starrte und Oscar wartete, dass ich fortfuhr. Vielleicht wollte er jedoch auch nichts mehr wissen.

»Ich höre dir zu.«

Ich wollte ihm um den Hals fallen, doch nichts in mir bewegte sich. Alles war still. Kein Wind wehte. Alles war tot.

»Seit dem Studium habe ich Panikattacken. Mal schlimmer, mal erträglicher. Meine Uni hat uns bis an unser Limit getrieben, indem sie unter uns Studierenden den Konkurrenzkampf schürten. Wir sollten uns bekämpfen, uns pushen, die Manager von morgen werden.

Ich war immer eine der Fleißigsten. Oft fühlte ich mich so stumpf. Ich entwickelte Zwangsneurosen. In einer Prüfungsphase war es besonders schlimm. Zehn Prüfungen innerhalb von sieben Tagen. Teilweise drei an einem Tag. Ich bin … ich konnte nicht mehr«, brachte ich hervor. Meine Stimme zitterte, weil ich das zugeben musste.

»Ich konnte einfach nicht mehr. In der Nacht vor dem letzten Prüfungstag hatte ich einen Nervenzusammenbruch und telefonierte mit meinen Eltern. Sie setzten sich ins Auto und wollten zu mir fahren. Sie wären fast da gewesen. Sie mussten über eine Landstraße und in einer Kurve kam ihnen ein betrunkener Fahrer entgegen. Ein junger Typ, der sich eine Woche zuvor einen Sportwagen zugelegt hatte.

Meine Mutter hatte keine Chance … Ich hatte meinen Vater gerade noch mit mir reden hören, da brüllte er ihren Namen. Dann war da ein Knall. Und dann waren sie weg. Sie sind in dem Auto verbrannt.« Ich schluckte schwer, weil die Erinnerungen aufkamen, die ich sonst so angestrengt verdrängte. »Ich bin sofort die Strecke abgefahren und habe sie schnell gefunden. Zehn Minuten … nicht mehr. Sie wären fast da gewesen, um für mich da zu sein. Stattdessen löschte die Feuerwehr vor meinen Augen meine verbrannten Eltern.«

Ich lachte zittrig. »Wegen einer verschissenen Prüfung mussten sie sterben. Wegen mir.«

»Julie –«

Ich ließ ihn nicht sprechen, denn ich wusste, dass es zu meinen Gunsten war. »Sie wären hier, hätte ich sie nicht mitten in der Nacht geweckt. Hätte ich mich etwas zusammengerissen. Also tat ich das.

Ich riss mich zusammen, gab noch mehr. Immer mehr und mehr und mehr, bis nichts mehr von mir übrig war, und selbst da machte ich nicht halt. Ich half Levi, blieb bei ihm, kümmerte mich um ihn. Weil ich ihm seine Eltern genommen hatte. Ich wollte nicht, dass sie umsonst gestorben waren. Wenn ich versagt hätte … es zu nichts gebracht hätte –«

»Hör auf!« Im nächsten Moment packte Oscar meine Schulter und drehte mich zu sich herum. Seine Finger umrahmten mein Gesicht, er strich die Tränen fort, die mir offenbar über die Wangen liefen. Er schluckte und starrte mich streng an, als verursachte es ihm Schmerzen.

»Hör auf damit. Du hast nicht versagt. Deine Eltern haben dich geliebt. Deswegen wollten sie bei dir sein. Nichts daran ist deine Schuld. Gar nichts.«

Peinlich berührt wischte ich mir über mein Gesicht und schüttelte den Kopf. »Tut mir leid … Ich …«

Sachte fasste er meine Handgelenke und sah mir direkt in die Augen. Direkt in mich hinein. »Entschuldige dich niemals für deine Tränen. Du bist ein Mensch. Lass dich einer sein.«

Bemitleidenswert schniefte ich vor mich hin und Oscar zog mich näher zum Wasser, was ich geschehen ließ. Als er sich hinsetzte, geriet ich ins Stocken, während er ermutigend zu mir hochblickte.

»Setz dich.« Er klopfte auf die Lücke zwischen seinen Beinen und fügte dann hinzu: »Wenn du willst.«

Mein Körper reagierte sofort und hörte auf seine Stimme, folgte ihm. Zwei Sekunden später saß ich zwischen seinen Beinen.

»Manchmal müssen wir etwas Kraft am Grund schöpfen, um wieder besser laufen zu können«, erklärte er.

Ein Lächeln zupfte an meinen Mundwinkeln. »Du hättest Poet werden können, weißt du das?«

Sein dunkles Lachen erreichte mich in jeder Faser meines Körpers. »Dann aber ein ziemlich schlechter. Darf ich?«

Ich spürte seine Hände einen Millimeter über meiner Taille schweben, und ich nickte ihm über meine Schulter zu, weshalb er mir ein warmes Lächeln zuwarf und mich dann enger an sich heranzog, womit etwas in mir anstieß. Es fühlte sich richtig an, vertraut.

Da stand nichts Unangenehmes zwischen uns, weil wir noch heute Morgen dieses beschwerende Gespräch geführt hatten. Und dann war da gar nichts mehr zwischen uns. Ich spürte seinen Körper in meinem Rücken, seine muskulösen Oberschenkel drückten gegen meine Seite und dann lagen seine Arme um mich. Er hüllte mich komplett ein. Ich fühlte mich nicht bedrängt, sondern beschützt. Das erste Mal seit Langem. In mir herrschte immer noch ein Gefühl der Gelähmtheit, doch es rührte sich etwas. Wenn auch zögerlich.

Wer war dieser Mensch, dass er in dieser Kürze mit Gesprächen, einem Lächeln, das mir durch Mark und Bein ging, durch meine Mauern brach und mich tief berühren konnte? Er berührte mich. Nicht nur physisch, nein. Es war, als wäre er in mir bis zum Grund abgestiegen, wo ich seit Jahren saß. Und er schreckte nicht vor dem zurück, was er dort fand. Er stand zu seinem Wort.

Die Tränen liefen über meine Wange und es machte mir nichts aus.

Wer war Oscar Morrison?

Der Mann, der seine Bienen mehr liebte als sich selbst.

Ein guter Mensch, der einen schlechten in seinen Armen hielt.

Weder dachte ich an meine Lügen noch daran, dass ich einen riesigen Fehler machte, indem ich das hier zuließ. Aber als sich Oscar vorbeugte und seine Wange gegen meine Schläfe schmiegte, gönnte ich mir etwas Frieden. Deswegen war ich doch hergekommen. Also erlaubte ich es mir.

»Ich hab dich«, raunte Oscar an meinem Ohr.

Nun, das hatte er wohl auf mehr als eine Weise. Und auch wenn ich aufhielt, was zwischen uns aufgekommen war, daran würde sich nichts ändern. Es war zu spät. Dieser Mann hatte mich.

Oscar war wie ein Aufwind in meiner Stille.

Manchmal haben Bienen einen im Tee,
denn aus Pflanzennektar
entsteht bei hohen Temperaturen Alkohol.
Die Betrunkenen werden
von den Wächterbienen
erst in den Stock gelassen,
wenn sie nüchtern sind.

O.M.

Kapitel 19

Facetten von Liebe

Julie

Meine Aufregung war lächerlich. Doch auch wenn das kein Date war, fühlte es sich wie eins an. Womöglich, weil ich definitiv romantische Gefühle für einen gewissen Imker hegte. Bereits vor zehn Minuten hatte ich gehört, wie Oscar aus seinem Zimmer gekommen und nach unten gegangen war. Seitdem saß ich auf dem Bett und starrte die Tür an. Die Sehnsucht nach ihm fraß mich auf. Ich war zwar kontrolliert, doch auch nur ein Mensch. Ein Mensch mit einem Herzen, das besorgniserregend schnell schlug bei dem Gedanken, dieses Zimmer zu verlassen.

»Du schaffst das«, sagte ich mir und erhob mich. Ich trug eine braune Culotte mit einem dunkelgrünen, schicken Crop Top, das nicht viel der Fantasie überließ. Ich fühlte mich wohler als an anderen Tagen und dieses Gefühl würde ich mir nun nicht nehmen lassen, weil ich befürchtete, Oscar zu nahe zu kommen.

Bevor ich mich davon abhalten konnte, schritt ich los, klaubte meine Clutch vom Tisch und riss die Tür auf. Nach den ersten Stufen kamen Oscars Beine in mein Blickfeld, und mit jeder weiteren mehr von seinem Rücken, den er mir zugewandt hatte, weil er mit Lovis in einer Unterhaltung steckte.

»Hallo«, begrüßte ich sie und wappnete mich für den Moment, in dem sich Oscar umdrehte. Von hinten war er schon eine Augenweide.

Als er sich mir zuwandte, herrschte Stille.

Am besten sah ich ihn heute nicht mehr an, damit ich mich artikulieren konnte wie ein denkender Mensch. Ich wusste nicht, was ich zuerst an ihm bewundern wollte, aber sein Gesicht war zu schön, um wegzuschauen.

»Hej«, kam es abgelenkt über seine Lippen. Er fuhr mit seinem Blick an meinem Körper hinab, wieder zu meinen Augen. »Du siehst wundervoll aus.«

»Du auch«, gab ich lächelnd zurück.

Endlich kam er auf mich zu und ich riss mich am Riemen, damit ich nicht seinen Anzug packte, um einen Sturz zu vermeiden … oder um ihn an mich zu ziehen. Welches Parfum er auch benutzte, ich brauchte es, um es mir aufs Kissen zu sprühen, wenn ich wieder in Hamburg war und ihn vermisste, denn das würde ich. Er roch nach Holz und Himmel. Freiheit. Nach all den Sünden, die ich mir verwehrte.

Sein warmes Lächeln verlor sich etwas und sein Ausdruck wurde dunkler. »Du strahlst richtig, Queenie.«

»Danke«, brachte ich hervor und wollte das Gesicht abwenden. Er fing es mit einer Hand ab und strich mir zart über den Wangenknochen. Viel zu kurz.

Seine Haare waren heute nicht wild, sondern ordentlich zurückgegelt. Der Anzug musste maßgeschneidert sein, so perfekt saß er. Das erste Mal erkannte ich, was Oscar für ein Leben in Großbritannien gehabt haben musste, denn alles war von feinster Qualität, die Farben grandios aufeinander abgestimmt. Die Robustheit des dunkelgrünen Tweedstoffes passte fabelhaft zu seiner Präsenz. Abgerundet wurde das mit einer passenden Weste sowie einem cremefarbigen Hemd, aus dessen Stoff wohl auch das Einstecktuch stammte. Am herrlichsten fand ich jedoch die grüne Fliege, auf die eine kleine flauschige Biene gestickt war. Er sah einfach traumhaft aus. Und das Grün passte perfekt zu meinem Oberteil. Ich hasste ihn ein bisschen dafür, wie aufmerksam er war.

Oscar nahm sich ebenso viel Zeit, mich anzusehen wie ich ihn, und er schenkte mir ein schiefes Lächeln. »Als hätten wir es geplant«, spielte er zwinkernd auf unsere Outfits an. Er freute sich so sehr, wie gut es zusammen harmonierte und am liebsten hätte ich ihn für das Strahlen in seinen Augen geküsst.

»Soll ich in zehn Minuten wiederkommen oder habt ihr euch fertig angestarrt?«, grummelte Lovis von der Seite.

Oscar verdrehte die Augen und ich verkniff mir ein Lachen.

»Beruhig dich, alter Mann. Wir können los.«

Lovis stapfte zum Auto und murmelte etwas vor sich hin, während wir ihm nach draußen folgten. Leider hatte ich keine Gelegenheit, ihm mitzuteilen, dass auch er adrett aussah. Seine Anzugfarbe war Braun, und der Panamahut passte auf eine sehr stilsichere Weise dazu.

Oscar hielt mir an der Verandatreppe die Hand hin, die ich gern annahm. Nur ließ er mich nicht los, sondern drückte meine Finger.

»Wenn dir etwas zu viel wird, sag es mir. Ich bring dich jederzeit nach Hause oder gehe mit dir an die frische Luft.«

»Du musst nicht …«

Er brachte mich zum Stehen und umfasste mit der freien Hand mein Kinn. Es war ihm ernst, das sah ich ihm an.

»Es geht nicht ums Müssen. Sondern ums Wollen. Und ich will, dass es dir gut geht.«

»In Ordnung«, willigte ich ein.

Zuerst machte er keine Anstalten, sich von mir zu lösen, doch nach einem tiefen Seufzen ließ er mein Kinn frei und wir stiegen in sein Auto. Der Weg dauerte nicht lang, und zu meiner Freude fuhren wir Richtung Küste. Nach zehn Minuten kehrten wir auf einen Hof ein, der hoch ummauert war. Über dem Rundtor hing ein Holzschild, auf dem in großen Lettern *Petters skeppsbyggnad* stand.

»Was steht da, Oscar?«, wollte ich wissen, während ich mir den Hals verrenkte, als wir darunter hinwegfuhren.

»Petters Schiffsbau«, erklärte er mir.

»Bosse Petter war Fynns Meister«, mischte sich Lovis ein und mir fiel auf, dass ich mich bei Fragen immer zuerst an Oscar wandte, also drehte ich mich um, damit ich den anderen Mann anschauen konnte.

Das schien ihn zu freuen, denn seine Stirn glättete sich.

»Fynn war wie ein Sohn für die Petters. Leider verstarben sie vor einigen Jahren. Sie vererbten ihm nahezu alles, sehr zum Ärger der leiblichen Kinder.«

Durch die Fenster konnte ich eine charmante Anlage erkennen. Zu unserer Rechten befand sich direkt an der Mauer ein Familienhäuschen. Zu der Linken stand eine Scheune, und weiter hinten, gen Wasser, war eine kleine Halle, wo ich die Schiffe vermutete. »Also ist das hier der Besitz von den Lindgrens?«

»Ganz recht. In der Scheune hier vorn feiern wir«, bestätigte Lovis und gab ein missmutiges Geräusch von sich, als er die Deko begutachtete. »Wie unschwer zu erkennen ist.«

»Bitte mach Kina das nicht madig«, bat Oscar ihn, kaum hatte er zwischen zwei anderen Wagen unter einem Obstbaum geparkt.

Lovis grummelte nur und stieg aus. Auch Oscar beeilte sich, aus dem Auto zu kommen, und während ich mich noch abschnallte, lief er um den Wagen und öffnete mir nicht nur die Tür, sondern hielt mir auch die Hand hin, die ich freudig annahm.

»Danke.« Ich machte kein Geheimnis daraus, wie sehr mir diese Geste gefiel, während er den Wagen schloss, ohne mich loszulassen oder wegzusehen.

Ein paar Sekunden verharrten wir so, doch dann lösten wir uns aus der Starre und schritten gen Scheune. Die Gebäude der Lindgrens waren im Gegensatz zu Oscars keine typisch schwedischen Holzbauten, sondern Fachwerkhäuser mit zahlreichen Fenstern und Schlagläden. Das Flügeltor der auserkorenen Partyscheune stand weit offen. Das Paar hatte die Deko ihrer Hochzeit herausgekramt, denn uns begrüßte ein Holzschild, auf dem ihre Namen und das Hochzeitsdatum in Kalligrafie-Schrift gemalt war.

Im Eingang verloren sich unsere Hände. So fühlte es sich zumindest an, als ich ohne diesen Halt neben ihm in diesen fremden Kreis von Menschen trat. Das Recht, seine Finger enger zu greifen und allen Anwesenden zu zeigen, dass wir zueinander gehörten, hatte ich mir selbst verwehrt. Ich machte mir keine Mühe, meine besitzergreifenden Gedanken zu hinterfragen. Mir war sowieso nicht mehr zu helfen.

Wir passierten die provisorische Garderobe, wo nur wenige Jacken hingen, da es laut Wetterbericht eine angenehme Nacht werden würde. Gegenüber befand sich ein Photo Mirror, vor dem eine Gruppe Jugendlicher posierte. In der hinteren Reihe machte ich

Henrys Schopf aus, der uns just entdeckte und wild winkte, als der Spiegel das erste Foto machte. Unser Weg führte uns vom Eingangsbereich durch einen weiteren Torbogen in die Hauptscheune und ich bemerkte zu meiner Rechten zahlreiche Polaroidfotos mit Wäscheklammern an Kordeln hängen. Darüber hing ein Schild mit dem Jahr 2018. Erinnerungen an die Hochzeit. Die Wände und Holzbalken waren mit blauen sowie beigen Wimpelketten geschmückt und im gesamten Raum hingen Ketten aus Papierbooten. Es mussten sicher tausend sein. Ich legte den Kopf in den Nacken, um den Anblick der kleinen Bötchen aufzusaugen, die über uns durch unsichtbare Wellen fuhren. Wohl oder übel musste ich wieder nach vorn sehen, und mein Blick blieb an den Käsekuchen am Stiel hängen, die als Eyecatcher auf einer Holzvorrichtung aufgesteckt waren.

Plötzlich kam ich mir beobachtet vor und bemerkte erst jetzt, wie sich immer mehr Köpfe zu uns umdrehten. Sicherlich hatten sie nicht mit einem unbekannten Gesicht auf dieser intimen Feier gerechnet.

Düster erinnerte ich mich an das Lagerfeuergespräch, bei dem die anderen hatten fallen lassen, was für Gerüchte nach dem Brand verbreitet worden waren, und schlagartig wurde mir klar, dass ich ihnen wahrscheinlich bekannter war, als ich es mir wünschte. Je mehr sich an mich erinnerten, desto mehr konnten mich hassen, wenn sie erfuhren, dass ich Oscar in den Rücken hatte fallen wollen.

Eilig zu unserem Tisch zu kommen stellte sich durch ihn als eine Unmöglichkeit heraus. Oscar hielt alle paar Zentimeter an, um jemandem die Hand zu reichen oder zu umarmen. Jedes Mal legte er den Arm um meine Schulter und stellte mich auf Schwedisch bei den Leuten vor, weshalb ich mir ein Lächeln aufklebte. Die Begegnungen fielen jedoch kurz aus, da Oscar und Lovis offenbar das gemeinsame Ziel verfolgten, uns schnell zu unseren Plätzen zu verfrachten.

Mit einem Seufzen ließ ich mich auf dem Stuhl neben Lovis nieder und blickte in Jaschas grinsendes Gesicht. Zwischen ihm und Lovis war nur ein freier Platz, was mich dazu brachte, die Namensschilder zu lesen. Vor mir stand ein fremder Name. Daneben auch.

»Ich freue mich überaus, dich zu sehen, aber du bist heute VIP«, begrüßte mich der Tierarzt, der in seinem marineblauen Smoking verboten gut aussah. Er hatte sowohl auf eine Fliege als auch eine Krawatte verzichtet und die oberen beiden Knöpfe seines gleichfarbigen Hemdes geöffnet.

»Wir sitzen dort, Queenie«, erklärte Oscar und ich schaute über meine Schulter zu ihm hoch, um seinem Schmunzeln zu begegnen.

Dann folgte ich seinem Handzeichen und erblickte die Haupttafel am Ende des Raumes, an der Kina und Fynn gerade ein Paar begrüßten. An der Tafel zählte ich acht Plätze.

»Was?«, stieß ich hervor.

Ich sollte dort vorn sitzen? Im Spotlight der Gespräche. Außerdem kannte ich die Lindgrens doch erst seit Kurzem; womit also hatte ich das verdient? Vor allem, was würde es für ein Signal senden, wenn ich neben Oscar platziert war? Ein flaues Gefühl breitete sich in meinem Magen aus, da fasste Oscar meine Hand und ließ mich nicht los, als er mich zu der Tafel zog. Kinas Augen leuchteten auf, als sie uns entdeckte. Sie sah zauberhaft aus in ihrem hellen Kleid, das mit blauen Blumen bestickt war, passend zu Fynns Anzug. Ihre Lippen formten sich zu einem breiten Grinsen und im nächsten Moment fiel sie Oscar und mir um den Hals. Fynn hielt sich zumindest bei mir etwas zurück, schenkte mir ein typisch warmes Lächeln, bei dem ich jedes Mal wünschte, wir könnten einfacher miteinander kommunizieren.

»Danke für die Einladung«, meinte ich auf Englisch zu ihm.

»Wir freuen uns sehr, dass du dabei bist. Immerhin musst du mindestens eine schwedische Feier miterleben.«

»Wer wird die Party beenden?«, erkundigte ich mich scherzhaft und wir sahen durch den Raum.

»Mhm. Lovis und Oscar sind immer zäh. Kinas kleine Schwester wird eine der Letzten sein.« Er wies auf einen Tisch direkt in der Nähe, wo eine junge Frau saß, die Kina wie aus dem Gesicht geschnitten war, das blonde Haar jedoch kurz trug. »Und da es in der Familie liegt, wird meine Frau wahrscheinlich bis zum Morgengrauen tanzen.«

»Ich hätte ja auf Jascha getippt«, erwiderte ich.

Fynns Lächeln bröckelte ein wenig. »Jascha hat andere Pläne.«

Ich folgte seinem Blick zu einem weiteren Rundtisch, an den sich Besagter gesellt hatte und vor einer Frau hockte, die geschmeichelt lachte, während er schamlos mit ihr flirtete. Ihr dunkles Haar fiel in denselben sanften Wellen herab wie ihr kurzes Kleid, das ihre runden Formen einrahmte wie ein Kunstwerk. Sie war zweifellos schön und das sah der Tierarzt ganz ähnlich.

»Ich verstehe.« Allerdings war mir ein Rätsel, was Fynn bei dieser Szene durch den Kopf geisterte.

»Solltest du Pläne für den Abend haben und du brauchst Support, ich bin gern Wingman.«

Seine Worte überraschten mich so sehr, dass mein Kopf ruckartig zu ihm herumschoss. In seinen Augen stand ein wissendes Funkeln. Verdammt, er war bei den Feuerheldengeschichten wahrscheinlich ganz vorn dabei, so ambitioniert schaute er drein.

»Ich denke nicht, dass es für mich Optionen gibt.«

»Mhm«, machte er, von einem Schmunzeln begleitet, weshalb ich fast die Augen zusammenkniff, mich jedoch für ein leises Seufzen entschied und Hilfe suchend nach Oscar Ausschau hielt. Der stand mit Kina bei der Frau, die ebenfalls mit uns am Tisch saß und Andri auf ihren Stuhl half.

Fynn stupste mich mit seiner Schulter an. »Komm. Ich stelle dir Madita und ihren Mann vor.«

Kaum hatten wir sie erreicht, übernahm das jedoch enthusiastisch Kina. »Julie. Das ist Madita, meine Trauzeugin. Ihr kennt euch.«

Das taten wir, allerdings war ich an jenem Abend so durch den Wind gewesen, dass die Erinnerung an sie erst jetzt aufblühte. Und neben der Feuerwehrfrau, die während des Brands mit Oscar bei mir geblieben war, stand Arvid, einer der Polizisten.

Letzterer nickte mir zu, während sie winkte und gleichzeitig den Tisch umrundete. Kurz stockte mein Herz, als sie stolperte, doch Arvid griff bereits nach ihr und wich ihr danach nicht von der Seite. Sie schenkte erst ihm, dann mir ein Lächeln.

»Hej, Julie. Hur mår du?«

Innerlich machte ich einen kleinen Freudenhüpfer, weil ich sie verstanden hatte. »Bättre. Och du?«

»Oh, du sprichst ja Schwedisch.« Kina freute sich, ehe ihr Blick auf Oscar fiel und sie etwas sagte, was ich nicht verstand. Es brachte ihn dazu, sie anzufunkeln und an seiner Fliege rumzufummeln, weshalb seine Freundin seine Hand wegschlug, damit er sein Styling nicht zerstörte. Ich war nicht die Einzige, die von den zweideutigen Kommentaren seiner Freunde unbeeindruckt blieb.

»Setzt euch und bestellt euch Getränke«, befahl Kina und klatschte in die Hände, als schon die Nächsten kamen, um sie und ihren Mann zu begrüßen. Letzterer murmelte Oscar etwas zu, ehe er ihm ermutigend auf den Rücken klopfte.

Wie von Kina gewünscht, setzten wir uns auf die andere Seite des Tisches, womit wir laut Kärtchen – gemeinsam mit Henry – Fynn flankierten. Andri brabbelte Oscar etwas zu, weshalb er ihr zuwinkte und ein paar Sätze mit Madita und Arvid in ihrer Muttersprache tauschte. Er blieb in Bezug auf die ähnliche Grammatik im Recht, wenn die Schweden jedoch unter sich sprachen, konnte ich kaum ein Wort von dem anderen trennen, als würden sie keine Leerzeichen haben. In mir stieg ein dumpfes Gefühl auf, weil ich mich verloren fühlte. Unzulänglich.

Hier saß ich, arbeitslos und unverstanden, auf einer Feier, zu der ich wahrscheinlich bloß aus purem Mitleid, das ich nicht verdiente, eingeladen worden war. In wenigen Wochen würde ich gehen, und die Seifenblase, die immer größer wurde, war vorherbestimmt zu platzen. Alles, was ich in Stolt erlebte und fühlte, würde zu einer blassen Erinnerung werden. Denn mir war klar, in Hamburg wartete eine Leere aus Schwarz-Weiß auf mich, und nicht einmal die Farm, nicht die Bienen, Tavi oder die Menschen hier konnten das ändern.

Nicht mal Oscar. Nicht, wenn zwischen ihnen und mir Hunderte Kilometer lagen. Die Chance auf meinen alten Job hatte ich mir selbst verwirkt, und statt mich nach einem neuen umzuschauen, saß ich in Schweden und machte einem Mann schöne Augen, der so viel besseres verdiente als mein Gerüst aus Lügen.

»Alles okay?« Oscars Frage strich über meine Haut – und andere Gegenden in meinem Körper.

Dass die anderen Zeuge davon wurden, wie dicht sein Gesicht vor meinem schwebte, war mir gleich, denn ich vergaß alles um mich herum.

»Ich brauche nur ein paar Minuten. Es ist etwas viel.« Es hatte keinen Sinn, etwas anderes zu behaupten, wenn er mir die Wahrheit ansehen konnte.

Er zog seine Hand vom Tisch und hielt sie mir darunter offen hin. Reflexartig griff ich danach und spürte plötzlich solche Wärme in mir, ich war sicher, er schenkte mir durch unsere Berührung etwas von seiner.

»Machst du dir über etwas Gedanken?«

»Dass sie über uns geredet haben.« Meine Blicke wanderten durch den Raum, ohne etwas zu fixieren.

Etwas ruckte durch seine Augen, und ich fürchtete, meine Worte kamen missverständlich bei ihm an, doch seine zuckenden Mundwinkel beruhigten mich. »Sie meinen es nicht böse. Kina und Fynn kennen fast ausschließlich nette Menschen. Niemand wird dich in eine unangenehme Situation bringen wollen.«

»Ist dir die Situation unangenehm?«, fragte ich und fingerte mit der freien Hand an meiner Serviette herum, auf der ein Segelschiff abgebildet war. Die Petters mussten Fynn wahrlich viel bedeutet haben, ebenso wie Kina, die diese Wertschätzung mit ihm teilte.

Ein Kribbeln raste durch mich, kaum spürte ich Oscars Arm hinter mir auf der Stuhllehne. Unsere verschränkten Finger lagen immer noch auf meinem Schenkel, verborgen unter dem Tisch, doch nun trennte uns kaum ein Millimeter und die gesamte Kraft seines Körpers hüllte mich ein. Von außen war kein Raum für Interpretation, so vertraut saßen wir zusammen. So, wie es nur einem Menschen vorbehalten war, der Körperprivilegien besaß, die ich Oscar gern zugestand.

Ich schaute nicht hoch, damit er den erhitzten Ausdruck in meinen Augen nicht wahrnahm, der bei seinem Raunen weiter aufflammte: »Ich finde, absolut alles fühlt sich richtig an, wenn du neben mir sitzt.«

Nun hob ich doch den Kopf, und der süße Schwung seiner Lippen entlockte mir ein Lächeln, das von Herzen kam. »Du bist also Fynns Trauzeuge«, mutmaßte ich, weil ich an unsere nächtliche Begegnung im Schuppen denken musste und keinen klaren Gedanken fassen konnte, wenn ich darüber sinnierte, wie sich Oscars Küsse anfühlten. Nach Fallen und Fliegen zugleich.

Bevor er antwortete, musterte er meine Augen, meinen Mund und wieder meine Augen. »Ja. Er scheint Vertrauen in mich zu haben«, spielte er scherzhaft darauf an, dass er ihm auch sein Kind anvertrauen würde, wenn ihnen etwas zustieß.

»Dir kann man auch nur vertrauen«, erwiderte ich gedankenlos. *Im Gegensatz zu dir*, zischte ich mir zu.

Immer noch sog er jedes Detail meines Gesichtes auf, doch dann erschien jemand vor uns.

»Vad vill ni två dricka?« Der Mann lächelte höflich und balancierte ein Tablett mit leeren Gläsern, weshalb ich eins und eins zusammenrechnete.

»Ich nehme einen Wein«, sagte ich Oscar, der unsere Bestellung durchgab, was nach mehr als zwei Getränken klang.

Ich musterte ihn misstrauisch und er konnte sich ein schiefes Grinsen nicht verkneifen. »Vertrau mir.« Zwei simple Worte, bloß sagte Oscar sie mit einem Ausdruck, als würden hinter ihnen tausend weitere stehen. Ich konnte nur nicken.

Kurz darauf ließen sich alle nieder und die Musik wurde leiser gedreht, damit Kina und Fynn ihre Gäste begrüßen konnten. Gefolgt von einer Rede von Oscar und Madita, die die Leute gemeinsam zum Lachen und Weinen brachten. Ich verstand kaum ein Wort, beobachtete dafür mehr, und besonders Oscar ließ mein Herz immer wieder schneller schlagen. Bei einer Passage sprang es mir fast aus der Brust, weil er während des Redens zu mir sah und mir ein honigsüßes Lächeln zuwarf, was auch den restlichen Menschen an unserem Tisch nicht entging. Als ich meinen Wein fast exte, begegnete ich Jaschas dubiosem Grinsen.

Danach standen Kina und Fynn auf. Oscar rückte seinen Stuhl ganz dicht an meinen und legte den Arm hinter mich, sein Bart kitzelte meine Schläfe. »Ich übersetze, wenn du willst«, bot er an, und mein Körper war ein Verräter, denn er lehnte sich in seine halbe Umarmung und ich nickte.

Kina erneuerte ihr Ja-Wort als Erste mit bebender Stimme und ihre Tränen vermischten sich mit ihrem Lächeln. Oscar wiederholte ihre Worte, und sein tiefer Klang strich über meine Haut, versetzte mir Schauder und nahm mir die Fähigkeit, einen Satz richtig wahrzunehmen. Er war so nah. Mit den Fingern strich er über meinen nackten Oberarm, wodurch ich eine Gänsehaut bekam, was alles nur verschlimmerte. Der irrationale Wunsch, sie an anderen Orten meines Körpers zu spüren, wurde immer lauter, und ich nahm alles hundertmal intensiver wahr. Seine raue Stimme, seine Wärme, sein Bein an meinem, seinen Duft. Das war unzumutbar, so viel stand fest.

Ich versuchte meine Atmung zu regulieren und war froh um Fynn, der kaum einen geraden Satz herausbekam, weil er vor lauter Emotionen wiederholt stockte, bis Kina ihm eine Hand bot und ein gerührtes Raunen durch die Scheune ging. Fynn brachte die meisten endgültig zum Weinen, endete jedoch so, dass lauter Gelächter durch die Reihen schallte. In dem Moment schaute ich zu Jascha. Kein Anflug eines Lächelns lag auf seinen Lippen, stattdessen stimmte er nur in den Applaus mit ein, exte das Glas und erhob sich, sobald das Büfett eröffnet wurde. Sein Weg führte ihn geradewegs zu seiner heutigen Angebeteten.

Oscar rückte von mir ab und mit einem Räuspern strich ich meine Hose glatt – symbolisch dafür, was in mir durcheinandergeraten war. Ich spürte seinen Atem immer noch an meiner Wange. Wie es sich wohl anfühlte, durch seinen Bart zu fahren und ihn –

»Danke fürs Übersetzen«, riss ich mich selbst aus meinen naiven Fantasien und hängte mich schnell an Henry, der zum Essen eilte. Den ganzen Weg über spürte ich Oscars Aufmerksamkeit auf mir.

Spielerisch zupfte ich an der leeren Brusttasche, als ich mich mit einem Teller neben den Jungen einreihte. »Ist Odin nicht eingeladen?«

Henry grinste und lud sich zwei Löffel Hummus und Brot sowie Fetakäse auf. »Ihm sagt die Musik nicht zu. Er ist eher die Metal-Front.« Er zwinkerte. »Ich geh ihn nachher besuchen, wenn du mitkommen willst.«

»Sehr gern.« Die Vorfreude, kurz frische Luft zu schnappen, war groß.

Weil Oscar später als ich losgegangen war, hatte ich meinen Teller schon fast geleert, als er zurückkehrte, und stürmte dann wieder los, um mir einen Käsekuchen sowie Kaffee zu holen. Es war lächerlich, ihm aus dem Weg zu gehen, aber weil Jaschas Platz frei war, gesellte ich mich kurz zu Lovis, der mit Kinas Eltern zusammensaß, mit denen ich ein kurzes Gespräch aus Fetzen und Übersetzungen von Lovis führte.

Früher oder später musste ich an unseren Tisch zurück, weil ich von Oscar angezogen wurde wie eine hilflose Motte vom Licht. Kaum hatte ich mich niedergelassen, begegnete ich seiner gewappneten Haltung, und er sah nicht danach aus, mir noch eine Flucht zu gewähren.

»Unsere Bestellung ist da«, meinte er und reichte mir ein Shotglas.

»Und ich war schon erleichtert, als wirklich nur ein Wein kam.« Neugierig inspizierte ich den Schnaps.

»Brännvin«, erklärte Oscar, ehe ich fragen konnte, und stieß mit mir an. »Skål!«

»Skål.«

»Noch eine Runde!«, verkündete Jascha, der mit einem beladenen Tablett vor uns hielt. »Ich trinke mit allen eine.«

Also folgte der nächste, und ich stellte fest, dass ich selbst als Schnapshasserin etwas für das Getränk übrighatte. Obwohl die Musik lauter gedreht wurde, hörte ich Henrys »Fotos!« über den Lärm hinweg, weshalb Oscar und Jascha mich mit sich winkten und dem Jungen in den Eingangsbereich folgten. Auf dem Weg zog Jascha die brünette Frau an seine Seite und flüsterte etwas in ihr Ohr, was sie dazu brachte, ihm spielerisch auf die Brust zu schlagen, wo ihre Finger verharrten.

Da der Photo Mirror von Kinas und Fynns Eltern besetzt war, nutzte der Tierarzt die Zeit, uns einander vorzustellen. Mit einem Arm eng um ihre Taille geschlungen, drehte er sie zu mir. »Luca, das ist Julie. Sie macht hier Urlaub und lebt bei Oscar.«

Lucas Lächeln war offen und freundlich, als sie mir die Hand hinstreckte. »Freut mich«, sagte sie akzentreich.

»Mich auch. Du strahlst richtig in dem Outfit.«

Lucas Augen leuchteten überrascht auf. Sie richtete sich auf Schwedisch an Jascha.

»Sie sagt, dass das sehr süß von dir ist und du klasse aussiehst«, übersetzte er, weshalb ich ihr ein Lächeln zuwarf. Allerdings wurde sie von ihrem Verehrer abgelenkt, der seine Lippen an ihr Ohr brachte und ihr Dinge zuflüsterte, die ihre blauen Augen vernebelten.

»Wir sind dran!«, rief Henry und es folgten zig Fotos in unterschiedlichen Konstellationen. Zwischendurch gesellten sich Kina und Fynn dazu. Auch Lovis musste für ein Gruppenfoto antanzen. Bei einem anderen beobachteten Luca und ich die Freunde vom Rand aus, bis sie sich mit einer Berührung an meiner Schulter verabschiedete, weil sie zum DJ gerufen wurde.

Mein Blick schweifte durch den Innenraum und blieb an Madita hängen, die allein an der Tafel saß. In ihrer Miene machte ich etwas Nachdenkliches aus, weshalb ich zwei Schnäpse an der provisorischen Bar bestellte und mich damit zu ihr setzte.

Wortlos lächelten wir uns an und hoben die Gläser. »Skål!«

Dann saßen wir Schulter an Schulter da und beobachteten das Treiben. Die wenigsten saßen noch auf ihren Plätzen und sobald Jascha mit Luca die Tanzfläche eröffnete, ließen sich die anderen schnell mitreißen. Fasziniert beobachtete ich, wie er mit ihr flirtete und sie mit jeder Drehung weiter um den Finger wickelte.

»Arvid und du, seid ihr frisch zusammen?«, fragte ich. Sie wirkten zumindest frisch verliebt.

»Wir sind seit drei Jahren verheiratet«, meinte sie mit akzentreichem Englisch. Dann lächelte sie bittersüß mit Blick auf das leere Schnapsglas. »Letztes Jahr wollten wir uns scheiden lassen.«

Zögerlich drückte ich ihre Schulter und erhielt einen dankbaren Ausdruck.

»Die Menschen werfen Kostbares so schnell weg. Wir haben das kurz vergessen – wie kostbar wir sind. So gesehen sind wir also frisch zusammen. Vier Monate.« Und da war es wieder. Ein Strahlen, das ihre ganze Präsenz aufhellte.

Während sie mit dem Finger über den Rand ihres Glases fuhr, wanderte meine Aufmerksamkeit zu Arvid, der gerade sein Handy in die Hosentasche zurücksteckte und auf den Tisch zuhielt. Sobald er seine Frau ansah, blieb er stehen, als realisierte er gerade etwas. Vielleicht, wie kostbar sie war. Dafür sprach zumindest das Lächeln auf seinen Lippen.

Erst als Madita sein Starren bemerkte, setzte er sich in Bewegung. Mit jedem Schritt, den er sich näherte, schien er mehr Mut zu schöpfen, und meine Brust wurde warm, weil er Madita ansah, als wäre sie das einzige Ziel, das er zu erreichen versuchte. Für einen Mann seiner Größe und schroffen Präsenz verbarg sich wohl ein weicher Kern in ihm, der in den Händen einer bestimmten Person lag.

Voller Entschlossenheit umrundete er den Tisch und streckte die Hand aus. Madita hob die Augenbrauen und starrte in Arvids stoische Miene. Ich verstand nicht, was sie sagten. Maditas Worte waren voller freudiger Überraschung, ehe sie aufsprang, am Tischbein hängen blieb und in Arvids bereits gewappnete Arme fiel. Er fluchte, sie lachte, bevor sie ihn zur Tanzfläche zog.

Ich konnte nicht anders, als sie zu beobachten und musste schmunzeln. Sie sahen aus wie zwei Menschen, die seit Ewigkeiten darauf warteten, das erste Mal miteinander zu tanzen. Arvid hielt sie auf eine Art im Arm, die von Zukunft erzählte. Manchmal musste man vielleicht nur mal für sich durchatmen, um wieder klar zu sehen.

»Dieses Lächeln will ich nachher auch, wenn wir tanzen«, raunte Oscar in mein Ohr, und ich war so überrascht, dass ich mit dem Kopf herumfuhr und meine Nasenspitze gegen seine stieß. Sein Blick färbte sich dunkel, als er über mein Gesicht wanderte und an meinen Lippen hängen blieb. Wenn er mich hier und jetzt küsste, hatte ich nichts dagegen.

»Wie kann ein Mensch deiner Größe so leise sein?«, wollte ich wissen und überspielte meine Nervosität.

»Besitzer geheimer Mordschuppen müssen wissen, wie sie unauffällig bleiben.«

»Haha«, machte ich, musste dennoch schmunzeln. Ich sammelte meinen Mut – oder meine Gedankenlosigkeit – und starrte nach vorn, als ich bemerkte: »Du hast mich noch gar nicht um einen Tanz gebeten.«

Sein leises Lachen jagte mir Schauder über die Haut. »Ich hab doch nur einen.« Wieder kam er näher und ich ließ mich von der Hitze einhüllen, die er ausstrahlte. Physisch und psychisch. Meine Lippen teilten sich, als seine Worte verlockend an mein Bewusstsein drangen. »Und den werde ich genießen. Er soll das Letzte sein, was ich diesen Abend tue.«

»Das Allerletzte?« Die Frage klang nach purer Versuchung und ich schüttelte mich innerlich, weil Oscars Brauen ein Stück nach oben wanderten, während sein Blick verheißungsvoll auf meinen Mund fiel. Es war nicht richtig und gemein, ihm Hoffnungen zu machen. Erst kürzlich hatte ich ihm gesagt, dass nichts zwischen uns passieren durfte, und nun konnte ich mich selbst nicht kontrollieren, was ihn, trotz seiner Versuche, mich aus der Reserve zu locken, vermutlich verwirrte. Denn damit, dass sie mit Erfolg gekrönt waren, rechnete er wohl nicht.

Ich hatte das Gefühl, als trüge ich das Zepter in der Hand, bis Oscar mir mit einem unverhohlenen Ausdruck in die Augen schaute. Er war voller Versprechen und Hingabe.

»Egal wie dieser Abend endet, Queenie, er wird mit dir enden.« Mit den Finger fuhr er sacht an meiner Kinnlinie entlang, in meine Haare, wobei sein Daumen meine Ohrmuschel streifte. »Und wenn es nur in meinem Kopf ist.«

Verdammte Scheiße. Ich zerfloss hier und jetzt zu einer Lache aus purer sexueller Frustration. Dieser Mann war unwiderstehlich, wenn er erst mal volle Geschütze auffuhr, und jede Faser meines Körpers verlangte zu wissen, wie es sich anfühlte, von Oscar berührt zu werden. Ein Teil meines Unterbewusstseins fragte sich, wieso ich uns diesen Menschen vorenthielt, während ein anderer sicher war, ihn ohnehin nicht zu verdienen.

»Bin ich häufig in deinem Kopf?« Meine Stimme war atemlos.

Er stieß Luft durch die Nase aus und fasste meinen Hinterkopf fester, während seine Gedanken wohl in intimere Gefilde schweiften.

»Julie«, brachte er hervor und die Rauheit, mit der er meinen Namen sagte, schoss direkt in meinen Unterbauch.

Eine Antwort. Eine Warnung.

Er schien beinahe verzweifelt. Als könnte er nicht an sich halten, wenn er seine Gedanken mit mir teilte, weil es dann kein Zurück mehr gab. Die Fast-Momente zwischen uns, die Flirtereien, sie würden in einem weggewischt werden, um einer Ernsthaftigkeit Platz zu machen, die Taten verlangte.

Die elektrisierende Spannung zwischen uns entlud sich, als jemand von hinten Oscars Schultern packte und ihn mit sich zur Bar zog, ehe er irgendetwas einwenden konnte. Ich nutzte die Pause, um runterzukommen und mich zur Besinnung zu rufen.

Meine Entscheidung war getroffen. Unwiderruflich.

Das sträubende Gefühl ignorierend, sog ich das bunte Bild der feiernden Leute auf und füllte ihre Farben sorgfältig in meinem Herzen ab, damit ich immer wieder darin eintauchen konnte, um mich an einen glücklichen Moment zu erinnern. Denn wenn ich mir erlaubte, meine Sorgen zu vergessen und hier zu sein, wirklich mit allem von mir hier zu sein, dann glich es dem Geschmack von Glück.

Irgendwann tippte mir Henry auf die Schulter, weil er zu Odin wollte. Jascha schloss sich uns an, als er die Gelegenheit erhielt, sich eine Auszeit von dem Treiben in der Scheune zu nehmen. Wir schritten gen Familienhaus, in dem Lichter brannten und ein Schatten durch die obere Etage schritt. Wahrscheinlich Fynn, der Andri ins Bett brachte. An der hinteren Seite befand sich ein kleines Gehege aus dichten Holzbrettern und mit einer großen Glasscheibe mit Streben.

Odins ganz persönliches Aussichtsfenster. Wir drängten uns in einen schmalen Zwischenraum und erst als Jascha ihn schloss, öffnete Henry die Tür zum Gehege, das um die zehn Quadratmeter groß war.

Während der Junge zum Ende des Raumes ging, um sich dort auf eine Kiste zu setzen, lehnte sich Jascha am Eingang gegen die Tür.

Odin ließ keine zehn Sekunden verstreichen, da tauchte er unter einer Holzrinde auf und reckte die Nase in die Höhe, weil Henry auf Schwedisch mit ihm sprach.

Ich hockte mich hin und beobachtete die zwei in der Kulisse aus Gras, Holz und Erde. Der Hamster kletterte an Henrys Hose hoch und schnüffelte weiter, als er seinen Schoß erreichte. Er schien zu wissen, dass er fündig werden würde, denn sein Besitzer zauberte eine gehackte Möhre aus der Tasche, die Odin freudig in Empfang nahm und begann, seine Backentaschen zu füllen.

»Darf ich euch was fragen?« Henrys Worte schlichen vorsichtig ins Freie und er konzentrierte sich versteift auf seinen Hamster.

Jascha und ich tauschten einen Blick, ehe er sich von der Tür abstieß und mit den Händen in den Hosentaschen ein paar Schritte weiter in den Raum kam, um sich an ein freies Fleckchen an die Wand zu lehnen. »Klar.« Sein Ton klang unverbindlich, dabei war ihm so bewusst wie mir, dass Henry nachdenklich wirkte. Zu nachdenklich.

»Muss man ein Arschloch sein, um cool zu sein?«

Meine Augenbrauen schossen in die Höhe und Jascha schien etwas überfragt, ob er die richtige Ansprechperson für diese Thematik war.

Dabei war ich sicher, dass er kein Arsch war und musste an Oscars Worte denken.

»Nein«, erwiderte ich an den Jungen gewandt, der mich durch seine langen Wimpern hindurch musterte, um zu prüfen, ob ich aufrichtig war. »Wieso stellst du dir diese Frage?« Um ihm eine akkurate Antwort zu geben, musste ich wissen, in welchem Zusammenhang ihn dieses Thema beschäftigte.

Er zuckte mit den Schultern. »Da ist ein Junge in meiner Schule. Elias. Wir sind in einem Team, also im Prinzip. Er ist Kapitän der Eishockeymannschaft, über die ich für unsere Schülerzeitung Artikel schreibe. Und er weiß, dass Maja ihn mag. Sie sind heute beide hier, und ich habe ihn gefragt, warum er so abweisend zu ihr ist.«

Seine Brauen trafen sich fast. »Er kann nämlich richtig nett sein. Er hat mir sogar einen Sammelband von meiner Lieblingslyrikerin Mascha Kaléko geschenkt. Und da meinte er, Arschlöcher seien cool. Ist doch Bullshit, oder?« Sein Kopf fuhr bei seinem letzten Satz hoch und Wut stand in seinen sonst so sanften Augen. »Maja ist toll. Und ich verstehe nicht, warum Elias das macht, weil er sie eh nervig findet.«

Jascha spitzte nachdenklich die Lippen, ehe er den Mund aufmachte. »Das ist der Zauber, etwas Unerreichbares haben zu wollen.«

Henrys Blick schoss zu ihm, und etwas huschte über seine Züge, das nichts bei einem so jungen Menschen zu suchen hatte. Wissen. Zu viel Wissen und Wachsamkeit stand darin, sobald er den Freund seiner Eltern anschaute. »Wieso sich quälen? Er wertschätzt sie kein Stück. Er ist unhöflich zu ihr und … und ein … ein riesiges Arschloch! Er ist ein Arsch zu ihr und nichts daran ist cool«, entschied er frustriert. Langsam fragte ich mich, ob nicht mehr hinter diesem Gefüge steckte, denn Aufleuchten taten seine Augen nur bei einem Namen.

»Ich war noch nicht fertig.« Jaschas Worte waren von Ruhe und Halt gefärbt. »Ein Zauber ist bloß eine Illusion. Etwas, das uns Dinge vorgaukelt und machtvoll wirkt. Eine Sache ist so viel verheißungsvoller, wenn sie unerreichbar scheint. Hebt sich der Zauber erst mal auf, dann ist da nur noch ein blasses Ebenbild von dem, was man sich ausgemalt hat.« In Jaschas Augen tanzten Lichter, die durch das Fenster zu uns hereinfielen und sich zwischen seinen Schatten abhoben. »Die Erkenntnis, dass alles nur Show war, ist so ernüchternd wie vorhersehbar. Und dann muss man sich fragen, wieso man jemandem nachrennt, der nicht existiert, statt die Dinge zu nehmen, die gefunden werden wollen.« Die Stille im Raum überbrückte er mit einem Räuspern und schiefen Lächeln, das einer besagten Illusion nah kam. »Maja ist ein cleveres Mädchen und eines Tages wird sie erkennen, dass der Typ ein Wichser ist.«

»Jascha«, kam es erschrocken über meine Lippen, doch es scherte ihn nicht.

»Sorry. Dass er ein Arschloch ist.« Er holte weiter Luft. »Und welche Menschen sind viel cooler?« Henry saß mit gesenktem Kopf da und sah nicht, wie Jascha auf ihn deutete. »Menschen wie *du*! Weil du einer von den guten bist, und die bekommen immer ihr Happy End. Immer.«

»Gut zu wissen«, meinte ich nur halbwegs überzeugt, weshalb er mir einen schiefen Blick zuwarf.

»Wer hat gesagt, dass du zu den guten gehörst, Imkerflüsterin?« Sein Grinsen und das Zwinkern schwächten die Aussage ab, sie stach trotzdem mitten in meine Brust. Er konnte unmöglich wissen, was er damit auslöste und ich ließ es ihn nicht wissen.

Stattdessen passte ich zurück. »Dann sind wir zumindest zu zweit im selben Boot, Doc.«

Jascha lächelte schief. »Du brauchst deswegen keine Beschwerde von mir erwarten.«

Ich funkelte ihn an und wünschte mir Oscar herbei.

»Du bist unmöglich.« Henry antwortete an meiner statt. »Hör auf, mit ihr zu flirten«, fügte er hinzu.

Jascha lachte auf. »Ich will doch nur Oscar aufziehen.« Das war für die beiden offenbar eine schlüssige Erklärung, denn Henry nickte gedehnt. Allerdings nahm ich wahr, wie die beiden etwas vor dem Gehege fixierten und schrie fast auf, kaum folgte ich ihren Blicken.

»Wenn man vom Teufel spricht«, trällerte Jascha, denn Oscar musterte uns mit Argusaugen. »Haben deine Alarmglocken angeschlagen?«

Der Käfig war offenbar nicht besonders isoliert, denn Oscar verstand es problemlos. Wie wir ihn.

»Ja. Mein Weg hierhin war von deinen Flüchen begleitet.« Seine Aufmerksamkeit schweifte von mir zu Henry. »Worüber redet ihr?«

»Über die Liebe und Arschlöcher.«

»Henry Thore Pellegrino«, seufzte sein Patenonkel, der Jascha finster unter die Lupe nahm.

»Sieh mich nicht so an. Ich bin nicht sein Pate, *damit* ich vor ihm fluchen kann.« Er hatte wohl nicht einkalkuliert, dass auch Andri älter wurde.

Henry strich Odin noch mal über den Rücken, ehe er ihn zur Seite setzte, um aufzustehen. »Hört auf, mich wie ein Kind zu behandeln.«

Er sagte es mit einer Art voller Autorität, die Jascha zum Schmunzeln brachte.

Draußen wartete Oscar auf uns, der sich an Henrys Seite heftete, nicht ohne Jascha und mir einen Blick zuzuwerfen. Besorgt überlegte ich, was er mitbekommen hatte, das diese Wachsamkeit in ihm weckte. Nicht ernsthaft konnte er glauben, dass ich Interesse für seinen Freund hegte, während ich ausschließlich an ihn dachte.

»Keine Panik, Queenie«, flüsterte der neben mir. »Er ist sauer, weil er weiß, wie sehr ich es liebe, ihn zu provozieren.«

»Könntest du mich aus diesen Spielchen raushalten? Ich lebe nämlich mit ihm unter einem Dach.«

Seine Mundwinkel zuckten. »Erstaunlich, dass ihr nicht längst übereinander hergefallen seid.«

Nun provozierte er mich und ich taxierte ihn mit einem ernsten Blick. So langsam sah ich hinter seine Fassade aus Witz und einer großen Klappe. Erstaunlicherweise vermutete ich dort etwas, das mir sehr bekannt vorkam.

»Sind wir uns einig, dass es gerade wahrscheinlich nicht um Maja ging?«, fragte Jascha und steckte die Hände in die Taschen.

»Wieso hast du ihn dann so schlecht gemacht?«, zischte ich, ohne ihm mit Worten zustimmen zu müssen.

Sein Blick wurde schmal, als stellte er sich etwas im Inneren vor. »Einerseits damit Henry wachsam bleibt … Wenn der Bengel ihm das Herz bricht, dann zieh ich dem das Fell über die Ohren.«

»Ist irgendwie komisch, das aus dem Mund eines Tierarztes zu hören«, warf ich bedenklich ein, ehe ich seinen Faden wieder aufnahm. »Und andererseits?«

Sein Seufzen sagte mehr als tausend Worte. »Vielleicht, weil Elias verdient hat, dass ihn jemand durchschaut. Henry sagte, zu ihm sei er nett.«

Da hatte er recht. »Ach, die Jugend«, meinte ich scherzhaft theatralisch, doch Jascha reagierte nicht darauf. »Von wem hast *du* da gerade geredet?«, wollte ich wissen, völlig im Klaren, damit eine Tür öffnen zu wollen, die er tapfer zuhielt. Mit dem Gespräch gerade war ein Spalt erschienen, der meine Neugier weckte.

Mit einem Mal war der scherzende, sorglose, lässige Jascha weggewischt und wich einer grimmigen Traurigkeit, die meine Brust zusammenkrampfen ließ. Zögerlich musterte er mich, ehe sein Lächeln wiederkehrte. Es sah miserabel aus.

»Von mir.«

Er war das Unerreichbare. Eine Illusion. Nichts weiter als eine Show. Und ich fragte mich nicht nur, wer Jascha eigentlich war, sondern wieso er nicht gefunden werden wollte. Da er schwieg und seine Schritte beschleunigte, hielt ich mich zurück, und es tat mir leid, dass ich ihn darauf gestoßen hatte, es auszusprechen, denn allein es zu hören tat weh. Um seinetwillen und weil ich richtiggelegen hatte. Ich wusste, wie er sich fühlte. Automatisch schweifte mein Blick zu Oscar, der sich auf Schwedisch mit Henry unterhielt und ihm hellere Gedanken bescherte, als wir es vermocht hatten. Auf einmal wurde das Bild von Jascha und mir in einem Boot noch stimmiger. Die Bösewichte der Geschichte. Oscar zu betrachten, war wie ein Streifen am Horizont zu fixieren, während ich gegen den Strom schwamm.

Wir passierten den Photo Mirror, doch ehe ich eine bestimmte Richtung einschlagen konnte, rannte ich in eine Mauer. In Oscars Arme.

Seine Finger legte er auf meine Schultern, und ich dankte ihm im Stillen, denn sein entschlossener Ausdruck zog mir den Boden unter den Füßen weg.

»Tanz mit mir.« Nur Oscar vermochte es, eine Bitte mit diesem rauen Unterton freundlich klingen zu lassen.

»Endlich«, rief Jascha gedehnt aus und grinste mich dann an. »Sie dachte schon, du fragst nie.«

Oscar ignorierte ihn und schritt rückwärts, zog mich mit sich auf die gefüllte Tanzfläche. Lockte mich zu ihm, bis ich meine Hand aus seiner löste und meine Finger hinter seinem Nacken verschränkte. Ohne mich aus den Augen zu lassen, fasste er mich an der Hüfte, und plötzlich spürte ich seinen Körper an meiner gesamten Länge.

Aus den Augenwinkeln sah ich Kina und Henry, der etwas beschämt, dennoch belustigt dreinschaute, weil seine Mutter seine Hände fasste und hin und her schwenkte. Ein Junge, womöglich zwei Jahre älter und mit viel breiteren Schultern, beobachtete sie von der Seite und lächelte in sich hinein, während ihm ein Mädchen etwas auf dem Handy zeigte, offenbar nicht bewusst darüber, dass er ihr kaum zuhörte.

Auch wenn sie mir leidtat, die Vorstellung, dieser Eishockeykapitän hatte unserem Henry ein Lyrikbuch geschenkt, war mehr als niedlich.

Durch die Boxen schallte das alternative Lied eines Trios, das ich hin und wieder auch in der Scheune gehört hatte. Natürlich sangen sie davon, sich zu verlieben, weswegen ich meinem Tanzpartner kaum in die Augen schauen wollte, doch ich war mein eigener Feind, denn ich legte den Kopf in den Nacken, um seinen Anblick aufzusaugen.

Er musterte mich bereits sanft. Ein Lächeln zupfte an seinen Mundwinkeln und mit den Händen strich er über meinen Rücken, verharrte an dem schmalen Streifen bloßer Haut zwischen Hose und Oberteil. Es wäre so einfach für ihn, seine Finger unter den Stoff zu schieben. Ich stellte es mir vor und mir wurde viel zu heiß.

Mein Herz flog mir davon, doch kam nicht weit, weil es gegen Oscars Brust prallte und darin versank. Es war ihm anzusehen, wie er versuchte meine Gedanken zu erraten, doch wir schwiegen.

Zuerst empfand ich den Instinkt, wegzusehen, weil es zu viel war.

Zu viel Gefühle und viel zu viel von meinem Inneren, dabei hatte er es doch bereits gesehen und war geblieben. Oscar wich nicht vor meiner Trauer zurück. Oder der Tiefe, in der ich mich beizeiten verkroch. Er hatte keine Angst vor der Farblosigkeit in mir. Vielleicht, weil er fest an meine Stärke glaubte, es zu ändern und aufzutauchen, um meine Zukunft zu erkennen. Ich fragte mich, was ich eigentlich wollte, ohne auch nur zu wagen, an die Antwort zu denken.

Als sich Oscars Mund öffnete, hoffte ich darauf, dass er mutiger war als ich, dann entschied er sich um und seufzte.

»Was ist?« Aus Angst, dass er sich unwohl fühlte, wich ich einen Hauch zurück.

Das schien ihm nicht zu gefallen. Nach einer sanften Drehung fuhr er mit den Fingern an meinen Seiten hoch, über meine Arme und legte meine Hände fester um seinen Nacken, ehe er mich wieder umschlang. »Ich versuche zu akzeptieren, was du gesagt hast, aber du machst es mir nicht einfach. Ich bin machtlos dagegen, dir beweisen zu wollen, wie richtig es ist.«

»Was richtig ist?«

»Wir.«

Ich starrte ihn an. Lange war nichts richtig gewesen. Alles hatte sich verschoben und zu eng angefühlt, während ich versuchte, mich in eine Lücke zu quetschen, um einen Platz in diesem Bild zu haben.

»Darf ich abklatschen?«, fragte ein junger Mann und es war klar, dass er den Satz wohl gerade mehrfach auswendig gelernt hatte.

Oscars warnendes und mein höfliches »Nein« kam gleichzeitig über unsere Lippen, und reflexartig hob der andere mit erschrockener Miene die Hände, um sich bedröppelt zurückzuziehen. Jascha bekam sich kaum ein und klopfte ihm auf den Rücken.

Meine eigene Verwunderung hallte in mir nach und ließ mich in Oscars Gesicht sehen. So hatte ich ihn noch nie mit jemandem sprechen hören. Fast drohend. Sein Ausdruck machte dem alle Ehre. Obwohl sein Griff um mich sanft blieb, haftete etwas Besitzergreifendes an ihm, aber ich entdeckte auch Scham.

Oscar sog Luft durch die Nase ein und gab meinem Blick endlich nach. »Sorry … ich kann ihn zurückholen, wenn du mit ihm tanzen willst. Ich weiß nicht, was in mich gefahren ist.«

Er machte Anstalten, sich zu lösen, da griff ich seine Hände und schob sie zurück an Ort und Stelle. »Ich möchte nur mit dir tanzen. Die ganze Nacht.«

»Ich möchte auch nur mit dir tanzen«, brach es atemlos aus ihm heraus und ich unterdrückte ein Schmunzeln. Wie konnte so ein Berg von einem Mann, der, meiner bescheidenen Meinung nach, ein Magazincover zieren könnte – Oh, Moment, das hatte er sogar –, unsicher sein? Auf die charmanteste Art und Weise. Es gab nichts Attraktiveres als Männer, die nicht mit ihrem Äußeren prahlten.

»Ich mag, wenn du so bist.« Nun war es raus und es war mein gutes Recht, es heiß zu finden.

»So?« Er runzelte die Stirn. »Wie ein Neandertaler?«

Mein Lachen steckte ihn an, denn seine Miene erhellte sich. »Wenn du es so ausdrücken möchtest.«

Seine Hände strichen über meine Wirbelsäule, drückten mich etwas enger an ihn, und ich kam dem freudig entgegen. Er holte mich in eine Umarmung aus Halt und Wärme. »Und ich mag es, wenn du lachst. Ich liebe es, um ehrlich zu sein.«

Die Art, mit der er mich streichelte, entspannte meine Muskeln und ich schob die Sorgen beiseite, als ich mein Gesicht an seine Brust schmiegte. »Das tue ich hier öfter. Lachen«, gab ich leise zu.

Oscar senkte den Kopf. Seine Lippen strichen über meine Stirn, während er sprach. »Das ist gut, oder nicht?«

»Ich würde gern auch zu Hause lachen.« Der Alkohol zeigte wohl Wirkung, denn ich verlor die Kontrolle über meine Taten und Worte, indem ich mich an einem Ort öffnete, wo nicht nur Oscar meine Verletzlichkeit wahrnehmen konnte, sondern auch alle anderen. Ein schlechtes Gewissen breitete sich in mir aus, weil ich das Gefühl hatte, meiner Familie und auch Tamsin unrecht zu tun. Sie brachten mich zum Lachen. Zumindest versuchten sie es.

»Du kannst dein Lachen mitnehmen. Als Souvenir.«

Ich schmunzelte und schlang meine Arme fester um seinen robusten Körper, der von seiner täglichen Farmarbeit zeugte. So sehr wünschte ich mir, dass er recht hatte, doch ich wusste es besser. Das hier alles. Die Farm, ihre Bewohner und selbst Brutus. Oscar.

Sie waren der Grund. Und sie musste ich zurücklassen.

»Wenn dich das glücklich macht, dann kann ich öfter ein Neandertaler sein«, sagte er ernst.

Ein Lachen platzte über meine Lippen und ich drehte mein Gesicht, sodass meine Nase gegen Oscars Hals stieß. Meinen anderen Wunsch vergrub ich unter der Erde: dass mein Zuhause bei ihm war.

Wir verfielen in ein angenehmes Schweigen und genossen einfach nur, gemeinsam hier zu sein. Etwas, was ich mir so selten zugestand.

»Julie?« In meinem Namen klang Vorsicht mit.

»Oscar?«

Seine Hände legte er um mein Gesicht, damit ich ihn ansah. »Ich weiß, ich hab versprochen, es gibt nur einen Tanz. Deswegen müssen wir jetzt bis zum Ende auf der Tanzfläche bleiben.«

Ein Schmunzeln konnte ich mir kaum verkneifen. »Nutzt du Gesetzeslücken aus?«

»Ja.« Er machte kein Geheimnis daraus, dass es keine leeren Worte waren. »Ich nehme alles in Kauf.«

»Alles?«

Ein trauriges Lächeln war das Einzige, was ich erhielt, und ich sollte nicht erfahren, was genau er meinte, weil wir von seinen Freunden zu einer Schnapsrunde genötigt wurden.

Gerade so schaffte er es noch, mich an sich zu ziehen, womit sein Mund vor meinem Ohr schwebte. »Das wird ein Tanz mit Pausen. Er ist noch nicht vorbei.«

Und er hielt sein Versprechen. Wir tranken, lachten, hatten Spaß. Solchen Spaß, wie ich ihn lange nicht mehr empfunden hatte, und als Oscar mich über die Tanzfläche wirbelte, schüttelte ich all die bösen Gedanken von mir ab und warf mich in die Freiheit, die sich in mir auftat. Es war wundervoll. Ich hätte bis in alle Ewigkeit hier mit ihnen verbringen können.

Früher oder später trieb es mich an die frische Luft, weil Kina und ich alles in unsere Rapeinlage gesteckt hatten. Mit einem tiefen Atemzug sah ich mich in der Düsternis um. Und stockte.

»Jascha?«

Schwankend hielt er sich mit einer Hand an der Scheunenwand aufrecht und hob schwer den Kopf, als er seinen Namen vernahm.

Er kniff die Augen zusammen, als könnte er mich so besser erkennen. »Julie …«, lallte er dann mit einem zähen Grinsen. Gerade noch hatte er Luca in einer Ecke der Scheune verschlungen.

»Suchs' du mich?«

Ich näherte mich ihm, als er sich mit den Händen auf den Oberschenkeln abstützte und die Augen schloss. »Soll ich dir Wasser bringen?«

Ein abwehrendes Geräusch kam über seine Lippen.

»Brauchst du etwas anderes?«

Er lachte humorlos auf. »Ja. Das kannst du mir nur nich' geben.«

Ich fasste seine Schulter und strich über seinen Rücken, weil er elend aussah und er sich nicht allein fühlen sollte. »Sicher?«

Seufzend lehnte er sich zurück gegen die Wand. Als er die Lider hob, stand da pure Trauer in seinen Augen. Die Illusion seines Lächelns, das für ihn typisch war, gab es in diesem Moment nicht.

Lange zögerte er, bis er antwortete: »Kannst du heute Abend ungeschehen machen? Die Hochzeit vor fünf Jahren?«

Die Frage löste etwas aus. Plötzlich herrschte ein Wissen zwischen uns, das wehtat. Mir im Herzen wehtat. Ich fasste seine Finger und drückte sie tröstend. »Es tut mir leid, Jascha«, flüsterte ich, weshalb er um eine tapfere Miene kämpfte.

»Sie is' glücklich. Das is' alles, was zählt.«

Langsam verstand ich Oscars Andeutungen. »Wie lange schon?«

Stöhnend fuhr er sich mit den Fingern durch das rabenschwarze Haar. »Schon immer.«

»Soll ich Lovis fragen, ob er dich heimfährt?« Die böse Vorahnung, dass sich hier ein dramatisches Ende dieses Abends anbahnte, ließ mich nach einer schnellen Lösung suchen.

Egal was Jascha in diesem Zustand tat oder äußerte, er wollte morgen sicher nichts davon bereuen.

»Niemand soll sich Sorgen machen. Ihr solltet tanzen!«, rief er enthusiastisch aus und wollte so tun, als hätten die letzten Sekunden nicht stattgefunden, der emotionale Ausbruch forderte jedoch so viel Energie, dass er schnell wieder ruhig wurde und wiederholt blinzelte.

»Håll dig till dig själv, Jascha«, mahnte er leise und nahm einen tiefen Atemzug. »Geh rein, Julie.« Dieses Mal sparte er sich die Mühe, nicht geschlagen zu klingen.

Ich brachte es nicht übers Herz. Er liebte Kina, seit sie sich kannten, was eine lange Zeit war, denn sie hatten erzählt, dass sie seit jeher beste Freunde waren. Noch bevor sie Oscar und Fynn kennengelernt hatten. Er versuchte ihr keine Last zu sein; hatte heute erneut dabei zugesehen, wie sie einem anderen Mann ihr Ja schenkte. Er war sogar Andris Patenonkel.

Angestrengt wiederholte ich gemeinsame Minuten in meinem Kopf, analysierte Worte und Blicke. Im Nachhinein war es keine Schocknachricht, wie es um Jaschas Gefühle stand, ebenso wenig konnte ich mir vorstellen, dass Kinas scharfer Verstand nicht realisierte, was sich direkt vor ihren Augen abspielte. Doch sie ließ es zu.

Sie spielten alle mit. Was blieb ihnen auch anderes übrig? Ich hatte es all die Jahre ähnlich gehandhabt und der Welt – mir selbst – etwas vorgemacht. Erst als Jascha wie ein Häufchen Elend vor mir wankte, realisierte ich, wie viel ich selbst verloren hatte. Meine Eltern. Dana.

Mit ihnen war ein Teil von mir gegangen, und ich hatte mir nicht die Mühe gemacht, die Lücken zu heilen, wenn nicht gar zu füllen. Ich war nicht gut zu mir gewesen und hatte es nicht für nötig gehalten, mich um mich selbst zu kümmern. Weil ich es nicht verdiente. Doch während ich Jascha betrachtete und über seine Schulter strich, musste ich mich fragen, ob ich es nicht doch tat.

Was ich von meinem Leben wollte? Sicher nicht ewig darunter leiden, was passiert war. Ein einziges Leben war mir hier vergönnt. Mit Menschen, die mich mochten und hielten. Die neben mir wuchsen und auf mich warteten, wenn ich noch ein paar Schritte hinter ihnen ging. Wie dumm, zu glauben, ich müsste es allein schaffen.

»Weiß sie es?«

Ein bitteres Geräusch brach aus ihm hervor. »Alle wissen es.«

Seine Züge wurden düster. Plötzlich riss er sich los und ehe ich etwas tun konnte, schlug er seine Faust ins Holz der Scheune.

»Fan! Alle wissen es!«

Schock pulsierte durch meinen Magen und ich setzte vor, um ihn abzuhalten, Schlimmeres zu tun.

»Jascha!«

Ich erkannte die Stimme sofort, die zeitgleich mit mir seinen Namen rief.

Kina.

»Geh weg!«, knurrte er.

Kina tat nichts dergleichen, stattdessen schritt sie an meine Seite und fasste seine Schulter fester als ich zuvor. Im selben Moment spürte ich Wärme in meinem Rücken und es war Oscar, der mich behutsam zurückzog, obwohl er danach aussah, am liebsten seinem Freund beistehen zu wollen.

Kina und Jascha diskutierten auf Schwedisch, wobei er eher lallte und sie versuchte, ihn zu beruhigen.

»Komm«, meinte Oscar. »Wir lassen sie einen Moment allein.«

Es waren seine Freunde. Er wusste die Situation besser einzuschätzen, also folgte ich ihm zum Scheuneneingang, wo Luca überfordert auf ihrer Lippe rumkaute. Als Jascha etwas lauter wurde, hörten sich seine Worte verzweifelt an. Oscar erstarrte kurz. Dann tauschte er einen Blick mit Luca, die nur die Brauen hob und plötzlich danach aussah, keine Gesellschaft haben zu wollen.

»Was hat er gesagt?«

Oscar zögerte, bis wir in das Gebäude traten. Sein Blick hing an der Düsternis hinter uns, als würde er hoffen, dass uns seine beiden Freunde schnell folgten.

»Dass sie ihm jede Sekunde jeden Tages das Herz bricht.«

Unsere Blicke trafen sich und ich wurde nervös. »Vielleicht sollten wir das nicht Kina machen lassen.«

»Ich gebe ihr zwei Minuten, dann wird Fynn sowieso rausgehen. Die Situation ändert nicht, dass sie am besten mit ihm umgehen kann.«

Erst jetzt bemerkte ich, wie Besagter mit verschränkten Armen am Zwischendurchgang lehnte und das Flügeltor fixierte, auf das kleinste Detail achtete, das Grund genug war, um zu seiner Frau zu gehen. Oscar blieb bei ihm, während ich mich zu Lovis zurückzog, der mit einer Gruppe zusammensaß, die wohl noch trinkfreudiger war als die anderen. Er rührte nichts vom Alkohol an und niemand machte deswegen eine Szene, wie ich es von manchen Partys aus meiner Studentenzeit kannte.

Schneller als gedacht, stießen Kina und Jascha zu Oscar und Fynn, wo sie in eine kleine Diskussion verfielen. Der Tierarzt verdrehte nur die Augen, hatte sein Fake Lächeln wieder erfolgreich in sein Gesicht gekleistert. Am Ende war es Luca, die ihn heimbrachte.

Die Übriggebliebenen schlugen sich am Büfett die Mägen voll oder legten Dancemoves hin, die sich auf der Skala von WOW bis WTF bewegten. Ich spürte, wie meine Füße leichter wurden. Mein Kopf schwerer. Eigentlich hielt mich nur Kinas Arm, den sie um mich geschlungen hatte und uns schwungvoll hin und her wippte, während sie aus vollem Hals mitsang. Fynn grinste sie vom Rand aus an, bis er zu uns kam. Sie entschied, in dem Moment in seine Arme zu springen, als sie mich gerade in eine Drehung geworfen hatte.

Aussichtslos suchte ich nach Halt und knallte geradewegs auf den Steinboden, weshalb ich den alten Kronleuchter von unten bewundern konnte. Er war ausgesprochen hübsch. Die Papierboote schunkelten schillernd über mir. Vielleicht drehte sich auch die Welt, ich war mir nicht sicher.

In der nächsten Sekunde schossen geschätzte hundert Hände in mein Blickfeld und ich griff nach so vielen, wie mir möglich war. Mit einem Ruck zog man mich hoch, dann sah ich in Lovis' und Oscars Miene. Die restlichen circa neunundachtzig Handbesitzer hatten sich in Luft aufgelöst.

Letzterer tastete mich ab, strich über meinen Hinterkopf. »Alles okay?«, wollte er besorgt wissen.

Ich starrte ihn mit großen Augen an. »Sie hat mich einfach losgelassen.«

Bei meinem fassungslosen Tonfall hatte er Mühe, sein Grinsen zurückzuhalten. »Tut dir was weh, Queenie?«

»Nein«, meinte ich, krallte mich in seinem Anzug fest, schluckte, weil mein Magen rebellierte. »Wie lange bleiben wir noch?«

»Wir gehen jetzt«, verkündete Lovis.

»Nicht wegen mir«, widersprach ich schleppend und hob mahnend den Finger, kippte nach vorn.

Oscars Hände schlossen sich um meine Arme und ich wollte sein sanftes Lächeln hunderttausend Mal küssen. »Wir sind müde und morgen ist der Blumenmarkt«, erinnerte er mich.

Allerdings hatte ich keinen blassen Schimmer, wovon er sprach, brachte es aber auch nicht über mich zu fragen.

Während wir uns verabschiedeten, lag Oscars Arm um mich und er ließ mich erst los, um mich auf die Rückbank des Autos zu bugsieren und anzuschnallen. Dabei kam er mir so nah, ich musste seinen blöden, schönen Nasenrücken nachfahren, was seine Mundwinkel zucken ließ. Während sich Lovis ans Steuer setzte, rutschte er zu mir nach hinten, und schon zog er mich wieder an sich. Mein Körper sackte gegen ihn.

Ich verfluchte meine Hände, die ein Eigenleben entwickelten und auf Tuchfühlung gingen, indem die eine sich einen Weg zwischen Oscars Anzugjacke und Hemd bahnte und die andere über seine Brust fuhr. Seine blöden Muskeln darunter entfachten Hitze in mir. Sachte umfasste er meine schamlose Hand, schob sie jedoch nicht weg, sondern drückte sie gegen sein Herz.

Plötzlich spürte ich seine Lippen an meiner Stirn. »Wenn du nicht möchtest, dass Lovis uns wegen unsittlichem Verhalten in der Öffentlichkeit rauswirft, musst du gnädig mit mir sein und still halten.«

»Okay«, wisperte ich zurück, als hätten wir gerade einen geheimen Plan geschmiedet. Meine Hände hatten den noch nicht zur Kenntnis genommen.

»Julie.« Seine Stimme war heiser. Dieses Mal gehorchte ich, als er meine Finger gegen sich presste.

Die kurze Fahrt über schwebte ich auf Wolken. Oscar im Halbschlaf neben mir zu spüren, während uns Lovis sicher nach Hause fuhr, ließ mich mein Bett herbeisehnen. Müdigkeit vertrieb die Übelkeit. Das Verlangen nach dem Mann neben mir blieb, dabei war mir neu, zu was für Hochtouren meine Libido auffuhr, wenn ich betrunken war. Trotz meines Zustandes sah ich klar, dass ich eine falsche Entscheidung getroffen hatte. Ich hatte bereits so viel verloren. Und ich war im Begriff, mehr zu verlieren, als ich es ertragen konnte, wenn ich nicht dafür kämpfte, welche Person ich sein wollte und an wessen Seite ich sie sein würde.

Oscar

Julie bekam nur halbwegs mit, wie sie ausstiegen und Lovis ihnen eine gute Nacht wünschte, ehe der zu Mio ging. Dass sie an Oscar hochkrabbelte, damit er sie trug wie ein Äffchen, war vermutlich auch nicht Plan ihrer vernunftbesessenen Gehirnregionen, doch er beschwerte sich nicht. Ganz im Gegenteil. Selbst als er den Schlüssel hervorkramte, presste er sie an sich, um das hier so lange wie möglich auszukosten. Seine Schritte auf der Treppe klangen laut in der ruhigen Kulisse, seine Gedanken waren lauter. Das letzte Mal, als sie sich so nah gekommen waren, hatte sie ihn am nächsten Morgen weggestoßen. Heute jedoch war da keine Barriere. Sie ließ ihn an sich ran und Wärme breitete sich in seiner Brust aus, weil er ein hoffnungsloser Narr war.

»Zähne putzen.«

Ihre Bitte wurde durch seinen Anzug gedämpft, aber er verstand und trug sie ins Bad. Dort stellte er sie vorm Waschbecken ab, damit sie sich festhalten konnte, während er ihr Zahnpasta auf die Bürste strich.

»Hier«, meinte er und sah drei Sekunden dabei zu, wie sie sich angestrengt die Zähne putzte. Erst dann eilte er nach unten und holte ein Glas Wasser sowie Pulver gegen Kopfschmerzen, um es ihr auf die Kommode neben ihrem Bett zu legen. Kaum kehrte er ins Bad zurück, erstarrte er alarmiert. Es war leer.

»Julie?«

»Mhm«, kam es aus der Ferne und er fand sie nirgendwo anders als in seinem Zimmer. Mit ausgestreckten Armen lag sie auf seinem Bett. Er konnte kaum atmen bei dem, was das mit ihm anstellte. Jeden verfluchten Morgen und Abend wünschte er sie sich darin, und jetzt musste er der Vernünftige von ihnen sein, indem er sie daraus verjagte. Er hasste sich. So dermaßen.

»Komm, du solltest ins Bett«, brachte er hervor und fasste sie an den Armen, um sie schwungvoll hochzuziehen.

»Hui!« Sie lachte, und er grinste in sich hinein, während er sie aus seinem Schlafzimmer lockte, wo er viel zu sündhafte Dinge mit ihr anstellen wollte.

Als sie in ihrem eigenen ankamen, fiel sie rücklings aufs Bett. »Umziehen.«

Er erstarrte. *Bitte, bitte nicht*, flehte er still. Irgendwas musste er getan haben, um so bestraft zu werden.

»Ich suche dir die Sachen raus und drehe mich dann um, okay?« Gut, das war ein guter und vernünftiger Plan.

»Nein.«

Seufzend ließ er seinen Kopf nach vorn fallen und fuhr sich über die Stirn. Dann sah er sich um und entdeckte ihr Schlafoutfit am Ende des Bettes. Allerdings ohne Unterwäsche. Er schritt zur Kommode und öffnete die Schublade einen Spalt, falls sich dort etwas befand, was zu privat war. Wobei Spitzenunterwäsche wohl auch nicht gerade wenig privat war, denn die blinzelte ihm mit einem sündigen Augenaufschlag entgegen. Er suchte nach etwas, was seiner Meinung nach gemütlich aussah, und legte die Sachen neben ihr ab. Julie setzte sich seufzend auf, nestelte an der Schleife ihrer Hose herum. Sofort drehte er sich um und starrte in die Dunkelheit vor den Fenstern. Das Leben war nicht fair.

Er dachte daran, was er morgen Früh noch erledigen musste, während hinter ihm Stoff raschelte, zu Boden fiel, angezogen wurde. *Arbeit*, erinnerte er sich. Was musste er morgen vor dem Blumenmarkt erledigen?

Fast zuckte er zusammen, als Julie gegen sein Schulterblatt tippte.

Er drehte sich um und ihm fielen fast die Augen aus dem Kopf.

»Du musst mir den Reißverschluss aufmachen. Komm nicht dran«, murmelte sie verdrossen, weil sie sich offenbar ärgerte, es nicht allein zu schaffen.

In hochgeschnittenem Brazilian Slip und Oberteil stand sie vor ihm, drehte sich dann um. Ihm wurde klar, dass ihr Crop Top so verarbeitet war, dass sie darunter keinen BH trug, und er hob die Finger, um den Reißverschluss runterzuziehen. Das Top fiel zu Boden. Seine Kinnlade fast auch, wenn er nicht an sich gehalten hätte.

»Du hast recht«, wisperte sie in die Stille hinein und machte keine Anstalten, nach dem Shirt zu greifen, das er hier bereitgelegt hatte.

Ehe sie die Chance hatte, sich umzudrehen, griff er danach. »Womit?«, wollte er wissen, während er ihr das Hemd von hinten über den Kopf schob und ihr in die Ärmel half.

Dann drehte sie sich um. Ihre Augen waren trüb. »Dass wir uns richtig anfühlen.«

Eine solche Verletzlichkeit stand in ihren Worten, seine Brust schmerzte und ging gleichzeitig auf. »Julie …«

Sie war betrunken. Was, wenn sie sich an nichts erinnerte? Er umfasste ihre Wange und sie schmiegte sich gegen seine Finger, küsste die Haut über seinem Puls. Er musste den Blick abwenden.

»Manchmal siehst du mich ganz komisch an. Oder kannst mich gar nicht ansehen. Ist es wegen *Love Brand*?«

Er hatte nicht erwartet, so eine Art von Gespräch zu führen. Dieses Unternehmen nahm so viel, er würde sich nicht Julie nehmen lassen.

Etwas in ihm bäumte sich auf, also umfasste er ihre Hände, um sie auf Herzhöhe gegen seinen Körper zu drücken. Ihr Gesicht erhellte sich. Sie glaubte, er könne sie nicht ansehen, weil er sie wegen *Love Brand* verurteilte. Sie hatte keine Ahnung, wie falsch sie lag. In diesem Moment, der so verletzlich und gleichzeitig sicher war, weil sie beide irgendwie ihre Türen aufmachten und sich in der Mitte trafen, sprach er seine Gedanken aus. Ließ sie raus, damit sie atmen konnten. Damit er irgendwie zu Atem kam, weil sie ihm den ständig raubte.

»Ich kann dich kaum ansehen.« Er hielt ihre Hände stoisch in seinen, ehe sie sich zurückziehen konnte und beugte sich über sie. »Weil ich jedes Mal, wenn ich dich ansehe … mehr will. Mehr von dir. Von deinem Lächeln. Von deinen Worten. Ich will dich mehr ansehen, und ich denke, das macht mir auch mehr Angst.«

»Du hast Angst?«

»Jeder hat mal Angst, und das ist okay«, erinnerte er sie.

»Wovor hast du Angst?«, hakte sie weiter nach und er seufzte.

»Das sollte ich nicht sagen.« Und das würde er auch nicht. Nicht in ihrer Verfassung.

»Wieso?«

Ihre Hartnäckigkeit brachte ihn zum Lächeln, doch es hielt nicht lang. »Weil ich nicht will, dass du dich zu etwas gezwungen fühlst. Oder es komisch wird.«

»Willst du, dass es mehr wird?«

Es war sinnlos, es zu leugnen, und er wunderte sich, dass sie die Antwort nicht längst kannte. »Ich denke, ich habe oft genug und sehr deutlich klargemacht, was ich will.«

Sie blinzelte schläfrig, schaffte es trotzdem, seinen Mund zu fixieren. »Seit du mich hier geküsst hast«, sie hob die Finger zu ihrem Hals, »frage ich mich, ob dir das auch so gefallen würde. Mir hat es sehr gefallen.«

»Würde es«, brachte er hervor, rührte sich nicht.

Julie hatte andere Pläne, denn sie machte einen Schritt vor, stützte sich an seiner Brust ab und setzte einen Kuss auf seine Halsschlagader. Dann schnellte ihre Zungenspitze darüber.

»Queenie.« Reflexartig fasste er ihre Arme, unschlüssig, ob er sie aufs Bett werfen oder auf Abstand halten sollte. Noch ein feuchter

Kuss. Und dieses Mal schossen ihm tausend sündhafte Bilder durch den Kopf. »Fuck.«

»Du schmeckst fabelhaft«, wisperte sie glücklich und wollte aufschauen, schwankte rückwärts, weshalb er ihren Rücken stützte. Sie scherte es gar nicht, sondern blinzelte zu ihm hoch. »Wird es komisch, wenn ich dich küsse?«

Er stieß ein hilfloses Lachen hervor. »Höchstens, wenn du es morgen bereust.«

Sie wandte ihren Blick nicht ab. »Würdest du es bereuen?«

»Ein bisschen. Weil ich will, dass du voll da bist, wenn ich dich küsse. Wenn ich dich besinnungslos küsse …« Er strich mit den Daumen über ihre Hüfte und versuchte seine Atmung zu regulieren.

»Und da ich schon besinnungslos bin …«, sagte sie leise.

»Wäre es ein verpasster Moment«, vollendete er ihren Satz.

»Mhm«, murmelte sie und schmiegte ihre Wange an seine Brust.

Er konnte nicht widerstehen und strich über ihre Haare, senkte den Kopf, bis seine Nase gegen ihre Stirn stieß und er ihren Geruch in sich aufsog wie ein Verzweifelter. Ihm war nicht mehr zu helfen.

»Ich hätte dich unfassbar gern geküsst. Aber ich mag keine verpassten Momente«, flüsterte sie. »Fomo«, erklärte sie weiter.

Ein raues Lachen schlich über seine Lippen und er strich damit über ihre Schläfe. »Komm, ich bringe dich ins Bett.«

Bereitwillig trat sie zurück. Er schlug das Laken auf, während sie darunterschlüpfte und breit lächelte, als er sie zudeckte. Bevor er sich zurückziehen konnte, griff sie nach seiner Hand.

»Du schläfst auch nicht neben mir?«

Sie sah ihn zwischen ihren Wimpern hindurch an und er betete zu allen Gottheiten, damit sie ihm gnädig waren. Es wäre so einfach, der Versuchung nachzugeben. So einfach, ihrer Einladung zu folgen und ihren Körper auf die Weise kennenzulernen, nach der er sich so sehnte.

»Wir können unsere Türen auflassen«, schlug er vor.

Ein Kompromiss, der ihre Augen zum Leuchten brachte. »Okay.«

Ihr Strahlen war zum Dahinschmelzen. Dann sank sie in die Kissen, atmete tief ein. Völliger Frieden erfüllte ihn und sie strahlte dasselbe aus, weshalb er seine Finger durch die Spitzen ihrer Haare gleiten ließ, dann über ihren Wangenknochen.

»Schlaf gut, Julie.«

»Sov vackert«, wisperte sie mit geschlossenen Augen.

Beflügelt, gleichzeitig besorgt, was der Morgen bringen würde, zog er sich zurück und schaltete das Licht aus, fand ohne Probleme in der Dunkelheit ins Bad und schließlich in sein Ankleidezimmer. Mit einem Seufzen sank er in die Matratze und spürte, wie die Anstrengungen des Abends von ihm abfielen.

Wie versprochen, standen ihre Türen auf. Die Betten standen genau auf einer Linie, bei Licht hätte er sie betrachten können.

Unerwartet erklang Julies Stimme in der Stille. »Wie viel von unserem Gespräch bei Odin hast du gehört?«

Sein Herz verkrampfte sich aus einer Vielzahl von Gründen.

»Genug.«

»Manchmal fühle ich mich auch wie eine Illusion.«

Am liebsten wäre er aufgesprungen und hätte sie in seine Arme gezogen, so sehr schmerzte sein Herz für sie. Aber es gab einen Grund, wieso sie mit dieser Beichte gewartet hatte, bis sie im Dunkeln und mit Abstand dalagen.

»Hier auch?« Es war selbstsüchtig, sie das zu fragen.

»Nein«, flüsterte sie so laut, dass er es verstand. Dabei klang sie nicht erleichtert oder froh, sondern erschöpft.

»Julie?«

»Oscar.«

»Wenn du dich morgen an das hier erinnerst, versprich mir, mutig zu sein.« In seiner Bitte lebte so viel zwischen den Zeilen. *Sei mutig und lass mich dich küssen. Sei mutig und lass mich dich kennenlernen. Sei mutig und erlaube dir, was du dir verwehrst.*

»Mutig?«

Sie wusste genau, was er meinte, also sagte er nur: »Ich fange dich auf. Versprochen.«

»Ich will dir was sagen, auch wenn du mich dann hasst«, lallte sie schleppend.

Er schmunzelte. »Ich werde dich niemals hassen, versprochen.«

»Versprochen«, wiederholte sie wie im Traum.

Danach war es so lange still, dass er glaubte, sie sei eingeschlafen.

»Oscar?«

»Julie.«

»Danke, dass du mich noch nicht besinnungslos geküsst hast. Das möchte ich wirklich, wirklich gern richtig mitbekommen«, meinte sie träumerisch, und er grinste mit geschlossenen Augen, stellte sie sich hier neben sich vor.

»Das wirst du.« Es kam bedrohlicher rüber als gewollt, es schien sie jedoch nicht zu stören.

»Fantastiska.« Ihre Stimme klang zäh. Sicher schlief sie gleich ein und er täte sich einen Gefallen damit, dasselbe zu tun.

»Oscar?«, fragte sie wieder, so leise, dass er bemüht in die Nacht lauschen musste.

»Julie.«

»Was meintest du damit, alles in Kauf zu nehmen?«

Draußen rief ein Kauz. Er hörte ihm einige Sekunden zu, antwortete lange nicht und war sicher, dass sie längst schlief, als er verriet: »Dass du mir das Herz brichst.«

Es gibt Pflanzen,
die besonders attraktiv für Bienen sind.
Besonders jene,
die eine lange Blütenzeit haben.

O.M.

Kapitel 20

Jemand, den er hasste

Oscar

Julie schnarchte noch selig vor sich hin, als er aufgestanden war. Nachdem er die Tiere gecheckt und seinem Ladenangestellten Hallo gesagt hatte, kehrte er ins Haus zurück, nur um eine verschlossene Tür vorzufinden.

Er versuchte keine Panik zu bekommen und sprach sich zu, dass sie sich bestimmt nur umzog, statt ihn symbolisch auszuschließen wie beim letzten Mal. Das erinnerte ihn daran, wie er sie letzte Nacht umgezogen hatte.

Es brauchte keine zehn Sekunden, da sprang er schon unter die kalte Dusche. Als er wieder auf den Flur trat, war Julies Tür geöffnet. Aus dem Erdgeschoss drangen Geräusche zu ihm hoch.

Mit beschleunigtem Puls und wirren Gedanken schlüpfte er in eine frische Hose und eilte nach unten. Auf der Treppe überlegte er, ob er nicht einen Gang runterfahren sollte, doch er musste sie sehen. Jetzt. Sofort. Er würde nicht so tun, als sei es anders.

Als er in den Durchgang zur Küche bog, hielt er inne und kam sich vor, als hätten sie die Rollen getauscht. Das letzte Mal hatte er dort gestanden und ihnen Kaffee sowie Tee zubereitet – wie sie gerade. Vor ein paar Tagen hatte er sich zu ihr umgedreht und gewusst, dass etwas ganz und gar nicht stimmte. Noch mal konnte er diesen Ausdruck nicht ertragen.

»Guten Morgen.« Seine Stimme klang viel zu heiser und aufgeregt, aber es war ihm gleich, als sie sich mit einem schüchternen, offenen Lächeln umdrehte.

»Guten Morgen.«

Sie atmeten beide tief durch. Julie stieß ihn nicht weg. Im Gegenteil, ihr Blick wanderte an ihm herab. Er hatte sich kein Hemd übergeworfen, weil er unbedingt zu ihr wollte. Offenbar hielt sie ihm das vor, denn sie funkelte ihn mit einer Mischung aus Wärme und Verzweiflung an. So unverhohlen, wie sie auf ihn reagierte, konnte er sich ein triumphierendes Lächeln nicht verkneifen. Die Freude wuchs, weil ihre Augen den Stoffstreifen seiner Boxershorts fixierten, die unter seiner Hose hervorlugten.

»Unverschämt«, wisperte sie gedankenverloren.

»Wie bitte?«

Ihr Kopf schoss hoch. »Nichts! Ich hab uns Getränke gemacht. Danke für letzte Nacht.«

»Selbstverständlich.« Er hätte alles für sie getan.

Sie sahen sich an, und wie von selbst schlich sich ein Lächeln in ihre Gesichter. Zwischen ihnen war ein Band, das straffer wurde, Spannung erzeugte und sie näher zueinanderzog. Julies Nervosität war unverkennbar, was ihn aus unerfindlichen Gründen entschlossener machte, mutig für sie beide zu sein. In dem Braun ihrer Augen stand ein Flehen, eine Sehnsucht, aber sie rührte sich nicht, presste die Hand auf die Arbeitsplatte hinter sich und atmete wieder durch.

Himmel, wie sie ihn ansah. Sie wollte ihn so sehr wie er sie.

»Bist du bei dir?«, brachte er hervor. Er zwang sich, auf der Stelle zu verharren. Denn wenn er sich erst einmal bewegte, würde er sich auf sie stürzen und ihr alles von diesem mehr zeigen, von dem sie gestern gesprochen hatten.

Sie runzelte die Stirn.

»Mental anwesend und ausgekatert«, konkretisierte er.

»Ja. Nüchtern sowie kopfschmerzfrei. Dank deiner Medikamente.« Sie klang atemlos.

»Gut.« Er auch.

Sie bewegte sich nicht, atmete nicht, als er auf sie zuging. Mit vier Schritten überbrückte er die Entfernung. Seine Hände landeten rechts und links von ihr, er fing sie zwischen sich und der Küchentheke ein. Sein Körper stand in Flammen, die sich anscheinend auf ihrer Haut ausbreiteten, da sich ihre Wangen rosig färbten.

Als er sich vorbeugte und mit seinen Lippen weich über ihr Ohr strich, kam er sich nicht mehr wie ein Mensch vor. »Ich lag die halbe Nacht wach, weil ich nur daran denken konnte, dass du mich küssen willst.« Ihre Finger krallte sie in seine Arme, doch es störte ihn nicht. Ganz im Gegenteil. Er strich mit dem Mund über ihre Schläfe, setzte einen zärtlichen Kuss auf ihre Ohrmuschel, die Stelle zwischen Hals und Schulter. Dann hob er den Kopf und sah sie eindringlich an. »Willst du es immer noch? Oder bleibst du bei deiner Entscheidung?«

Der Ball lag in ihrem Spielfeld. Die Zeit blieb stehen, während er den Kampf in ihren Augen sah, wussten sie beide, was sie wirklich wollte. Was sie von ganzem Herzen einzig für sich selbst brauchte und einforderte.

Sie hielt sich so verzweifelt an ihm fest, als befürchtete sie, er würde sich gleich auflösen. »Ich will dir was sagen«, hauchte sie und er spürte ihren Atem über seine Haut streichen, beugte sich näher zu ihrem Gesicht, schmiegte sich an ihren weichen Körper. Wollte darin versinken.

Er ahnte, was folgen würde. Sie wollte ausweichen und ihm weismachen, dass sie eine Illusion sei, damit er sie wegstieß. Weil sie Angst hatte. Doch wenn sie sich fürchtete, dann mit ihm an ihrer Seite.

»Und ich will eine Antwort«, ließ er nicht locker und legte ganz sanft seine Finger um ihren Hals, fuhr mit dem Daumen über ihr Kinn. Ihre Lippen zum Greifen nah. »Willst du es?«, fragte er wieder und betonte jede Silbe.

Unter seiner Hand spürte er ihr Schlucken, dann öffneten sich ihre Lippen und ihre Iriden färbten sich dunkel. Dort, zwischen den Spektren aus Braun flammte Mut auf. Sie war mutig und er hatte versprochen, bei ihr zu sein. Er würde sie nicht im Stich lassen.

»Ich will es«, brachte sie hervor.

Und dann gab es nichts mehr, was ihn aufhielt. Sein Mund landete auf ihrer Haut. Ihren Wangen, ihrem Hals, veranstaltete sündhafte Dinge und sie wand sich in seinem Griff. Leidenschaft schrie in ihm auf, und es fehlte nicht viel, dann hätte er sie auf die Theke gesetzt, ihre

Beine gespreizt und jeden Millimeter ihres Körpers gekostet. Jeden. Einzelnen. *Immer langsam*, hielt er sich an. Er wollte es genießen.

Er wollte sie wertschätzen. Einen Schritt nach dem anderen. Als ein Stöhnen über ihre Lippen brach, vergaß er seine guten Vorsätze beinahe.

Er fluchte und strich ihr mit der Nase über die Haut, bis er gegen ihre stieß. »Dieses Mal kein Rückzieher«, entschied er. Sein heißer Atem mischte sich mit ihrem, ihr blumiger Duft kroch in ihn hinein, und das reichte, um ihn vollends zu benebeln. Er wollte ihren Kuss. Wollte ihren Mund auf seinem.

»Versprochen.« Sie war eindeutig ungehalten, weil er sie beide quälte. »Oscar«, beschwerte sie sich und schlang ihre Hände um seinen Hals, zog sich an ihm hoch. Seine Lider fielen zu und er spürte die Weichheit ihrer Lippen an seinen.

»Sag es. Ich will es hören.« Ihm war es ein Rätsel, wo diese Seite von ihm gelauert hatte, doch es gefiel ihr sichtlich, denn ihr Körper wurde in seiner Umarmung zu Wachs.

»Bitte küss mich.« Drei Worte, die den letzten Millimeter zwischen ihnen füllten.

»Guten Morgen!«, dröhnte Lovis' Stimme durch die Küche.

Oscar stöhnte fluchend, ehe er seine Stirn gegen Julies legte. Sie sank in sich zusammen und ließ sich von seinen Armen halten. Oscar bemerkte ihre Frustration, die sich auch in seinen Zügen spiegeln musste, ehe er über seine Schulter hinweg den Staatsfeind Nummer eins fixierte.

Lovis starrte sie wie angeschossen an.

»Du störst!«, knurrte Oscar, ohne sich von Julie zu entfernen oder sie freizulassen. In erster Linie, um sich die Blamage zu ersparen, dem alten Mann zu zeigen, was für eine Wirkung Julie physisch auf ihn hatte.

Julie spürte, dass er noch ein paar Sekunden brauchte, und ließ von ihm ab, schielte an seinem Arm vorbei zu Lovis. Ihre Wangen waren gerötet. Vor Scham oder Erregung, wusste er nicht.

»Ihr müsst euch echt ein Zimmer nehmen«, warf Lovis ihnen vor.

Oscar hätte fast nach dem nächstbesten Gegenstand gegriffen, um ihn damit zu bewerfen. »Du stehst in meinem Haus.«

Der alte Mann grummelte, als wären sie die Störenfriede. Dann drückte er den Panamahut tiefer auf den Kopf. »Wir müssen in einer Viertelstunde los. Ich warte auf der Veranda und lasse die Haustür auf, damit ihr nicht auf dumme Gedanken kommt.«

»Ich habe nicht mitbekommen, dass wir eine Anstandsdame benötigen«, stieß Oscar zwischen seinen zusammengebissenen Zähnen vor und trat von Julie weg, die ihm die Brust tätschelte.

»Wir beeilen uns«, schlichtete sie den kleinen Streit.

Oscars Aufmerksamkeit galt schlagartig ihr, weil sie von *Wir* gesprochen hatte und er das liebte. Er hing an ihrem Lächeln, das sie ihm zuwarf, ehe sie einen Schluck von ihrem Kaffee nahm und nach oben eilte. Verdrossen trat er aus der Küche, nicht ohne Lovis einen Blick zuzuwerfen, der den gleichermaßen erwiderte. Dann wandte er sich der Treppe zu, folgte Julie nach oben. Vielleicht kam er ja doch auf dumme Gedanken.

Die Vernunft siegte, und eine halbe Stunde später standen sie bei den Lindgrens in der Scheune, um aufzuräumen. Oscars Sinne waren geschärft, sobald er zu der Gruppe seiner Freunde dazustieß, aber Kina und Fynn schienen so frisch verliebt wie immer und Jascha machte Faxen mit Henry, während sie die Papierboote abhängten. Andri verbrachte den Tag bei ihren Großeltern.

Als die Playlist, die im Hintergrund lief, das Lied abspielte, zu dem er gestern das erste Mal mit Julie getanzt hatte, zogen sich ihre Blicke an und versanken ineinander. Er lächelte schief und sie biss sich auf die Lippe, weil er sie mit seinen Blicken auszog.

»Hör auf«, wisperte sie tonlos, doch er dachte nicht im Traum daran. Sein Grinsen vertiefte sich, bis sie keine andere Lösung fand, als sich abzuwenden, womit er auf weitere Fantasien kam.

»Starrst du Julie auf den Hintern?«

Er zuckte heftig zusammen, sobald die Frage seines Patenkindes neben ihm ertönte.

Der Junge musterte ihn scharf. »Ein Gentleman macht so was nicht.«

»Wenn ein Gentleman die Erlaubnis dazu hat, macht er das so was von«, mischte sich Jascha fröhlich ein und stimmte mit einem Pfeifen in die Melodie ein.

Oscar räusperte sich und lenkte sie alle schnell ab.

»Wie geht's Odin?«

Henry schielte in seine Brusttasche und hob den Daumen. »Der schläft selig.« Und schon war er Feuer und Flamme, Oscar seine neuesten Erkenntnisse zur Rettung von Odins nahen Verwandten, den Feldhamstern, mitzuteilen, wobei er aufmerksam zuhörte. Bis er durch die Fenster bemerkte, wie ein Auto vorfuhr.

»Ah, da ist sie«, flötete Jascha und sprintete mit einem triumphierenden Grinsen los, als würde er ihnen gleich etwas Grandioses präsentieren.

»Da ist wer?«, rief Kina ihm neugierig hinterher und eilte schon gen Fenster. Lovis dicht auf ihren Fersen. Allerdings nicht schnell genug, denn Henry drückte vor ihm die Nase gegen die Scheibe.

»Lasst ihm doch etwas Privatsphäre«, tadelte Fynn, gesellte sich trotzdem zu ihnen. »Das ist sein Date.«

»Luca?«, wollte Oscar wissen und näherte sich nur so weit, dass er über ihre Köpfe hinwegschauen konnte. Julie schob sich vor ihn, um zu verstehen, was vor sich ging, weil sie auf Schwedisch sprachen.

»Nein. Eine Patientin«, meinte Fynn abgelenkt. »Also die Besitzerin einer Patientin. Sie haben was …« im letzten Moment erinnerte er sich an die Anwesenheit seines Sohnes und warf einen Blick zu Oscar, der Erklärung genug war.

Sie hatten was Lockeres.

Und so rotteten sie sich zu sechst vor dem Fenster zusammen und sahen auf den Hof, wo eine junge Frau mit dunklen Haaren und gelbem Band im Haar aus einem altem Chevi Cabrio stieg.

»Habt ihr sie schon mal gesehen? Ist sie nett?«, wollte Kina hoffnungsvoll wissen.

»Er hat gestern noch Luca schöne Augen gemacht.« Fynn schien ernsthaft schockiert; Henry war wieder vergessen.

»Der macht selbst seinem Spiegelbild schöne Augen«, bemerkte Lovis.

In dem Moment sprang die Fremde Jascha in die Arme und er drehte sie im Kreis, um sie dann so schwungvoll zu küssen, dass sie leicht hintenüberkippte. Das hinderte ihn allerdings nicht daran, ihr die Zunge in den Hals zu stecken, weshalb Lovis es als Pflicht sah, Henry von hinten die Augen zuzuhalten.

»Ich bin keine fünf mehr!«, beschwerte der sich.

»Wir sollten wirklich nicht glotzen«, meinte Kina fröhlich, ohne sich zu rühren.

Bis Oscar an Julie vorbeischritt, einen Arm zwischen die Gruppe und das Fenster schob und alle zurückdrängte. »Zurück ans Aufräumen und benehmt euch wie normale Menschen. Wir sollten es nicht riskieren, wenn sie nett ist.«

»Wird doch eh nichts«, erwiderte Fynn mit einem Unterton.

In dem Moment tauchte Jascha, mit dem Arm um die Schultern der Frau, wieder in der Scheune auf.

»Leute, darf ich euch Valeria vorstellen.«

Noch nie hatte Jascha ihnen eine Frau vorgestellt, die nicht freundlich war, umso trauriger waren sie jedes Mal, sich verabschieden zu müssen. Manchmal mehr als Jascha selbst. Mittlerweile waren sie achtsamer, wie sehr sie seine Affären in ihre Herzen ließen.

»Freut mich sehr. Jascha erzählt pausenlos von euch.«

»Er auch von dir«, log Fynn. Wieder mit einem Unterton.

Kina stieß ihm unauffällig den Ellenbogen in die Seite.

Da Valeria neben Schwedisch nur Spanisch sprach, fand das Gespräch zwischen ihr und Julie hauptsächlich durch Jascha oder ihn statt. Indem sie sich aktiv beim Aufräumen einbrachte und mit ihren hohen Schuhen auf der Leiter balancierte, hatte sie bei Kina und Lovis sofort einen Stein im Brett.

Nach einer Stunde war das Schlimmste beseitigt und sie verteilten sich auf zwei Autos, wobei Jascha und Valeria bei Julie und ihm mitfuhren. So gern wollte er ihre Hand halten, in dem Rivian war zwischen den Sitzen allerdings eine Konsole, weshalb es den anderen nicht entgangen wäre, und Oscar war unsicher, wie bereit Julie für öffentliche Zuneigungsbekundung war.

Der Blumenmarkt fand jeden zweiten Sonntag im Monat zwischen gigantischen Blumenfeldern statt. Die Kontrolleure wiesen sie in eine Reihe auf dem provisorischen Sandparkplatz an.

Händchenhaltend schritten Jascha und Valeria voran. Julie ging ganz dicht an seiner Seite und er tastete sich langsam heran, indem er ihre Finger nahm und sie an seine Lippen hob, ehe er sich wieder von ihr löste. Das Strahlen in ihren Augen speicherte er für Momente ab, in denen sie nicht bei ihm war.

An der Kasse trafen sie auf die anderen, und sie stromerten über den Markt. Überall waren mobile Holzhäuschen oder alte Holzkarren als Stände aufgebaut, wo die Leute ihre Waren anboten. An einem der größten entdeckte Julie auch Oscars Honig und Tee, den sie herrlich lächelnd in die Höhe hob, als müsste sie es ihm unbedingt zeigen. Dann entdeckte sie einen Flyer zu seiner Wildbienen-Initiative, um auch den hochzuhalten, so sehr freute sie sich darüber.

»Ich weiß«, formte er nur mit dem Mund und beobachtet sie dabei, wie sie mit den Fingern über die Vielfalt der Blumen strich. Sie war so wunderschön, dass es fast wehtat.

»Meine Güte. Ihr seid ja rettungslos verknallt«, zog Jascha ihn auf, aber er hörte ehrliche Freude heraus, weshalb er nur die Augen verdrehte.

Am liebsten hätte er es gleich wiederholt, weil Kina ihn mit träumerischem Ausdruck begutachtete. »Ihr seid zauberhaft.«

»Und ihr seid furchtbar«, seufzte er und schritt Julie hinterher, die mit Henry die Spitze formte und kaum zu halten war, mit einer solchen kindlichen Neugier sog sie alle Eindrücke auf. Er würde mit ihr bleiben, bis der letzte Händler die Laden hochklappte, wenn sie das wollte.

Weil Lovis und er Bekannte aus der Branche trafen, blieben sie hin und wieder für ein Gespräch stehen, doch die Gruppe blieb immer in Sichtweite. Missmutig erfuhr er, dass Balder ebenfalls vor Ort war und schloss so schnell es ging zu Julie auf. Niemals im Leben würde er zulassen, dass dieser Typ sich ihr einen Zentimeter näherte.

»Wie funktioniert das hier mit den Käufen?«, erkundigte sie sich, kaum war er neben ihr stehen geblieben. Ihr Blick folgte einem Karren mit lauter Blumen.

»Die meisten kaufen hier große Mengen. Du bezahlst an den Ständen und bekommst eine Marke, mit dessen Gegenstück dein Kauf gekennzeichnet wird. Die Blumen werden in einen überwachten Bereich am Eingang gebracht, wo man sie besser auf die Autos laden kann.«

Sie nickte gedehnt.

»Willst du welche kaufen?« Sie wollte zu hundert Prozent welche kaufen.

Sie spitzte den Mund. »Ich würde gern beim neuen Cottage ein Beet pflanzen. Es war nur eine Idee, und wenn du das nicht willst –«

»Was willst du pflanzen?« Er liebte ihre Idee.

Ihre Antwort kam so schnell, sie konnte nicht erst frisch aufgeblüht sein. »Vergissmeinnicht.«

Er musterte ihr Profil und fasste ihr Kinn, übte etwas Druck aus, damit sie zu ihm aufsah. Der Versuch, es zu kaschieren, war erfolglos, er erhaschte die Spuren von Trauer in dem Braun. Mit dem Daumen fuhr er über ihr Jochbein, ehe er nickte. Für die Frage, die ihm auf den Herzen lag, war es noch nicht an der Zeit.

»Wunderschöne Wahl.«

»Sind sie bienenfreundlich?«

Verflucht, er wollte sie so sehr küssen. »Ja«, brachte er nur hervor und ihre Züge erhellten sich.

»Komm«, sagte Oscar und fasste leichthin ihre Hand.

Die anderen ließen ihnen Privatsphäre, denn sie fielen mehr als offensichtlich zurück. Als sich Julie nach ihnen umsah, zwinkerte Jascha ihr zu und packte Henry am Kragen, der seinem Patenonkel frohgemut nachstolzieren wollte.

Noch nie hatte er Julie so losgelöst erlebt, selbst gestern nicht. Trotz ihrer Ängste war sie heute wirklich hier und nicht mit den Gedanken in sich. Er führte sie weg von den Händlerreihen, gen Felder, die bis zum Horizont in prächtigen Farben wuchsen.

»Was ein Wahnsinn«, wisperte sie, als das Blumenmeer im leichten Wind vor ihnen Wellen schlug. Er zog sie über den unbepflanzten Pfad zwischen den bunten Blütenreihen entlang, wo sie vereinzelt auf Besucher trafen. Gerüche aller Art stiegen ihm in die Nase und sein Herz blühte auf, weil Julie ihren anderen Arm um seinen schlang. Sein Daumen strich über ihren Handrücken. Er hätte mit ihr im Händlerbereich bleiben können, fühlte sich jedoch wie verhungert, wenn er bei ihr war, ohne sie berühren zu dürfen. Das Einzige, was er wollte, waren ein paar gestohlene Minuten.

»Was tun wir?«, fragte sie abgelenkt, als sie sich einen Schritt zurückfallen ließ, um eine Blume genauer zu betrachten.

Weil er plötzlich anhielt, lief sie fast in ihn hinein – wogegen weder er noch sie etwas einzuwenden hatten. Der Ausdruck, mit dem sie zu ihm aufschaute, raubte ihm den Atem. Sein Blick wanderte über ihre Haut, über ihre Augen, zu ihren Lippen und wieder zurück. In seinen sah sie vermutlich etwas Hungriges. *Hör auf damit*, wies er sich zurecht. Sie standen mitten auf einem Blumenmarkt und er hatte nichts Besseres zu tun, als sie anzustarren, als würde er gleich …

»Ich zeige dir was. Dann suchst du dir noch mehr Blumen aus. Wir nehmen alle, die du dir wünschst.« Seine Worte passten nicht zu dem rauen Ton, aber ihre Sehnsucht stand so klar in ihren Zügen, dass er nur schwer an sich hielt.

»Es ist lieb, dass du mich das machen lässt.«

Oscar hob die Brauen, ehe sich seine Züge glätteten und er ihre Hand zu seinem Mund hob, ohne sie aus den Augen zu lassen.

»Es ist deins, also darfst du auch entscheiden, wie es bepflanzt wird«, erklärte er und drückte einen Kuss auf ihre Knöchel. Wahrscheinlich nahm sie seine Worte gar nicht so ernst, wie er sie meinte, doch er pochte nicht darauf, es ihr klarzumachen, denn sie waren ihm ohnehin rausgerutscht.

»Oscar, wenn wir wieder zu Hause sind, möchte ich dir etwas erzählen.«

Wie sie *zu Hause* sagte, ließ sein Inneres zwar Räder schlagen, doch er bemerkte ihre Anspannung.

Er küsste sie auf den Scheitel. »Natürlich. Alles okay?«

Womöglich wollte sie über ihre Eltern reden. Er hatte das Gefühl, der Tag am See hatte ihr etwas geholfen, sich diesbezüglich zu öffnen, auch wenn es noch lange Zeit in Anspruch nehmen würde, es zu verarbeiten.

Dieses Mal sah sie zu ihm hoch, das Lächeln erreichte ihre Augen trotzdem nicht. »Mal sehen.«

Wenn wir zu Hause sind. Auch wenn es ihr so auf dem Herzen lag, dass sie es ansprechen musste, wollte sie es nicht hier tun. Nicht jetzt. *Ich will dir was sagen, auch wenn du mich dann hasst.* Das hatte sie letzte Nacht gesagt. Sie sorgte sich umsonst, da war er sicher.

Mit verschränkten Fingern wanderten sie zwischen den duftenden Blüten, bis er vor einem Feld aus Sonnenblumen hielt, das so gepflanzt war, dass Gänge entstanden waren.

»Ein Labyrinth«, stellte Julie fest.

Wortlos zog er sie weiter, war um jeden Menschen froh, der ihnen entgegenkam, statt mit in ihre Richtung zu gehen. Er kannte die Gänge hier in- und auswendig und nach wenigen Minuten erreichte er die Ausbuchtung im Feld.

»Leg dich hin«, meinte er und fing ihren schockierten Blick auf, ehe er sich setzte und zurückfallen ließ.

Sie sah den Gang hinunter, doch dann folgte sie seinem Beispiel.

»Fabelhaft«, flüsterte sie, als sie sich ins Gras sinken ließ.

Er sah, was sie sah. Satte Farben aus Hellblau sowie Türkis, eingerahmt von Gelb, Orange und Grün.

»Ich dachte mir, heute ist ein wunderbarer Himmel, um dort etwas zu finden.«

Wo suchst du?

Am Himmel.

Für ihn stand außer Frage, dass sie fündig wurde, und ihre Augen glänzten, als sie den Kopf zur Seite drehte, um ihn zu betrachten. Mit jedem Tag, den er sie kannte, wurde sie farbechter für ihn. Mit jeder wissbegierigen Frage, mit jedem liebevollen Blick für Mio, jedem Scherz und jedem Lied, das sie unter der Dusche sang – so furchtbar schief, doch er liebte es. Alles ungerade an ihr war für ihn eine Linie aus Besonderheit, die er nachfahren wollte.

Die Wärme in ihrem Blick pulsierte, als er sich auf den Ellenbogen stützte und mit der anderen Hand ihre Wange umschloss, bevor er sich über sie beugte, so weit, dass sie nur ihn zwischen dem Bild aus Blumen und Himmel sah.

»Ich finde jeden Tag etwas in dir, Julie«, fuhr er fort. »Und das wirst du auch.« Sie konnte ihr eigener Himmel sein. Eines Tages würde sie das verstehen.

»Habe ich dir schon mal gesagt, dass du Poet hättest werden sollen?«

Er lachte leise auf. »Drei- oder siebenmal.«

Sie brachte nichts weiter hervor, ihre Augen schimmerten. So hatte sie ihn noch nie zuvor angesehen. Nicht mit so einer Intensität. Voller Wärme, Verlangen und mit einer Offenheit, die seinen gesamten Körper kribbeln ließ. In ihm summte es. Sein Herz flatterte.

Und da waren nur noch Julies Lippen, die er so gern auf seinen spüren wollte.

Sachte strich er mit den Fingern über ihre Wange, fuhr damit in ihre Haare. Sein Daumen glitt über ihren Mund. Ohne den Blick abzuwenden, beugte er sich zu ihr, zögerte Zentimeter über ihren vollen Lippen.

»Ich kann an nichts anderes denken, als dich zu küssen, Queenie. Und seit du letzte Nacht diese Dinge gesagt hast … heute Morgen …«

Er senkte seine Lippen auf ihren Mundwinkel und setzte Küsse bis zu ihrem Kinn, dann ihre Kehle hinab.

Als sie nach Luft schnappte, wurde sein Griff in ihren Haaren fester. »Heute Morgen hätte ich dir *jeden* Wunsch erfüllt, wäre Lovis nicht reingeplatzt.«

»Sprich jetzt bitte nicht von Lovis«, brachte sie hervor.

Er lachte leise und fuhr mit der Zunge über ihre Kehle, ehe er zu ihr aufsah. »Berühr mich, Queenie.«

Sie realisierte jetzt erst, dass sie sich ihm entgegenwölbte, ohne ihn anzufassen, als wagte sie es nicht. Sofort vergrub sie ihre Finger in seinen Haaren, und er brummte tief auf.

Sein warmer Atem strich über ihren Mund und er malte sich aus, wie es sich anfühlen würde, wenn sie ihm eng umschlungen beim Sex seinen Namen in den Nacken keuchte.

»Fuck«, stieß er hervor und –

»Was macht ihr da?«

Das war seine Strafe. Karma hatte es auf ihn abgesehen, dabei hatte er fest im Glauben gelebt, alles gut gemacht zu haben. Anders konnte er es sich nicht erklären.

Er rollte sich von ihr runter und blickte in ein fremdes Kindergesicht. Keine Sekunde danach erschien dessen Vater, der nur die Brauen hochzog, bevor er seinen Sohn hochhob und ihnen einen tadelnden Blick zuwarf.

Oscar fiel schnaufend ins Gras und krallte sich in seinen Haaren fest. »Ich schwöre, wenn ich dich endlich küssen darf, dann lass ich dich niemals mehr los.«

Julie lachte leise und stand auf. Der Moment war vorbei. Hier war womöglich wirklich nicht der richtige Ort, da er offenbar zu einem notgeilen Jugendlichen mutierte.

Er stand dazu. Wie sehr Julie ihn anzog, würde er nicht leugnen.

Sie suchten den Ausgang des Labyrinths, dann die anderen, die ihnen verstohlene Blicke zuwarfen. Kina wischte ihm mit einem Zwinkern ein paar Grashalme vom Shirt.

Danach kümmerten sie sich um die Einkäufe und Julie entschied sich neben Vergissmeinnicht für Gewürztagetes, um einen weiteren Farbakzent zu setzen. Er wich ihr dabei nicht von der Seite.

Vielmehr stand er dicht hinter ihr und konnte die Finger nicht bei sich behalten.

Harte Worte zerrissen den Frieden. »Fickst du jetzt den Feind, Morrison?«

Kaum taxierte er Balder, der mit verschränkten Armen und grimmigem Lächeln wenige Meter neben ihnen stand, brüllte vertraute Wut in ihm auf. Er konnte froh sein, dass Julie ihn nicht verstanden hatte, doch sie wurde dennoch bleich, weshalb er sich hinter ihr groß machte. Nichts und niemand würde ihr etwas anhaben.

Lovis erkannte die Anzeichen seiner Körpersprache sofort und trat neben ihn, womit er einen Puffer zwischen den beiden Männern bildete.

»Lass ihn, Junge. Er will dich nur provozieren.«

Oscars Kiefer mahlten. Das wusste er, nur hatte dieser Mann Julies Leben aufs Spiel gesetzt, und das war schwer zu ignorieren. Seine Fingerknöchel färbten sich weiß, so fest ballte er die Fäuste.

Julie drehte sich in seinen Armen um und ihre Finger glitten auf seine Brust. »Komm«, meinte sie lächelnd und lockte ihn damit von Balder weg.

Der ließ nicht von ihm ab. »Bist wohl doch nicht so prinzipientreu, sobald eine dahergelaufene Touristin die Beine spreizt.«

Instinktiv hielt er Julies Hand fester und sie ließ ihn nicht los, führte ihn weg. Er würde sich nicht auf ihn einlassen, obwohl alles in ihm danach schrie, sie zu verteidigen.

»Pass auf, was du sagst«, kam ihm Jascha zuvor.

»Fick dich, Gao.« Balder folgte ihnen offensichtlich.

Das, gepaart mit der Beleidigung Julie gegenüber, ließ Oscar innehalten und er drehte sich um, weshalb der andere fast in ihn reinrannte. »Halt meine Freunde da raus.«

»Oder was?« Sein Atem roch nach Alkohol, so wie damals schon, als sie noch jünger waren. Das erklärte, warum der Farmer so weit ging, in der Öffentlichkeit eine Szene zu machen, indem er die Brust rausdrückte und sich vor Oscar groß machte.

In einer fließenden Bewegung schob er Julie hinter sich und drückte Balder mit der anderen Hand von sich. »Das war keine Drohung. Ich will nur, dass du uns in Ruhe lässt.«

Doch Oscars Ruhe schien ihn nur zu reizen. »Der große Morrison, gefasst wie eh und je.« Die Ironie triefte nur so mit, denn sie beide wussten zu gut, dass Oscar früher alles andere als gefasst gewesen war.

»Wir treten jetzt ein paar Schritte zurück und gehen alle unserer Wege«, schaltete sich Lovis ein, indem er sich zwischen sie drängte.

Das rückte ihn in Balders Visier und er schubste Lovis an den Schultern zurück. »Misch dich nicht ein, alter Mann.«

In Oscar schnappte etwas zu und er setzte sich in Bewegung. »Fass ihn nicht an!«

Doch er prallte gegen Lovis' ausgestreckten Arm. »Oscar. Lass ihn.«

»Genau. Hör auf Papi«, riet Balder mit dreckigem Unterton. Er wusste, was er damit in ihnen beiden auslöste.

Komm runter, bat sich Oscar. Noch mal sog er die Luft tief ein. Und noch mal. Er trat zurück. *Atmen.* Dann wandte er sich ab, schritt auch an Julie vorbei, weil er das Gefühl hatte zu platzen, wenn ihn jetzt jemand anfasste. Das erste Mal seit einer langen Zeit packte ihn Angst, die Kontrolle zu verlieren. Ernsthafte Angst. Angestrengt schob er die Worte Balders aus seinem Kopf.

»Mich wundert es ja, dass er dich rangelassen hat, obwohl du ihn verpfeifen wolltest«, hörte er Balder weiter Gift sprühen.

Oscars Miene musste mörderisch sein, als er innehielt und sich langsam umdrehte. Kaum bemerkte er Julies kreidebleiche Miene, pulsierte ein Rausch durch seinen Körper, dem er einst wie ein Süchtiger verfallen war. Er wollte Balder sagen, dass er es nicht wagen solle, mit ihr zu reden, da erreichte ihn der Sinn seiner Worte.

Sein fragender Blick schoss von Julie zu dem Mann.

»Ach?« Balder wippte auf den Sohlen nach vorn, als hätte er freudige Neuigkeiten. »Hat dir deine kleine Maus nichts von dem Deal mit ihrem Chef erzählt? Sie wollte dich an Land ziehen, um ihren Job zurückzubekommen. Ein bisschen schnüffeln, während sie bei dir ist. Sie wusste, dass sich *Love Brand* mein Land angucken will, hatte sogar die Möglichkeit, meine Hilfe in Anspruch zu nehmen. Partner in crime, sozusagen.«

Nein. Das war Bullshit. Julie würde ihm das niemals antun. Als er jedoch zu ihr zurücksah, traf es ihn mitten in die Brust.

Er war nicht mal sicher, ob sie atmete, während sie wie geschlagen dastand. Er überbrückte mit zwei langen Schritten den Abstand, konnte nicht ertragen, etwas zwischen ihnen zu haben. Die Panik, dass sie ihm aus den Fingern glitt, erfüllte ihn.

Wieso sagte sie nichts? Sie widersprach nicht.

»Was redet er da, Julie?«

Und als sie ihn nicht anschauen konnte, sickerte die Erkenntnis mit einem widerlichen Beigeschmack durch seinen Verstand. Es schmerzte, noch bevor er realisieren wollte, was hier gerade passierte. Julie stand vor ihm, starrte zu Boden und schien so leblos, als hätte ihr Balder den Todesstoß versetzt.

»Julie.« Oscar griff behutsam nach ihr und kaum trafen sich ihre Blicke, erreichte der Schmerz sein Herz. »Was hast du getan?«, brachte er leise hervor. Er spürte seine Freunde hinter sich, konnte nur die Frau ansehen, für die er Gefühle entwickelt hatte.

Hatte sie ihn ausspioniert? Hatte *Love Brand* sensible Daten von ihm? Irgendwas, was sie gegen ihn verwenden konnten? Zukünftige Projekte, die sie kopieren und für den falschen Zweck einsetzen würden? Verzweifelt ließ er die Gespräche Revue passieren, um sich daran zu erinnern, ob sie ihn ausgequetscht hatte.

Ob er ihr zu viel verraten hatte. Plötzlich konnte er ihre Nähe nicht mehr ertragen.

Als hätte er sich an ihr verbrannt, wich er zurück.

Das ließ Julie die Sprache wiederfinden. »Nichts. Ich hab den Deal abgeblasen. Ich konnte es nicht. Ich wollte es nicht.« Der letzte Satz endete in einem erstickten Flüstern.

In ihren Augen standen Tränen, und es waren die ersten, die er sah und ihr nicht von der Haut wischen konnte.

Er war getroffen. Er hatte sich mit ausgestreckten Armen vor sie gestellt und sie hatte ihm mehrere Kugeln verpasst.

Er starrte sie an.

Verletzt. Verwirrt. Enttäuscht.

Die ganze Zeit hatte er im Glauben gelebt, dass sie fiel und er wartete, um sie zu fangen, dabei war er gefallen, schneller und tiefer, als er geplant hatte. Und sie ließ ihn auf den Grund knallen. Ließ ihn einfach liegen.

»Ich hoffe, sie hat es dir wenigstens gut besorgt.«

Kaum schossen Balders hämischen Worte durch den Nebel aus Enttäuschung, formte er sich zu etwas sehr viel Düsterem. Er wollte schreien vor Frust, doch er konnte nicht verhindern, dass etwas in ihm ausbrach.

Unaufhaltsame, nackte Wut.

Da war nichts mehr von der Ruhe übrig. Das erste Mal seit Jahren bekamen sie seine Schatten zu sehen. Nun verstanden sie wohl, wieso er sie bändigte, denn sie stürzten sich, kaum in Freiheit, unaufhaltsam auf Balder. Im nächsten Moment setzte er schon auf ihn zu. Vergessen war die Tatsache, wo er sich befand und er kein Unbekannter war.

Balders Respektlosigkeit.

Julies Verrat.

Ihre Lügen.

Es war ihre Schuld, wie sehr es ihn zerriss und ihn der bittere Geschmack seiner Vergangenheit betäubte.

Er war nicht er selbst, als er ausholte.

Er war jemand, den er hasste.

Und dafür hasste er sie.

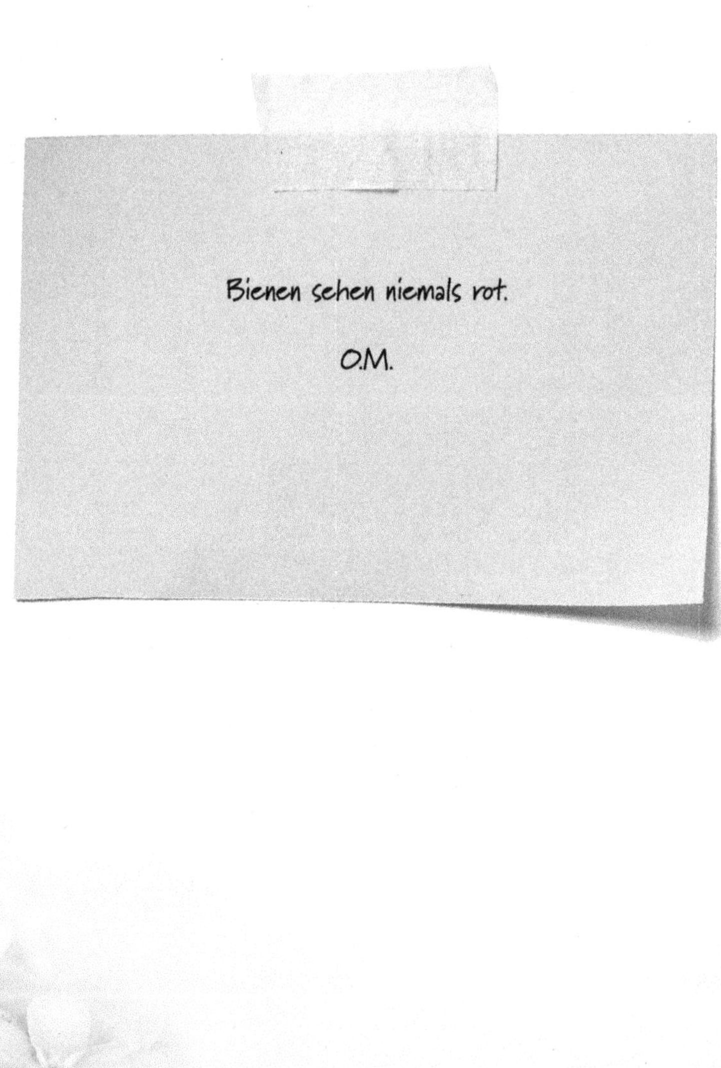
Bienen sehen niemals rot.
O.M.

Kapitel 21

Zutritt verboten

Julie

Es ging so schnell, so präzise, so geübt, dass niemand reagieren konnte. Oscar holte aus. Ich sah seine Faust schon gegen Balders Kiefer krachen. Mit einer Heftigkeit, die den anderen Mann zu Boden schicken würde.

Doch in letzter Sekunde ruckte etwas durch Oscars Körper und er erstarrte. Seine Knöchel nur Millimeter von dem Gesicht des anderen Mannes entfernt. Das Einzige, was sich bewegte, waren seine Schultern, die sich unter einem tiefen Atemzug hoben. Mit zusammengepressten Zähnen zischte er ihm etwas zu. Balders Brauen zogen sich zusammen, ehe er Oscar lautstark provozierte, als wollte er die Schläge.

Mein Körper machte gar nichts mehr. Ich konnte mich nicht bewegen. Doch Lovis, Kina und Fynn standen auf einmal neben den Männern und rissen sie auseinander. Die Umstehenden beobachteten die Szene erschrocken und sofort bekam ich Angst, dass irgendjemand es aufnahm. Aber sie waren Oscar treuer als andere Menschen. Menschen wie ich. Ich konnte Balder nichts vorwerfen, denn ich hatte mir dieses Loch selbst gegraben, er war nur derjenige, der sich ein Herz nahm und mich hineinschubste.

Die Männer fuhren sich auf Schwedisch an, weshalb Kina bedrohlich wie eine Löwin vor den angetrunkenen Farmer trat, während die anderen beiden Oscar nach hinten schoben. Sie redeten auf ihn ein, bis er fluchend herumwirbelte und an mir vorbeistürmte, ohne mich eines Blickes zu würdigen. Jascha und Lovis blieben an seinen Fersen und Kina folgte. Sie warf mir einen Blick zu, der mir eins sagte: Ich hatte Oscar verraten, also hatte ich sie alle verraten.

»Komm, Julie. Wir fahren.« Überrascht stellte ich fest, dass Fynn, Henry und Valeria noch neben mir standen. Letztere schien vollkommen überfragt, in was sie hineingeraten war.

Sie ließen mich nicht zurück, doch es änderte nichts daran, wie dreckig ich mich fühlte. Es war so schön gewesen, Oscar in dem Glauben zu lassen, dass ich tatsächlich dieser Himmel war, an dem er etwas sehen wollte. Nun musste wohl auch er erkennen, dass ich farblos war. Nur eine Fläche ohne Perspektiven.

Ich war nichts wert. Und schuld daran war nur ich selbst.

Ich fiel. Fiel.

Und fiel.

Oscar hielt mich nicht, denn ich hatte nie wirklich nach seiner Hand gegriffen. Weil ich es nicht verdiente. Was ich verdiente, war, auf den Grund zu prallen und meinen endlosen Kampf zu fechten, nach oben zu kommen. Es war hoffnungslos. Wie sollte ich das auch jemals schaffen, wenn das Einzige, was ich tat, war, nach unten zu blicken und mich in meinem Selbstmitleid zu suhlen?

Ich hielt mich zurück. Auch als ich am Eingang bemerkte, wie die anderen die gekauften Blumen auf Oscars Wagen hoben. Auch meine. Mit leerer Miene schob er die Vergissmeinnicht auf die Ladefläche, dabei wünschte ich mir gerade einfach nur das. Dass er mich vergaß. Meine Kehle war wie zugeschnürt.

»Setzt euch schon mal.« Fynn schloss den Wagen auf und Henry setzte sich mit mir auf die Rückbank, wo er nach einem prüfenden Blick in seine Brusttasche zu mir schaute. Dann fasste er meine Hand.

»Du kannst ruhig weinen, wenn du willst.« Seine Worte waren so voller Sanftheit und Mitgefühl, dass in mir ein Damm brach.

Mit einem bemitleidenswerten Schluchzen brachen die Tränen aus mir hervor und strömten unaufhörlich über meine Wangen. Ich starrte aus dem Fenster, damit Henry es nicht sehen musste, doch seine Hand ließ ich nicht los.

Kurz darauf stiegen Fynn und Valeria in den Wagen und nahmen mein Weinanfall kommentarlos hin. Ich versuchte an mich zu halten und leise zu weinen, damit das Auto nicht von meinem Heulen erfüllt wurde. Was hatte ich überhaupt für ein Recht, traurig zu sein?

Fynn brachte Valeria und Henry zum Schiffsbau zurück. Jascha und Kina warteten dort bereits, doch ich konnte ihnen nicht in die Augen sehen, als sie mich durch die Scheibe anvisierten. Dann brachte mich Oscars bester Freund zu *Humble Bees & Teas*. Immer wieder sah er in den Rückspiegel zu mir und setzte mehrmals zum Reden an, ehe er sich umentschied.

Als wir die Auffahrt hochfuhren, sog ich jedes Detail auf, denn ich war sicher, es würde das letzte Mal sein. Mit müden Bewegungen hievte ich mich aus dem Wagen und die Last auf meinen Schultern drückte mich verbissen nach unten.

Ich zuckte zusammen, weil Fynns Hand über meinen Rücken strich. Wie in Trance hob ich den Kopf.

»Soll ich dich zum Haus begleiten?«

Ich schüttelte den Kopf, bewegte mich nicht.

»Er wird im Schuppen sein.«

Ich hatte keinen Schimmer, ob er mir das sagte, weil ich ihn dort suchen oder mich von dort fernhalten sollte. Das Haus war zumindest leer. Ich drehte meinen Kopf und bemerkte in der Ferne Lovis, der die Blumen ablud.

»Julie«, holte Fynn mich ins Jetzt zurück und ich wunderte mich, womit ich seine verdammte Fürsorge verdiente. Wieso war er nicht so wütend wie sein bester Freund?

Er schien die Frage in meiner Miene zu entdecken und drückte meine Schulter. »Wir bauen alle mal Scheiße. Wir haben alle mal Geheimnisse. Wenn du noch mehr hast, die du für dich behalten willst und ihn verletzen könnten, dann kann ich dir nicht sagen, dass du bleiben solltest. Wenn du es bereust, dann wirst du jetzt ins Haus gehen und ihm etwas Zeit zum Durchatmen geben.«

So viel hatte er noch nie mit mir geredet und es war ihm anzusehen, dass es ihn viel Überwindung kostete, das Englisch zu nutzen, zu dem er durchaus fähig war.

Nochmals drückte er meine Schulter, ehe er mich vorwärtsschob.

»Danke«, brachte ich heiser hervor und wischte mir die verbliebenen Tränenspuren aus dem Gesicht, während meine Beine mich zu Oscars Haus trugen.

Ich brachte es nicht weiter als bis zur Treppe, und als ich mich umdrehte, sah ich, wie Fynn zu Lovis stieß. Selbst er als sein bester Freund missachtete Oscars Bitte nicht, den Schuppen nicht zu betreten, wenn er darin war. Er gab ihm die Zeit, die er brauchte. Ich wünschte, ich wäre so wie er. Doch ich hielt es keine Sekunde aus, ohne ihm zumindest eine Erklärung zu geben. Nicht für mich, sondern in der Hoffnung, ihm zu helfen.

Wagemutig hielt ich auf den Schuppen zu.

Das *Zutritt verboten*-Schild funkelte mich an.

Dumpfe Geräusche erklangen dahinter.

Ich nahm beides hin und zog die Tür auf, gerade als Oscar dem Boxsack einen heftigen Schlag verpasste. Ein Zittern ging durch seine Muskeln und sein mörderischer Blick fiel zur Tür, um zu prüfen, wer ihn störte. Als er mich sah, ließ er die Fäuste sinken. Noch nie waren seine Augen so kalt gewesen.

»Raus«, sagte er eisig.

Ich machte einen Schritt nach vorn. »Lass es mich erklären.«

»Ich will deine Erklärung nicht hören.« Obwohl es in ihm kochen musste, blieb er ruhig. Gefährlich ruhig.

»Ich habe den Deal platzen lassen. Ich schwöre, ich habe ihnen nichts gesteckt.« Meine Verzweiflung kroch über den Boden zu ihm und er senkte den Kopf, hatte wohl keine Kraft dazu, ihr die Hand zu reichen.

»Bitte, Julie. Geh einfach.« Erschöpfung triefte in dem Satz mit. »Ich … ich kann es gerade nicht mal ertragen, deine Stimme zu hören. Du hast mich damit nur angelogen. Und ich hab keine Ahnung, was ich dir noch glauben kann.«

Es tat so furchtbar weh, ihn so zu sehen. »Ich weiß, wie sehr ich dich enttäuscht habe.«

Ein freudloses Lachen erfüllte den Schuppen. Dann fuhr er sich mit dem Handrücken über die Stirn.

»Enttäuscht«, probierte er das Wort auf der Zunge aus. »Ja. Aber vor allem bin ich wütend. So wütend, dass ich Balder fast eine reingehauen hätte, und du hast keine Ahnung, wie sehr mich das selbst getroffen hat.«

»Du hasst Balder.«

Bei meinem gedankenlosen Kommentar fuhr sein Kopf wieder hoch und seine Geduld schien ein Ende zu finden. »Und noch mehr hasse ich den Menschen, zu dem du mich heute gemacht hast.«

Er machte einen Schritt auf mich zu, nicht, um sich mir zu nähern, sondern um mich rauszutreiben. »Ich will, dass du gehst. Und es ist wohl besser, wenn wir uns heute gar nicht mehr sehen. Ich werde bei Lovis schlafen.«

»Bitte tu das nicht.« Die Erkenntnis, dass das hier mehr schmerzte als alles, was die letzten Wochen passiert war, trieb mich zu ihm.

Ich hob die Hand. Doch ehe ich ihn berührte, fasste er mein Gelenk und drückte es sanft weg. Selbst jetzt war er behutsam mit mir, obwohl so viel Zorn in ihm steckte.

»Fass mich nicht an«, bat er und ich wich zurück, bewegte mich nicht, weil ich keine Ahnung hatte, wo ich hinsollte.

»Raus.« Seine Stimme war so scharf wie die Kante eines Berges. Seine Meinung ebenso unverrückbar.

Ich drängte die Tränen zurück und schluckte die Steine hinunter, nur damit sie schwer in meinem Magen landeten. Bei jedem Schritt aus dem Schuppen spürte ich sie.

Als ich mich noch mal umsah, knallte mir Oscar die Tür vor der Nase zu. Das Schild blickte hämisch zu mir herab.

Zutritt verboten.

Zu meiner Überraschung stieß Kina wenig später die Schlafzimmertür mit der Hüfte auf, in ihren Händen ein Tablett mit Tassen und Kanne.

»Was willst du denn hier?«, wunderte ich mich. Sie war die Letzte, mit der ich gerechnet hatte, nach dem Blick, den sie mir geschenkt hatte.

Nun sah sie mich zwar immer noch bohrend an, es war jedoch weniger feindseliger, wenn auch nicht weniger angsteinflößend. Die Befürchtung, gleich verhört zu werden, hatte ich nicht zu Unrecht.

»Fika-Zeit«, verkündete sie. Es klang nach einer Drohung.

Sie stellte das Tablett auf dem Bett ab und zog die halb gepackte Tasche aus meiner Reichweite, um sie auf den Boden zu legen. Dann setzte sie sich auf das Laken und klopfte darauf, damit ich es ihr nachtat. Mit einem Schlucken gehorchte ich und realisierte, was auf Henry und Andri zukam, sollten sie mal richtig Scheiße bauen. Angespannt beobachtete ich, wie sie uns Kaffee einschenkte. Ganz entspannt, als würden wir uns wirklich nur zum gemütlichen Beisammensein treffen, dabei war es die Ruhe vor dem Sturm.

Sie hob den Kopf und mir die Tasse entgegen. Als ich danach griff, ließ sie nicht los und unsere Blicke trafen hart aufeinander.

»Oscar glaubt gerade, du hast ihn getäuscht, ich glaube, du täuschst nur dich selbst. Also möchte ich jetzt von dir hören, weshalb du hergekommen bist und was deine Intentionen bezüglich meines Freundes sind. Und danach«, meinte sie mit ernster Miene, ehe ihre Mundwinkel zuckten, »werden wir sehen, wie wir Oscar begreiflich machen, dass du in ihn verschossen bist. So sehr wie er in dich. Verstanden?«

Erst als ich nickte, ließ sie mich frei und der Kaffee schwappte gefährlich. Sie konnte einem wirklich Angst einjagen.

Ich nahm einen Schluck, atmete dann tief durch und war Tavi dankbar darum, dass sie sich neben mich legte, damit ich meine Finger durch ihr Fell gleiten lassen konnte. Dann erzählte ich Kina alles. Einfach alles. Niemals hätte ich gedacht, wie befreiend es sein würde. Sie lauschte meiner Beichte, ohne mich ein einziges Mal zu unterbrechen.

»Ich sehe es so«, sagte sie, sobald ich endete, »dein vermeintlicher Traum ist mit einem Mal geplatzt und du hast instinktiv etwas getan, um dir zu helfen. Vollkommen menschlich. Schon bevor du Gefühle für Oscar hattest, war dir dein Fehler bewusst und du hast es abgebrochen. Niemand ist zu Schaden gekommen. Oscars Vertrauen hat allerdings einen Knacks.«

So wie sie es sagte, klang es halb so schlimm, dabei war uns beiden bewusst, wie sehr er *Love Brand* hasste.

»Weißt du um Oscars Vergangenheit?«

Ich horchte auf und schüttelte den Kopf. »Nein. Ich weiß nur, dass er seine Familie unter Verschluss hält.«

»Was seine Gründe hat. Es ist nicht an mir, das zu erzählen.« Sie seufzte und blickte aus dem Fenster. »Sagen wir mal, das, was heute passiert ist, war eine Katastrophe für Oscar. Er hasst Gewalt. Mehr als *Love Brand* wahrscheinlich.«

»Er hat gesagt, ich habe ihn dazu gebracht.«

»Ich versichere dir, eine Äußerung im Eifer des Gefechts. Oscar wird sich gerade die Seele aus dem Leib boxen und reflektieren. Er weiß, dass es seine Wahl war, wie er mit dieser Situation umgeht. Zwar war die ein Trigger, der Ursprung liegt trotzdem nicht in dir.«

Ich schaute auf meinen Kaffee herab und schwenkte ihn zweimal, ehe ich einen Schluck nahm. Was auch immer in Oscars Vergangenheit lag, es war keine so fröhliche gewesen wie die Gegenwart.

»War er deswegen in Therapie?«, wollte ich wissen und Kinas Blick huschte über mein Gesicht.

»Ja. Das hat er dir erzählt?«

Ich schluckte. »Wir haben darüber gesprochen, weil ich auch Therapiestunden habe. Und nun?«

Sie richtete ihren Blick nach draußen. »Wie ich die beiden kenne, sitzen Fynn und Oscar gleich auf der Scheune und führen einen Deep Talk. Lass ihm diese Nacht. Wir kümmern uns um den Rest.«

»Wer ist wir?«, hakte ich nach.

Kina lächelte nur geheimnisvoll. »Hab Vertrauen in uns.«

»Wieso tut ihr das?« Es war mir wirklich ein Rätsel, doch Kina zog die Brauen zusammen, weil ihr die Lösung offenbar bewusster war als mir.

»Du gehörst dazu. Zumindest fühlt es sich danach an, oder nicht?«, stellte sie die Gegenfrage und das Funkeln in den stahlblauen Augen zeigte mir, dass sie die Antwort kannte.

»Doch. Das tut es.«

»Wir wollen Teil deines Lebens sein. Du ja vielleicht auch.« Sie zwinkerte mir zu, hielt dann jedoch inne. »Du hast es verdient. Sprich mir nach.«

»Ich habe es verdient«, murmelte ich genervt.

»Gut, das nächste Mal so, als würdest du es auch so meinen«, kommentierte sie mit einem Lächeln.

In meinem Kopf herrschte immer noch ein Chaos. »Ich verstehe trotzdem nicht, wieso ihr so nett zu mir seid. Ich hab das Gefühl, nur zu nehmen. Es gibt nichts, was ich euch gebe.«

Kina runzelte die Stirn. Ich zuckte zusammen, kaum hatte sie die Tasse weggestellt, um meine Hände in ihre zu nehmen. »Selbst wenn das stimmen würde: jeder nimmt mal mehr, jeder gibt mal mehr, jeder hat mal eine Balance zwischen Nehmen und Geben. Das ist das Leben. Ich erkenne einen guten Menschen, wenn ich ihn vor mir habe. Keine Ahnung, was schon zwischen euch passiert ist, aber Oscar und du solltet die Chance bekommen, die ihr verdient.«

Mit den Worten räumte sie das Geschirr auf das Tablett und zog sich zurück. Ich strich gedankenverloren durch Tavis Fell, die beruhigend schnurrte, da fiel mein Blick auf die Uhr. Ich hatte heute Mio-Zeit, also raffte ich mich auf und eilte zur Eselscheune, damit Oscar nicht auf die Idee kam, ich würde mich meiner Verantwortung entziehen.

Die fünf Minuten Verspätung rächten sich bereits, denn ich erkannte schon an der Waschbeckenzeile, dass jemand eine Flasche vorbereitet hatte. Als ich in die Box schielte, sah ich Oscar mit Mio auf dem Boden sitzen. Der kleine Esel saugte gierig und kam in den Genuss von Oscars sanfter Miene.

Die verschwand schlagartig, kaum hatte er den Kopf gehoben. In dem Moment fragte ich mich, wieso ich nicht einfach nach Hause fuhr. Aber solange er mich nicht von seiner Farm runterwarf, würde ich bleiben.

Seine braunen Augen waren kühl und er starrte mich bloß an, ohne ein Wort zu sagen. Ich hoffte, dass er mich anschrie, mir die Meinung geigte. Doch er blieb still. Es hätte wohl nichts mehr wehtun können. Abgesehen von der unsäglichen Enttäuschung in seinem Gesicht. So wie er dasaß … als … als hätte ich ihn zu Boden geworfen. Als hätte ich ihm etwas genommen, an das er aus tiefster Seele geglaubt hatte: Ehrlichkeit. Er hatte gesagt, für mich würde er das Ehrlichste empfinden, was er jemals empfunden hatte, und jetzt war es bloß eine so leere Hülle, wie ich eine Lüge war.

Etwas huschte durch seine Augen, dann beschloss er, mich zu missachten.

»Ich kann das machen«, meinte ich kläglich, so sehr wollte ich seine Stimme hören.

Aus irgendeinem Grund entschied er, mir den Wunsch zu erfüllen, zog Mio die Flasche weg und erhob sich. Er wartete, bis ich in der Box stand, um mir die Flasche zu geben und davor meinen Platz einzunehmen. Keines Blickes würdigte er mich, starrte nur Mio an, zu dem ich mich mit verkrampfter Brust kniete und versuchte, mich mit seinem herzzerreißenden Charme zu trösten, den er perfektioniert hatte. Oscars schwere Präsenz drückte gegen meinen Rücken und da verstand ich. Er blieb, weil er mir misstraute.

Es war so verletzend, so erniedrigend, so frustrierend, dass mir Tränen in die Augen schossen.

Nein nein nein. Nicht weinen, Julie. Nicht. Weinen.

»Ich werde ihn schon nicht mit der Flasche ersticken«, brachte ich hervor, machte keinen Hehl daraus, wie wütend es mich machte. Eine Träne kitzelte an meinen Wimpern. Sie drohte, mir über die Wange zu rollen.

»Da du dazu tendierst, nicht immer die Wahrheit zu sagen, gehe ich lieber auf Nummer sicher«, erwiderte er nüchtern.

Im selben Zug beendete Mio sein Mahl, und ich brachte es nicht mehr dazu, ihn zu streicheln, weil sich mein Körper schmerzhaft verkrampfte. Alles tat mir weh. Ich spürte Nässe über meine Wange sickern.

Scheiße.

Ich hatte kein Recht, zornig zu sein, doch ich war machtlos gegen meine Gefühle, wobei es wahrscheinlich auch die Wut gegenüber mir selbst war. Ich sprang auf die Füße und als mein brennender Blick auf Oscars Gestalt prallte, blieb ihm nichts anderes übrig, als ihn zu erwidern. Meinen Zorn hatte er nicht erwartet. Ich fühlte mich furchteinflößender, als ich war, denn er wich nicht von der Stelle und fuhr selbst Geschütze auf, indem er mich mit feurigem Blick taxierte. Die Tränen, die ich vergoss, schienen ihn nicht zu scheren.

»Du kannst mich mal.«

Grob stieß ich ihm die Flasche gegen die Brust.

Aus dem Nichts schoss seine Hand vor, und er packte mein Gelenk, sodass ich mich nicht rühren konnte. Mit einem Schritt drängte er mich gegen die Boxwand und seine Nasenflügel blähten sich, während er mich mit seinem Blick erdolchte.

Doch er sagte nichts. In dem Braun schlugen Gereiztheit und Frust Wellen. Seine Brust hob sich unter meinen Fingern. Auf und ab. Auf und ab. Die ganze Zeit sah er mich an, suchte in meinen Augen nach meiner Wahrheit, ehe er einer Träne folgte, die an meinem Mundwinkel hängen blieb. Plötzlich nahm ich die Hitze seiner Haut intensiver wahr, als wäre die Kälte gerade erst aus ihm gewichen, um seinem wahren Naturell Platz zu machen. In die Wellen mischte sich Kummer, dann Sehnsucht. Verlangen.

Die Luft zwischen uns lud sich auf, kitzelte über meine Haut.

Er wollte mich wahrscheinlich selbst mit der Flasche ersticken. Er wollte mich auch küssen. Doch Oscar Morrison war dafür bekannt, seinen Prinzipien treu zu bleiben, und die Frau zu küssen, die ihm ein Messer in den Rücken gerammt hatte, ging wohl dagegen.

Erst packte er die Flasche, dann drehte er sich ruckartig um und schritt zum Waschbecken.

»Du musst dich nicht mehr für Mio verantwortlich fühlen«, teilte er mir kühl mit.

Damit war ich entlassen.

»Fein«, brachte ich erstickt hervor und eilte los, versuchte nicht zu rennen und bereute es, weil ich in der Sekunde anfing zu heulen wie ein Schlosshund.

Gerade da kam mir Lovis entgegen. Wie vom Donner gerührt blieb er stehen. In jeder anderen Situation hätte ich wohl gelacht, weil er beim Anblick meiner Tränen die Augen aufriss und darauf hoffte, unsichtbar zu werden. Womöglich dachte er, ich würde ihn nicht bemerken, wenn er sich nicht rührte. Atmete er überhaupt noch?

Er kam nicht in die Bredouille, mich zu trösten, weil ich zur Allee raste, wo mein Rad am Zaun lehnte. Ich stieg auf und fuhr los.

Weg.

Weg.

Weg.

Jeder Meter, den ich hinter mich brachte, radierte etwas in mir aus.

Die Einführung von Bienen
in für sie fremde Klimazonen
ist Grund für
menschengemachte Katastrophen.

O.M.

Kapitel 22

Ein ungeliebtes Bild

Oscar

Ohne sich zu rühren, starrte er in den Wirbel fließenden Wassers. So viel hatte er lange nicht mehr verbraucht, doch Julies Tränen, die er wie ein Arsch hingenommen hatte, lähmten ihn.

Als eine Hand in sein Blickfeld schoss, um den Hahn abzudrehen, wollte er seufzen. Für Lovis' Kommentare hatte er keine Kraft. Auf der Rückfahrt vom Blumenmarkt hatte niemand im Wagen etwas gesagt oder Julie verteidigt, dennoch sah er seinen Freunden an, dass sie nicht an ihre Boshaftigkeit glaubten. Also hatten sie Fynn vorgeschickt, mit dem er zuerst eine halbe Stunde schweigend auf der Scheune gesessen und die Tränen bekämpft hatte. Er weigerte sich, wegen ihr welche zu vergießen. Irgendwann hatte sein bester Freund das Wort ergriffen und versucht, das Geschehene mit ihm aufzuarbeiten. Worauf er herzlich wenig Lust gehabt hatte.

»Mit was hast du sie zum Weinen gebracht?«, grollte Lovis und Oscar funkelte ihn an, wandte sich ab, um die Utensilien zu säubern und abzutrocknen.

»Der Wahrheit. Scheint nicht ihr Ding zu sein.«

»Junge«, seufzte der alte Mann.

Er warf ihm einen drohenden Blick zu. »*Junge* mich nicht. Du bist nicht mein Vater«, fauchte er ihn an und traf damit bewusst einen wunden Punkt. Nicht nur bei Lovis, sondern auch bei sich selbst.

Lovis reckte das Kinn und tat so, als prallte es an ihm ab. »Stimmt. Dein Vater ist ein Arschloch und du mutierst gerade auch dazu.«

Trotzig pfefferte er die Flasche ins Abtropfgestell und verstaute das Milchpulver, um sich abzulenken, während er versucht war, Lovis zu verscheuchen wie Julie. In Anbetracht dessen, dass er ihm heute Obhut gewährte, atmete er lieber tief durch.

Und noch mal. Er konzentrierte sich darauf, wie die Luft durch seine Nasenlöcher strömte, durch eins mehr als durchs andere. Das ließ ihn an Henry denken, der ihm fasziniert den Nasenzyklus erklärt hatte. Er seufzte. Henry … Was musste er jetzt von ihm denken?

Er umklammerte die Arbeitsplatte, weil er sich daran erinnerte, wie es für ihn in dem Alter gewesen war, seinen Vater gewaltsam zu erleben. Der Junge hatte Abstand gehalten und war bei Julie mitgefahren, was die Befürchtung anfachte, dass dieser Vorfall Distanz zwischen sie brachte. Die Leute auf dem Markt waren ihm egal, sollten sie reden, was sie wollten, Henrys Meinung jedoch war ihm wichtiger als vieles andere.

Lovis wartete still, bis er den Mund aufbekam.

»Sie hat mich angelogen.«

»Und weiter?«

Dieser Mann war die Höhe. Er löste den Griff, um sich zu drehen und ihn anzufunkeln. »Reicht das nicht?«

Mit verschränkten Armen hob er die Schultern. »Sie hat aus Angst gelogen. Kannst du dich davon freisprechen? Seien wir mal nicht so doppelmoralisch«, wies er ihn zurecht, ohne auf etwas Bestimmtes hinzudeuten. Er hatte recht. Auch Oscar hatte in seinem Leben gelogen oder etwas getan, was er bereute. Einiges davon. Und er konnte nicht behaupten, andere damit nicht verletzt zu haben.

Das verriet er natürlich nicht und spiegelte Lovis' abwehrende Haltung. »Das ist was anderes.«

Ein raues Lachen erfüllte die Scheune. »Ja, weil du in sie verliebt und sauer bist!«

»Nerv mich nicht mit dieser Scheiße!«, erhob er seine Stimme, denn er wollte nicht ständig an sein Herz erinnert werden statt an seinen Verstand.

»Hej, Oscar«, holte er ihn runter, was ihn den Kopf sinken ließ. Sie kabbelten sich immer wieder, nie wurden sie dabei respektlos oder laut, denn Lovis hasste nichts mehr als das.

Mit beiden Händen fuhr er sich übers Gesicht und versteckte nicht länger, wie erschöpft er war. »Tut mir leid ... Du hast recht. Es macht mich sauer. Mehr als das. Und das will ich nicht sein.«

Sie steckten die Waffen weg und Lovis lehnte sich neben ihn an die Platte. »Das weiß ich. Es ist in Ordnung, mal wütend zu sein, das hast du doch gelernt«, erinnerte er ihn in einem Tonfall, der bei ihm als sanft einzuordnen war. »Die Wut zu akzeptieren ist besser, als sie zu verdrängen.«

Ihm war die Richtigkeit seiner Worte bewusst, doch heute hatte er seit Langem Angst vor sich gehabt. So hart hatte er daran gearbeitet, mit dem Zorn in ihm umzugehen und jetzt erschien ihm alles umsonst, auch wenn er sich nur für ein paar Sekunden verloren hatte.

Wegen Julie.

»Ich dachte, sie tut mir gut.«

»Tut sie das etwa nicht?« Oscar schwieg, weshalb der andere Mann fortfuhr. »Hat sie jemals was angedeutet oder versucht, dir was zu sagen?«

Sofort wollte er widersprechen, aber er konnte nicht aufhören, an ihre Versuche zu denken.

Letzte Nacht. Heute Morgen. Auf dem Blumenmarkt.

Ein glücklicherer Moment, in dem sie in seinen Armen gelegen hatte und er kurz davor gewesen war, sie zu küssen.

Es war wohl besser, nie zu erfahren, wie sie sich anfühlte, dann musste er weniger von ihr vermissen.

»Ja«, erwiderte er zerknirscht.

Lovis murrte nur mit gehobenen Augenbrauen. »Sie hatte Angst, dafür verurteilt zu werden. Hier auf der Farm hat sie wahrscheinlich erkannt, dass es nicht richtig war. Meinst du sonst, sie hätte den Deal abgeblasen? Und nun hast du ihre Angst wahr werden lassen: Du verurteilst sie. Und es bestätigt sie darin, dass sich Menschen niemals ändern dürfen, wenn sie erst mal in einer Schublade gelandet sind.«

Das saß. »Seit wann bist du so weise?« Dieses Mal war es an ihm, zu murren, doch er war unverkennbar wieder so geerdet, wie man ihn kannte.

Lovis sah seine Chance in diesem geöffneten Türspalt und trat sie förmlich ein. »Rede mit ihr!«

Keine Sekunde später stieß er sich vom Tisch ab und stapfte nach draußen. Nicht ohne Anhang. »Nein. Sie kann bleiben, aber für mich ist die Sache durch.«

»Dann, mein Lieber, bist du der allergrößte Lügner von uns«, warf Lovis ihm hinterher.

Das traf, noch mehr als alles zuvor, ins Ziel. Automatisch suchte er auf dem Hof vor ihm nach Julie und verharrte auf der Stelle, kaum war ihm das fehlende Rad aufgefallen. Sein Blick schweifte über die Allee, zur Straße hinunter, und er konnte nichts gegen die Sorge tun, die in ihm aufstieg. Balder hatte es sich offenbar zur Lebensaufgabe gemacht, nicht nur ihm, sondern auch ihr das Leben zur Hölle zu machen und er schwor, dieser Mann würde es bereuen, sollte er sich ihr auch nur nähern.

Doch Julies Zustand sorgte ihn viel mehr. Sie hatte sich antrainiert, es zu verstecken, aber es gab genug Andeutungen und Gespräche, dass an manchen Tagen nur Leere in ihr existierte. Leere, die sie mit voller Kraft niederdrückte. Kleinste Situationen, wenige Worte konnten diese Phasen auslösen.

Er hatte ihr heute einiges an den Kopf geworfen. Um nichts in der Welt war es seine Intention, sie an den Grund zu treiben. Hinter den Bergen stiegen gewaltige dunkle Wolken auf und brachten Regen mit. Oscar stellte sich vor, wie Julie direkt hineinfuhr; mit ausgestreckten Armen wie bei ihrer Fahrt an der Küste entlang.

Seufzend schaute er beim Cottage vorbei, woran bienenfleißig gebaut wurde und um sich abzulenken, schloss er sich den Arbeiten an, wobei er im Holzrohbau des Wohnzimmers einen Blick auf die Wiese hatte, die zum Fluss führte. Vermutlich wollte Julie die Blumen dort pflanzen; nur wenige Meter von der wilden Wiese, die in sämtlichen Farben blühte. Inmitten der Blüten machte Oscar Tavis rot gestreiftes Fell aus und ihre Blicke trafen sich. Sie blinzelte nicht wie sonst, stattdessen war ihr Ausdruck scharf, fast vorwurfsvoll, als wüsste sie, dass er sich mit Julie gestritten hatte. Genervt wandte er sich ab und versank in seine Aufgabe, fest entschlossen, heute keine Sekunde mehr an diese Frau zu denken. Er versagte kläglich.

Bis zum nächsten Nachmittag begegnete er Julie nicht. Um ruhig schlafen zu können, hatte er den Tag zuvor immer wieder den Hof überquert, bis das blaue Fahrrad wieder am Zaun lehnte und er sicher war, dass es ihr gut ging. Lovis hatte sie sogar auf einen Kaffee besucht.

Er konnte nicht in Worte ausdrücken, wie sehr es ihn störte, weil er ihn hatte begleiten wollen, und weil er überhaupt auf die Idee kam, das zu wollen.

Die Gewitterwolken hatten lange Regen übers Land getragen, doch das Gras, durch das Mio gerade trabte, war wieder trocken. Mittlerweile hatten sich die Tiere alle aneinander gewöhnt, und die drei Ziegen standen um Oscar herum, in der Hoffnung auf Streicheleinheiten. Der kleine Esel hatte ihrer Meinung nach in letzter Zeit etwas zu viel Aufmerksamkeit erhalten.

Plötzlich schallte ein lautes Fluchen über die Farm. Oscar drehte sich alarmiert zu der Geräuschquelle, ahnte bereits, was los war.

Julie sprintete über den Hof und fluchte wie eine Britin, während Brutus ihr hinterherjagte. Der ausgeprägte Hass des Pfaus ihr gegenüber wuchs stetig, womit er vielleicht seinen gesunden Instinkt bewies. Auch wenn Oscar geneigt war, sie ihm zu überlassen, setzte er sich in Bewegung, schnitt ihm den Weg ab, damit Julie über den Zaun zu den Eseln und Ziegen klettern konnte. Die Freude über ihre Anwesenheit ließ Mio zu ihr hüpfen, aber sie fokussierte den Pfau, bis der mit einer dramatischen Drehung einen Abgang hinlegte. Ehe sie die Gelegenheit hatte, den Zaun zu überwinden und ihn anzusprechen, folgte Oscar seinem Beispiel.

Glücklicherweise klingelte in dem Moment sein Handy. Erleichtert erkannte er Henrys Namen auf dem Display. Sein Patenkind hatte sich seit dem gestrigen Vorfall nicht mehr bei ihm gemeldet.

»Henry«, begrüßte er ihn.

»Du musst sofort kommen«, drang seine atemlose Stimme zu ihm und schlagartig waren seine Instinkte geschärft. »Ich … Bitte.«

»Was ist passiert?«, wollte er wissen, nahm wahr, wie sich Julie mit Sorge in den Zügen näherte.

Henry gab ein verzweifeltes Geräusch von sich. »Bitte komm einfach.«

»Wo bist du?«

»Ich schick dir den Standort.« Plötzlich fing er zu weinen an. »Kannst du Julie bitte mitbringen?«

Er hatte keinen blassen Schimmer, wieso ihn sein Patenkind das fragte, so niedergeschlagen, wie er klang, wagte er jedoch nicht, ihm etwas abzuschlagen. Sorge pulsierte durch seinen Körper. »Natürlich. Bleib, wo du bist. Wir sind sofort da.«

»Was ist los?« Julie sah ihm an, dass etwas nicht stimmte und heftete sich an seine Fersen, sobald er zum Wagen eilte.

»Henry ist irgendwas passiert. Wir müssen ihn abholen. Er will, dass du mitkommst«, stieß er zwischen zusammengebissenen Zähnen hervor.

Ohne ein weiteres Wort stiegen sie in den Wagen. Oscar aktivierte die Navigation zum Standpunkt von Henry, der mitten in einem Waldgebiet in der Nähe des Naturgebietes lag. Er raste viel zu schnell die Allee runter. Er hatte Henry noch nie so verzweifelt gehört und in Anbetracht dessen, dass der Junge gerade offenbar viel mit sich ausmachte, konnte er nur vermuten, was geschehen war. Ein Streit mit Fynn? Oder mit diesem Elias? Vielleicht war diese Ratte von einem Lehrer ihm auch wieder quergekommen. Was zum Teufel trieb er überhaupt so weit außerhalb von Stolt oder seinem Zuhause?

»Es wird alles gut. Er ist nicht verletzt und hat angerufen. Das ist ein gutes Zeichen«, versuchte Julie ihn zu beruhigen.

Er nickte nur. »Kannst du Lovis schreiben, dass wir weg sind?«

»Klar.« Sofort zückte sie ihr Handy.

Danach breitete sich unangenehme Stille im Auto aus, die er auch nicht mit unangenehmeren Worten füllen würde. Gerade hatte er Julie nichts zu sagen.

Dann, mein Lieber, bist du der allergrößte Lügner von uns.

Lovis' Kommentar geisterte seit gestern in seinem Verstand herum und ließ ihm keinen Frieden. Aber jetzt musste er sich darauf konzentrieren, zu Henry zu gelangen.

Nach halber Strecke blinkte plötzlich eine Warnleuchte im Cockpit auf. Mit gerunzelter Stirn las er die Mitteilung, dass ein Reifendruckverlust festgestellt wurde und im selben Moment spürte er, wie sich das Fahrverhalten des Wagens änderte.

»Fuck«, stieß er hervor und bremste vorsichtig ab.

»Was ist los? Sind wir schon da?« Julie schielte auf sein Smartphone, da schwankte das Auto leicht. Hektisch packte sie den Seitengriff.

»Alles ist in Ordnung«, meinte er gefasst und widerstand dem Drang, ihre Hand zu greifen, ehe er das Auto an dem Seitenstreifen zum Stehen brachte. Erst dann schaute er zu ihr und stellte fest, wie bleich sie war. »Sieh mich an«, bat er sanft.

Sie drehte den Kopf und es grenzte an einer Unmöglichkeit, sie nicht beruhigend anzulächeln. »Alles okay. Wahrscheinlich ein Platten. Ich geh kurz nachsehen.«

Erst als sie nickte und ihre Wangen wieder Farbe bekamen, stieg er aus, um das Auto zu umrunden. Der hintere Reifen war kaum noch mit Luft gefüllt. Oscar drückte mit dem Schuh dagegen, während die Seitentür geöffnet wurde und Julie den Kopf rausstreckte.

»Platt.« Er schritt zur Ladefläche, um den Ersatzreifen und Wagenheber rauszuholen. »Kannst du Henry anrufen?«

Sie bejahte in dem Moment, wo er die Klappe anhob. Und in Leere starrte. Dort, wo der Reifen hätte liegen sollen, war nichts außer ein Hohlraum. Was zum Teufel? Er hatte dieses Teil noch nie angerührt.

Da fiel ihm weiter hinten auf der Fläche ein Korb auf, der ihm fremd vorkam. Mit gerunzelter Stirn hielt er darauf zu. Eine böse Vorahnung machte sich in ihm breit, als er einen Zettel auf dem rotweiß karierten Tuch ausmachte, den er abriss und fast in seiner Hand zerknüllte, während er die Nachricht darauf las.

Wir holen euch erst,
wenn ihr miteinander gesprochen habt.
PS: Vertragt euch gefälligst.

Deine Familie

Er fluchte. Von wegen Familie, diese Verräter. Henry, der Schrift nach zu urteilen, Lovis und der ganze Rest von ihnen steckte dahinter.

»Oscar«, erklang Julies Stimme hinter ihm, und er sah zu ihr runter, kaum war sie an der Wagenseite erschienen. Das Smartphone lag noch entsperrt in ihrer Hand. Ihr Ausdruck ähnelte seinem eigenen, denn darin tobte etwas Fuchsteufelswildes. »Die haben uns verarscht.«

Das hatten sie. Und der Gedanke, irgendwo im nirgendwo mit Julie festzuhängen, glich einer absoluten Katastrophe.

Julie

Es stand fest: Karma war fair.

Das war die einzige Erklärung dafür, dass ich nun hier mit Oscar gestrandet war, der sich schmollend hinters Steuer verzogen hatte, während ich mich zum Wald hin auf den Boden setzte.

Hab Vertrauen in uns, hatte Kina gesagt. *Wir kümmern uns um den Rest*, hatte sie gesagt. Dass ich nicht lachte. Dieser Plan war die Hölle. Eine Hölle inklusive zornigem Imker und einem charmant verpackten Picknickkorb. Wer wusste, wie viel Zeit sie sich lassen würden, uns einzusammeln. Wenn sie wirklich erst kamen, sobald wir uns vertrugen, würden wir wohl zu Fuß gehen müssen. Und das hatte Oscar wohl auch vor, denn ich konnte mir nicht anders erklären, wieso er auf einmal entschlossen ausstieg und die Tür zuschlug. Doch sein Weg führte ihn auf die Ladefläche, wo er den Korb hochhob und zu mir sah. Beschämt wollte ich wegschauen, weil ich ihn beobachtete, allerdings winkte er mich heran.

»Der alte Griesgram wird sich Zeit lassen. Dann sollten wir zumindest alles aufessen, damit er auch nichts abbekommt«, erklärte er.

Schweren Herzens hievte ich mich hoch, um mich auf die Ladefläche des Pick-ups zu setzen. Fassungslos beobachtete ich Oscar dabei, wie er eine Sektflasche und zwei Gläser rausholte und uns einschenkte.

»Hoch lebe die Freundschaft«, prostete er mir sarkastisch zu, ohne mich anzusehen. Im Gegensatz zu ihm nippte ich nicht mal an meinem Glas und starrte nur auf meine baumelnden Füße. Oscar hingegen breitete den gesamten Inhalt des Korbes auf der karierten Decke aus, wobei ich mich fragte, ob wirklich Lovis diese Dinge besorgt hatte, denn es fehlte an nichts.

Erdbeeren, Käse, Weintrauben und Cracker. Sogar Tee hatte er uns gekocht. Zum Schluss legte Oscar, begleitet mit einem tiefen Seufzen, eine einzelne Vergissmeinnichtblüte ab, dann hob er den Blick zu mir, dem ich sofort auswich.

»Zu schade, dass sie dir nichts eingepackt haben, wogegen ich allergisch bin.« Offensichtlich konnte ich nicht mehr vernünftig mit ihm reden.

»Ich hab den Moment verpasst, in dem *ich* hier der Böse geworden bin«, wies er mich zu Recht auf mein Verhalten hin und ich schwieg. Sein Seufzen hallte in der Stille umso lauter. »Ich verspreche, ich werde dich nicht mit dem Käse ersticken«, gelobte er.

Die Atmosphäre war so unangenehm, ich wollte mich in Luft auflösen, während er besser damit umging und sich eine Weintraube nach der anderen reinstopfte. Als er begann, sich an den Erdbeeren zu bedienen, schielte ich zu seinen Fingern. Atmete er die Dinger ein?

Er bemerkte meinen Blick und reichte mir eine.

»Schmeckt immerhin.«

Allerdings. Es war die pure Geschmacksexplosion auf meiner Zunge, also griff ich noch eine und ignorierte Oscars Aufmerksamkeit auf mir. Merklich unsicher rutschte er auf der Stelle herum, atmete tief ein, öffnete den Mund und schloss ihn wieder.

»Was ist, wenn wir reden?«, warf er zögerlich in den Raum.

Ich musterte seine Miene. Keine Wut. Keine Abneigung. Sie zeigte eher den Willen zu schlichten.

»Wenn du das möchtest«, erwiderte ich und setzte mich gerader auf, legte die Hände auf meine Beine, weil sie plötzlich zitterten. An einem Abend waren wir uns so nah gewesen, so vertraut, und nun saßen wir hier und ich konnte ihm nicht richtig ins Gesicht sehen, weil es schmerzhafte Dinge mit meinem Herzen veranstaltete.

»Pro Erdbeere ein Gedanke? Mit Wertung«, schlug er vor und ich hob die Brauen, weil unser Spiel bisher daraus bestanden hatte, nicht zu werten.

Er wollte das also wirklich angehen und mir zuhören. Dass er mir verzieh, war keine Hoffnung, die ich hoch hielt.

Tief sog ich Luft ein, drehte mich mit untergeschlagenem Bein zu ihm und nickte gewappnet. »In Ordnung.«

Er fing offenbar an und fragte: »Hast du wirklich gekündigt?«

Ich griff nach einer Erdbeere. »Nein. Ich wurde gefeuert. *Love Brand* war mein Traum. Ich musste ihn retten. Als ich meinem Bruder von meinem Plan erzählte, meinte er, du würdest nicht darauf eingehen und ich diese Farm besuchen soll, damit es mir besser geht. Er hat immer gehasst, was ich beruflich mache und mich oft genug daran erinnert, wie unglücklich es mich macht.«

»Und das hat es«, meinte er mit angespanntem Ton. »Trotzdem wolltest du zurück.«

»Ja.«

»Wieso?«, forderte er meine Gedanken und ich senkte den Kopf.

»Weil … weil ich sonst nichts bin. Ich wollte zeigen, wie besonders ich bin, indem ich diese Situation rette. Und in dem Moment war es das Einzige, woran ich mich festhalten konnte, obwohl ich das gar nicht wollte.«

»Was passiert, wenn du sie nicht rettest?«, wollte er wissen.

»Dann hat nichts einen Sinn.« Ich schluckte den Kloß hinunter, und er ließ mir die Zeit, die ich brauchte, um fortzufahren. »Meine Eltern sind wegen mir gestorben. Ich habe Angst, dass es umsonst war, wenn ich es zu nichts bringe. Dass sie ihr Leben wegen einer Versagerin verloren haben.« Meine Augen brannten. »Dann hast du mich angesehen, als würdest du dir wünschen, ich existiere nicht. Ich war so dumm! Weil ich das alles gar nicht wollte. Die letzten Wochen habe ich hier etwas entdeckt, mehr von mir entdeckt, und ich dachte, es würde genügen.«

»Julie …« Es klang beinahe nach einer Warnung, sollte ich weiterreden, und ich zuckte zusammen, als Oscars Finger mein Kinn hoben, damit ich ihn ansah. Ich atmete auf, als ich in seinen Augen Emotionen entdeckte. Wärme und Zärtlichkeit. »Du genügst. Du bist mehr als genug.«

»Ich wollte dich nicht anlügen«, schwor ich. »Als wir Balder mit *Love Brand* getroffen haben, hab ich mich elend gefühlt. Irgendwann war alles so kompliziert und ich hatte Angst, es dir zu sagen, weil ich verstehe, dass du mir das nicht verzeihen kannst. Ich bereue es so sehr«, versicherte ich ihm inbrünstig. »Es tut mir leid. Ich wollte es dir sagen und es war egoistisch, es nicht zu tun, nur weil ich Panik hatte, dass du mich wegschickst.« Ich akzeptierte, wie erstickt ich klang, schüttelte ungläubig den Kopf. »Und dann hast du mich immer noch bleiben lassen. Trotz allem. Es tut mir leid.«

»Meintest du das auf dem Blumenmarkt?«

Ich nickte. »Ja. Ich hab es schon morgens versucht zu erzählen. Ich wollte dich nicht küssen, ohne es dir zu sagen, aber anscheinend bin ich selbstsüchtiger, als ich dachte.«

»Das bist du nicht«, widersprach er entschieden und seufzte dann. »*Love Brand* ist die eine Sache. Wenn dieses Unternehmen für dich Geschichte ist, dann ist es nichts, was zwischen uns steht. Auch wenn es mir schwerfällt, versuche ich nachzuvollziehen, wieso du so gehandelt hast. Was ich nicht vergessen kann, ist diese Wut. Und ich habe überlegt, ob sie so sehr ausbrechen will, weil ich mit aller Macht versuche, dich vor ihr zu schützen.«

»Hilft es vielleicht, wenn du mir davon erzählst?«

»Wahrscheinlich … nur nicht heute, okay?«

»In Ordnung.« Ich hatte mich ihm geöffnet, deswegen konnte ich ihn nicht zwingen, es auch zu tun. »Sag mir einfach, wenn du bereit bist.«

»Ich kann sehr stur sein. Das gibt mir nicht das Recht, dich zu verletzen. Tut mir leid, dass ich so ein Arsch war.«

»Tut mir leid, dass ich dich verletzt habe.« Denn das hatte ich. »Ich habe gebetet, dass du mich nicht von der Farm schmeißt.«

»Wieso?«

»Ich fühle mich zu Hause.«

»Und das sollst du weiterhin.«

Ich schaute gen Wald. »Hier hab ich das Gefühl, nicht festzusitzen. Selbst wenn sich nichts bewegt, passiert etwas. In mir.«

»Queenie«, raunte er und legte seine Hand an meine Wange. »Ich hätte dich niemals wegschicken können.«

Das erste Mal seit gestern lächelte ich wieder, und er erwiderte es so sanft, ich musste tief durchatmen.

»Wieso wurdest du gefeuert?«

Mich überraschte die Frage und etwas sträubte sich in mir.

»Ich war nicht mehr leistungsfähig und habe einen Fehler gemacht. Meine Therapeutin sagt, meine Art zu leben sei ein einziger Teufelskreis. Arbeit, Erschöpfung, Bestrafung durch Arbeit.«

»Du bestrafst dich, weil du erschöpft bist?«

»Ja.«

Seine Brauen trafen sich. »Wie?«

Ich schluckte. »Ich hasse mich. Ich mache mich runter, bis ich mich auf die Beine zerre, um zu beweisen, dass ich etwas bin.«

»Du bist etwas, Julie. Du bist ein Mensch mit Gefühlen«, sagte er so überzeugt, ich glaubte es fast selbst.

Mein Lächeln wurde bitter. »An manchen Tagen. An den schlechten … da fühlte ich mich wie ein hässliches Bild. Eins, das niemand beachtet; das in der letzten, schlecht beleuchteten Ecke hängt und die Menschen einfach an mir vorbeigehen, als würde ich nicht existieren. Dabei war das alles, was ich mir je gewünscht hatte. Gesehen zu werden. Dass da ein Besucher einen Wert entdeckt, den ich mir selbst vorenthalte, und mich mitnehmen möchte. Weil ich ein Bild bin, das geliebt werden kann. Irgendwann fing ich an … mich schöner zu machen. Nicht das Bild selbst, sondern alles drum herum. Das Bild bekam einen der besten Rahmen, einen der besten Plätze, mehr Licht und ein Bouquet davor. Ich leistete mehr. Gab mir Mühe, zu gefallen.

Ich tat alles, damit die Menschen mich sahen und ich irgendeinen Wert bekam. Es war wie ein Teufelskreis, denn wenn jemand kam und mich bemerkte, dann wusste ich, dass es wegen all dem Drumherum war.« Das erste Mal traute ich mich Oscar anzusehen. »Nicht wegen des Bildes selbst. Nicht wegen mir. Und der Tag, an dem man mir das alles wegnehmen würde und ich nur noch ein hässliches Gemälde wäre, würde der schlimmste meines Lebens werden.«

Erschrocken realisierte ich, dass in Oscars warmen Augen Tränen standen. Er musterte mich, nein, er sah mich. Ehrlich. Und in seiner Miene stand Mitgefühl und eine Spur von Traurigkeit. Verständnis.

Mit einem Räuspern streckte er die Hand aus. »Darf ich?« Ich nickte und er umschloss meine Finger mit seinen, starrte darauf hinab. »Ich weiß, wie du dich fühlst. Dieses Gefühl … das hatte ich auch lange. Nur habe ich versucht, das Bild von der Wand zu reißen und niederzubrennen.« Er schien so abgelenkt, er bemerkte sicher nicht, wie sein Daumen beruhigende Kreise über meine Haut zog.

»Dieser Tag, von dem du sprichst«, er hob den Blick zu mir und in seinen glasigen Augen stand unbändiges Feuer, »er wird kommen, Julie. Aber du wirst realisieren, dass du – *nur* du – voller Wert und voller Farben bist. Wunderschön. Wer auch immer dich gemalt hat, muss eine Palette voller Gefühle empfunden haben. Und irgendwann wirst du realisieren, dass die Leute dich ansehen, während du in die andere Richtung starrst.«

Erst als er mit den Fingern über meine Wange strich, verstand ich, dass ich diejenige war, die ihre Tränen nicht zurückhalten konnte. Aus Erschöpfung, doch viel mehr aus Rührung.

»Tut mir leid«, meinte ich und wischte den lästigen Beweis meiner Schwäche fort.

»Nicht jeder kann von sich behaupten, offen Gefühle zeigen zu können. Das ist unser Privileg«, meinte er mit einem schiefen Lächeln und ich erwiderte es.

»Danke.« Ich schluckte und drückte seine Hand. »Das hast du schön gesagt.«

Als er mich losließ, sanken meine Schultern herab, doch er zog das Tuch nur fort, damit nichts zwischen uns stand. Dann reichte er mir die Hand. »Komm her.«

Ohne nachzudenken, lehnte ich mich an ihn, ehe er die Arme um mich schlang und meine Schläfe küsste. Dann waren seine Lippen an meinem Ohr, was einen Schauer meine Wirbelsäule hinablaufen ließ.

»Vielleicht hast du recht und ich bin ein Poet.«

Das brachte mich schließlich richtig zum Lachen, aber schnell wurde ich wieder nachdenklich. »Ist es okay, sich manchmal noch wie dieses Bild zu fühlen? Tust *du* es manchmal?« Es war leichter, ihm diese Frage zu stellen, während wir uns umarmten.

»Es ist vollkommen okay. Nicht jeder Tag kann der beste deines Lebens sein. Manchmal kommen alte Gedanken, doch sie gehen wieder. Ich denke«, er machte eine kurze Pause und strich durch die Spitzen meiner Haare, »das Vertrauen in einen selbst wächst, weil man es schon mal geschafft hat aufzustehen. Für sich selbst. Das Wissen, das zu können, lässt einen die Zeiten durchstehen, in denen man mal wieder stolpert und Kraft tanken muss. Also ja, tue ich. Ich *bin* dieses Bild. Zwar hab ich es übermalt, die Schichten darunter bleiben dennoch ein Teil von mir. Und das ist okay.«

Es war okay. Und ich durfte neue Farben hinzufügen. Neue Linien ziehen.

»Ich hab das Gefühl«, begann ich, zögerte, weil so viel Unausgesprochenes in den Worten steckte, »hier kann ich sein, wer ich bin.« Und es stimmte – trotz der Lüge, mit der ich gekommen war. Ich war keine Lügnerin und ich wollte auch kein schweres Herz mehr tragen, sondern ein leichtes. Ein erfülltes.

Oscar hielt mich fester. »Du kannst so lange bleiben, wie du willst.«

Seine Worte streiften meine Haut und Seele, entlockten mir ein Lächeln. »Ehrlich?«

Er strich über meine Wange, ließ seine Finger in meine Haare gleiten und umfasste meinen Hinterkopf. Er übte Druck aus, damit ich aufschaute, nur damit ich in dem dunklen Braungrün seiner Augen versinken konnte.

»Ehrlich«, versprach er und streichelte in kleinen Kreisen die Stelle unter meinem Ohr.

Obwohl er mein Gesicht betrachtete wie ein Verhungernder, machte er keine Anstalten, mich zu küssen, und ich fasste nicht den Mut. Also löste ich mich behutsam und rutschte von der Ladefläche. »Ich rufe Lovis an.«

»Noch nicht«, meinte er und ich hörte, wie er auf den Boden sprang.

»Wann dann?«, wunderte ich mich.

Ich drehte mich ihm gerade zu, da umhüllte sein Körper meinen, trieb mich damit sanft gegen die Seite des Wagens, bis ich das kühle Blech in meinem Rücken spürte. Oscars Finger hingegen legten sich ganz warm an meine Wangen. Ich sah nur noch sein Gesicht, seine Augen, seinen Mund, der näher kam, bis sein Atem über meinen strich. Wir blickten einander an, mit dem Wissen, das uns dieses Mal niemand unterbrechen würde. Doch Oscar quälte uns, verharrte Millimeter über meinen Lippen und hielt mich mit seinem kräftigen Körper am Wagen, weil ich sonst zu Boden gesunken wäre, so weich wurden mir die Knie. Er schlang einen Arm um mich, mit der anderen Hand wanderte er behutsam von meiner Wange über meinen rasenden Puls in meiner Kehle, weshalb ich ein frustriertes Seufzen nicht länger unterdrücken konnte. Ich liebte seine sanfte Dominanz.

Ein letzter Blick. Ein letzter Atemzug.

»Nachdem ich dich besinnungslos geküsst habe«, raunte er und dann tat er genau das. Mich küssen.

Endlich, schien ich an seinen Lippen zu seufzen.

Sein Stöhnen vibrierte auf meiner Haut und sein Griff wurde fester, als er mit der Zungenspitze über meine Unterlippe strich. Erst war er ganz sanft, kostete fast verhalten von mir, doch mit jeder weiteren Sekunde wurde der Kuss wilder. All die Frustration der letzten Stunden lag darin. All die zerstörten Momente und verlorenen Küsse, die wir schon hätten teilen können. Sein Becken drängte sich gegen meins. Ich packte sein Shirt, um ihn noch näher bei mir zu haben, weshalb er mutiger wurde und meinen Hintern umfasste. Hob mich gegen sich. Genau an die richtigen Stellen.

Er verschluckte mein Stöhnen und ich schlang meine Arme um seinen Hals, weil sich die Welt um mich drehte, so schwindelig machte mich sein Kuss.

»Julie«, raunte er dunkel und küsste eine Spur von meinem Mund zu meinem Hals, weshalb ich den Kopf zur Seite neigte. Seine Zunge auf meiner Haut brachte mich um den Verstand. Dann stieß sein schwerer Atem daran. »Verdammt. Wir müssen aufhören, sonst kann ich für nichts garantieren«, warnte er, doch rückte keinen Hauch von mir ab, ebenso wenig wie ich.

Ich glitt mit meinen Fingern durch seine Haare und brachte ihn dazu, den Kopf zu heben. Unsere Lippen fanden sich wie von selbst.

»Oder wir machen weiter«, überlegte er zwischen Küssen und ich lächelte an seinem Mund, fuhr mit der Zunge darüber, bis ich gegen seine stieß. Ihn erkundete. Wir uns auf neue Weise kennenlernten.

Damit schien Oscar die komplette Kontrolle zu entgleiten, denn sein Körper machte sich selbstständig, bewegte sich an meinem und schrie nach mehr. Forderte und nahm sich, wonach er verlangte.

Mehr.

Mehr.

Mehr.

Dann ertönte zwischen Atem, Küssen und Summen ein wiederholtes Hupen. Und ein aufgebrachter Lovis. »Tut mir – und allen anderen Fahrern – den Gefallen und lasst die Klamotten an!«

Ein Knurren stieg in Oscars Brust auf und vibrierte an meiner Haut, bevor er es über sich brachte, den Kopf zu heben. Sein Ausdruck war vernebelt vor Verlangen, doch kaum fixierte er etwas hinter mir, mischte sich etwas Gefährliches darunter.

»Du störst«, teilte er Lovis grimmig mit.

Der Mann ließ sich nicht beirren und zauberte einen Reifen aus dem Kofferraum, ohne uns zu aufmerksam zu beachten, denn Oscar und ich standen immer noch dicht beieinander, während wir ihm dabei zusahen, wie schamlos er als Nächstes nach dem Wagenheber griff. Als hätte er nichts zu bereuen.

Oscar fing meinen Blick auf. »Deckst du mir den Rücken, wenn ich ihn hier im Wald verscharre?« Seine Stimme war so düster, ich befürchtete kurz, dass er es ernst meinte, musste trotzdem schmunzeln. Er nahm mein Gesicht noch mal in seine Hände, um mich zu betrachten. Um zu realisieren, dass das alles gerade wirklich passiert war. Der Kuss, den er mir auf die Stirn setzte, ließ Tausende Bienen durch meinen Bauch tanzen.

»Kannst du mir mal helfen, Junge?«, ärgerte sich Lovis lautstark.

Schließlich lösten wir uns voneinander und ich folgte Oscar zu dem Platten.

»Du hast uns hier rausgelockt und uns einen Picknickkorb gepackt, leb mit den Konsequenzen.« Trotzdem zögerte er nicht, den Wagenheber zu positionieren, während Lovis den Ersatzreifen hielt.

»Waren Kondome in dem Korb? Nein.«

Lovis' Kommentar ließ meine Wangen heiß werden, was nicht besser wurde, weil Oscar mir einen Blick zuwarf, der sagte, wie bedauerlich er diese Tatsache fand. Hätte er etwa gewollt? Himmel, mein Körper wurde von einem siedenden Kribbeln gepackt.

Um von meinem eigenen Zustand abzulenken, nahm ich Lovis mit einem Funkeln ins Visier. »Sehr verantwortungslos von dir.«

Er murrte nur und wich meinem Blick aus.

Ich nahm den platten Reifen an und warf ihn auf die Ladefläche, sobald der neue angebracht war. Lovis stopfte sich eine Handvoll Käse in den Mund, ehe er mit erhobener Hand zu seinem Wagen schritt.

»Bis gleich. Die anderen warten auf der Farm.«

Mit großen Augen zog ich mich auf den Beifahrersitz und malte mir aus, was uns gleich bevorstand. Ich betete, dass sie keine große Sache draus machten, denn auch wenn wir uns vertragen – und Oscar mich hingebungsvoll geküsst hatte –, war nichts definiert. Ich würde immer noch in ein paar Wochen nach Hamburg zurückfahren, so sehr diese Tatsache schmerzte. Ich schielte zu Oscar hinüber. Ob es ihm klar war? Ob er diese nette Abwechslung für diese restlichen Wochen gern annahm, bevor wir unsere Leben lebten?

Du kannst immer herkommen. Das hatte er an jenem Morgen in der Küche gesagt, doch es würde wehtun, ihn zu sehen. Ein grausames Bild von einer fremden Frau an seiner Seite platzte in meinen Kopf. Nein, das würde ich nicht aushalten.

Plötzlich bemerkte Oscar meinen Blick und lächelte mich an, fasste meine Hand und verschränkte unsere Finger in meinem Schoß. Seine Züge waren voller Zufriedenheit. Er zerbrach sich nicht den Kopf und ließ die Sorgen nicht lauter werden als die Freude über das, was wir hier und jetzt waren.

Dieses Mal war die Stille im Wagen angenehm und friedvoll.

Bis wir die Allee hochfuhren, denn Oscars Miene verdunkelte sich, kaum sah er seine Freunde trotz der gesunkenen Temperatur vor dem Hofladen sitzen. Er hob unsere verwobenen Hände zu seinen Lippen und setzte zwei Küsse auf meine Haut, ehe er mich losließ, um den Wagen zu parken. Es fühlte sich an, als hätte er das schon tausendmal getan, als wären diese Berührungen so selbstverständlich zwischen uns, doch ich musste tief durchatmen, um zu verarbeiten, was hier passierte.

Oscar wusste alles. Er wusste von meiner Entlassung. Von Maurice. Von allem. Und er hatte mir verziehen. So als wäre ich es wert, mehr geliebt als gehasst zu werden.

»Dann wollen wir mal«, murmelte er in seinen Dreitagebart, und ich musste mich beeilen, um bei seinen langen Schritten mitzuhalten, direkt auf die Lindgrens, Jascha und Lovis zu, der wenige Momente vor uns angekommen war.

Natürlich nahmen auch sie Oscars angespannte Laune wahr und schauten wie die Hühner auf der Stange zu ihm auf. Langsam, aber sicher sickerte Reumütigkeit in ihre Züge. Nur Jascha hatte ein fettes Grinsen im Gesicht und zwinkerte mir zu. Selbst das bröckelte, als Oscar keinen Hehl daraus machte, wie enttäuscht er war.

»Ihr werdet nie wieder etwas tun, was Julie gefährdet. Nie wieder! Haben wir uns verstanden?«

Damit hatte ich nicht gerechnet und musterte sein Profil, doch er sah mit steinernen Zügen die anderen an, bis die nickten.

»Wir wussten, dass dein Auto den Druckverlust anzeigt. Es ist nicht so, dass der Reifen plötzlich hätte platzen können«, verteidigte Jascha sie.

Oscars Kopf ruckte zu ihm und sein Freund verfiel in Schweigen. »Ist mir scheißegal. Sie hatte Angst und ihr entschuldigt euch bei ihr.«

Ich war nicht sicher, ob ich sie in Schutz nehmen oder ihn abknutschen sollte. Es war nur ein kurzer Schockmoment gewesen, aber da ihm klar war, wie ich zu Unfällen stand, verhielt er sich wahrscheinlich so überaus beschützerisch.

Die anderen sahen von ihm zu mir und sagten fast im Chor: »Tut mir leid, Julie.«

Ich hob die Hände. »Schon okay. Es geht allen gut.« Mit den Worten begegnete ich Henry, der nur engelsgleich lächelte.

»Dass du so getan hast, als wäre etwas passiert, war genauso unangebracht«, wies sein Pate ihn zurecht, weshalb der Junge mit dem Fuß aufstampfte.

»Es gab keine andere Möglichkeit. Ihr wart ja nicht anders zusammenzubringen.«

Jascha nahm einen Schluck von seinem Kaffee und steckte sich dann einen Keks in den Mund, während er sagte: »Wir hätten sie einfach in den Schuppen schmeißen und Brutus davor anbinden sollen, wie ich es vorgeschlagen hatte.«

Kina warf ihm einen schmalen Blick zu. »Deine Ideen waren nicht hilfreich.«

Jascha lächelte nur auf eine Art, die bedeutete, wie anders er das sah, wobei mir auffiel, dass er seine beste Freundin nicht direkt anschaute.

Oscar atmete tief durch. »Ich schätze eure Hilfe sehr. Das nächste Mal werden Julie und ich das auf unsere Art klären.«

»Dank uns könnt ihr ja jetzt zukünftig Versöhnungssex haben«, gluckste Jascha und kassierte einen Ellenbogenhieb von Fynn, der neben ihm saß. Oscar kniff sich seufzend in die Nasenwurzel, während ich versuchte mich davon abzuhalten, dem Tierarzt so viele Kekse in den Mund zu stopfen, um ihn zum Schweigen zu bringen.

»Was ich eigentlich sagen wollte«, griff Oscar den Faden wieder auf und schenkte Jascha einen Blick, der von Folgen sprach, sollte der ihn wieder unterbrechen, »ich möchte mich auch bei euch entschuldigen.«

Es wurde still, als wir alle gleichermaßen zu ihm guckten. Mit Mühe hielt er unseren Blicken stand. »Dass ich auf dem Markt ausgerastet bin … das hätte nicht passieren dürfen.« Seine Augen huschten zu Henry. »Es tut mir leid, dass ihr mich da rausholen musstet. Das sollte nicht eure Aufgabe sein.«

Einige Sekunden herrschte Schweigen. Dann erhob sich Henry von dem Stuhl und ging schnurstracks auf Oscar zu, um seine schmächtigen Arme um seinen Körper zu schlingen. »Wir sind eine Familie, also passen wir auch aufeinander auf.«

Sein Pate starrte auf seinen Lockenkopf, um mit einem gerührten Lächeln eine Hand daraufzulegen und die Umarmung zu erwidern.

»Ach Jungs«, seufzte Kina und drängte sich in die Umarmung. »Ich hab euch alle so lieb.«

Das Lächeln auf meinen Lippen spiegelte sich auf Fynns, der neben mir auftauchte und einen Arm um meine Schultern legte. Lovis verdrehte nur die Augen.

Jascha saß da und beobachtete die Szene mit einer undeutbaren Miene. Und mit jeder Sekunde zog sich die Heiterkeit, die sonst so natürlich in seiner Ausstrahlung ihren Platz fand, zurück. Als er meine Aufmerksamkeit auf sich spürte, gab er sich keine Mühe, um ein Lächeln zu kämpfen. Da war nur eine traurige Erkenntnis, der ich entgegenblickte. Seine Show fand ein Ende.

Bienen stechen nur zur Verteidigung
und sind in der Regel
nicht aggressiv.

O.M.

Kapitel 23

Vergissmeinnicht

Oscar

Die anderen blieben noch bis in die Nacht hinein. Jascha warf einen Blick auf Tavi und prognostizierte, dass es bald so weit sei. Das bedeutete, dass Julie schon über zwei Monate hier war, dabei fühlte es sich an wie eine Ewigkeit. Oscar kam nicht umhin zu bemerken, wie abwesend sein Freund wirkte und eine dunkle Vorahnung machte sich in ihm breit. Doch sie wurde überdeckt von dem irren Glück, das ihn mit Julie erfüllte. Bei jedem verstohlenen Blick, jedem Lächeln, jeder kurzen Berührung, wenn sie aneinander vorbeigingen oder sich nebeneinandersetzten.

Am liebsten hätte er die anderen rausgeschmissen, aber Julie schien glücklich, und das war das, was zählte. Irgendwann verabschiedeten sich die anderen, nur Jascha half ihr beim Aufräumen, während Oscar seine Sachen von Lovis zu sich rüberholte. Als er zurück ins Haus trat, fand er Jascha am Küchentisch sitzen. Sein Blick starr auf die Platte, fuhr er eine Kerbe im Holz nach.

»Wo ist Julie?«

»Duschen«, erwiderte er und sah dann auf, seine Augen lagen in Schatten. »Wir müssen reden.«

Es war nicht so, als hätte er nichts geahnt, doch jetzt packte ihn unerwartet kalte Angst, kaum hatte er sich ihm gegenübergesetzt, um Jaschas Blick zu suchen. Dem er auswich.

Er sprach nicht lange drumherum. »Ich denke, es ist besser, wenn ich erst mal Abstand halte. Zu euch allen.«

»Jascha –«

Der hob die Hand. »Ich kann das nicht mehr, Kumpel. Wenn ich sie jeden Tag sehe, komme ich nicht von ihr los. Und ich will das.«

Das erste Mal sah er ihn wieder an und zeigte, wie sehr ihn diese ganze Sache quälte. Wie sehr er sich selbst quälte und müde davon war. »Ich will von ihr loskommen. Ich möchte mich verlieben und glücklich sein. Es sollte sich nicht so beschissen anfühlen.«

»Schaffst du das?« Schaffte er es allein oder war er zu stolz, Halt bei einem Freund zu suchen?

Seufzend lehnte er sich zurück und wandte den Blick zum Fenster, um Dunkelheit entgegenzusehen. »Manchmal frage ich mich, ob es mit ihr zu tun hat oder nur mit meiner Wunschvorstellung. Vielleicht sogar damit, dass sie immer etwas war, was ich nicht bekommen konnte und ich gerade das will: nichts. Es war immer einfach, sie zu lieben, weil es niemals real werden konnte. Als … Schutz. Damit mich keiner verlassen kann.« Wie seine Mutter damals.

Oscar beugte sich vor und legte die Arme auf den Tisch, legte alle Überzeugung in seinen Blick, die er aufbringen konnte. »Du wirst jemanden finden, der jeden Tag gern nach Hause kommt, weil du dort wartest.«

Es war fast wie ein Aufatmen, weil Jaschas Mundwinkel zuckten und er ihn schalkhaft in Augenschein nahm.

»Willst du, dass ich breche?«

Oscar grinste. »Kannst mich mal.«

»Danke, Oscar.« Er schluckte. »Wirklich.«

Als sich Jascha erhob, tat er es ihm nach und legte die Hand an seinen Oberarm. »Wir sind Freunde.« Mehr musste er nicht erklären.

Trauer tanzte über seinen Mund. Zweifel. »Sind wir das?«

In ihm zog sich etwas zusammen, weil Jascha das hinterfragte. Anscheinend so sehr davon überzeugt, dass Kina die war, die sie zusammenhielt, und sie ihre Seite wählen würden. Oscar liebte seinen Freund, wie er sie liebte. Niemand von ihnen würde er je im Stich lassen. »Natürlich! Das wird gefälligst auch nicht von dir hinterfragt. Ich möchte dich hier mindestens einmal pro Woche auf der Farm sehen.« Er drückte Jaschas Arm noch mal, bevor er bat: »Schließ mich nicht aus.«

»Das tue ich nicht. Will ich auch gar nicht.«

»Gut. Verlieb dich nur nicht in mich«, zog er ihn auf und Jascha lachte wieder etwas befreiter.

»Es wird mir schwerfallen.« Sein Blick schweifte gen Treppe. »Jetzt bedien dich an deinem persönlichen Honigtopf.«

Gequält sog Oscar Luft ein und fuhr sich übers Gesicht.

»Ich dachte kurz, wir hätten ein Erwachsenengespräch. Und dann ziehst du die Honig-Karte.«

Jascha hob zum Abschied die Hand, beließ es natürlich nicht dabei. »Stich zu. Tunk die Fühler rein.«

»Gute Nacht«, rief Oscar ihm knurrend hinterher.

Das Letzte, was er hörte, ehe Jascha die Tür hinter sich schloss, war: »Weißt du, es ist ja nur so lustig, weil du dich damit ärgern lässt.«

Kopfschüttelnd erklomm er die Treppe, um Julies Zimmertür offen vorzufinden. Ihr Bett war leer. Zuerst überkam ihn Panik, als er einen Blick in sein Schlafzimmer warf, entdeckte er unter den Laken jedoch eine Erhebung, die sich unter sanften Atemzügen hob und senkte. Leise machte er sich bettfertig, um dann am Fußende zu halten und auf die schlafende Julie niederzublicken. Dass sie sich in sein Bett gelegt hatte, ließ seine Brust ganz warm werden und es tat fast weh, so sehr hatte er sich das hier gewünscht.

Sie war hier.

Was die nahe Zukunft brachte, verdrängte er. Stattdessen schlüpfte er zu ihr unter die Decke und setzte einen Kuss auf ihre Schläfe, ließ ein bisschen Luft zwischen ihnen, obwohl er gern in sie hineingekrochen wäre, so nah wollte er ihr sein.

Morgen, versprach er sich und seine Muskeln entspannten sich endlich, ehe er in einen tiefen Schlaf sank.

Sein Wecker klingelte so früh, draußen war es noch dunkel. Eilig schaltete er ihn aus, in der Hoffnung, Julie würde nicht davon geweckt werden. Leider rührte sie sich bereits, gab nur ein leidiges Murren von sich.

»Wieso sind Betten am Morgen noch gemütlicher als sonst? Das ist gemein«, wisperte sie verschlafen ins Kissen, ohne die Lider zu heben.

Oscar verlor sich kurz in dem Anblick von ihr zwischen seinen Laken und beugte sich über sie, um ihr eine Strähne aus dem Gesicht zu schieben und einen Kuss auf ihre Wange zu setzen.

»Vorschlag.« Seine Stimme war ganz heiser an ihrer Haut. »Du schläfst weiter, bis ich dich wecke.«

»Wie weckst du mich?«, wollte sie wissen.

Er stöhnte fast auf bei dem lockenden Unterton und ihrem Körper direkt in Griffnähe. Mit dem Mund strich er über ihr Ohr.

»Lass dich überraschen.« Himmel, es tat selbst gut mit ihr zu flirten, wenn sie im Halbschlaf war.

»Okay«, kam es schwer über ihre Lippen.

Er konnte es nicht lassen und küsste ihre Stirn, bevor er aus dem Bett sprang und sich zu den Tieren aufmachte.

Heute würde ein guter Tag werden.

Heute würden sie Honig ernten.

Und er würde Julie küssen, bis sie ihren Namen vergaß.

Julie

Ich wachte mit einem Lächeln und einer Erinnerung an einen Traum auf, in dem Oscar versprach, mich auf besondere Art und Weise zu wecken. Als ich auf die Uhr sah, fragte ich mich allerdings, ob ich wirklich geträumt hatte. Er hatte mich ausschlafen lassen, geweckt hatte er mich bedauerlicherweise nicht. Der Uhrzeit zufolge war er vermutlich noch mit den Arbeiten beschäftigt. Durch das offene Fenster hörte ich Lilibet schreien, Stimmen und Geräusche von Bauarbeiten. Bevor er gestern hochgekommen war, hatte ich schnell Tamsin angerufen, um ihr zu erzählen, was passiert war.

Nachdem sie minutenlang trauerte, weil sie schon GIFs für den Moment unseres ersten Kusses vorbereitet hatte, die laut ihr jetzt gar keine Wirkung mehr hätten, hatte sie mich dazu gebracht, mich in sein Bett zu legen. Die GIFs hatte sie mir danach trotzdem geschickt. Sie waren teuflisch. Und lustig.

Ich nahm einen tiefen Atemzug und Oscars Geruch umschmeichelte meine Sinne. Dann stand ich auf und schritt gähnend über den Flur. Ich zog mein Schlafshirt aus, warf es in mein Zimmer, ehe ich mich zum Bad aufmachte.

Heute wollte ich die Vergissmeinnicht pflanzen und dann …

Gerade schritt ich über die Schwelle, als ich gegen eine Mauer aus Wärme und Feuchtigkeit stieß. Hände schlossen sich um meine Arme. Dann schaute ich hoch in Oscars Gesicht.

Ein verheißungsvolles Lächeln schlich sich auf seine Lippen. »Wolltest du meinen Traum endlich erfüllen?«

Es glich einem Wunder, dass zwischen uns kein Dampf aufstieg. Meine Augen folgten einem Tropfen, der aus seinen Haaren rann. »Welchen?«, fragte ich abgelenkt.

Oscars leises Lachen schoss mir bis in die Zehenspitzen. »Reinzuplatzen, während ich dusche. Du bist zehn Sekunden zu spät.«

Sehr zu unser beider Bedauern.

»Das bekommen wir noch eingerichtet. Hast du schon gefrühstückt?«, fragte ich abgelenkt, während ich seinen Körper aufsog wie eine Süchtige und zufrieden feststellte, dass er nur ein Handtuch trug. Zu gern wollte ich es von seinen Hüften lösen und endlich erkunden, was sich bei unserem Fast-Kuss in der Küche gegen meinen Bauch gedrückt hatte.

Mit den Fingern hob er mein Gesicht an. »Nein. Und meine Augen sind hier oben, Queenie.«

Dabei wanderte sein Blick ebenso über meinen Hals, meine Brüste bis zu meinen Beinen. Seine Nasenflügel blähten sich, weil ich lediglich in meinem Slip und Seamless-BH steckte. Ich hob die Hand zu seinem Gesicht, strich durch seinen Bart und übte Druck aus, damit er mich wieder anschaute. Sein Ausdruck war dunkel und verschlang mich förmlich.

»Meine Augen sind hier oben«, wiederholte ich ihn schmunzelnd. Wie von selbst wurden meine Finger mutiger, ich strich durch seine Haare und zog ihn zu mir. Die Hände, die er stoisch an meinen Armen hatte liegen lassen, packten meine Taille. Im nächsten Moment war ich zwischen dem Türrahmen und seinem nackten Körper gefangen. Sein Mund prallte auf meinen und damit waren es nur sein Handtuch und meine Unterwäsche, die uns voneinander trennten.

»Ich hatte in Erinnerung, dass du mich wecken wolltest«, brachte ich zwischen Küssen hervor.

Ein Knurren verließ seinen Mund, weil ich mich skrupellos in seine Schulter krallte, um ihm irgendwie noch näher zu sein, wobei das kaum möglich war. »Dafür bist du zehn Sekunden zu früh.«

Seine feuchten Küsse an meinem Hals lenkten mich ab, doch ich fand die Worte, nach denen ich suchte. »Was hattest du vor?«

Bei dem Gedanken an die Antwort summte er leise auf, küsste sich einen Weg meine Kehle hoch. »Ich wollte jeden Zentimeter deines Körpers küssen.« Weiter zu meiner Wange. »Jeden. Zentimeter.«

Zu meinem Ohr. »Und manche Stellen hätten ein bisschen mehr Aufmerksamkeit bekommen als andere.«

Um seinen Worten Ausdruck zu verleihen, glitt er mit den Fingern über meine Hüfte. Seine Augen direkt vor meinen, quälte er mich, indem er sich meinem Innenschenkel näherte. Seine Fingerkuppen waren wie ein sachter Hauch auf meiner Haut, doch er vermochte meinen gesamten Körper zu elektrisieren. Mein Kopf fiel in den Nacken und Oscar folgte mir, brachte seine Lippen direkt über meine, suchte meinen Blick und hielt ihn bei sich. Mit dem Zeigefinger strich er am Saum meines Slips rauf und runter. Rauf und runter.

Langsam. Neckend.

Dann fasste er von hinten meinen Oberschenkel, direkt unter meinem Hintern. Die Wärme zwischen meinen Beinen musste er deutlich an seinen Fingerspitzen fühlen. So deutlich, wie ich alles von ihm fühlte. Alles, was er tat. Ich warf mich hinein in diese Empfindungen. Jede kleine Liebkosung berauschte mich.

»Ich liebe, was du mit mir machst«, brachte ich atemlos hervor.

Sein Mund schmiegte sich einen Atemzug später wieder an meinen, kostete hingebungsvoll von mir. Den einen Arm um mich geschlungen, fuhr er mit den Fingern zu meinem Gesicht und drückte sanft mein Kinn herunter, damit ich mich ihm weiter öffnete. Seine Berührung stand in so einem harten Kontrast zu seiner Leidenschaft, die er in den Kuss legte, mein Herz fiel rücklings in Ohnmacht. Und schlug rasend los, als seine Zunge in meinen Mund stieß, über meine strich und mir zeigte, was ich bekommen hätte, wäre ich noch etwas im Bett liegen geblieben.

Noch nie hatte ich so wild mit jemandem rumgeknutscht. Es hatte auch noch nie jemand so einen Einfluss auf meinen Körper und mein Herz gehabt. Auch wenn klar war, was wir beide wollten, hielten wir unsere Hände in den sicheren Zonen und ließen uns in unsere Küsse fallen, bis er sich löste und seine Stirn gegen meine lehnte.

»Meine Selbstbeherrschung hängt am seidenen Faden.«

Fast tröstend strich ich über seinen Bart, der meine Haut bis gerade auf die herrlichste Weise gereizt hatte. »Gut.«

Er lachte auf, doch es verging ihm, als ich mein Becken vorschob und auf seine Erektion stieß. Mit den Fingern drückte er mich an den Schultern gegen die Tür und trat entschieden zurück. »Julie. Verdammt, ich will, dass wir genug Zeit haben. Genug Zeit, damit ich all das mit dir machen kann, was ich mir seit Wochen ausmale. Was du dir seit Wochen von mir wünschst.«

Das klang gut, aber … »Wir haben also keine Zeit?«

Er ließ von mir ab und lehnte sich auf der anderen Seite gegen den Rahmen, richtete das Handtuch, das gefährlich locker hing. »Heute ist Bienenernte, ich muss vorher noch in den Laden, und außerdem wollte ich gleich die Blumen mit dir pflanzen. Wenn du willst?«

Mit einem Lächeln hielt ich mich am Rahmen fest. »Ja. Sehr gern.«

Mit einer herzzerreißenden Sanftheit betrachtete er mich, hielt an sich. Dann stieß er die angehaltene Luft aus, als wäre er machtlos. »Noch einen Kuss.«

Er erhielt keine Beschwerde von mir und mit der einen Hand umklammerte er den Rahmen über uns, mit der anderen umfing er meine Wange, ehe er mich sanft küsste. Er wich zurück, sah mich tief an. »Noch einen«, raunte er und er musste mein Lächeln spüren, als er davon kostete.

Mit einem wehmütigen Ausdruck löste er sich von mir und schritt auf den Flur. »Bis gleich.«

Ich wich ins Bad und drückte die Tür langsam zu, hielt seinen Blick, während er dastand und mich ansah. Mein Lächeln wurde noch breiter. »Bis gleich. Und ich will dir Frühstück machen, also halt dich zurück.«

Bevor er es sich anders überlegen konnte, fiel die Tür ins Schloss und ich hörte sein Fluchen durch das Holz.

Oscar verschlang die Pancakes mit selbst gemachter Erdbeersoße genüsslicher als Lotta, die mich jedes Mal zwang, sie zu machen, wenn ich bei ihnen schlief. Ich musste mir noch mehr ausdenken, womit ich ihn glücklich machen konnte, wenn er dabei so unverschämt zauberhaft aussah. Danach brachen wir zum neuen Cottage auf, das ich mir kurz von innen anschaute. Von Tag zu Tag nahm es mehr Form an.

Als ich hinter das Haus trat, hatte Oscar die Blumen bereits grob an ihren zukünftigen Platz gestellt. Ich verharrte kurz, um die Kulisse einzusaugen. Das machte ich hier öfter; einfach den Moment genießen und innerlich ein Bild davon machen, damit ich mich daran erinnerte, wie bunt er gewesen war.

So bunt wie der heutige Himmel, der fast so schön war wie an jenem Tag an der Küste. Es sah aus, als hätte jemand einen Farbverlauf von Gelb bis Lila getupft. Tavi saß ein paar Meter neben Oscar im Gras und beobachtete ihn gelangweilt. Ihr Bauch war deutlich gewachsen und meine Aufregung wuchs von Tag zu Tag. Die blauen und orangen Blüten der Pflanzen, die wir gekauft hatten, fügten sich herrlich in das kunterbunte Blumenfeld dahinter ein. Die Baumreihe schaute schützend auf sie hinunter. So wie Oscar, der etwas im Gras entdeckte und sich hinhockte – womöglich zu einer Biene. Sein Gesicht konnte ich nicht sehen. Ich freute mich jetzt schon darauf, stellte mir vor, wie er die kleine Arbeiterin beobachtete und nicht viel mehr von dem Augenblick verlangte als die Natur um sich herum.

Schließlich gab ich mir einen Ruck und Oscar erhob sich, kaum dass er meine Schritte gehört hatte. Unter dem dunkelgrünen Hemd trug er ein graues Shirt und die Sonne schillerte in seinem Haar. Wortlos zog er mich an seine Seite und küsste mich auf den Scheitel, ehe wir zu den Blumen sahen.

»Alles bereit. Du musst nur entscheiden, wo du sie hinhaben willst.«

Wir positionierten sie und hoben dann Löcher aus. Die eine oder andere Biene verirrte sich zu uns, bediente sich schon an den frischen Blumen, was mich mit Freude erfüllte, weil ich ihnen etwas Gutes tun konnte, indem ich nektarreiche gewählt hatte. Zwischendurch verlor ich mich in dem Anblick einer besonders hübschen Biene, bis ich Oscars Blick auffing, der mich amüsiert beobachtete.

»Machst du meinen Mitarbeiterinnen schöne Augen?«, fragte er.

Ich grinste. »Nur ihrem Boss.«

Sein Blick verdunkelte sich und ich fragte mich, ob ihm auffiel, dass er sich über die Lippen leckte. Seit wir offen damit umgingen, was zwischen uns war, schienen wir keinen Sinn darin zu sehen, damit ansatzweise hinterm Berg zu halten.

Mit einem Räuspern konzentrierte ich mich wieder auf die Arbeit. Irgendwann widmeten wir uns einem besonders großen Ballen Vergissmeinnicht und Oscars Finger strichen über meine, als wir ihn in das Loch niederließen, wobei mein Blick von seinem angezogen wurde. Die Wärme darin war so prickelnd wie die Sonnenstrahlen auf meiner Haut.

»Wieso Vergissmeinnicht?«, wollte er wissen.

Mein Lächeln bröckelte etwas. Gemeinsam schoben wir Erde in die Lücken. »Alles, was ich je wollte, war, nicht vergessen zu werden und etwas zu erschaffen, das bleibt. Hier hat dieser Wunsch erst an Bedeutung gewonnen. Ich möchte nicht, dass mich dieser Ort vergisst.«

Hier ging es nie um meine Leistung oder einen Wert, den ich mir erarbeiten musste. Es ging um mich als Mensch. Diese Farm liebte mich. Und ich … ich hatte das erste Mal seit langer Zeit das Gefühl, mich auch zu lieben.

Oscars Finger lagen ganz nah bei meinen und ich spürte seinen Blick auf mir.

»Das wird er nicht.« Seine Stimme klang viel zu schwer für die Sanftheit seiner Worte.

Als ich es endlich über mich brachte, meinen Kopf zu heben, traf mein Blick sofort auf seinen. Mein Herz klopfte schneller bei dem Ausdruck in seinen braungrünen Augen. Er musterte mein Gesicht, während sein Daumen sanfte Kreise über meinen Handrücken zog. »Du wirst hier immer ein Zuhause haben. Und hier werden immer Menschen auf dich warten, die dich … denen du wichtig bist. Hier kannst du dich immer fallen lassen.«

Mein Versuch zu lächeln scheiterte kläglich, denn obwohl es von Tag zu Tag besser wurde, gab es immer wieder die endlosen Stunden von Zweifel, dass ein Fall nur ein Sturz ins Verderben war.

Oscar rückte näher, weil er mein Schweigen bemerkte. Ich sprach erst, als er meine Finger an seine Brust hob. »Ich will nicht fallen.«

Sondern fliegen.

Er hörte meinen stillen Wunsch und umrahmte mein Gesicht mit seinen Händen, strich mit den Daumen über meine Wangenknochen. »Queenie.« Sein Kosename ummantelte mich warm. Fast so sehr wie seine anderen Worte. »Fallen ist auch nur wie fliegen zwischen Flügelschlägen.«

Ich wollte ihm so sehr glauben. »Du Poet«, erwiderte ich leichter als zuvor.

Seine Züge wurden weicher. »Stets zu Diensten.«

Als wir fertig waren, ließ mich Oscar – nicht ohne einen verstohlenen Kuss vor den Arbeitern – ins Haus zurück, weil ich eine Therapiestunde hatte. Glücklicherweise war die Honigernte erst in wenigen Stunden, weshalb ich mithelfen konnte. Die Vorfreude war immens und ich hoffte, heute war nicht eine dieser Sitzungen, die mich vollends erschöpften, weil mein Inneres ein kompliziertes Etwas darstellte. Die fiese Julie in mir konnte nämlich ganz und gar nichts damit anfangen, wie gut es mir gerade ging, obwohl ich nichts leistete. Sie hasste mich und sich und alle, die für die Missachtung ihr gegenüber Sorge trugen. Der harte Kontrast zwischen meinem bisherigen Leben und den Tagen, die ich hier verbrachte, bereiteten mir, wie sich herausstellte, die meisten Kopfschmerzen. Umso besser war es, heute bei der Ernte auszuhelfen.

Die Stunde schloss mit einem »Heute war es okay«, und ich nahm mir eine Viertelstunde auf der Veranda, wo sich Tavi zu mir gesellte und um meine Beine strich. Als sie besonders kuschelig wurde und es sich auf meinen Armen bequem machte, nutzte ich die Gelegenheit und schritt mit ihr als mein persönlicher Schutzschild zum Hofladen. Mit wachsamem Blick hielt ich nach Brutus Ausschau und entdeckte das Federvieh in der Nähe des kleinen Mauerstücks – so wie er mich. Doch er rührte sich nicht, weshalb ich die Dreistigkeit besaß, ihn fies anzugrinsen. Er zeigte mir im Geiste sicherlich einen fedrigen Mittelfinger.

Oscar schrieb gerade rasch etwas auf einen Zettel neben der Kasse, eine Hand in den Haaren vergraben. Er pfiff vor sich hin und ich musste lächeln, weil es krumm und schief klang.

»Hey«, begrüßte ich ihn, bevor er mich beim Starren ertappte.

Er richtete sich auf und schenkte mir ein schiefes Lächeln, bei dem mir kurz die Luft wegblieb. »Willkommen bei *Humble Bees & Teas*. Was kann ich für Sie tun?«

»Ich nehme alles, was Sie mir geben können.«

Sein Blick wurde mit einem Mal intensiver.

»Das wäre eine ganze Menge.«

Die Ernsthaftigkeit in seiner Stimme jagte mir einen Schauder über die Haut, doch in dem Moment glitt seine Aufmerksamkeit zu Tavi. Er grinste nur in sich hinein und ich sagte ihm still, dass er sich einen Kommentar lieber verkneifen sollte, ehe ich die schnurrende Katze hinabließ. Es war nicht das erste Mal, dass ich sie mit mir herumtrug.

»Wie war es?«, fragte er unverbindlich, bevor er den Stift weglegte und auf mich zukam.

»Okay«, meinte ich und presste die Lippen aufeinander.

Er nickte, als ich nicht fortfuhr. »Okay. Willst du mir helfen?«

Ich klatschte in die Hände. »Gern.«

Er führte mich zu einer Menge befüllter Honiggläser, auf denen das Logo des Hofladens prangte.

»Ich halte nächste Woche einen Vortrag in einer Schule und die Kids bekommen alle ein Glas. Wenn du willst, kannst du die Klassenliste durchgehen und die Etiketten mit den Namen beschriften.« Er wies auf pastellgrüne Schilder und weiße Bänder, mit denen ich sie an die Gläser binden konnte.

»Wird gemacht.«

Wir verfielen in eine angenehme Arbeitsatmosphäre und ich schrieb jedem Kind noch gute Wünsche auf Schwedisch. Nur ein einziges Mal brach ich abrupt ab, weil Brutus Tavis Abwesenheit nutzte, um in den Laden zu marschieren. Er konnte gar nicht so schnell gucken, da raste ich schon ins Büro und knallte die Tür zu, wodurch ich Oscars leises Lachen ausmachte. Das verging ihm erst, als ich drohte, Ordnung in seine Zettelwirtschaft zu bringen.

Danach wiederholte ich die Beschriftungen bei Probierpäckchen des Tees und blätterte zwischendurch in Oscars Buch über Bienen, in dem er am Anfang jedes Kapitels einen kurzen Fun Fact gab. Hier auf der Farm vergaß ich immer wieder, dass dieser Mann eine Person des öffentlichen Lebens war. Oder gewesen war, bevor er sich zurückgezogen hatte.

Ich schielte zu ihm hinüber und erwischte ihn dabei, wie er mich bereits beobachtete und so ertappt dreinschaute, dass ich nur grinsen konnte. Mit einem Räuspern widmete er sich wieder seiner Excel-Liste, die ihn bisher nicht einmal zum Fluchen gebracht hatte, was an ein Wunder grenzte, wenn es nach mir ging.

»Was möchtest du gern noch hier erleben?«, fragte er mich, gerade als ich mir die individuellen Bienensprüche auf den Honiggläsern durchlas.

Verwunderung durchflutete mich, weil seine Frage uns beide daran erinnerte, wie begrenzt meine Zeit hier war. Also fixierte ich die Produkte vor mir, damit er das Traurige in meiner Miene nicht entdeckte.

»Honigmasken ausprobieren«, meinte ich scherzhaft, weil sie direkt in meinem Blickfeld lagen. »Und Stockbrot machen.« Das war hingegen mein voller Ernst.

»Stockbrot?«, ging er belustigt sicher.

Ich nickte. »Ja. Ich weiß nicht, wann ich es zuletzt gemacht habe, aber es war ein gemütlicher Abend. Und es war lecker.« Mehr Gründe brauchte es nicht.

Wieder lachte er in sich hinein. »In Ordnung.«

Als ich ein Regal nachfüllte, machte ich Schritte aus und schon spürte ich seinen warmen Körper in meinem Rücken. Oscars waldiger Duft umhüllte mich sofort. Mit den Händen stützte er sich am Regalbrett ab. Ganz kurz konnte ich sie nur anstarren und spürte ein Kribbeln in meinem Unterbauch. Ich hatte schon immer viel für Hände übriggehabt, und jetzt, wo ich wusste, wie sie sich auf mir anfühlten …

»Ist notiert«, raunte er und fuhr mit der Nasenspitze über meine Schulter den Hals hoch. Mit einem Genusslaut legte ich den Kopf zur Seite, damit er mehr Platz hatte und spürte sogleich seine Lippen auf meiner Haut.

»Ich kann nicht mehr arbeiten, wenn du bei mir bist«, brachte er hervor und drängte sich von hinten gegen mich.

Himmel. Ich klammerte mich an seine Arme, kam ihm entgegen.

»Ich korrigiere: Ich kann nicht mal mehr denken.« Er hörte sich noch atemloser an. Plötzlich löste er sich vom Regalbrett und wirbelte mich herum. Ich sah nur seinen Bart, seinen Mund, sein grünes Hemd. Spürte seine Hände, seinen Körper, mit dem er mich gegen das Regal presste. Und dann lagen seine Lippen auf meinen. Seine Zungenspitze leckte darüber, und ich packte seinen Nacken, wäre am liebsten an ihm hochgeklettert.

»Julie«, stieß er hervor und überfiel mich dann wieder, eroberte meinen Mund und gab mir im selben Zug so viel mehr zurück.

Ich liebte das. Er küsste mich mit einer Leidenschaft, die ich nicht für möglich gehalten hätte. Sein Körper so kraftvoll, sein Gemüt so sanft, und das ergab die perfekte Mischung.

Doch die Seifenblase platzte, als draußen Kundschaft vorfuhr.

»Wir sollten das hier echt nicht machen«, raunte er zwischen kleinen Küssen an meinen Lippen.

Ich lächelte. »Hast du Angst, deine Kundinnen könnten denken, das sei ein kaufbarer Service?«

»Du bist grausam.« Mit hungrigem Ausdruck biss er in meine Unterlippe.

Wir lösten uns rechtzeitig voneinander und Oscar kümmerte sich um die Kundin. Gerade da vibrierte sein Smartphone, das in meiner Reichweite lag und er bat mich dranzugehen. Ich meldete mich vorsichtshalber auf Englisch. Dass mir jemand fließend in derselben Sprache antwortete, hatte ich nicht erwartet.

»Erstaunlich, dass mein Sohn genug Arbeit hat, um sich eine Assistentin zu halten.«

Was. Für. Ein. Arschloch.

»Er hat zumindest so viel Arbeit, sich nicht mit lästigen Telefonaten rumschlagen zu müssen. Was kann ich für Sie tun?«

In dem Moment kam es erst in meinem Verstand an. Sohn. Ich telefonierte mit Victor Morrison. Der Teil seiner Vergangenheit, den er unter Verschluss hielt, und ich ahnte auch wieso. Oscar warf mir einen fragenden Blick zu, während er abkassierte.

»Leiten Sie mich an ihn weiter.«

Der Typ kannte wohl kein Bitte oder Danke. Panik erfasste mich, weil Oscar diesen Anruf wahrscheinlich niemals im Leben angenommen hätte und ich ihn abwimmeln musste, bevor es dazu kam.

Die Frau verließ den Laden, gerade als Morrison Senior mir ins Ohr schmetterte: »Hallo?«

Ich zuckte zusammen und Oscars Augen wurden schmal. »Wer ist da dran?«

Mit entschuldigendem Ausdruck verzog ich den Mund und hielt ihm das Display hin. Oscars Züge wurden zu Stein. Dann ergriff er das Smartphone und presste es sich ans Ohr.

»Was willst du?« Die Kälte in seinem Ton ließ mich schaudern. Purer Hass stand in seinem Gesicht, und ich vergaß, dass Oscar ein Mensch war, der das wärmste Lächeln dieser Welt besaß.

»Du verdammtes Arschloch«, fluchte er. »Hast du nichts Besseres zu tun, als zu versuchen, mir das Leben zur Hölle zu machen? Es ist mir egal, was du tust. Und wenn du glaubst, das wäre eine Nachricht, die mich freut, dann bist du noch herzloser als gedacht.«

Dann legte er auf, schmiss das Handy auf den Tisch und durchquerte den Laden mit langen Schritten.

»Oscar«, wollte ich ihn aufhalten, doch er war verloren in seiner Wut. Ich stoppte erst vor den Türen und beobachtete, wie er ohne Umwege zum Schuppen stapfte.

»Was ist passiert?«, ertönte Lovis' Stimme neben mir.

»Victor hat angerufen.«

Die Miene des Mannes verdüsterte sich. »Scheiße.«

Das war es offensichtlich, denn dieses Mal überschritt ich seine Grenzen nicht, indem ich das *Zutritt verboten* missachtete. Heute war er der Einzige, der diese Tür öffnen oder schließen konnte. Ich hoffte, er wusste, dass ich draußen auf ihn wartete.

Lorenzo L. Langstroth, amerikanischer Imker,
dokumentierte 1851 erstmalig
den Bienenabstand:
den Raum in der Bienenbehausung,
der nicht mit Kittharz zugeklebt
oder mit Waben ausgekleidet wird.

O.M.

Kapitel 24

Busy Bees

Julie

Zusammen mit Lovis stand ich in der Bienenscheune und starrte zu der Tür. Kina, die bei der Ernte half, war keine Minute zuvor hergekommen und hatte uns mit der Frage begrüßt, warum wir solche Gesichter zogen. Jetzt zog sie selbst eins und blickte mit den Händen in den Hüften die Weiden hinunter. Anspannung und Hilflosigkeit lag in der Luft. Nur Lovis schien entspannt.

»Er wird schon kommen«, meinte er und belud den kleinen fahrbaren Hänger, der sich mit Solarenergie auflud.

Wie gut er Oscar kannte, stellte sich wieder heraus, als der einen Wimpernschlag später in die Scheune trat.

Ich straffte mich und analysierte seine Miene. Sie war … gelassen? Ich schaute genauer hin. Ein bisschen nachdenklich-nüchtern, doch man hätte es auch als fokussiert einschätzen können, was mich ratlos in Bezug auf eine angemessene Reaktion zurückließ.

»Hej«, grüßte er in die Runde. Kaum hatte er meinen Blick bemerkt, atmete er durch und schritt zu mir. Seine Finger strichen gegen meine.

»Du siehst mich an wie ein Reh im Scheinwerferlicht.«

»Alles okay?« Was eine dämliche Frage.

Sein Lächeln erreichte seine Augen nicht. »Nein, aber *das* ist okay. Lass uns nachher reden.«

»In Ordnung«, meinte ich leise. Er küsste mich so zärtlich auf die Nasenspitze, ich fragte mich, wer hier wen aufmuntern wollte.

Kina und ich zogen Imkerjacken an und zu viert brachen wir zu den Beuten auf. Ich akzeptierte, dass Oscar gerade fein mit der Situation war und sich seinem Ausdruck zufolge auf das Kommende freute. Also lenkte ich meine Gedanken ebenso zu den Bienen und nahm die positiven Gefühle, die damit verbunden waren, an.

»Wir haben die Bienenfluchten gestern eingesetzt«, ließ er Kina und mich wissen, sobald wir vor den Beuten angehalten hatten.

»Hüte auf«, bat er und wir gehorchten.

Dann checkte er das ertragreichste Volk und öffnete mithilfe von Lovis die oberste Kammer.

»Julie, komm ruhig näher ran.«

Kina hatte es vermutlich schon ein Dutzend Mal gesehen, weswegen sie mir ermutigend zunickte und ich neben Oscar hielt.

»Krass«, entfuhr es mir. Die Waben waren so stattlich gefüllt, dass sie sich zu den Seiten hin ausbeulten.

»Sie waren unglaublich fleißig, deswegen haben wir nicht einfach nur die Bienenflucht eingesetzt, sondern auch einen weiteren Honigraum mit Futterwaben, den sie füllen können. Und guck, nur vier oder fünf Bienen sind noch in dieser Kammer.«

»Weil sie durch den Aufsatz runter zur Königin sind«, erinnerte ich mich an die Konstruktion, die Oscar mir vor Wochen gezeigt hatte. Ich stellte mich auf die Zehenspitzen, um besser zu sehen, und entdeckte ein paar der besagten. Oscar legte eine Hand gegen die Außenwand und erklärte trotz des Zeitverlusts weiter, wohl bewusst über meinen Wissensdurst, den er mir nicht nehmen wollte.

»Ganz wichtig ist es, den Bee-Space einzuhalten.«

»Bee-Space«, wiederholte ich und stellte bereits Vermutungen an.

»Das ist der Abstand in der Beute, der weder mit Wachs noch Harz verbaut wird und bei den Rahmen oder dem Absperrgitter eingehalten werden muss. Du kannst dir das vorstellen wie Gänge, die die Bienen über mehrere Etagen nutzen«, erklärte er. »Die beiden Etagen, die ich durch die Bienenflucht getrennt habe, waren durch die Waben miteinander verwachsen. Bei Nichteinhaltung des Bee-Spaces läuft Honig raus oder – noch schlimmer – Bienen werden zerquetscht.

Manchen Imkerinnen und Imkern ist das egal. Ich habe von einem weisen Mann gelernt, so bienenbewusst wie möglich zu arbeiten.«

Lovis gab nur ein Brummen von sich. Mit Komplimenten schien er nicht so gut umzugehen. Der Gedanke an zerquetschte Bienen war kein besonders schöner, umso wärmer wurde es mir ums Herz, weil sie so umsichtig mit ihnen umgingen.

Unbeeindruckt zückte Oscar sein Werkzeug und hebelte eine Wabe aus dem leeren Honigraum, um sie rauszuziehen und mir hinzuhalten. »Ich nehme eine der oberen Randwaben, da der Wassergehalt dort am höchsten ist. Den kann man auch mit einem Refraktometer messen, was ich heute Morgen gemacht habe. Wenn die äußerste also verbaut ist, ist der Honig reif. Weißt du, wie man es testen kann?«

»Spritztest.« Ich versteckte nicht, wie stolz ich war, denn nach allem, was passiert war, wollte ich ihm zu verstehen geben, dass ich mich nicht wegen *Love Brand* für das interessiert hatte, was er tat.

»Utmärkt.« Hervorragend.

»Streberin«, bemerkte Kina scherzhaft und warf mir eine Kusshand zu, als ich über meine Schulter sah. Sofort tauchte Jascha in meinem Kopf auf, der jetzt wahrscheinlich einen Spruch zu Professor-Studentin-Beziehungen gerissen hätte, doch nach dem, wie er gestern gewirkt hatte, glaubte ich nicht, ihn hier heute zu sehen.

»Ruhe auf den billigen Plätzen«, gab ich grinsend zurück.

Oscar ging nicht auf unser Geplänkel ein, blieb auf die Arbeit konzentriert. Ich straffte meine Schultern, weil er fortfuhr und den Rahmen in beide Hände nahm. »Ich schlage die Wabe einmal aus.« Er machte eine ruckartige Bewegung und wies dann auf die Kammer. »Siehst du hier Spuren von Nektar?«

Ich lugte auf das Holz und ging ganz sicher, bis ich sagte: »Alles sauber.«

Er steckte die Wabe zurück in die Kammer, ehe er sie von der Beute hob und zur Seite stellte. »Lovis würde jetzt zum Gebläse greifen, ich stelle es mir nur nicht sonderlich angenehm vor, mit einem Tornado aus meinem Zuhause gedonnert zu werden.«

»Die Ladys sind nicht aus Zucker«, konterte Lovis und beschloss, dass er genug vom Rumstehen hatte, indem er sich einer anderen Beute widmete, wobei Kina sich ihm anschloss.

»Wie du siehst, gibt es unterschiedliche Ansichten zum Imkern. Es ist nicht immer einfach, was richtig und was falsch ist«, sagte Oscar, und ich schaute durch das Netzgewebe zu ihm auf.

»Siehst du vieles anders als der Rest?«

Sein Blick blieb an den Grashügeln um uns herum hängen. »Ich wollte mutig sein und aus Mustern ausbrechen.« Was ihm offenbar gut gelungen war, wenn ich bedachte, wofür er anerkannt wurde. »Menschen gefällt es nicht besonders gut, wenn jemand aufkreuzt und sie belehrt, wenn sie glauben, die Weisheit mit Löffeln gegessen zu haben. So richtig kannst du sie zur Weißglut treiben, wenn sie ihr Geld in Gefahr sehen.«

Meine Brauen hoben sich. Das konnte ich mir zu gut vorstellen.

Oscar nahm die Bienenflucht, die er mir vor einigen Tagen gezeigt hatte. »Da ich eine neue Honigkammer aufgesetzt habe, wird es nicht so eindrucksvoll, weil sie sich nicht so tummeln, aber«, er hob die Flucht an und drehte sie langsam, ein Strahlen brannte in seinen Augen, »immer noch ein herrliches Bild.«

Ich wusste nicht, wie sehr sie sich sonst versammelten, mein Mund öffnete sich dennoch staunend. Auf der Flucht war ein Meer aus Bienen. Wie eine braune Masse klebten sie aufeinander, so viele, dass ich es gar nicht realisieren konnte. Auch in der neuen Honigkammer war über den Rahmen einiges los.

»Alles Flugbienen. So einen Bienenbart hast du an heißen Tagen auch, wenn die jüngeren Bienen den Stock mit Flügelschlägen kühlen und sich die älteren aneinander vor das Flugloch hängen, um die Temperatur nicht zu erhöhen«, kommentierte Oscar und schwenkte die Flucht ganz langsam hin und her, weshalb die Bienen wie Wasser in der Brandung seichte Wellen schlugen. Am liebsten hätte ich mit den Fingern hindurchgestrichen, befand es jedoch für eine mehr als schlechte Idee und beobachtete Oscar dabei, wie er die Flucht wieder aufsetzte.

»Gut, dann wollen wir mal«, eröffnete er die Ernte, dabei waren Lovis und Kina schon fleißig dabei.

Nach und nach prüften wir die Beuten und entnahmen die vollen Honigkammern, um sie in die verschließbaren Boxen auf dem Hänger zu laden. Bei der Art, wie sich Oscars Armmuskeln anspannten, wenn er sie von der Beute hob, war mir klar, wie schwer sie sein mussten, ich wollte es dennoch probieren. Um mir in dem Zuge fast den Rücken zu zerren. Imkern war eine verdammt harte Arbeit und heute war ich nicht besonders glücklich über die Sonne, denn der Schweiß lief mir bereits nach kurzer Zeit unter dem Hut die Stirn runter.

Dann fuhren wir zu den nächsten Beuten, die einige Hundert Meter weiter standen. Dort zeigte mir Oscar Kammern, in denen der Bienenabstand enger war, um Propolis zu gewinnen, weil die zu engen Zwischenräume von den Bienen nicht zum Lagern von Nektar genutzt, sondern mit dem Schutzharz verdichtet wurden. Im Hofladen hatte ich mir die Produktbeschreibung übersetzt und wusste, die alten Ägypter hatten es bereits bei Verletzungen, Entzündungen sowie für die Unterstützung der Abwehrkräfte genutzt.

Als ich die nächste Beute öffnen wollte, hielt er mich ab. »Die nicht. Wir hatten darin einen Schwarmtrieb, wir lassen ihnen das, was sie haben.«

»Bei Oscar gilt nämlich ›Meine Bienen dürfen schwärmen‹«, bemerkte Lovis neckend. Womöglich noch so eine Sache, die er anders machte.

Er erwartete meinen fragenden Blick bereits. »Manche verhindern das Schwarmtreiben durch bestimmte Maßnahmen, das reicht bis zum Anschneiden der Flügel der Königin.«

»Wie bitte?«, entfuhr es mir entsetzt. Dass Oscar, der so ein großes Herz hatte, nur die Schultern hob, sagte mir, wie viele solcher Grausamkeiten er schon erlebt haben musste.

»Sie stutzen ihr wortwörtlich die Flügel.«

Mein Blick fiel auf eine Biene, die am Holz gen Flugloch krabbelte. »Wieso?«

»Es schwächt das Muttervolk. Und damit gibt es weniger Erträge. Ich hatte schon herrliche Diskussionen darüber, dass Imker offenbar einen besseren Instinkt haben als ein Geschöpf, das seit Millionen Jahren auf dieser Erde lebt. Der Bien – also das Volk – teilt sich einmal im Jahr und schwärmt aus. Das ist ein ganz natürlicher Prozess, wenn es Platzmangel oder Arbeitslosigkeit gibt.« Das Wort verursachte mir zuerst einen Stich, doch dann, als wäre es ihm aufgefallen, fuhr er fort. »Sie suchen ein neues Zuhause. Und finden es.«

Mein Herz glühte herrlich warm auf. »Und findest du sie wieder?«

»Gelegentlich. Das würde sicher auch manche Kritik ernten, weil das Risiko besteht, dass sie den Winter nicht überstehen. Meistens finde ich sie im Wald oder ich werde von Spaziergängern oder so angerufen. Wenn sie nichts finden, sammeln wir sie ein und geben ihnen einen neuen Stock. Sie sind nicht willenlos, also zwinge ich ihnen meinen nicht auf.«

Ich beobachtete, wie er die Honigkammer einsammelte, und ich schloss die Beute wieder so, wie er es mir gezeigt hatte.

»Brauchen die Honigbienen das alles überhaupt? Ich meine den Imker oder die ganzen Rahmen und Waben und Bee-Spaces.«

Kina schaltete sich ein. »Julie, wenn du weiter die richtigen Fragen stellst, dann bindet dir Oscar gleich einen Blumenkranz.«

Der warf ihr einen schiefen Blick zu, doch tatsächlich stand ein erfreutes Leuchten in seinen Augen.

»Wirklich eine gute Frage. Komm, wir zeigen dir was.«

Fünf Minuten später standen wir vor mehreren waagerecht aufgestockten Fässern. Auf eins legte Oscar seine Hand, bevor er mir ein geheimnisvolles Lächeln zuwarf.

»Das hier sind Naturwaben. Die Völker, bei denen wir gerade waren, sind die letzten dieser Art, denn wir steigen bei der nächsten Ernte komplett auf Naturwaben um. Es ist das, was dem natürlichen Wildbau der Biene am nächsten kommt. Hast du schon mal einen in der freien Wildbahn gesehen?«, fragte er.

Ich nickte und erinnerte mich an die tropfenförmigen Bauten. »Ja, sie hingen bei meinen Großeltern am Dach.«

»Ein toller Anblick. Es gibt nichts Herrlicheres, als ihre natürliche Architektur zu bestaunen«, schwärmte er und ich presste die Lippen aufeinander, um nicht zu grinsen bei diesem Ton. Im Gegensatz zu Lovis, wobei es eher nach einem Zähnefletschen aussah.

»Wie auch immer«, räusperte sich Oscar. »Beim Wildbau bauen sie die Waben säulenartig in die Höhe und man muss sie rausschneiden. Ich habe mich für den Mittelweg entschieden.«

Er hob den oberen Teil des Fasses an.

»Das hier ist ein Ableger vom letzten Jahr und die Königin ist nicht die Freundlichste.«

»Ich nenne sie liebevoll Sauron«, murmelte Lovis in seinen Bart, und ich hielt schwer an mich, um Oscar aufmerksam zuzusehen.

Es eröffnete sich mir eine Reihe aus Rähmchen, doch diese waren auf die Form des Fasses abgestimmt und rund. Kaum hatte er eins hervorgezogen, das nur leicht besucht war, erkannte ich ad hoc den Unterschied.

»Es gibt hier keine Mittelwaben.« Er wies mit dem Finger auf den unteren Rahmenrand. »Hier ist ein Anfangsstreifen Waben eingearbeitet, von da aus ist das Rähmchen bloß mit vier Drähten durchzogen. Die Bienen bauen sich von ganz allein dort entlang, und wie du siehst …«

»Tropfenförmig«, beendete ich. Es sah wunderschön aus.

Natürlicher.

»Exakt. Die Lieblingsform der Biene ist die Runde.«

»Wir haben die kleinen hier auch weniger kontrolliert als die anderen«, kam es von Lovis. »Und siehe da, es gab mehr Honig. Imkerliche Eingriffe sind ein Störfaktor. Genauso wie Rauch, da muss ich dem Jungen recht geben.«

Das glich einem Friedensabkommen und Oscars Mundwinkel zuckten.

»Die meisten schrecken vor Naturwaben zurück, weil es anfangs komplizierter erscheint. Hat man den Bogen erst mal raus, läuft es genauso smooth wie bei konventioneller Imkerei.«

Das bewiesen die beiden Männer, indem sie mit unserer Hilfe ebenso schnell die fertigen Waben entfernten, wobei Oscar mir eine zeigte, die wir zurückließen, weil dort Drohnennester gebaut worden waren.

»Hauptgrund, wieso Naturwaben unbeliebt sind. Sie bauen Nester, wo sie wollen. Das da sind die Arbeiterinnen«, er wies auf die kleineren der Bienen, dann auf die großen. »Und das die Drohnen. Sie sind Befruchter. Die hier sind dieses Jahr geschlüpft und im August, bei Nachlassen der Tracht, werden sie rausgeschmissen.«

Ich verzog mitleidig den Mund. »Das nehmen sie einfach so hin?«

»Bienen sind die besten Türsteherinnen der Welt. Die Jungs wissen es besser, als es zu provozieren.«

Kina schnaubte. »Deine Bienen sind mir sympathisch.«

Da konnte ich ihr nur zustimmen. »Und wie viel Honig wird geerntet?«

»Pro Volk um die vierzig Kilo. Bei denen hier sind es wahrscheinlich um die fünf bis zehn Kilo mehr, weil wir sie weniger besuchen«, schätzte er.

So wenig es klang, wenn ich bedachte, wie viel diese kleinen Wesen jeden Tag arbeiteten, war es eine ganze Menge. »Fabelhaft.«

Lovis hievte eine volle Box auf den Hänger und schlug sich dann die Hände sauber. »Sie sind eifrig. Und clever! Bienen sind zahlenbegabter als so manches Kind. Es gibt Studien, in denen herausgefunden wurde, dass Bienen das System von Zahlen nachvollziehen können. Kleine Genies, die Viecher.«

Es war herrlich, wie er eine Beleidigung liebevoll klingen lassen konnte. Gedankenverloren schaute ich dem Treiben der Bienen zu. Und anstelle von Hektik, weil ich im Gegensatz zu ihnen stillstand, erfüllte mich Ruhe.

»Es wäre eine Schande«, meinte ich, ohne meinen Blick abzuwenden, »wenn es eines Tages keine Bienen mehr geben würde.«

Oscar schloss das Fass und strich behutsam über das Holz, sein Ausdruck gefärbt mit Bedauern, aber auch unaufhaltsamer Hoffnung. »Ja, das wäre es.«

Zurück in der Scheune, schlossen wir die Türen und starteten mit dem nächsten Schritt. Wir entdeckelten den Honig mit entsprechendem Werkzeug und gaben ihn in die Schleudern. Entdeckeln, in die Schleuder. Entdeckeln, in die Schleuder. Dabei erklärte mir Lovis farbliche Unterschiede und dass ich darauf achten müsse, den hellen nicht mit dem dunklen Honig zu mischen. Über die Boxen lief leise Musik, die neben den Maschinengeräuschen durch die Scheune hallte, und ich vergaß die Zeit, während ich mich fragte, wann ich zuletzt solch einen Spaß gehabt hatte.

Gerade als der Rest der Lindgrens zu uns stieß, zeigte mir Oscar den Auslauf der Schleuder. Aus den Waben war flüssiges Gold geworden, das erwärmt wurde und durch zwei Siebe lief, bis es schließlich wie ein güldener Wasserfall in den Honigbehälter stürzte. Ich hätte ewig dabei zugesehen und Oscar hätte mich gelassen. Lovis jedoch scheuchte mich auf. Mit jeder weiteren Minute sammelten sich Dutzende Eimer, die wir direkt beschrifteten und einsortierten.

Trotz der anderen fanden sich Oscars und mein Blick immer wieder. Er ließ keine Gelegenheit aus, mir über den Rücken zu streichen, mir einen raschen Kuss auf die Stelle zwischen Hals und Schulter zu setzen oder mit bloßer Absicht sein Holzfällerhemd auszuziehen. Woraufhin seine Arme und das Muskelspiel seines Rückens durch das T-Shirt noch besser zur Geltung kamen. Sein Schmunzeln verriet, er war sich meines Starrens bewusst, während er die leeren Rähmchen wegräumte.

»Kina?«

Sie sah nicht von ihrem Eimer auf, als sie das Datum niederschrieb. »Ja?«

Lovis stellte uns neue Eimer hin und warf uns einen Blick zu, der uns bedeutete, dass wir nicht plaudern, sondern arbeiten sollten.

Ich kennzeichnete weiter und senkte die Stimme.

»Magst du Füße?«

Kina hielt inne und begutachtete mich besorgt, dabei war ich selbst überrascht über meine Frage. »Auf gar keinen Fall.«

Eine gute Voraussetzung für meine Theorie. »Findest du, dass Oscars Füße schön sind?«, erkundigte ich mich weiter.

Ihre Miene wurde nur noch pikierter. »Oscars Füße?«

Immerhin dachte sie fünf Sekunden nach, als wüsste sie nicht recht, ob sie jemals auf sie geachtet hatte. »Nein, nicht wirklich.«

»Mhm«, machte ich und hob den nächsten Eimer ins Fach, um ihn zu beschriften. »Und Fynns Füße?«

»An Fynn ist alles schön, selbst wenn ich es eigentlich nicht mag«, erwiderte sie mit einem Lächeln, als wäre das ein ungeschriebenes Gesetz, das man besser nicht hinterfragte. »Wieso?«

Ich lächelte in mich hinein. »Ach. Nur so.«

Da hatten wir es. Vielleicht war Oscar deswegen so schön für mich, direkt von Anfang an, weil uns seit Sekunde eins etwas verband. Etwas, das andere als Unsinn bezeichneten, denn so schnell konnte man doch niemanden mögen. Aber doch, das konnte man, und aus dem Grund sah ich Oscar vielleicht ganz anders als andere. Noch schöner und fabelhafter. Weil ich nicht nur einfach in ihn verknallt war, nein. Da war mehr. Nur dann fand man alles schön an jemandem. Selbst Dinge, die man sonst nicht mochte. So wie Füße.

Das war zweifellos einer der besten Tage seit Langem, so viel stand fest. Ich spürte es in meinem Herzen. Vor allem in meinem Kopf, der mich nicht mit Gedanken bestrafte, sondern Erkenntnissen. Und daran, wie Oscar mich anlächelte, weil er etwas in meinen Augen zu entdecken schien. Ich wollte dieses Lächeln nehmen und mir anziehen. Es wäre schöner als jedes Kleidungsstück in meinem Schrank. Wie der eine Pulli, auf den man sich den gesamten Sommer freute und beim ersten Herbstregen überzog, um sich in unendliche Gemütlichkeit zu hüllen. Das war Oscars Lächeln für mich.

Und ich wollte es das ganze Jahr.

Für immer.

Als der Abend anbrach, löste sich die Gruppe auf, doch ich hockte wieder vor dem Schleuderauslauf und beobachtete den Honig, was eine hypnotisierende Wirkung auf meinen Geist zu haben schien.

Aus den Augenwinkeln bemerkte ich Oscars Herantreten.

»Was passiert, wenn Bienen allein sind?«, wagte ich zu fragen, ohne aufzuschauen. »Ich meine Honigbienen.«

Er schien überrascht über meine Frage. »Sie sterben.«

Ja, das passte. Denn genau so hatte ich mich an so unzähligen Tagen gefühlt. Allein. Tot.

»Ich glaube«, brachte ich hervor und Tränen stiegen in mir hoch. Nicht nur aus Schmerz, sondern auch weil ich endlich etwas realisierte. Ich stand auf und überwand mich, in Oscars besorgtes Gesicht zu blicken.

»Ich glaube, ich war die letzten Jahre wie tot. Da war nur Arbeit. Zwischen Menschen zwar, ich hab mich trotzdem allein gefühlt.« Es tat mir leid, es auszusprechen, denn sowohl mein Bruder als auch Tamsin waren immer für mich da gewesen, doch manche Dinge konnte ich ihnen nicht erzählen und auch nicht von ihnen ändern lassen.

»Du bist nicht allein, Julie. Bei mir – hier – bist du nicht allein.«

Als ich schwieg, hob er seine Finger und strich hauchzart über meine Wange, sein Daumen unter meinem Auge entlang.

»Erinnerst du dich an deine Frage nach schlafenden Bienen?«

Ich nickte bloß.

»Vor wenigen Jahren hat ein Fotograf kuschelnde Bienen in Kugelmalvenpflanzen entdeckt. Sammelbienen, die so viel gearbeitet hatten, dass sie eine Pause einlegen mussten.«

Er schaffte es, mir ein Lächeln zu entlocken. »Sie haben gekuschelt?«

Seines war die reinste Versuchung und um seine Augen bildeten sich Fältchen. »Ja. Sie haben sich sogar an den Beinen gehalten.«

»Das ist … zauberhaft.« Das war eine bloße Untertreibung.

»Allerdings«, stimmte er zu und fasste mich an der Taille, um mich an sich zu ziehen. Sein Blick tastete mein Gesicht ab, wie so oft, als würde es ihm reichen, mich einfach ansehen zu dürfen.

»Bienen, die nicht genug schlafen, arbeiten unkonzentriert, und ihre Kommunikation innerhalb des Schwarms ist davon betroffen. Erkennst du eine Parallele?«

Ich verdrehte innerlich die Augen, lächelte nach außen hin mit einem Augenaufschlag. »Ich weiß nicht, wovon du sprichst.«

Er ließ sich zwar nicht täuschen, aber immerhin zuckten seine Mundwinkel. »Ehrlich?«

Ich schluckte die Antwort hinunter, denn darauf mit einem *Ehrlich* zu antworten wie sonst auch, fühlte sich falsch an, weil es gelogen war. Es war eine passende Gelegenheit, das Scheinwerferlicht von mir wegzurücken.

Oscar schien übernatürliche Kräfte zu haben, denn er wich zurück und fuhr sich mit der Hand durch den Bart.

»Ich räum noch den Rest weg. Geh gern schon vor.«

Das war eine klare Ansage, und nach einem tiefen Atemzug ließ ich ihm seinen Frieden und kehrte zum Haus zurück. Doch statt reinzugehen, setzte ich mich auf die Verandastufen.

Oscar versuchte mich ständig aus der Komfortzone zu locken. Doch wer übernahm das bei ihm? Seine Freunde ließen ihn in Ruhe, akzeptierten seine Grenzen und ich war sicher, er öffnete sich ihnen ganz anders als mir, weil sie viel vertrauter miteinander waren. Die letzten Wochen war er für mich da gewesen, wenn ich einen schlechten Tag durchlebte und sosehr er es versteckte, der Anruf seines Vaters musste ihn aus dem Konzept gebracht haben. Die Blicke von Kina und Lovis waren nicht an mir vorübergegangen.

Ich war nicht mehr lange hier und womöglich wollte sich Oscar gar nicht die Mühe geben, sich mir zu öffnen, doch all seine Worte – all seine Taten – sprachen dagegen. Erst heute war mir bewusst geworden, dass er mich dazu gebracht hatte, meine Tür zu öffnen und zu ihm auf den Flur zu treten, während seine hinter ihm verschlossen blieb. Wegen der Wut, hatte er erklärt. Nur hatte ich keine Angst. Nicht vor ihr. Erst recht nicht vor ihm. Unser nahendes Ablaufdatum war mir gleich, denn ich wollte ihn kennenlernen. Jede Facette von ihm. Ich wollte für ihn da sein.

Als Oscar eine halbe Stunde später durch die Nacht schritt und mich entdeckte, atmete er tief durch, wohl wissend, dass ich seine Tür aufschließen wollte. Ich erhob mich und er blieb mit zusammengezogenen Brauen vor den Stufen stehen, schaute zu mir hoch. Hier oben auf der Veranda fühlte ich mich sicher. Sicher vor meiner Sehnsucht, die nicht zulassen würde, dass es nur beim Reden blieb und deswegen musste er da unten bleiben.

»Wieso hat dich der Anruf so aufgeregt? Ich möchte es wissen.«

»Warum, Julie?« Er trat näher und ignorierte meine abwehrende Hand. Nahm eine Stufe. Noch eine. Stoppte dann wieder, doch es reichte, damit ich seine Wärme spürte, sein Duft in meine Nase stieg.

»Weil … weil ich dich auffangen will.«

Etwas ruckte durch seine sanften Augen und es sah beinahe nach Schmerz aus. Dann hob er langsam die Finger und fuhr damit an meiner Wange entlang, strich mit dem Daumen über mein Jochbein. »In meinem Leben gab es viel Hässliches. Und viel Schönes. Aber du, Julie, du bist das Wunderschönste, was ich je gekannt habe. Wenn du dich frei fühlst, solltest du dich sehen. An dem Tag an der Küste, als du aufgestanden bist und vor Freude geschrien hast. Oder heute bei der Ernte. Dein Lächeln dabei. Verdammt, Julie, ich war schon davor in dich verliebt, aber da bin ich so heftig gefallen … in dein Lächeln hinein und«, er schluckte, ließ sich nicht von meiner geschockten Miene beirren, »ich bin völlig verrückt nach dir. Du machst es hier alles noch so viel schöner.« Plötzlich fasste er schützend mein Gesicht. »Ich weiß, du hast das Gefühl, meine Energie abzuzapfen, das tust du nicht. Ich weiß, du möchtest mir was zurückgeben und das will ich dir nicht nehmen. Aber mein Vater … Victor ist ein schlimmer

Mensch. Er bringt nur Gewalt und Wut und Schatten. Und ich will sie nicht hier haben. Will sie nicht in deiner Nähe. Allein dass er es gewagt hat, mit dir zu sprechen …«

Ich konnte mir nicht ausmalen, was zwischen seinem Vater und ihm passiert war, denn wieder wurde sein Blick kalt, also umfasste ich seine Hände, drückte sie gegen meine Wangen. »Oscar. Ich will für dich da sein, und dass du Dinge mit mir teilen kannst.«

Seine Stimme wurde leise. Rau. »Ich will ihn hier nicht.«

»Okay«, gab ich nach, weil es aussichtslos war. Allerdings würde ich vor dieser Tür warten, bis er sie öffnen wollte, denn auch er hatte mich nicht im Stich gelassen. Die Konsequenz daraus, mich schützen zu wollen, konnte nicht sein, einen Teil von sich zu verdrängen. Als hätte er Angst, dass ich davonrannte, wenn ich ihn erblickte.

»Ich will nicht reden«, raunte er und riss mich damit aus meinen Gedanken. Mit einem Blick, der mir in Herz und Unterleib schoss, erklomm er die letzte Stufe, weshalb ich zurückwich. Es war keine Flucht. Es war eine Einladung.

Mir wurde heiß. Durfte man so gucken? Das war doch niemals erlaubt, jemanden so ansehen zu dürfen. Er trieb mich in das Haus und schmiss die Tür hinter sich zu. Unsere Gefühle ließ er damit jedoch frei, und sie strömten in den Raum, schafften sich Platz, trieben uns zueinander. Ohne mich aus den Augen zu lassen, holte mich Oscar ein. Weg war der der Mann mit dem warmen Lächeln und den sanften Augen. In dem Braun tobte schiere Lust, und kaum hatte ich sein Shirt gepackt, stürzte er sich auf mich.

Als würde er sich verlieren, wenn er durfte.

Und wie er durfte.

Nur wenige Bienen produzieren Honig,
stattdessen widmen sie sich
der Bestäubung von Pflanzen,
die für den Menschen
hohen Mehrwert haben.

O.M.

Kapitel 25
Ehrlich
Oscar

Seine Lippen schmiegten sich gegen ihre und ein Stöhnen vibrierte in seiner Brust, weil sich ihr weicher Körper gegen seinen drängte, als würde sie in ihn hineinkriechen wollen. So wie er in sie hineinkriechen wollte. In ihr sein wollte.

Ohne von ihr abzulassen, schob er sie zur Treppe, bis sie dort gegen die Wand stießen. Mit schnellen, sicheren Bewegungen packte er sie unter den Schenkeln und hob sie hoch. Sie umschlang seine Hüften. Ein Keuchen entfuhr ihnen beiden, weil sie sich gegen ihn presste.

»Queenie«, raunte er an ihrem Mund und küsste eine Spur zu ihrem Hals, weshalb sie den Kopf zur Seite neigte, damit er auch keinen Millimeter ausließ. Atemlos erklomm er die Stufen, während sie den Gefallen erwiderte, was ihn befürchten ließ, das Gleichgewicht zu verlieren. Sein Unterbewusstsein war aber bereits so darauf getrimmt, sie zu schützen, dass sie es heil zu seinem Zimmer schafften. Entschieden knallte er die Tür mit dem Fuß zu, bevor er sie auf das Bett fallen ließ.

Genüsslich glitt sein Blick an ihrem Körper hinab und wieder hinauf, bis er dem Braun ihrer Augen begegnete, das wie dickflüssiger Honig in dem gedimmten Licht schillerte. Sie wand sich unter seiner Erkundung und er konnte nicht ausdrücken, wie sehr ihre Lust seine eigene anfachte; konnte kaum sprechen, also ließ er Taten folgen. Mit bestimmten Griffen zog er sie zum Rand des Bettes und öffnete ihre Hose, während sie an seinem Hemd zog. Doch er war in der Position noch größer als sie, und sosehr sie sich streckte, sie bekam es nicht über seinen Kopf. Ein trotziges Funkeln ging durch ihre Iriden, als er es grinsend übernahm, ehe er ihren Hinterkopf packte und sie küsste.

Schneller, als sie beide wollten, lösten sie sich voneinander, um aus ihren Klamotten zu kommen, bis sie nichts mehr trugen außer Unterwäsche.

»Es ist furchtbar gemein, so schön zu sein«, flüsterte sie heiser und fuhr mit den Fingernägeln über seinen Bauch, was ihn an den Rand seines Verstandes trieb und ein Stöhnen über seine Lippen schlich. Er hob ihr Kinn an, um sie zu betrachten, so intensiv, dass ein Zittern durch ihren Körper ging.

»Du bist das Allerschönste.«

Mit neuem Mut ließ sie eine Hand nach unten wandern und drückte ihn zurück, womit sie genau auf Augenhöhe mit seiner Erektion war. Bevor sie den Bund seiner Boxershorts erreicht hatte, packte er ihre Gelenke und beugte sich blitzschnell vor, drückte ihre Hände auf die Matratze. Plötzlich schwebte sein Gesicht über ihrem und ihr Atem vermischte sich.

»Wenn du das machst, halte ich nicht lange durch und ich hatte mir unser erstes Mal anders vorgestellt«, machte er klar. Es war nicht hilfreich, wie sie ihre Lippen befeuchtete und mit glänzenden Augen zu ihm aufschaute. Sie weckte eine Seite in ihm, die er nie zuvor so erlebt hatte. Fantasien kamen auf, die er nur mit ihr ausleben wollte. Er hatte keine Angst, die Kontrolle zu verlieren. Nicht mit ihr.

»Ich will dich anfassen«, beschwerte sie sich halbherzig.

Oscar schluckte und versuchte, Herr der Lage zu bleiben.

»Ich will das richtig machen.«

Ihre Brauen zogen sich zusammen und sie hielt inne. Zuerst hoffte er auf Verständnis, doch ein sündhaftes Lächeln blitzte in ihrem Gesicht auf. »Und ich will, dass du kommst.«

Er stieß ein gequältes Lachen aus. »Fuck. Du bringst mich um.«

Um der Sucht nach ihr nachzugeben, küsste er ihren Hals, ihr Schlüsselbein, wanderte immer weiter. Zwischen ihren Brüsten entlang, während er ihr den BH auszog. Er brachte es nicht über sich, den Kopf zu heben, um sie zu betrachten. Stattdessen spürte er sie, küsste die weichen Rundungen, leckte über ihre Brustwarzen und knabberte sanft daran. Julie beschwerte sich nicht länger, wölbte sich unter seinem Mund und gab die herrlichsten Geräusche von sich, die sofort in seinen Schwanz schossen.

Julie.

Julie.

Julie.

Sie war überall in seinem Kopf. In seinem Herzen. Unter seinen Fingern. Einfach. Überall. Und er konnte sich nichts Besseres vorstellen als sie in seinen Armen.

Ohne weiter zu zögern, kniete er sich vors Bett und packte ihre Hüfte, zog sie heran, bis ihre Mitte direkt vor ihm war. Sein Mund fuhr von ihren Knien ihre Schenkel hoch, doch kurz bevor er sein Ziel erreichte, küsste er einen Umweg über ihren Hüftknochen. Ein ersticktes Keuchen verließ sie, als er mit seiner Zungenspitze den Bund ihres Slips entlangfuhr. Über die Stelle zwischen Schenkel und Schoß. Verflucht, er war so bereit für sie. Und er konnte schmecken, dass sie auch mehr als bereit für ihn war.

»Oscar«, flehte sie.

Er grinste an ihrer Haut. Das verging ihm allerdings, kaum hatte er ihr den Slip über die Beine geschoben. Er hörte nur noch ihre Atmung, nur noch sein Herz, das ihm aus der Brust rausfliegen wollte. Er sah nur noch ihre feuchte Haut, ihre Augen, zu denen er aufblickte, während seine Hände ihre Schenkel packten und er sich quälend langsam vorbeugte.

Und dann sog er ihren Geschmack – ihr ganzes Sein – in sich auf, um es nie wieder gehen zu lassen, weil er es für sich wollte. Oscar wollte ihr sicherer Hafen sein. Wollte der Mann sein, der sie zum Lächeln brachte und auch an den schlechten Tagen an ihrer Seite bleiben durfte. Er wollte derjenige sein, der ihr den Kopf verdrehte und sie genau die Geräusche machen ließ, die sie jetzt von sich gab, weil sie sich ohne Furcht fallen lassen konnte. Jede Berührung seiner Zunge, seines Mundes, jede Liebkosung seiner Zähne zeigte ihr genau das. Mit zwei Fingern strich er über ihre geschwollenen Lippen, tauchte in ihre Feuchtigkeit. Kaum hatte sie eine Hand nach ihm ausgestreckt, schob er ihr seine freie entgegen und folgte ihren Bitten, bis sie sich dran festklammerte, als würde sie wirklich stürzen. Mitten hinein in einen Sturm aus Farben.

Mit einem Mal spannte sie sich an, reckte sich ihm entgegen. Der heisere Fluch, der aus ihr hervorbrach, als sie kam, berauschte ihn gleichermaßen. Er hätte noch ewig weitermachen können, aber als sie ihn wegdrückte, ließ er von ihr ab, küsste sich ihren gesamten Körper hoch, der ganz selig erschlaffte.

»Verdammte Scheiße«, stieß sie atemlos hervor. »Empower the libido.«

Mit einem Arm um ihre Taille schob er sie weiter aufs Bett und kam ihr ergeben entgegen, weil sie seine Schultern fasste und ihn zu sich runterzog, um ihn zu verschlingen. Er liebte, dass sie sich nahm, was sie brauchte.

Mit einer Hand fuhr sie zwischen ihre Körper, und sein Becken stieß vor, als sie seinen Penis umschloss.

»Julie«, knurrte er, und seine Stirn landete an ihrer Schulter, drückte sie mit dem Arm noch heftiger gegen sich, was den Druck zwischen seinen Beinen nur noch intensivierte, ihr allerdings weniger Spielraum gab.

Ohne noch länger warten zu können, stützte er sich auf den Ellenbogen und langte zur Kommode. Ihre Handbewegungen wurden mutiger, lockender. Er musste sie ansehen, während er in der Schublade kramte und endlich ein Kondom zu greifen bekam. Nicht ohne sie vorher sanft zu küssen, kniete er sich damit hin. Julie beobachtete sein Tun, als wäre sie gern an seiner Stelle, und nach einem Atemzug drückte er sie erneut mit seinem Körper in die Matratze. Er krallte die Finger in ihren Oberschenkel, zog ihn zu seiner Hüfte hoch; die anderen schlang er um ihren Nacken und strich mit dem Mund über ihren. Nur ganz leicht, damit er ihre Atemzüge auf seiner Haut spürte und sich sein Blick mit ihrem verankern konnte, während er sich von außen durch ihre Feuchtigkeit gleiten ließ. Ehe er endlich – endlich – in sie eindrang.

Ihr gemeinsames Keuchen erfüllte den Raum.

Als sie ihre Brauen zusammenzog, hielt er inne, machte langsamer. »Alles okay?«

»Ja«, hauchte sie. Sie strich zärtlich über seinen Rücken. »Hör nicht auf.«

Die Wildheit, das Drängen von gerade, weil sie so sehnsüchtig auf diesen Moment gewartet hatten, verblasste in dem Frieden, der ihn überkam. Seit er in ihr war, war es wie ein Ankommen. Er wollte jede Sekunde mit ihr, jede Regung von ihr genießen. Während er sich in ihrem Anblick verlor, schlich sich ein Lächeln auf ihre Lippen.

»Du bist wunderschön, wenn du lächelst«, flüsterte er daran und stieß mit der Nase gegen ihre, bewegte sich in flachen Stößen, als sie ihre Beine um ihn schlang und ihn animierte.

»Du auch. Es ist das Ehrlichste, was ich je gesehen habe.«

Er ließ sein Gewicht weiter auf sie sinken, konnte nicht anders. Er wollte hören, wie ihr Atem stockte; wollte sehen, wie sich ihre Augen mit Lust füllten; wollte sehen, wie sich ihre Lippen teilten. Für ihn. Er wollte sie packen, küssen, sie fühlen, sie schmecken, in ihr sein. Alles gleichzeitig. Wenn es um Julie ging, mutierte er zu einem gierigen Menschen, der sie mit nichts und niemandem auf dieser Welt teilen wollte. Immer hatte er der Welt etwas geben wollen. Julie wollte er für sich. *Ein einziges Mal egoistisch sein*, dachte er sich. Wenn Julie der Inbegriff von seinem Egoismus war, dann machte es den zu der schönsten Sache, denn er dachte dabei nicht mal nur an sich selbst, sondern nur an sie. Da war nur und ausschließlich sie.

»Vielleicht«, brachte er heiser hervor und schob einen Arm unter ihr Bein, drückte es nach oben, stöhnte auf, weil er quälend langsam in ihrer Wärme versank. Nahm jeden Millimeter wahr. »Vielleicht gibt es für jeden Menschen so ein Lächeln. Ein einziges ehrliches Lächeln. Weil wir diesen Menschen wirklich sehen.« Sie schlug die Lider auf, die ihr zugefallen waren und strich über seine Brust, in der sein Herz für sie schlug. »Weil dieser Mensch alles offenlegt. Da nur noch pure Echtheit zwischen ihnen ist. Nur noch das, was etwas bedeutet. Denn wenn ich dich ansehe, Julie, dann bedeutet alles etwas. Du bist das Ehrlichste, was ich will. Das Ehrlichste, was ich je gefühlt habe, ist das für dich.«

Ihr Blick huschte zwischen seinen Augen hin und her, bis sie die Erkenntnis zuließ, wie ernst er es meinte. »Oscar …«, wisperte sie auf eine Art, sie brauchte nichts weiter zu sagen.

Konnte sie auch gar nicht, denn er verschloss ihren Mund mit seinem und ließ nicht mehr von ihr ab. Gab ihr, wonach sie verlangte. Nahm sich, was er brauchte. Nahm sie mit sich, immer tiefer.

Nahm sie.
Tiefer.
Und tiefer.

Die ganze Zeit über hielt er an ihr fest, wartete auf sie und zog sie mit sich in die Höhe, nur um sich wieder in ihr sinken zu lassen. Er fiel in sie, immer schneller. Freier. Ungebändigter. Da war nichts, was sie bremste. Sein Körper flog.

Bis er mit einem Mal an ihrem Grund explodierte.

Er erinnerte sich nicht, wann er das letzte Mal so lange im Bett gelegen hatte. Sobald er am Morgen die Augen aufschlug und Julies ruhige Atmung an seiner Brust spürte, wusste er, dass ihn nichts hier wegbekam. Also teilte er Lovis mit, dass er heute auf sich gestellt sei, und hatte nicht mal ein schlechtes Gewissen deswegen.

Julies leises Schnarchen erfüllte den Raum und er beobachtete, wie sich ihre Brauen lustig zusammenzogen, während sie an ihn geschmiegt dalag. Eigentlich brauchte er beim Schlafen seinen Raum, doch dieses Bedürfnis würde er nicht so schnell in Anspruch nehmen.

Noch zwei Wochen. Dann würde sie abreisen. Danach würde er den Platz in seinem Bett nur noch mit Sehnsucht verbinden, weil er es liebte, wie sie ihn einnahm. Sie würde gehen, daran versuchte er sich zu erinnern. Seit er aufgewacht war, überlegte er, was er tun sollte und ob es ein Richtig oder Falsch gab. War es selbstsüchtig, sie zu fragen, ob sie … Ja, ob sie was? Bleiben wollte? Wiederkommen wollte? Mit ihm zusammen sein wollte? Denn er wollte alles davon. Er erinnerte sich an diese Phase der Regeneration, in der auch er gesteckt hatte, und Julie musste tief in sich hineinhören, wo sie gerade am besten wachsen konnte. Er wollte kein Faktor sein, der ihren Entschluss negativ beeinflusste. Womöglich war es gut, dass sie zunächst zu ihrem Bruder und ihren Freunden zurückkehrte. Sie hatte dort ein Leben ohne ihn. Sein eigenes fand hier statt, mit dem Unterschied, dass nichts mehr sein würde, wie es vorher war. Die Erinnerung an sie, nicht nur hier in seinem Bett, sondern überall. Das blaue Rad, Mio, Tavis Liebe zu ihr, der Duft von Jasmin auf ihrer Haut, sein Lieblingssee, die wilden Wiesen, ja, selbst Brutus würde ihn an sie erinnern. An ihre Flüche und Fluchtversuche. Am Ende hatte sie selbst dafür gesorgt, dass ein Teil von ihr blieb, denn die Vergissmeinnicht standen genau aus diesem Grund hinter dem Cottage. Wie könnte er sie jemals vergessen, wenn sie ihn gebeten hatte, an sie zu denken?

Und das würde er.

Mit einem Seufzen strich er Kreise über ihren Rücken und holte sich in die Gegenwart, statt mit düsterem Gemüt in die Zukunft zu blicken. Julie war hier, und die nächsten Tage nahm er sich vor, ihr zu beweisen, wie richtig sie füreinander waren und die Entfernung überwinden konnten, wenn sie es denn auch wollte. Ihren Blicken und Berührungen zufolge konnte er es sich nicht anders vorstellen. Er sollte verflucht sein, wenn er sich täuschte, aber als er ihr sein Herz ausgeschüttet hatte, da war etwas in ihr eingerastet. Dennoch … was, wenn sie gar nicht in ihn verliebt war? Wenn es nur ein physischer Drang war, weil sie sich unverhohlen attraktiv fanden?

Wieder seufzte er.

»Du hörst dich bekümmerter an, als du es solltest, wenn du neben mir aufwachst«, murmelte sie plötzlich an seiner Brust.

Mit einem lautlosen Lachen fasste er ihren Kopf und sie schaute zu ihm auf, küsste sein Kinn, was ihn daran denken ließ, dass sein Bart lauter rote Spuren zwischen ihren Schenkeln hinterlassen hatte.

Fokus, hielt er sich an.

»Es ist nur halb so schön, wenn du nicht wach bist«, redete er sich raus und sie kniff die Augen zusammen.

»Nach letzter Nacht wundert mich deine romantische Ader gar nicht mehr, ich merke trotzdem, wenn du sie ausnutzt«, machte sie klar und kuschelte sich enger an ihn, strich über seine stoppelige Wange.

Es musste also etwas sein, was sie ablenkte. »Du bist gestern nicht gekommen.« Es war die Wahrheit, es wurmte ihn.

Ihre Brauen trafen sich. »Ich kann mich sehr gut an einen ziemlich krassen Orgasmus erinnern. Und an einen weiteren, nachdem du mich heute Nacht geweckt hast.«

Es war ihm nicht peinlich, so ein Verlangen nach ihr zu haben, dass er nicht mal durchschlafen konnte; was Julie nicht gestört hatte.

»Ich meine währenddessen«, erklärte er. Es war einfacher, darüber zu reden, wenn sie gerade dabei waren, es zu tun. »Als ich in dir war.«

»Oh«, hauchte sie und er fragte sich, ob ihr das jemals passiert war, denn ihre Augen leuchteten bei dem Gedanken auf. Er würde sich nicht in die Schlange – gleich wie kurz oder lang sie sein mochte – derer einreihen, die Julies Bedürfnisse hintangestellt hatten, weil sie nicht kreativ werden wollten.

»Es war wunderschön.« Ihre Finger in seinem Bart lenkten ihn ab und sie rutschte etwas hoch, damit sie auf Augenhöhe lagen. Ihr Bein schob sie zwischen seine. »Sehr, sehr schön.«

Ihr Ausdruck verlangte nach einer weiteren Runde und er stieß sacht mit der Nase gegen ihre. »Das fand ich auch. Das nächste Mal wird *fabelhaft.*«

Sie lachte dunkel, dann wurden ihre Züge nachdenklich. »Es wird hoffentlich noch viele Möglichkeiten geben, uns dahingehend besser kennenzulernen. Samt etlichen Stellungen und Orgasmen, während du in mir bist.«

»Das garantiere ich dir«, raunte er und küsste ihr Lächeln.

»Meine beste Freundin regt sich ständig auf, dass verbreitet wird, die meisten Frauen könnten nicht vaginal kommen. Es ist eine Übungssache. Zudem ist die Klitoris anatomisch mit der Vagina verbunden und damit auch der vaginale Orgasmus«, erklärte sie ihm plötzlich sehr redselig.

»Was heißt Übungssache?«, wollte er wissen.

»Es sich selbst zu machen. Eben nicht nur außen, sondern innen. Man schafft dort Nervenverbindungen zum Gehirn, indem man sie erregt. Der weibliche Körper wird immer als kompliziert dargestellt, dabei gibt es einfach zig Mythen und viele Tabuthemen. Genau wie die Vulva jahrzehntelang als Vagina bezeichnet wurde, obwohl es ein anderer Körperteil ist.« Julies Wissen sprudelte aus ihr heraus, bis sie seinen Ausdruck bemerkte und innehielt.

»Du bist das reinste Lexikon«, schwärmte er.

Ihre Mundwinkel zuckten. »Meiner besten Freundin sei Dank.«

»Nun … dann helfe ich dir gern beim Üben. Als interessierter Zuschauer, damit ich dazulerne«, raunte er und brachte sie damit zum Schmunzeln und Erröten. Der Gedanke schien ihnen beiden zu gefallen.

»Guten Morgen übrigens«, sagte sie mit leuchtenden Augen.

Sie war herrlich. »Guten Morgen, Queenie.«

Ihre Züge wurden noch weicher, doch auch ein Hauch von Unsicherheit stand darin, die sie versteckte, indem sie ihn in die Kissen zurückdrückte, damit sie ihren Kopf auf seine Brust betten konnte. »Ich wollte dir noch Danke sagen.«

Genüsslich strich er mit den Lippen über ihre Haare und Stirn, einfach weil er es durfte. Seine Arme legten sich eng um ihren Körper. »Wofür?«

»Diese Dinge, die du gestern gesagt hast …«, deutete sie vorsichtig an.

Seine Finger auf ihrer Wirbelsäule hielten inne. »Ist das gerade mit einem *Danke* gleichzusetzen, das eine Person zurückgibt, nachdem die andere ihre Liebe gesteht?«

»So meine ich das nicht«, stellte sie richtig und schlug ihm sachte auf den Bauch, ging gar nicht darauf ein, was er da gerade gesagt hatte. Wahrscheinlich realisierte sie es nicht mal, doch er beließ es dabei und hörte ihr zu. »Für mich ist es nicht selbstverständlich, solche Worte zu hören und sie zu glauben.« Julie stützte ihr Kinn auf seine Muskeln und blickte zu ihm hoch. »Ich glaube dir, Oscar. Und ich war so überwältigt, dass ich nichts rausbekommen habe.«

Mit einer selbstzufriedenen Miene strich er ihr eine Strähne hinters Ohr und verharrte dort, um die hauchzarte Haut darunter zu massieren. »Außer meinen Namen.«

Als sie die Augen verdrehte, hätte er sie am liebsten atemlos geküsst. Jedoch schmiegte sie ihre Wange wieder gegen ihn und räusperte sich, zögerte. »Was ich dir sagen will, ist … es geht mir genauso.«

»Ehrlich?«, fragte er leichthin, dabei raste sein Herz so euphorisch, sie musste es unter sich spüren.

»Ehrlich.« Das Lächeln in dem Wort war kaum zu überhören.

In dem Moment sprang eine rot getigerte Katze aufs Bett, die ihnen einen vorwurfsvollen Blick zuwarf, weil sie letzte Nacht ausgesperrt worden war.

»Gode morgon, Tavi«, begrüßten sie die Mama in spe.

Ergiebig blinzelte sie und strich erst an Julies Rücken entlang, ehe sie über seine Brust spazierte und sich schnurrend neben seinem Kopf zusammenrollte. Ihre Pfoten landeten auf seiner Schulter und er ertrug das sanfte Pföteln, damit er sich nicht wegbewegen musste und Julie weiterhin über Arme und Schulterblätter streichen konnte.

»Wie geht es dir heute?«, fragte sie in die bisher angenehme Stille. »Du musst nichts erzählen, aber bist du noch wütend?«

Es war klar, sie wollte ihn nicht bedrängen und er verstand; fand es schön, dass sie sich dafür interessierte. Da der Anruf von Victor weder weit zurücklag noch angenehm gewesen war, wusste er nicht, wie weit er sich gerade öffnen wollte. Er hatte ihm mitgeteilt, dass sein Erbe, von dem er damals *befreit* worden war, nun in *Love Brands* Bienenschutzprojekte – die pures Greenwashing darstellten – gesteckt wurde. Diese perfide Handlung wunderte Oscar kein Stück. Victor war ein Monster. Ein Mann mit zu viel Macht und zu wenig Moral. Die gefährlichste Mischung, die diese Welt ertragen musste. Ihm war nur zu bewusst, auf welcher Seite Oscar in diesem Spiel stand und es würde niemals die von Victor sein.

»Meine Wut ist meine Emotionsbewältigung«, erklärte er und hoffte, dass sie verstand. »In meiner Jugend war es zu viel von ihr. Viel zu viel. Aber ich hab sie gebraucht, damit ich nicht wahnsinnig wurde. Sie war wie ein Ast, auf dem ich saß und dann wollte man ihn mir einfach absägen, weil sie nicht kapierten, dass es mein Halt war. Wäre meine Therapeutin nicht gewesen, dann wäre ich runtergeknallt und hätte mir wahrscheinlich das Genick gebrochen.«

»Bei ihr durftest du wütend sein?«, schloss sie und er entspannte sich, weil sie gedankenverloren Kreise über seine Haut zog.

»Ja. Die Wut durfte mein Filter sein, ich musste nur lernen, sie zu kontrollieren. Also definierten wir die Frühwarnzeichen, um Eskalationen zu vermeiden. Meine Wut wird wahrscheinlich immer ein Teil von mir sein, aber viel kleiner und auf eine ganz andere Art, weil ich weiß, wie ich sie abbaue, ohne anderen oder mir zu schaden.« Normalerweise bemerkte er sie viel früher im Voraus als die letzten Wochen, doch das erwähnte er nicht, damit Julie nicht auf die Idee kam, sich die Schuld dafür zu geben. *Love Brand*, Balder und Victor waren in letzter Zeit präsenter als sonst gewesen.

»Sprichst du manchmal noch mit deiner Therapeutin?«

Er ahnte, wieso sie fragte. Als er damals die ersten Stunden hatte, hatte er direkt ans Ende gedacht und wie er es ohne diesen Raum aus Sicherheit – zu dem er schlussendlich geworden war – überstehen sollte. »Ja, das ist wie ein jährlicher Check. Nach der Sache auf dem

Blumenmarkt habe ich sie angerufen. Ich habe großes Glück mit ihr, denn sie hält sich immer Puffer frei.« Er gab ihr ein paar Sekunden, falls ihr noch eine Frage auf dem Herzen lag. Als sie schwieg, fuhr er fort. »Mein Vater lebt das Prinzip: System über Menschenleben. Dass ich schon in so jungem Alter zur Therapie musste, war für ihn eine Schande, während ich meine Mutter darüber hinwegtrösten musste, dass sie nichts falsch gemacht hatte. Victor hat alle Hebel in Bewegung gesetzt, damit nicht dokumentiert wurde, wieso ich eine psychische Behandlung brauchte. Tief in seinem Herzen vielleicht auch, weil er nicht wollte, dass es negativ auf mich zurückfiel, sobald ich ins Berufsleben einstieg. Denn das ist die Welt, in der wir leben: Psychische Krankheiten machen dich schwach und –«

»Nicht leistungsfähig.«

Sie spannte sich sichtlich an, weshalb er sie noch etwas fester hielt. »Als ich ganz tief drin war, war ich immer noch fähig zur Arbeit. Ich hab funktioniert. Alle sprechen von enttabuisieren, und ja, es tut sich etwas. Ich bin dankbar, dass Menschen in der Öffentlichkeit darüber sprechen, doch das können sie sich meist erst erlauben, wenn sie einen sicheren Stand in ihrem Beruf haben.«

»Stimmt. Bei der Arbeit heißt es Geheimhaltung auf allen Ebenen oder die Karriere ruinieren und als schwach abgestempelt werden«, meinte sie und machte kein Geheimnis daraus, wie sehr sie das hasste. »Dabei war die Therapie das Mutigste, was ich je getan habe.« Sie umarmte ihn fester. »Es tut mir leid, dass du das schon so früh durchmachen musstest. Du kannst stolz auf dich sein, Oscar.«

»Du kannst auch stolz auf dich sein«, flüsterte er in ihr blondes Haar, schloss die Augen und atmete tief ein. »Du bist perfekt.«

Sie sträubte sich gegen diese Worte, denn sie stand noch am Anfang ihres Weges. »Wenn ich perfekt wäre, hätte man mich nicht gefeuert«, kam es leise über ihre Lippen, als wollte sie es gar nicht laut aussprechen.

Interessant. »Heißt Perfektion, fehlerfrei zu sein?«

Das verwirrte sie so sehr, dass sie zu ihm hochschaute. »Was soll es sonst heißen?«

Er fuhr mit dem Daumen über die Falte auf ihrer Stirn und über ihre Brauen, die wieder ihr Eigenleben führten, so sehr zog sie sie zusammen. »Es gibt keine subjektive Perfektion. Für jeden ist etwas anderes perfekt. Andri findet ihre Matschsandkuchen wahrscheinlich wahnsinnig grandios. Henry alles, was kopfüber steht. Lovis … Lovis findet ohne Frage dich perfekt.«

Damit brachte er sie so zum Lachen, dass es in ihm warm wurde. »Du bist verrückt.«

»Er wäre verrückt, es nicht zu tun«, meinte er nur schulterzuckend.

Julie warf ihm einen schiefen Blick zu. »Ich dachte, das sei subjektiv.«

Daraufhin tanzte ein schiefes Lächeln über seine Lippen, womit er mehr als ihre Aufmerksamkeit hatte. »Nein. Bei dir nicht.«

Julie

Ich schwebte nahezu mit Tavi zur Tierarztpraxis.

Fabelhafter Sex mit Oscar. Check.

Frühstück auf Oscars Schoß. Check.

Verstohlene Blicke und Lovis nerven. Check.

Mich selbst ein bisschen nerven. Check.

»Guten Morgen«, begrüßte ich Jascha.

Bei meiner Laune beäugte er mich skeptisch. Dann hob er die Brauen. Ein Lächeln erschien. »Ihr hattet Sex.«

Ab da wurde Tavis Untersuchung von seinen neugierigen Fragen begleitet, die ich abschmetterte oder mit einem Lachen beantwortete, weil sie so dreist, gleichzeitig auch so Jascha waren. Allerdings hatte ich meine gesamte Euphorie auf der Hinfahrt während des Telefonats mit Tamsin rausgelassen, die sich kaum eingekriegt hatte. Wahrscheinlich wusste nun halb Hamburg, dass ich mit Oscar Morrison im Bett gewesen war, so laut, wie sie gejubelt hatte.

Jascha gab sich geschlagen, als ich ihm versprach, mit ihm in Stolt einen Kaffee trinken zu gehen, und ich freute mich ehrlich darauf, denn ich hatte das Gefühl, wir beide hatten das Potenzial zu einer fabelhaften Freundschaft.

Oscar machte seine morgendliche Abwesenheit bei Lovis gut, indem die beiden Hand anlegten, was das neue Cottage betraf. Dass er für mich im Bett geblieben war, bedeutete mir mehr, als ich es ihm hatte zeigen können. Während sie also beschäftigt waren, bereitete ich nach meiner Rückkehr alles für Tavis Geburt vor. Oscar hatte die Wurfkiste bereits in die Haushaltskammer abgestellt, weswegen ich sie von dort in das kleine Büro hinter der Treppe brachte, wo Tavi sich am liebsten auf der breiten Fensterbank rekelte und die Temperatur angenehm war. Die ganze Zeit hing sie mir an den Fersen, als ich Zeitungspapier auslegte, eine Decke ausbreitete und Tücher bereitlegte. Nur bei meinem Gang zur Scheune blieb sie auf der Veranda zurück, inspizierte dann die Infrarotlampe, die ich mitgebracht hatte. Jascha hatte mir gesagt, sie würde wissen, was zu tun sei und wir bei der Geburt nur ab und an nach ihr sehen sollten. Der heutige Besuch stresste sie hoffentlich nicht, denn Kina und Fynn hatten Date-Nacht, weshalb Andri bei uns schlafen würde. Henry übernachtete bei einem Freund.

Da Oscar heute wohl ordentlich zu tun hatte, beschloss ich, mich an den Herd zu wagen, was sonst meist Lovis übernahm. Ich hasste es zu kochen, wenn ich es tat, gelang es mir jedoch meist. Auch eine neue Nachricht von Gigi beeinflusste meine Laune nicht, obwohl sie mir mitteilte, dass sich immer mehr Leute fanden, die ihr Infos für ihre Kolumne über *Love Brand* lieferten. Bevor ich entschied, ob ich antwortete, stapften die zwei Männer ins Haus.

Beim Essen gaben sie genussvolle Geräusche von sich. Ein kleines Erfolgserlebnis, das mir zeigte, dass ich nicht gänzlich unfähig am Herd war. Wenn es nach mir ging, konnte es dennoch Lovis' Verantwortungsbereich bleiben.

Bei Oscars verheißungsvollen Blicken während des Essens zog sich etwas in mir zusammen, und ich streckte meinen Fuß aus, bis ich gegen seinen stieß. Seinen blöden schönen Fuß.

So schnell hatte Lovis nach dem Essen noch nie das Weite gesucht und er ließ mich mit meinem Kaffee, den ich uns gekocht hatte, gnadenlos sitzen. Nachdem Oscar abgeräumt hatte, warf er zwei braune Packungen mit dem *Humble Bees & Teas*-Logo auf den Tisch.

Ich erkannte das Produkt. »Honigmasken?«

Er grinste zu mir runter. »Zur Entspannung. Du wirkst etwas …«, er schob seine Finger zwischen meine Haare und Nacken, »aufgekratzt.«

»Mhm«, grummelte ich nur funkelnd.

Er nahm die Masken und dann mich an der Hand. Ein paar Sekunden später standen wir im Bad und schmierten uns den Honig ins Gesicht. Ich zuckte zusammen, sobald die kühle Masse auf meine Haut traf, die sofort begann zu prickeln. Es roch fabelhaft. Süß und … nach Honig eben. Oscars Meinung nach benutzte ich jedoch viel zu wenig. Mein verzogener Mund hielt ihn nicht davon ab, mir mehr davon ins Gesicht zu schmieren.

»Ich schwöre darauf«, versprach er dabei und ich schmunzelte, weil er mit dem Zeug im Gesicht goldig aussah.

»Will ich hoffen. Immerhin verkaufst du sie«, erinnerte ich ihn und versuchte, auf der Packung ein paar Worte zu entziffern. »Wir haben die Schwedischstunden schleifen lassen.«

»Du är min favorit-Oscar«, diktierte er grinsend, also wiederholte ich seine Worte.

»Was bedeutet das?«

Er grinste. »Du hast gesagt, dass ich dein Lieblings-Oscar bin.«

Wortlos nahm ich zwei Fingervoll von der Maske und schmierte sie ihm beherzt auf die Stirn. »Unmöglich.«

Er fand sich eher lustig, doch seine Züge wurden etwas ernster. Weicher. »Och du är förtrollande.«

»Was hast du nun wieder gesagt?« Was auch immer es war, es sandte ein Kribbeln durch jede Faser meines Körpers.

Er beugte sich vor, bis sein Atem mein Ohr streifte. Es wurde dort wärmer. Nicht nur da, sondern auch überall anders in mir. »Dass du bezaubernd bist.«

Ich stand in Flammen. »Bin ich deine Lieblings-Julie?«

»Du är min favorit-allt.«

»Übersetzen«, verlangte ich.

Er wich mit einem leuchtenden Ausdruck zurück, öffnete den Mund … und runzelte schlagartig die Stirn. »Fuck, Julie … geht's dir gut?«

Abgesehen von der prickelnden Wärme … »Wieso?«

»Du bist total rot«, meinte er und war schon dabei, ein kleines Handtuch aus dem Holzregal zu ziehen und es zu befeuchten.

In dem Moment glitt mein Blick zum Spiegel. Dann schallte ein Fluch durch das Bad – wahrscheinlich durch das ganze Haus.

»Ach du scheiße!«, schrie ich. Jetzt, wo ich sah, wie rot angelaufen mein Gesicht war, verstand ich erst, wieso mir so verflucht heiß war. Es war nicht Oscars Schuld. Selbst durch die güldene Masse erkannte ich die gereizten Flecken und wollte im Erdboden versinken.

Oscar interessierte das gar nicht, sondern sah eher besorgt aus, während er mit der rauen Nässe über mein Gesicht fuhr und den Lappen immer wieder auswusch.

»Fan, es tut mir leid.«

Ich beobachtete nur, wie die Maske peu à peu verschwand und die Rötungen nun mehr zum Vorschein kamen.

»Hier.« Er hielt mir einen frischen kalten Lappen hin. »Leg den aufs Gesicht. Ich bin sofort wieder da.«

Ich konnte gar nicht so schnell gucken, da war er schon aus dem Bad geeilt. Meine Haut prickelte schmerzhaft, sonst spürte ich keine Symptome. Also stand ich mit dem nassen Tuch im Gesicht da und lauschte auf Oscars wiederkehrende Schritte und blickte ihm in die braungrünen Augen, als er den Lappen runterzog und ins Waschbecken warf.

Seine Stirn stand in Falten und seine Sorge war nicht zu verstecken. »Hast du schon mal auf Honig reagiert?«

Ich wollte gerade antworten, da sah ich die Packung in seiner anderen Hand. »Was machst du?«

»Speisequark«, erklärte er. »Das hilft bei allergischen Reaktionen.«

Ich nickte und antwortete, während er mir den kühlen Quark mit hauchzarten Berührungen ins Gesicht strich. »Ich hatte nie ein Problem damit. Wenn ich Honig gegessen habe, dann nie besonders viel. Ins Gesicht hab ich ihn mir noch nie geschmiert.«

»Unverträglichkeiten können sich plötzlich entwickeln. Als du hier ankamst, hattest du auch was an den Händen, aber das haben wir sofort abgewaschen«, bemerkte er und sah mir in die Augen, als er fertig war. »Wird es schon besser?«

Ich schenkte ihm einen beruhigenden Blick, weil er wohl befürchtete, ich würde gleich anschwellen. »Es kühlt zumindest. Alles gut. Ich kann atmen, ich sehe dich, mir ist nicht schwindelig. Nur die Haut brennt ein bisschen, aber es wird schon besser.«

Er nickte zufrieden, beobachtete mich und lächelte dann. »Du siehst zauberhaft aus.«

Sicher. Ich musste herrlich aussehen mit der weißen Pampe im Gesicht. »Haha.« Dann ernst gemeinter. »Du siehst auch süß aus.« Ich strich ihm im wahrsten Sinne Honig ums Maul.

Sein Lächeln wurde schief und er fasste mich an der Taille. »Wollen wir knutschen?«, zog er mich auf, doch ich war sicher, es war sein purer Ernst.

»Unmöglich!«, lachte ich schallend.

Er grinste mich an. »Das war kein Scherz.«

Plötzlich zog er mich an sich, seine Lippen waren mit einem Mal auf meinen. Ich schmeckte Honig. Und Speisequark.

Oscar wich zurück. »Ich …« Er hielt inne und räusperte sich mit einem amüsierten Funkeln. »Vielleicht machen wir das doch lieber später.«

»Wie lange muss die drauf sein?«, fragte ich mit einem Blick in den Spiegel. Dann entfuhr mir ein überraschter Laut, weil Oscar mich hochhob und ich einen Atemzug später auf dem Holzablagetisch saß. Meine Beine schlang ich reflexartig um ihn, als er dazwischentrat.

»Ein paar Minuten.« Doch er war sichtlich abgelenkt und legte die Arme um mich, ehe … er mich einfach hielt.

»Was machst du?«

»Kuscheln«, gab er murmelnd zurück.

Ich verstand, dass er mich höher gesetzt hatte, damit ich mein Kinn auf seine Schulter legen konnte und den Quark nicht verschmierte. Mit einem wohligen Seufzen entspannte ich mich in seiner Umarmung. Niemand umarmte schöner als er. »Oscar?«

Er schien in einer anderen Sphäre zu sein, doch strich über meinen Rücken. »Mhm?«

»Du bist herrlich«, meinte ich selig und schloss die Augen, schmiegte mich fest an ihn, wodurch ich sein leises Lachen unter meinen Fingern spürte.

»Du auch«, flüsterte er an meinem Ohr und küsste mich dort.

Aus den *paar Minuten* wurden ein paar mehr, ehe er ein Stück zurücktrat, dann jedoch wieder innehielt, um mich zu mustern. »Lebensmittel sollte man nicht verschwenden.«

»Ich hab mich schon gewundert«, erwiderte ich neckend.

Sein Ausdruck wurde dunkel. Unsere Umarmung war so unschuldig, so sanft gewesen, doch ihm war es möglich, mich mit einem Blick in Flammen zu setzen, vor denen besagte Unschuld innerhalb von Millisekunden flüchtete. Ich fragte mich, was er vorhatte, als er sich zu mir beugte, da fuhr er mit seiner Zungenspitze über meine Wange. Sein genussvoller Laut vibrierte an meiner Haut, und als er es noch zweimal tat, wurde mir aus ganz anderen Gründen heiß.

Doch bevor er mehr tun konnte, fasste ich den Mut, der mir hier ein treuer Freund geworden war, und nahm ein wenig Quark von meinem Gesicht auf meinen Finger, bevor ich ihn auf meinem Schlüsselbein abstrich. Mit begierigem Blick starrte er die Stelle an, dann meine Augen, die er nicht losließ, während er meiner stillen Aufforderung nachkam und seine warme Zunge über meine empfindliche Haut strich. Ganz langsam. Auskostend.

Das war eine sehr gute Idee gewesen, schloss ich, denn zwischen meinen Beinen kribbelte es. Also schmierte ich einen Teil von meinem Gesicht auf meinen Hals. Meine Finger bebten leicht, wobei ich keine Ahnung hatte, wieso ich aufgeregt war, denn wir hatten schon so viel miteinander geteilt, alles gesehen. Die nächste Ladung Quark landete zwischen meinen Brüsten.

Wieder sah mich Oscar an. Nein, er fraß mich bei lebendigem Leibe auf. Mit Berührungen, die mir letzte Nacht schon gezeigt hatten, dass er wusste, was er tat, zog er mir das Top über den Kopf. Dann packte er sein Shirt mit einer Hand und befreite sich in einer fließenden Bewegung daraus. Meine Jeans folgte.

Wir sagten kein Wort, als fänden sie keinen Platz zwischen der aufgeladenen Atmosphäre. Ich zerbarst fast vor Spannung, als er den Kopf zu meinen Brüsten senkte und seine Zunge über das Tal dazwischen fuhr, während er mit den Händen auf meinen Rücken glitt, um meinen BH zu öffnen. Begleitet von einem Knurren befreite er mich davon, erkundete jeden frei gewordenen Fleck mit Lippen, Zähnen und Zunge, obwohl der Quark längst fort war. Als hätte er einen weiteren Sinn für mich entwickelt, fasste er meine Hand, die ich gehoben hatte, um mir erneut übers Gesicht zu fahren. Sein Blick ließ mich innehalten. Dann übernahm er mein Vorhaben, strich die weiße Creme auf meinen Bauch und drückte mich zurück, bis ich auf dem Tisch lag.

»Oscar.« Ich wusste nicht, was ich damit sagen wollte. War es Überraschung? Ein Flehen?

Er musterte nur mein Gesicht, prüfte, ob ich fein damit war, ehe er mich zurechtrückte und sein Mund wieder auf meine Haut traf, die mit jedem weiteren Mal sensibler wurde.

So ging es weiter, bis er bei meinem Slip ankam, den er mir ungeduldig auszog; so hatte ich ihn noch nie erlebt. Ein letztes Mal fuhr er unter meiner Wange entlang und ließ mich keine Sekunde mit seinem brennenden Blick los, während seine Hand in Zeitlupe zwischen meine Beine wanderte und mir ein Stöhnen entfuhr, kaum spürte ich seine kühlen Finger an meiner Klitoris. Dann war da wieder sein Mund.

Wer hätte das gedacht? Oscars Leidenschaft wunderte mich nicht, diese Blicke, seine wissenden Berührungen, die mir die Kontrolle abnahmen, hatte ich jedoch nicht erwartet. Er jagte mich durch sämtliche Empfindungen, erinnerte mich an letzte Nacht und überraschte mich mit Neuem.

»Du treibst mich in den Wahnsinn«, knurrte er und lehnte sich zurück, um seine Hose zu öffnen.

Sobald wir beide nackt waren, legte er meine Beine um sich und hob mich hoch. Mein Körper machte sich selbstständig, sobald ich ihn überall spürte. Gierig schmiegte ich mich an ihn, während Oscar uns unter die Dusche trug. Mein Rücken prallte gegen die kühlen Steinflächen, dann nahm er meinen Mund in Besitz. Im nächsten Moment trafen die ersten Wassertropfen auf uns, vermischten sich mit dem restlichen Quark und Honig, flossen über meine Lippen. Seine Härte drückte sich gegen meine Vulva und mir entfuhr ein sehnsüchtiger Laut.

»Wenn du diese Geräusche von dir gibst«, brachte er hervor. »Sag mir, was du willst, Queenie. Ich will es hören.«

»Ich …« Kaum glitt er mit seinen Fingern zwischen uns, verlor ich die Fähigkeit zu reden.

»Sag es mir«, raunte er. »Ich will, dass du mir immer sagst, was du brauchst. Was du ausprobieren willst. Alles.« Er hielt sich zurück, dabei hörte er sich selbst danach an, gleich zu implodieren, während er prickelnde Wellen von meiner Mitte aus durch meinen gesamten Körper sandte.

»Dich. In mir. Sofort«, brachte ich endlich hervor. Ausprobieren wollte ich zukünftig eine ganze Menge, jetzt wollte ich ihn einfach bloß in mir spüren.

Er glitt mit zwei Fingern nur wenige Millimeter in mich, dann hielt er inne, atmete tief durch. »Kondom«, sagte er nur und wollte sich lösen, aber ich klammerte mich an ihm fest.

»Ich hab die Spirale und lasse mich regelmäßig testen.« Ich benutzte ausnahmslos Kondome, solange sich nicht beide getestet hatten und ich dem anderen genügend vertraute. Zwar wollte ich nichts mehr zwischen uns, Sicherheit ging dennoch vor. »Was ist mit dir?«

»Ich mich auch«, erwiderte er und küsste mich liebevoll, sah reumütig zwischen meinen Augen hin und her. »Vor einem Monat schon. Ich wollte einfach vorbereitet sein«, begann er zu erklären. Wieso auch immer, denn ich liebte seine Umsicht.

Also unterbrach ich ihn und ließ meine Zunge über seine honigsüßen Lippen streichen. Oscar hatte nicht vor, mir schnell zu geben, worum ich flehte. Stattdessen wanderte er mit seinen Fingern erneut zwischen meine Beine, tauchte dieses Mal tief in die Wärme und ließ mich meinen Namen vergessen. Alles vergessen. Und deswegen liebte ich ihn. Es! Ich liebte es.

»Ich möchte hier gern mehr Nervenverbindungen schaffen«, raunte er, und um seinen Punkt zu verdeutlichen, krümmte er seine Finger in mir zu sich.

Ich musste gleichzeitig keuchen und grinsen. »Ich liebe deinen Dirty Talk.«

Seine Küsse waren hungrig. Fordernd. Er verschlang mich und ich ließ ihn, erwiderte es mit demselben Drängen, damit er ungeduldig wurde und unserer Qual endlich ein Ende bereitete. Dieses Mal ließ er mich vorher nicht kommen, brachte mich nur quälend nah an die Grenze, und ich wusste auch wieso. Als wir eins wurden, sah er mir in die Augen und hielt ein paar Sekunden inne. Fühlte mich einfach. Küsste mich zart. Noch mal. Und noch mal. Dann war nichts mehr zart. Sondern wild und wunderbar. Er liebte mich mit einer derartigen Ehrlichkeit, ich hätte weinen können. War ihm klar, wie sehr ich für ihn fiel?

Er brachte alles in mir genussvoll zum Summen. Meinen Körper. Mein Herz. Es summte seinen Namen, bis er laut über meine Lippen brach. All das hier, all das mit ihm, es war so zerbrechlich. Und ich hoffte, ich konnte dieselbe Behutsamkeit beweisen wie er, damit ich es nicht in tausend Stücke zerbrechen ließ.

Die Bienenkönigin
bestimmt das Geschlecht ihrer Eier:
Unbefruchtete werden zu Drohnen,
Befruchtete zu Arbeiterinnen.

O.M.

Kapitel 26

Ein Kätzchen im Himmel

Julie

Ich wurde von schwedischem Gemurmel wach und blinzelte in die Dunkelheit. Zuerst sah ich gar nichts, doch sobald sich meine Augen an die Dunkelheit gewöhnten, erkannte ich Oscar über mir.

»Tavi bekommt ihre Junge«, erklärte er und wich zurück, weil ich auffuhr. Durch die offene Tür fiel sanftes Licht, weshalb ich sofort die kleine Gestalt neben dem Bett erkannte. Andri.

Sogleich zogen Oscar und ich uns etwas über, und er hob Andri hoch, ehe wir in die untere Etage eilten. Tavi hatte sich brav in ihre Wurfkiste zurückgezogen, und ich hockte mich zu Andri, während Oscar einen vorsichtigen Blick wagte. Die Kleine brabbelte etwas, schien sich zu freuen, weshalb ich nur lächelte und über ihren Kopf strich. In ihrer Hand hielt sie eine gelbe Nuckeldecke, an die ein niedlicher Wolfskopf genäht war.

»Zwei sind schon da und offenbar putzmunter.« Oscar ließ sich uns gegenüber an der Wand hinabgleiten und kaum saß er, kuschelte sich Andri auf seinen Schoß. Er bemerkte meinen Blick, lächelte. »Andri wird jetzt sowieso nicht schlafen. Wenn du –«

»Nein. Nein, es ist okay, wenn wir bei Tavi bleiben.«

Er nickte nur, ehe das kleine Mädchen in Babysprache mit ihm kommunizierte. Die er zu meiner Verblüffung auch noch verstand und auf alles einging, was sie sagte.

Als ein kätzischer Schrei zu uns auf den Flur tönte, zuckte ich zusammen.

»Alles gut.« Oscar hob die Hand. »Das ist normal. Sie liegt in den Wehen.«

Mein Magen wurde flau. »Können wir nichts machen?«

Wir saßen uns gegenüber, doch in dem Moment sah er aus, als würde er mich gern in den Arm nehmen. »Nein, Queenie. Wir können nur dafür sorgen, dass sie keinen Stress hat.«

Nichts tun war bekanntermaßen nichts, was ich gern machte. Aber ich riss mich zusammen und wartete. Ein weiteres Kätzchen erblickte das Licht der Welt. Kurz darauf das vierte.

Oscar erklärte mir, dass zwischen den einzelnen Kitten bis zu eine Stunde vergehen konnte, und als die Minuten ins Land zogen, machte ich uns eine Kanne Tee. Nach einer halben Stunde kam das nächste, was ich dieses Mal kontrollierte, da Andri in Oscars Schoß döste.

Alle fünf waren rot gestreifte winzige Süßigkeiten. Ich zerging fast vor Rührung. Tavi maunzte mehrmals und ich lächelte sie beruhigend an.

So ging es eine weitere Stunde, in der das Ticken der Uhr im Flur lauter war als gewöhnlich und von draußen Vogelschreie zu uns drangen, dazwischen Tavis Miauen. Als Andri die Augen aufschlug und neugierig wurde, zählte Oscar die Kätzchen und winkte uns dann heran. Sekunden später knieten wir mit Abstand vor der Kiste, in der die gesprächige Mutter ihre Kleinen beschnupperte.

»Himmel, sind die niedlich«, wisperte ich und drängte mich noch enger gegen Oscar, der ein Kätzchen unter Tavis wachen Augen in die Hände nahm und es checkte. Ich wusste, wie sanft seine Berührungen sein konnten, sein Umgang mit dem kleinen Wesen ließ mein Herz dennoch schneller schlagen.

»Ist das süß, ich kann nicht mehr«, redete ich weiter und er schmunzelte.

»Es war so still, aber es scheint okay zu sein.«

Ganz langsam näherte ich mich dem kleinen Geschöpf. Es war so zerbrechlich. So winzig. Warm und seidig. »Ich heule … es ist zuckersüß.« Ahnungslos, wieso mir Tränen in die Augen stiegen, erinnerte ich mich an Oscars Worte und ließ mich ein Mensch sein.

»Hier.« Oscar legte mir behutsam das Bündel in die Hände, die ich dicht an meine Brust zog. Das Kleine schmiegte sich an meine Haut und stieß sein Näschen dagegen. Strahlend hob ich den Kopf zu Oscar, der mich beobachtete. Mit einem Lächeln, das ich so noch nie an ihm gesehen hatte.

Er hob die Finger zu meiner Wange, strich mit dem Daumen um meinen Mundwinkel und setzte einen Kuss darauf, wandte sich dann zu Andri, die bedacht in die Kiste schielte.

Als ich mich von ihnen losreißen konnte, hob ich das Kätzchen etwas an und senkte meine Nasenspitze auf sein Fell. »Du hast jetzt ein wunderbares Zuhause«, flüsterte ich ihm zu. Dieses kleine Wesen hatte die ganze Welt vor sich liegen. Und ich beneidete es darum.

»Es kommt noch eins.« Mit den Worten holte mich Oscar aus meinem Schwelgen, und behutsam legte ich das Neugeborene zu den anderen.

Kaum war das schwarze Kätzchen zutage gekommen, kümmerte sich Tavi darum, doch mein Unterbewusstsein schickte mir ein Schaudern über die Haut, weil es ganz still war. Als ich spürte, wie Oscar sich anspannte, schnürte sich mir die Kehle zu. Viel zu viele Sekunden wartete er, bis er entschied einzugreifen und das Tier in die Hand nahm, einen Finger kurz vor die Nase hielt, dann auf das Bäuchlein, es zu seinem Ohr hob. Nicht eine Sekunde stand Erleichterung in seinem Blick, der kurz bedauernd auf meinen traf – und dann mitten in meine Brust, wo sich ein Stechen ausbreitete.

Andri kroch zwischen uns und ich riss mich zusammen.

Sie fragte etwas auf Schwedisch, woraufhin Oscar ihr wahrscheinlich erklärte, dass das Tier es nicht geschafft hatte. Als sie antwortete, brachte ihn das zum Lächeln, auch wenn es traurig wirkte.

Er bemerkte, wie ich sie beobachtete. »Sie hat gesagt, der Himmel braucht auch Katzen.«

Wenn auch schwer, hoben sich meine Mundwinkel bei dem Gedanken. Womöglich hatte sie ja recht. Ein Kätzchen im Himmel.

Oscar senkte den Kopf, die Strähnen seiner hellbraunen Haare warfen Schatten auf sein Gesicht; vielleicht war es auch die Trauer um das Kleine. Es lag in seinen Händen, mit den Daumen strich er über das nasse Fell. Ich beobachtete ihn dabei, bis ich merkte, dass er immer wieder in einem bestimmten Rhythmus über das Herz strich und drückende Bewegungen machte. Sein Ausdruck war konzentriert. Entschlossen.

Versuchte er …? Ich sparte mir die Frage, was er tat, denn es war offensichtlich. Ohne uns Hoffnungen zu machen, versuchte er den kleinen Muskel zum Schlagen zu bringen.

»Komm, Kleines«, murmelte er und fuhr mit seinen Bewegungen fort. Dann sprach er lauter, sah mich jedoch nicht an: »Jascha hat mir gezeigt, wie so was geht. Ich habe eine Doku gesehen, da hat jemand einem Fisch eine Herzmassage gegeben und ihm so das Leben gerettet. Also hab ich ihn gefragt, ob das wirklich möglich ist«, erklärte er voller Ruhe. »Er hat es mir an Tavi gezeigt, Julie.« Sein Blick traf meinen, und der Kampfgeist darin hüllte mich ein. »Das kann kein Zufall sein, oder?«

Wir ließen seine Frage im Raum stehen. Stattdessen kontrollierte ich die anderen Kätzchen und Tavi, damit sich Oscar konzentrieren konnte. Allen schien es immer noch gut zu gehen.

»Vielleicht braucht der Himmel Kätzchen, aber diese Farm auch.«

Ich rückte zu ihm heran und legte meine Finger sachte auf sein Knie, prüfte, ob sich etwas an seiner Miene veränderte. Als er mir einen warmen Blick schenkte, strich ich unterstützend über sein Bein.

Es war unübersehbar, dass mehr dahintersteckte. Oscar wollte dieses Kätzchen retten. Noch viel mehr wollte er diese Welt retten.

Kein Leid darin haben. Keinen Tod, den wir verantworteten. Und so realistisch er es einschätzen würde, dass Tavis Kitten nicht alle überleben konnten – ohne sich dafür die Schuld zu geben –, so sehr wollte er sich darum bemühen, dass diese Farm Leben bedeutete.

Eine tief sitzende Leere erfüllte mich bei dem Gedanken, ihm beibringen zu müssen, dass er diese Welt nicht retten konnte. Dass ein Mensch, so rein und pur wie er, immer darunter leiden würde, was jeden Tag auf dieser Erde geschah. Dass er einsehen musste, nicht alles ändern zu können. Doch womöglich wusste er das längst. Womöglich waren das die Schatten, die manchmal seinen Tag bestimmten. Die, die auch jetzt mit der Verbissenheit, zu retten, kämpften. Ich musterte sein Gesicht, und nie zuvor hatte ich mir so von Herzen gewünscht, ein besserer Mensch zu sein. Mehr wie er zu sein. Für andere einzustehen und sich nicht kleinreden zu lassen, nicht mal vom Tod.

Und dann, dann sah ich seine Augen leuchten. Seine Mundwinkel hoben sich. Mein Blick schoss zu dem kleinen Tier in seinen großen Händen, und Tränen stiegen mir in die Augen, als seine kleine Nase zuckte. Sein Körper wand sich. Seine Tatzen suchten.

Nach seiner Mama.

»Du hast es geschafft«, meinte er leise und rieb mit einem Handtuch über das Fell.

Gern hätte ich diese Worte an ihn gerichtet: Du hast es geschafft.

Oscar grinste mich an und als er merkte, wie mir Tränen über die Wangen liefen, hielt er kurz inne. Er wandte sich ab, kniete sich nach vorn und übergab Tavi ihr letztes Kätzchen, das sie aufgeregt begrüßte und zusah, wie es sich zu seinen Geschwistern gesellte. Das Köpfchen wippte suchend in der Luft, bis es sein Ziel erreichte.

Andri quiekte fröhlich und strahlte Oscar an, als wäre er ein Held. Und das war er ja auch. Ein verdammter Held, den ich gleichzeitig dafür liebte und hasste, denn es machte alles schwerer. Alles leichter. Beschämt wischte ich mir übers Gesicht, da legten sich Finger um mein Handgelenk. Wärme hüllte mich ein, das Gefühl eines großen, soliden Körpers legte sich über mich, weil Oscar vor mir kniete und mich davon abhielt, die Tränen wegzuwischen.

Ich lächelte zittrig. Ein kläglicher Versuch dessen, wozu ich fähig war, wenn ich wirklich glücklich war. »Du hast mir verheimlicht, dass du Leben retten kannst.«

»Du auch«, kam es leise über seine Lippen und ich runzelte die Stirn über seine Antwort. Verstand nicht.

Er schmunzelte, musterte mich dann, sog jeden Millimeter meines Gesichtes in seinen Verstand – so schien es zumindest. Seine Finger lösten sich, und er strich über meine Wange, über die Stelle unter meinem Auge. Sein Blick schweifte zu meinem Mund.

»Freudentränen sollte man nicht verstecken.«

»Findest du nicht, es ist recht peinlich, zu heulen, nur weil man so begeistert von einem Typ ist?«, zog ich die Situation ins Lächerliche, damit diese Ernsthaftigkeit zwischen uns starb.

Auch die belebte er wieder. Mit seinen blöden warmen Augen. Seinem blöden warmen Lächeln. Seinem wirklich blöden, blöden Ausdruck, der so viel mehr von mir verlangte als eine harmlose Berührung. Sie verlangte nach allem von mir. »Ich würde lügen, wenn ich behaupte, mich stört es, dass ich dich begeistern kann.«

Er hob mit Daumen und Zeigefinger mein Kinn an. Ich zuckte fast zusammen, weil er sich vorgebeugt hatte. Ich spürte seinen Atem auf meinen Lippen.

Himmel. Er roch so verboten gut. Meine Wimpern flatterten zu, aber ich rief mir Andri in den Sinn. Ich spürte das Lächeln auf meiner Haut. Er strich mit dem Mund an meinem entlang, bis zu meinem Ohr. Seine Hand verirrte sich auf meinen unteren Rücken. Doch im nächsten Moment zog er sich nur mit einem verheißungsvollen Blick zurück und wandte sich räuspernd den Katzen und Andri zu, die nichts von alldem mitbekommen hatte. Ich schluckte und versuchte meine Temperatur runterzuregeln. Doch dann begegnete ich Tavis Blick. Sie blinzelte mir zu, entlockte mir ein Lächeln, woraufhin ich eine halbe Stunde einfach nur dasaß und mit den anderen beiden beobachtete, was diese Welt Schönes hervorbringen konnte.

Irgendwann fielen mir die Augen zu und Oscar brachte erst Andri, dann mich ins Bett, bevor er noch mal nach Tavi sah. Ich bekam nicht mehr mit, wie er zu mir unter die Decke schlüpfte.

Das Erste, was ich mitbekam, war der Geruch von Kaffee. Direkt … unter meiner Nase.

Ich riss die Augen auf. Das Nächste, was ich wahrnahm, war, dass es draußen hell war. Dann war da die Tasse vor mir. Mein Blick fuhr von der Hand den Arm hoch bis zu einem bekannten Gesicht.

»Guten Morgen, Imkerflüsterin. Dein Geliebter hat mir befohlen, dir eine Tasse Kaffee ans Bett zu bringen.«

Ich kniff die Augen zusammen. »Will er mich quälen?«, zog ich ihn auf.

Jascha lachte in sich hinein. »Das Frühstück wartet und ihr hattet wohl eine lange Nacht.«

Das konnte er laut sagen. Ich nahm die Tasse entgegen und exte sie so gut wie auf dem Weg ins Bad.

Unten begrüßten mich Lovis, Oscar und Jascha, der gekommen war, um nach Tavi zu sehen. Andri saß auf einer Decke und klopfte mit einem Holzklotz einen Beat auf den Boden, der sich hören lassen konnte – nicht. Womöglich hatte mir Oscar den Kaffee deswegen geschickt.

Bevor wir uns setzen konnten, ertönte die Klingel. Oscar ging stirnrunzelnd, nicht ohne mir über die Wange zu streichen, zur Tür.

Die Neugier dieser Truppe war mir bekannt. Darum wunderte es mich nicht, dass Lovis und Jascha ihm prompt folgten. Letzterer zog mich einfach mit, weshalb ich gerade so meine Tasse auf dem Tisch abstellen konnte.

Sobald ich sah, dass Oscar die Haustür öffnete, spannte sich sein gesamter Körper urplötzlich an wie eine Sehne. Instinktiv trat ich zu ihm. Er wich vor der Tür zurück, gegen mich, womit ich freie Sicht auf den anscheinend unwillkommenen Gast bekam. Im Rahmen stand eine junge Frau in einem leichten beigen Oversize-Trenchcoat. Ihre hellbraunen Haare fielen glatt bis zu ihren Ellenbogen, und mit einem scharfsinnigen Blick aus braungrünen Augen, unter denen Schatten lagen, musterte sie erst Lovis, Jascha, dann mich.

Ein sanftes Lächeln trat auf ihre Lippen, sobald ihr Blick wieder auf Oscar fiel. »Hey, Bee Boy.«

Bienen können zwar kein Rot sehen,
erkennen jedoch Spektren
von Farben sowie Mustern,
die dem Menschen verborgen bleiben.

O.M.

Kapitel 27

Fels in der Brandung

Oscar

Jascha war der Erste, der den Mund aufbekam. »*Cara*?«

»Aus!«, grummelte Lovis bei dem Unterton des Tierarztes.

Oscar war so weit zurückgewichen, dass Julie und er bei den beiden Männern standen, während Cara vor der Tür auf Einlass wartete wie ein blutsaugender Vampir. Der sie nicht war. Es wirkte trotzdem, als stünde die Gestalt Victors hinter ihr. Für qualvolle Sekunden war die Furcht in ihm aufgekommen, dass seine Eltern ebenfalls hier waren, doch das konnte er schnell ausschließen.

Den Reiz eines übernatürlichen Wesens schien sie wirklich auszustrahlen, denn Jascha konnte den Blick nicht von ihr abwenden.

»So soll sich das also anfühlen.« Eine Ernsthaftigkeit lag in seinen geflüsterten Worten, die Oscar immerhin für eine Sekunde stutzen ließ.

»Hör auf damit«, zischte er.

»Es wäre doch toll, die beiden zu verkuppeln«, sagte Julie nachdenklich.

Oscar riss seinen Kopf zu ihr herum.

Jascha zeigte in ihre Richtung, ohne seine Schwester aus den Augen zu lassen. »Du bist eingestellt, Imkerflüsterin«, verkündete er.

»Ihr bekommt gleich beide Hausverbot«, murmelte er und setzte eine versöhnliche Miene auf, weil Julie ihn erschrocken anschaute, doch die fiel schnell in sich zusammen, sobald Caras Schritte erklangen und sie im nächsten Moment in seinem Wohnzimmer stand.

Das war vollkommen irre. Sie. Hier, in seinem Haus in Schweden. In seinem neuen Leben.

»Ich … ich bin überrascht, dich hier zu sehen«, meinte er hilflos.

Sollte er sie umarmen? Dass seine Schwester hier war, war nicht gut. Er hatte sein Zuhause verlassen, um der sein zu können, der er war. Nicht um die Erwartungen an eine Person zu erfüllen, die er niemals sein würde. Sie brachte Erinnerungen an einen Ort, der frei von ihnen bleiben sollte. Oscar hatte England hinter sich gelassen, um abzuschließen. Mit jedem Schritt, den Cara machte, weckte sie Bilder in seinem Kopf, unter denen er zusammenzucken wollte.

Gebrüll.

Tränen.

Wut.

Schläge.

Hass.

Schläge.

Frust.

Schläge.

Er spürte die blauen Flecken auf seiner Haut nicht mehr – die waren verblasst –, aber die auf seiner Seele. In seiner Brust. In seinem Kopf. Die Gewalt seines Vaters war mit jedem Hieb in ihn hineingesickert; so mächtig und erstickend, dass er sie hatte hinauslassen müssen. Auf dem Internat war er immer der Erste gewesen, der einen Streit anzettelte; seine Mutter hatte ständig vorbeikommen und ihn schließlich mitnehmen müssen, weil er einen Lehrer angegriffen hatte. Für Victor hatte sie sich Märchen überlegt. Ganze zwei Wochen hatte sich Oscar in seinem eigenen Heim verstecken müssen, damit seine Suspendierung nicht aufflog, doch sein Vater hatte es herausbekommen. Und als ihm an jenem Tag die Hand ausgerutscht war, hatte Oscar rotgesehen.

Womöglich hatte seine Mum den gemeinsamen Entschluss, ihn zur Therapie zu schicken, deswegen verschwiegen. Weil sie verstanden hatte, wieso er nicht werden wollte wie sein Vater; weil sie gehofft hatte, dass keine Frau Oscars Opfer wurde. Das war allerdings ihre

Furcht gewesen. Oscar wusste, er würde der Frau, die er liebte, niemals etwas tun.

Er war nicht der Junge von damals. Dieser verlängerte Schatten, den sein Vater warf. Er hatte jenen Ort verlassen müssen, um sein wirkliches Zuhause zu finden. Und Cara zerstörte das. Sie brachte ein funktionierendes System durcheinander.

»Was willst du hier?«, fragte er, weil sie nichts rausbrachte, und wünschte, er könnte glücklicher über ihr Auftauchen sein.

»Begrüßt man seine Schwester so, wenn man sich acht Jahre nicht gesehen hat?«, erkundigte sie sich und legte eine Hand in die breite Hüfte, aber ihm konnte sie nichts vormachen. Ihre Mundwinkel zitterten. Sie schien niedergeschlagen, auch wenn sie es hervorragend vertuschen konnte, so wie es im Haus Morrison zum guten Ton gehörte.

Julie rührte sich neben ihm, trat schließlich vor ihn. Mit einem Lächeln reichte sie Cara die Hand. »Ich bin Julie. Ich wohne hier die Sommermonate über und helfe ein bisschen aus.«

Was eine maßlose Untertreibung.

»Cara«, erwiderte sie. »Freut mich. Es ist zwar nicht der schönste Grund einer Zusammenkunft, aber was soll's«, scherzte sie, wirkte dabei steif.

»Was ist passiert? Schickt er jetzt dich vor, um sich die Farm unter den Nagel zu reißen?« Es wäre nicht der erste Versuch, das zu tun, nur eine andere Vorgehensweise.

»Er wird niemanden mehr auf diese Farm schicken.« Das Lächeln seiner Schwester verebbte. »Dad ist tot, Oscar.«

In ihm tat sich gar nichts.

Dieser Mann hatte jede Vaterliebe aus ihm rausgeprügelt. Doch es war auch keine Erleichterung da. Nur Leere.

Deswegen hatten sie ihn gestern ständig angerufen. Das erste Mal seit Ewigkeiten, weil sie sich an das Kontaktverbot von Victor gehalten hatten, das er kurz vor seiner Auswanderung erlassen hatte. Auch wenn es Oscar verletzte, kam er nicht umhin, zu ahnen, dass sie es für ihn eingehalten hatten. Damit er hier seinen Frieden wahren konnte.

»Was ist passiert?«, wollte er nüchtern wissen und spürte Julies Blick. Sie war wieder neben ihn getreten. Er musste ihre Hand fassen, was ihm zeigte, dass er tief in sich drin womöglich doch irgendwie auf diese Nachricht reagierte. Sofort hielt sie ihn fest, strich mit dem Daumen über seine Knöchel.

»Herzinfarkt«, erwiderte Cara mit erstickter Stimme und räusperte sich dann, zückte ein Tuch, das mit ihrem Familienwappen bestickt war und tupfte unter einem Auge entlang.

»Er hat vor drei Tagen noch angerufen«, bemerkte Oscar, um irgendwas zu sagen.

Bei seiner Schwester war wohl ein Damm gebrochen, denn sie musste sich wiederholt die Tränen wegwischen, doch sie fand beherrschte Worte: »Ich weiß. Er hat es mir erzählt und sich fürchterlich aufgeregt. Am selben Abend ist er gestorben.«

Oscar entfuhr ein bitteres Geräusch. »Willst du damit sagen, ich habe ihn ins Grab gebracht?«

Julie drückte seine Hand und legte ihre freie auf seinen Arm, wahrscheinlich um ihn davon abzuhalten, weitere dumme Sachen zu sagen, denn Caras Kopf ruckte hoch.

»Das wollte ich nicht damit sagen!«

Aus dem Nichts trat Jascha vor und hielt ihr mit leuchtenden Augen die Hand hin. »Ich bin Jascha, falls du dich erinnerst. Ich bin sicher, wir sollten uns lieber hinsetzen, statt das zwischen Tür und Angel zu klären.«

Die junge Frau bedachte ihn und seine Hand mit einem langen, undeutbaren Blick. »Ich weiß sehr genau, wer du bist.«

»Ach?« Jascha fand die Schamlosigkeit, erfreut zu grinsen, während er die unbeachtete Hand fallen ließ, dabei wunderte es Oscar, wieso ihn Caras Erscheinung so überraschte. Immerhin waren sie als Kinder oft hergekommen, auch wenn das eine Ewigkeit her war. Er hatte seine Schwester überallhin mitgenommen, wenn seine Freunde und er durchs Dorf gestreunt waren. Cara war damals klein und zierlich gewesen, weshalb Jascha sie nicht selten dazu gebracht hatte, durch das Loch der Svensson-Scheune zu steigen, um die Schafe freizulassen.

»Ja, du hast die Blumen, die ich dir gepflückt habe, Kina weitergeschenkt«, erklärte sie mit kühlem Blick.

»Galanter Move«, ließ es sich Julie nicht nehmen zu kommentieren, während Jascha den Kopf einzog und mal nichts zu sagen wusste.

»Gut«, seufzte Oscar. »Setzen wir uns.«

Als hätten alle auf seine Entscheidung gewartet, schloss Cara die Tür hinter sich und sie kehrten in die Küche zurück. Im Durchgang hörte er Lovis seine kleine Schwester begrüßen, die dem Mann ohne Vorwarnung in den Arm fiel, als hätte sie diese Umarmung seit ihrer Ankunft herbeigesehnt.

Lovis klopfte ihre Schulter, trat nicht den Rückzug an. Mit ihnen verhielt es sich wie mit Oscar und Lovis, denn wenn sie in Stolt gewesen waren, war Lovis auch da gewesen und hatte zumindest ihm eine Vorstellung davon gegeben, wer er als Vater hätte sein können.

Julie drückte ihn auf den Stuhl und brühte dann neuen Tee auf, während sie die Dynamik im Raum analysierte.

»Tut mir leid, dass ich euer Frühstück gestört habe«, meinte Cara, sobald sie sich von Lovis gelöst hatte und sie sich setzten.

Jascha eilte zum Schrank und kehrte mit Teller sowie Besteck zurück. »Bedien dich.«

Für seine charmante Miene hatte sie nur eine unbeeindruckte übrig. »Wie geht es deiner Mutter?«

Die Aufmerksamkeit glitt zu Lovis, doch der schaute Cara an, suchte die Antwort in ihren Augen, falls sie nicht bei der Wahrheit bleiben sollte.

Cara seufzte. »Ich weiß es nicht. Schlecht, natürlich. Sie redet nicht richtig darüber und steht unter Schock.«

Seine Erinnerungen warfen ihn in einen Moment zurück, in dem er als Siebzehnjähriger vor seiner Mutter auf dem Boden saß, die behauptete, ihre Lippe sei bei einem Sturz aufgeplatzt. Cara war erst zwölf und hatte das Blut mit einem ebensolchen Tuch weggetupft, wie sie es heute bei sich trug. Seine Mutter hatte sich zu einem Lächeln gezwungen, doch ihre Worte waren trunken vor Schmerz. Er würde nicht vergessen, wie sie ihren Kindern während eines Schockzustandes gebeichtet hatte, wie sehr sie es bereue, Lovis verlassen zu haben; bereue, mit ihnen nicht heimlich nach Schweden zurückgekehrt zu sein; bereue, überhaupt gegangen zu sein. Und auch Cara dachte daran, als sie der Jugendliebe ihrer Mutter antwortete, das ahnte er.

Oscar hatte diese Worte nie wiederholt oder weitererzählt. Besonders nicht Lovis, denn dieses Wissen bedeutete nur eins: Kummer.

Kummer über etwas, das nicht mehr zu ändern war und niemals sein würde, denn egal, was seine Mutter in ihrer Starre von sich gegeben hatte, sie hätte Victor nicht verlassen, und Oscar liebte sie zu sehr, um es ihr zum Vorwurf zu machen.

Doch nun war Victor tot.

»Sie freut sich bestimmt«, redete Cara zögerlich weiter, »wenn du sie anrufst.«

Lovis brummte nur undefinierbar.

Zum Glück stellte Julie in dem Moment den Tee auf den Tisch und schenkte ihnen ein, bevor sie sich endlich neben ihn setzte und er seine Finger auf ihr Bein schieben konnte, die sie sofort mit ihren umhüllte. Tief atmete er ein. Besser.

»Wo bist du untergekommen?«, wollte sie von Cara wissen, die sie beide neugierig musterte.

»Nirgendwo. Ich wusste nicht, ob ich hier … Ich habe geplant, heute Abend zurückzufliegen.«

»Du kannst bei mir übernachten. Ich habe ein wundervolles Gästezimmer«, warf Jascha ein und Oscar hörte, wie aufrichtig sein Freund es meinte, ohne Hintergedanken. Oder zumindest nur leisen Hintergedanken.

Caras warmer Ausdruck, den sie für Julie übrighatte, verpuffte schlagartig. »Reizend, doch ich lehne herzlich dankend ab. Du bist nicht mehr mein Typ.« Sie vermutete den Hintergedanken offenbar.

Jaschas Mundwinkel zuckte und er hob eine Braue, während sein Blick an Caras Augen klebte. »Der da wäre?«

Komisch, dass ihn das *nicht mehr* in diesem Satz nicht beschäftigte, doch womöglich strich sein Gehirn diese Worte auch einfach aus seiner Wahrnehmung.

»Schauspieler.« Caras Lächeln strafte sie Lügen.

Erneute brachte sie ihn zum Schweigen und dieses Mal war es kein erfreutes. Oscar hatte nicht länger die Energie für dieses Spielchen und beschloss, dem ein Ende zu bereiten.

»Was willst du hier, Cara?«

Die nahm einen Schluck vom Tee und straffte dann ihre Schultern.

»Seine Bestattung findet in einer Woche statt. Und du bist willkommen, wenn du dabei sein möchtest.«

Er biss die Zähne zusammen, zog seine Finger von Julies Körper, damit er sie zur Faust ballen konnte, doch er konnte die zynischen Worte nicht zurückhalten. »Wie gnädig. Mir war nicht klar, dass ich jemand bin, dem man mitteilt, dass er kommen *darf*.«

»Oscar«, flüsterte sie und zog die Brauen zusammen. »So meinte ich das nicht. Es tut mir leid, ich … es ist schwer, die richtigen Worte zu finden.«

»Die richtigen Worte«, wiederholte er kalt, spürte sein Herz schneller schlagen und es in sich brodeln. *Wie wäre es mit: Es tut mir leid, dass ich unangemeldet aufkreuze. Es tut mir leid, dass ich mich nie gemeldet habe. Es tut mir leid, dass ich so tue, als hätte unser Vater Vergebung verdient. Es tut mir leid, dass ich dich in diese Situation bringe.* Nichts davon geriet über seine Lippen, weil es impulsive Reaktionen waren und er ihr nichts vorwerfen wollte. »Mein Beileid für euren Verlust«, sagte er stattdessen ruhiger, als ihm zumute war und hob den Blick vom Tisch.

Sie starrte ihn voller Trauer an, als wollte sie ihn so gern erreichen, rannte aber vor eine verschlossene Tür. Ihre Lippen bebten.

»Os. Du musst nicht so tun, als wäre es dir egal, weil du glaubst, dich damit zu hintergehen.«

Ihre Worte trafen mitten ins Ziel und seine Muskeln spannten sich an, ehe er hochfuhr. Die ganze Zeit ließ er sie nicht aus dem Blick.

»Und du musst nicht so tun, als hätte ich einen Vater! Nein, es ist mir nicht egal, im Gegenteil. Ich bin froh, dass diese Welt ihn los ist.«

Julie griff nach seinem Arm, da setzte er sich schon in Bewegung und stürmte aus der Küche. Er musste sofort raus hier und riss die Tür auf, nahm sich nicht die Zeit, sie zu schließen, und hielt auf seinen Schuppen zu.

Wie konnte sie es wagen?

Wie konnte sie herkommen, um ihm zu sagen, dass er trauern sollte? Allein der Gedanke machte ihn wütend. Diese Wut hatte ihm alles genommen. Einen Vater. Seine Mutter. Und er konnte nicht zulassen, dass sie auch ihn verschlang.

Julie

Ich hob die Hand, kaum dass seine Schwester ihm folgen wollte. Auch Lovis und Jascha richteten sich auf, bereit dazu, ihr auszureden, was auch immer sie vorhatte.

»Nicht.« Sie riss ihren Kopf zu mir herum. Tränen standen in ihren Augen, die denen ihres Bruders so ähnlich waren. »Gib ihm etwas Zeit.«

Ihr Blick kehrte sich nach innen, und nach einem Zögern setzte sie sich wieder und starrte in die Luft vor sich. »Ich hätte wohl nicht kommen sollen.«

»Dein Besuch ist nicht das Problem. Nur der Grund«, erwiderte Jascha.

Ich konnte nicht ganz einordnen, ob er sie aufmuntern oder zum Nachdenken bringen wollte. Zumindest waren seine Züge sanft, während sie gefangen in ihren Gedanken war. Wortlos ergriff er ihren Teller und stapelte Pancakes und Erdbeeren darauf. Nur Andris Quengeln vermochte es, dass er sich von ihr losriss, weshalb er sein Patenkind an den Tisch holte und ihr Cara vorstellte, was die junge Frau ein bisschen zum Lächeln brachte.

»Geh ihm hinterher.«

Zuerst verstand ich nicht, dass Lovis mit mir redete, doch sein Ausdruck war eindringlich, beinahe fordernd.

»Geh ihm hinterher«, wiederholte er.

»Er ist sicher im Schuppen«, warf ich ein. Immer hatte er mich daran erinnert, dass es Oscars Safe Place war, und nach diesem einzigen Mal hatte ich ihn nicht darin bedrängt. Nun hielt mich Lovis dazu an, genau das zu tun.

»Das ist er«, bestätigte er rau, ohne mich nur eine Sekunde aus den Augen zu lassen, wobei in seinen eine Dringlichkeit stand, die mich förmlich nach draußen schubste. »Ich kenne diesen Jungen. Und ich liebe ihn. Und ich weiß, was er gerade braucht, deswegen gehst du ihm jetzt hinterher, Julie.«

Ich vertraute auf seine Gefühle, vor allem darauf, wie vertraut ihm Oscars waren. Also nickte ich und warf Cara noch mal einen Blick zu, ehe ich mit rasendem Puls das tat, was ich sofort hatte tun wollen: ihm nacheilen und da sein.

In diesem Augenblick fühlte ich mich so stark, so fähig wie lange nicht mehr. Der Wille, für ihn da zu sein, war so übermächtig, dass ich vergaß, wie sehr ich an mir zweifelte. Er brauchte mich. Weil er jetzt nach dieser Nachricht versuchte, die Kontrolle zu behalten, obwohl er einfach nur zu Boden sinken wollte. Und das sollte ihm vergönnt sein. Manchmal, hatte er mir gesagt, mussten wir dort Kraft schöpfen. Wenn er das tat, wollte ich ihn stützen, halten, auffangen. Mit jedem Meter, den ich zwischen dem Schuppen und mir eliminierte, wurde ich mutiger und gefasster. Für ihn.

Nicht eine Sekunde hielt ich inne, sondern zog die Tür auf.

Und öffnete das Tor zu etwas Dunklem.

In dem kleinen Raum brannte kein Licht. Dort brannte nur Wut und Oscars Haut über den Fingerknöcheln, die er wieder und wieder und wieder gegen den Boxsack schlug. Um befreiter zu sein, hatte er sein Shirt ausgezogen und das Spiel seiner Muskeln, die höchste Arbeit leisteten, zeigte, wie erprobt er darin war. Seine Bewegungen waren präzise. Gnadenlos. Zerschmetternd.

Ich war machtlos gegen den Schauder, den er mir über den Rücken jagte. Womöglich hatte ich ihm deswegen folgen sollen. Weil er sich heute nicht hierher zurückgezogen hatte, um seine Gedanken zu ordnen oder ein bisschen Energie abzulassen. Es war ein Akt purer Hilflosigkeit.

Als die Laute, die er von sich gab, immer schmerzvoller wurden, seine Schläge immer verzweifelter, riss es mich aus der Trance. Sein zorniges Schluchzen setzte mich in Bewegung.

»Oscar!« Mit zwei Schritten war ich bei ihm, legte meine Hände gegen den Boxsack, doch sein nächster Hieb brachte mich aus dem Gleichgewicht. »Oscar, hör auf, du tust dir noch weh!«, rief ich, um irgendwie an seinen Verstand zu gelangen.

Er hörte nicht auf. Nahm mich gar nicht wahr.

Tief sog ich die Luft durch die Nase und hoffte, nichts in ihm auszulösen, indem ich meine Arme schützend um ihn schlang, sobald er seine Deckung für einen Wimpernschlag aufgab.

Kurz setzte mein Herz aus, doch dann gefror er in seiner Bewegung und ich hob den Kopf. Die nächsten Sekunden waren nur seine gehetzte Atmung und mein trommelndes Herz zu hören. Der blanke

Hass in seinen Augen floss dahin. Bis er realisierte, was passiert war, und er geschockt die Fäuste sinken ließ, einen Schritt zurückwankte.

»Bitte«, brachte er erstickt hervor.

Verzweifelt versuchte ich zu verstehen, worum er bat. Cara hatte recht, obwohl ich es ihm nicht sagen würde. Auf irgendeine Art und Weise trauerte er um Victor. Und er hasste sich dafür. Kaum hatte ich begriffen, dass der Schock in seinen Augen der Tatsache galt, dass mich ein Schlag hätte treffen können, trat ich auf ihn zu. Wie ein in die Enge getriebenes Tier musterte er mich und sträubte sich vor meiner Nähe, also hielt ich wieder inne.

»Soll ich gehen?«

»Nein.« In diesem einen Wort steckte eine Mischung aus Flehen, Zorn und Verzweiflung. Dann schloss er die Augen und atmete tief durch. »Bitte. Bleib bei mir.«

Ich begutachtete seine nicht getapten Hände, und mein Magen füllte sich mit Steinen, kaum entdeckte ich die gerötete Haut. Zaghaft machte ich noch einen Schritt. »Hast du dir wehgetan?«, wollte ich wissen. Noch nie zuvor hatte ich mich so gefasst oder ruhig angehört. Wie ein Fels in der Brandung.

»Nein.«

Erst als ich direkt vor ihm hielt, so nah, dass ich den Kopf in den Nacken legen musste, öffnete er die Lider. Und klammerte sich mit seinem Blick an mich. Richtig anwesend war er dennoch nicht, denn während er mein Gesicht betrachtete, schien es, als würde sein Verstand nichts verarbeiten können. Er zitterte vor Anstrengung und aufgestauten Emotionen. Womöglich, weil er die Tür mit aller Macht zuhielt und Angst bekam, dass auf ein einziges Gefühl, das er hindurchließ, andere folgten, um ihn von den Füßen zu reißen.

Plötzlich ruckte etwas durch das Braungrün seiner Augen, und Oscar bewegte sich rückwärts, stieß Luft aus und tigerte zur anderen Seite des Raumes. Wieder in meine Richtung. Wieder zurück. Ahnungslos, wie ich ihm helfen konnte, schaute ich ihm dabei zu. Brauchte er einfach nur meine Anwesenheit oder Worte? Brauchte er Abstand oder körperliche Nähe?

Er schien in einer solchen Spirale zu sein, in einer seltenen Ausnahmesituation, dass ihn wohl nur ein ähnlich starkes Gefühl dort rauskatapultieren könnte. Etwas, wo er sich reinfallen lassen konnte, es rauslassen konnte, ohne die Befürchtung zu haben, sich zu zerstören.

Als er gerade wendete, um wieder in meine Richtung zu stapfen, ging ich ihm entgegen und unsere Körper stießen zusammen. Ich packte seine Arme, fuhr daran herunter und legte sie um mich, hielt sie dort.

»Ich bin hier, Oscar«, sagte ich eindringlich. Dieses Mal lichtete sich der Nebel in seinen Augen, die zu glänzen begannen. Ich streichelte seine Haut, ließ keinen Zweifel an dem, was ich sagte. »Was brauchst du? Nimm es dir.«

Die Luft verließ bebend seine Lunge und seine Brauen trafen sich. Hitzig suchte er nach etwas in meinem Gesicht, tastete jeden Fleck ab, um sicherzugehen, wie viel er von mir verlangen konnte. Seine Muskeln zitterten, seine Wärme griff nach mir, zog mich an ihn, bis ich nur noch Oscar wahrnahm. Dann umfasste er mein Gesicht, beobachtete meine Reaktion, kaum dass er aus seiner Trance erwacht war, während er mich nach hinten drängte. Sobald ich mit meinen Fingern über seine klamme Haut glitt und seinen Nacken umschlang, trat Oscar schwer atmend von der Tür in seinem Kopf zurück. Sein Zorn brach sie ein, doch ein anderes Gefühl war schneller und platzte vor allen anderen in seinen Verstand. Mit einem Mal prallten Oscars warme Lippen auf meine und verschlangen mich.

Der Kuss war verzweifelt, aggressiv, aber ich hatte nichts daran auszusetzen. Ich wollte nicht, dass er seine Wut auf diese eine Weise freiließ; nicht, wenn ich ihm etwas geben konnte, um es anders zu tun.

»Julie?«, stöhnte er. Unsicher. Überfordert mit sich selbst und dieser Situation.

Also übernahm ich die Führung. Ich zog ihn mit mir, bis ich gegen die verbaute Holzkiste stieß, hievte mich darauf. Wie ein Süchtiger presste er sich zwischen meine Beine, die ich um seine Hüfte schlang. Suchte dort Schutz. Unsere Bewegungen waren gehetzt, gierig. Oscar zog mir die Hose aus, während ich an seinem Bund herumfummelte. Plötzlich war da kein Zögern mehr. Nur noch Lust. Nur noch wir beide. Vermutlich war es falsch, diese Sache so zu lösen. Besser wir redeten miteinander oder ich hielt ihn einfach nur. Doch das Geschehene und was es aufwühlte, kannte kein Richtig oder Falsch. Gerade kannte es nur impulsive Reaktionen, und die Art, wie mich Oscar packte, sagte deutlich, woran er sich gerade festhalten musste. Er wollte nicht reden oder umarmt werden, sondern spüren, dass da etwas anderes war als all das, was die Schläge in ihm ausgelöst hatten.

Es ging alles ganz schnell, wir machten uns nicht mal die Mühe, uns richtig auszuziehen, so begierig waren wir darauf, einander zu fühlen. Ein bisschen Wärme in dieser Kälte, die diese Farm heute überzogen hatte.

Und dann spürte ich seine Härte an mir.

»Queenie, ich …«, brachte er fast gequält hervor und klang wieder mehr wie er, hielt inne, weil er befürchtete, die Kontrolle zu verlieren. Seine Arme um mich geschlungen, stieß er mit seiner Stirn an meine.

Ich vertraute ihm. »Oscar. Nimm dir, was du brauchst.«

Seine Lider senkten sich. »Nur dich«, raunte er und mit dieser Antwort sank etwas in ihm herab. Kam an. Seine Stimme wurde klarer. »Ich brauche nur dich.« Mit den Worten glitt er in mich, und die urplötzliche Sanftheit, mit der es tat, brach mir das Herz.

Oscars Wut löste sich auf, kaum dass er in mir war. Mit den Händen umfing er mein Gesicht, als hielte er etwas darin, was alle Kostbarkeiten dieser Welt überstieg. Als ich ihm dieses Mal in die Augen sah, waren da nur noch er – aufgewacht aus seiner Raserei – und Tränen, die auf seinen Wimpern tanzten.

»Ich werde den Hass für ihn niemals an dich ranlassen. Niemals«, versprach er mir inbrünstig und strich mit dem Mund über meinen, ließ mich Salz und einfach Oscar schmecken. Er bewegte sich sachte, fühlte mich. Zog sich zurück und stieß wieder zu.

Wieder. Und noch einmal. Drängender. Gab mir zu verstehen, was er meinte, als er sagte: »Wenn du es hart willst, gern, aber nicht wegen dieser Sache.«

»Bitte.« Mit dem nächsten Stoß erreichte er ungekannte Stellen in mir, und ich hielt mich an ihm fest. »Ich will es.«

Gerade noch hatte ich geglaubt, seine Verzweiflung sei so überwältigend, ich würde sie in jeder Bewegung spüren. Dass das zwischen uns die Macht hatte, ihm mit einem Streich die Kontrolle über sich zurückzugeben und ihn in eine beinahe leidenschaftliche Ekstase zu werfen, raubte mir den Atem.

Nicht eine Sekunde ließ er mich aus den Augen, testete aus, wie weit er gehen konnte.

»Julie, ich …« Er schluckte, hielt inne, und sein Ausdruck jagte mir Schauder über die Haut, denn ich bildete mir ein, etwas darin auszumachen, was mich in absolute Panik versetzte. Ob er es bemerkte oder nicht, er entschied sich dazu, statt Worte Taten sprechen zu lassen. Er hielt mich enger. So eng, bis unsere Herzen direkt aneinanderschlugen und ich bei unserem nächsten Kuss ihre summenden Klänge in jeder Faser spürte.

Danach lagen wir halbwegs angezogen auf dem Boden der Scheune und starrten an die Decke. Oscar hatte mir sein Shirt als Decke hingelegt und hielt unsere verschränkten Finger an seine Brust, hob sie nun zum dritten Mal zu seinem Mund, um sie küssen.

»Alles in Ordnung?« Sorge war nicht das, was den Klang seiner Stimme angemessen beschrieb.

Ich drehte meinen Kopf und küsste seine Schulter. »Klang ich nicht nach *in Ordnung*? Es war toll. Auf eine …«

»Heftige Art«, führte er aus und ich nickte.

Seine Brust hob sich unter unseren Händen, weil er tief einatmete und sich für etwas wappnete. »Ich möchte dir alles erzählen und ich möchte es hier tun.«

Als wollte er seine Wut und mich zusammen in einen Raum lassen, damit wir uns kennenlernten. Das war gut. Immerhin war sie lange Zeit sein Ast gewesen und womöglich gar nicht so böse, wie sie sich gab.

»Ich höre dir zu«, ließ ich ihn wissen.

Er schenkte mir ein warmes Lächeln. »In unserer Familie fällt der Apfel nicht weit vom Stamm. Mein Großvater war Gerard Oscar Morrison und gründete 1935 in London die Modekette Morrison. Er war jung und clever. Und schlug seine Frau fast zu Tode, weshalb sie mit ihrem Sohn – Victor – vor ihm flüchtete, als er sechs war. Doch er fand die beiden und nahm Victor gewaltsam mit sich, meine Großmutter überließ er sich selbst. Er zog Victor zu einem vorzeigbaren Nachfolger heran. Mit ein bisschen zu viel Erfolg, denn sein Sohn übernahm das Ruder schneller, als er gucken konnte, und hatte auch sehr viel größere Visionen.«

»Sprechen wir hier von *Morrison* Morrison? *Der* Modekette? Gucci, Chanel, Burberry, Morrison?«, zählte ich ähnliche Namen auf dem Level auf.

Oscar verzog den Mund. »Ja.«

Verdammt … Es war so abstrus, ich wollte es nicht glauben. Mir war es gleich, wie reich Oscars Familie oder ob er edler Herkunft war, das jedoch hatte ich ganz und gar nicht erwartet. Nichts davon war in den Medien zu finden gewesen.

»Wie hast du es geschafft, das geheim zu halten?«

»Mein Großvater starb sehr früh. Noch vor meiner Geburt schnitt mein Vater sämtliche Verbindungen zu irgendwelchen Familienbanden ab. Er galt als der Held, der sich von den Machenschaften der Morrisons befreite und es besser machte. Es gab ein neues Familienwappen, ein angepasstes Logo. Und wir lebten unter den Argusaugen der Security. Den Medien war es verboten, über uns zu berichten … wie man es eben macht, wenn man die Mittel dazu hat. Wir hielten uns alle von der Öffentlichkeit fern. Cara und mir war es verboten, Kontakt zu Kindern zu haben, deren Eltern sich gern ablichten ließen.« Wieder atmete er durch, bevor er sich aufsetzte und die Arme auf die angewinkelten Knie stützte. Ich folgte ihm und legte eine Hand auf seinen Rücken, woraufhin er danach griff und meine Fingerspitzen küsste. »Häufig werden Opfer selbst zu Tätern. Niemand bekam mit, dass Victor meine Mutter schlug. Dann mich. Es war mein Glück, ins Internat geschickt zu werden. Ich klammerte mich an jenem Tag bloß an der Treppe fest, weil ich Mum nicht allein lassen wollte. Zwecklos. Ich musste gehen.«

Meine Brust verkrampfte sich. Ich hatte es geahnt, doch es zu hören, war noch mal etwas gänzlich anderes. Ich war froh, dass wir etwas versetzt saßen und er die Tränen in meinen Augen nicht sah.

»Ich glaube, mein Vater hat von Anfang an eine Gefahr in mir gesehen. Ich war ihm zu weich. Zu ängstlich. Zu verträumt. Ich solle mehr Mann sein, hat er mich angeschrien. Da war ich neun. So ging es Jahre weiter. Er machte mich nieder, und ich kämpfte um seine Liebe und Anerkennung. Meinen Hass ließ ich an anderer Stelle raus.

Ich suchte überall Streit. Wenn wir hier in Stolt waren, haben Balder und ich uns jedes Mal geprügelt. Auf dem Internat gründete sich ein geheimer elitärer Boxclub … wobei es eher die Möglichkeit war, Geld und Energie loszuwerden. Auf mich wurde am meisten gewettet und irgendwann forderten wir unser verfeindetes Internat heraus. Als es rauskam, rastete mein Vater komplett aus. Somit auch ich. Ich wurde aggressiver, verbitterter, vom Jahrgangsbesten zum Rebellen, und irgendwann ging ich auf einen Lehrer los.« Er schluckte schwer. »Ich wurde suspendiert. Mum versteckte mich zu Hause, bis sie wusste, wie sie es meinem Vater beibringen sollte. Er war kaum daheim und das Anwesen groß genug, dass ich unbemerkt blieb. Doch irgendwann fand er mich.« Oscars Finger zerquetschten meine beinahe und er ließ den Kopf hängen. Seine Stimme bebte bei den nächsten Worten, die ihm die Brust zusammendrücken mussten. »An dem Abend hat er sie wieder geschlagen. Und ich war schuld.«

Damit erinnerte er mich so an meine eigenen Schuldgefühle gegenüber meinen Eltern, es brach mir das Herz. »Oscar …«, wollte ich widersprechen, aber er redete weiter.

»Ich war schuld, das dachte ich damals. Es war wie im Film. Ich hab so viel Adrenalin im Körper gespürt. Keine Sekunde hab ich gebraucht, um auf ihn loszugehen. Mein Vater landete fast im Krankenhaus, so sehr bin ich ausgeflippt. Danach flehte ich meine Mutter an, mir zu helfen, und sie organisierte mir einen Therapieplatz in einer Privatklinik. Ich weiß … verdammt privilegiert«, meinte er bitter, als müsste *er* sich dafür entschuldigen, dass ihm das ermöglicht worden war. Ich verstand nicht, wie er glaubte, man könnte ihm vorwerfen, Glück zu haben nach dem, was er gerade erzählte.

»Es ging langsam bergauf. Mein Vater versuchte mich in sein Imperium zu integrieren. Ich plante bereits meinen Austritt. Mir war klar, dass er mich auf die Straße setzen würde, wenn er von meinem Plan Wind bekam, also investierte ich mein Geld clever und machte mich so über Jahre hinweg immer unabhängiger. Das Wirtschaftsstudium, zu dem er mich gezwungen hatte, war nur Fassade. Dahinter bereitete ich meinen Umzug nach Stolt vor. Ich war einundzwanzig, als ich herkam und Lovis das Gebiet abkaufte. Er unterstützte mich von Anfang an. Cara und Mum erzählte ich nichts, um sie rauszuhalten.

Bei einem Abendessen ließ ich die Bombe platzen, meine Koffer standen gepackt im Eingangsbereich, mein Anwalt war an meiner Seite. Ich teilte meinem Vater mit, aus sämtlichen Verhältnissen austreten zu wollen. Er brauchte keinen Atemzug, um mich zu verfluchen und mich zu enterben. Cara versuchte zu schlichten, meine Mutter weinte, als wäre ich in jenem Moment gestorben. Das war ich irgendwie auch …

Eine Woche später teilte mir Victor schriftlich mit, dass meine Mum und Schwester Kontaktverbot zu mir haben. Ich erwartete keinen Widerspruch von ihnen.« Mit den Händen fuhr er sich übers Gesicht. »Womöglich war das besser für alle. So konnten wir einander loslassen. Ich bekam nicht mit, wie sie litten, weil ich sie zurückgelassen hatte.«

»Es tut mir so leid, Oscar«, flüsterte ich und umarmte ihn von hinten, setzte einen tröstenden Kuss auf seine Schulter. »Du hast sie nicht zurückgelassen. Sie hätten nicht gewollt, dass du weiter leidest.«

»Ich wollte fragen, ob sie mitkommen, aber das wären sie nicht«, meinte er gedankenverloren.

»Was hatte Cara für ein Verhältnis zu Victor?«

»Er war ihr ein Vater. Kein einziges Mal hat er sie angerührt. Sie bekam trotzdem alles mit. Als sie klein war, konnte sie nicht allein schlafen, weil sie Angst vor der Ruhe hatte. Bevor Victor zuschlug, wurde es immer zuerst ganz leise … und dann ganz laut«, stieß er kaum hörbar hervor.

Meine Hände glitten unter seinen Armen entlang, nach vorn auf seine Brust. »Wie fühlst du dich jetzt?«

»Erschöpft. Es tat aber gut, es dir zu erzählen«, sagte er und presste meine Hände mit seinen gegen sich. »Ich hab so hart daran gearbeitet, glücklich zu sein, Julie. Und der Mensch zu sein, der ich sein will. Als Cara gerade in der Tür stand … da ist alles auf mich eingeprasselt und ich hab das Gefühl bekommen, alles war umsonst. Ich war wieder der Oscar von damals, der all das nur geträumt hat und immer noch in den Fängen von Victor hängt.«

Er drehte den Kopf so weit, dass ich sein herzzerreißendes Profil sehen konnte. »Es ist kein Traum. Ich bin hier, und dass sein Tod was mit mir macht, das ist in Ordnung.«

»Natürlich ist es das, Oscar«, redete ich ihm zu. »Das Letzte, was du tun sollst, ist, das alles zu verdrängen. Du hast selbst gesagt … den Oscar von damals hast du übermalt, er ist trotzdem immer noch ein Teil von dir. Du meintest, es gebe auch schlechte Tage, und dass das okay sei. Niemand hätte diese Nachricht einfach so hingenommen.«

Wortlos drehte er den Oberkörper, um nach mir zu greifen und mich rittlings auf seinen Schoß zu ziehen, wobei meine Finger über seinem Herzen landeten. Tränenspuren benetzten seine Wangen, aber er lächelte mich an.

»Du bist fabelhaft.« Er lehnte seine Stirn gegen meine.

»Danke, Julie.«

Ich küsste seine Wangen, schmeckte salzige Nässe. »Immer.«

Und das war die Wahrheit.

Zumindest glaubte ich das in diesem Moment.

Oscar

Er wusste nicht, wie lange er sich an ihr festgehalten und versucht hatte, sein Inneres zu ordnen. Irgendwann hatte er ihr einen Kuss gegeben, ehe sie sich erhoben.

Wem oder was seine Tränen gegolten hatten, konnte er nicht sagen, denn der Gedanke an Victors Tod löste verwirrende Gefühle in ihm aus.

Wut. Wie immer.

Schock, weil er nicht begriff, wie schnell der Tod angriff.

Erleichterung. Ja, vor allem Erleichterung und Frieden.

Und deswegen auch Reue.

Vor allem anderen stieg mit jeder weiteren Sekunde, in der er es zuließ, Trauer in ihm auf. Darüber, dass er nie den Vater gehabt hatte, den er sich so wünschte; darüber, dass sein biologischer Vater – selbst geprägt vom Leben – in sich gefangen gewesen war; darüber, dass Victor ihm genommen hatte, angemessen um ihn zu weinen.

So wie Cara es tat, als sie in das Haus zurücktraten, Jascha und Andri neben ihr, Lovis im Sessel. Alle sahen auf, Oscar jedoch beachtete nur seine Schwester.

»Komm. Ich zeige dir die Farm«, füllten seine Worte den Raum, und etwas wie Erleichterung huschte durch ihre Augen. Ihr Lächeln war ernst gemeint, wenn auch zittrig.

Den Blick, den Jascha ihm zuwarf, während er seiner Schwester die Tür aufhielt, sprach von einer Warnung, aber Oscar hatte keine Energie, sich darüber Gedanken zu machen.

Um die Stimmung aufzulockern, führte er sie schweigsam zu den Eseln, wo sie Mio im Innenbereich in seiner Box fanden. Wie erwartet, ließ Cara das nicht kalt, und ihre Augen strahlten wie damals, als sie ihr Pferd bekommen hatte. Sie liebte Tiere.

Er stellte ihr die Ziegen vor, Brutus – der sie tolerierte –, zeigte ihr das frisch erbaute Cottage, das von innen noch eine Baustelle war, und schließlich führte er sie zur Bienenscheune. Es tat gut, sich die Beine zu vertreten. Cara war sicher auch froh, sich etwas ablenken zu lassen und ihm unschuldige Fragen stellen zu können, bevor sie zu ernsteren Themen kamen.

Die frisch geernteten Honigtöpfe waren das letzte, was er ihr zeigte, ehe er die Flügeltüren zu den wilden Wiesen aufdrückte. Dort standen sie, er auf der einen, sie auf der anderen Seite, und schauten über sein Land.

»Du kannst stolz auf dich sein, Oscar«, brach sie die Stille und schenkte ihm ein trauriges Lächeln. »Ich wollte dir wegen der ganzen Sache schreiben, weißt du. Dutzende Male. Am Anfang hatte ich Angst davor, dass Dad dich dafür zahlen lässt. Dann wollte ich mich dir nicht aufdrängen. Einmal habe ich einen Brief statt einer Nachricht geschrieben, damit ich nicht sehen konnte, ob du online gewesen warst oder meine Nachricht gelesen hast. Er hat es mitbekommen und mir geraten, es zu lassen. Er sagte, wir haben keinen Platz in deinem Leben.«

»Du hättest einen gehabt«, unterbrach er sie und die Ehrlichkeit in seinen Worten schnürte ihm die Kehle zu. »Du hättest immer einen Platz gehabt, Cara. Aber …«

Er suchte nach Worten.

»Ich hätte mich niemals von ihm abgewandt und ich habe schnell das Risiko erkannt, ihn wieder in dein Leben zu bringen.«

Er bestritt es nicht. Cara war so harmoniebedürftig, sie hätte die erstbeste Gelegenheit genutzt, um diese Familie wieder zusammenzubringen. Ein Versuch, bei dem sie gescheitert und an dem sie verzweifelt wäre.

»Es tut mir leid, dass ich dich damals einfach zurückgelassen habe. Mum und dich. Ich –«

Dieses Mal unterbrach sie ihn mit einem Blick, der ihn an Ort und Stelle festpinnte. »Wag es nicht. Wage es nicht, dir das vorzuwerfen. Wir waren nicht deine Verantwortung, Oscar. Du warst ein Junge, der sein Leben hasste. Ich hab es jeden Tag in deinem Gesicht gesehen, wie sehr du gefangen warst und flüchten wolltest, und es war richtig, es zu tun. Ich habe dich verfolgt ... online. Ich kenne all deine Videos, Podcast-Besuche und Artikel. Und ich habe dich noch nie so glücklich erlebt.«

Er seufzte, als müsste er sich dafür schämen. »Warst du glücklich?«, traute er sich zu fragen, unwissend, ob er die Antwort ertrug.

»Ja«, meinte sie ernst. »Und ich glaube, das habe ich auch dir zu verdanken. Dass du gegangen bist ... ich weiß, du willst das nicht hören, aber Dad hat es das Herz gebrochen. Soweit es brechen konnte. Ich weiß nicht, wie er es geschafft hat, doch er hat Mum danach nie wieder angerührt. Er ist ein Arsch geblieben, machen wir uns nichts vor«, meinte sie leichthin, als wäre das eben seine Macke gewesen.

»Es war dennoch friedlicher. Sein restliches Leben hat er versucht, es wiedergutzumachen.« Sie presste die Lippen zusammen und wich seinem Blick aus. »Nicht alles war ganz durchdacht. Als ich von den Investitionsplänen mit *Love Brand* erfahren habe, haben wir uns das erste Mal so richtig gestritten. So hatte er mich noch nie erlebt. Wir haben uns nicht wiedergesehen.« Ihr war anzusehen, wie nachdenklich sie wurde.

»Das tut mir leid, Cara.« Und er meinte es so.

Ihre Brauen trafen sich. Als sie ihn dieses Mal ansah, standen Tränen und Scham in ihren Augen. »Mir tut es leid. Ich habe das Gefühl, als hätte ich dich verraten, weil ich ihm nicht den Rücken kehrte.«

Er stieß sich erschrocken vom Rahmen ab und musterte sie, fragte sich, wie sie darauf kam, dass er das von ihr verlangt hätte. Als sie den Kopf senkte, schritt er auf sie zu. Bevor er es sich anders überlegen konnte, zog er sie in seine Arme.

Cara sog die Luft ein, klammerte sich dann sofort an ihn, während er die Welle an Empfindungen zu zügeln versuchte. Seit acht Jahren hatte er seine Schwester nicht gesehen, geschweige denn sie umarmt, und jetzt war es ihm vergönnt, sie zu trösten und ihr zu zeigen, dass er ihr nichts vorwarf.

»Du warst sechzehn. Und wir wissen beide um deine damalige rebellische Phase. Du wärst mit mir gekommen, hätte ich es zugelassen.«

»Vermutlich«, schniefte sie und drückte ihn noch mal, ehe sie seinen Rücken klopfte und zurücktrat. »Ist Julie deine Freundin?«

Er lachte unbeherrscht auf. Schön wär's. »Nein. Julie ist … es ist kompliziert.«

Ihre Brauen hoben sich. »Es wirkt gar nicht kompliziert.«

»Ist es auch nicht … mehr. Aber sie kommt aus Deutschland und wird bald zurückgehen.«

»Mhm«, meinte sie und schätzte ihn mit einem Blick ab, den sie die letzten Jahre wohl noch weiter perfektioniert hatte. Der Ich-bin-Cara-und-kenne-deine-Gedanken-aber-behalt-sie-ruhig-erst-mal-für-dich-Blick.

»Wie geht es jetzt für Morrisson weiter?«, lenkte er ab.

»Ich übernehme Dads Platz, allerdings wird sich einiges ändern.«

In dem Moment erkannte Oscar die Frau, zu der sie geworden war. Unnachgiebig, tough und gerissen. Zu gut konnte er sich vorstellen, wie hart sie sich das erkämpft hatte, wenn er sich daran erinnerte, was für eine Männerdomäne diese Branche war.

Sie steckte die Hände in die Taschen. »Es ist nicht so, als würde ich seine Arbeit nicht in Ehren halten. Wir werden nur etwas umdenken. Er hat es mich schon mit einem eigenen Label probieren lassen und es läuft mehr als gut. Ich möchte bewusstere Mode für alle Körperformen verkaufen und deswegen«, sie blickte zu ihm, »werde ich der Kooperation mit *Love Brand* nicht zustimmen.«

Oscar öffnete den Mund, konnte nichts sagen, spürte nur, wie es in ihm leichter wurde und ihn Dankbarkeit erfüllte, weil Cara das tat.

Schmunzelnd wandte sie sich den Wiesen zu. »Ich würde nächsten Sommer gern eine Modelinie kreieren, die Spenden für Wildbienenschutz generiert. *Bee Boy*«, konkretisierte sie und er erinnerte sich an ihre Begrüßung. »Das ist mein Spitzname für dich. Ich würde diese Kooperation gern mit dir machen.« Sie hob die Finger, als er sie unterbrechen wollte. »Ich weiß, was das für dich bedeuten würde und du diese beide Leben hart trennst. Es ist nur eine Idee und ich bin sicher, wir würden eine gute Lösung finden, aber ich dränge dir nichts auf. Du musst heute nicht antworten. Du musst niemals antworten. Außer du willst.«

Schwer schluckte er. »Ich denke darüber nach.«

Daraufhin sahen sie wieder gen Landschaft.

»Es ist herrlich.« Ein seliges Lächeln trat in ihr weiches Gesicht. »Danke, dass du mir das gezeigt hast.«

Keine zwei Stunden später stieg sie in Jaschas Auto, der so lange auf sie eingeredet hatte, bis sie dem Angebot zugestimmt hatte, sie zum Flughafen zu fahren. Nach Göteborg war es über eine Stunde, was Jascha zu wenig und Cara zu viel zu sein schien. Nachdenklich sah er dem Wagen hinterher, bis er sich umdrehte und Julie in der Tür lehnen sah. Sie stand da, wartete auf ihn, und es war ein Gefühl von solcher Freude, sofort wurde es leichter in ihm.

Den ganzen restlichen Tag kümmerte sich Julie um ihn. Sie brachte ihm frischen Tee, kaum dass er den letzten Schluck ausgetrunken hatte, sie backte ihm Brownies und bot, wann immer möglich, ihre Hilfe an. Dann pflückte sie Blumen und zwang ihn, mit ihr einen Blumenkranz für Mio zu binden. Dabei beobachtete er sie hauptsächlich, da sie zauberhaft aussah, wie sie im Schneidersitz vor dem Esel saß und sich konzentriert auf die Unterlippe biss.

Als sie endlich fertig war, drückte er sie ins Gras. Mio wollte zu seinem Leidwesen mitkuscheln. Am Abend verkündete Julie einen Filmabend mit Popcorn und *Avatar* – sein Lieblingsfilm –, bis sie kurz vor Ende einschlief und er eine Gestalt mit Hut auf der Veranda ausmachte.

Der alte Griesgram zögerte zu klopfen oder reinzukommen, also erhob sich Oscar und trat zu ihm nach draußen. Die beiden Betonkerzen erhellten die Umgebung, und Lovis' Miene war offensichtlich besorgt, was Oscars Brust warm werden ließ. Wortlos setzten sie sich auf die Stufen und sahen in die anbrechende Dunkelheit.

»Du musst nicht nach mir sehen«, meinte er schließlich.

Lovis brummte. »Kannst mir nicht verwehren, mich um dich zu sorgen.«

Oscar hob den Kopf und starrte das Profil des anderen Mannes an, der nachdenklicher wirkte, als er ihn je erlebt hatte.

»Wie geht es dir damit?«

Lovis' dicke Brauen trafen sich und er erwiderte seinen Blick.

»Das tut nichts zur Sache. Du weißt genau, wie ich dazu stehe. Ich werde trotzdem nicht schlecht über deinen Vater sprechen oder den Herzschmerz einer alten Liebe aufkommen lassen.«

Er schaute auf seine Finger und ihm schnürte sich die Kehle zu. Seine Augen brannten. »Er war nicht mein Vater.«

»Oscar …«, begann Lovis.

Er versank in Erinnerungen. Ein bittersüßes Lächeln huschte über seinen Mund, während er die Worte erstickt rausbrachte.

»Wusstest du, dass ich früher so verdammt wütend auf dich war? Ich hab es gehasst. So sehr. Jedes Mal, wenn wir hier ankamen, und jedes Mal, wenn wir wegfuhren. All die Zeit dazwischen.«

Er wischte sich über die Wangen. »Ich wollte hier sein. Und ich war als Kind so sauer, weil du mich hast gehen lassen.«

Lovis fasste seine Schulter. »Wovon redest du, Junge?« Noch nie hatte er so sanft gesprochen.

Plötzlich kam alles an die Oberfläche. All die Trauer und Wünsche. Sein Herz schmerzte, weil er sein ganzes Leben von etwas geträumt und es sich verwehrt hatte. So wie Lovis es sich verwehrt hatte.

Er konnte ihm nicht ins Gesicht sehen, als er unter Tränen antwortete: »Ich hab mir gewünscht, dass du mein Vater bist. Seit ich denken kann. Aber wer hätte schon so einen Sohn gewollt, der nur Scheiße baut?«

Die Hand auf seiner bebenden Schulter erstarrte, weshalb er sich fragte, ob er zu weit gegangen war und Lovis mit etwas belastete, mit dem er nichts zu schaffen haben wollte. Oscars Schluchzen war so laut in der Stille, dass er die Lippen zusammenpresste.

Ein Schniefen erklang. Lovis' Griff wurde fester. Und dann zog er Oscar in die Arme. So plötzlich, er erstarrte eine Sekunde, ehe er die Umarmung erwiderte.

»Ich.« Lovis' Stimme bebte, während er eine Hand um Oscars Kopf schloss. »Ich hab es mir gewünscht. Ab dem Moment, wo du mit deinem scheiß trotzigen Ausdruck zu mir hochgeguckt hast. Du warst ein Sohn für mich, selbst wenn es mir nicht zustand, so zu denken.«

Damit brach der Damm und Oscar weinte wie ein kleines Kind. Wie noch nie zuvor in seinem Leben. Und noch nie hatte er sich so sicher gefühlt. Noch nie so beschützt, wie Lovis ihn schützte, indem er ihn hielt und ihm seine Tränen nicht zum Vorwurf machte, sondern ihn dazu anhielt, sie rauszulassen. Bis sie irgendwann versiegten.

Er löste sich aus der heilenden Umarmung und fuhr sich übers Gesicht, lachte, weil diese Situation so surreal und doch so überfällig war. »Darf ich dich immer noch beleidigen?«

Lovis lachte auf, und Oscar hob den Blick zu ihm, bemerkte seine glasigen Augen und den geerdeten Ausdruck darin.

»Ich erwarte es sogar.«

»Danke, Lovis. Für alles«, sagte er ernster.

Der blinzelte Tränen weg, presste die Lippen zusammen und bekam nichts heraus, weshalb er nur nickte. Kaum verzog sich Oscars Mund zu einem Lächeln, erhob sich Lovis mit einem Räuspern. »Genug der Gefühlsduselei. Dein Mädchen wartet auf dich. Und Mio auf mich.« Ein erneutes Räuspern und schon verschwand er grummelnd in die Dunkelheit, doch Oscar schaute ihm noch lange nach, selbst als er ihn nicht mehr sehen konnte.

Etwas leichter kehrte er ins Haus zurück, wo Julie immer noch schlief, weshalb er sie sachte weckte. Wie in jener Nacht klammerte sie sich an ihn und mit jeder Stufe in die erste Etage wuchs der Wunsch, das jeden Tag tun zu können. Während er die Erwachte im Bad abstellte, sah er nach den Kätzchen, ehe er sich fertig machte und zu ihr ins Bett schlüpfte. Auch daran konnte er sich gewöhnen.

Julie legte das Handy weg, kaum dass sein Kopf neben ihrem in den Kissen gelandet war, drehte sich ihm zu und musterte ihn.

»Alles okay?«

Es war verrückt, wie gut sie ihn lesen konnte. Er glaubte nicht mal, dass es ihr klar war. Heute war sie für ihn so ein Halt gewesen und er hatte das geliebt, weil sie in jenem Moment so sie selbst, so stark war. Er dachte an Caras wissenden Blick.

Frag sie einfach, dachte er, *frag sie, ob sie mit dir zusammen sein will, trotz der Entfernung*. Diese eine Frage stand zwischen ihnen und er musste sie stellen, das war ihm klar. Sollte Julie Ähnliches wollen, dann wartete sie darauf, dass er es ansprach, denn sie enthielt sich die Dinge vor, bei denen sie glaubte, sie nicht zu verdienen. Er würde schon fast behaupten, dass sie genau diese Dinge von sich stieß. Lieber ging sie von allein, als weggeschickt zu werden. Oscar erwiderte ihren Blick und versuchte sich nicht von seinem rasenden Herzen aus der Ruhe bringen zu lassen. *Frag sie.* Er öffnete den Mund und …

»Ja«, war alles, was er rausbekam, und schlug innerlich die Hände vors Gesicht. Was war er für ein feiger Esel.

In ihren Augen funkelte Misstrauen. »Ehrlich?«

Er setzte als Antwort einen Kuss auf ihre Nasenspitze. Morgen würde er mutig sein und nichts würde ihn davon abhalten. Wovor hatte er überhaupt Angst? So wie sie ihn gerade ansah, würde sie nicht Nein sagen.

»Komm her«, raunte er und legte unter der Decke seine Hand auf ihre Hüfte, zog sie an sich, bis sie an seiner Brust lag.

Julie schob mit einem wohligen Geräusch ein Bein zwischen seine, und er fuhr mit der Hand über ihren Rücken, ihren Hintern und wieder nach oben. Das musste der Himmel sein. Sie so in den Armen halten zu dürfen. Jeden verdammten, herrlichen Tag.

Julie küsste tröstend seinen Hals. »Morgen wird bestimmt ein besserer Tag«, meinte sie an seiner Haut und er vergrub das Gesicht in ihren Haaren, schöpfte etwas Hoffnung.

Ein kleines Lächeln tanzte auf seinen Lippen. »Ja, bestimmt.«

Bienen tanzen,
um den Weg zu Futterquellen zu erklären.
Es gibt den Rundtanz
und den Schwänzeltanz.

O.M.

Kapitel 28

Komm nicht zurück

Julie

Oscar beim Schlafen zuzusehen war seltsam schön. Bei dem Gedanken daran, was gestern passiert war, kam der Wunsch, ihn zu beschützen, in mir auf. Nur war das schwer, wenn eine Sache unabwendbar war. Den Tod zu verdrängen war kein Schutz, der lange aufrechterhalten werden konnte, das wusste ich zu gut.

Während Oscar gestern im Bad gewesen war, hatte ich seinen Wecker eine Stunde später gestellt. Dafür ging meiner früher los, ganz leise und dicht an meinem Kopfkissen, damit er nicht aufwachte, denn er hatte sich etwas mehr Schlaf verdient. Leise schlüpfte ich aus dem Bett, machte mich fertig und legte ihm ein Zettelchen mit der Info ans Bett, dass unten Frühstück auf ihn wartete.

Lovis kannte meinen Plan, weswegen er mich vor dem Haus abfing und wir uns gemeinsam um die Tiere kümmerten, wobei ich Mio übernahm. Danach sah ich nach den Kätzchen, ehe ich das Essen vorbereitete.

Als mein Smartphone vibrierte, erwartete ich eine Nachricht von Tamsin, aber es war ein anderer Name, der erschien.

Gigi Sumala (06:20)
Hey Julie. Ich wollte dir nur in Erinnerung rufen, dass bald die Kampagne zu Love Brand erscheint. Es haben sich einige ehemalige Mit-

arbeiter:innen gefunden. Und es steht eine Doku im Raum – just saying. Vielleicht hast du ja doch was zu sagen. Ich will noch mal betonen, dass ich das tue, um anderen eine Stimme zu geben. Du hast drei Tage Zeit. Solltest du dich nicht melden, lasse ich dich mit dem Thema in Ruhe und behellige dich nicht weiter, es fühlte sich bloß falsch an, es nicht zu versuchen.

»Alles gut?«, erklang Lovis' Stimme, und im nächsten Moment trat er schon neben mich.

Ich sperrte das Handy und legte es weg, um Teller aus dem Hängeschrank zu holen. »Alles gut. Eine Bekannte ist Journalistin und bringt bald was zu *Love Brand* raus. Sie will mir die Chance geben, mich ebenfalls zu äußern, weil sie weiß, dass ich viele Infos habe.«

Nach einem kurzen Seitenblick widmete er sich der Vorbereitung des Kaffees. »Und was sagt dir dein Gefühl?«

»Dass ich *Love Brand* hinter mir lassen will.« Noch nie hatte ich es ausgesprochen und es war, als würden Tonnen von meinen Schultern fallen. »Ich weiß nicht, ob ich das kann, wenn ich mit meiner Beteiligung ins Scheinwerferlicht gerückt werde.«

»Dann lass es. Zwing dich nicht dazu«, meinte Lovis, und ich bemerkte, wie nervös er wirkte, als ich Besteck aus den Schubladen holte.

»Ist bei *dir* alles gut?«

Er brummte nur, also wartete ich so lange, bis er seufzte und meinem Blick nachgab. So unsicher hatte ich ihn noch nie gesehen, hatte nicht mal in Betracht gezogen, dass er es sein konnte.

»Oscar und ich haben gestern Abend auf der Veranda gesprochen. Es sind …« Das erste Mal seit Langem suchte er nach den deutschen Worten. Je mehr wir geredet hatten, desto flüssiger war es geworden, seine Nervosität schien jedoch wie eine Blockade. »Wir haben Dinge gesagt, die überfällig waren.«

»Was für Dinge?«, fragte ich vorsichtig.

»Ich hab ihm klargemacht, wie sehr ich ihn liebe. Wie einen Sohn. Und er …« Lovis stockte und räusperte sich. »Er hat etwas gesagt, was mir viel bedeutet. Ich will ihn nicht enttäuschen.«

Was auch immer Oscar genau gesagt hatte, Lovis empfand es für richtig, ihm zu überlassen, wer davon wusste. Seine Worte sowie der ergriffene Unterton trieben mich näher zu ihm, und ich legte eine Hand auf seinen Rücken.

»Lovis. Du könntest ihn niemals enttäuschen. Ganz im Gegenteil, glaub mir.«

Er presste die Lippen zu einem Lächeln zusammen und nickte mehrmals. »Nun. Wir sollten uns beeilen, ehe der kleine Scheißer endlich aufwacht.«

»Der kleine Scheißer ist anwesend.«

Wir drehten uns zu Oscar um, der gerade im Rahmen zum Halten kam.

»Du bist zu früh dran!«, beschwerte ich mich und räumte schnell alles aus dem Kühlschrank, was wir brauchten. »Dein Wecker sollte um Viertel vor sieben losgehen.«

»Bin vor ihm aufgewacht«, kam es nur amüsiert zurück, während er dabei zusah, wie wir in Windeseile alles auf den Tisch stellten.

»Setzen«, befahl ihm Lovis, und Oscar gehorchte salutierend, nicht ohne mir auf dem Weg einen Kuss auf die Wange zu drücken.

Sobald er sich niedergelassen hatte, strich ich ihm durch die weichen Haare und lächelte ihn an. »Ich hoffe, du bist nicht böse, dass wir das gemacht haben.«

Mit weichem Ausdruck nahm er meine Finger und küsste sie. »Nein. Der Schlaf tat gut.«

Ich versuchte auszumachen, was in ihm vorging und stellte fest, dass seine Züge geerdeter waren. Die Schatten darin hatten sich gelichtet. Ein letztes Mal streichelte ich über seine Wange und fünf Minuten später saßen wir zusammen am Tisch, wobei mir die Atmosphäre zwischen den beiden Männern nicht entging. Irgendwie leicht, gleichzeitig auch unsicher.

Als hätte man etwas auf den Tisch gelegt, was sonst darunter gelegen hatte und nun ungewohnt präsent war.

Wir starteten voller Ruhe in den Tag, erledigten Kleinigkeiten und Oscar erzählte, dass er sich bald nach einem jungen Eselkameraden für Mio umhören wollte. Lilibet und Phil waren schon vor der Rettung aus einem Zirkus ein Herz und eine Seele gewesen und ich lernte, dass Esel immer einen besten Freund hatten, mit dem sie alles machten und teilten.

Anscheinend hatte ich ein Bewusstsein für Oscar entwickelt, denn irgendwie merkte ich, wenn er Nähe oder Zeit für sich brauchte. Zwischendurch suchte er meine Umarmungen, im nächsten Moment verschwand er gen wilde Wiesen oder Haus. Kaum war der Vormittag angebrochen, kehrte Trubel auf der Farm ein. Fynn kam vorbei, um nach Oscar zu sehen, woraufhin sie eine Weile auf dem Scheunendach saßen und ich im Laden aushalf, bevor ich mich mit der Innenarchitektin beim neuen Cottage traf, um unsere Wünsche zu besprechen. Wie gut sich das anfühlte, war unbeschreiblich, denn ich verlor mich in der Vorstellung, zu bleiben.

Danach half ich Oscar, seinen Wagen für den Vortrag in der Schule zu beladen, und drückte ihm mehrere feste Küsse auf den Mund, die seine Augen zum Strahlen brachten. Er winkte mir aus dem Fenster. Ich sah ihm hinterher, bis sich Brutus anschlich und mich zum Rückzug zwang.

Ohne Umwege schaute ich nach Tavi und den Kätzchen, saß eine Weile einfach nur da. Ich fragte mich, wieso man so kleinen Lebewesen, die nicht viel konnten, außer niedlich zu sein, so lange beim Nichtstun zuschauen konnte, ohne sich zu langweilen. Tavi hörte mir aufmerksam zu, während ich laut überlegte, wie ich Oscar eine Freude machen konnte. Als mein Handy klingelte, blickte sie empört drein, weil ich die Streicheleinheit stoppte.

Das Lächeln auf meinen Lippen erstarb schlagartig, als mir ein Name entgegensprang, der mir heißkalte Schauder über die Haut trieb. Mein Herz pochte. Meine Brust verkrampfte sich.

Maurice.

Das war Maurice, der mich anrief.

Geh ran, geh ran, geh ran.

Weg, weg, weg.

Die Gedanken stürmten durch meinen Kopf, während ich wie erstarrt dasaß.

Dann nahm ich ab.

»Hier spricht Julie Hassel.« Er sollte bloß nicht denken, dass ich seine Nummer noch gespeichert hatte.

»Julie. Hier ist Maurice«, begrüßte er mich und schien alles andere als erfreut. Seit ich den Deal abgeblasen hatte, war nichts mehr von ihm gekommen. Wieso also rief er jetzt an? »Wir haben ein kleines Problem und ich komme direkt zum Punkt. Dass du den Deal gecancelt hast, war ziemlich ernüchternd. Nichtsdestotrotz drohen mir deine Partner abzuspringen.«

Ich machte mir keine Mühe, die Schadenfreude zu unterdrücken, die in mir aufstieg. *Das hast du davon, du kleiner –*

»Sie wollen, dass du zurückkommst.« Seine Worte kamen nicht direkt bei mir an. Erst als er sagte: »Ich will, dass du wieder bei uns anfängst.«

Er wollte mich zurück. Er war auf mich angewiesen und ich konnte meinen Job zurückhaben. Mit einem Mal war da eine Rettungsleine. Das, woran ich mich jahrelang festgehalten hatte, tauchte plötzlich wieder auf, nachdem ich komplett verloren gewesen war.

Der Instinkt, danach zu greifen, durchfuhr mich mit einer Heftigkeit, ich bekam kaum Luft. Er wollte mich zurück.

»Nein.«

»Wie bitte?« Die Frage hallte nicht bloß durch das Smartphone, sondern auch durch meinen Verstand.

Doch ich war bei Sinnen und die Antwort kam von Herzen, denn Maurice war nicht länger das, woran ich mich festklammerte. *Love Brand* war nie mein sicherer Hafen gewesen.

»Ich komme nicht zurück, und mir ist scheißegal, ob du Kooperationen verlierst«, erwiderte ich mehr als deutlich.

Eine geschockte Ewigkeit verging, ehe mein Ex-Chef die Sprache wiederfand. »Diese Sache muss nicht so laufen, weißt du. Entweder du kommst wieder oder ich zerstöre deinen kleinen Möchtegernweltretter, den du entgegen deiner Behauptung um den Finger gewickelt hast, wie man mir zugetragen hat.«

Ich kniff die Augen zusammen, ließ mir die Wut nicht anmerken. »Du tangierst ihn nicht, Maurice.«

»Ihn wird es tangieren, wenn die Presse Wind davon bekommt, dass er eine *Love Brand*-Mitarbeiterin beherbergt, die seit Jahren versucht, ihn an Land zu ziehen. Was wird das für ein Bild auf ihn werfen, mhm? Ich hab deine Mails, in denen du von dem Deal sprichst und ich habe reichlich Bilder, die euren freundlichen Umgang bezeugen. Du hast mir den Schatz vor die Nase gehalten, Julie, und ich werde mir nicht gefallen lassen, dass du ihn mir wegschnappst *und* ich zusätzlich Geld verliere. Ich werde für so einen Imageschaden sorgen, dass er keinen Schritt mehr vor die Tür wagt.« Sein Zorn triefte nur so zu mir durch. »Du weißt doch, wie das läuft. Das Internet vergisst nicht. Du kannst der freundlichste Mensch auf Erden sein, mit den loyalsten Fans. Und dann, bäm!«, sagte er und knallte seine Hand auf etwas Festes. »Ein Fehler und du bist Geschichte! Heute Morgen ist mir ein neuer Investor wegen ihm abgesprungen. Ich bin es leid, dass diese Welt so tut, als wäre noch irgendwas zu retten. Zu retten ist dieser Konzern, und deswegen bewegst du deinen Arsch wieder her. Sonst mache ich Morrison fertig. Endgültig.«

Ich war wie erstarrt. Das war etwas, was nur Maurice schaffen konnte. Mein Herz schmerzte so sehr, ich hob die Hand zu meiner Brust, um sicherzugehen, dass es schlug. Er drohte Oscar. Unzählige Male hatte ich Maurice' cholerische Ausbrüche erlebt. Er war unberechenbar, wenn es darum ging, zu bekommen, was er wollte. Sein Fass war offenbar übergelaufen und nun scheute er vor nichts zurück.

Dieser Mann hatte Leute zum Schafott geführt, hatte sie an Fäden gespannt, um sie zu lenken.

Inklusive mir.

Verzweiflung packte meine Glieder. Ich wollte nicht zurück. Ich konnte nicht. Aber Oscar durfte keinen Schaden nehmen. Nicht wegen mir. Das war schon zu oft geschehen. Er hatte mir die letzten Wochen so viel gegeben, wohingegen ich seit Tag eins nichts als eine Last für ihn gewesen war; und jetzt könnte ich sein Todesstoß sein. Selbst wenn keine Lüge mehr zwischen uns stand und er mir verziehen hatte, in diesem Moment brach mein schlechtes Gewissen zerstörerisch über mir ein. Ich hatte ihm so viel genommen.

Maurice würde es nicht wagen, ihn anzurühren. Dafür würde ich sorgen. Nie mehr wollte ich dafür verantwortlich sein, dass es Oscar schlecht ging. Niemals. Es tat mir so leid, dass mein Auftauchen solche Konsequenzen hatte, und sosehr ich in Stolt bleiben wollte, ich wusste, hier hatte ich keinen Platz. Dafür liebte ich es zu sehr.

»Also?«, blaffte Maurice.

Ich traf Tavis Blick, musterte dann das kleine Kätzchen, an dessen Leben Oscar festgehalten hatte. Er würde es nicht verstehen. Er würde mich aufhalten, wenn er mitbekam, was vor sich ging und sich vor mich stellen. Doch dieses Mal war ich es, die ihn schützen würde.

»Ich will schwarz auf weiß, dass du Oscar keinen Imageschaden zufügst. Ihr lasst sein Land in Ruhe.« Stolt ging Maurice am Arsch vorbei. Er wollte Oscar nur tyrannisieren. »Und Balder soll ihn auch in Ruhe lassen.«

Seine harte Miene konnte ich mir zu gut vorstellen. »Kommst du zurück? Ohne Rückzieher dieses Mal.«

Mein Griff um das Handy wurde fester. In mir zerbrach etwas. Dann stand ich auf, schwankte kein bisschen, als ich antwortete. Denn ich musste jetzt mutig sein. »Ich komme zurück.«

Oscar

Zwischen dem heutigen Trubel war es Oscar gelungen, Julie einen Brief auf ihre Reisetasche zu legen, der mit *Mich darfst du erst in Hamburg öffnen* beschriftet war. Heute würde er ihr sein Herz ausschütten, und weil er sie kannte, wollte er ihr etwas mitgeben, was sie daran erinnerte, dass er sich immer für sie entscheiden würde.

Der Hofladen wurde überrannt, dann musste er zur Schule und seinen Vortrag halten. Sowohl auf dem Hin- als auch dem Rückweg telefonierte er mit seinem Management, um aktuelle Projekte und Anfragen zu besprechen, wo sie seine Meinung brauchten. Normalerweise kümmerten sie sich eigenständig um alles und riefen nur in Extremfällen an, bei denen er das letzte Wort hatte. Währenddessen kam ihm *Bee Boy* in den Sinn, aber er wollte es erst noch eine Weile sacken lassen.

Auf der Fahrt hielt er beim Supermarkt und kaufte alles ein, womit er Julie ein Lächeln entlocken könnte, und auch für sein Wohl war gesorgt, denn die Wut war zwar abgeebbt, Victor war dennoch präsent. Also kam er mit Tüten beladen zu Hause an und stellte sie auf dem Küchentisch ab. Von oben hörte er Geräusche und wunderte sich nicht, wie sehr er Julie vermisst hatte und sich freute, sie gleich in den Arm zu nehmen. Lächelnd schüttelte er den Kopf. Er war verloren.

»Bin zurück«, rief er nach oben. Es fühlte sich so alltäglich an; viel zu gut, um wahr zu sein. Kurz erlaubte er sich einen Besuch bei Tavi und den Kittens, die alle wohlauf waren, bevor er mehr als enthusiastisch die Treppe erklomm. »Wollen wir heute Abend Stockbrot machen? Du meintest, das hättest du seit Jahren nicht mehr getan. Wir können auch die anderen einladen«, begann er schon auf den Stufen zu reden. »Wobei ich dich gern für mich allein hätte.« Er lächelte und stellte sich vor, wie sie es ihm gleichtat, blickte in sein Zimmer, das jedoch leer war. Dann hörte er Bewegungen hinter sich und entdeckte Julie an ihrem Bett. Mit einem Mal stockte er. Von jetzt auf gleich schrillten in ihm die Alarmglocken, weil solch eine Härte in Julies Gesicht stand, dass es ihn das Fürchten lehrte.

»Was ist los?« Mit vier langen Schritten stand er vor ihr. Die Tasche auf dem Bett ignorierte er. Ebenso das restliche Gepäck.

Und die offenen Schubladen. Das war nichts, dessen Bedeutung er jetzt ertragen konnte.

Julie sah ihn an und atmete tief durch, als würde sie alle Kraft dafür sammeln. Als er in ihren Augen Tränen ausmachte, umfasste er behutsam ihr Gesicht und wischte die blassen Mascaraspuren unter ihren Lidern weg.

»Queenie. Was ist los?«

Verdammt, seine Panik war so übermächtig, er konnte kaum atmen. Was passierte hier?

»Ich muss nach Hamburg zurück. Heute noch.«

Ihre Brauen trafen sich, als könnte sie es nicht fassen.

Das ging nicht. Sie hatten noch fast zwei Wochen, bis die drei Monate vorbei waren, und sie redete davon, heute gehen zu müssen. Er verstand nicht, was sie ihm sagte.

»Wieso? Ist was passiert? Geht es deiner Familie gut?«

Sie seufzte, nickte dann, und ihr Ausdruck ließ keine Zweifel, ehe sie den Kopf senkte. Sein Herz setzte aus, raste dann umso schneller weiter. Er war machtlos gegen das Zittern, das seine Finger packte. Am liebsten wäre er aus diesem Körper ausgebrochen, denn er fühlte sich viel zu klein, viel zu eng an für das, was in ihm aufbegehrte.

»Hey, sieh mich an.« Er fuhr mit dem Daumen über ihren Wangenknochen, dabei war er derjenige, dem die Tränen in die Augen traten.

Weil er wusste, was hier passierte. Er wusste es ganz genau und er hatte es von Anfang an gewusst.

»Rede bitte mit mir. Du machst mir Angst.«

Und wie sie das tat. Aus irgendeinem Grund verlor er sie gerade. Das war etwas, was unter keinen Umständen geschehen durfte. Er hatte nämlich keinen Schimmer, wie er das überstehen sollte. Ihre Miene war blank, als würde er niemand sein, für den sie etwas übrighatte. Dann fasste sie seine Hände und zog sie von sich.

Der Moment, in dem er den Kontakt zu ihrer Haut verlor, war begleitet von einem lauten Bruch. Stille. Er hatte es gewusst, erinnerte er sich erneut. Dass sie ihm das Herz brechen würde. Das Summen wurde verschluckt von seiner Starre, während sie damit fortfuhr zu packen.

»Julie.«

Sie antwortete nicht. Jedes Kleidungsstück, das in die Tasche wanderte, zerriss seine Brust ein bisschen mehr. Seine Augen brannten.

Sie verließ ihn und ihm war klar warum. Tief in seinem Herzen ahnte er es. Da existierte nur eins, was eine solche Kontrolle über ihr Leben hatte, um sie die letzten Wochen vergessen zu lassen. Irgendwas hatte sie auf den Grund geworfen und sie hatte nach dem ersten Ast gegriffen, den sie zu fassen bekam. Wenn er doch nur bei ihr gewesen wäre. Nun kam er zu spät, denn sie wirbelte bereits in der Spirale, in der sie sich jahrelang befunden hatte.

Hilflos streckte er die Hand nach ihr aus, schluckte den Kloß im Hals hinunter, damit er reden konnte. »Mach das nicht. Rede wenigstens mit mir.«

Sie atmete aus. »Ich muss zurück, und ich kann nicht wiederkommen, Oscar. Seit ich hier bin, hab ich dich ausgesaugt und dich angelogen. Ich war nicht gut zu dir. Und ich werde auch niemals gut für dich sein. Ich bin nicht gut für dich, und ich kann nicht jeden Tag daran erinnert werden.«

»Das ist nicht wahr.« Himmel, es machte ihn wütend, dass sie so dachte. »Du bist gut für mich! Wären unsere Rollen vertauscht, wärst du ebenso für mich da gewesen. Du warst es die letzten Tage. Seit du hier bist, hast du mich unterstützt, wieso willst du das nicht sehen?«

»Ich hab das getan, weil ich ein schlechtes Gewissen hatte«, erklärte sie und wich seinem suchenden Blick aus.

»Du lügst«, stellte er fest. »Wieso gehst du wirklich? Sag es mir.«

Ihre Bewegungen stockten und sie hielt das Oberteil in der Hand, das sie bei den Lindgrens getragen hatte. »Lass mich das für mich tun, Oscar. Für uns.«

Für ihn? Begriff sie nicht, dass das weit entfernt davon war, was er wollte?

»Ich muss in Hamburg Dinge in Ordnung bringen«, fuhr sie fort.

»Lass mich dir helfen«, bat er und sagte damit wohl das Falsche.

Sie pfefferte das Oberteil in die Tasche. »Nein. Versteh es doch bitte und hör auf, mich davon abzuhalten. Ich muss das allein tun! Ich will zurück.« Ihre kühle Antwort traf mitten ins Ziel, bestätigten seine Befürchtung und sie schritt zur Kommode, um einen Stapel Shirts rauszuziehen. Darunter kam ihr Laptop zutage, den sie ebenfalls an die Brust drückte. »Ich muss zurück.«

Er konnte nicht anders und stoppte sie an den Schultern. »Ich wurde oft genug von dir angelogen, um zu merken, wenn du nicht die Wahrheit sagst. Du weißt, dass ich dich nicht einfach so gehen lassen kann. Also sieh mir ins Gesicht und sag mir, was wirklich los ist. Wieso schließt du mich aus?« Als sie sich aus seinem Griff befreite, folgte er ihr und Wut pulsierte in ihm auf. »Verdammt! Lüg mich zumindest einmal nicht an und hab den Mumm, mir ins Gesicht zu sagen, wieso du mich verlässt!«

Sie stand mit dem Rücken zu ihm und war auf einmal ganz still. Ihre Worte, die folgten, waren dafür umso ohrenbetäubender.

»*Love Brand* will mich zurück. Ich habe zugesagt.«

Das konnte sie nicht ernst meinen.

»Und du gehst einfach so?« Er machte sich nicht die Mühe, seine Gefühle zu filtern. Es war ein schlechter Scherz oder ein verfluchter Albtraum, aus dem er gleich erwachte.

Unbeirrt packte sie weiter. Nur kurz erwiderte sie seinen Blick, ehe sie erklärte: »Ich bin gezwungen, das zu tun. Sie brauchen mich.«

»*Ich* brauche dich!« Laut klangen seine verzweifelten Worte durch den Raum und ließen sie das erste Mal innehalten. Für einen kleinen Moment schaute ihm die Julie, die er liebte, entgegen, doch nach einem Wimpernschlag war sie wieder fort, löschte jeden Funken Hoffnung mit einem einzigen Luftzug aus.

Der letzte Reißverschluss wurde zugezogen. Sie war aufbruchbereit. Das Nächste, was sie tun würde, war, diesen Raum, dann sein Haus und schließlich sein Leben zu verlassen, denn nichts in dieser Welt würde sie wieder zusammenbringen können. Nicht, wenn sie aus diesem Grund entschied zu gehen.

Bevor sie die Taschen ergriff, trat er vor und fasste ihre Hände. Wie hilflos und flehend er sie anstarrte, wollte er gar nicht wissen, doch er hörte es in seinem Ton. »Bitte geh nicht.« Sie hatte hier fliegen gelernt. Und nun breitete sie die Flügel aus und flog ihm davon. Ließ ihn fallen. Aufschlagen. »Bitte geh nicht, Julie.«

Sie entzog sich ihm. »Ich muss. Und ich weiß, du hast keinen Grund, mir noch irgendwas zu glauben, aber ich mache das für dich. Für mich.«

Er blinzelte wie geschlagen. »Was ist mit *uns*?«

Julies Blick senkte sich zu seiner Brust. »Es ist eine schöne Vorstellung. Bloß wenn ich bleibe, geht alles kaputt.«

Als er sie anstarrte, fiel ihm auf, dass das Licht in ihrem Gesicht erloschen war. Er sah wieder den jungen Oscar in ihr, wie er sich hineinwarf in den Teufelskreis und nicht rauskonnte, sich festklammerte, weil das sicherer war, als loszulassen. Doch da war kein Halt und in dem Moment realisierte er die Wahrheit. Sie flog nicht davon. Sie stürzte ab. Strauchelte. Direkt Richtung Erdboden. Und er konnte ihr nicht folgen.

Wollte es nicht. Dieses Mal nicht.

Er hatte genug von ihren Lügen.

Genug davon, sich das Herz rausreißen zu lassen.

Sie war das Ehrlichste, was er jemals empfunden hatte, nur musste er auf die harte Tour lernen, dass Ehrlichkeit und Lüge Hand in Hand gingen, denn er hatte sich wohl selbst etwas vorgemacht, als er glaubte, sie zu kennen. Erstarrt sah er dabei zu, wie sie die Taschen schulterte und an ihm vorbeischritt. Sein Blick ging ins Leere, direkt in sich hinein. Nicht nur ließ sie ihn zurück, sondern auch sich selbst.

Der Gedanke schmerzte am meisten, denn sie kehrte in ein Leben zurück, das sie unglücklich machte und vermutlich immer unglücklich machen würde.

Sobald unten das Geräusch der sich öffnenden Haustür ertönte, setzte er sich schlagartig in Bewegung und stürzte die Treppe runter, wollte sie abhalten.

»Warte!«

Auf der Schwelle drehte sie sich um, und alles an ihr schrie danach, eigentlich bleiben zu wollen. Sie stand im Rahmen und es schien, als verlöre sie dort alle Farbe, wurde schwarz-weiß.

»Danke, Oscar. Für die letzten Wochen.« Sie klang, als verbände sie nichts.

»Du bist feige. Deswegen gehst du. Von Anfang an wolltest du das mit *Love Brand* gar nicht. Du wolltest diesen Deal nicht. Als du mir deinen Laptop überlassen hast, hast du gehofft, dass ich es rausbekomme. Die ganze Zeit, schon vor deiner Entlassung, hast du es darauf angelegt, damit dir jemand die Entscheidung abnimmt. Und jetzt willst du dich nicht für mich entscheiden, weil du Angst hast. Angst, mich zu enttäuschen und nicht gut genug zu sein. Deswegen gehst du! Du lügst mich lieber an, verlässt mich lieber, als dir das einzugestehen.« Sein Ton triefte vor Enttäuschung.

Sie senkte den Blick. »Was würden deine Fans sagen, wenn sie wüssten, dass du was mit mir zu schaffen hast? Ich hätte es eh versaut. Ich wäre sowieso gegangen«, erinnerte sie ihn.

Es reichte ihr wohl nicht, ihn am Boden zu sehen, sie musste auch noch nachtreten. »Und was sollte das hier gewesen sein?« Er wies zwischen sie beide. »Ein kleiner Urlaubsfick? War ich das für dich? Bis dich dein Boss zurück in den Konzern lässt?«

Ihre Brauen zogen sich zusammen. »Nein …«

»Nein was? Hast du eine verdammte Sekunde darüber nachgedacht, dass ich das ernst meine mit uns? Dass ich gehofft habe, dass da mehr zwischen uns ist und wir das irgendwie hinbekommen? Selbst wenn du in Hamburg bist und ich hier.« Gut, er wurde wütend.

»Und du haust einfach ab, ohne zu zögern? Ohne mit mir zu reden«, knurrte er und machte einen Schritt auf sie zu.

»Ein verdammter Satz hätte mir gereicht. Wenn du mir gesagt hättest, wir schaffen das, du aber gehen musst, hätte es gereicht.«

»Es reicht nun mal nicht. Ich muss zurück zu *Love Brand.*«

Er ließ seine Schultern hängen, lehnte sich zurück. »Du tust mir leid.«

Sein Kommentar entlockte ihr eine Regung, die nichts mit Kälte zu tun hatte, und er fragte sich, wie sie dazu kamen, sich so anzugehen. Womöglich, weil sie beide wussten, dass es so einfacher war. Wenn sie sich im Streit trennten.

»Ich tue dir leid? Der große, tolle, perfekte Sankt Oscar Morrison sieht herab auf die Umweltzerstörerin?«

Verdammt, sie wusste genau, dass er so nicht dachte, und es ließ ihn die Fäuste ballen. »Du tust mir leid, weil du dort nicht du selbst bist. Das hast du mir gesagt. Du sperrst dich ein. Für was? Ein bisschen Geld?«

»Ja. Für ein bisschen Geld. Vielleicht hättest du das auch tun sollen, dann wäre dein Vater jetzt noch da.«

Kaum hatte sie ausgesprochen, riss sie die Augen auf und schien geschockter als er selbst, denn sein Körper wurde seltsam ruhig. Etwas in ihm hielt an und lief nicht weiter.

»Verschwinde von meiner Farm.«

Sie schluckte und trat vor, nur um wieder innezuhalten. »Oscar, es tut mir leid.«

»Verschwinde von meiner Farm«, wiederholte er unverändert nüchtern, trieb sie mit einem einzigen Blick rückwärts aus dem Haus.

Sie zögerte nur kurz, ehe sie sich abwandte. Mit berechnenden Schritten folgte er ihr, bis er die Veranda erreichte, musterte die Fremde, die sich von ihm entfernte.

»Und Julie«, hielt er sie auf, wartete, bis sie über ihre Schulter sah, damit sie verstand, wie ernst es ihm war. »Komm nicht zurück.«

It's time for a beevolution.
O.M.

Kapitel 29

Spill the tea

Julie

Ich hatte nicht gewollt, dass es so eskaliert. Als Oscar mit diesem Welpenblick vor mir stand, Tränen sowie Verzweiflung in den Augen, da durchfuhr mich eine Mischung aus Wut und Angst. Wut, weil Maurice mich in diese Lage gebracht hatte. Angst, weil ich nicht schwach werden durfte. Er hätte mich aufgehalten und davon überzeugt, Maurice machen zu lassen. Wahrscheinlich hätte Oscars Team versucht, das alles aufzuhalten, aber was scherte das *Love Brand*? Bisher war Oscar Objekt der Begierde gewesen; sobald er jedoch der Feind war, wäre Maurice skrupellos. Ich musste zurück in mein altes Leben, zurück zu alten Mustern und schlechten Tagen. Was war das dagegen, Stolt, die Natur, die Bienen zu schützen? Ein Opfer, das ich gern brachte.

Nun erfüllte ich das perfekte Klischee eines gebrochenen Herzens, wobei daran ich selbst Schuld trug. Bekleidet mit meinem Stitch-Onesie saß ich vorm Sofa auf dem Boden. Um mich herum zerknüllte Taschentücher. In meinen Händen ein Eisbecher, der wirklich Wunder bewirkte, wenn auch nicht so viel wie der schlechte Horrorfilm, den ich angemacht hatte. Während dort geschrien wurde, heulte ich. Es war grausam.

Die Farm. Oscar. Es war ein Traum gewesen, den ich vergessen musste. Denn ich hatte mich gewaltsam wachgerüttelt und nun war er auf ewig unerreichbar. Von einer Sekunde auf die andere. Einfach fort. Die Dinge, die ich in unserer Rage gesagt hatte, waren unverzeihlich.

Aus dem Flur ertönte ein Vibrieren. Ich schaute zu dem Handy, das dort auf der Kommode lag und ich gerade nicht um mich haben wollte. Ich hatte Tamsin und Levi per Nachricht wissen lassen, dass ich zurück in Hamburg war, zählte seitdem die Sekunden, bis sie vor meiner Tür standen. Mein Blick rutschte zum Gepäck, das unangerührt und mit vorwurfsvoller Miene dastand. Ich hielt inne, sobald ich in der Seitentasche den weißen Umschlag ausmachte. Oscars Brief. Immer noch ungeöffnet. Er hatte ihn an eine Julie geschrieben, die er nicht gehasst hatte und ich wusste nicht, ob ich das ertrug.

Ich wappnete mich mit einem Seufzen und hievte mich hoch, schlurfte zur Tasche, um mich dann mit dem Brief auf dem Sofa niederzulassen. Mit zitternden Fingern öffnete ich die Lasche, die mit einem *Humble Bees & Teas*-Etikett zugeklebt war, und ein einzelnes Bild kam zum Vorschein. Mein Herz setzte aus, denn darauf war ein Post-it geklebt. Unwillkürlich dachte ich an all die kleinen Nachrichten, die Oscar mir immer hinterlassen hatte und strich mit dem Daumen über das Papier. Als ich die Worte darauf las, schnürte sich mir die Kehle zu. Ich presste eine Hand gegen meine Brust, um mich irgendwie zusammenzuhalten.

Du bist mein Lieblingsbild, Julie.
Und ich will dich genau so, wie du bist.

Mein Blick verschwamm, kaum dass ich das Post-it anhob, denn ich wusste längst, was ich sehen würde. Es war ein Bild von Kinas und Fynns Feier. Oscar und ich waren noch nicht bereit für das Foto gewesen, stattdessen hatte ich gerade eine alberne Pose vorgeschlagen. Mit erhobenen Armen und Bad-ass-Miene stand ich ihm gegenüber. Er grinste mich an, die Hände in der Anzughose.

Als ich mich betrachtete, realisierte ich erst, wie glücklich ich gewesen war. Ehrlich glücklich, ohne etwas vorgaukeln zu müssen. Das Bild von Oscars fassungsloser Miene tauchte in meinem Kopf auf. Obwohl ich es niemals erwartet hatte, war ich mir ziemlich sicher, ihm in diesem Augenblick das Herz rausgerissen zu haben. Die Behutsamkeit, die ich hatte beweisen wollen, war nirgends auszumachen, während ich das zwischen uns hatte zerbrechen lassen. All die letzten Wochen hatte sich Oscar hintangestellt. Er hatte mir meine Lügen verziehen und seine eigenen Fehler zugegeben. Er hatte mir zugehört, mich aus meiner Komfortzone geschubst und mir Raum gelassen, wenn ich ihn wirklich brauchte. Die meiste Zeit hatte er seine Worte bedacht geäußert und war umsichtig mit mir gewesen, hatte mich mehr wertgeschätzt als ich mich selbst, denn er hatte mir nie ein schlechtes Gefühl geben wollen.

Ich klappte die Lasche des Briefes zu. Das *Humble Bees & Teas*-Etikett war nun in der Mitte durchgerissen. Die Papierfetzen griffen nacheinander, und als ich sie aneinanderpresste, war fast nichts mehr zu sehen. So als könnten sie wieder zusammenwachsen. Liebe war so ein kurzes Wort, dafür, dass ganze Welten hineinpassten. Es konnte so viel und noch mehr bedeuten. *Mehr.* Ich musste lächeln, als ich an jenes Gespräch zurückdachte. Es hatte sich nichts geändert, denn ich wollte es immer noch. Dieses Mehr. Auch mit Rissen.

Ich war eine Lügnerin. Und damit meinte ich nicht die Tatsache, Oscar belogen zu haben, sondern dass ich mich belog. Seit Jahren schon. Ich hatte mir dieses Spinnennetz selbst gebaut und mich dabei in mein eigenes Opfer verwandelt, das sich nicht mehr befreien konnte. Geschweige denn, dass ich mir helfen ließ. Weil die Welt einem sagte, Dinge allein durchstehen zu müssen; man sich nicht abhängig machen durfte. Eine Frau durfte nur ihre eigene Heldin sein, um als stark zu gelten. Ich war stark und ich blieb es, auch wenn ich nach Oscars Hand gegriffen hatte, um etwas Halt zu haben.

Er hatte recht gehabt. Ich musste diesen Weg nicht allein bestreiten, um mich selbst zu finden oder zu wachsen. Wachsen konnte ich auch neben ihm, über mich hinauswachsen, mit ihm zusammenwachsen. Zusammen wachsen. Man wuchs nicht nur an Einsamkeit, denn mein Leben war kein einsames, und ich würde es auch nicht länger zu einem machen, nur um anderen gerecht zu werden. Er hatte mir so viel gegeben und ich hatte es mir genommen, im Übermaß womöglich, dabei wollte ich ihm ebenso viel zurückgeben. Normalerweise hätte ich meinen Schmerz runtergeschluckt, weil der Schritt, der zu gehen war, um etwas zu ändern, viel zu viele Gefahren barg. Mein Bedürfnis, mich hier zurückzuziehen und Oscar hinter mir zu lassen, war da. Ich war für ihn gegangen, denn er hatte es verdient. Aber ich würde Maurice nicht mein Leben zerstören lassen. Nicht meins. Und nicht Oscars. Ich konnte das verhindern, ohne dass einer von uns beiden etwas aufgab. Jetzt, mit etwas Abstand, konnte ich das sehen.

Die Tränen in meinen Augen versiegten.

Ich griff das Bild von uns fester.

Dann atmete ich tief durch und in mir erdete sich etwas, das ich kurz verloren hatte: Mut. Ohne zu überlegen, griff ich nach meinem Smartphone und suchte ihren Kontakt raus, wartete voller Adrenalin, während es wählte.

Endlich nahm sie ab. »Julie. Das ist mal eine Überraschung.«

»Gigi«, begrüßte ich sie. »Ich bin dabei.«

Sie lachte, fast, als wäre sie stolz auf mich. »Hat ja lang genug gedauert. Spill the tea, Honey.«

Drei Tage später trat ich um neun Uhr morgens in Maurice' Büro. So wie er es verlangt hatte. Er lebte noch in dem Glauben, dass ich gleich einen neuen Arbeitsvertrag unterschrieb, stattdessen würde ich ihm ein für alle Mal sagen, was ich von ihm hielt. Dieser Job war alles für mich gewesen. Das Einzige, was mich glauben ließ, in diesem Leben nützlich zu sein. Es war der Ast gewesen, auf dem ich saß, und man hatte ihn mir abgesägt. Es war wie ein Automatismus gewesen, nach ihm zu greifen, sobald er aus dem Nichts wieder auftauchte und mich in eine Rolle peitschte, die ich vor der Farm gespielt hatte.

Eine Julie, die fest daran glaubte, ohne ihn nicht zu überdauern, weil sie durch ihn ihren Traum lebte. Dabei war es die Hölle gewesen. Zu meinem Schreck musste ich realisieren, dass es das schon vorher gewesen war, ohne dass ich es gemerkt hatte. Als säße ich schon so lange im Eiswasser, dass ich nichts mehr spürte, nur um für einen flüchtigen Moment von warmen Armen umschlungen zu werden, die von jetzt auf gleich verschwanden und die Kälte mich zerriss.

Dieses Mal nicht. Ich würde mir holen, was ich wollte. Ich war es leid, eine kleine Figur in meinem eigens erschaffenen mitleidigen

Spiel zu sein. Ich war Hustle-Julie aka Queenie, und ich würde mich nicht beugen. Die Farm hatte ich für Oscar verlassen, aber bei genauerem Nachdenken auch für mich. Das hier musste ich allein tun.

Maurice bemerkte und musterte mich triumphierend, war jedoch von seinem Assistenten abgelenkt.

»… und wir haben einen Insta-Shitstorm.«

Maurice' Züge waren wie aus Stein gemeißelt. »Gab es einen bestimmten Auslöser?«

»Eine ziemlich große Influencerin hat online gegen uns gebasht«, kam es zerknirscht zurück.

»Diese verschissenen Gutmenschen.« Maurice legte den Kopf in den Nacken, ehe sein Blick seinen Assistenten festnagelte. »Sprich mit der Legal Unit und veranlasse den Kontakt zur Plattform. Vielleicht kann das Video gelöscht werden. Und sag den PR-Mäuschen, sie sollen sich das Teil anschauen und die härtesten Vorwürfe auf unserer FAQ-Seite entkräften. Ich muss hier kurz was erledigen, dann bin ich da. Und wofür bezahlen wir eigentlich unsere scheiß Ambassador?«, rief er ihm hinterher, ehe er sich mir zuwandte. »Julie. Ich hoffe, die Zeit auf dieser Farm hat dich nicht auch zu einem Moralapostel gemacht, ansonsten werden wir dir das schnell wieder austreiben. Setz dich.«

Es war im Scherz gemeint.

Ich lachte nicht.

Ich spürte den verstohlenen Blick des Mitarbeiters, der an mir vorbeihuschte, sowie Tamsins Präsenz, denn sie wartete draußen auf dem Flur und gab mir Rückendeckung. Mit einem Mal fühlte ich mich an den Tag zurückkatapultiert, an dem mich Maurice gefeuert hatte. Das Ticken des Zeigers der riesigen Industrieuhr an der Mauerwand und der lederne Geruch der Möbel versicherten mir, dass ich wirklich hier war. Durch die Panoramascheibe blickte mir ein graues, verregnetes Hamburg entgegen, umrahmte Maurice' Gestalt. Das Gewitter braute sich unbemerkt über ihm zusammen.

»Setz dich«, wiederholte er und schob einen dünnen Papierstapel über den Tisch.

Mit drei langen Schritten überbrückte ich die Entfernung. Dann schmiss ich das Magazin mit einem dumpfen Knall auf den neuen Vertrag. Der beteiligte Publisher war bekannt für seine investigative Arbeit. Er hatte seine Spitzel überall, erfuhr Unternehmensinformationen selbst vor den Mitarbeitern und glänzte bei Überraschungsangriffen. Die News wurden gerade überall veröffentlicht.

Nur Maurice saß unwissend vor mir. Schaute hochmütig drein.

»Ich verzichte, denn ich werde nicht lange bleiben«, ließ ich ihn wissen.

Das alles hier war so weit weg von dem, was ich wollte. So weit weg von *Humble Bees & Teas*. So weit weg von der Person, die ich lieben gelernt hatte – mich. Ich erinnerte mich an die Imker, von denen mir Oscar erzählt hatte, die den Bienenköniginnen die Flügel anschnitten, damit sie das Volk vom Schwärmen abhielten. Sie hatten mir hier die Flügel gestutzt. Obwohl … das war auch ich gewesen, indem ich mich selbst betrogen hatte. Und damit hatte ich das, was zwischen Oscar und mir gewesen war, aufs Spiel gesetzt.

Komm nicht zurück.

Die Worte übertrumpften alles in meinem Kopf.

Komm nicht zurück.

Und womöglich hatte ein Mensch, wie ich es einer war, es gar nicht verdient, an so einem schönen Ort zu sein, inmitten dieser Leute, die gut waren. Eins stand bloß mit absoluter Gewissheit fest: hier gehörte ich ebenso wenig hin. Ich erinnerte mich daran, wie ich mir vor Monaten gewünscht hatte aufzuspringen, um Maurice die Meinung zu geigen; damals hatte ich keinen Ton rausgebracht.

Heute schon.

»Ich komme nicht zurück, und solltest du dich fragen wieso.« Ich wies auf das Magazin vor mir. »Darin ist die Erklärung. Hast du ernsthaft geglaubt, dass ich mich erpressen lasse? Dass ich deine Drohung gegenüber Oscar zulasse? Du hast keine Ahnung, wozu man bereit ist, wenn man etwas wirklich liebt, und du bist wahrlich das größte Arschloch, das ich kenne. Ausgerechnet an dein Unternehmen hab ich meine Zeit verschwendet. Ich tue mir schon leid, du sprengst allerdings sämtliche Grenzen, Maurice.«

Ich atmete tief durch. »Du wirst niemals begreifen, dass du Verantwortung hast und dein scheiß Egoismus Leben nimmt. Was interessiert dich auch der Rest der Welt, wenn du es gemütlich hast? Zu hinterfragen wäre doch sehr unbequem, nicht wahr? Du wirst immer irgendwelche Ausreden finden, aber im Gegensatz zu dir werde ich mir Werte leisten. Ich hoffe sehr, dass du es irgendwann checkst. Aber du wirst dich wahrscheinlich ewig damit aufbauen, andere runterzumachen und Dinge für Profit zu zerstören.«

Ich beugte mich vor und schob das Heft näher an ihn ran, hielt seinem fassungslosen Blick stand und machte deutlich, dass er keine Macht über mich hatte.

»Wie sagtest du so schön? Das Internet vergisst nie. Alles, was du hier liest, findest du auch online. Weltweit. Du wirst keine Sekunde darüber nachdenken, Oscar irgendwie zu nahe zu kommen. Und du wirst Balder zurückpfeifen, wie abgemacht. Hier steht alles drin, und sie werden jeden deiner Schritte überprüfen. Du hast nichts gegen mich in der Hand. Ich bin keine Verräterin. Nur jemand, der auf dieser Farm dazugelernt hat. Ich hoffe, wenn du fliegst, dann auf die Fresse. Denn eins sage ich dir«, ich ergriff den Vertrag und jedes meiner Worte war untermalt von reißendem Papier, »Karma. Ist. Fair. *Jävel.*«

Die Fetzen rieselten zu Boden. Noch nie in meinem Leben hatte ich so mit jemandem geredet. Er starrte mich einfach nur an.

Mit einem Lächeln drehte ich mich um und drückte schwungvoll die Glastür auf. Verdammt, tat das gut.

Meine Schritte waren lang und sicher, selbst als sich Maurice endlich aufraffte und mir nachbrüllte, dass ich es bereuen würde. Ich hörte das Getuschel um mich herum, beachtete nur Tamsin, die auf dem Gang wartete und grinsend ihre Hand hochhielt. Ich schlug wortlos ein, rettete mich aus diesem Gebäude, ehe Maurice die Security auf mich hetzen konnte.

Draußen schwang ich mich aufs Rad und flog triumphierend durch den Regen. Selten hatte ich mich befreiter gefühlt als gerade jetzt.

Mit einer Ausnahme. Doch es gab keine Rückkehr dorthin.

Komm nicht zurück.

Die meisten Unternehmen
nehmen sich dem Bienenschutz
aus Profitgründen an,
was man daran erkennt,
dass die Wildbiene nicht so thematisiert wird
wie die Honigbiene.

O.M.

Kapitel 30

Nur noch Hallos

Julie

»Soll ich dir einen Witz erzählen?« Tamsin lächelte mich erwartungsvoll an, wobei es etwas gruselig aussah, weil ich kopfüber auf dem Sofa hing. Niemand wunderte sich mehr darüber, da ich es ständig machte.

Einen Versuch war es wert. »Mhm-hmm.«

»Was machen Schafe, wenn sie sich streiten?« Sie hob die Brauen und wippte mit dem Kopf, ehe sie die Hände hob. »Sie kriegen sich in die Wolle!«

Levi prustete los, weswegen meine Freundin stolz dreinblickte und ich die Nasenflügel blähte. Eine Woche war seit meinem Abgang bei Maurice vergangen. Seitdem wurde der Konzern auf allen Ebenen auseinandergenommen. Es gab Vorwürfe wegen Kinderarbeit, Zerstörung von Tierschutzgebieten, Steuerhinterziehung und, und, und …

Als dann gestern eine fremde Person an meiner Tür geklingelt hatte und eine Spur zu sehr nach Auftragskiller aussah, war ich zu meinem Bruder geflüchtet, der mich nicht davon überzeugen konnte, dass ich mich verrückt machte. Tamsin erzählte, dass Maurice sein halbes Büro auseinandergenommen habe und das Management Board überlegte, ihn zu kicken. Karma war wirklich fair.

Freuen konnte ich mich nicht darüber, so erschöpft war ich von allem. Jeden Tag debattierte ich mit mir, ob und wann ich zur Farm reisen sollte, um mit Oscar zu sprechen. Selbst wenn er die Kolumne gelesen hatte, erwartete ich nicht, dass er sich deswegen bei mir meldete. Ich hatte scheußliche Dinge gesagt, und so wie ich ihn kannte, warf er sich das Gleiche vor. Nur von Jascha hatte ich vor ein paar Tagen eine Nachricht erhalten.

Jascha (14:45)
Oscar sagt, wir sollen dich in Ruhe lassen, ich ertrag es nur keine Sekunde länger, den Jungen so zu sehen. Ich will dir nichts vorwerfen. Ich will, dass du dich fragst, ob das die richtige Entscheidung war. Hast du wirklich Bock auf diese Illusion von dir, Julie? Ich nicht. Wir vermissen dich, auch wenn dich das womöglich gar nicht interessiert, was ich nicht glaube ... Du fehlst. Und ich weiß, das liegt nicht in deiner Verantwortung ... aber Oscar fehlt auch. Komm zurück, und ich helfe dir, die Farm im Sturm zu erobern. Mein gut geratenes Lächeln und mein herrlicher Charme sind Waffen, auf die du zählen kannst. Ich sitze immer noch in deinem Boot.

Ein Lachen riss mich aus meiner Trance. Tamsin und Levi, die dicht beieinander am Rand des Sofas saßen, beömmelten sich über irgendein Video. Sie waren vertraut miteinander – sehr vertraut. Außerdem war mir aufgefallen, dass sie sich hier plötzlich überaus gut auskannte, was sie damit begründete, oft wegen potenzieller Musikproduktionen hier zu sein. Verarschen konnte ich mich allein.

Verarschen taten sie wohl auch sich selbst, denn ich kannte die beiden so gut, um zu wissen, dass bisher nichts zwischen ihnen passiert war. Über ihnen schwebte eine zarte Unsicherheit, gemischt mit einer eindeutigen Spannung.

Sie bemerkten meinen Blick und ertappt sprang Tamsin auf. »Ich mach uns Kaffee!« Wieder zuckte sie zusammen und überlegte, ob sie Levi vor mir fragen musste, um ihre Deckung aufrechtzuerhalten. »Ich meine, wenn das okay ist, Levi?«

Der nickte nur wortlos, sah ihr schamlos hinterher, ehe er erwartungsvoll zu mir schaute, um mir die Gelegenheit zu geben, etwas loszuwerden, denn ihm war klar, dass es mir klar war. Zumindest er hatte den Arsch in der Hose, sich nichts vorzumachen, und am liebsten wäre ich ihm um den Hals gefallen, weil er eine Weile geglaubt hatte, niemals mehr jemanden lieben zu dürfen.

Ich schwieg, also ergriff er das Wort: »Wann wirst du nach Schweden fahren?«

Hätte ich den Fokus doch bloß auf ihn gelenkt. Mit schweren Gliedern ließ ich meine Beine von der Lehne auf die Sitzfläche fallen und richtete mich auf, sah auf meine Finger herab. »Was ist, wenn er mich trotzdem wegschickt?« Ich erwartete nicht, dass Oscar mich wie eine Heldin begrüßen würde. Darum war es mir auch nie gegangen. Ich wollte nur, dass wir beide glücklich waren.

»Du wirst dir das niemals verzeihen, wenn du es nicht probierst. Das ist keine Chance, die du verpassen willst, oder?«, animierte er mich und ich straffte die Schultern, schüttelte den Kopf.

»Was ist mit dir?«

Diese Frage trieb Levi schließlich zu mir. Er fasste meine Hände, sah mir tief in die Augen. »Du hörst mir jetzt zu. Ich hab dich lieb, und ich bin dankbar, dich an meiner Seite zu haben. Aber ich komme auch allein klar, das sage ich dir jetzt ganz deutlich, damit du es verstehst. Danas Tod war«, er atmete tief durch, »das bisher Schlimmste in meinem Leben. Es gibt trotzdem immer noch Gutes darin, und du brauchst keine Angst zu haben, dass ich das nicht realisiere.«

»Okay«, flüsterte ich und er schenkte mir ein Lächeln, bevor ich ihn an mich drückte.

Ich wollte mich lösen, doch er hielt mich fest. »Ich weiß, du siehst dich in der Verantwortung wegen all unserer Verluste. Du hast mir nichts genommen, Stinker. Auch nicht unsere Eltern.« Er strich mir über den Rücken, weil ich erstarrte. »Du bist mir nichts schuldig. Und du bist auch Mama und Papa nichts schuldig. Sie haben uns geliebt, und sie würden sich freuen, dass du endlich für dich eingestanden bist. Es war nicht deine Schuld, verstehst du das?«

Ich atmete zitternd durch. »Ich arbeite daran«, wisperte ich. Dieses Thema war so tief in mir vergraben, es würde noch eine Zeit dauern, bis ich begriff, dass Levi recht hatte. Als ich mich dieses Mal löste, ließ er von mir ab. »Okay. Ich werde versuchen, mit Oscar zu reden. Wahrscheinlich werde ich postwendend zurückgeschickt und bin schnell wieder da.«

»Ja … weißt du«, meinte er plötzlich etwas ausweichend und schielte zur Küche, in der Tamsin zu hören war. »Ich werde bald auch eine Weile weg sein.«

Ich stutzte. »Was meinst du?«

Levi setzte sich gerader hin, als wappnete er sich, was mein Misstrauen nur anfachte. »Ich fliege bald nach Kanada. Für drei Wochen«, verkündete er unumstößlich.

Ich riss entrüstet den Mund auf. Das war unser gemeinsames Reiseziel. »Kanada? Ohne mich?«

Seine Mundwinkel zuckten. »Du bist bald Farmerin und kannst nicht einfach ein paar Tausend Kilometer über den Ozean abhauen«, zog er mich auf und machte mir damit gleichzeitig Hoffnungen, die ich im Keim ersticken wollte.

In dem Moment wurde die Haustür geöffnet und Lotta schrie ein fröhliches Hallo.

»Und Lotta?«, wollte ich wissen.

»Ich wollte sie mitnehmen, aber sie möchte bei unserer Tante bleiben«, erklärte er. »Deswegen müssen wir auch nicht schon zum Schulbeginn zurück sein.«

»Mhm«, machte ich und blinzelte dann. »Wer ist wir?«

Schon war sein imaginärer Schild wieder da.

»Tamsin kommt mit mir.«

»Wie bitte?« Ich musste mich ganz sicher verhört haben.

»Tamsin«, wiederholte er, ohne mit der Wimper zu zucken. Vielmehr lieferten wir uns ein stummes Blickduell. »Sie kommt mit.«

»Habt ihr etwa doch was miteinander?«, zischte ich, weil ich näher kommende Schritte hörte.

Auch er dämpfte die Stimme. »Nein.« Das war definitiv ein Leider-noch-nicht-Nein. »Und mit Verlaub: Das ist eine Sache zwischen Tamsin und mir.«

»Was ist eine Sache zwischen Tamsin und dir?«, fragte Lotta neugierig. Wir rissen unsere Köpfe zu ihr herum. Mit immer noch kurzem Haar und einem Funkeln im Gesicht begutachtete sie unsere nervösen Mienen.

Immerhin brachte es Levi zu einem unschuldigen Lächeln.

»Nichts, Spatz.«

Seine Tochter hob eine Braue, und das ließ sie so erwachsen aussehen, ich bezweifelte zutiefst, dass an ihr vorüberging, was hier passierte.

»Und du willst wirklich nicht mit nach Kanada?«, fragte ich. Der Gedanke von Levi und Tamsin machte mir Angst, weil ich keine Kraft hatte, zwischen zwei meiner Lieblingsmenschen zu stehen, wenn das im Drama enden würde.

Lotta machte einen Köpper in die Kissen. »Papa und Tamsin sollen Quality-Time haben.«

»Die hätten wir doch mit dir!«, mischte sich Tamsin ein, die mit einem Tablett aus der Küche trat.

Kurzum sprang meine Nichte wieder auf und umschlang Tamsins Hüfte, während sie darum bat, tragen zu helfen. Meine beste Freundin wickelte in diesem Haus wohl alle um den Finger.

»Woher weiß sie, was Quality-Time ist?«, murmelte ich Levi zu.

»Tamsin«, murmelte er zurück. Das klang plausibel. Und war noch ein Indiz, wie oft sie mit ihnen Zeit verbrachte.

Mir wich sie aus, während sie mit meiner Nichte die Tassen abstellte und dann von ihr mitgezogen wurde, damit Lotta zwischen Levi und ihr sitzen konnte. Irgendwie beschlich mich das Gefühl, dass sie die letzten Wochen den Job der Kupplerin hocherfreut übernommen hatte.

»Du hast es ihr also erzählt«, brach Tamsin schließlich die Stille, und wir sahen uns an.

»Und was führt euch nach Kanada? Zu zweit«, betonte ich.

»Ich habe bei *Love Brand* gekündigt.«

Ihre Worte kamen nur verzögert bei mir an. »Du hast was?«

Sie atmete tief durch und sah drein, als könnte sie ihr Glück selbst noch nicht glauben. »Gekündigt. Vor zwei Wochen schon, und Maurice lässt mich früher raus. Heißt, ich muss nur noch zwei Wochen arbeiten, was in Anbetracht der Ereignisse sicher ein Spaß wird, und für den Rest reiche ich meinen übrig gebliebenen Urlaub ein.« Sie schielte kurz zu Levi, der sie stolz betrachtete, dann wieder zu mir. »Ich möchte singen. Und dein Bruder hat angeboten, mit mir zu produzieren. Er hat einen Bekannten in Kanada, der Soul- und Jazzelemente lebt! Ich möchte das gern in meinen Stil einfließen lassen.«

»Sie ist richtig gut«, beteuerte mein Bruder mit Hundewelpenblick.

»Ich weiß.« Sie hatte wirklich gekündigt.

»Ein Das-kann-international-abgehen-Gut«, konkretisierte er und machte kein Geheimnis daraus, dass er sich ihren Erfolg bereits mit Musik untermauert ausmalte.

Tamsin lächelte nur bescheiden. »Wir werden sehen.«

»Wieso hast du nichts gesagt?«, unterbrach ich sie, um ihre Aufmerksamkeit zurückzuerlangen.

Das erste Mal wurde sie etwas unsicher und umfasste ihre Knie, hob die Schultern. »Ich weiß nicht. Du warst so happy und ich wollte dich damit nicht an deine Entlassung erinnern. Für mich war das eine einfache Entscheidung, also habe ich keinen Grund gesehen, dieses Unternehmen zum Thema zu machen … Tut mir leid.«

»Nein, alles okay«, meinte ich und nahm einen Schluck vom Kaffee. »Aber bitte halt dich nicht um meinetwillen zurück. Ich möchte alles wissen, was in deinem Leben vor sich geht.«

Tamsin neigte den Kopf und machte dann große Augen, weil ich aufstand und auf sie zuging. Im nächsten Moment zog ich sie in eine Umarmung.

»Ich freue mich für dich, Tam. Das wird bestimmt fabelhaft.«

Sie drückte mich enger an sich. »Danke, Girl.«

»Herzallerliebst«, kam es sarkastisch von meinem Bruder. Sein Grinsen fiel ihm schnell aus dem Gesicht, als ihn die drei vermeintlich wichtigsten Frauen in seinem Leben anfunkelten und er abwehrend die Hände hob.

»Und?«, wollte Tamsin wissen, sobald wir uns wieder gesetzt hatten. »Was ist unser Oscar-Masterplan?«

»Ich gebe ihm und mir noch ein paar Tage. In der Zeit kann ich ein paar Dinge klären. Zum Beispiel, ob ich die Therapie langfristig digital fortführen kann und ob ich meine Wohnung untervermieten darf.« Ich konnte gar nicht fassen, wie zuversichtlich ich war, doch ich wollte vorbereitet sein, damit er verstand, wie ernst es mir war.

Tamsin meldete sich mit strahlendem Gesicht. »Ich nehm deine Wohnung! Sie ist so wunderschön und günstiger als meine«, sagte sie und bemerkte zum Schluss nicht mehr ganz so glücklich: »Immerhin muss ich jetzt sparen.«

»Du hast mit deiner Therapeutin gesprochen?«, spulte Levi zurück und als ich nickte, lächelte er. »Das ist super.«

»Selten, aber ja«, erwiderte ich trocken und zwinkerte ihm zu.

Meine beste Freundin klatschte in die Hände. »Na dann! Du setzt dich in wenigen Tagen ins Auto, fährst auf diese Farm, und dann zeigst du diesem Kerl, was Julie Hassel für Liebeserklärungen draufhat.«

War es erlaubt, so enthusiastisch zu sein? Es brachte uns jedenfalls alle zum Lächeln, und ich schöpfte etwas Hoffnung. Sie hatte recht. Ich war Julie Hassel. Und ich würde um Oscar kämpfen.

Tamsin blieb so lange, bis Lotta ins Bett musste, die darum flehte, dass meine Freundin es übernahm. Ich verkniff mir einen Blick in Levis Richtung, und selbst wenn, hätte er es wohl nicht bemerkt, weil seine Aufmerksamkeit den beiden galt.

Kurz darauf machte sich auch Tamsin auf den Weg. Wir drückten uns mehrmals auf der Schwelle des Hauses.

»Bist du dir sicher, dass du das tun willst, Tam?«

»Was meinst du?« Sie spannte sich an, ließ mich nicht los.

»Ich spreche von meinem Bruder«, flüsterte ich neckend.

»Und seinen langen Gliedern?« Sie brachte es nur unter einem Lachen hervor.

Nun war ich diejenige, die zurückwich, um gegen ihren Arm zu schlagen. »Tamsin!« Aber auch meine Mundwinkel zuckten.

Sie amüsierte sich immer noch über mich, als sie die Schultern hob. »Zwischen deinem Bruder und mir ist nichts passiert.«

Mein Blick sprach Bände. »Was er ziemlich scheiße findet.«

»Tut er das?« Ihr Blick schweifte ab, doch dann blinzelte sie und brachte ihre Züge unter Kontrolle. »Wenn er mein Produzent wird, sollten wir nichts miteinander anfangen.«

»Ich denke«, mutmaßte ich ziemlich sicher, »dafür ist es zu spät.«

Sie betrachtete mein wissendes Lächeln und das erste Mal, seit wir uns kannten, wurde sie rot.

»Was tuschelt ihr denn hier?«, erklang Levis Stimme wie aus dem Nichts und eine Sekunde später baute er sich neben uns auf.

»Gar nichts«, schrie meine Freundin ihn förmlich an, weshalb er nur misstrauischer wurde, es jedoch fallen ließ und sich über die

Lippen leckte. Meinen Blick ignorierte er krampfhaft. »Ich wollte dir Tschüss sagen«, richtete er sich an sie.

Damit war ich wohl entlassen. Ob es für Lovis mit Oscar und mir auch so schlimm gewesen war? Seufzend umarmte ich sie ein letztes Mal und ließ die beiden allein im Eingang zurück. Doch ich konnte es mir nicht verkneifen, mich umzudrehen. Levi hatte sich von innen gegen den Rahmen gelehnt, Tamsin von außen, und so standen sie voreinander, lachten über irgendwas. Auch wenn ich nicht wusste worüber, es entlockte mir ein breites Lächeln. Das da vorn sah ganz und gar nicht nach einem Tschüss aus, sondern viel eher nach einem Hallo. Eins, das in mir widerklang.

Denn das wollte ich auch. Nach vorn sehen und eine Person an meiner Seite, von der ich mich niemals mehr verabschieden musste, weil ich keine Angst haben musste, sie nicht wiederzusehen. Nie wieder wollte ich mich zurücklassen.

Da würden keine Abschiede mehr sein. Nur noch Hallos.

Manche Wildbienen
schlafen kuschelnd in Blumenblüten.

O.M.

Kapitel 31

Verlassmeinnicht

Oscar

Henry hing die meiste Zeit kopfüber vorm Laden rum – zweimal brachte er Elias mit. Lovis war noch mürrischer als sonst, zum Leidwesen des Jungen, der unter die Lupe genommen wurde. Brutus langweilte sich ohne seine Beute. Und Oscar konnte keine Minute auf dieser Farm verbringen, ohne an Julie zu denken. Zwei Wochen war es her und sein verdammtes Herz tat weh wie am ersten Tag. Er hatte eingesehen, dass dieser Kampf aussichtslos war. Stattdessen konzentrierte er sich auf die Arbeit, wobei er nach Ewigkeiten von einer Biene gestochen wurde und er einfach nur hatte schreien wollen. Genau wie bei der Besprechung des Cottage-Interieurs, bei dem Julie mitentschieden hatte. Die Farben glichen dem Himmel, den sie an der Küste erblickt hatten.

Als ihm Arvid zerknirscht mitteilte, dass die Ermittlungen gegen Balder wegen geringer Beweislage eingestellt werden mussten, wurde die Lage nicht wirklich besser. Sogar dass selbiger wegen seiner Nutzung von chemischen Mitteln aufgeflogen war, brachte ihm – sowie Arvid – nur ein wenig Frieden. Balder ging sogar auf das Angebot für sein Land ein, das Oscars Management ihm unterbreitet hatte, da weitere Verhandlungen mit *Love Brand* diesbezüglich auf Eis lagen.

Das alles passierte aus einem Grund. Er hatte den Artikel über *Love Brand* zugeschickt bekommen, wobei er es früher oder später sowieso mitbekommen hätte, weil die Sache wie ein Lauffeuer rumging. Die Kolumne war eloquent, reißerisch und traf mitten ins Herz. Genau wie Julies Beteiligung daran.

Wieso hatte sie ihn belogen? Wieso hatte sie behauptet, zu *Love Brand* zurückzukehren, um sich dann öffentlich gegen den Konzern zu wenden? Tagelang hatte er im Glauben gelebt, dass sie ihn, kurz nach dem Tod von Victor, für *Love Brand* verlassen hatte. Dass sie ihn nicht wollte.

Ich muss zurück. Alles gelogen. Wieso?

Jascha schaute vorbei, wenn die Lindgrens es nicht taten, wobei er es eher als Kontrollbesuch empfand. An einem Abend stand er beladen mit Eisbechern vor seiner Haustür und drückte sie ihm gegen die Brust, ehe er gezielt zum TV ging und Oscars Lieblingshorrorfilm startete. Als auf Jaschas Smartphone eine Nachricht von Cara aufploppte, schluckte Oscar einen Kommentar hinunter. In dieser Nacht konnte er jedoch etwas besser schlafen.

Heute aber war es schlimm. Selbst Tavis Kätzchen konnten ihn kaum aufmuntern, dabei war es herzzerreißend, wie sie mit offenen Augen übereinanderpurzelten, weil sie noch so ungelenk waren. Tavi blickte ihn mit einem fast tröstenden Ausdruck an. *Sie kommt wieder*, schien sie ihm zu sagen. Nur würde er es kein weiteres Mal ertragen, wenn sie ging. Er strich der stolzen Mama über den Kopf und trottete nach draußen.

Dieses Stück Paradies war sein Zuhause gewesen. Seins. Doch es war auch zu Julies geworden und mit ihrem Verschwinden hatte sich alles verändert.

Er wollte sie dafür hassen.

Aber er liebte sie.

Und er vermisste sie so sehr, dass er kaum atmen konnte. Manchmal bildete er sich ein, unter der Dusche ihren Gesang zu hören. Oder ihren Duft auf dem Kissen zu riechen, obwohl er sich gezwungen hatte, sie wiederholt zu waschen. Erwartete, dass sie jede Minute zu ihm ins Bett schlüpfte oder er sie bei Mio in der Box antraf.

Es klang furchtbar, wenn nicht absolut unrealistisch und naiv, dennoch wusste er, wieso Julie es ihm ab dem ersten Moment angetan hatte. Er wusste, was er spürte. An jenem Tag vor dem Produktionsgebäude hatte sein Unterbewusstsein sie wahrgenommen; seine Augen hatten sie gesehen, als sie mit Honig im Haar im zertrümmerten Regal gesessen hatte. Aber verdammt, wie sehr seine Seele sie gefühlt hatte … das war so außerirdisch, so erschreckend und fürchterlich weltbewegend, er konnte es gar nicht anders beschreiben, selbst wenn er wollte. Er hatte diese Frau gefühlt, und er war nicht bereit gewesen, dieses Gefühl wieder gehen zu lassen. Oscar wollte sie nicht gehen lassen, was nichts daran änderte, es zu müssen. Auch wenn sie doch überall blieb.

Heute war wohl der Tag, an dem er endgültig verrückt wurde, denn als er die Verandastufen hinabstieg und den Kopf hob, stand Julie in Form und Farbe vor ihm.

Julie

Ich war mutiger, allerdings nicht mutig genug, um allein herzukommen. Also hatte ich Jascha kontaktiert, und er hatte nicht gezögert, mich zu begleiten. Nun gab er mir Rückenwind, während ich beinahe erstarrt beobachtete, wie Oscar aus dem Haus trat und die Veranda herabschritt. Erst dann sah er hoch und blieb wie vom Blitz erschlagen stehen. Starrte mich an, als wäre ich eine Halluzination.

Meine Rede, rief ich mir zu. Ich hatte mir doch alles aufgeschrieben und nun brachte ich keinen klaren Gedanken zustande, weil er wirklich vor mir stand. Noch nie hatte ich ihn so erschöpft gesehen. Die Schatten unter seinen Augen waren fast so dunkel wie die darin, und sein Dreitagebart war eher ein Siebentagebart.

»Ich hab dir gesagt, du sollst nicht zurückkommen.«

Er hatte jedes Recht, sauer zu sein. Da war keine Wärme in seiner Stimme und seine Miene blieb unverändert kalt. Ich schüttelte mich innerlich wach, ehe sie mich so weit verunsicherte, dass ich einen Rückzieher machte. Nachher würde Jascha uns doch noch in den Schuppen schließen und Brutus Wache halten lassen. Tief atmete ich ein, roch Gras und Blumen. Honig.

»Es tut mir leid«, improvisierte ich, weil die aufgeschriebenen Worte futsch waren, und ballte die Finger zu Fäusten, damit mir meine Stimme nicht versagte. »Es tut mir leid, dass ich deine Bitte ignoriere, aber ich musste herkommen. Ich erwarte nicht, dass du mir irgendwas verzeihst, trotzdem tut es mir leid. Alles. Dass ich dich angelogen habe, dass ich mich angelogen habe und so ein mieser Mensch war. Es tut mir so unendlich leid, Oscar. Alles, außer gegangen zu sein, denn ich musste das tun.«

Bei den Worten schaute er zur Seite, als wollte er nicht daran erinnert werden, doch ich ließ mich nicht beirren.

»Das erste Mal seit Langem hab ich mich stark gefühlt. Weil ich endlich wieder die Kraft hatte, für mich und die Menschen, die ich liebe, einzustehen.«

Ich konnte förmlich sehen, wie er bei meinen Worten zurückwich.

»Maurice hat gedroht, dich öffentlich fertigzumachen und meine Anwesenheit auf deiner Farm schlecht für dich auszulegen, wenn ich nicht zurückkomme. Mehrere Partner haben ihn unter Druck gesetzt. Und ich wusste, wenn ich dir das sage, dann hättest du es in Kauf genommen – für mich. Du hättest deine Anwälte eingeschaltet. Das konnte ich nicht zulassen!«, machte ich mit klarer Stimme deutlich.

»Das war mein Kampf. Ich musste mich dem ein für alle Mal stellen. Ich brauchte das, damit ich abschließen kann.«

Oscars Miene war mit jedem meiner Worte dunkler geworden, aber er sagte nichts. Das machte mir Angst, damit kannte ich mich jedoch aus. »Als er anrief, da stand ich unter Schock. Ich hab nur einen Weg gesehen, das geradezubiegen. Ich wollte keine Lügen. Keinen Streit. Du hättest mich aufgehalten und ich musste hier weg, um einen klaren Kopf zu kriegen. Ich habe zu spät verstanden, dass es einen Weg gibt, den wir zusammen gehen können. Also hab ich Gigi angerufen und Maurice in dem Glauben gelassen, mitzuspielen. Ich wäre nicht bei ihm geblieben, das verspreche ich dir! Bis zur letzten Sekunde habe ich ihn im Glauben gelassen, gewonnen zu haben und bin zu unserem Termin gegangen. Ich hab ihm den Artikel vor die Nase gehalten und meine Meinung gesagt. Du wärst stolz auf mich gewesen.«

Zumindest hoffte ich das. »Ich hab den Vertrag zerrissen und bin gegangen. Seitdem überlege ich, was ich tun kann, damit du mich zurücknimmst, weil … weil du auch mein Lieblingsbild bist.« Bei dem Part stellte sich meine Stimme als Verräterin heraus, denn es schnürte mir die Kehle zu.

»Siehst du? Wegen dir rede ich selbst schon wie eine Poetin. Aber es ist wahr. Ich will nicht länger angekettet sein. Ich möchte frei sein. Und fliegen! Ich möchte fliegen«, wiederholte ich und beschloss, dass es wohl einfacher war, die Tränen einfach fließen zu lassen.

Sie würden sowieso kommen, denn Oscar zeigte keine Regung. Ich redete weiter. So wie er, als ich mich nicht gerührt hatte.

»Und ich will fallen. Du müsstest mich überhaupt nicht auffangen, denn seit ich hier bin, befinde ich mich im Dauerfall. Ich bin irgendwie in dich … reingefallen. Weil ich mich so was von in dich verliebt habe. Es ist abartig, wie sehr. So sehr, dass es verboten werden sollte, aber es ist die Wahrheit. Zwischen all den verdammten Lügen ist *das* die Wahrheit: Ich liebe dich.«

Hinter mir atmete Jascha hörbar durch. Oscar starrte mich nur an, also fuhr ich fort. »Ich bin gegangen, weil ich davon überzeugt war, du bist besser ohne mich dran. Und es ist schlimm, dass ich dich wieder angelogen habe. Was ich da über deinen Vater gesagt habe, war unverzeihlich und herzlos. Ich will trotzdem um dich kämpfen. Ich will für dich da sein dürfen.«

Erschöpft stieß ich Luft aus und versuchte meinen rasenden Puls zu beruhigen.

Oscar betrachtete mich einfach nur. So lange, dass ich mir sicher war, er würde nichts mehr sagen.

Ich wischte mir eine Träne weg. Noch eine. Keine meiner Bewegungen entging ihm.

»Willst du nichts sagen?«, fragte ich unsicher.

Noch nie waren mir zwei Meter Raum zwischen uns so gigantisch vorgekommen. Vielleicht war er schon zu groß, dieser Abstand, für den ich verantwortlich war.

»Ich hab dir verziehen, dass du mir die Sache mit dem Deal verheimlicht hast. Dass du oft die halbe Wahrheit gesagt hast. Ich dachte, da würde nichts mehr sein, was zwischen uns steht. Du hättest mit mir reden können, du hast dich trotzdem dazu entschieden zu gehen und mich im Glauben gelassen, dass ich dir gleichgültig bin.«

Statt so zu tun, als ließe ihn das kalt, machte er deutlich, wie verletzt er war.

»Ich weiß. Diese Entscheidung kam von Herzen. Niemals mehr würde ich zulassen, dass dir wegen mir was Schlechtes passiert«, versuchte ich meine wirren Gedanken in Worte zu fassen.

Oscars Aufmerksamkeit schweifte kurz zu Jascha, dann fixierte er etwas zwischen uns, aber ich konnte meinen Blick nicht von ihm reißen. Erst recht nicht, als er den Mund öffnete, zögerte und dann seufzend die Augen schloss. »Darum geht es mir nicht. Ich will dir nicht absprechen, mich zu schützen, wenn ich dasselbe für dich tun würde. Aber wir hätten das zusammen machen können, als Team. Stattdessen hast du entschieden, was gut für mich ist und dir eingeredet, nur Schlechtes mit dir zu bringen. Das hat mich am meisten verletzt, weil ich glaubte, wir hier könnten dein Halt sein. Dass ich dich halten kann. Mehr als deine Arbeit. Zu erfahren, dass du zurückgegangen bist, weil du dich zurückgestellt hast, das tut fast noch mehr weh. Nichts und niemand sollte dich in diese Hölle zurücktreiben. Und ich will, dass du das nie wieder tust, hörst du?«

Ich horchte auf bei seinem Ton.

»Ich schwöre, ich hätte mich nicht aufgegeben, Oscar«, widersprach ich ihm und machte einen kleinen Schritt, nur um innezuhalten. »Und du konntest mich halten. Kannst du.«

Er sah mich eindringlich an. »Das reicht nicht.« Er hob die Hand, kaum dass ich ihn unterbrechen wollte. »Vor allem musst du gehalten werden wollen, Julie. Dich selbst auch halten wollen. Und vielleicht war es gut, dass du gegangen bist. Vielleicht war das Teil des Prozesses, damit du endlich loslassen kannst und du eine Entscheidung für dich triffst und für niemanden sonst. Du warst unfassbar mutig, dich so gegen sie zu stellen und du kannst verdammt stolz auf dich sein. Aber in Zukunft agieren wir als Team.«

Ich stutzte, denn das hörte sich nicht nach einem Lebwohl an. Überfragt starrte ich ihn an und wartete, sah dabei zu, wie er die Hände in die Hosentaschen schob.

»Du hast den Vertrag zerrissen?«, fragte er. Das Raue schlich sich aus seinem Ton, wich etwas Wärmeren.

Himmel, wie sehr ich diesen Klang vermisst hatte. »Ja.«

Bildete ich mir das Zucken um seine Mundwinkel ein? Immer noch bewegte er sich nicht, und kaum wurde das Braungrün seiner Augen weich, beschleunigte sich meine Atmung.

»Es fühlt sich richtig an, hier zu sein?«, wollte er wissen.

Erst jetzt realisierte ich, wie gespannt sein Körper war. Wie meiner, der nicht verstand, warum wir uns nicht in den Armen lagen.

»So richtig wie nichts anderes«, erwiderte ich wahrheitsgemäß.

Oscar schaute über meine Schulter – wahrscheinlich zu Jascha –, dann zurück zu mir, und seine Brust hob sich unter einem schwerfälligen Atemzug. Und dann, dann kam er auf mich zu. Verdammt. Er kam auf mich zu. Keine Sekunde ließ er mir eine Pause von seinem eindringlichen Blick, und meine Lippen öffneten sich, als er seine Finger zu meinen Wangen hob und mit den Daumen darüberstrich. Seine Augen tasteten mein Gesicht ab.

»Du liebst mich abartig? Ehrlich?«, fragte er leise, wahrscheinlich in der Hoffnung, Jascha könnte uns nicht hören. Sein Lächeln ging mir durch jede Faser.

»Ehrlich … Tamsin meinte, es sei fast widerlich, wie doll«, verriet ich ihm und konnte nicht fassen, dass das hier gerade passierte. Sein Lächeln verschwand nicht, ebenso wenig wie seine Finger, mit denen er mich zärtlich hielt.

»Wird wohl Zeit, deine beste Freundin kennenzulernen«, meinte er nur leichthin, doch kippte mir damit einen Eimer voller warmer Farben über. Dazwischen stürmte das Braungrün seiner Augen. »Ich liebe dich auch. Auch so was von abartig sehr«, wiederholte er belustigt meine Wortwahl, und hätte ich es über mich gebracht, hätte ich ihm gegen die Brust geboxt. Er trat noch näher, sodass ich seinen Körper an ganzer Länge spürte. »Und ich möchte nie wieder dabei zusehen, wie du mir den Rücken kehrst, verstanden?« Er fuhr erst fort, nachdem ich genickt hatte. »Ich möchte mich nie mehr so fühlen wie an diesem Tag. Ich möchte dir vertrauen. Ich möchte, dass du weitersuchst, an deinem Himmel. Ich möchte, dass du bei mir bleibst, Queenie. Erst mal für immer. Solltest du irgendwann bereit dazu sein.«

Ich hatte zwar gehofft, aber dass es wirklich passierte … »Du nimmst mich zurück?«

Oscar schloss seine Hand um meinen Nacken. »Du bist keine Ware. Ich liebe dich und finde, wir haben eine zweite Chance verdient.«

Ich glitt mit meinen Fingern auf seine Schultern. »Wäre es okay, wenn ich schon jetzt dafür bereit bin? Zu bleiben, meine ich.«

»Ja, das wäre absolut okay«, erwiderte er, ohne nachzudenken, und auch etwas fassungslos. »Ehrlich?«

Ich lächelte. »Ehrlich.«

Jaschas Räuspern riss uns aus unserer Blase. »Wisst ihr, wenn ich mich nicht übergeben müsste, würde ich euch jetzt umarmen.«

Seine Ohren schienen die eines Fuchses zu sein.

»Danke, wir brauchen keine Anstandsdame mehr«, erwiderte Oscar mit einem eindeutigen Blick und ergriff meine Hand.

»Komm, ich will dir was zeigen.«

Er führte uns gen Cottage, das offenbar so gut wie fertig war. Etwas kleiner, dennoch mit höheren Decken und einem Panoramafenster im Dach. Doch entgegen meiner Erwartung führte er uns an dem pastellgrünen Häuschen vorbei zu dem Blumenbeet, das wir gepflanzt hatten. Mit dem Unterschied, dass nun ein rustikal verarbeitetes Holzschild dahinter in der Erde steckte, dessen Beschriftung ich nicht genau lesen konnte, weil sie kopfüber war. Oscar riss mich aus meiner Beobachtung, als er unsere verschränkten Finger zu seinen Lippen hob, die ich so sehr auf meinen spüren wollte. Als wüsste er genau, was in mir vorging, versuchte er sein Schmunzeln zu verstecken.

»Henry wollte es dir eigentlich schenken. Nachdem du gegangen warst, war er nicht sicher, was ich dazu sagen würde. Also bot er an, es kopfüber aufzustellen. Nur für den Fall, dass ich die Erinnerung hier haben möchte und es mir mit der Schön-Fühl-Methode leichterfällt, es anzusehen. Um nicht zu vergessen, dass es auch gute Momente gab.«

Ich blinzelte und nahm das Schild erneut unter die Lupe, drehte die Buchstaben im Kopf um: *Queenie.*

Rührung durchfuhr mich und das Lächeln kam von ganz allein.

Oscars Hand glitt an meine Wange, er drückte dagegen, bis ich zu ihm aufsah. Plötzlich war er ganz nah und alles von mir konzentrierte sich auf alles von ihm.

Dann lag sein Arm um meine Taille. »Bienen haben Lieblingsblumen«, erzählte er.

Mich fragend, wie er darauf kam, nickte ich. »Ich weiß.«

Er betrachtete mich, als würde er jedes Detail von mir abspeichern wollen, falls ich ihn wieder zurückließ. Seine Finger an meiner Wange waren rau und sanft. Sein Arm um mich unverrückbar.

»Du bist meine. Meine Vergissmeinnicht. Nein … meine Verlassmeinnicht. So sehr, wie du gehofft hast, dass dich diese Farm nicht vergisst, hoffe ich, dass du sie nicht verlässt. Ich wollte nicht wissen, wie es sich anfühlt, dich zu vermissen. Jetzt tue ich es. Dein Verlassen will ich niemals kennen.«

Er würde das nicht noch mal können, das hörte ich.

»Du Poet.« Ich umfasste liebevoll sein Gesicht, konnte ein breites Lächeln nicht unterdrücken. »Das Bild von mir ist noch lange nicht fertig, und alle Farben, die ich dafür brauche, sind hier.« Ich strich durch sein Haar und genoss, wie weich es sich zwischen meinen Fingern anfühlte. »Danke, Oscar. Für alles.«

»Ich danke dir für das, was du für mich getan hast. Auch wenn es mich wütend macht, liebe ich dich noch etwas mehr, wenn ich mir vorstelle, was du für einen Auftritt abgeliefert hast«, bemerkte er, das scherzhafte Funkeln in seinen Augen unverkennbar.

»Es war fabelhaft«, sagte ich und wurde etwas ernster. »Dieser Spruch mit Victor, das war grausam. Es tut mir leid.«

»Wir sagen manchmal Dinge, die wir nicht so meinen«, nahm er mich in Schutz, aber mir war klar, wie sehr ihn das getroffen hatte.

»Nein, das war unfair. Dich trifft keine Schuld an seinem Tod. Gar keine. Ich verspreche hoch und heilig, dich nie wieder so zu verletzen. Wir werden uns gegenseitig halten.«

Dann – und ich glaubte, es war das erste Mal, dass ich es initiierte – stellte ich mich auf die Zehenspitzen und schmiegte meinen Mund gegen seinen. Vorsichtig. Versöhnlich. Doch es lag auch das Versprechen darin, dass ich es ehrlich meinte. Was Oscar zu spüren schien, denn er drückte mich an sich hoch, erwiderte den Kuss mit mehr Leidenschaft und strich damit über mein Herz. Es schmeckte nach vergeben und noch mal verlieben und willkommen heißen.

Nach Oscar.

Und ich schwor, es riss mir den Boden unter den Füßen weg, nur hatte ich keine Angst mehr zu fallen.

Atemlos wich er einen Hauch zurück und stieß mit der Nase gegen meine. »Wenn ich die Macht habe, dich zur Romantikerin zu machen«, raunte er, und ich hörte seinen neckenden Ton ab Sekunde eins. »Dann musst du mich wirklich lieben.«

Ich schaute mit schmalem Blick zu ihm hoch, aber er sah das Funkeln in meinen Augen. »Bild dir bloß nichts drauf ein.«

Er grinste, und es war das Schönste, was ich heute gesehen hatte. »Worauf du dich verlassen kannst, Queenie.«

Ich zog ihn wieder zu mir runter und sein Blick wurde begierig, da schien ihn etwas hinter uns abzulenken. Im selben Moment, in dem er die Augen aufriss, hörte ich ein Grummeln, das mir einen Schauder durch Mark und Bein trieb. Federgeraschel. Und das alles viel zu nah.

Oscars Arme schlangen sich fester um mich und er wirbelte meinen Körper mühelos herum, raus aus der Angriffslinie meines größten ansässigen Feindes.

Mein frustriertes Fluchen vermischte sich mit Oscars genervtem Brüllen, das über die ganze Farm schallte.

»Brutus! Nicht!«

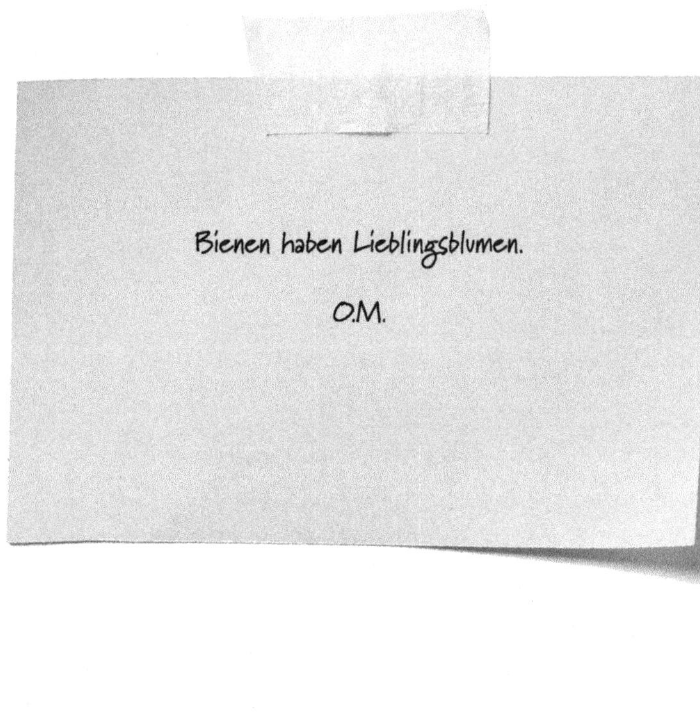
Bienen haben Lieblingsblumen.
O.M.

Kapitel 32

Bee My Humble Love

Julie

Entgegen meiner Befürchtung hießen mich – abgesehen vom Vogelvieh – alle herzlich willkommen. Kina konnte sich einen langen, mahnenden Blick nicht verkneifen, drückte mich dennoch gefühlte Ewigkeiten.

Eine Woche lebten wir beide in unserer ganz eigenen Blase. In der zweiten versuchten wir festzustecken, wie wir es in Zukunft lösen wollten, immerhin brauchte ich einen Job. Oscar bot mir an, auf der Farm arbeiten zu können, schickte mir auch Stellenanzeigen von seiner Organisation und Partnerunternehmen weiter. Zwar musste ich mich um Arbeitsgenehmigungen kümmern, aber es gab einen Silberstreifen am Horizont, was mich beruhigte.

Am Anfang der dritten begleitete er mich nach Hamburg, um weitere Sachen von mir zu holen, wo er Lotta, Tamsin und Levi kennenlernte, die bereits im Abreisemodus waren.

Mit jedem Tag in Stolt fand ich mich ein bisschen mehr. Ich akzeptierte die Pause, die ich mir nahm, und machte all das, was ich nicht getan hatte. Ich wanderte neue Strecken, besuchte die Orangerie und das alte Fürstentum, wobei ich von Lovis' Cousine eine Privattour bekam. Vor allem arbeitete ich an meinem Schwedisch und spielte mit Tavis Kätzchen. Die schwarz gemusterte Hel, die Oscar gerettet hatte, war mir besonders ans Herz gewachsen. Weil er mir das problemlos ansah, wachte ich eines Tages auf, um die zusammengekugelte Hel neben mir zu finden. Eine locker gebundene rote Schleife und ein Zettelchen mit der Nachricht *Ich möchte bei dir bleiben* um ihren Hals.

Seit einer Stunde saß ich mit den Kätzchen im Wohnzimmer und beobachtete, wie sie einen simplen Karton zum Spielparadies ernannten. Sie warfen ihre Tatzen auf imaginäre Beute, hüpften herum und balgten, stießen dabei gegen mich und nutzten mich als weitere Spielburg.

»Und ich dachte, du siehst mich verliebt an«, ertönte eine dunkle Stimme. Oscar lehnte mit verschränkten Armen und warmem Blick in der Haustür.

»Dafür schnurrst du zu wenig«, erwiderte ich mit schiefem Lächeln und erhob mich, um auf ihn zuzugehen. Allerdings klappte das nicht halb so koordiniert wie geplant, denn er entschied in dem Moment, mich mit seinem Blick auszuziehen.

»Mhm«, machte er nur, und woran auch immer er dachte, es schoss mir prickelnd durch den Körper. Die letzten Wochen hatten wir einiges ausprobiert und vergangene Nacht hallte immer noch in mir nach, weil Oscar meinen Vibrator entdeckt hatte.

Ruckartig zog er mich an sich, doch sein Kuss war liebevoll.

»Ich fahre zu den Wildbienen«, teilte er mir an meinem Mund mit.

Ich packte ihn am Hemd, küsste ihn fest und rannte dann gen Treppe. »Ich komme mit!«

Das konnte er sich wohl denken. Ich hörte nur sein Lachen, das mich bis nach oben verfolgte.

Fünfzehn Minuten später saßen wir in seinem Wagen und glitten über die Straße, begleitet von einer Playlist, die ich noch nicht kannte. Und Oscar war ein Mensch, der eine einzige Playlist monatelang rauf und runter hörte.

»Wie heißt das Lied?«, fragte ich, sah von meinem Handy auf, da ich gerade etwas in die Stolt-Gruppe schreiben wollte. Eigentlich wollte ich nur ein GIF aussuchen, aber das war keine Wahl, die man unüberlegt traf, besonders nicht, wenn Fynn, der GIF-King, mit von der Partie war.

»*Bee My Humble Love*«, erwiderte Oscar. Trotz des englischen Titels war der Refrain bisher auf Schwedisch.

»Das klingt fabelhaft.« Ich sah ihn an. »Ich möchte, dass das unser Lied wird. Passt das? Wovon singt er?«

Oscar lachte über meinen Enthusiasmus, dann nahm er meine Hand und zog sie auf seinen Oberschenkel, ehe er mich betrachtete. Sein Ausdruck wurde sanft, auch wenn seine Mundwinkel noch immer amüsiert zuckten. »Das passt. Sie singen von uns. Im Prinzip.«

Ich grinste und musterte sein Profil, als seine Aufmerksamkeit zurück zur Straße schweifte. Ich versendete das GIF, dann ließ ich den Kopf mit einem seligen Seufzen gegen die Lehne sinken; ließ mich von den vorbeiziehenden Bäumen hypnotisieren, die immer lichter wurden, und freute mich, dass Oscar den Umweg an der Küste entlang nahm.

»Also passt es, fabelhaft«, erwiderte ich leise und verschränkte unsere Finger, ohne meinen Blick von der Natur abzuwenden. Kurzerhand öffnete ich das Fenster und der Wind zupfte an meinen kurzen Haaren, erfüllte meine Brust mit Wärme. Oscar strich mit dem Daumen über meinen Handrücken, hielt mich auf seine Weise, ganz sanft, aber sicher. Er hielt mich, während ich lernte, mein Gleichgewicht zu finden.

Ich streckte den Arm ins Freie, während wir über die Straße flogen und uns die Melodie unseres Liedes begleitete. Das Leben würde uns durch Höhen und Tiefen tragen. Vor allem jedoch würde es das wert sein, weil ich immer besser verstand, wer ich war. Und selbst wenn ich mich mal zwischendurch verlor, ich würde mich von Tag zu Tag mehr lieben lernen. So wie den Mann neben mir.

Mein Aufwind in der Stille. Selbst im Lärm. Er würde da sein mit all seiner Vorsicht, Sanftheit und Akzeptanz. Und ich wollte auch immer für ihn da sein.

Niemals wieder würde ich damit aufhören zu fliegen.

Von hier wollte ich niemals mehr weg.

Weg. Dieses Wort hatte in meinem Kopf geschrien, während ich angekettet war. All die Jahre hatten mich meine Gedanken gequält und mich nicht freigelassen, weil sie mir weisgemacht hatten, dass ich es nicht wert war und niemals sein würde. Dass mein Leben dazu bestimmt war, bloß schwarz-weiß und blass und leer zu sein. Ich hatte es geglaubt. Hatte dieser bösen Stimme zugehört und versucht, es ihr recht zu machen, weil ich dachte, sie wäre mein Ausweg aus diesem Teufelskreis als Niemand.

Die Stimme, die jetzt in mir lebte, war sachter, jedoch deutlich. *Bleib*, flüsterte sie, schmiegte sich gegen mein Inneres und ich realisierte, sie war immer da gewesen. Als meine Eltern starben. Bei Levis Verlust. Meinen Panikattacken. Den Tiefpunkten. Der Entlassung. Sie hatte mich gehalten. Ein Teil von mir, der unbeachtet blieb und mich dennoch still hielt. Das war ich – ein Konstrukt meiner Psyche –, aber es kam aus mir heraus, dieser Wille. Ich war stark gewesen. All die Jahre.

Ich hatte unter der Oberfläche an mich geglaubt, während ich darüber nur von Selbsthass gelebt hatte. Weil ich, ganz tief in mir – gut verborgen vor dem Bösen – Liebe empfand. Liebe zu der Person, die ich war und die sie ehrlich verdiente.

Die Wolken und Wellen zogen an uns vorbei, sodass ich kaum erkennen konnte, wo das eine endete und das andere begann. Die Farben verschwammen ineinander, als hätte man einen Eimer Wasser über Blau, Rosa und Weiß geschüttet. Ich erinnerte mich an den Moment, als ich hier aufgestanden war, die Arme ausgestreckt, und es war, als hätte ich ihr – dieser Liebe – an jenem Tag den Dreck abgewischt, unter dem sie sich versteckte. Der Seewind hatte Henrys und meine Jubelrufe zu ihr getragen; hatte einzelne Tropfen mit sich gesogen, die auf ihre Haut trafen wie Farbkleckse.

Etwas, was sie ewig nicht erblickt hatte.

Ich würde meine eigenen Farben mischen. Mich inspirieren lassen.

Und das Bild von mir, das darauf wartete, mitgenommen zu werden, bekam endlich, was es sich immer ersehnt hatte.

Ein Zuhause.

Hier. In mir.

Danksagung

Eine ruhige Geschichte. Das ist, was ich schreiben wollte. Ein Buch, das heilt, unaufgeregt, aber voller Botschaften ist. Der Weg dahin war dafür umso aufgeregter, denn es war die Ruhe selbst, die die größte Herausforderung darstellte. Das haben Julie und ich womöglich gemein. *Bee My Humble Love* ist ganz anders als das, was ich bislang geschrieben habe, und es hat mich wachsen lassen – als Autorin und Mensch. Danke, dass ich das an eurer Seite tun durfte, Julie und Oscar. Ich werde euch vermissen, aber jedes Mal, wenn ich in den Himmel schaue, werde ich mir vorstellen, dass ihr das gerade auch macht. Auf der Suche nach Neuem.

Nun denn, kommen wir zu den realen Menschen.

Danke an Lea, die meine Ankündigung beim Frühstück in Amsterdam so ernst nahm, dass wir den restlichen Tag zu diesem Buch brainstormten. Danke, dass ich dir immer von Ideen erzählen konnte, wenn ich das Gefühl hatte, ich stocke. Danke, dass du meine Tamsin bist. Wären wir Esel, ich würde alles mit dir teilen – stopp, das machen wir ja eh. Sind wir jetzt Esel? I guess so.

Großen Dank an meine Betas Eva (insbesondere für ihre Fachkenntnisse zum Thema Brandermittlung) und Susän. Nie waren sich meine Betas so uneinig, aber es war ein Fest und eine große Hilfe, die ich sehr schätze. Danke, dass ich jederzeit Themen mit euch spiegeln durfte und ihr meine spontane Änderung vom Ende so schnell kommentiert habt.

Danke an meine AWWW-Gang: Marie, Sarah und Jenny. Ihr wisst wieso, aber besonders wegen allem. Es gab keinen Moment, in dem ihr nicht da wart, wenn ich euch brauchte. Und das war recht oft.

Danke schön an die Person, die mich Julie besser hat verstehen lassen. Danke für deine Ehrlichkeit und deinen Mut, dich mir zu öffnen. Ich weiß, das war nicht einfach. Danke, dass du riskiert hast, Dinge in dir aufzuwühlen. Danke, dass ich durch Julie zeigen kann, dass psychische Krankheiten nicht immer anzusehen sind, sie jedoch in jedem

Gedanken spürbar sein können. Und das schmerzt manchmal mehr als jeder erkennbare Bruch.

Ein riesiges Danke an meine Familie sowie Freunde (ein paar davon bereits genannt), die mich immerzu unterstützen. Wenn es nicht so kitschig wäre, würde ich glatt sagen, ihr seid meine *Humble Bees & Teas* Farm.

Danke an Jutta Kalff für das tolle Interview zum Thema Bienen und dass sie mein angelerntes Bienenwissen gegengeprüft hat, damit ich keinen Unfug erzähle. Die Recherche zu Bienen war das Faszinierendste, was ich je erlebt habe. Was diese wilden Königinnen für uns leisten … das darf nicht ungesehen bleiben.

Danke an meinen Bloggerschwarm, ihr fleißigen Bienchen!

Ein riesen Dank geht an Christin Thomas aka Giessel Design für dieses fabelhafte Cover. Es grenzt an Perfektion und wird hoffentlich viele Regale schmücken. Du hast meine Wünsche so toll umgesetzt und ich kann mir kein besseres Cover vorstellen.

Danke an Nina Bellem, meine Lektorin, für die schöne und professionelle Zusammenarbeit. Ich freue mich, dass sich Oscars und Julies Slow-Burn-Romanze in dein Herz schleichen konnte.

Danke an den Drachenmond Verlag und Astrid, dafür dass ihr meine Bienenliebe teilt und der Geschichte eine Chance gegeben habt.

Zum Schluss möchte ich noch eine Herzenssache sagen: Über Julies mentale Verfassung zu schreiben, war eines der härtesten Dinge ever. Schwieriger als die ganze Recherche zu Bienen und Beuten und Imker-Richtlinien – und das will was heißen. Weil es sich so real angefühlt hat und mir wirklich klar wurde, wie vielen Menschen es schlecht geht, ohne dass ihnen je geholfen wird. Oder sie sich helfen lassen wollen. Während ich an Julie und Oscar schrieb, wurde mir klar, wie strukturiert uns beigebracht wird, alleine zu leiden. Ja,

Abhängigkeiten können ungesund sein. Nicht jedoch solche, die einen beflügeln. Im Gegenteil. Sie retten Leben.

Wenn es dir schlecht geht und du glaubst, das allein tun zu müssen: Das musst du nicht. Und vielleicht ist der Gedanke ein schöner, dass du Menschen um dich hast, die für dich da sein wollen und können. Die dich halten wollen. Und wenn nicht, dann glaube daran, dass du dich halten kannst. Weil du mehr bist als eine Person. Du bist tausend Farben.

Okay, eine Sache noch: Please don't fight me on this. Die Stelle mit dem Kätzchen ist aus dem Leben gegriffen. So wahr ich die Konelli bin, ich habe einem Fisch eine Herzmassage gegeben, nachdem er schon mit dem Bauch nach oben schwamm. Kurz zuvor hatte ich in einer Tiersendung gesehen, wie das geht – Schicksal. Die Nase (so heißt die Fischart wirklich) ist steinalt geworden und hatte noch ein happy life. So wie Hel, der kleine fluffy marshmallow.

Weil ich es versprochen habe: ecpco – keep the money flow.

Schließlich ein besonderes Danke an die Leser:innen, die diesem Buch eine Chance und den Themen Mentale Gesundheit sowie Wildbienenschutz einen Platz in Kopf und Herz geben.

Sarah Nierwitzki

Mein Kompass ohne Nadel

ISBN 978-3-95991-818-3, Klappenbroschur, EUR 15,90

»Du bist das, wovor ich mich immer gefürchtet habe«, sagt Atlas.
»Der Mechaniker, der dich mit Rennfahrerwitzen unterhält?«
»Schlimmer. Du bist mein Kompass ohne Nadel.«

Unbesiegbar, das sind Atlas und ihr Bruder Taylor auf der Rennstrecke – bis sie dort verunglücken. Taylor stirbt, während Atlas mit einem Kreuzbandriss überlebt und plötzlich mit schwerwiegenden Gerüchten über ihren Bruder konfrontiert wird. Um ihnen zu entkommen, sagt Atlas einer letzten Rallye zu, mit deren Preisgeld sie fernab ihrer Heimat neu beginnen will.

Weil sie aufgrund ihrer Verletzung nur navigieren kann, vertraut sie als Fahrer bloß einer Person: ihrem ehemaligen Teammechaniker und Kindheitsfreund Wyatt, der sie aus dem Unfallwagen befreit hat. Durch seine Nähe fühlt sich Atlas seit Langem das erste Mal wieder unbesiegbar. Doch sie ahnt nicht, dass auch Wyatt vor Gerüchten flieht, die Atlas' Neuanfang gefährden könnten.